雪海沧澜传

XUE HAI CANG LAN ZHUAN

小速 著

寒荒在哪里？
寒荒是一个极其阴寒的大雪域，在这里生活着许多名剑侠客·
他们是行走在雪地上的剑客……

中国书籍出版社
China Book Press

图书在版编目（CIP）数据

雪海沧澜传 / 小速著. —北京：中国书籍出版社，2017.4
ISBN 978-7-5068-6101-4

Ⅰ.①雪… Ⅱ.①小… Ⅲ.①侠义小说—中国—当代 Ⅳ.①I247.5

中国版本图书馆CIP数据核字（2017）第050384号

雪海沧澜传

小　速　著

责任编辑	许艳辉
责任印制	孙马飞　马　芝
封面设计	展　华
出版发行	中国书籍出版社
地　　址	北京市丰台区三路居路97号（邮编：100073）
电　　话	（010）52257143（总编室）（010）52257140（发行部）
电子邮箱	chinabp@vip.sina.com
经　　销	全国新华书店
印　　刷	北京京海印刷厂
开　　本	710毫米×1000毫米　1/16
字　　数	520千字
印　　张	26.25
版　　次	2017年4月第1版　2017年4月第1次印刷
书　　号	ISBN 978-7-5068-6101-4
定　　价	49.80元

版权所有　翻印必究

引　言

　　寒荒在哪里？寒荒是一个极其阴寒的大雪域，在这里生活着许多名剑侠客，他们是行走在雪地上的剑客。

　　在寒荒雪域、中州大陆、蓬莱仙岛、音尘火族四地剑道三十年一届的名剑之争英雄会即将来临之际，号称寒荒雪域第一名剑门的幻尘堡被灭门，导致寒荒雪域第一名剑镜雪剑行踪不定，令寒荒其余六剑派惴惴不安。

　　寒荒又称九荒，即雪柳、冰镜、水月、霞河、寒雾、天极、金沙、应城、风云九大荒，在这个寒荒中流传着许多传说，而这个传说便是从镜雪山庄开始的。

简　介

　　三十年前，中州大陆、蓬莱仙岛、音尘火族三地剑道远赴寒荒雪域参加四地剑道三十年一届的名剑之争英雄大会，其寒荒名剑门幻尘堡堡主幻尘云风以天下久负盛名的镜雪剑之锋利夺得了天下剑霸主，从而令寒荒雪域享誉天下剑道。由于镜雪剑之利，令其中州、蓬莱、音尘三地剑道损失惨重，其中音尘缥缈宫尤甚，因此与寒荒雪域以幻尘堡为首的所有名剑门形成敌对，誓要向寒荒各大名剑门发出最后挑战，欲以寒荒剑客的鲜血来祭音尘已故亡魂，缥缈宫作为音尘一个砥柱中流的名剑门，虽为一众女流，但历来宫规森严，讲求洁身自爱，以弘扬音尘剑道为信仰为典范参与名剑之争英雄大会。大会中，一个名叫雨荷的缥缈宫女弟子和幻尘云风一见钟情，因此也是唯一一个作为战败者，亦能在镜雪剑下生还的音尘女剑客，在名剑之争英雄会结束后，两人背负"与仇敌相爱，有损剑道弘扬"的世俗伦理隐于红尘中，相惜相爱，幻尘云风为了珍惜这得之不易的相识相恋，舍弃名剑盟盟主之位，从此不问红尘，四处躲避音尘火族的捉拿，两人情深似海，终于摆脱仇敌追杀，在冰封之海隐居，过上了他们以为可以"长相厮守"的日子，两年后，喜得一女，取名幻尘雪瑶，可是正在他们心中大喜的时候，隐居之地冰封之海被缥缈宫洞察，从此行踪暴露，缥缈宫宫主孔雀老人得知雨荷和幻尘云风苟且偷生，且有一女，更是大为震怒，立刻下令捉拿，由于雨荷身体虚弱，再加上顾惜幼女性命，最终被缥缈宫大弟子月姬擒获，孔雀老人以"幻尘云风修习世界上至独至邪的武功才能救雨荷"的方式报复幻尘云风，迫使幻尘夫妇两人相离六年后才相见，六年后，幻尘云风神功练成，前往缥缈宫要人，得知雨荷六年前已被迫服毒而死，一怒之下，潜伏在身体内的魔性爆发，时常疯癫，错杀寒荒雪域六剑派得意弟子，寒荒六剑派得知门内弟子已死，愤而不满，誓死查出真凶，谁知寒荒六剑派同时作为名剑门存在，一直是暗流涌动，以寒荒六剑派为首的名剑门镜雪山庄庄主段飞龙更是钩心斗角，借机行凶，多次杀害飞雪门和天风谷众多弟子，嫁祸给幻尘云风，从而一心想借机窃取镜雪剑。寒荒武林除魔卫道，一直都是斩草除根，就在其父死后，幻尘雪瑶危难之时，段飞龙之子段云出手救了幻尘雪瑶，两人一路逃亡，最后身落雪柳荒腹地悬崖中，由于命大，两人都相安无事，只是想走出偌大的深谷，甚是困难，于是他们一起在谷里住了五年，而这

・1・

五年里，段云和幻尘雪瑶相知相惜，共同生活五年，朝夕相处，段云对幻尘雪瑶很是倾心，怎奈因幻尘雪瑶童时芳心暗许郭小风，遭到拒绝，但段云用情极深，仍然不离不弃。五年后，一天，段云打猎，寻到谷口，两人出谷，因幻尘雪瑶举目无亲，在加上父亲临死前的嘱咐，让她去找自己的义父，完成尘封镜雪剑的夙愿，于是她和段云回到了镜雪山庄，故事就是从镜雪山庄开始的，在所有的真相被层层揭开后，面临千年的预言，幻尘雪瑶又经历了什么，使得她成为一代女侠后，又上演出一场令人惋惜的人间悲剧呢？

目 录

第 001 回：雪夜忆起往事 1
第 002 回：只是为剑而来 4
第 003 回：五年名剑之约 7
第 004 回：怀疑神剑非真 10
第 005 回：烟云血河之灭 13
第 006 回：雪瑶巧遇小年 17
第 007 回：雪山上的女人 20
第 008 回：缥缈无情杀手 22
第 009 回：美女与老古董 26
第 010 回：血字何以悬疑 30
第 011 回：活下去的理由 33
第 012 回：古城笑面杀手 36
第 013 回：再回首心已碎 39
第 014 回：缥缈宫副宫主 42
第 015 回：得知雨荷之死 44
第 016 回：勇闯寒荒古城 48
第 017 回：决斗书勿失约 51
第 018 回：不能从新开始 54
第 019 回：你我如此有情 56
第 020 回：美女调戏道人 59
第 021 回：中原不速之客 62
第 022 回：剑气流光如虹 66
第 023 回：中原威远镖局 68
第 024 回：客栈风雪潇潇 70
第 025 回：彩虹石很重要 73
第 026 回：心似箭泪相拥 76
第 027 回：为何美丽失踪 79
第 028 回：黑衣人真可恶 82
第 029 回：书生也会骗人 84

第 030 回：曾经为爱遗憾	87
第 031 回：莫要相信妖女	91
第 032 回：最温柔的谎言	94
第 033 回：风月楼的主人	96
第 034 回：靖海芳踪剑惨	98
第 035 回：郡主暗度陈仓	102
第 036 回：就是赖着不走	105
第 037 回：此乃应了天数	107
第 038 回：风言欲迷人眼	110
第 039 回：凄凉镜雪山庄	113
第 040 回：魔鬼的黑影子	116
第 041 回：爱你是种错觉	119
第 042 回：雪柳村的杀戮	121
第 043 回：暴雪里的对决	124
第 044 回：神秘少女素描	126
第 045 回：误判她是凶手	129
第 046 回：准备去天楼城	131
第 047 回：失忆忘掉红颜	134
第 048 回：舞笔墨决生死	136
第 049 回：客栈狠女血威	139
第 050 回：深夜府邸秘语	143
第 051 回：月光雪的宁静	145
第 052 回：刺客刺杀失败	147
第 053 回：艳妓以身换药	149
第 054 回：风铃音救月姬	152
第 055 回：我要带走雪瑶	156
第 056 回：梅花泣花已尽	159
第 057 回：联盟寒荒剑派	161
第 058 回：天景最后一剑	164
第 059 回：宿敌已经来犯	167
第 060 回：段云为何叛离	170
第 061 回：满城不尽战火	174
第 062 回：黑夜中的魔鬼	177
第 063 回：美人与狼共舞	179
第 064 回：红衣狼女之吻	181
第 065 回：再遇雪瑶妹妹	184
第 066 回：修神功炼神丹	188
第 067 回：真英雄谁无情	191

第 068 回：狠心的女人啊	195
第 069 回：狠女的假慈悲	197
第 070 回：落井石的卑鄙	200
第 071 回：不能放虎归山	203
第 072 回：邪雾最后三剑	206
第 073 回：何为血池大会	210
第 074 回：因果天理循环	213
第 075 回：火烧雪来客栈	216
第 076 回：送剑换取解药	219
第 077 回：雪舞寒荒古城	222
第 078 回：不是九天雷魔	224
第 079 回：万夫莫开之能	227
第 080 回：凶徒最后忏悔	230
第 081 回：天涯那一新月	233
第 082 回：神剑已有下落	236
第 083 回：易容骗取镜雪	238
第 084 回：镜雪已拿到手	242
第 085 回：欲火沉寂多年	244
第 086 回：坏女人又骗人	246
第 087 回：十月心急铸剑	249
第 088 回：色头上有把刀	251
第 089 回：铸剑阁的日子	254
第 090 回：阁主必须要死	256
第 091 回：余十月之秘闻	259
第 092 回：啜泣山涧空谷	263
第 093 回：最可怜的妹妹	265
第 094 回：邪雾控制镜雪	267
第 095 回：不能坐以待毙	271
第 096 回：寻剑不枉此行	274
第 097 回：幻影七人剑阵	277
第 098 回：千里追踪剑谱	279
第 099 回：到底谁是魔女	282
第 100 回：雪花纷飞之中	285
第 101 回：匆忙回白火堂	288
第 102 回：热酒醉敬剑客	290
第 103 回：小风哥哥是谁	292
第 104 回：月姬的爱和恨	295
第 105 回：前往镜雪山庄	298

第 106 回：月姬要见雪瑶 302
第 107 回：天下奇恶之毒 305
第 108 回：古城外的风声 308
第 109 回：夜潜寒荒古城 311
第 110 回：成功拿到秘籍 314
第 111 回：得知秘籍下落 317
第 112 回：月姬命绝梅林 319
第 113 回：雪纷血飘梅林 323
第 114 回：邀雪瑶入古城 326
第 115 回：雨荷匆匆一现 328
第 116 回：缥缈易主之乱 332
第 117 回：七月六旌旗令 335
第 118 回：忽然地失踪了 338
第 119 回：九国岛被灭门 341
第 120 回：小风身世之谜 344
第 121 回：被困生死局中 348
第 122 回：一幅千古迷画 352
第 123 回：夕阳去月初升 355
第 124 回：神秘的江湖门 359
第 125 回：江湖门春沉冷 361
第 126 回：段云入生死局 364
第 127 回：轮盘刻线奇术 367
第 128 回：预言发生前兆 370
第 129 回：雪域凤台祭祖 375
第 130 回：雪域祭祀之女 378
大结局 384
第 131 回：拥兵天阙门下 384
第 132 回：荒漠中的流失 387
第 133 回：李牧和周亚夫 390
第 134 回：有个疯子追我 393
第 135 回：我们各为其主 396
第 136 回：挡不住的局势 399
第 137 回：江湖门中有门 402
第 138 回：浮云悠风也悠 405
第 139 回：尾声 407

第 001 回：雪夜忆起往事

镜雪山庄坐落在雪云山之上，而雪云山位处寒荒偏北的万重雪山之中，矗立登天。

适逢入夜，雪山上风雪依然，但是天空仍有寒月高悬，就在镜雪山庄碧水亭之中有一名少女，在阁檐下仰望天色，幽静地叹气："大雪已下了五年了，什么时候才是个头，难道……"

那么，她是谁呢？

她就是幻尘堡府上的千金——幻尘雪瑶。

那么她为什么在镜雪山庄呢？

这个就要从她八岁那年开始说起。

那一年，幻尘雪瑶的父亲幻尘云风为了救她母亲尤雨荷逃离缥缈宫，手拿镜雪剑一心想速成绝世神功，却意外地走火入魔，从此成了武林中人人得而诛之的大魔头。

一日，幻尘云风杀完人后，受五派掌门之约，受约雪柳荒决战，五位掌门人齐攻，幻尘云风身中五剑，死得很惨。

幼小的幻尘雪瑶抱着父亲用命留下来的镜雪剑，蹲坐在雪地里瑟瑟发抖，当五柄剑一起向她飞来，一个十三岁的男孩出现了，且救了她。

这个男孩就是如今镜雪山庄的少庄主——段云。

段云一招"风转沙移满天涯，云孤气蒸散昆仑"，将五柄剑瞬间纷纷归还五位掌门人剑盒之中。

"晚辈镜雪山庄段飞龙之子段云，恳求各派掌门手下留情，放了这位小妹妹。"

那一日，他们连幼小的幻尘雪瑶也不想放过。

"今天是我寒荒六派除魔卫道，宰杀魔头幻尘云风之日，这女孩儿乃是魔头之女，应当随他爹一起去。"

"正所谓斩草不除根，春风吹又生，难道段飞龙就不怕留下这个祸根。"

"今天非要杀了她，少庄主请让开。"

这一年，段云虽仅有十三岁，但轻功不弱，一把捞起雪地里蹲坐着的幻尘雪瑶，从悬崖跳下。

段云冒险跳入深渊，当时他并没必要这样去赌上自己的生命，可是他做了，对幻尘雪瑶来讲，恩同再造。

如今，青阁屋檐下。

幻尘雪瑶想起当初自己迷迷糊糊地和段云随同镜雪剑一起坠入深渊，眼角依稀一行清泪默然地流下。

寒荒雪域最深的深谷就在雪柳荒的腹地之下，意外的是段云没死，幻尘雪瑶也没有死，两人坠入悬崖后，段云仍然拉住幻尘雪瑶的手。

冷风吹过，吹到山谷深处形成无数的风窝，时时发出诡异的嘶鸣声，犹如鬼叫。

很久，幻尘雪瑶醒了，也许是看到了太多血腥，所以她更不会相信任何人，看见身边的段云，很害怕，就像见到魔鬼了一般，用冻得裂开而发紫的嘴唇去咬段云的耳朵。

"啊！"

段云忽然跳了起来，大喊："喂！你疯了！怎么乱咬人？"

见段云一脸怒容，幻尘雪瑶拔腿就跑，就算一点力气也提不上来，还是勉强在雪地里奔跑着，即使脚步移动缓慢，却还是不肯放弃，就算在地上爬，也不会让段云接近自己。

日月穿梭，五年后。

适逢段云十八岁的时候，幻尘雪瑶也十五岁了，五年朝夕相处，幻尘雪瑶不再害怕段云了，一日，段云出去打猎，无意发现谷中有一处山道通往悬崖高顶，段云高兴极了，赶忙回去给幻尘雪瑶说能出谷了。

幻尘雪瑶听后，心中犹豫，低声言语："我出去能去何处呢？那个花花世界根本就不属于我，我出去就会死，而你也会因我受到牵连。"

"不会的，都过去五年了，他们都不认得你我。"段云语气一缓，"况且我爹和你爹是义结金兰，他们不会过于为难我们，除非他们和我镜雪山庄为敌！"

"不行，我不能连累你！"

段云闻听幻尘雪瑶如此一说，心中一怔，豪言壮语："你不走，那我也不走，我们一起在深谷居住，快快乐乐地生活。"

"好！"幻尘雪瑶高兴地拍手，甜甜一笑，"我们就不出去，让那些想得到镜雪剑的人永远找不到我们！"

"好！"语气轻缓，段云虽然心中有种说不出的苦味，但是也随之抿嘴一笑，站立良久后，回到山洞埋头大睡。

翌日清晨，雪花满天，幻尘雪瑶来到段云的住处。

"段云哥哥，段云哥哥，走啦走啦，不要睡了，快点啊！"

段云迷糊，双手揉眼："干什么那么早啊？"

"你不是想出谷吗？我想好了，外面世界那么好，我要出去找郭小风，找我的小风哥哥！"

段云揉了揉眼睛，支支吾吾："你不是不出谷吗？怎么……怎么……"

"外面世界那么好，我想好了，我要出去。"

段云白眼翻了翻："好啊，太好了，我们要离开这里，实在太好了，出去后，我也帮你找他！"

"谢谢段云哥哥！"

段云略带幻想地说道："不客气，不客气，你赶紧出去，我可要穿裤子了！"

幻尘雪瑶脸"唰"地一红，来到洞外，靠在雪岩石上，脸色又'唰'地变得苍白，心想：自己可以在这深谷中老死，但段云哥哥不能，他那么优秀，不该陪着自己老死在这个孤独的深谷中。

青阁屋檐下。

幻尘雪瑶看着这男子，再回想往事，她发现往事好像已经化为一江美酒，而她永远都浸泡在江水之中，也许会腐烂，可自己和段云的事将永远无法因自己醉死江中而消失。

坠入深渊，五年之后，段云带着幻尘雪瑶一起回到了镜雪山庄。

刚回山庄第三天，五派掌门闻讯而来。

段云的父亲段飞龙这几日见儿子归来，甚是高兴，不料听说五派掌门今日到来，蓦然沉下心来，见到白火堂苏君火、天风谷邓戏衣、翔云冰窟刘心冰、飞雪门冷清雪、红云帮易冷云五人远道而来，也只有客套一番了。

"各位今日到访镜雪山庄不知所为何事？"

"听闻少庄主前日平安归还山庄，我等特来拜候。"

段飞龙听他们如此一说，已知他们所来的目的的确是为了镜雪剑，呵呵一笑："各位消息异乎灵通，小儿刚归数日，怎敢劳烦五大掌门千里问安，段飞龙颜面太厚啊。"

五人站在雪地了，扬声轻笑："段庄主，言重了！"

"五位掌门不远万里冒风雪前来，先下请阁内谈话。"段飞龙邀请五人进青阁，六人相继进入青阁，六个丫鬟端上点心和清茶。

段飞龙心头一紧："小儿年幼无知，嬉皮闹事，有什么得罪之处，还请五位掌门海涵才是。"

方久，五位掌门已端正就坐。

易冷云拱手相言："哪里哪里，少庄主年少英雄，只是五年前不知实情之下，为救魔头幻尘云风的女儿，跳入万丈悬崖，险些丢了性命，如今少庄主平安归家，实乃苍天护佑。"说到这里，顿了一下："但段庄主也知道，镜雪剑终究是随他们一道坠崖的，镜雪剑到底在不在镜雪山庄，还请段庄主实情相告！"

段飞龙依然威严自若，朗声一笑，笑声停止后，瞅了五人各一眼，呵道："原来你们是为镜雪剑而来的啊？"

冷清雪面色冷傲，拱手相言："正是为了此事！"

段飞龙是何等聪明之人，当然早知道他们的来意，只是镜雪剑之中的玄机，又岂能让他们得知，所以他故意问了这么一句。

苏君火见段飞龙如此说话，心中暗想莫非段飞龙已经得到镜雪剑，为了证实，不得不明明白白地问一句："难道段庄主你……你已经得到了镜雪剑，并且……揭开了剑中玄机？"

"哪里？我哪儿会有那种好运？"

段飞龙依然在笑，自若地否认了镜雪剑在他手里的事实。

"大家不要再说了，段庄主身为武林重要一脉，当然一言九鼎，看来神剑并未在他手中。"

冷清雪是个极其聪明的女人，心想段云一定不会像段飞龙如此难缠，所以她又相言："那还是要少庄主出来说句话，不知道段庄主意下如何？"

段飞龙心头一怔，在心里暗骂了一句："这死女人可真会将老子的军，真是最毒妇人心，这话用在她的身上，一点也没错。"

苏君火，易冷云，刘心冰，邓戏衣纷纷应了声，异口同声："冷门主这个提议好！"

段飞龙心中一想，自己所言他们不信，也是情理，云儿也不是傻子，若是能周旋，他们以后就再也不会来此骚扰自己勤研剑中玄机，若是露出破绽，自己再加以调解，想必定有使此事得以圆满解决的胜算，想明白这一点，也就同意了，呵呵一笑："既然大家不信我段飞龙所言，那就让犬子来给众位说个明白吧。"

闻此一言，五派掌门心下欢喜。

段飞龙脸一青，朝身旁仆人喊道："去把少爷叫来，就说五派掌门有事要向他询问。"

仆人低低地应了一声，便出了青阁，朝西边的紫阁寻去。

当年，幻尘雪瑶就住在紫阁，所以他敢确定段云就在紫阁。

直到现在，幻尘雪瑶还记得清清楚楚，在紫阁的附近有一个碧水潭，潭中央有个碧水亭，段云经常来找自己一起玩，他们一起在亭子里练剑，一起在小舟上饮酒赋诗，有时候也卧在船上一起聊天……

如今想起，滋味万千。

这个雪夜，这个月夜，幻尘雪瑶在青阁屋檐下独立。

第002回：只是为剑而来

镜雪山庄，夜已深，雪花依稀簌簌地从苍穹飘落。

山庄里里外外都是清清静静，只有一盏盏风灯在迎雪摇摆，大部分风灯还是集中在青阁附近。

幻尘雪瑶如月的脸已经显得有些苍白，似乎有几许睡意笼罩在她的面庞，细看又好像不是。

五年前的那个难忘的日子，她忘不了。

那一年，那一天，老仆人向紫阁寻来，果然看到段云又和幻尘雪瑶泛舟在碧水潭之上，便是一声吆喝："少爷！"

段云正在劝雪瑶饮酒，闻到仆人吆喝，以为是段飞龙来了，赶忙站了起来，把酒塞到雪瑶手上，嘿嘿一笑："你自己喝，可别喝醉了。"说完便一个"横江渡"跃到岸上，对着船上的白衣少女微微一笑之后，又对身后的仆人说道，"我爹到哪儿了？"

"今天，五派掌门突然赶到山庄，老爷让你过去。"

仆人说明来意，段云兴意一顿，深沉很久后，才对仆人说道："你在这里看好雪瑶，不要让她来找我，我去看看他们就回来。"

段云知道这些名门正派是为了五年前的事情来兴师问罪，所以特别交代雪瑶莫要出来，更怕他们认出雪瑶，挑起了五年前杀害幻尘云风的事情来。

段云去了。

小船摇曳在潭中央，幻尘雪瑶白衣飘飘抱着酒坛，晕晕沉沉地靠着船舱，似醉非醉的美目流转，见段云去远了，也是远远喊道："你去哪儿啊？"

可是，段云已经去远了，并且已经走进青阁。

青阁距离紫阁很远，所以喊了一句也就没喊了，因为以前段云从来没有这样离开过自己，幻尘雪瑶知道肯定有大事发生，所以拿起船桨用力撑，想要靠岸，要去看看究竟发生了什么事情。

仆人知道幻尘雪瑶不胜酒力，看到她用力撑船桨，担心她又掉进水潭里，所以远远喊道："姑娘，你慢点儿，小心掉潭里去了。"

如果幻尘雪瑶不会武功，即使不喝醉，弄不好也会掉进碧水潭里，可是她会武功，那仆人还担心什么？

因为前阵子发生了一件落水事件——她和段云在船上喝酒，可是她的酒力太弱，她只喝了一口就已经醉了，并且醉得不轻，最后不小心掉进潭里，段云把她从水里打捞起来，结果还大病一场，就因此事段飞龙狠狠地教训了段云一场，说段云一个大男人力劝一个女孩儿饮酒，成何体统，结果竟然罚段云在冰天雪地里跪了两天。

幻尘雪瑶听见仆人的呼喊声，微微一侧身，扔掉手里的船桨，一个"潮水晕"就若一颗流星从水面滑过，稳稳地站在仆人面前，她向仆人笑了一下，道："没事啦，段云哥哥劝我喝酒，我没喝。"

仆人也尴尬地笑道："上次姑娘喝醉了，不小心掉进碧水潭里，卧榻多天不起，我们全庄的人都担心死了，没想到……"说到这里，顿了一下，"尤其是我们少爷，走遍整个寒荒以北之地，找了许多名医，弄得他都快发疯了。"

幻尘雪瑶眼中星光一闪，握住那老仆人的手，十分感动："谢谢段云哥哥，谢谢叔叔，谢谢你们对我多年的照顾！"

"姑娘不客气，少庄主说了，要我们对你好，就像对自己的亲人一样。"仆人又道。

幻尘雪瑶怔住良久，接着问道："段云哥哥去青阁做什么去了？"

"不瞒姑娘，五大派掌门今日到山庄，好像是为了镜雪剑。"

幻尘雪瑶听后，瞳孔渐渐收缩，自言自语道："该来的始终要来！"说罢，双手合十，仿佛在乞求什么。

"姑娘，少爷说让你在这里等他，他很快就会回来。"

仆人见幻尘雪瑶在听到自己的话后，神情有些异常，仿佛担心什么，再想想少爷和她形影不离，才把段云的意思告诉了她。

幻尘雪瑶知道段云的用心，并且永远都认为即使天塌下来，段云也不会离开自己的，只是她心里深处的那个说和自己相约十年后会面的郭小凤呢？

幻尘雪瑶记得，始终都记得，一直很熟悉的名字——郭小凤。

目光由激动慢慢冷却，幻尘雪瑶坐到了一条石凳上，想着将可能发生的一切——自己将连累段云和镜雪山庄。

清晨，风轻吹，雪轻舞。

段云来到青阁的时候，早已预知五剑派这些人此次前来之意就是想追寻镜雪剑的下落，所以他并没有进入青阁，而是躲在青阁台阶的栏杆下，听着，看着。

静观其变。

看着青阁内烛光摇曳中有五张脸就如恶魔的鬼脸一样，段云的心里暗暗下定决心，一定要想一个瞒天过海的办法，千万不能让他们知道雪瑶和镜雪剑就在镜雪山庄。

段云看到青阁内每个人眉间都有煞气冲冠，所以他敢肯定，五剑派这次来，一定掌握了什么紧要的线索，对于有备而来的五位掌门，段云自知想骗过他们真是不容易，所以他决定了先不去青阁，而是再次回到紫阁，和幻尘雪瑶再做商量，想出对策。

对策是什么？

当然就是骗人。

五位掌门都是叱咤风云的人物，放眼天下，在寒荒整个武林都有举足轻重的作用，然而段云想骗他们，当真是把自己的脑袋往刀尖上放。

难度很大，那么骗人的办法也就相应要高明了。

段云一路所思，却没注意自己已经来到了紫阁。

"少爷，你这……么快就回……来了啊？"那老仆人惊讶得连说话都结结巴巴。

"叔叔，这里没你的事，你下去吧。"

段云说话的同时，已经向幻尘雪瑶走了过来，而仆人则退去。

幻尘雪瑶知道这次真是难为段云了，所以她只是默默地看着段云，但看段云脸色苍白，她才忍不住道："都是我害了你，对不起哦！"

段云抬起头，看着她，微微一笑："你不要这么说，这次他们是有备而来，眼下还是想一个办法要他们相信镜雪剑和你都不在镜雪山庄才是，要不然……"

幻尘雪瑶有些激动："我去，我就说镜雪剑已经不知所踪。"

段云一把抓住幻尘雪瑶的臂膀："你说了，他们会相信吗？"

幻尘雪瑶急了："那有什么好的办法呢？他们这次只是为了镜雪剑才来镜雪山庄的。"

段云紧紧抓住幻尘雪瑶的手，十分冷静地告诉她："你别为镜雪山庄担心，有我在，有我爹在，他们不敢胡来。"

幻尘雪瑶听后，深深地点了点头。

第003回：五年名剑之约

　　天色阴暗，几乎和黑夜没什么区别。
　　阴暗的夜。
　　段云正在去青阁的路上，他自己知道，该面对的是无法逃避的，也知道自己只要说幻尘雪瑶已经摔死，那么，多年前的镜雪剑之事就会尘埃落定。
　　此时，从紫阁附近忽然蹿出一条黑色人影，身法闪避之快无法形容，令许多山庄护院的家丁都没看见。
　　风雪飓起，一条雪白的长袖向黑色人影后脑勺捣将打来，这黑衣人却快如鬼魅闪过，心想这个破山庄还有如此厉害的高手，心里念叨真是怪事，然而他也是机警之人，很快心念数转后，心下打定主意——先逃再说。
　　追他的人正是幻尘雪瑶。
　　幻尘雪瑶在长袖捣打落空之后，并没有要放弃，白色的身影从紫阁阁顶飘过，又似滑落天际的流星忽然落在黑衣人的面前，挡住了黑衣人的去路，怒声道："你是谁，快把镜雪剑还给我。"
　　黑色人影装束夜行衣，见眼前少女，不光人长得俊美，而且武功非凡，于是呵呵一声冷笑，呵道："你不是镜雪山庄的人，你不要多管闲事！"
　　幻尘雪瑶记得父亲临终时尘封镜雪剑的嘱咐，又如何能眼睁睁地看着镜雪剑落入他人之手？
　　幻尘雪瑶长袖一起，又捣将过去，等到缠住了那黑衣人怀中用黑布裹着的剑之后，用力一提，那裹着的剑立即跳空而起，而裹着剑的黑布已经飘散一空。
　　黑衣人一个遁地而起，一把握住剑，一道雪光自剑舞一挥而出，空中飘散的黑油布顿如流光飞去后的黑色雪花，飘飘洒洒。
　　"好厉害的剑！"
　　青阁内所有的人都站在了阁外，看着这一切。
　　黑衣人大笑一声："厉害，当然厉害，不然也不会叫武林人人皆痴。"
　　"难道这就是镜雪剑？"
　　五位掌门人目不转睛的盯着黑衣人手里的长剑，一声惊叹。
　　黑衣人看到了这许多人在此，好像早已得知，所以神色依旧湖水般无丝毫波动，只是看了一眼幻尘雪瑶，赞声不绝："女娃娃，武功不错，不愧是幻尘云风的女儿，今天我就让你吃够苦头！"说罢，手中的镜雪剑流转出十分玄秘的图案。
　　幻尘雪瑶和这来路不明的黑衣人纠缠在雪花纷飞之中，段云也是右手提着一柄青色古铜剑在雪夜中闪出冷人的光芒，冲向黑衣人。
　　黑衣人见二人剑飞纷影，很有味道，便喝道："大胆小辈，今日我不是来打架的,我是来偷剑的,我可不和你们两个娃娃胡搅蛮缠。"

　　青阁台阶,段飞龙一个腾空而起,手中阴风一时之间大盛,雪地里的积雪顿时瞬间飘移相聚一处。

　　"想走,把镜雪剑留下。"

　　段飞龙不但剑法高强,而且内力之高,在寒荒除了寒荒古城城主寒冷天能和他不分伯仲,此外绝无他人。

　　两人多高的雪球,顿时被段飞龙高高举起,一个若炮弹的野劲向这黑衣人投射飞击。

　　黑衣人把幻尘雪瑶和段云击退,立刻感到身后阴气大盛,忙举起手里的亮剑在寒风飘雪中大声一呼啸向段飞龙冲去,这气势犹如龙腾虎啸,更如风渊中的阴灵,想一剑置段飞龙于死地。

　　镜雪剑挥闪一道雪亮光华当空劈下,雪球被一分为两半,黑衣人全身内力自地面横扫而起,当两半雪球落下之时,他力臂之上一道内气自镜雪剑而出,顿然镜雪剑热烟似九幽狱火,将雪球瞬间融化。

　　雪球融化后的雪水,被黑衣人的左掌心内力引在胸前,同时,眼中冷光一顿,扫了诸人一眼:"段飞龙,你们寒荒六派不顾寒荒剑道声誉,只怕镜雪剑你们已经没资格再掌管!"说罢,胸前的雪水偕着万丈瀑布之威向青阁飞冲,五派掌门纷纷被击退,入门闪躲,当缓过神来,黑衣人已经毫无影踪。

　　六派掌门狼狈站起,已见白衣少女身影快过鬼魅,追到寒竹林。

　　寒竹林,风吹竹叶摇。

　　黑衣人影停下身来,道:"你会幻影术?"

　　幻尘雪瑶面无表情,看着他,十分惊讶:"你怎么知道我们幻尘堡的幻影术?"

　　黑衣人哈哈冷笑一声,若喜若狂:"原来你真的是雨荷的女儿?"

　　幻尘雪瑶不知道他在说什么,心里就只有父亲临终的盼咐——尘封镜雪,退出江湖!

　　五年前,幻尘雪瑶亲眼看到父亲躺在雪地上,满手是血握住镜雪剑。

　　如今,这黑衣人抢了父亲的镜雪剑,幻尘雪瑶委实震怒,心火一起,手中长袖一甩,又捣将黑衣人而去。

　　黑衣人随手一扬,一阵烟雾飘浮在她的面庞,幻尘雪瑶大脑一片空白,晕了过去。

　　雪飘之中,黑衣人走上前,把躺在地上的幻尘雪瑶扶起坐好,而自己也盘膝而坐其后,自手掌之中,一股强火之气,顿时满溢幻尘雪瑶背心。

　　良久,黑衣人口吐鲜血,摔倒在地上。

　　"难道这是命中注定,难道她也和雨荷一样,没想到十多年前雨荷身中寒毒,我没能力帮她医好,现在雪瑶又身中寒毒,我一样医不好,我多年的心血全都是白费!"黑衣人跪倒在雪地上,向天大喊,"我一定要为雪瑶化去寒毒,我也一定要复活雨荷,我不能再失去雪瑶,我更不能放弃复活雨荷!"

　　"雪瑶!"

　　段云已经寻到这里来了,黑衣人闻听后,快速离开,段云发现了幻尘雪瑶,把她又抱回镜雪山庄。

青阁外，段飞龙和五派掌门都在。

看着段云抱着幻尘雪瑶从寒竹林走来，苏君火等四人一跃而起，拦住去路。

苏君火十分气恼："少庄主，你还有何话要说？"

幻尘雪瑶昏迷不醒，段云只想赶快找个医师，给幻尘雪瑶把脉，看看她此刻为何昏迷不醒。

冷清雪大怒："段云，快把这妖女交给我等！"

段云知道此刻事情败露，也只好走一步算一步，能骗他们一次是一次，冷冷一笑："那黑衣人是什么来路，你们可知道？"

刘心冰眉目一紧，反问道："难道少庄主你知道？"

段云无奈："其实我也不清楚，但是我就是想证明我说的话没错，五年前和我一起坠崖的女孩，她已经死了。"

易冷云一怔："段云，你不必胡说八道，难道我们会冤枉你吗？你身为镜雪山庄少庄主，你将对你说出的话负责。"

段云看都不看他们一眼，向青阁内走去，段飞龙正坐在椅子上，看着他，冷声喝道："孽畜，你知道罪在哪里？"

段云不解："爹爹，您是什么意思？"

段飞龙长身而起，走到他身前，停了下来，掴了段云一个嘴巴，怒道："孽畜，你快说镜雪剑为什么出现在镜雪山庄？"

五派掌门看在眼里，都对段云指指点点："这小子，嘴眼不长在一处，竟胡说八道，是该教训。"

段云立刻跪在地上，忏悔着："爹爹，孩儿不孝，孩儿其实早就想告诉你。"

众人见他说话说到一半，都是长出一气。

段飞龙怒道："有事就快讲，不要让老子在五位掌门面前把你活活打死。"

段云一把眼泪一个谎："其实，她是我的妻子，孩儿已经成家了，所以她并不是幻尘堡的人。"

段飞龙立刻一把捞起段云，道："什么？你失踪了五年，让老子好操心，你却在外面风花雪月，风流快活。"说罢他顿了一下，"你说，你对得起我段家列祖列宗吗？"说完，一掌打去，段云撞在青阁正门上，摔在地上。

段云口流鲜血，又爬了过去，抱住段飞龙的腿，故作可怜道："爹爹，孩儿不孝，你原谅孩儿吧。"

段飞龙怒道："原谅你，今天五位掌门都在这里，你自己看看，老爹口口声声地告诉别人镜雪剑我们并不知道，可是如今镜雪剑在镜雪山庄出现，你告诉爹爹，要爹爹怎么给五位掌门解释。"

听段飞龙如此一言，五位掌门心头一松，苏君火走上前，拱手相言："段庄主，我们现在就要你给个交代。"

段云大声喊道："交代？我就是交代，镜雪剑是我带回家中的，我爹爹并不知道。"

冷清雪呵呵一笑，冷傲相言："你说的话我们能相信，可是你说这来路不明的女子，她是你的妻子我们可不信。"

段云冷目盯着冷清雪："那怎样你才相信？"

冷清雪冷冷一笑："只要你的诚意可以，我们就相信！"

"好。"说罢，段云从怀中取出一把匕首，从自己胸口插进，整个人瞬间倒在地上，且道，"爹爹，孩儿说的都是真的，她不是幻尘堡的人，她是我的妻子！"

屋外，白雪飘零。

五位掌门一时都止住了呼吸，看着地上的男子，也看着屋外簌簌飞舞的雪花，不再说任何话语。

段飞龙看到儿子已经气息微细，直指五位掌门惊诧地说道："你们……"忙把段云抱起来，抱到侧房，关上窗门。

一连两天都是窗门紧锁，仆人没有谁敢去打搅。

五位掌门确认段云即使不死，也会残疾半生，商议就此离去，在离去的时候，他们给段飞龙留了一封信。

信曰：高子伤愈，必以子语之女为嫁，其证今时无枉言也，若然不匀，何来罢哉？五年约限，其女可亡矣；镜雪之锋利，五年齐约时，再无器皿令吾欢颜，亦非罢哉也？汝若不从五年之约，必亡雪云之上。

仆人拿着这封冷清雪用血写的五年之约，颤抖不已。

很快一个月过去，段云和幻尘雪瑶都好了，五年之约这件事很快被传开，然而段云和幻尘雪瑶也理所当然地成了夫妻，只不过众人不知这是对假夫妻。

而这一切的变化，都预示着五年之后的名剑之争的到来。

第004回：怀疑神剑非真

雪夜，紫阁附近月光轻柔，碧水亭中，幻尘雪瑶和段云就这样站在一起，幻尘雪瑶回想起这十年来和段云一起走过的日子，心想命运虽然对自己很刻薄，但是上天似乎对自己也够好，认识了段云后，虽然无法忘怀郭小风，但是自己也同样忘不了段云对她诸般的呵护。

雪夜似乎过得太快，到了翌日清早，一切沉在雪夜中的红尘之事，都将随之开始奇迹般地上演。

翌日清早，镜雪山庄，浓雾如牛乳。

寒荒以北，千里冰封，万里雪飘。

镜雪山庄，雪大无法形容，九幽狱火渐而从雪峰寒阴处重生。

此日正是五年之约的期限，幻尘雪瑶和段云只因为镜雪剑至今依然毫无下落，所以天还未亮，他们一大清早就起来了，并到段飞龙的住处，看看段飞龙有没有什么退敌良策。

蓝阁就是段飞龙的住处，现在幻尘雪瑶和段云已经来到阁外。

蓝阁之内，段飞龙一身紫袍，负手而立。

段云和幻尘雪瑶看到那高大的背影，一时心里激动，都迟疑在门口。

良久，段飞龙转过身，低沉道："既然来了，为何不进来？"

段云咽了一口气："爹，你忘了今天是什么日子吗？"

幻尘雪瑶站在一旁，安静得如池塘中的一朵莲花，亭亭玉立，脸上冰色寒霜，她自己也知道无论多大的事情发生，都觉得身边的男子一定会很好地解决，因为她很信任他。

段飞龙看了两人一眼，从他们身旁走过，良久，低呼一口气："老子当然记得，今天是寒荒六派五年之约。"

段云心里一怔："咱们苦心寻找镜雪剑五年，连一点线索都没有，恐怕寒荒剑道不会轻易放过咱们。"

段飞龙看了他一眼，道："怎么了，你怕？"

段云道："我不是怕，我是担心。"

段飞龙的脸又是一青，道："你不必担心。"

段云又道："难道爹有办法说服他们？"

段飞龙看着外面纷雪飘扬，走到他们身前，略叹气："我没有办法！"

段云不解，又忍不住，说道："那我为何不担心，寒荒六剑派表面上和睦相处，其实根本就是暗地里钩心斗角。"

段飞龙坐在椅子上，良久才叹道："你的担心是多余的。"说到这里，手一抬，又道，"你们跟我来。"

段云和幻尘雪瑶疑惑对望，但看段飞龙已经向内阁密室走去，他们也只好随后跟去。

光线惨淡，密室陈设看似简单，其实繁杂得很。密室之内最起眼的就是那个八卦图，还有黄道十二宫宫图及江湖侠士名诗名画。

段云见到这诸般奇怪的东西，道："爹，这里我怎么从来都不知道？"

段飞龙没理他，只是拉着幻尘雪瑶的嫩手，笑着说道："你看，这是不是当年你手中的镜雪剑？"

幻尘雪瑶看着眼前的剑，剑发着雪亮的光，安静地放在剑架之上，她伸手拿起，拔了出来，雪光四射，她凝视了很久，微微地点着头，脸上也随之泛起了一丝莫名的冷意。

幻尘雪瑶端详神剑之时，段云也走了过来，惊道："镜雪剑是什么时候找到的？"

段飞龙悠哉道："上个月，我去音尘，发现这把剑在一具白骨之中，于是我就把它带回来了。"

"哎呀！"

幻尘雪瑶的手被剑刃划破。

段云立刻拉住幻尘雪瑶的手,极为心疼地道:"怎么那么不小心,没事吧?这么长一道口子。"看着幻尘雪瑶手里的鲜血,段云忙从自己身上撕下绸带,小心为她包扎。

"义父,这把剑就是我父亲的镜雪剑。"

段飞龙呵呵一声冷笑,似乎有些癫狂,道:"不错了,这正是寒荒神剑啊!"

"太好了,镜雪山庄终于可以给武林剑道一个交代。"段云开心极了。

"这剑且不能落入他人之手。"段飞龙道,"既然幻尘云风兄弟一心尘封此剑,我们说什么也不能把神剑交给他们。"

幻尘雪瑶看着眼前的剑,她似乎想说什么,却又不知道说什么,只是感觉这剑有些陌生。

段飞龙走了出来,段云和幻尘雪瑶也跟着出来,段飞龙道:"云儿,五剑派的那些人昨晚已经到雪山下的雪来客栈,你立刻点好人马,前去迎接!"

段云沉声道:"我和雪瑶一起前去。"

幻尘雪瑶看了段云一眼,见段云正在对着自己笑,她脸颊一红,也道:"好吧,那就叫我和段云哥哥一起去吧!"

"你们爱怎么去就怎么去,老子我不管!"段飞龙说完,阴沉着脸走了。

段云呵呵贼笑,拉着幻尘雪瑶就去了。

此刻,天已经大亮。

段云和幻尘雪瑶走在雪山古道之中,只见岩石之上,有许多冰凌低垂,段云对身后的兄弟说道:"大家小心一些,这里地形险峻。"

谁都会知道,这些下垂的冰凌随时都会从两边悬崖坠下,这冰凌冷光闪闪,若砸不死人,那肯定是被砸的人命不该绝。

身后的人纷纷应了一声,小心跟着往山下走。

正走着,幻尘雪瑶忽然马缰绳一收,那马在原地打了一个圈,嘶鸣一声。

段云也调转马身,说道:"怎么不走了,你不舒服吗?"

幻尘雪瑶看着段云,轻声道:"我想回去。"

看着幻尘雪瑶脸色苍白,段云又关心道:"让两个兄弟送你回去吧。"

幻尘雪瑶脸上的小酒窝泛起轻笑,但没笑出声,感激道:"不必了,我自己可以。"

今早,自从从那密室出来,幻尘雪瑶的心里就七上八下,甚是不安,心里慌慌,总觉得刚才段飞龙给自己看的那把剑有问题,似乎她已经察觉,刚才那柄镜雪剑根本是把假的镜雪剑,她此刻想回去,无非就是再仔细看看那把剑是不是如自己所想,是把假的镜雪剑。

幻尘雪瑶骑着雪白的马往回走。

段云现在已经和众位兄弟来到雪山之下,山下一个不太宽的栈道悬空往雪山下蜿蜒延伸,段云道:"兄弟们小心了,这里地形险要,小心雪崩啊。"

一人大大咧咧道:"不会吧,我们的运气没那么差吧?"

有一人轻声道:"嘘!你别那么大声说话,难道你真的想死啊?"

顿时，风雪飓起，刚走过的路，冰凌纷纷从雪山坠落，他们赶忙狂奔，离开了这是非之地。

刚逃离了危险，危险又来了，就在他们奔驰到雪原上比较宽敞的地方休息的时候，忽然一柄长剑破空而来，一群黑衣人从雪里跳将而出，其中一位说道："留下段云，然后把这些不相干的人全都杀掉！"

还不等段云说什么，这些黑衣蒙面人早就冲了过来。

段云惊道："你们是什么人？"

黑衣人却不理会段云，长剑直捣段云面门。

段云岂是一般好对付之人？只是跟段云一起来的弟兄都被杀了，尸体已经倒在雪地上，段云见此更是拼命力敌。

良久，段云终于击退了黑衣人，正当他转身查看弟兄们的尸体的时候，却没料到一柄长剑已经刺入后背，于是忙扭身转向身后看去，却被一阵烟雾喷在脸庞，然后便硬生生地晕了过去。

第005回：烟云血河之灭

镜雪山庄，苍鹰盘旋。

幻尘雪瑶已经站在青阁外的台阶上，台阶上的积雪在一阵风之后，肆意飞起。

奇怪的事情发生了，镜雪山庄的仆人不但全都不见了，就连往日都整整齐齐地在雪中傲然开放的名花异草，今日也显得格外凌乱。

幻尘雪瑶眼见如此，立刻觉得事情有变，于是很快隐身在一片乱花丛中。

这些花全是寒荒的名花，到底为何受到这种摧残？幻尘雪瑶不敢多想，于是她一边慢慢向蓝阁靠近，一边四周巡视，远远看见，段飞龙的房里有两人，由于太远，视线受阻，没认出其中一位是谁。

幻尘雪瑶使出幻尘世家的绝世轻功——幻影术，美丽轻巧地落在窗外，她看见房里的另一个人，那人分明就是当今世上令人闻风丧胆的大魔头——寒冷天！

幻尘雪瑶全身一阵冰凉，惊讶道："寒冷天！"

万千思绪，在一声冷笑中被中断。

幻尘雪瑶看见一向慈眉善目的段飞龙在冷笑："寒冷天，你个大魔头，你可不要得寸进尺，我镜雪山庄有神剑护佑，谅你万人铁骑也不敢上山！"

寒冷天也同样冷笑一声："段飞龙，你山庄之内有多少名剑，你别以为我不知道！"

段飞龙极为蔑视地白了寒冷天一眼："你难道知道我山庄内有多少名剑？"

段飞龙反问，因为他不相信寒冷天知道。

寒冷天突然停止笑意，脸如死灰一般凄暗，良久，才道："中原的紫电青霜剑，蓬莱的荡云剑，音尘的星月剑，这三把剑我就是知道，你把我怎么样？"

寒冷天现在变得有些像个无赖。

段飞龙一时大气不出，看着眼前这个身材高大、年纪甚轻的人，不敢相信此人竟然对山庄内名剑了如指掌，瞬间只是怔在原地，不知说什么才好。

寒冷天见段飞龙面色有些变化，呵呵一笑："不过我对这三把剑都不感兴趣，你不必担心。"

"我……镜雪山庄内，最值钱的三样东西你都不感兴趣，那你为何还来到……这里……"段飞龙有点想拧掉寒冷天的脑袋般说道。

寒冷天停止笑："我来取剑！"

"我这里没有你能取的剑，你还是快走，不然老夫对你不客气！"段飞龙已经有些反感不适，立马把话挑明了，要寒冷天快点走。

寒冷天死皮赖脸地笑了笑："呵呵，我想借镜雪剑一用，还请段庄主行个方便。"竟然给段飞龙深深行了一礼。

段飞龙却不领情，反而立刻大声怒喝道："不行！"

房内空气瞬间似乎凝在一起。

寒冷天道："难道你不问我借镜雪剑干吗用吗？"

"没必要，因为我根本不能借给你！"段飞龙态度坚定，一口回绝了。

寒冷天忽然脚下一跳，分毫不让，道："既然如此，今天我就血洗镜雪山庄！"

段飞龙早就不耐烦了，此刻见寒冷天犯难，立刻一股杀意冲上心头，大笑一声："好。"身子直飚向寒冷天。

幻尘雪瑶忙躲到一边，而房内两个人忽然一起冲了出来，顿时地上的雪也跟着他们上下舞跃的身子狂起狂落。

两人在雪地里扭打在一起。

山庄外，一排排寒竹。

幻尘雪瑶心中打定主意，先去看看镜雪剑，看看那把剑到底是假还是真。于是她从寒竹隐秘之处进入蓝阁。

蓝阁密室，幻尘雪瑶傻了眼了，眼前分明多了一把镜雪剑，究竟哪把才是真？她拿起了其中一柄，剑上分明有自己的血，于是拿起了另外一把，这把神剑却也乖得像个听话的孩子，不像刚才那把剑，还伤了自己，于是心想：难道这把剑才是真正的镜雪剑？

确认镜雪剑在此，就要放下的时候，幻尘雪瑶忽然想起了父亲说过，只要会使剑的人都会为这把剑动心——占为己有。

幻尘雪瑶思忖："难道义父也不例外！？"

幻尘雪瑶本来不该如此多想，可是为什么义父要骗自己呢？真真的镜雪剑就在镜雪山庄，为何他不告诉我呢？这从何解释？

难道……

剑中玄机……

段飞龙本就不想尘封此剑，他只是想占为己有，从而想解开剑中玄机……

幻尘雪瑶的手已经开始发抖，想起了那个睡在雪地上的父亲，在临死前悔悟的言语，她紧紧拿住镜雪剑走了，快速逃出镜雪山庄……

眼中泪光透出恨意，幻尘雪瑶又如十年前一样，抱着这柄剑，开始了这一生的流浪。

永远也回不去了，幻尘雪瑶记住段云的好，但这一次也记住了人心可以改变，她甚至怀疑段云也在欺骗她，想得到父亲一心想尘封的镜雪剑……

镜雪山庄，寒冷天和段飞龙还在拼死搏斗，却不知镜雪剑又被那个女孩儿拿走了……

远处，寒竹林密，一穿红衣的人，瞬间飘移而来。

寒冷天和段飞龙停下手来，那红衣人，正是苏君火，苏君火道："你们在干吗，好好的山庄被你们搞得乱七八糟，要打也得出去找个宽敞的地方打啊。"

"白火堂来了，想必其余四位掌门也应该来了吧。"寒冷天呵呵笑了出来。

"你还不快走，再不走，小心我们六剑派把你就地正法。"段飞龙得意万分道。

此时，只听一人说道："苏堂主，轻功果然非同凡响，我们四人都被落在后面了。"

同一时间，寒竹林外已经走来四人，分别是刘心冰、冷清雪、邓戏衣、易冷云四人。

苏君火眉头一紧："还是被大魔头抢先一步，你们就别老称赞我了。"

良久，风雪未停，五人已经站成弯月，一同拱手道："段庄主，五年过去了，你可别来无恙！"

段飞龙也道："小儿和儿媳前往客栈接应五位掌门，五位掌门已到，他们怎么不见人影？"

冷清雪道："我们未曾见过少庄主和少庄主夫人！"

几人正说着，刘心冰却说道："这魔教的魔头也被段庄主请来了，看来段庄主是视五年前六派的约定于不顾了。"

段飞龙是何等聪明之人，知道刘心冰这话的矛头指的是什么，当下大声说道："刘洞主，你说这话是说我段飞龙和魔教勾搭，不肯遵循六派五年前的约定了？"

冷清雪淡淡一笑："难道他是自己来的，如是不请自来，那肯定是想坐收渔翁之利来了。"

寒冷天见这几个人说话的嘴脸，甚是不顺眼，不过他是有必求之事而来，也不好再多计较，当下呵呵一声淡笑："各位都错怪段庄主了，在下并非受邀而来，在下是为了一件极其重要的事情来到贵庄。"

苏君火忍不住，连声问道："什么事情？"

冷清雪又是微微一笑，低声说道："不管好事还是坏事，只要是你寒荒古城的事，都和我们扯不上任何关系，请你还是识趣点，快些下山去！"

段飞龙先前已经听了寒冷天来此之意，当下连声道："正是如此，你们魔教和我们这些名门正派老死不相往来，你还是赶紧滚，免得老子发火！"

寒冷天冷声一笑："段庄主，少庄主已在寒荒古城等候你的大驾光临，你可别为了一把剑，置少庄主的性命于不顾才是！"

段飞龙才明白段云为何没和五派掌门一起回到镜雪山庄，且道："原来云儿是被你抓走了？"

寒冷天略带威胁道："段庄主，你别激动，在没拿到镜雪剑之前，我绝对不会动少庄主和少庄主夫人一根手指头！"

段飞龙仔细冥想一番，道"剑，我可以交给你，但是你必须确保我小儿的安全！"

寒冷天不再说什么，因为他知道，段飞龙一旦答应此事就不会有变，说要寒荒古城保少庄主的安全，只是想借助寒荒古城的力量把剑占为己有罢了。

可是五位掌门却早已按捺不住，易冷云自从来到这里，一句话没说，那是他不想说废话，也是因为他不喜欢说话，现在他已经忍不住，走到段飞龙身前，说道："你把剑交给他，那名剑之争，你就准备把你的人头留给寒荒武林剑道！"

寒冷天却不闻易冷云的话，一声狂笑，身影早化成一团白影，飘进寒竹林，瞬间消失，仿佛人间蒸发。

易冷云说话的语气容易让人发火，但也说得很对，句句都是该说之话。

段飞龙捋了捋胡子："剑给你们，难道你们去寒荒古城救我儿子？"

"只要寒冷天没拿到镜雪剑，少庄主肯定不会有事！"苏君火极力遏止段飞龙想交出镜雪剑的念头。

段飞龙冷冷一笑："寒荒古城杀手众多，卫兵四伏，想去救人比登天还难，除了把镜雪剑拿去，你们倒是说说，还有什么别的办法。"

"我们是来取剑，不是来帮你救人，你先把剑交给我们，我们再为你想办法去救少庄主，做事情总该有个顺序！"易冷云的话，一针见血。

段飞龙气急败坏，不再说话，从腰间抽出了一柄和镜雪剑一模一样的剑，说道："只要你们帮我救出犬子，我一定将这神剑交给你们。"

"我早料到你段飞龙不想遵守五年之约。"易冷云白眼一翻，看了一眼其余四人。

段飞龙抖了抖手中的剑，笑道："你看看，这剑我已经找到了，可是这剑如今是我儿子的性命，所以我不能让这把剑落在你们的手上。"

刘心冰火气大盛，向段飞龙吼道："你疯了！名剑之争对我们寒荒六剑派多重要，你竟然把此剑交到大魔头手上，你难道要为一己之私不顾寒荒众多剑客的性命了吗？"

段飞龙一笑："我没有别的办法，我只能这么做！"

冷清雪眼中冷光诡异："有种办法，既可以保住镜雪剑，又可以保住你儿子的性命！"

段飞龙呵呵一笑，心中对这话实在不解，便问道："冷门主，你此话怎讲？"

冷清雪见段飞龙如此问，大声狂笑，呐呐言道："真是愚不可及……愚不可及啊！"

忽然，段飞龙的身子开始颤抖，他双目顿时失去了神光，一时之间，本来眼中的精锐之光忽然涣散，飘到九霄云外。

段飞龙回过头，只见苏君火还紧紧握住扎在他背心口的剑，得意得正呵呵大笑。

这一刻，段飞龙倒下，瞬间尸体已躺在雪地上。

冷清雪眼中星火一射，走了过去，拿起这把所谓的镜雪剑，道："这段飞龙不顾寒荒剑道声誉，一心想独霸镜雪剑，死有余辜！"

说罢，五人出阁，来到镜雪山庄庄园内，该杀的杀，一个也不能留，他们深信"斩草不除根，春风吹又生"，举起一把火，不管是尸体也好，树木也好，而山上的一切都会为了灰烬。

第二日，镜雪山庄消失在雪云山上，而山上的一切都会为了灰烬，留下的只有天空飘不散的烟云和地上永不干涸的血河，只是这片烟云和不能干涸的河流，到底什么时候才会消失？

也许……也许……

第006回：雪瑶巧遇小年

西方的天空，冰天雪地的广阔雪原上空，有一种雪白色的鸟儿在高空成群结队地飞翔。大雪是在前两个时辰停下来的，晴空湛蓝，雪光流光溢彩，相互对酌，这雪原的八座雪山所形成的地形也多有怪异。

这片雪原太过辽阔，所以感觉这些鸟儿飞行的速度并不太快，其后有一只好像已经飞不动了，它落伍了，落在了雪原上，在一个女子身旁着地。

这个女子就是幻尘雪瑶，她躺在冰雪之中，苍白的脸倒映在雪亮的剑锋之中，然而剑仿佛也因此失去了锐气，剑锋亮光也霎时黯淡了许多。

幻尘雪瑶自从拿了镜雪剑，就一路逃亡，流落到此，她有太多疑问——为什么他们都想要这把剑？为什么连父亲的结义兄弟也不例外？许许多多的疑问，现在她却只能想到一种答案——他们都是一心想独霸武林的人。

"你好，我叫雪瑶，你叫什么名字？"

鸟儿看到眼前的幻尘雪瑶和自己一样，所以它拼尽全身力气，大声嘶鸣，像是要对幻尘雪瑶诉说着什么。

幻尘雪瑶看着鸟儿，发现它雪白的羽翼之下有一道很明显的伤口，并且伤口还在流血，殷红的血正一滴一滴地滴落在雪地上。

"你怎么了，你也和我一样，没人要吗，也没有家吗？"

幻尘雪瑶趴在雪地上，全身没有一点力气，就连说话的力气也不是很足，只是看着面前的飞鸟，微微说道："你的腿断了，可是我……我现在一点力气也没有，我……没办法救你！"

此话说完，全身经脉忽然抽搐，脸上的颜色霎时苍白至极，痛苦地在雪地里翻滚，只见负载在雪地上的身子不停抖动，只有微微的声音："我……好冷……喔……好像就是死亡的感觉。"

幻尘雪瑶不知道自己已经在这里昏睡了几天，现在只感觉自己饥饿无比，身上寒毒又发作，心想自己也许会死，可是她明白自己现在并不想死，并且清楚地知道自己心愿没了，怎么能这样死去？

寒风刺骨中，幻尘雪瑶想到自己还没见到想要见的人，要是死了，那他……会伤……伤心，甚至他也没有活下去的理由。

寒毒再一次发作，幻尘雪瑶的脸也埋在了积雪之下，自己清楚自己是活不了了，眼角挂着泪珠，气息微弱，正低唤一个名字："小风哥哥……小风哥……"……

"你在哪里……我好想见你……我真的好想你……想见到你……难道你忘了你答应我在十年后要来找我……我会嫁给你的。"

很久，不能再说下去了，幻尘雪瑶又一次晕死过去。

雪空湛蓝，冷风微起。

两只雪原雕正翻过西边的山巅，进入这片雪原，它们来回在这里寻觅着，寻觅着一切可以作为自己早餐的尸体或活物。

一雄一雌，两只雪原雕发现了雪地上的女子，忽然俯冲猛飞猎捕，锋利的爪子连人带雪一起捞起，刚要飞起半空，横空"嗖"的一声，三只羽箭如流星一样划过，一起射中两只雕，它们硬生生地从半空坠落下来。

原来射箭的人就站立山头，这是一个男子，他衣装朴实，手握半人高的大弓，背上亦有羽箭二三十支，见半空中的女子也掉了下来，忙飞跃过去，紧紧接住正在坠落的女子。

男子救人心切，没注意脚下虚实，一只脚早已经落空，但是他还是把幻尘雪瑶接住，但接住后，脚、身子一歪，两人一起翻进雪沟之中。

同一时间，两只大雪雕坠落在地上，相互挣扎着，只是它们还是不肯就此离去，因为它们已经很久没有进食了，所以它们一起飞进雪沟里，这少年见此，大声喝道："畜生，找死！"

说罢，男子抓住其中一只雪原雕，捞起三根羽箭从雪原雕头顶灌进，这雪原雕几番挣扎，终于死了；还有一只雪原雕已经用利爪钩进幻尘雪瑶的肋骨，又飞起，男子见此，急了，道："畜生，把人留下！"搭上羽箭，而那雪原雕把利爪一松，幻尘雪瑶却落在地上，雪原雕渐渐飞远，也不管同伴死活，如此而去。

西陲边境，有一雪柳村，规模不太大，有八户人家。

村口有个老太婆，身材中等，满脸皱纹，整个人看起来倒是蛮硬朗，见男子回来，忙过来笑着说道："小年啊，你运气……"话说到这里，她才看到男子背上背了一个女子，才忙道，"这女子是从哪儿来的呀？"

这男子，村里人都称他"小年"。

小年眉目间硬气外露，身材高挑，穿着一身兽皮袄子，他脱下袄子递给这老太婆，焦急道："刘妈，你快帮我看看她，看她到底怎么了？"不等刘妈答应，就把幻尘雪瑶背进自己的住处。

这老太婆原来叫作刘妈，见小年那焦急的神情，也赶忙进屋，道："你先把她背进房里，放在床上，我来看看！"

刘妈年纪稍大，但是身体却很健朗，为小年把袄子挂在墙上，随后就进屋，来到床边，看了看幻尘雪瑶的脉象，叹了口气："小年啊，你要有准备，她恐怕活不成了。"

小年听刘妈如此一说，跪倒地上连忙磕头："刘妈，你医术高明，你一定能救她，你救救她吧！"

房里陈设极其简单，一张弓，一张椅，一张床，一张柳木桌，一把刀，如此而已。

幻尘雪瑶躺在床上，本来苍白了许多的脸，现在看起来怎么也不像活人，分明死去了很久似的。

刘妈站在原地，怔住了，见小年如此恳求，还是摇摇头："小年啊，刘妈虽是名医，可是我不能起死回生啊，况且我早已退出医道很多年了。"

小年听此，一下蹿出了房屋。

刘妈见此，忙跟了出来："小年，你去哪儿啊，天色快黑了？"

小年转过身："刘妈，你帮我照顾好她，我进雪山去采冰山雪莲。"

刘妈看了看天色，着实要天黑，担心道："她身患寒毒，无药可救，天色也快黑了，你上雪山很危险。"

小年却说道："冰山雪莲不可以让她起死回生，但至少可以为她续命，她是我要救的第一个人，我一定要救活她。"说罢，身子消失在村口。

那个和自己有过约定的人，此时此刻是否也能感应到她此时的处境呢？也许他早把她忘了。

当初郭小天告诉她郭小风是为了一个凤愿才离开寒荒，可是如今能再见他一面却成了幻尘雪瑶唯一的期盼，要是自己死在这里，镜雪剑是否能就此尘封？

没有人会知道。

十年之间，就算风中的雪柳在飞絮，雪地里梅花再漂亮，童年的慕情再深，宿命也无法停留下来，因为死亡不会因为一件事或是一个凤愿而放过任何一个要死的人。

幻尘雪瑶一直躺在床上，睡得很沉，仿佛已死去很久，

第007回：雪山上的女人

大雪山之上，雪风如鬼鸣，夜深凄寒，小年打着冷战在雪山上攀行。

雪山巍峨。

是谁说雪山上有冰山雪莲？想想没谁知道，那肯定是传说了。

小年明明知道，冰山雪莲是一种罕见的如意良药，可见对世人来讲此药非常名贵，传说有起死回生之效，想要找到它，比登天更难。

雪山上，风雪狂涌，雪夜渐深，飓风一起，雪亦狂涌，冷冽的寒风吹得小年一直发抖，几个时辰过去，还是没有寻到冰山雪莲的踪迹。

无论多艰辛，小年都不会放弃，一边找一边向上苍给幻尘雪瑶祈福，可是现在天已经黑了，雪山上道路阡陌，雪沟深邃之间兀自悬崖孤立，多有峭壁，十分凶险。

"啊！"一声惨叫！

地上的积雪很滑，小年掉落雪沟之中，雪沟很深，四周都是冰雪峭壁。

小年若是武林高手，一个轻功身法起来，也就出去了，可是他并不是武林高手，他只是个很有本事的猎人。

倘若跳不出这个雪沟，那家里的幻尘雪瑶只有等死了，所以他焦急了。

小年使出全身力气举起拳头向冰峭猛击，但于事无补，只见四周积雪纷纷落下，差点把他活埋在这雪沟之中。

难道是天意难违？

小年没有绝望，气急之下，大声呼道："上天，你能不能不要她死，她是我今生救的第一人，我不想她死。"

"喊什么喊，你再大声喊，就要雪崩了。"

不知道从哪儿传来了女子微怒的警告。

小年闻声而望，只见两名既年轻又蒙着白纱的青衣女子飞跃雪沟之间，瞬间两人就站在他面前。

"你们是什么人？"小年忍不住高兴道，"你们可以救我出去吗？"

两少女都生得俊俏，见眼前这个男人，其中一位道："我们生平最恨的就是男人，你还想我们救你，做梦！"

小年知道，也听说过，雪山上生活着一些不同寻常的女子，个个身怀绝技，美艳动人，最恨男人，今天能遇到，一点也不感觉到意外。

"那就动手吧！"

"你好像早就料到我们最恨你们男人了，是吗？"然而另外一位说道："不过念在你忠厚老实、一心一意救人的份儿上，我们姐妹俩今天暂且饶你一命！"

小年见她们说话举止异于普通女子，才道："那你们就好人做到底，送佛送到西，救我出去，两位姐姐的大恩大德，小年终生不忘！"

"少废话！"一位说道。

"跟我们走！"另外一位说道。

两人说话的同时，手提着他的肩膀，当下身子一摇，脚下仿佛安了弹簧，直飞而起，跳出了深深的大雪沟。

"你们要带我去哪儿啊？"小年心切找冰山雪莲，所以不得不问，免得耽误了要事。

两女子不约而同地飞起，异口同声地喝道："你给我闭嘴！"

小年见此，也只有认命，跟着她们轻飞而起的身姿一同落到了一处悬崖的绝壁之上。

在绝壁上有一个洞窟，洞窟上题有"缥缈宫"字样。

小年疑惑："缥缈宫？"

缥缈宫，并非寒荒一派，十多年前从音尘而来，不为寒荒诸多门派公认，于是隐居于此。

进了洞窟，洞里如果有翡翠珍珠、玛瑙流彩，那也不值一提，可这洞窟中的确甚是豪华，什么青山绿水、晨阳晚辉皆有。

小年惊讶："啊！"

"宫主，此人力大无比，方才掉进雪沟之中，差点毁了我神宫的根基。"一位进去通报。

方久，在屏风背后传来这样的声音："他有这么大的力气？"

"属下句句属实，此人罪大恶极，请求宫主发落。"通报的人再说。

方久，那声音又道："把人带进来，我倒要看看这个差点毁了我神宫根基的人，是不是有天大的胆子。"

"是。"女子退了出来。

另一位女子带着小年走进来，而屏风后走出来一位身穿黑色大衣的蒙面女人，她的声音有些沧桑，打量小年一番过后，道："你狗胆子不小啊，竟敢冒犯我们……""缥缈宫"这三个字没说出口，小年却抢过话头，说"老太婆"这三个字，而这老太婆和宫主说出的话连在一起便是"你狗胆子不小，竟敢冒犯我们老太婆。"

站在一旁的女子，走上前，喝道："放肆！在宫主面前竟然这样讲话，你活得不耐烦了？"

"啪啪啪啪"连续四个嘴巴，这女弟子打得小年口鼻流血。

小年擦了擦满嘴的血，怒道："你个老妪，把我捉来干嘛，快放了我！"

站在一旁的女子，又走上前，喝道："该死的东西！"看样子又要掌嘴了。

"慢！"宫主下令。

女弟子听到宫主之命，硬生生应了一声，随之放下举起来的手，退了下去。

宫主反倒微微地冷声笑了笑，真不知道面纱背后的那张脸又是何种表情，但从她那双眼睛来看，清澈美丽，想必绝不是什么老太婆之类的人物。

宫主道："你从哪儿看，我们像老太婆？"

小年纳闷："我就是说说而已，谁知道有人反应会那么大，打得我鼻口流血。"说罢，狠狠地看了一眼身旁的女子。

一旁站着的女子见小年目光怨气大盛，也狠狠地瞪了他一眼，仿佛是警告。

宫主笑意顿失，问道："你难道不知道，这雪山上生活着一些对你们男人很不利的女人吗？你到这里来干吗？是不是找死来了？"

"我为救人而来。"

"你是为采冰山雪莲才上雪山。"

小年立刻心里一动，说道："你也知道？"

"冰山雪莲乃是世间罕见之物，就凭你，你也想得到旷世奇药？"

"有位姐姐身患寒毒，只有冰山雪莲才能救她，我就是拼了性命也要拿到冰山雪莲。"

"寒毒？"宫主奇道。

小年几个阔步，向洞窟外奔，一旁的女子走上前拖住他，把他按跪在地上："这是缥缈宫，你老实点！"

良久过后，只听宫主忽然说道："送他下山！"

一旁的女弟子不解："师父？"

宫主语气冷而阴："我说送他下山！"

这女弟子应声领命提着小年出洞窟。

翌日，太阳出来。

昨夜发生的一切仿佛做梦一般，小年不知道自己是如何下山的，当他发现后，自己已经在雪山之下，让他更加意外的事情发生了，他怀中竟然有一个盒子，打开盒子一看，他惊呼："冰山雪莲！"

小年抱起盒子，望着雪柳村，大声欢笑后，飞奔回到雪柳村，而缥缈宫宫主就在她出洞的那一刻，也深深叹了一口气："寒毒？难道雨荷的女儿还活在人世？"

第008回：缥缈无情杀手

"刘妈，你快救救她！"小年几如风儿一般，冲进房里。

"我救她比冰山雪莲救她更管用！"有一个女人的声音从房外传来。

原来这都是真的，一切都不是在做梦，黑色的大衣，黑色的面纱，清澈美丽的眼睛，号称缥缈宫宫主的女人出现在门口。

这女人就是缥缈宫的宫主，号称月姬。

月姬走了进来："她体内的寒毒已经深入骨髓，想要救她，不但要良药，还要阳刚之气来护住心脉，以免毒素窜入心脏！"

片刻，门口已经站立了十几个年轻美貌的女子，又想起昨夜种种事情，小年怔了一下："哦，是你们？"

"你们都出去！"宫主下令。

"我们干吗要出去，你们又要耍什么花样？"小年怕这些女人心如蛇蝎，害人性命，所以他不能不防。

此刻，只见门口的女弟子走了进来，刷的一闪，一柄雪亮的剑却已经搭在小年的胸前，女弟子微怒："要不是宫主要留住你，我早结果了你！"

小年瞥了这女弟子一眼，无奈之下，也只有出去。

来到房外，小年心想她们为什么要帮我？她们和姐姐之间到底是什么关系？他在房外想了很久，始终想不出合理的解释。

月姬把幻尘雪瑶的上衣退去，雪白的肌肤更如秋日荷塘的白莲，双手在胸前一比画，内力在胸前相聚，火球形成于掌心，两手并用，一手贴在她的"百会穴"，一手贴在她的"正心穴"，两道大气贯穿全身经脉，幻尘雪瑶肌肤出现阴紫之色，仿佛有千万蜈蚣、毒蛇在全身游走，刚开始它们游走的速度甚是快捷，但一个时辰过去后，它们渐渐消失。

寒毒是阴毒之气，月姬用阳刚之火为幻尘雪瑶驱解寒毒，也是因为幻尘雪瑶身上的寒毒自小患有，所以多少年以来，淤积成疾，已经不好治疗，有多少自称神医的大夫恐怕也都无能为力。

好一会儿，门开了，小年第一个冲了进去，看到幻尘雪瑶醒了，激动地说道："你醒了，太好了……太好了……"

"你是谁？"幻尘雪瑶看着小年。

"我……我……我……"小年不知道怎么说，也许是他太激动的缘故。

幻尘雪瑶想起了自己从镜雪山庄出来，晕在雪原上，寒毒发作……然后……

"谢谢你们救我。"幻尘雪瑶立刻想起镜雪剑，道，"剑，我的剑呢？"

小年从床底下拿起来，说："是不是这把剑？"

"是，就是它。"幻尘雪瑶一把从小年手里夺下镜雪剑，紧紧地抱在怀里，欲要挣扎而起的时候，还是摔倒在了床上。

刘妈赶忙扶着幻尘雪瑶，安抚："姑娘，你身体很虚弱，得要慢慢静养才能复原。"

幻尘雪瑶连忙点头，道："谢谢你们救我！"

刘妈虽然高兴，但是一看到屋里站着月姬等人，脸色有些阴暗："不用了，救你的人是小年和她们。"

幻尘雪瑶的眼睛落在了缥缈宫的一群女子身上，连忙点头："谢谢你们救我。"

这些女子都面无表情，不过幻尘雪瑶的目光接下来落在了小年的身上，看见小年正看着自己在笑，也略带笑意："谢谢，谢谢你们大伙救我。"

小年只是在看着她，在笑，却像没听到她说话一样。

就在这个时候，月姬走了过来："我们缥缈宫救人是有原因的。"

幻尘雪瑶方把目光从小年的身上撤走，疑惑："缥缈宫？"

月姬冷声道："不错！"

幻尘雪瑶道："不管你们有什么原因，我的性命始终是你们救的，还是要谢谢！"用力咳嗽了数声后，道，"你们为何救我？"

月姬走到门口，望着外面许多雪柳，一字一句说道："我们想要你加入我们缥缈宫。"

幻尘雪瑶神色疑惑，良久才淡然道："我是将死之人，在世上的时间不会太长，我真的不明白我能为你们缥缈宫做些什么？"

月姬狠狠地说了句："你若不愿意，你一定会后悔！"

幻尘雪瑶依旧淡然道："我真的听不懂你的话，请你说明白。"

月姬一声冷笑后，接着向门口青衣女弟子下令："把这个村的人全都杀掉！"

门口十几个青衣女弟子，伏地听命："弟子领命！"

剑光流彩，纷纷向小年和刘妈挥去。

雪风猎猎，幻尘雪瑶"幻影术"瞬间飘移，纷纷格挡，接着身子摔到地上："你想杀他们？"

月姬冷声道："你说错了。"

"我哪里错了？"

"你做的每件事都错了。"

幻尘雪瑶听着月姬说的话句句内藏玄机，在地上缓缓站起，微微抖着身子："你究竟想说什么？"

月姬冷冷地看了幻尘雪瑶一眼，黑色蒙面上的那双眼睛，死水一般盯住她："你想保住这个村子三十六口人吗？如果想，你就必须对我缥缈宫唯命是从。"

"他们死活和我有什么相干？"幻尘雪瑶质问。

小年被两个女弟子的红剑架住，靠在墙上。

月姬又道："没关系，最好！"

小年大声叫道："你们要杀我没关系，但你们不可以伤害村民和这位姐姐。"

还有几个弟子都围着刘妈而站，刘妈听到小年如此大义，便跪到地上道："要杀就杀我，我一把老骨头，早就不想活了。"

这里众多女弟子一同呵斥："你们统统闭嘴！"

月姬朗声冷冷一笑，接着对幻尘雪瑶说道："既然她们的死活与你不相干，那我就先送他们上西天。"

幻尘雪瑶很是无奈，本来对世人都心灰意懒了，世人皆不管自己的死活，自己也不管他人死活，仿佛这就是世间人与人的生存法则，可是看到地上刘妈头发银白，墙角小年单纯心善，她的心一下软了："好，那我答应你！"

月姬目光霎时变得冷静而神异，接着一句回宫都没吩咐，径直而去，只是有个女弟子说道："回宫！"

月姬走后，屋里只剩下一个女弟子。

这个女弟子就是月姬的大弟子——蓝萱。

蓝萱见此，便说道："你抓紧时间，我在房外等你。"说完她也就出去了。
刘妈忙过去，扶住幻尘雪瑶。
幻尘雪瑶万分感激："恩公今日救命之恩，日后有机会必会相报。"
"姐姐不要给我磕头，我救人，都是刘妈教我这么做的，刘妈说救人胜造七级浮屠。"
幻尘雪瑶一怔，道："我比你还小，你怎么叫我姐姐，叫我妹妹就好了。"说罢，从怀中取出一对翡翠鸟，双手递了过去："我要走了，我把这个作为我们第一次的见面礼，你要收下，不要嫌弃！"
话音落地，幻尘雪瑶就艰难地走出破烂、有些年代的屋子。
小年一怔，一直摇头，挥手道："不可以，不可以，雪瑶妹妹……你不可以把这对鸟儿送给我。"
刘妈忙走上前，追至房外，把其中一只塞到幻尘雪瑶的手里，道："姑娘，我们只收下其中一只，你有事情，你赶紧走吧。"
幻尘雪瑶不再说话，最后也就走了。
小年却不愿意："刘妈，她的身体还没好呢！"
刘妈却道："不打紧，不打紧，有她们呢。"
房外，蓝萱已在雪柳树下站着，寒风吹过，卷起乌黑的秀发，看起来别有一种风情。
幻尘雪瑶走到蓝萱面前，道："师姐，我们走吧！"
蓝萱冷冷道："你还没经过节令（入门礼仪），所以你不能叫我师姐，我名字叫作蓝萱，你叫我蓝萱就可以了。"
幻尘雪瑶点点头。
雪山，缥缈宫。
缥缈宫宫窟位于落雪峰腰端，有一种上攀九霄、下落九川的气魄。宫主缥缈三娘月姬身穿幽灵女仙裙，面带黑纱，靠坐柳木椅子上。
良久，安静的洞窟外响起一清脆的声音："师父，人就在外面。"
月姬淡淡道："叫她进来。"
幻尘雪瑶微抖着身子，走了进来。
月姬向身边弟子说道："把煮好的药端上来。"
这个弟子便是月姬的二弟子——紫萱。
紫萱低低应了一声，跟着身子转进屏风内，不久后，只见她端着一碗热气直冒的冰山雪莲汤，走了过来，递给了月姬。
月姬接住了，向幻尘雪瑶招了招手："你过来！"
幻尘雪瑶点点头，咳嗽着，一步步走到宫主面前。
月姬拿起勺子，舀了一勺汤送到幻尘雪瑶面前："我希望你成为我缥缈宫最出色的弟子！"
幻尘雪瑶喝了，因为已经无法抗拒眼前的月姬，她觉得月姬仿佛具有至高无上的权力和震慑力，她不能拒绝，也拒绝不了。

喝下第一口。

月姬把第二勺送到幻尘雪瑶嘴边，又把刚才没说完的话接着说道："更希望你成为我缥缈宫最出色的……"

幻尘雪瑶又喝了。

月姬接着说道："无情杀手！"

幻尘雪瑶听了"无情杀手"四字，顿时怔住了，恐惧地看着眼前的月姬，把月姬手中的药汤打翻在地上，大声惊恐："魔鬼。"

月姬微微一笑："杀手不是魔鬼，魔鬼不配是杀手！"

幻尘雪瑶眼睛绯红，连连后退："杀手就是魔鬼，魔鬼就是杀手，我不要做魔鬼，我更不能做杀手！"

月姬冷冷一笑："对不起你的人太多，你不觉得他们都该死吗？"

幻尘雪瑶步步后退："你是谁，你到底知道些什么？"

月姬怒道："你答应你父亲尘封镜雪剑，你就必须成为一个无情杀手！"

幻尘雪瑶口吐黑色的血，说道："你到底是谁，你……为什么？"

月姬笑了笑："她们都该死，你一个都不能放过。"说罢便走到幻尘雪瑶的面前，把一本秘籍递给她，又道，"人都可以从有情变成无情，你想遵循你父亲的遗愿，你就必须要改变自己！"

幻尘雪瑶低头一看，书本上分明写着"无情杀手"四个字，已是惊声一句"啊"就倒在地上。

倒在地上，幻尘雪瑶又是一阵抽搐。

寒毒一发作，月姬就把幻尘雪瑶扶起，并且进入屏障之内，看样子是要帮她压制寒毒。

第009回：美女与老古董

幻尘雪瑶加入缥缈宫，做了无情杀手，在她成功刺杀一系列江湖高手后，月姬便命她去刺杀寒荒古城的城主，如今寒荒古城风雪飘零，而寒荒古城城主的武功更是高深莫测。

寒荒古城雄踞寒雾荒中央，北临靖海，南有名山天楼山，翻过天楼山算是进入冰镜荒。

这一日，寒荒古城城堡在风雪之中巍巍而立，坚实的青石流散着一道道青光，这许多青光在寒雾中自显神奇。

晨光一亮，只见城堡之上一个穿月蓝衣的女子，站在寒雾中，望着天楼山。

方久，远处雪雾朦胧处传来一声清脆的马嘶，此女子使劲全身力气，让自己瞳孔尽量变大，以便看清楚远方来人，可是这里寒雾太大，任凭她如何努力，也是于事无补。

"哥哥，怎么还没回来呢？"她轻轻说道。

马蹄声传来，她看见一群黑衣人骑马向这里狂奔。

"是他们回来了！"

她脸上笑容美如白月，这一笑委实好看，随后身子一摇，身姿飘起于城堡之上，又落在城门之前，对城门守卫说道："你们快开城门！"

那看守之人，见是城主的妹妹寒月小姐，便立刻尊令。

远处骏马奔驰，快如急电，很快当真有二十快骑已经来到城门之前。

"我哥哥回来了吗？"寒月急切地问。

二十骑士翻身下马，俯首在地，其中一位领头的回禀道："寒月小姐，城主有事情耽误，恐怕要隔两天才会回来。"

原来寒月是寒冷天的妹妹，现年十八岁，虽然不曾在江湖上行走，但整个寒荒雪域人人皆知，寒月小姐琴棋书画各样精通，武功虽然不及哥哥寒冷天高深，但她本人不但漂亮大方，还很热情，她是寒冷天在世上唯一的亲人，而寒冷天也是寒月唯一的依赖。

闻此，寒月也不感到意外，唯一感到意外的事情就是在骑士的马后，正有一个白衣男子潦倒在地上，被绳索捆绑得严严实实。

寒月走到男子身边，问道："这人是谁啊，你们为何这样对他？"

寒冷天的心腹有天景、天幕、氾水、焰火、厚土五人，他们武功高强，这次远行，天景和天幕都随寒冷天前往镜雪山庄，还有三人留守寒荒古城，而刚才说话的就是天景，听寒月这一问，他才站起身来："他是镜雪山庄段飞龙的儿子段云。"

"他就是段云啊！就是那个在十年前为救幻尘云风的女儿跳下悬崖的那个段云么？"寒月凝视着躺在地上的男子。

天幕不爱说话，所以天景接着说道："正是此人！"

寒月一笑，走到天幕面前，皓齿如月："天幕大哥啊，你不是最敬重视死如归的英雄好汉吗？怎么可以这样对待他？快给他松绑啊！"

天幕走到段云身边，解开捆绳，并且把段云扶了起来。

天景略有制止的意思："万万不可，这小子武功不弱，千万解不得捆绳。"

寒月忙道："都被你们虐待成如此模样，他还怎么逃啊？不打紧，不打紧的！"

天景道："既然小姐都说不打紧，那好吧！"

段云被绳子捆着，再被马拖着在地上走，身子在地上撞了不少伤口，此时就和死人没有什么区别，天幕见此，才道："小姐，我去给他治疗！"

寒月忙道："不用了，你累了，你去休息吧，我来给他治疗。"她扶住段云。

天幕道："是。"

寒月接过段云，可是天景不解，且道："寒月小姐，这可有些不妥！"

天幕也道："我也觉得不妥？"

寒月又是一笑："哪儿有什么不妥？"

天景看了一眼天幕，说道："此人武功非凡，轻功绝妙，我怕他逃了，不好给城主交代。"

寒月道："有我顶着，你们不用怕，你们就放心好了。"

这时候氾水从城堡走出，板着脸道："把这小子押到大牢严加看守！"

寒月看见氾水走了过来，狠狠说道："氾水啊，你干什么，你这么对待他，你是不是个人啊？"

氾水道："寒月小姐，你得注意自己的身份。"

寒月只有放手，可是她并没有罢休，道："那你可要给我保证。"

氾水板着脸，皱眉道："你不要闹了，要我保证什么？"

"我要你保证在一天之内，让段云身上的伤痊愈。"

氾水大吃一惊："这怎么可能！？"

寒月笑道："不可能是吧，那就把人给我留下。"

氾水拒绝，但是沉思很久过后，氾水才冷冷道："好，我保证。"

"一言为定，明天这个时候，我去看他，若是他身上还有半点疮疤，那时候你可不要耍赖。"

"就这么说定了！"氾水的脸色变得十分难看，对身后的人说道，"把他带到我房间里去，好好给他疗伤。"

身后的人应了声，便把段云带走了。

寒月见此，也咽了口气，缓缓进了城门。

夜晚，寒雾浓浓，夜深深，月朦朦。

寒荒古城之内的星星灯火在雪雾中显得很朦胧，风灯也在夜中显得有些诡异。

寒月心里不知怎么，就是安定不住，难以安睡，坐在床前良久，心中一想到今天那个伤势很重的少年男子，便是难以平静自己的心情。

此时，窗外有个影子，一闪而过，寒月看到了，刚一开门，一个男子出现在面前，寒月喜出望外："哥哥，你回来了啊！"

寒冷天忙走进她的房间，说道："妹妹，你还没睡？"

寒月一笑而罢，也没有回答哥哥的问题，只是顺手把门关上："天景说你隔两天才回来呀，你怎么现在就回来了，事情都办好了吗？"

寒冷天笑道："你知道我这次出去办什么事情吗？"

寒月不管哥哥做什么，从不过问，因为她知道寒冷天做的事都是好事，倒了一杯茶递给寒冷天，便坐了下来："我不知道呀。"

寒冷天喝了一口茶，淡而无味的样子："哥哥这次去镜雪山庄借剑了。"

寒月知道哥哥素来爱剑，因为自己也爱剑，经常和哥哥在一起练剑，可是她并不知道哥哥这次去镜雪山庄是为了借剑，所以也是怔了半天，才问道："那剑呢，借到没有啊？"

"没想到剑竟然被寒荒六剑派收回铸剑阁了。"寒冷天叹了一口气又说道，"更令人难以想象的事情竟然是镜雪山庄遭到了灭顶大劫！"

"灭顶大劫？"寒月惊闻，怀疑自己的耳朵出问题了，所以追问。

寒冷天仿佛丢了自己的魂魄一样，颓然坐到椅子上，拿起桌上的杯子和茶壶，喝了一杯又一杯，苦涩道："难道这次我又做错了？"

"在镜雪山庄你没有借到，你再去向五剑派借，这总该借得到的啊，哥哥。"

寒冷天苦笑，又喝了一杯茶："现在借剑是小事，镜雪山庄遭到灭顶才是大事。"

寒月眉头深锁，听不明白，她不曾知道镜雪山庄藏有名剑不止上千，这次段飞龙死了，这些名剑从此便会失去下落，这将严重影响"名剑之争英雄会"。

只是这事情还有一点点希望，那就是段飞龙的儿子段云还在，只要把段云的事情做好，这些名剑的下落还有一迹可寻，寒月既然不知道其中的来龙去脉，寒冷天为何来找她，寒冷天是另有打算，还是只是来看看妹妹？

都不是。

既然不是，那寒冷天是不是脑子进水了，跑到这里来说些让寒月听不懂的话，害得寒月苦思不解？

镜雪山庄已经化为云烟，段飞龙已经尸骨无存，这些名剑是寒荒多少年以来，令异域剑道不敢小觑寒荒剑道的原因，三十年一度的名剑之争即将到来，这些名剑牵挂着种种是是非非，祭有多少英雄豪杰的鲜血，到时候名剑之争英雄会上若无剑出现，那将给寒荒剑道及整个寒荒黎明百姓带来前所未有的毁灭，这种殃及之光不是谁都看得见的，也只有真正了解镜雪山庄和寒荒剑道的人才能知道、才能懂。

镜雪山庄一共有九百九十九柄神剑，每把剑都祭有一个民族的传说，无论哪一个民族把属于自己民族的剑留在寒荒都是他们的耻辱，为了这种耻辱不在他们民族血统里传流，他们必须要找回那把寄存在异域的神剑，所以他们费尽心血努力铸剑，铸出世上最好的剑，来年名剑之争英雄大会好一雪前耻，夺回多年以前被寒荒剑道留下来的名剑。

寒月恍然想起今天城门口那个男子，忙道："你说镜雪山庄遭到灭顶，那今天那个被你带回来的那个人，他知道了，一定会很伤心很难过？"

"妹妹，老哥想请你出马，帮我一个忙。"寒冷天万般迟疑，但是最终还是说出了口。

寒月从来没有帮哥哥做过什么事情，反而总是爱拿哥哥当开心果，事事只管我行我素，尤其在属下面前，经常让寒冷天丑态出尽，这次听到寒冷天如此一说，真是意外地紧张，所以她笑了："我从来没为哥哥做过一件好事，反倒经常让哥哥难堪，难道哥哥忘了吗？"

"这次没谁能帮我了。"寒冷天身为寒荒古城城主，神威凛然，不过在寒月面前，他的神威永远也不会萌芽半寸。

"我帮你！"

听寒月这般一说，寒冷天真是太高兴了："帮我好好照护段云，想尽一切办法，帮我找回镜雪山庄藏剑的地方。"

寒月听了，神色淡然，笑着说道："就这么简单？"

寒冷天语气顿时压低："有生命危险，你可要当心！"

这件事情并非寒月所想象的那么简单，反而辣手至极，所以还要一个帮手，而这个帮手就是氾水，寒冷天早就给安排好了。

——寒月接近段云的过程中，氾水负责制造误会。

什么样的误会？

反正这误会谁都没领略过，因为这种误会很温柔、很恰意。

第010回：血字何以悬疑

夜色黑沉沉，寒荒古城的一角，不知道是什么人私自闯入，从这人的身手不难看出此人并非别人，她就是寒荒古城的寒月小姐，寒月武功高强，现在正在被氾水带领的人凶猛围攻！

"你是什么人？竟然敢私闯寒荒古城。"

氾水瞪着寒月。

寒月一笑，心想着你个老古董，没想到我哥真的会让你来演这出戏。

氾水的表情哪里是演戏，分明就是真的，他真的要演这场戏，并且一定要假戏真做，无论是谁看了他那张板着的脸，都会这么认为。

"哪里来的女飞贼，快束手就擒，若不然，立刻让你死无葬身之地！"氾水此刻还真的把这个寒月小姐当成了恶贼一样，好不痛快地骂道。

"小女子我上天入地，神出鬼没惯了，不小心就闯了进来，你们若要以人多欺负我人少，我也无话可说。"寒月脸上的表情也变得无奈。

"你这女飞贼如今死到临头了，还如此狂妄。"说罢，氾水的剑腾空出鞘，飞影而去，剑的冷光直射寒月面门。

氾水真的敢刺寒冷天这世上唯一有血亲的妹妹吗？

·敢！

氾水是老古董，就连寒冷天有时候也这么认为，此刻段云若再不出现，后果很严重，寒月将被他的剑所伤，甚至是死。

紧要关头，果然有一个白影忽然一闪从氾水的房间闪出，段云站在寒月身前，怒道："你们这一群魔头，竟然连一个女子都痛下杀手！"

寒月看着段云凌乱的头发，再看看他眼中的正义之气，别有一种豪气干云的魄力，顿时想到他就是十年前在五剑派剑下为救那个女子而跳下悬崖的那个男子。她也在想，也许十年前他就是这么救那女子的。

寒月一时对这段云着迷，忽略了这是在演戏，片刻，氾水的剑再一次逼近她。

白影已经变得清晰，段云在寒月面前，拉着她格挡开氾水那一剑，转身飞起，可是身上伤势未能痊愈，还隐隐作痛。

段云按住自己的伤口，不在乎正在撕裂的伤口，依然飞跃而起，身形快捷无法形容。

寒冷天为了让段云和寒月认识，设计段云救寒月，当然也为这场戏设计好了结局，就在这时候，漆黑的天空有一张金刚网忽然落下，段云和寒月一起困于其内，段云用尽全部力气用剑去砍，只见火星闪烁，那网子却毫无损伤。

汜水板着脸，冷冷一声："带到大牢严加看守！"

上前两人，收网逮人上锁，欲收押大牢。

大牢建于古城西边，西边城墙比其余三面都高两倍，用意十分明显——确保武林高手难以从城墙越过。

平日，冷风不断沿城墙往内灌，大牢内到处都是枯草，不管是看守的人，还是坐牢的人，都少不了它。

光线很暗。

寒月从来没有到过这种鬼地方来，她倒是没有感觉到不爽，反而感觉很爽，感觉这里很新奇，因为没有坐过牢，也没见过坐牢。

黑暗，汜水站在牢房门口，依然板着脸，冷道："一天送一次水，一次饭。"

看守之人点头："是！"

寒月心想：老古董啊老古董，如今我哥让我来演戏，你却这么刻薄对我，等我出去，我看你怎么办。想到这里，趁着汜水不注意的时候，竟然在汜水的手指头上狠狠地咬了一口。

汜水依然板着脸，忍受着。

黑暗中，汜水的指头在流血，不过他也在忍受，因为他是老古董，有着顽固不灭的思想，他认为男人就算流血也不该在女人面前喊疼。

寒月很明显闻到了一股血腥，所以她知道自己过分了，再怎么说，汜水被哥哥视为兄弟，哥哥尊重的人，也应该是自己尊重的人，所以她只是小声在他耳边说道："对不起，我不是故意的！"

汜水却不闻，板着脸道："你们两个老实一点，不然只有死路一条！"

寒月脸色立刻一沉，大声向他喊道："我咬死你，我要咬死你！你有什么好神奇的啊。"

汜水不再理会，已经走了。

寒月见汜水已走，回头看了一眼段云，顿时怔在原地，而段云道："真是没想到魔教之中高手如云。"

段云的伤口在流血，染红了衣襟。

寒月看到了，忙走到他身旁，说道："你受伤了？"

段云笑了一下："小事而已。"

寒月忙伸手过去，且道："我帮你看看，说不定能帮你止血。"

段云退后数步："万万不可！"

寒月一怔："为何不可？"

"男女授受不亲，况且我已是有妻室之人。"段云道，"不要因为这点小伤，毁了姑娘清白。"

寒月一怔，才把手收了回来，脸上如红霞般灿烂。

"清白，我哪里还有清白所在，和你关在一起，日后我就算出去也难保清白。"

"你我都是光明磊落之人，所谓清者自清，所以你不要怕。"段云呵呵一笑，倒是忘了自己的伤口那份疼痛的感觉。

寒月听得段云这么一说，便问道："你是谁？为什么会在寒荒古城？"

寒月为了演好戏，所以她明知故问。

段云不知道面前这少女是谁，他以为这只是萍水相逢！

"我也不知道。"

"难道你连你自己是谁都不知道？"

"我叫段云。"

寒月故作惊讶："啊，你就是镜雪山庄的少庄主啊，我听说镜雪山庄遭灭顶大劫，也听说你被寒荒古城的人抓走，所以我就来看看。"

段云听她这么一说，微微一笑，一句话不肯说。

寒月觉得奇怪，为何他听到镜雪山庄的惨变，一点都不紧张，反而神色淡然，竟然还笑，她实在搞不明白，神色凝住："你为何笑？难道……"从来没怀疑过寒冷天，这次她却怀疑寒冷天有关镜雪山庄的消息是否属实了？

段云以为寒月在开玩笑，不以为然地笑了笑："你说镜雪山庄遭到灭顶大劫，你该不会是街头唱戏的吧？"

镜雪山庄在寒荒六派中始终以首脑而居，有人居然说镜雪山庄遭到灭顶，这不是笑话又是什么？

寒月听段云说自己是唱戏的，心里一乐，说道："我不是唱戏的，我是演戏的。"

段云呵呵一笑作罢："我就知道你是胡说的。"

"别以为你什么都知道，其实你什么都不知道。"寒月见他神色安然，当下也来兴趣了。

段云觉得眼前这少女越来越有意思，随口问道："那你倒是说说我什么不知道？"

寒月笑着，可是笑却慢慢止住了，最后神色暗伤，怔住良久，怕段云承受不起，所以不敢说。

段云看着寒月，也是淡淡一笑，在草堆里坐下。

很久……

"据说五大剑派来镜雪山庄赴六派五年之约，当五大剑派成功赴约拿到镜雪剑离去之后，镜雪山庄在夜里被一把大火烧成灰烬，当世人发觉已是第二天清晨，我也去看过，我还意外发现有人在镜雪山庄的水井里下毒……"

寒月的样子很诚恳，不像在说笑话。

此时，段云就算不信，可他也不能不仔细听下去。

良久，寒月接着道："我发现了一行字。"

"什么样的一行字？"

段云似乎有些紧张了。

"在寒竹林，我发现在一棵大青竹上刻有一行字，这些字刻成之后都用血染过。"

"什么样的字？"

"剑道属血道，镜雪非镜雪，及时不仁吾岂义！"

"这一行字是什么意思？"

"这句话从字义上讲，就是说有剑的地方就一定会流血，然而镜雪山庄即得到镜雪剑，却又据为己有，这是不顾寒荒剑道声誉的做法，视为不仁，既然不仁就是不义，然而这'吾岂义'是说凶手不念旧情，所以要杀死段飞龙。"

段云听寒月句句分析，身子开始发抖，他自己也知道，镜雪剑人人想得，寒月说得不是没有道理，可是他还是不相信，所以他还是笑了笑，只是这笑也太僵硬了。

过了好久，只听段云颤抖地问道："那凶手……凶手是谁？"

第011回：活下去的理由

寒月说的一切，段云相信吗？

段云相信。

为什么相信？

正所谓"无风不起浪，事出必有因"，所以段云不能不信。

眼下对于段云来说，要弄明白一件事情，那就是寒冷天为什么要前去镜雪山庄？

第二天一早，氾水就把段云和寒月带到城殿，也准备了酒菜。

寒冷天是一个大魔头，尽管也会如此客气待人，段云不得不怀疑寒冷天又在玩花样，所以段云说道："我不知道你抓我来想干什么？更不知道你去镜雪山庄所为何事？"

"少庄主是聪明人，难道会猜不出？"

"我只想知道我爹和我妻子现在情况如何？"段云看见桌子上有酒，索性自己也倒了一杯，痛饮了下去。

寒冷天见段云如此，自己也端起一杯酒喝了下去，但他还是向妹妹看了一眼，呵呵笑道："我只喝一口。"

寒月最讨厌男人喝酒，喝酒伤身，并且误事，像寒冷天作为城主，就更不应该喝酒，喝酒不是好的习惯。

可是，寒月今天变了，一贯不爱喝酒的她，此时也拿起酒杯，嘻嘻道："我也要喝！"

寒冷天觉得意外，同样笑了笑，转过身子，便对段云说道："段飞龙和你妻子恐怕都已经死了。"

段云不再说话，把酒杯停在嘴边，眼中绯红，然而时间仿佛瞬间也冻结在这一刻。

泪，晶莹剔透，从段云眼角流下，滑过脸庞，最后落在嘴前的酒杯中。良久，段云一口喝下，沉道："那尸体呢？"

"葬在火海！"寒冷天的脸色也变得十分难看。

"全都是为了剑……全都因为那把剑……我失去了最亲的人……也失去了我最爱的人……苍天！"段云跪在雪地之中。

段云本来什么都有，可是现在什么都没有，跪在雪地上的他，颤抖道："我该死……我真该死。"

如此情况，寒月全看在眼里。

寒月仿佛被雷电击中，慢慢走到雪地之中，来到段云身边，蹲了下来，道："逝者安息，生者奋发，他们也不愿看到你如今的样子。"

"剑道属血道，镜雪非镜雪，及时不仁吾岂义！"段云把头低低垂下，嘴里一字一字念着这句话。

就在此刻，寒冷天也来到段云身前，但段云忽然站了起来，用仇视的眼神看着寒冷天，且道："我有问题要问你！"

段云全身经脉忽然膨胀，拳头已经发出吱吱声，眼中仇光冷射，寒冷天知道段云要问什么，所以他依然神色安然，淡淡道："你要问什么？"

"你为何去镜雪山庄？"

"借剑，向段飞龙借镜雪剑。"

"你如愿了？"

"段飞龙不肯。"

"所以你就痛下杀手？"

寒冷天不说什么，只是走到桌子前，拿起剑，然后走到段云面前，把剑递给段云，道："要是我杀了你爹和妻子，害你镜雪山庄，你大可动手报仇。"

段云接过此剑，冷眼看着他。

寒月手心出了冷汗，她担心段云对寒冷天动手，要是动手，看样子，哥哥不会还手，若是他杀了哥哥，我们岂不成了仇人？想到这里，寒月冲了上去，挡在寒冷天面前，道："你不准杀我哥哥。"

段云听了这一句，面色疑惑，怔怔道："他是你哥哥？"

寒月一怔，才知道穿帮了，她坦白道："是，他是我亲哥哥。"

段云不想再废话，又想起昨晚的事，他怒道："我两个一起杀。"

寒月忙迎上去，捉住段云的手臂，道："等等，你听我说！"

段云不说话，可是手中的剑也停了下来，寒月才喃喃道："其实我哥哥把你抓来，只是想威逼你爹借剑一用。"

"可是现在你爹死了，世上除了你无人知道那九百九十九柄神剑的所在之地。"寒冷天神情依然安然自若，叹道："不信我，你就动手吧。"

段云听父亲说过，那九百九十九柄神剑乃是三十年前蓬莱仙岛、音尘火族、中州大陆三地来寒荒雪域共举名剑盛世之争被我寒荒剑道征留下来的名剑，如今已是三十年后，这些剑如果没有下落，寒荒剑道就不能给蓬莱、音尘、中州三大剑道满意交代，其后果无法想象。

段云怒言："你是魔教的魔头，你说的话，我如何相信？"

寒荒古城，传说坏事做尽，所以才被武林称为魔教，而如今魔教也会关心寒荒剑道，段云觉得这简直就是笑话。

寒冷天朗声一笑："天道人道天下道，道道皆称是道，缘我欺谁亦欺谁，耳闻不如眼见，我劝你加入我寒荒古城，如果你对我不满，你随时都可以走，我不会强留，只是请段公子相信，镜雪山庄惨案并非在下所为！"

段云气愤："我糊涂，我不明白你在说什么？"

寒冷天道："你糊涂，你不明白，那就说明你已经明白寒荒古城的大道在何处，并不像武林传的那样，是个坏事做尽的魔教，如今你若能找回那九百九十九柄神剑，你将可以化解寒荒剑道危机。"

段云疑惑，半句话不说。

寒冷天道："你说我说得对不对？"

段云看着眼前这个人，有种说不出的感觉。

"你自己好好想一想，我真的希望你能加入寒荒古城。"寒冷天走了，而段云坐在雪地里。

寒月走到段云身边："你觉得怎么样？"

段云看了一眼寒月："你知道我在想什么吗？"

"我知道啊。"

寒月最爱笑，笑得那么好看，清纯是她笑容最主要的特点。

"我都不知道自己在想什么，你怎么会知道？"

"因为我已经了解你了。"

段云摇摇头，不大相信。

"你的妻子就是十年前你救的那个女子吗？"

段云站了起来，走到桌子前，拿起酒坛，喝了一口，道："她是我今生最爱之人，她死了……我该怎么办？"

寒月心里一阵酸楚，但为了安抚段云别再伤怀，淡淡道："你认为你也该死吧？"

段云仰天长叹："她死了，我还活着……我还活着干什么……"

寒月担心段云从此消沉，这才说道："自己的所爱之人死得不明不白，永不超生，你爱她就该找出凶手，为她报仇，难道不是吗？"

段云眼眶一热，且道："是啊！我现在不能死，我要把凶手杀了，然后才能死。"

寒月其实也不希望他为仇恨而活，可是她更不希望段云就这么去死，因为她发现自己对段云有一种特别的感觉，而这种感觉也许是她第一眼看到段云就有了。

要活下去，就只有一个活下去的理由——找出凶手。

寒月只有这么提醒段云，才免得段云做错事、做傻事，所以寒月坚定如铁，道："所以，你必须活下去。"

这一天，月圆夜深。

汜水走了过来，俯首道："寒月小姐，夜深了，段公子要休息，你也要休息。"

"知道了！"寒月走到段云身边，伸手去扶段云，可是伸去的手被一把剑格挡住。

"这种事情还是我来，小姐你先走。"汜水道。

寒月无话可说，因为汜水这人是老古董，她说什么也不会管用。

汜水扶起段云，可是段云已经喝得很醉，嘴里只呼："我要找出凶手。"

寒月如何放心得下，汜水扶着段云走在前面，她却一直跟在后面，直到段云上床安睡，她才松了口气，在一旁坐下。

汜水安顿好段云，来到寒月身前，且道："小姐快回房休息，段公子有我照护。"

寒月无奈，且道："好，那我就回房了。"

寒月走了，汜水走到桌子前，稳稳坐下，一直到天亮。

第012回：古城笑面杀手

清晨，雪花飞舞，寒荒古城内内外外一色银白。

天景、天幕、焰火、厚土四位已经在宫殿内就坐，寒冷天也已经坐在殿上，除了寒月，他们每个人都面色严肃，仿佛正在审判死囚一般。

死水一般沉寂，忽然，这里的沉寂被寒月打破了。

"哥哥，汜水怎么还没把段公子请来？"

"妹妹怎么如此心急，这事情急不得。"

寒月面色狐疑，道："那个汜水是个老古董，段公子不来，他该不会动手吧？"

焰火性子最为火爆，立刻站了起来，大声喝道："我去看看，那小子如果不识趣，老子废了他！"

寒月一怔，忙道："焰火大哥，你废了他，就等于废了你自己。"

焰火也是一怔，转过身子问道："小姐，你这话是什么意思？"

寒月微微一笑："寒荒剑道的安危全系段公子一人身上，你若废了他，你怎么向寒荒剑道交代？"

焰火听了，一屁股坐了下来，大声喃道："这怎么办，难道还要我们用八抬大轿去抬他过来才成啊。"

"他会来，我们听城主的话，再等等。"天景沉声道。

话刚完，氾水一人从宫殿外走来，焰火心中的怒火从鼻孔往外冒，怒道："怎么了，那小子来还是不来啊？"

氾水看了焰火一眼，接着对寒冷天禀报："人就在宫殿外候传。"

寒冷天知道氾水向来办事严谨，于是甩了甩手："不用拘礼，快让他进来。"

氾水站了起来，板着脸走了出去。

段云进来了，寒冷天站了起来，道："段公子昨夜好酒量。"

寒月看到段云进来，也是如得水的鱼，高兴得笑了，笑如皓月："段公子昨夜休息可好啊？"

段云回礼："多谢小姐关心。"

寒冷天问道："该说的话我已经说清楚了，不知道段公子的意思如何？"

段云虽然昨天喝醉了，但他的头脑一直都是清醒的，本来在他眼里，寒荒古城是个妖魔鬼怪聚集之地，但是自从昨日听了寒冷天一席话，又结识了他妹妹寒月，恍然觉得，也许寒荒古城并非人们想象之中那么不堪。

段云站立大堂之上，脸上已经没有了昨日的阴霾："如果你真的是为寒荒剑道而欣赏我，我希望你能了解我心中所想，同样也应该表示你的诚意。"

段云故意苛刻地要求。

焰火怒了，猛然站起身来，且道："臭小子！城主欣赏你，那是你的福气，你还要什么诚意？"

其余四人仿佛各有想法，但是寒冷天却没有给他们说话的余地，寒冷天忙道："你心中所想，我了解，你是想尽快找到凶手。"

"这个必然。"

"你想怎么做？"

"我想回一趟镜雪山庄，然后去寻镜雪剑的下落，我相信镜雪剑在哪儿，凶手就在哪儿。"

"好。"

只要镜雪剑找到，一切问题迎刃而解。

寒冷天道："为了寒荒剑道，我们必须兵分两路，一路负责去找镜雪剑，一路负责寻找九百九十九柄剑的藏剑之处，大家认为这个决议如何？"

其余之人都点了点头。

良久后，寒冷天从墙壁暗盒中取出一个盒子，走到段云身前，道："这就是我的诚意，你若还嫌不够，我可以再加。"

段云接过盒子，打开一看，只见盒子里红芒闪烁，盒子中竟然装着一柄绝世之剑，剑身上正反两面都刻有字痕。

——笑面老人！

——旭风神剑！

"这剑是笑面老人所铸？"段云问道。

笑面老人是寒荒三大铸剑师其中之一，传说中的笑面老人，是个慈祥的老人，他一生所铸之剑共有三柄被寒荒剑道视为神剑，还有三柄被寒荒剑道视为魔剑。
　　寒荒古书记载——旭日行空，速风破晓，如万神相聚幻化剑魂，以保天下安宁，故此得名旭风，自从旭风一起，邪雾被灭，自此天下剑道相宁，此剑从此尘封。
　　寒冷天："不错，也许你听过旭风和邪雾这两把剑的名字，虽然邪雾被旭风所败，但是你要知道邪雾也同样是笑面老人所铸，邪雾之所以败在旭风之下，是因为驱剑之人不是真正的剑道中人。"
　　"没想到你会这么想。"
　　"我说得不对？"
　　"你说得对。"
　　寒月笑了，她笑得很自然、很恬静。
　　"今日大家都在这里，我想听听五位对我任用段公子一事，有何高见？"寒冷天笑容满面。
　　五人都在沉思，只是少许，天景道："不如让他做个杀手，你们看怎么样？"
　　"杀人？"段云狐疑。
　　天景说道："杀人不是件容易的事情。"
　　"不行啊，他不能做杀手。"寒月嘟着嘴拒绝，"一个人若做了杀手，那么这个人就和木头差不多，我不想段云变成木头似的。"
　　寒冷天望着其余四位，道："那你们还有什么话要说？"
　　焰火大咧咧一句："无论他干什么，最好离老子远点，老子向来看他们自居名门正派的人不太顺眼。"
　　寒冷天只是笑了笑："段公子，你别怪他，他这人直肠子，说话从来就这样！"
　　段云知道焰火这人性格古怪生硬，也不理会他，道："既然我已经答应留下来，那我就会和你们每个人和睦相处！"
　　"我说句实在话，他和我一起打听江湖消息，才是合适。"厚土弱弱一句。
　　"不行，他不能去打听消息。"寒月说道，"打听消息，四处奔波，段公子刚入寒荒古城，应该把他留在身边，让他多了解一下古城的事情，打听江湖消息，恐怕一年两次也难以回归寒荒古城，不如把他留在古城，肩负古城安危！"
　　其余人都纷纷点头。
　　寒冷天道："要是段公子没意见，就如寒月所说吧。"
　　段云怔在原地，良久道："我要做杀手。"
　　寒月怔了一下，走到他面前，道："你不能做杀手。"
　　段云面色阴冷，道："我要找出凶徒，我要杀尽天下所有凶徒。"
　　寒冷天笑了笑，走了出去！
　　……
　　"拿着笑面老人的神器做杀手，我希望你能是一个面带微笑的杀手。"很久，寒冷天的话从大殿外传了进来。
　　寒冷天即使同意段云做杀手，也不愿看到他被心中仇恨戾气控制，所以段云闻听寒冷天的话后，倍感疑惑："笑面杀手！？"

第013回：再回首心已碎

  寒荒大地，银雪兮兮，湛蓝天空，一只雪原雕盘空而驰。
  寒荒西陲，一座死火山，烟雾缭绕。
  缥缈宫尽然是个杀手组织，暗中策划着一个个天大的秘密，这些秘密除了月姬之外，这世上恐怕已无人得知。
  幻尘雪瑶孤身站在雪峰之巅，雪风猎猎，吹起她一袭白衣飞落山涧，她的身形在这空旷的冰天雪地中更是显得分外孤单，看着手中的镜雪剑，脸色苍白几如天边的白云。她往日是父亲眼里的小女孩，如今已经长成美丽的少女，而且这个女子还有个美丽的名字——幻尘雪瑶，至于这个名字的由来，听说是雨荷身前为她取的。
  这个名字的意义，也曾听父亲向自己说过，幻尘和雪瑶连在一起，有一种深刻的寓意，它寓意就是说自己就像空中的雪花，飘啊摇啊美丽地落下，落在凡尘，幻化出世间最美的瑶，一生快乐。
  可是，自从幻尘云风死后，幻尘雪瑶就流落江湖，孤身天涯，在幻尘堡破灭以后，再也没有人知道她是谁，就算他们知道她的名字，也从没有人叫她的名字，这些人就因为父亲的种种错误把自己叫作小妖女。
  从开始到现在，幻尘雪瑶一直都陷入无助之中，然而她并不知道绝望是什么，唯一能知道的就是自己那时候很害怕。
  记得在第一次遇到段云的时候，段云问幻尘雪瑶叫什么名字，幻尘雪瑶只能告诉段云她已经忘了自己的名字，其实不是忘记了自己的名字，而是根本就不想说，她无法面对父亲的离去，或许这个名字也只有父亲和母亲喊出来才最是好听，其他人喊了出来，只会使她徒增恐惧。
  如今站在这雪峰之巅，往事一一在她眼前浮现，她的心感到无尽的孤独，当她看着手中的镜雪剑的时候，心里有种说不出的冷漠感觉，这种感觉使她全身冰凉透顶，她不得不想手里这把剑难道也是把魔剑？
  镜雪剑是不是一把不祥之剑？幻尘雪瑶一直很纠结。
  为何纠结？
  因为这把剑，父亲惨死。
  因为这把剑，他们都叫自己小妖女。
  因为这把剑，镜雪山庄惨遭灭顶。
  因为这把剑，她成了一名出色的"无情杀手"。
  自从加入缥缈宫成了月姬杀人的傀儡之后，幻尘雪瑶几乎白天都要去杀人，然而到了晚上，她的心里就有说不出的痛苦，自己虽然救了雪柳村三十六人，而她也同样手里握住许多冤魂，即使那些被杀的人几乎个个该死，但是她仍是内疚不安。

这次，幻尘雪瑶奉了宫主之命，前去杀寒荒古城的城主，她已经为此足足准备了两个多月，身负幻尘世家的绝世真传，幻影术就是其中之一，为了修习幻影术，执行刺杀任务，她白天黑夜都在练习。

幻影术是幻尘世家武功秘籍中的绝世轻功，有凌波纵云瞬间移动之速，可以说当世无双，若练成，可以说这天下绝无第二人。

站立山头，幻尘雪瑶任白雪落在乌亮的秀发之上，良久之后，只见眼中冷光横射，身子微微腾空而起，手中的剑豁然破空飘移数十个山头，瞬间布成了一个剑阵，这剑阵也瞬间把十个山头紧紧笼罩，这些被剑笼罩的地方都明显留有深深的剑痕。

白衣身影攀飞岩石之间，雾样剑光流泻悬崖之下，在崖底形成无数剑阵，然而每当幻尘雪瑶就要发动攻势之时，手中之剑忽然翻天而起，剑和人各置异处，她的身子已经被剑气反噬摔倒在地上，身子本来就虚弱，所以开始重重地喘息着。

幻尘雪瑶闭上了双眼，任由地上的积雪来冰凉她全身每一寸肌肤，不过，她已经习惯了这种冰凉的感觉。

夜来临，山风习习。

幻尘雪瑶站了起来，身上的积雪团团掉落，而她却不以为然，只是那种冰冷的感觉现在依旧侵袭她全身，镜雪剑像是最忠实的朋友，一时一刻也不曾离去，看着天边的夜雾，嘴角不由一抽，重重地咳嗽起来。

血！

幻尘雪瑶咳出了血，温热的血在嘴角挂着，她不想擦掉，因为这样已经不是一天两天了，也或许，知道自己在世上的日子不会太久，也许很快就可以见到自己的父亲和母亲。

没有做过一件错事，更没有像魔鬼一样去摧残自己的同类，幻尘雪瑶是个善良的孩子，杀人，她自己也会感到恐怖和畏惧，所以每次身上的寒毒发作，都认为这是理所当然，以前总是在寒毒面前恐惧和畏惧，可是现在她希望寒毒最好能快些要了自己的命。

山风呼呼而鸣，山雾慢慢而起。

幻尘雪瑶已经走到了雪山半腰，雪山半腰长满了雪柳，这些雪柳在微风中摇摆着枝条，仿佛是雪雾中站着身披银杉的少女一般，摆弄着并非人世间能拥有的舞姿。她走到这些雪柳树的深处，风来，雪柳婆娑仿佛是少女们跳舞跳到尽兴处咯咯的欢笑声。

"刷！"一声，接着一柄剑飞起，人影一晃，"嚓"的一响，二十根雪柳巨树一起倒下。

飞出去的镜雪剑，瞬间插入剑盒，幻尘雪瑶眼中冷光变得诡异，站立原地良久，缓缓说道："我一定要杀了寒冷天。"

就在这时候，从前面的树林走出来两个青衣女弟子，她们腰间各悬长剑，其中一位正是当初迎她上山的青衣女弟子——蓝萱。

蓝萱走了上前，低低问道："你没事吧？"

幻尘雪瑶冷着的目光瞬间变得温暖，低声说道："我没事。"

然而，另一位女弟子也是蓝萱当初迎接上山的，她的名字叫紫萱，她走了过来，说道："你的剑法今天练得如何，最后一层有没有练成？"

幻尘雪瑶摇了摇头："我多次把剑阵布好，只待发动攻势之时，但要紧时，总会失败。"

蓝萱一笑："没事，练剑这事情你别急，慢慢来，越是心急，越见不到长进，你身体不好，要注意休息。"

幻尘雪瑶冷冷道："寒冷天武功高强，我要杀他，就必须万无一失。"

此刻，紫萱走到幻尘雪瑶的身旁，见她脸色极是苍白，也心里一痛道："其实杀寒冷天的关键问题不在他本人武功有多高，而是他的安全有没有人保障。"

蓝萱略微点头："听说他身边有五位高手，各个身怀绝技，身经百战，都是老江湖，寒冷天整天也都和他们在一起，所以你要杀他，你就要想办法把他身边的人支开。"

幻尘雪瑶走到雪柳树下，望着天空圆月，眼眸中闪现一道冷寒之光，大声叫喊道："寒冷天，你就是有三头六臂，我也会要你死。"

一时之间，这里三人都不再说话。

直到夜很深，蓝萱、紫萱、幻尘雪瑶三人才先后回到缥缈宫宫殿，然而幻尘雪瑶是最后一个回来的，当她要回房间的时候，却被月姬拦住了。

月姬道："我听蓝萱说，你已经把幻影神功练至最后一层了？"

幻尘雪瑶面无表情，重重地点了点头："是！"

月姬看着她，诡异一笑："我还听紫萱说，你练到第九层关键的地方，失败了，并且天天如此？"

"是。"

"你要心静才能心剑一触而发，心急、伤心、高兴，这些都可能是你失败的原因，如果一个剑客或是一个杀手无法做到这一点，我看一辈子也不会有新的突破。"

幻尘雪瑶疑惑："难道我不能做到心剑合一？"

"你可以。"

"给我一个可以做到的理由。"

"你可以做到，是不用什么理由的，因为你已经答应我，你会是一个无情杀手，并且你还要完成你爹爹的遗愿。"

幻尘雪瑶自己都不相信的事情，月姬为什么这么肯定，其中必有莫大的关系。

其实，在月姬眼里，幻尘雪瑶是一个很出色的女孩，可是幻尘雪瑶一想到自己满手血腥，她就难以面对自己，她想哭，但不能哭，因为月姬告诉过她，做杀手就要做一个没有感情的杀手。

第014回：缥缈宫副宫主

夜色渐深。

灯光斜照中，幻尘雪瑶望了一眼月姬，发现月姬此刻就像一位慈祥的母亲在看着自己的孩子一样，那眼神几乎充满了渴望、充满了期待。

渴望什么？期待什么？幻尘雪瑶真的不知道，所以她怀疑自己的眼睛是看错了。

月姬从怀中拿出了一个盒子，这盒子精致灵巧，是水晶材质，里面一定装的是稀有之物，当月姬打开了盒子，幻尘雪瑶才看到里面蓝芒大盛，熠熠闪烁。

幻尘雪瑶不知道发着蓝光的是什么奇物，直到月姬拿出来，她才认出，这是一颗会发蓝光的宝石。

"这就是传说中龙的眼睛。"

"原来你知道这个传说。"

"这又不是秘密，它只是一个传说而已。"

"我要把这颗龙眼睛送给你。"

幻尘雪瑶一怔，道："为什么要送给我？"

"因为我希望我缥缈宫的杀手是天下所有杀手之中最出色的杀手，然而每个杀手手中的剑也更是最锋利的武器。"

"我不明白你的意思？"幻尘雪瑶疑问。

月姬淡淡地道："你手里的镜雪剑流露一串串雪亮之光，在江湖上行走多有不便，我想给它雕上一颗纯净的蓝宝石，作为剑砂，掩饰住此剑的真实威力，这样便无人能认出你手里的剑就是天下名剑之最的镜雪剑。"

此时，幻尘雪瑶才明白，原来月姬的意思是让自己拿着镜雪剑去杀人。

"我明白你的意思，你是说让我拿着镜雪剑去杀寒冷天。"

"我刚得到一个关于段云的消息，这个消息你是否要听听？"

幻尘雪瑶怔在原地，良久，才摇了摇头："我不必知道。"

月姬微微一笑："其实你早该和他一刀两断，你若不能和段云一刀两断，你无论做什么事都会很烦恼。"

"你为什么要这么说？"

月姬深深吸了口气，说道："因为现在的段云啊，他不再是当初那个奋不顾身救你的段云，他现在可是寒荒古城的杀手，并且他要找到镜雪剑为他爹报仇。"

幻尘雪瑶身子忽然颤抖着，把身子负载在桌子上："你说的话可都是真的？"

月姬扶住幻尘雪瑶，说道："他若知道镜雪剑在你手上，他肯定会杀你。"

幻尘雪瑶使劲地摇头："不会，他不会！他不会加入魔教！"

月姬忽然松开手，面色变得难看，怒喝："你就别再执迷不悟了，这一切都是真的，你和他的从前早就过去了，就在你拿起镜雪剑离开镜雪山庄的时候就早已经恩断义绝了。"

幻尘雪瑶："我去找他！"

月姬抓住幻尘雪瑶的手："你是傻瓜对不对？对于你和他，时间沉淀的不是感情，那是仇恨，你现在去找他，我看你是去送死。"

幻尘雪瑶含着泪，嘴唇抖动："我不能让他加入魔教，魔教是武林公敌，我不想看到他步我爹爹的后尘。"

"寒荒古城如今势力庞大，他能成为寒荒古城副城主，当然已是厌倦凡尘琐事，并且对一切凡尘之事都已心灰意懒，如今你一心想为你爹爹做一点事情，你们就此陌路，这也是你和他最完美的结局。"

幻尘雪瑶哭泣："我不要，我不要这样的结局！"

月姬厉声道："他如果知道你还活着，现在一定是在找你，要你交出镜雪剑，你还自己犯傻去找他，你这不是唯恐天下不乱吗？"

幻尘雪瑶被月姬的威严震慑住。

这样也许会在幻尘雪瑶内心深处留下一道阴影，一道带着痛的阴影，但月姬却甩了甩袖子道："我的话到此为止，你要想去，没谁会为难你。"

此刻，月姬松开手，仰头看着深蓝色的夜晚圆月大步走了。

那个装有蓝宝石的盒子正放在桌子上，盒子是打开的，盒子之中蓝光璀璨，熠熠闪烁。

幻尘雪瑶来到桌子前，再拿起桌子上的剑，细细地看了看，平静地吸了一口气，然后拿起了蓝宝石，怔怔地出着神。

月光流泻，斜照寝室。

寝室之内，那根巨烛已经残花无留，幻尘雪瑶今夜无法安然入睡，依然坐在椅子上，或许她难以忘记从前的段云，或许也不敢相信段云如今已是寒荒古城的杀手，或许更不敢相信段云会认为镜雪剑在哪儿，残害镜雪山庄的凶徒就在哪儿。

然而这所有的事情都是真的，都在告诉她不该再和段云有任何瓜葛。

幻尘雪瑶就是这么安静地坐在桌子前，没有丝毫疲倦，反而做出了一个决定——要听父亲的话，尘封镜雪剑！

清晨，晨雾淡稀。

门外走来了蓝萱，蓝萱手中正拿着一个盒子，蓝萱见她坐在桌前，说道："你早就起床了啊？"

幻尘雪瑶向她微微一点头道："师姐，你这么早就来，有事吗？"

蓝萱眼中流露异样的高兴气色走了进来，把盒子放在桌上，走到她面前，说道："恭喜你，师父刚做出决定，决定要你出任我们缥缈宫的副宫主。"说话的同时，她已经身子拜倒在地。

幻尘雪瑶听蓝萱这么一说，微微一怔，好像她早已预料的事情终于发生了，她忙说道："其实我昨晚已经决定，三天之后就要动身去寒荒古城，蓝萱师姐你还是把这个消息告诉师父,我刚入宫不久,宫中许多事情我都不清楚,我担任不了如此大任。"

蓝萱嘻嘻一笑:"宫主一向英明,她眼光独到,绝不会看错你的。"

幻尘雪瑶拉起蓝萱的嫩手,略有为难地说道:"师姐,你才华出众,武功不弱,跟了宫主很多年,宫中人人对你敬仰有加,我想你担任副宫主才是最合适的。"

蓝萱一怔,怎么也没料到,幻尘雪瑶竟然这么一说。

"你要把我当成师姐,你就不该说出这样的话。"

幻尘雪瑶道:"你不去说,我去说。"说罢转身就走,可是蓝萱一把拉住她,说道,"其实我以前就是副宫主。"

闻此言,幻尘雪瑶一怔,她真是没想到,原来蓝萱师姐以前就是缥缈宫副宫主。

"现在你为何却不是?"

蓝萱目光流转,好像搜索着什么,良久她才说道:"我是一个犯过错的人,我曾是缥缈宫的罪人,我已经没有机会再担当如此重任了。"

在这句话中,幻尘雪瑶不难想到蓝萱此时的心情会有多难受,忙道:"对不起,我不是故意的。"

蓝萱立刻故作坚强道:"啊哈,没事,都是很久以前的事情了,以后你有什么难处,我会尽力帮助你的,你不必担心。"

幻尘雪瑶看着蓝萱,目光骤然变冷,只是这种冷,不同于她杀人时候的那种冷,她点头道:"好吧,我答应出任缥缈宫的副宫主!"

第015回:得知雨荷之死

清晨来临,雪柳树上有一群鸟儿叽叽喳喳地吵个不停,蓝萱拿出钥匙,打开盒子,盒子里竟然整整齐齐地放着一身衣服,这衣服天蓝色,用手触摸极其舒爽。

幻尘雪瑶咦道:"这是宫主送给我的?"

蓝萱嫣然一笑:"这件衣服,材质不错,做工精巧,是我们缥缈宫众多女弟子为副宫主专门缝制的衣服,这衣服不光好看,更代表拥有一种权力。"

幻尘雪瑶只是点了点头,心想原来如此。

蓝萱看着幻尘雪瑶,见她仍无半点兴致,便更加详细地介绍:"这衣服的布料乃是中州蚕丝织成,这衣服有个美丽的名字,叫作'蓝雨天蚕裙'。"

幻尘雪瑶依然脸色深锁,待蓝萱说完,才低声道:"蓝萱师姐,你今天有事吗?"

蓝萱把衣服整理好,放在她面前的盒子之中,看着面前的女子,说道:"不管你今天想去做什么,你今天必须去见宫主。"

幻尘雪瑶想要蓝萱和自己一起上山去练剑,所以她说道:"今天你能和我一起上山去练剑吗?"

"不行,你今天不能去练剑,宫主有事情找你,你一会儿穿好衣服就去面见宫主。"

幻尘雪瑶怔在原地,久久方道:"好。"嘴上答应,可心里一直都想不透,到底是什么事情?

蓝萱走了。

缥缈宫洞殿,月姬出现在洞殿之内。

忽然,从宫殿外走进十个弟子,每个弟子都面带蓝色面纱,看起来倒是有点神秘,其中蓝萱和紫萱站在最显眼的地方。

幻尘雪瑶还没来,所有人皆不敢多说话,只是等幻尘雪瑶来见宫主,或是等宫主的一道命令。

果然,很久,幻尘雪瑶还是没来。

月姬仿佛已经等得不耐烦了,道:"这副宫主身子很是虚弱吗?"

"我已经把宫主的意思给小师妹说了,相信很快就来了。"蓝萱话刚说完,幻尘雪瑶忽然出现在宫殿外。

身着蓝衣,面带蓝色面纱,幻尘雪瑶走过的地方,积雪吱吱作响。

待人进入宫殿,幻尘雪瑶俯首在地,行礼道:"参见宫主。"

月姬看到幻尘雪瑶已经穿上了本宫副宫主的服装,笑着说道:"副宫主不必多礼。"

幻尘雪瑶见月姬如此高兴,当下说道:"我三天之后就起程前往寒荒古城。"

月姬本来高兴,不过听到她这么一说,心中惊喜之外,忽地一怔:"难道你已经把幻影术第九层练成?"

"没有。"幻尘雪瑶否认。

"还是等你把第九层练完再去。"月姬关切地说道,"寒冷天武功高强,你杀他不能有半点马虎。"

"那该怎么办,难道我一日没练成第九层,就不能去杀寒冷天?"幻尘雪瑶已经下定决心。

"也不是,寒冷天的武功很是高强。"

"请宫主相信我,我一定会把寒冷天的人头带回来。"

月姬越是怀疑幻尘雪瑶,幻尘雪瑶那种要杀寒冷天的决心就越强。

"我把这本残破的秘籍传给你,希望你能好好参悟!"说罢,月姬悠然从怀里掏出了一本蓝皮书,递给幻尘雪瑶,说道,"这是邪雾十六剑的剑谱,其中只有邪雾十三剑,还有三剑已经世上无存,我相信你把这个练完,再去寒荒古城找寒冷天,胜算必定会大大提升。"

幻尘雪瑶接过月姬手中残旧的书册,只见蓝色的旧书皮,书皮上写着大大的五个字——邪雾十六剑。

"这是剑谱?"

月姬淡然道:"这是邪雾十六剑剑谱,因为还有全套重要三剑已遗失,所以这个残本已经没人要了,只是这里的十三剑,我认为对你非常有用,你要好好参悟。"

幻尘雪瑶不明白,既然是没有用的剑谱,为何还要给自己,并且要自己练完,她不明白用意何在。

月姬也知道她肯定难以接受,又道:"你们幻尘世家的幻影术在武林上没有地位,那是因为你们幻尘世家功力至高,智者反而甚少,反观今日,你却在短短五天之内就练到第八层,就说明你的慧根并不比你祖辈逊色。"

"你认为我可以把这剑谱剑法练好,并且可以用来对付寒冷天?"幻尘雪瑶狐疑不浅。

"一点也没错,世上的剑法就和水一样,源头有千万,而最终还是相聚海河终归其一。"月姬说道,"过两天我就要回音尘总坛,所以本宫的一切琐事都由你来掌管。"

幻尘雪瑶道:"我一直有个问题想弄明白。"

"你说。"月姬神态自若地准备聆听。

幻尘雪瑶道:"缥缈宫一直以来潜居这寒荒万重雪峰之中,我不知道我们到底是有什么目的。"

自从发现雪山之中卧藏青龙之邦,幻尘雪瑶就想弄明白这里的一切,然而这一切,她如今再不问,会不会永远都不知道?

不会!

月姬没有半点隐瞒道:"三十多年前,我们音尘诸多剑客为了向寒荒、中州、蓬莱三地剑道证明我们音尘剑客有能力参加名剑之争,便向三地剑道纷纷写下挑战书,当年我们缥缈宫势力强大,代表音尘剑道向寒荒剑道发起顶端剑客对决,最后因为他们三地剑道联合一起将我们力压,大肆屠杀我们的同伴,缥缈宫不幸由百人之邦变成数人之派,从此式微,难再崛起!"

幻尘雪瑶听了,才明白原来也是因为名剑之争。

名剑之争是每个剑客的最终愿望,因为只有名剑之争,才能说明剑道何在,知道剑道何在,一个剑客才不会感到寂寞。

月姬怅然叹了一口气:"今时今日已过二十多年,我们的努力该如何在这旦夕之间看到成功,就看能不能控制寒荒古城了。"

幻尘雪瑶听了,眉头深锁。

月姬又道:"其实你不必担心寒荒剑道,你要知道寒荒对你固然重要,但是音尘剑道对你也同样重要。"

幻尘雪瑶下意识问道:"为什么音尘剑道对我也同样重要,难道就因为我是缥缈宫的人吗?"

月姬深吸一口气,淡然说道:"因为你身上不但流有寒荒人的血,你也流着我音尘人的血!"

幻尘雪瑶双目凝住,良久才问道:"难道我父亲不是寒荒人?"

月姬摇摇头:"不,你父亲是寒荒人,但是你母亲却是我们音尘缥缈宫的人。"

幻尘雪瑶手中的剑，蓝光闪闪，冰凉着环绕她周身，她说道："我不相信……"

月姬听她这么一说，站了起来，走到她面前，说道："我没骗你，你母亲就是我的师妹，她的名字叫作尤雨荷！"

幻尘雪瑶全身的血液仿佛瞬间冻结了一般，手中的剑在不停地颤抖，她道："你……证据……"

"证据，证据就在你身上。"月姬淡淡道。

幻尘雪瑶微微一怔，好想知道月姬所谓的证据指的是什么，但她还是疑问："在我身上？"

"你身上的寒毒，还有你背上的莲花胎记。"

幻尘雪瑶一怔，且说道："我身上的寒毒，我不知道是怎么回事，但是莲花胎记恐怕也只是巧合而已。"

月姬脸色变得难看了，忽然大声说道："不会错，当初师妹不顾宫规和幻尘云风喜结良缘，师父逼着带有身孕的师妹去手刃幻尘云风，可是她竟然一去两年不回，躲藏在冰封之海，生下了你，这事情惹怒了师父，最后师妹才被宫规处置。"

幻尘雪瑶眼中的泪，就在此时滑落脸庞。

月姬又道："你母亲被师父以天下奇毒赐死而终后，师父依然不肯放过幻尘云风，最后亲自前往幻尘堡，不料幻尘云风那时候侠名远播，寒荒正邪两道都来力保，这才放过他，而你身上的寒毒就是我师父用'封冰神掌'留下的。"

幻尘雪瑶站在原地，全身都动弹不得，整个人好像已经是座冰峰，只是这座冰峰是座会流泪的冰峰，泪如悬挂悬崖岩石上的冰凌，在雪光白云相互萦回中微微颤抖。

月姬道："现在你总该明白了吧？"

幻尘雪瑶道："后来我父亲呢。"

月姬道："他当然为了救你母亲，从来没有放弃过，你爹一心学武，想从我师父手里拿回你母亲的尸体，可是他因爱成怒，短短一年就为武功走火入魔，所以他再也没有取回师妹的尸首。"

幻尘雪瑶眼里泪水依旧，道："那我母亲的尸首现在在何处存放，我想去看看。"

月姬明知尤雨荷的尸体就在万重雪山的六合山中寄存，但是看看幻尘雪瑶满眼悲切，也知道最近她要完成刺杀寒冷天的任务，甚是怕她分了神，只好隐瞒事实，道："在音尘的冷宫里放着。"

幻尘雪瑶说道："我要去完成我父亲没做完的事情。"

月姬道："你放心，你刺杀了寒冷天之后，我答应你，定让你如愿。"

第016回：勇闯寒荒古城

相见不如不见，段云知道是幻尘雪瑶拿走了镜雪剑，段云又会怎么想？
——
这一日，幻尘雪瑶站立雪峰之巅，白衣分分，乌发飘飘，自从拿着镜雪剑离开了段云，命中可能注定这一辈子也不会和他再相见。

今日是月姬要回音尘的前一天，这一天雪柳荒的雪也不算太大，此刻，幻尘雪瑶却正要去找月姬。

为什么来找月姬？

肯定是有件很重要的事情，不然也不会这么晚了还来打扰月姬。

月姬寝室外，紫萱站着，面无表情看着风中纷飞的柳絮，当听到身后脚步声响起，忙转过身，见是幻尘雪瑶，忙行一礼："副宫主！"

幻尘雪瑶微微一点头，道："紫萱师姐，我求见宫主，宫主她在吗？"

"在，你和我一起进去吧！"紫萱面带微笑。

幻尘雪瑶是副宫主，所以不需要有人通报，这个规矩紫萱自知，幻尘雪瑶闻听紫萱这样一说，也不再说什么，只是随同紫萱一同进入月姬寝室内。

月姬寝室内，幻尘雪瑶和紫萱见过宫主，然后紫萱自动回避，退出寝室，月姬见了幻尘雪瑶，才道："你要问我什么？"

幻尘雪瑶道："那天你说你知道最近段云的一些情况，我也想知道。"

"你感兴趣了？"月姬淡淡道，"其实我就知道，你肯定会来问我。"

幻尘雪瑶道："我想知道，段云身为名门正派段飞龙之子，个人修为也是很好的，如何肯和寒荒古城那些魔人同流合污？"

"哎！"月姬轻叹，"这也许就是寒冷天的厉害之处，也许寒荒古城有能让人迷其心志的妖术。"

幻尘雪瑶若有所思："段飞龙虽然窥探我爹的镜雪剑，但是段云绝对不会，要是他也和段伯伯一样，他十年前和我一起掉下悬崖就应该把我杀了，何必多此一举，五年后又把我带回镜雪山庄？"

月姬从幻尘雪瑶的话语中听出了不妙之处，脸色霎时变得清寒如霜，且有几分威严："你不要痴心妄想了，刚得到消息，他不但是寒荒古城的杀手，并且还做了寒荒古城的副城主，在这个问题上，你可不要忘了，他还很肯定地认为镜雪剑在哪儿，害死他父亲的凶手就在哪儿。"

幻尘雪瑶摇摇头，神色一怔，缓缓道："我并没有痴心妄想，更不会为他胡思乱想，我只是想先把他和我之间的事情解决了，才可能更顺利地完成杀寒冷天的任务。"

月姬听了幻尘雪瑶这一句话，道："我果然没看错你。"

幻尘雪瑶冷冷地道："我要向寒荒古城副城主段云提出决战！"

幻尘雪瑶竟然做出了这个不合逻辑的决定，但是月姬却觉得很对，蓦然一怔，悠哉道："这样就好了，希望你能说到做到。"

幻尘雪瑶话刚一说出口的时候，月姬以为是自己的耳朵听错了，但是当她看着眼前这蓝衣少女决然的表情，便肯定了自己的耳朵并没有听错，随之一声冷笑。

对于月姬的笑，幻尘雪瑶并没有任何反应，只是静静地站在原地，任凭镜雪剑发出的蓝色光圈层层将其包围。

很久过后。

月姬的冷笑声方止："你说得对极了，在这寒荒雪域，一山不容二虎，一海不存双龙，你们两个都是厉害的杀手，是应该决斗一番，分出胜负。"

为何幻尘雪瑶要下这个决心？

幻尘雪瑶想下定决心把段云彻底地忘掉，也决定自己将随着岁月的流逝而渐渐改变，就像月姬曾经说的那样，要完成父亲的遗愿，就必须和段云一刀两断，况且她对段云的感觉一直都是难以说清的，况且那个中原男子早已在她内心深处种下情根。

那一幕，仿佛在幻尘雪瑶的记忆里成了永恒。

……

"雪瑶妹妹，你等我，你一定要等我，我十年后一定会回来娶你！"

"小风哥，我会等你，你一定要在十年后回来娶我！"

这个画面仿佛又在眼前浮现。

是的，十年前分离一刹那的约定，今日成了幻尘雪瑶所有的期盼，往事就如过往云烟，风一起，烟雾又何去何从？

月姬看着眼前的女孩，见她眼眸深处秋波冷冷闪动，她才低低地问道："雪瑶，你怎么了？"

幻尘雪瑶蓦然从回忆中惊醒："没什么。"

月姬打量幻尘雪瑶良久，才决然道："我明天就准备起程前去音尘，因为总坛宫主说我们有下一步行动，我不在宫里的这段日子，宫里大小事情你要合情处理，你可别叫我太失望。"

幻尘雪瑶一怔："那蓝萱、紫萱两位师姐也同去吗？"

"不。"月姬否认，"她们就留下来，帮你打点琐事，希望你这次前去寒荒古城马到成功！"

翌日清晨，幻尘雪瑶亲自为月姬送行。

当月姬走后，幻尘雪瑶终于来到了寒荒古城。

寒荒古城，白雪纷飞。

幻尘雪瑶身着一袭蓝衣落入城内，站在寒荒古城烽火台上，寒荒古城一时之间也伏兵四起。

"寒荒古城也不过如此！"幻尘雪瑶冷冷地一声怒喝，真是叫古城小卒心起胆怯。

"你是何人，为何私闯寒荒古城禁地？"这也是一个女子的声音。

幻尘雪瑶眼中冷光一射，只见风雪之中站立一个白衣如雪的少女，只是这少女出奇的美，幻尘雪瑶冷声道："我找寒荒古城副城主，让他出来见我！"

此人正是寒月，一袭白衣与幻尘雪瑶对立而站："既是来找人，既是客，你何必大动干戈，害我寒荒古城这么多人性命！"

正在说话时，汜水几如鬼影而来，道："小姐，此人武功并非等闲，要我来对付！"

幻尘雪瑶眼里一股冷色杀气豁然凝结成冰，讥讽道："魔教就是魔教，不要用江湖上名门正派的规矩讲话，一起上好了。"

汜水板着的脸，突然面色阴云盖天般难看，冷声道："你是何人，口气如此之大？"说罢，手中剑雨纷飞。

风雪大作中，幻尘雪瑶剑气四溢，绝美的身子在空中快速舞动，很快戾气剑阵布好，周围的小卒都伤的伤、死的死，一时之间，这里死亡的气息瞬时弥漫起来。

少许，这杀伤力很强的戾气随同冷空气四处游动，幻尘雪瑶手中的剑舞出无数的蓝色光圈，已经在寒荒古城上空如彩绸舞跃。

幻尘雪瑶身法移动迅捷无比，剑法来路就如雾里看花，剑法冷酷之中带有几分诡异，也带有无数神奇瑰丽，让人惊慌失措，数回合下来，汜水明显感觉到幻尘雪瑶的剑不是寻常之剑，然而她的个人武术修为更不可小觑。

汜水惊讶道："这世间竟然会有如此高手！？"

不但汜水惊讶，所有寒荒古城的人都惊讶不已，为何这个高手年纪不过二十，剑法却如此之高呢？她的身份又是怎样的呢？

雪地里，烽火台上，三个身影翩翩而起。

寒月从怀里抽出了柄白色的剑，随后一个凭空飘逸，顿时和汜水并肩力敌，可是两人却无法平挡这蓝衣女子的致命之招，终于三人一同从烽火台上跃到地面上，一切都又从头开始。

"你们寒荒古城作恶多端，今日也该叫你们一起瓦解才是！"

"你胡说什么！"寒月反驳道，"你见过我们做过什么恶事？"

幻尘雪瑶冷声微怒道："连自己做过的事情自己都不记得了，还说不是魔人！"

汜水挥剑上前，道："寒月小姐，不必和她多言，这女子多半是不讲道理的！"说罢，剑挺直刺去。

可是……

汜水完全不敢相信，手中剑刺去的那一刻，剑已经脱手而出，落在地上，然而幻尘雪瑶手中的剑轻轻一翻，了无痕迹地刺了过来，就在汜水中剑的前一刻，一个男人出现在汜水身边。

幻尘雪瑶的剑忽然收回，心下沉吟："他，是他？他果然在寒荒古城！"

第017回：决斗书勿失约

岁月流水很是无情，如今，无情在段云的脸上增多了沉静稳重，少了那原有的天真无邪，一绺白发飘落在面前，一直下垂到胸前。

寒月惊声："段云大哥！"

段云问道："怎么回事？"

还不等氾水和段云说话，只闻幻尘雪瑶冷声喝道："杀你！"说话的同时，散发着蓝色光华的镜雪剑已经直刺向段云身前。

段云从幻尘雪瑶运剑的力道就可以看出，她必是出自高人门下。

段云翻身而起，手中的旭风神剑迎风而战，神剑"唰"地向天空弹跳，脚下劲力一撑，身子飞跃而起，一把握住剑，横空而扫，威力无穷。

顷刻，幻尘雪瑶和段云用手里的剑刺向对方。

段云知道自己没必要知道幻尘雪瑶要杀自己的理由，他看得很开，毕竟自己是要被杀的人，所以应该听从上天的安排，天若让自己死，那是逃不了的。

幻尘雪瑶冷漠地看着段云，手中的剑并没有半点留余地的意思。

不过，段云也知道，若果自己今天不拿出真正的本事，恐怕真的就要死在她手里。

如今，段云根本无法认出这个面带蓝色面纱的女子就是当初他救的女子，过去的一切也许都变了。

寒月看到这一切，更是焦急得要命，不知道为什么，她一见到段云从幻尘雪瑶的剑锋下溜走，心就会升起恐惧和不安，也许是怕段云真的会死，也许是看到眼前这女子根本就是高手中的高手，不得不恐慌和不安。

寒月也飞舞而上，然而幻尘雪瑶眼中只有被杀之人，冷冷地道："我不杀不该杀的人，你还是一边去，不要坏我大事！"

寒月微微一怔，并无半点退缩之意："要杀就杀我，我不准你杀他！"

段云道："寒月小姐，你不要胡说，我不能死，你就更不能死。"

氾水奔到段云身边，用剑指着幻尘雪瑶，呵道："该死的人是你！"

幻尘雪瑶扫视一眼寒月，冷声一笑："你没资格替他受死！"

"我有！"

"什么资格？"

"因为我喜欢他！"

顿时，幻尘雪瑶眼前一黑，仿佛片刻要"晕"过去了般，稳稳的下盘顿时打了一个踉跄。

段云道："我们寒荒古城的人，同难共死，要杀你就快动手，不必废话！"

幻尘雪瑶玉手紧握的剑，蓝光忽地大盛，冷冷的杀气大肆横出，那剑的剑锋杀向寒月之时，氾水上前挡剑，只是"嚓"的一响，剑刺进了氾水的心口，一股鲜红的液体在幻尘雪瑶拔出剑的那一刻，几如喷泉喷出。

寒月忙扶住摔倒在地上的氾水，声色凄然："氾水大哥！"

氾水流出的血淌在雪地里，很快凝固。

同时，段云手中的剑也已经刺中幻尘雪瑶的胸口，然而幻尘雪瑶猛地一挺前胸，身子瞬间后移三步，剑随之将自动拔出，血液也如喷泉喷出，幻尘雪瑶忙捂着胸口，坐在雪地上，闭目少许，血才停止。

段云忙来到氾水身边："氾水亲使！"

氾水捂着自己的伤口："我没事，快，快杀了这女贼！"

段云道："小姐，你先带着氾水回去疗伤，这里交给我！"

寒月微微点头，且不舍而走："你自己也要小心！"

段云心领神会，微微一点头，转过身，看着坐在地上的蓝衣女子，不得不问："你为何要杀我？"

段云已经确定幻尘雪瑶杀不了自己，所以有必要知道幻尘雪瑶为什么要杀自己。

幻尘雪瑶却缓缓地从衣襟里拿出一封信，这封信就好像长了翅膀，飞进段云的手里，段云打开信，上面印有三个大字——决斗书！

信曰：三日之后雪柳林决斗，勿失约！

幻尘雪瑶站了起来，捂着伤口向城门口走去，而古城小卒却没有一个人敢冒着生死去接近她。

"关城门，别让她逃了！"

忽然，焰火从城墙跃下，拦住了幻尘雪瑶的去路。

城门关了。

焰火大声喝道："快给你焰火爷爷跪下，磕几个响头，若不然爷爷让你尝尝狼牙棒的厉害！"

幻尘雪瑶道："我杀你就如宰杀那畜生一般，你还是从我眼前快点消失的好！"

焰火现在气得大口吸气，然后一股热烟从口中呼出，狂笑道："女娃娃，这寒荒古城可不是你家开的饭店，想来就来，想走就走，最起码的规矩你难道要老子教你不成？"

幻尘雪瑶微微一顿："规矩，什么规矩？"

焰火觉得好笑："难道你在饭店把饭吃好了，给了钱，还要自己亲手刷碗吗？"

幻尘雪瑶道："难道你还想问我要钱？"

"我们寒荒古城可不是一群乞丐，我们有的是钱，我要的是你能从我身上踩过去。"焰火竟然想挑战幻尘雪瑶的忍受极限。

幻尘雪瑶觉得这人有病，想打架还先要斗斗嘴皮子，见来者不可拒，便道："你以为你的这堵烂城墙能挡住我的去路吗？"

"难道你比小鸟还厉害，可以飞过去？"焰火饶有兴趣地问道。

"寒荒古城，我想来即来，想去就去，你这魔人也能拦得住我，难道你忘了我是怎么进来的吗？"幻尘雪瑶也冷冷地道。

焰火大声喝道："我管你飞的、走的，要离开寒荒古城，就先吃我一狼牙棒！"

焰火一个飞空而跃，接着一个千斤坠，手中的狼牙棒从幻尘雪瑶的头顶而落，幻尘雪瑶身子一摇，飘空而立，焰火的狼牙棒落空后把地下戳了一个坑，随后，身子一震，大喝道：我要宰了你！"地上积雪飞起。

幻尘雪瑶的剑出鞘，火星在白雪纷飞之中飞射。

刚开始还好，可是不久，幻尘雪瑶的伤口开始流血，一阵剧烈的痛令她全身开始冒汗，眼见如此情况，焰火更加得意了："怎么样，爷爷的狼牙棒练得还行吧？"

幻尘雪瑶毫无畏惧："根本就是慌乱毫无章法！"

焰火一听，怒道："你这小丫头说什么，你敢小瞧我，信不信老子宰了你。"

幻尘雪瑶道："你都出了十多招了，连我衣衫都碰不上，你说我是不是小瞧你？"

焰火一听，怒火大盛，气得手都沁出了汗，于是在地上抓了把雪，揉了揉，正准备再次发动攻击，可是后面段云走来。

"给她开城门！"

焰火回头望了望，走到段云身边道："你小子说什么？我要跟她打架，我要把这个小丫头打得满地找牙，你放了她，你有病啊！"

段云久久才笑道："你一向不是要做什么大英雄么？怎么，现在要杀一个带有重伤的女子，若是传出去，怕是不好听吧！"

焰火气得坐在地上："那该怎么办？"

"放她走！"

"不行，这小丫头目中无人！"

"就算你赢了，你的声名也会狼藉，即使你胜了，也会胜之不武！"

焰火冥思一想，还是摇了摇头："不行，不行，除非你小子要我在你身上打上三棒！"

"你想打我三狼牙棒？"

"你若不行，我就在她身上打上三棒，只要她不死，那便是她的造化！"

幻尘雪瑶的伤口流出的鲜血已经染红了衣服，鲜血沿着衣角落在雪地上，雪地上留下了斑斑血迹。

段云道："好，我答应你！"

焰火抡起狼牙棒就是三棒，打得段云满身是血。

焰火开心得不得了，走上前，道："开城门！"

段云来到幻尘雪瑶身前，抱拳道："你可以走了！"

幻尘雪瑶看了一眼焰火，对段云并没有半点感激之情，说道："改日再来找你们算账！"说罢，身子腾起，从城门之上飞过！

焰火惊呆了："她真的是一只厉害的小鸟，有路不走，从天上飞走啊！"

段云狼狈地倒在雪地上，道："她究竟是谁，为什么要杀我？"

焰火道："那还用想，想杀你的人当然就是你的冤家。"

第018回：不能从新开始

身上重重地被焰火打上三狼牙棒后，鲜血淋淋。

对于此事，段云好像并没有在意许多，只是在想，这位蓝衣女子为何要杀自己，不过他实在想不到任何原因。

黄昏尽头，段云才从雪地上爬了起来，刚走到古城南边，寒月看见段云全身鲜血淋淋。

"你没事吧！"

段云悠悠道："我没事。"

寒月知道段云肯定是怕自己为他担心，才如此一说，她双眉紧蹙："那你知道那女子为何要杀你吗？"

段云微微一笑："我并不认识她，更不知道她为什么要杀我！"

寒月把段云拉到自己的房间，但是段云走到门前却不进去。

寒月道："怎么，你还在想着她吗？"

寒月口中的她，是谁呢？

段云虽然面带微笑，但是他心里有说不出的情何以堪，他无法面对眼前这个对他很好的女孩，所以只有重重地点点头，什么话也不说，沉默于此刻。

虽然在寒月眼中看不到半点不高兴的意思，但是那种是女人就有的介怀之心却表露得很完全。

寒月眼中已经露出了哀怨，就像一江春水上浮着一片枯黄的落叶，她怔了一下："你进来啊，我给你看看伤，敷上药，这样伤口很快就会好！"

段云也感觉到寒月仿佛就是春天里一片枯黄的叶子，虽美丽却给人凄凉深寒的感觉。他知道自己对寒月的伤害有多重，所以，现在就像是寒月的小弟弟一样，很听话，还是走了进去，也许是希望自己的这个举动能抚平寒月内心的伤痕，让这一切介怀还是回到最初相遇那一刻。

那一刻，段云对寒月完全陌生。

那一刻，段云和寒月就像是湖面上的浮萍，相遇只是偶聚。

那一刻，寒月和段云只是陌路相逢，不存在一切感情。

那一刻，段云救寒月，是出自本意，侠义应为，他觉得很是稀松平常！

——

可是，现在完全变了，寒月竟然不在乎段云的过去，很乐意与其相交，并且把这种相交看得很美好！

· 54 ·

黄昏将落幕。

也许，寒月希望段云能放下心中所有累积的负担，迎接明天美好的一切！

魂牵梦萦，一见钟情。

起初，寒月自己也不敢相信，可是最后她终于相信这种感觉，这种感觉就是爱与爱的牵连，虽然她现在不能确定段云对自己的看法，但是她认为自己应该抓住机会，因为缘分是天意和人为的共同结果。

寒月为段云解开衣服，拿出药为段云涂抹。

段云坐在桌子前的小凳子上，只感觉有双温暖的手在他背上轻轻敷药。

因为那些伤口是狼牙棒的杰作，寒月一眼就能看得出来。寒月问道："你是被焰火打成这样？"

"是啊，焰火。"

"他怎么连你也敢打，难道不怕我哥砍了他一双手？"

段云呵呵笑道："其实焰火就是脾气暴躁、行事偏激，他只是看我是寒荒剑派的人，看我难以心平而已。"

寒月一边给段云敷药，一边道："是啊，当初我哥哥见他行事果断、恩义豪杰，又对寒荒古城旧主忠心耿耿，才费尽心思把他留在身边！"

段云淡淡一笑："其实你不说我也知道，你哥哥把这五人看得比自己的命都重要。"

寒月想都不用想："是啊，你若想别人把你当朋友，首先你应该把别人当朋友。"

段云呵呵一笑："所以从另一角度看来，城主和他们应该更多的是朋友，而不是主仆。"

寒月轻轻地拉上他的衣服："我想我哥从来都没把他们当作仆人或是奴才看待，我哥从来都和他们是朋友！"

段云眉梢一展："那你说，我是不是也和你哥哥是朋友？"

"那当然是了，我哥更多的是把你当作弟弟看待。"

"弟弟？"段云疑道。

寒月脸上浮出一抹红晕，笑着道："你不要胡思乱想哈，我哥他可不是你想的那种人！"

段云忙回过神来，微微一笑道："那是，我了解，你哥哥把我看作是一个女人了！"

寒月觉得这话有些莫名，忍不住掩嘴扑哧一笑："什么，你说我哥把你看成是一个女人了，那他就应该把你当作妹妹看待啊，为何他却对我说把你当作弟弟看待？"

寒月这一笑如百花齐放，美丽娇人。

见寒月笑成花样，段云也一时忍不住，一阵轻笑："我也不知道，也许他看我太过孩子气，才把我看成了小弟弟吧！"

"孩子气？我不明白。"

"你忘了，他那天说过的那句话了吗？"

寒月一怔，问道："哪句啊？"

"就是我答应他，留在寒荒古城做杀手的那天！"

"那天啊！"寒月想起来了，"那天你是有点孩子气！我也这么认为呢！"

"他说我并不适合做杀手，并且还说我要做就做一个面带微笑的杀手，做杀手的人不都是冷酷无情的吗？什么是笑面杀手啊？"

寒月止住了笑意，窃窃然："我想我哥哥是希望你能放下心中恩怨，从新开始，所以才这么说！"

段云望着外面大雪飞舞，突然觉得好冷："从新开始又怎么样呢？我失去的一切，还会失而复得吗？我现在只想到两件有趣的事。"

"两件？"

"不错，第一是找凶手！"段云顿了一下，又道，"第二是找到凶手，然后拿回镜雪剑，将它尘封，完成雪瑶妹妹的任务！"

寒月怔了下："为何一定要尘封呢？"

段云仿佛又听见幻尘雪瑶的话回荡在耳边，淡淡且神色决然地道："因为这是雪瑶妹妹的爹爹交给她的任务，现在她不在了，我要替她完成她爹爹的遗愿！"

寒月才知道，原来如此。

第019回：你我如此有情

寒雾荒，白雾弥漫。

这个地方，白雾太过严重，很容易就会迷失方向，然而久居在寒雾荒的人，也许都会知道，在傍晚和凌晨这两个阶段，是寒雾荒白雾最大的时候，所以没有重大的事情，最好不要四处走动。

三日之后的决战，幻尘雪瑶只想快点到来。

柳林在雪柳荒和寒雾荒的交界之处，这里有所不上规模的客栈——雪来客栈，她暂时住下，待三日之后的决斗。

很快，三日过去。

决斗这一天终于到来，可是幻尘雪瑶脸上却没有一丝甚至是一毫的笑容，她站在雪柳林里，在等赴约之人到来。

时间一点点过去，幻尘雪瑶手中的剑渐渐地握紧，她知道，今天两人必要死一人。

一匹白马。

白马出现在白雾缭绕的寒雾荒栈道上，在靠近雪柳荒的栈道两边同样长满了雪柳，只见白马飞驰过的地方，雪柳尽折。

——蓦然回首绝离别，情痴似柳葬风雪。

鹅毛般的大雪花簌簌地一朵朵落下。

雪下得太孤单，雪下得太萧条，雪下出万般寂寞。

"你来多久了？"

突然，幻尘雪瑶身后有人这么淡淡地说了一句。

"很久了，仿佛很久了。"

此刻，幻尘雪瑶仿佛是在对着身边的冷空气说话一样。

"对不起，让你久等了。"

段云翻身下马，那马的鼻子冒出的热气就如两条白龙，从段云眼前一股股飘散。

"没事，反正你都是要死的人了，我不会介意！"

段云看着这个身影，微微一笑："你对自己倒很有信心！"

"不是信心，这就是事实。"

段云还是笑了笑："一个人如果太过自信，那就是一种自负，同样一个把对手估计得太弱，往往会承受一种非人能了解的压力，不知道你有没有感觉到，其实你根本杀不了我。"

幻尘雪瑶好像没有马上要动手的意思："你也是杀手，我也是杀手，你杀过多少人？"

段云听幻尘雪瑶说这句话，立刻怔住了，问道："你到底是为了什么来找我决斗？"

幻尘雪瑶转过身，看了段云一眼，就把目光落在自己手中的剑上："你以为我是有着什么样的原因来找你决斗？"

"之前，我以为你是一个剑客，才来找我决斗的，可是你刚才说你也是杀手，那我想问问如果你这次是为了完成任务来找我决斗，我想知道是谁想要我死？"

"你有必要知道吗？只怕知道了对你反而不好。"

"有！"段云态度很严肃，反应很坚决，"当然有。"

"为什么？"幻尘雪瑶疑问。

"想杀我的人，也许就是我想杀的人！"段云认真地回答。

"你是说他们可能是你的仇人？只有你的仇人才能买一个杀手来杀你？"

段云真切，断然道："可能，太有可能。"

幻尘雪瑶身子在白雪飘飞中微微一颤："那我告诉你，我就是你的仇人，你总该相信了吧？"

段云就站在幻尘雪瑶的身后。

"那你总不能凭着一句话就让我相信，这样糊里糊涂的杀人可不是我的作风！"段云好像是在追问。

幻尘雪瑶把目光投向段云。

段云虽然面带微笑，可是眉目之间杀气渐浓。

幻尘雪瑶不得不问："你想要证据？"

"正是！"

"你见过哪个做贼的在自己的脸上写上一个'贼'字。"

"可是,你不是贼,你是一个杀手,一个杀手不会在乎自己的道德有多高尚。"

幻尘雪瑶端详着手里的镜雪剑,忽然悠悠说道:"我们是不是忘记了自己的朋友,它们是不是应该是时候相互了解一下了。"

"这时候,我希望我们的朋友最好还是先镇定一些好。"同样,段云也端详着手里的旭风神剑。

"难道你不想和我决斗?"幻尘雪瑶蓦然发现段云眼里并没有剑客对决时的那种逼人的气势,也没有那个准备,她觉得非常诧异,所以又问道,"在你的眼神里为什么看不到杀人之前那种煞气?"

"不是我不想,而是你不想,你不肯道出这次和我决斗的真正原因。"段云看着她,"你是不是有什么不可告人的秘密?"

幻尘雪瑶忽然脸色大变,大声怒道:"你胡说什么?我要杀你是毋庸置疑的,倒是你想留着性命去找凶手,是吧?"

段云摇了摇头:"不完全是。"

幻尘雪瑶冷艳道:"其实你知道凶手是谁,为什么不去杀了他们,其实他们都该死!"

段云见这女子脸上怒容升起,也是转过身,良久才说道:"原来你知道镜雪山庄的事情。"

幻尘雪瑶冷艳道:"这又不是什么天大的秘密,我想只要在江湖上混的人都会知道,那天是个特别的日子,五大剑派都在镜雪山庄出现过,你难道不怀疑他们?"

"可是不止他们,还有寒荒古城的人。"段云强忍心痛,一句否认掉幻尘雪瑶的意思。

幻尘雪瑶道:"那你妻子呢?难道你一点都不怀疑她,难道你真的觉得她已经死了吗?镜雪剑难道不是她拿走的吗?"

段云听她这么一说,顿时怔在原地。

幻尘雪瑶见之,自言自语:他在想什么?

很久过后,段云才声音萧瑟道:"不可能,这怎么可能,那天雪瑶已经死了,即使她没有死,也不会做出对不起我的事情。"

在一棵雪柳树下,幻尘雪瑶又转过身,眼中绯红,万般痛楚:"你真的肯定她已经死了?"

段云的眼角同样也有一点泪水滑落:"镜雪山庄一夜之间血流成河,我不信又能怎样,我能怎样,如今,她是死是活,我都不知道。"

幻尘雪瑶的泪水瞬间崩溃,而站在她身后的男子也同样陷入了无尽的思康之中,绯红着眼睛看着漫天风雪和迎风舒展的柳枝。

第020回：美女调戏道人

　　风过，雪柳摇摆。
　　雪柳树林里白雾弥漫，两个身影都带了一些萧瑟孤独站在那里。
　　很久，段云走到幻尘雪瑶身边："我今天不能和你决斗，不如改天。"
　　幻尘雪瑶看着远处薄雾迷蒙："其实我并不想找你决斗。"
　　段云面无表情，有些疑惑："那是为何？"
　　"我不想和一个没有做好准备的人决斗！"
　　"既然这样，我答应你，我把我该做的事情做完以后，一定会去找你，完成我们之间的决斗。"
　　"我恐怕等不了那么久。"幻尘雪瑶蓦然道，"不管你有什么重要的事情等着要办，我最多只能等到今年的中秋之夜。"
　　"中秋之夜，好，那我答应你，中秋之夜我一定和你决斗。"
　　段云一口答应了下来。
　　幻尘雪瑶听后，什么也没说就走了，但是没走多远，身后的男子忽然对其背影喊道："姑娘请留步！"
　　然而幻尘雪瑶并没有停下脚步。
　　段云却喊道："我想我们应该可以做朋友。"
　　幻尘雪瑶听到这句话，全身仿佛被电击中了一般，没回头，只是脚下却不由自主地站住了，冷冷道："你认为我们可以吗？"
　　段云闻到不远处雪来客栈内飘来酒的醇香，才道："我闻到一股酒香，不如我请你喝酒，你看如何？"
　　"没兴趣，我也不会喝酒，我一沾酒，必醉。"幻尘雪瑶说完这句话，接着往前走。
　　入夜，雪来客栈。
　　雪来客栈就在这雪柳树林之中，客栈不算太大，但是有样东西那肯定一等一的好，那么究竟是什么东西那么好呢？
　　——酒。
　　雪来客栈的酒就是好，这里的老板是个酿酒的专家，他酿出的酒，天下无双。
　　段云面带微笑望着蓝色的背影，又道："你不觉得你欠我一样东西吗？"
　　幻尘雪瑶不解，故问："我何时欠你东西了？"
　　"那日你独闯寒荒古城，要不是我，你会那么容易走掉吗？"
　　幻尘雪瑶回想当天的事情，自己的确欠段云一个人情，但是现在自己毕竟是个无情杀手，所以目光还是冷冷冰冰："我看你倒不像是杀手。"

段云忍不住道："很多人都这么认为，但是我想知道你凭什么这么说？"

幻尘雪瑶面无表情："一个杀手是不会随意交朋友的。"

"好吧，既然这样，我只好独醉到天明了！"

说罢，段云大步走进客栈。

客栈内伙计招呼段云坐下。

月夜，风吹吹，雪纷纷。

雪来客栈里，段云正在喝酒，酒保时时来为他添酒，不停地夸段云喝酒海量，就喝酒的事情天下第一非他莫属。

顿时，客栈之外走来两个道人，想必是寒夜来此避寒，其中一位黑衣大汉说道："岂有此理，今天真他妈的晦气，老是遇到倒霉的事情。"

就在这时候，酒保出来了，黑衣大汉却拍着桌子叫喊道："把你们这里最好的酒给爷摆上来。"

酒保见来人腰悬长剑，已经猜出两人肯定是混武林的好手，所以应了一声"好"就回头钻进内间，抱着一大坛酒放在桌子上，连连倒满两大碗，招呼两人好用。

两位道人，仰头一饮而尽，可谁料就在这时候，其中一位道爷一把抓住酒保的手腕，只疼得酒保连连求饶。

黑衣道爷怒道："这是不是客栈内最好的酒，怎么就和马尿一个味道？"

酒保连忙回道："实话告诉各位大爷，这并不是本店最好的酒。"

黑衣大汉闻酒保如此一言，突然手上大劲一出，只弄得酒保胳膊嘎嘎作响，酒保痛得不但脸都变形了，就连两眼都痛得绯红，黑衣道爷圆目如珠，且喝道："给道爷上好酒，要最好的酒！"说罢松开了手，大咧咧地一屁股坐下。

酒保忙跪在地上求饶，指着段云，道："两位道爷饶了小人，本店好酒都被那位公子喝完了。"

两人顺着酒保指的地方看去，只见段云正在看着他们，黑衣道爷怒道："快去把他桌上的酒给道爷我拿过来！"

这时候，一股幽香从门口传了过来，门口忽然出现一个拿剑的少女。

此人正是幻尘雪瑶。

幻尘雪瑶从门口径直走到段云身旁，对这地下正在磕头的酒保说道："酒保大叔，我也要喝最好的酒。"

酒保忙答应："好！"

见幻尘雪瑶来了，段云十分高兴，也只好认了，且说道："拿去吧！"

酒保万分感激，连忙回礼："谢谢少侠！"

正当酒保要从桌子上拿起酒坛的时候，幻尘雪瑶忙用剑柄压住："不用拿这坛，去拿我的酒送去给两位道爷，叫他们细细品尝一番，我相信他们一定会喜欢。"

酒保知道幻尘雪瑶口里的酒就是一壶淡茶，所以他怔住了，且道："姑娘，这……不太好吧……"

"有我在，你不用怕！"

幻尘雪瑶前两天已经住在这客栈之中，酒保多半对她了解一点，至少他敢肯定，这两个道人绝对不是幻尘雪瑶的对手，有幻尘雪瑶给他打了保票，酒保无奈也只好遵从。

酒保进厨房提了一壶热茶，接着提到幻尘雪瑶的桌上："姑娘，你看这味道好不好？"

幻尘雪瑶揭开壶盖，用鼻子嗅了嗅，说道："味道很好啊。"说罢她给自己倒了一碗，接着说道，"好了，请您给两位道爷送去吧！"

酒保看着这一幕，还是胆怯，吞吞吐吐地说道："姑娘，这……这不太好吧？"

幻尘雪瑶眼里冷光飞射，有种摄人魂魄的感觉："大叔，你就按照我的意思去做，你不用害怕！"

酒保拿起茶壶，走了过去，给两位道爷斟上，不料黑衣大汉且道："为何你这好酒要装在水壶里？"

酒保不说话。

幻尘雪瑶却道："天气甚寒，酒当然要热的，才能解寒。"

两位道爷觉得有些道理，所以各自狂饮一碗，当茶水入肚，他们才觉得里面根本不是什么美酒，反而是淡茶，一怒之下，反手要提抓酒保衣襟领口，可是当魔手触及酒保领口之时好像触电了般重重地垂了下来。

幻尘雪瑶击起散落在桌上的水滴，水滴如飞镖飞去，正中黑衣道爷手臂麻经之上，而另有一位道爷单身直入，瞬间移到段云桌子跟前，只见一掌打来，幻尘雪瑶身子微微一侧，黄衣道爷力掌落空，一掌击在桌子上，桌子被打了一个窟窿，黄衣道爷见这小小年纪的女孩闪避快捷无比，当下气急，一把把桌子捞起，轮在半空中，桌子上的酒器散得满天都是，段云眼见酒坛就要落地皆成狼藉，忙一一接过，三坛美酒稳稳落在他怀中，他坐到一边，继续喝着。

黑衣道爷更是怒气冲天，冲了过去，大声怒道："师兄，今天可邪门了，竟然遇到对手了。"

黄衣道爷提起手中长剑："敢问姑娘师承何处？"

幻尘雪瑶在短短的时间内，连续闪避过两人前打后踢，左刺右击，已算是不易，还神色不改，两位老道也看出，此女绝非等闲之辈，便就此住手，想问问清楚，可是那黑衣道爷，手中长剑一翻，说道："我们今日若败在这小女孩手中，日后怎么回去见咱们师父，我们武月派怎么在江湖上立足。"

幻尘雪瑶一怔："两位前辈既知在江湖上立足不易，为何不多做好事，反而对这位年迈的老爷爷动手，如此做法，正义之士哪个会袖手旁观？"

黄衣道爷一怔，甚觉幻尘雪瑶言之不错，所以也不再说话，但是那黑衣道爷却听出此女的讥讽之意，大声怒道："我们武月派在江湖上也算是响当当的，你这小女孩怎敢小觑我们，当真想和我们比画比画吗？"说罢，剑气腾腾，杀向幻尘雪瑶。

不出三招，黑衣道爷已感觉到后背心冰凉，这一瞬间就可以分出胜负，实在出人意料，旁人见幻尘雪瑶的剑贴在黑衣大汉的后背，都是大气不敢出，只有段云淡淡道："算了吧，别和他们计较。"

幻尘雪瑶一个翻身，剑收回："我剑下从不留活口。"

段云微微一笑："那你刚才怎么不杀了他？"

幻尘雪瑶却说道："那你刚才为什么救了他？"

段云呵呵一笑，扬起酒坛："有些事情总要留些余地，况且杀人并不是我们这些人该做的。"

"那杀人该适合谁去做？"

"畜生！"

幻尘雪瑶走到段云身边，道："现在这个世界，可不是由畜生来做主，主宰这个世界的可是我们这些人类。"

"所以我们人类杀畜生是理所应当？"

"我不想和你这个无聊的人再说话，请你最好认真地喝你的酒，若不然中秋之约就作废。"

"中秋之约已成定局，对于喝酒，我想没谁比我更认真了。"段云呵呵一笑，手中的酒杯递到幻尘雪瑶的嘴边，"怎么，姑娘要不要喝上一口，驱驱寒！"

"不用了！"幻尘雪瑶坐了下来，端起桌子上的茶水，喝了一口。

第021回：中原不速之客

"那我们比比看，看谁喝酒最认真。"

一个声音从客栈的第二层楼传下来。

众人抬头一看，是一个二十五六岁的男子，于是都怔了怔。

段云见了笑道："看来这次来参加名剑之争的人可不少啊，这样偏僻之地也会有这样多的人物。"

楼上的人潇洒地从楼梯上走了下来。

段云起身："敢问兄台来自何处，请教高姓大名。"

来到楼下的人道："在下来自中州后唐，姓邓，草字云风。"

"原来是邓兄！"段云客气地抱拳胸前，"幸会幸会！"

黄衣道士一眼就认出这人乃是中州名剑山庄的庄主，于是连忙上前寒暄："原来邓庄主一直都在此地啊，真是天涯何处不相逢啊！"

邓云风走到黄发老汉面前一拱手："原来是武月派的风言道长和雨来道长，晚辈这厢有礼了。"说罢，还深深地做了个揖。

武月派是中州中原七大派之一，而武月派的门内弟子皆是修真之人，为世间无数人所尊崇。

雨来道长也一拱手："听说威远镖局前些日子为邓庄主押了一趟大镖，邓庄主可曾已接到名头？"

邓庄主道："不错，这趟镖正是中州剑道为我押运的一趟镖，这趟镖对我们中州剑道很重要。"

风言道长道："邓庄主在中原什么奇珍异宝没见过，这趟镖能在邓庄主嘴里称得上重要，想必这趟镖的名头一定是世间稀有之物了。"

邓云风听到风言道长这么一说，且道："道长说笑了，晚辈才疏学浅，不足为论，倒是那位朋友可是寒荒古城当今的副城主，我们在此闲聊，想必有些欠妥，不如两位道长和在下一道过去喝上两杯，与其交交朋友如何？"

雨来道长摆了摆手，把剑放入剑盒中，大咧咧一句："既是邓庄主的朋友，就是我们的朋友，好！"

段云见三人迎面走来，神色一喜："没想到在这样偏僻的客栈能有人一起畅饮美酒，真是求之不得的美事啊。"

段云就抢起酒坛，一碗碗满上，一时之间，小小的客栈内酒香扑鼻，醉人心怀。

幻尘雪瑶在一边坐着，不时看段云一眼，心里难受极了。

段云是个杀手，如今连剑都掉在地上，哪有一点杀手的样子，作为一个使剑的杀手，应该做到剑不离手，可是他呢？

段云把旭风剑踩在脚下，只顾四人畅饮美酒。

客栈外，雪大了，漫天飞舞的雪花在风中就如蜜蜂一样嗡嗡作响。

幻尘雪瑶依然坐在一边，手中的剑，发出一道道蓝光，使得这个女子变得更加神秘，邓云风更没有理由把一个这么美丽漂亮的女子当作空气，且笑道："刚才在下在楼上听到打斗声，出来看了看，看到姑娘的武功实在不弱，不知道师承何门何派？"

幻尘雪瑶面色不改："我只能告诉你，我是一个杀手！"

邓云风听到幻尘雪瑶如此一言，顿时全身升起了一阵寒意，仿佛瞬间全身冻结，笑了笑道："姑娘美丽动人，不像是杀手。"

幻尘雪瑶忽然站起，剑出抵在邓云风的胸膛，冷冷道："如此胡言乱语，你不想活了！"

这时候，段云忽然大笑："邓兄啊，和这位姑娘说话，你可要小心为好啊，不然你把命丢了，还不知道咋回事啊！"

邓云风看到面前的冷剑，心想这姑娘和一般女子大有不同，这句话绝无半点轻薄和讥讽的意思啊，心想她怎么反应会如此敏感呢？

风言道长在一旁看到幻尘雪瑶把剑抵在邓云风胸口上，忙道："这姑娘的确是个了不起的杀手，她没有人的感情。"

雨来道长呵呵一笑："一个人如果没有人的感情，又怎能算是人？"

幻尘雪瑶闻此，才把剑放下："在下冷雪，是人，是个杀手。"

风雪飘零，客栈内酒香四溢。

十里外，大雪纷飞中，有二三十个人马随着一辆镖车向这个客栈奔来。

"阿涛，阿金，你们两人先行前往客栈，让店家备好酒菜，我们随后就到。"一位体型微胖的中年男子说道。

白衣阿涛，黑衣阿金，两兄弟乃是中原第一镖局威远镖局的镖徒，而刚才那个说话的中年男子就是威远镖局的镖师王钱赛，也是他们两人的师父。

阿涛、阿金听到王钱赛这样说，连声领命，策马前去。

镖车在雪地里艰难地行驶着，留下了深深的轮痕。

客栈内，段云看见幻尘雪瑶面纱上的那双眼睛，只见她眼中冷光逼人，便道："我说姑娘，这酒可是寒荒几十年难见的奇迹，不但可以让人精神大振，并且爽口润喉，你就不要再生气了，和我们一起喝一口吧。"

幻尘雪瑶听到这话，眼中冷光顿失："既然这酒如此好喝，怎么会那么轻易让你喝到，你不觉得奇怪吗？"

邓云风和两位道长的脸色霎时变得有些难看。

段云忙拿起酒坛，给邓云风和两位道长满上，说道："对于爱喝酒的人，谁会拿着美酒有工夫去想那么多，有酒就喝便是了。"

邓云风见之，也道："姑娘就喝吧，这酒乃是中原的'西湖子'，是很有名气的，好喝极了。"

段云这才一愣："这酒是你的？"

邓云风道："正是在下从中州带来的。"

段云有些不安，但是习惯性地又多喝了一口，然后把碗放在面前："你为何要请我喝这么好的酒？"

邓云风眼睛一翻，笑道："在下乃是中原名剑山庄庄主，想与段城主甚至整个寒荒雪域的人交个朋友。"

段云抹了抹嘴巴："我喝了你的酒，你已经是我的朋友了。"说完笑了笑，又把剩下的半碗酒一饮而尽。

邓云风呵呵一笑："素闻段城主剑法高明，在寒荒这一代可是头名人物了，不知道段城主法旨何处啊？"

段云捞起一坛酒，给在座的都满上："我是做什么的，想必邓庄主神通广大，肯定知道了。"

邓云风一怔，且道："神通广大谈不上，但是我的确已知，所以在寒荒奔走了四个月，才寻到此处。"

段云放下酒杯："你是为了紫电青霜？"

邓云风也觉得口有些干了，喝了一口："既然段城主已知，在下也不用隐瞒了。"

段云这时候才恍然大悟，想想又遇到找麻烦的人了，潇洒一问："你说来听听，到底找我干什么？"

邓云风缓缓地就像给小朋友讲故事一样，说道："上一届，我们中州来了三位剑客，其中一位名叫张龙客的剑客败在幻尘堡幻尘云风手上,想必你是知道的。"

段云咦道："原来紫电青霜剑是张龙客的剑。"

邓云风道："不错。"

幻尘雪瑶一听这人说起幻尘云风，略有些激动道："那你这次是为了拿回紫电青霜剑？"

邓云风道："可惜幻尘云风早在十年前死了。"

段云呵呵一笑，咕咚一饮："那是什么原因让邓兄苦苦找我四个月，难道此事和我有关？"

邓云风叹了口气："江湖传言幻尘云风有一独生女，孤苦伶仃，最后一次出现在镜雪山庄，所以我才找来。"

段云这才明白，便说道："所以你就认为，是我爹爹把此剑收藏起来了？"

邓云风道："可是令尊已经不在人世，所以我敢肯定这剑一定在你手中。"

段云淡淡一笑："就因为我是段飞龙的儿子？"

邓云风呵呵一笑，接着问："难道不是吗？"

段云道："如果不在我手中，你又有何种打算？"

邓云风一时脸色变得墨绿，良久才沉下声音道："我来此不是为名剑山庄寻剑，而是为了中原武林。"

段云又喝了一口，且道："你这是威胁？"

就在这时，两个道长大醉之中，说道："就算我们中州武林不要回此剑，那中州所属的大国，也绝不会善罢甘休！"

段云道："你们这更是威胁！"

邓云风倒吸一口凉气，笑着道："寒荒武林若不交出此剑，中州群雄必会排山倒海而来，上邀蓬莱、音尘，共举名剑之争，一定把寒荒名剑全部掏空，报仇雪恨。"

段云道："其实寒荒并没有多少好剑。"

这时候，雨来道长道："不会啊，至少我们知道，寒荒有把镜雪剑。"

段云道："三位有所不知，这镜雪剑早在十年前就随着幻尘云风的死长此尘封了。"

风言道长道："这岂不是更好，我们听说镜雪剑乃是寒荒第一名剑，这样一来，如今镜雪剑不再现世，本届名剑之争，我们就可以拿回留在你们寒荒的名剑了。"

邓云风拿起酒坛，给段云满上，然后把酒放在段云面前，道："既然段城主不承认紫电青霜就在你的手中，我们就用我们的朋友来说话吧！"

段云端起桌子上的酒，一饮而尽，畅快道："好！"说罢，与邓云风并肩走出客栈。

第022回：剑气流光如虹

客栈外，白雪纷飞，地上雪厚，没至膝盖骨。

客栈内的烛光透穿窗纱，照了出来，映在雪地上，雪地一亮，四下人影晃动。

此刻，比武的人和看热闹的人都出来了。

雪来客栈在白雪纷飞之中略显神秘诡异，就像一个少女在轻歌曼舞，然而在一片雪光流暗之中，远处雪丘上一白一黑两少年策马正向这里疾驰而来。

阿金、阿涛来到客栈，店中酒保畏畏缩缩躲在桌子下，酒保两眼透过桌子小缝，见来人腰间各悬挂长剑，也是大气不敢出，却截然不知自己的衣角有一小块露在外面。

阿涛下马，走进来，看到衣角，于是站在桌子边，道："你是栈中老板？"

酒保闻声抬头，一个身材魁梧的少年正看着他，这时候他才知道，自己所藏之处已被发觉，他颤抖着说道："小人正是！"

阿涛见酒保脸上惊讶之色几如恐惧，心底暗自嘲笑自己一番，且道："我有这么可怕吗？"

酒保摇着头道："不是，不是！"

阿金道："你马上准备好四桌酒菜，我们押镖过往此地，要在客栈以酒解寒！"

酒保自知这里地处偏僻，也是一怔，接着才说道："小人这就去准备！"

说完，两人策马离去。

客栈外，雪柳树下段云和邓云风对面而立，都握着他们最忠实的朋友，沉默着。

幻尘雪瑶感觉实在莫名难懂，前一秒还是酒桌上的朋友，后一秒就是彼此之间对手，一阵风吹过之后，本来沉寂的气氛忽然由冻结瞬间融化，段云抽出手中的剑，拱手说道："邓兄今日有备而来，想必手中利剑也是世上罕见之物，敢问剑名？"

邓云风抽出自己手中的剑，且道："我手中的剑的确如段兄所言，可我手中的剑叫作无名，剑锋利无比，世上没有适合的名字能配得上此剑，所以以无名化有名。"

段云这时候终于笑了："好名字，我的剑是旭风。"

幻尘雪瑶一个飘移飞舞，身子落在两人之间站着，且道："你们住手！"

邓云风不解："姑娘站到一边，此事与你无关，请你不要插手。"

段云是笑面杀手，无论在什么情况下，他总会笑。

幻尘雪瑶道："我和他有盟剑之约，所以没有我的同意，他不能和你决斗。"

邓云风一怔："难道段城主和这位姑娘有约在前？"

幻尘雪瑶不说话。

段云道:"是有此事!"

对决在即,绝不容改,邓云风道:"那是你们之间的事情,不关我的事情,我只要结果,并且今天就要。"

段云道:"不如等过了中秋,我和冷姑娘决斗了,我还能活着的话,再和邓兄一决高下,邓兄意下如何?"

幻尘雪瑶却冷冷一句:"不可以。"

邓云风倒吸一口凉气,心胸郁闷地长呼一气,且道:"为什么?"

段云微微一笑:"说来话长,我想邓兄还是不必知道。"

邓云风何等聪明之人,段云难以启齿的事情,定然是件大事,且道:"既然段城主人生有重要事未了,那我现在就向冷姑娘下决战书,不知道冷姑娘是否同意。"

幻尘雪瑶听此一言,也是心神一晃,又看了一眼段云,沉默很久之后,才冷冷道:"我没问题。"

段云道:"邓兄,你可想清楚?"

邓云风道:"势在必行,我若连这姑娘都赢不了,相信和你决战也是不战自败。"

段云知道这女子出手迅捷,狠辣令人难以相信,他想阻止,可是双方已经拔出了剑。

幻尘雪瑶一身蓝衣在雪地中随风猎猎而飘,脸色清寒,幻影剑法九九式"影步起涟漪,空头披星月",而邓云风小云剑法第九招第一式"风沙过天山",两人剑锋相逢,忽然剑口一沉,幻尘雪瑶的剑从邓云风的腰身拉过,邓云风转个身,看着幻尘雪瑶说道:"敢问姑娘使的是什么剑法?"

幻尘雪瑶道:"不重要。"

邓云风忽然倒地,血流一地。

武月派两道人赶来,雨来道长更是怒道:"贫道来和你比画。"

风言道长也喝道:"我们倒要看看,你有何神通?"

两人直逼走向前,手中武月派专用的云鹤剑都已经出鞘,随后两剑如长了翅膀的凶鸟,向幻尘雪瑶刺去。

幻尘雪瑶脸色一沉,手中剑诀紧握,刷地一划,一道蓝光闪过,两位道长险些没有闪避过。

此刻,段云走了过来,道:"你们暂且住手!"

可是三人打得不可开交,段云也只好强行出手。

雨来道长说道:"你小子是她的同伙,你也来找死。"

剑舞如雪,就连这里的雪柳树也被弄得残枝纷纷落了一地。

旭风已经有几日没有见到空中的雪了,旭风一出,这里白雪又开始飞舞了。

旭风红色的剑光和镜雪蓝色剑光相容,划出一道罕见的彩虹。

顿时,雨来道长咽喉一紧,身子从空中落下,在雪地里连连翻了几个跟头,接着乱叫着……

"师兄，快杀了我……快杀了我……"

　　"我好痛苦，我……我……快杀了我……我好疼……"

　　风言道长闻此，一个坠身落地，道："师弟……师弟……怎么了？"

　　雨来道长道："定是今日早上上官嫣红对我动了什么手脚，我好像中毒了……快杀了我……我好难受！"

　　雨来道长的脸很快腐烂。

　　风言道长道："我带你去找那个小妖女，问她讨解药。"

　　雨来道长的口里在流黑血："我怕支持不了那么久，你快杀了我，我想要杀人……"

　　无奈之下，风言道长背起雨来道长，很快消失掉。

　　这一幕把段云和雪瑶看得心惊，两人缓缓收起手中的剑，而剑光暗淡后，两人再次回到了雪来客栈。

第023回：中原威远镖局

　　段云和幻尘雪瑶刚进客栈，就大大吃了一惊，只见客栈之内的五张桌子都已经摆上了酒和菜，两人都觉得奇怪，但是也没在乎那么多，依旧坐回原来那张桌子。

　　段云慢慢喝着酒，幻尘雪瑶侧目看看四周。

　　"你不觉得奇怪吗？"

　　段云停下饮酒，对她疑问道："奇怪什么？客栈人来人往，这是很平常的事情，有什么好奇怪的？"

　　幻尘雪瑶脸色一寒，不再说话，怔怔地望着客栈外柳林婆娑。

　　忽然，马嘶声从不远处传到客栈内，段云装作不在意，幻尘雪瑶此刻也觉得不奇怪，然而过了一会儿，就连马车在雪地里的颠簸声也越来越清晰。

　　幻尘雪瑶道："有人来了！"

　　果然，此刻有人在客栈外道："大家快解镖进客栈解解寒。"

　　稍许，说话的人已经走进客栈，年纪四十左右，皮袄劲装，两目颇具神色，腰间悬有一把行镖剑，这人正是威远镖局的总镖师王钱赛。

　　段云道："是中州来的镖师！"

　　幻尘雪瑶道："镖师？"

　　前一个月，中州武林群雄齐聚威远镖局，请求王钱赛押送玄钢石前往寒荒，欲把这天降神石交给远在寒荒的中原剑客邓云风，王钱赛在发镖之时，向中原武林发下誓言，这趟镖一定要送到邓云风手上。

　　阿涛一进客栈，见五张桌子上美酒菜肴均已备好，就吆喝："酒菜都已备好，大家快把名头抬到客栈内。"

话音方落，四个镖卒用两根五尺木棒抬着一个盒子走了进来，但看他们臭汗淋淋，才知彩虹石实在不同于一般石头——很沉。

遥远的路，风雪沉沉。

阿金匆匆走到王钱赛身前，王钱赛见阿金神色慌张，忙道："阿金啊，你怎么了？"

"我在不远处发现一具男尸。"阿金大惊小怪地从客栈外走进来。

"难道这里有贼寇劫镖？"阿涛更是神色大变。

王钱赛倒是老江湖，什么世面没见过，也是一顿道："不用急，只是一具死尸而已。"

阿金又道："那人可是名剑山庄的邓庄主。"

王钱赛顿时一惊，就好像一个小女孩看到色狼了一般，不敢相信这是真的，几步走出去，问道："在哪？快带我去看看！"

其余的人也不知道发生了什么事情，只见王钱赛面色疑重，也料所发生之事绝非寻常，都随着出去了。

客栈内顿时只剩下两人。

……

段云还在喝着酒，良久之后，忽然对幻尘雪瑶问道："怎么样？"

幻尘雪瑶一怔，冷冷地道："你在和谁说话？"

段云微微一笑，停下喝酒，转身在客栈内看了看，疑问道："难道这里还有别人？"

幻尘雪瑶狠下心道："这人迟早会和我们作对，早些死，晚些死，又有何分别？"

段云摇了摇头，心里有说不出的难过，但还是淡淡地道："没分别吗？"

正在这时，阿金进来了，客栈的老板也被他一把从偏店里抓了出来，且道："说！是谁害了邓庄主的性命？"

"我不能说啊。"老板身子缩成一团，还是情不自禁地向幻尘雪瑶看了一眼，那眼神仿佛充满了敬畏，"老朽一直在客栈内忙前忙后，他是谁杀的，我真的不知道。"

王钱赛走了过来，对阿金道："从伤口看来，邓庄主是被利剑一剑从心口划过而死。"

阿涛也道："快把这几天住客的名册拿来。"

老板无奈，只有从柜台中拿出名册。

阿涛接过名册一看，狐疑半晌道："就这三个人？"

老板战战兢兢地嗯了一声："此处地处寒荒偏僻之地，今天就只有这三个人！"

"他们人在哪儿？"老板的领口被阿涛抓得更紧。

"他们……没走……没……"老板赶忙回答。

王钱赛已经把目光停在段云和雪瑶两人身上，见二人神色冷然，便说道："敢问名册上这两人可是你们二人？"

段云道："名册上的名字叫什么？"

王钱赛道："段云，冷雪。"

"段云正是在下。"段云说完，又喝了一口。

客栈外白雪簌簌从灰色的天空落下，一片雪的世界显得分外凄冷。

雪花落出万般寂寞，客栈内，段云站了起来，恰巧王钱赛也拱手道："在下大胆请教两位，请问邓庄主是谁下的毒手？"

段云面带微笑："并非我杀。"

幻尘雪瑶却出奇地冷静，静静地坐在段云对面，眼中没有丝毫波动，根本对这一切有恃无恐。

然而谁又知道威远镖局在中原武林的地位？

威远镖局有天下第一镖的旗号，这是中原大小镖局公认的结果，今日在寒荒这个偏僻的地方，遇到这样一个女子，该如何捍卫镖局的名声呢？

王钱赛见这女子不说话，心里十分难受，认为这女孩杀了人，却仗着此地是寒荒地界，不把我们中原人放在眼里，这实在也太过狂妄了。

阿金奔上前，道："这位姑娘，人可是你杀的？"

幻尘雪瑶安静地坐在那里，懒得理会他们，而段云干咳了一声："能在此相会，实在是缘分，不如一起喝一杯酒。"

王钱赛见段云倒是豪爽得有点意思，也是问道："这位姑娘难道是哑巴？"

段云呵呵一笑道："你可不要胡乱说话，尤其在这里。"

王钱赛道："难道正如阁下所说，这凶手就在客栈之中？"

"正是，她一直都在客栈之内。"段云并不否认。

"哪位朋友敢杀人却不敢承认，请自己出来吧。"王钱赛听得段云这么一说，大声怒喝。

可是依然毫无动静。

"你们把客栈四面统统围起来，不准任何有生命的东西出客栈半步！"王钱赛对阿金阿涛说道。

阿金阿涛领命，立刻就把客栈围了起来。

外面风雪大作，随风入内。

幻尘雪瑶也发现今天无论如何都要和这几个人大干一场，她周身已经升起一股寒意，杀气逼人。

第024回：客栈风雪潇潇

客栈外，雪花依稀落下，镖卒们身上很快覆盖了一层雪，王钱赛已经喝了四碗，段云也已经喝了四碗，直到第五婉，王钱赛镇不住了："你是不是在耍我？"

"能坐在一起喝酒，这缘分多难得，我若骗你，不得好死。"段云咕咚喝下一碗。

王钱赛无奈，向着身后的镖卒下令："把客栈每个角落翻个底朝天，我就不相信凶手能在此蒸发。"说完也是把第五碗酒一饮而尽。

段云指着幻尘雪瑶笑道："人是这位姑娘杀的。"

王钱赛听后，吃了一惊，呵呵一声惨笑，怒道："这酒真是不该在这里喝。"说罢手里的碗摔落在地上。

"他们是相约之战，以生死定输赢本合乎情理，难道你还想为邓兄报仇。"段云摇了摇头。

王钱赛脸一沉，带有万分惋惜道："邓庄主为人豪爽，做事有分有寸，并且武功不弱，他怎会轻易被杀？"

幻尘雪瑶冷声道："我杀他，本是很容易的事情。"

王钱赛简直不敢相信，小姑娘小小年纪竟如此狂妄，不知道天高地厚，当下怒道："小小年纪不可一世，老夫倒要见见你手底下有何本事？"

然而剑拔出之时，明显地感觉到颈脖咽喉处忽然冰凉至极，当下回过神来，才发现对方的剑已经贴在致命之处，那剑锋利无比，只要轻轻一动，只怕这里又要死人。

"你若再杀人，我就不再和你有任何盟剑之约。"段云看到幻尘雪瑶杀念又起，脸色立刻沉了下来。

幻尘雪瑶霍然收剑，冷冷地看着段云："我最讨厌我的对手以盟剑之约来威胁我。"

"你已经杀死了一个中原人，难道还嫌不够？"

"我所杀的都是该死的人，这不用你来告诉我，你还是赶紧把你自己的事情办好，免得耽误了我们之间的约定。"幻尘雪瑶说话之间，把剑轻轻放下。

"要杀便杀，不必听信他言。"见幻尘雪瑶身手如此之好，王钱赛当下怒道："今天要是不杀我，我们中州武林和你们没完！"

……

忽然一阵骚动又起，远处雪丘之上又来了一队人马，每人都手提金铁剑，骑着膘肥身健的骏马。

阿金见远处大批人马疾驰而来，忙对阿涛说道："我进去告诉师父，你在这里看住镖车。"

阿金进了客栈，很快客栈内三人都出来了，然而这队人马很快把这所客栈围得水泄不通。

王钱赛上前喊道："敢问来者是哪路英雄？"

众人骚动，雪光流动，刀剑相顾，一时之间两方势同水火，王钱赛也是江湖上的大人物，先声发问，然而却没有人回应，所以脸色陡然一变，且道："尔等休要在我威远镖局面前放肆！"

此刻，远处山丘忽然响起了一声马嘶，马嘶声果然厉害，震得这里每个人耳朵嗡嗡作响，众人闻声而望，这时候才看见一位穿黑袍子的人站在雪丘之上，此人大笑道："你们都在这儿啊，好极好极！"

风吹雪飘，一声"驾"，那马向此处狂奔，阿金阿涛见此人来势锐不可当，也是倒吸一口凉气，只是他们身为中原第一大镖局，所以也不能示弱："来者何人？且不要故弄玄虚，大家在此处相遇也是缘分使然。"

忽地来人翻身下马，接着一笑："你们威远镖局听说有天下第一镖的名号，我寒冷天今天想见识见识。"

"原来是你，你来此是为何？"王钱赛略有不祥之感轻叹道。

"当然是顺着贵镖局的名头而来，难道我还是来请客的么？"说完，寒冷天朗朗一笑。

段云俯身道："城主今日不是去了水月荒了吗？"

"对，我是前往水月荒，但是我听说威远镖局今日到了寒荒，忍不住好奇，就特来瞧瞧。"寒冷天如春柳得风，尽显豪情。

阿金却道："你休想打我们的主意。"

寒冷天不再笑了："就算车上的东西不留给我们寒荒古城，我想也不属于你们！"

王钱赛拱了拱手，道："阁下不必担心，我们就算自家性命不要也要保全这趟镖的名头。"

刀剑相向，所向披靡者是谁？

寒冷天举起一块石头向镖车砸去："只怕你们丢了自己的性命，却还是无力保住这趟镖的名头。"

骑在马上的人都一起抽出金铁剑，纷纷跃马而起，风雪更剧，寒冷天一声令下，这些人都向镖车扑去。

正在这血肉交战中，一个冷冰冰的声音顿起："此镖不能劫。"

此刻，幻尘雪瑶一个"梯云纵飞"跃到镖车之上，把扑向镖车的人统统隔在两臂之外。

一刹那，众人眼前蓝光烈闪，手中的剑都落在地上，众人也不知道怎么回事，可是他们真的感觉到这女子出手迅捷至极，令人惊服！

一时之间，百人之地忽然鸦雀无声，就连寒荒古城城主也被惊住，而蓝衣身影一摇，轻轻落在雪地上，道："这镖乃是我缥缈宫的。"

寒冷天看着这女子，一时觉得与这女子似曾相识，可是他实在想不起来，曾何几时，仿佛见过，仿佛记得这冰冷的眼神。

幻尘雪瑶满目都是冷潇的杀气，寒冷天实在想不起来了，但是过了很久，寒冷天才说道："你是谁？"

幻尘雪瑶冷冷地看了寒冷天一眼，道："缥缈宫副宫主。"

寒冷天想了想，顿了一下，笑着说道："请问姑娘芳名？"

幻尘雪瑶之前久闻寒冷天是个大魔头，可是如今在她眼里看不到魔头的本性，反而觉得十分娘态，冷声道："我的名字叫作冷雪。"

寒冷天还没说话，旁边已经有人怒喝道："你音尘妖女早在三十年前就没有资格参加名剑之争，如今来到寒荒地界作威作福，难道又想让人看你们的笑话吗？敢情不知羞耻，不知死活。"

幻尘雪瑶面纱上本来清澈的眼睛浑浊了，瞳孔忽然收缩，剑光一闪，一道蓝色光华落出，血溅当地，方才说话的人竟倒在地上，一动不动。

段云忙走过来，把手中的剑指向她的心口："你疯了吗？做杀手就一定要杀人吗？难道别人连说句话都不可以？"

幻尘雪瑶抬起头，看着眼前这男子，变得更冷酷了："不可以！"

段云把剑一抖："我要杀了你。"

幻尘雪瑶的目光忽然黯淡了几许，但是很快，她又道："那就动手吧。"

寒冷天却恬然一笑道："副城主，有事好说，勿要动怒。"

段云也想极力平静自己的心情："难道你还要给她一次机会？她手上已经死了两个人了！"

寒冷天道："我还有事情请教冷姑娘。"

段云倒吸一口凉气，实在想不出寒冷天有什么事情要请教一个杀人如麻的人，无奈只好放下手中的剑，道："中秋之夜，我们在原来约定的地方决斗，希望你好自为之！"说罢，转身走了。

幻尘雪瑶看着段云在夜空飞雪下的脚步渐行渐远，眼角瞬间红润了。

第025回：彩虹石很重要

段云上了马，马去得已经很远了。

幻尘雪瑶看了很久很久，终于回过头来。

寒冷天走了过来，站在幻尘雪瑶的身后，缓缓地道："方才冷姑娘说这趟镖我们不能劫，那是为何？"

幻尘雪瑶道："你要这些天石干什么，难道你想再为寒荒带来血雨腥风？"

寒冷天道："这些天石不同一般石头，本是天外飞星留下的残体，有着大千宇宙的巨大能量，要是用它来铸成一把神剑，那肯定天下无双。"

幻尘雪瑶摇了摇头，冷冷地道："天下无双又能如何？"

寒冷天道："名剑之争马上就要到来，我想这把剑肯定能独占鳌头，令万剑臣服。"

幻尘雪瑶道："你知不知道每次名剑之争，有多少人因名剑而丢去性命？"

寒冷天看着这个神秘女子，否认了她的话，且道："江湖规定，每隔五年都要在寒荒六派中选出一派掌阅镜雪剑，迎中州、音尘、蓬莱三地剑道的挑战，现下镜雪剑在镜雪山庄不见踪迹，只怕名剑之争无名剑对敌而一败涂地，到时候交不出历年来我寒荒扣留的其余九百九十九把神剑，那才是真正的血雨腥风。"

幻尘雪瑶道："你就把九百九十九柄神剑交给他们不就行了。"

寒冷风冷冷一笑："你以为我是傻子？"

幻尘雪瑶道："为何这么说？难道那九百九十九柄神剑也失踪了？"

寒冷天叹了口气："失踪很久了，并且一点线索都没有。"

幻尘雪瑶道："怎么失踪的？

"这些剑都在镜雪山庄丢的，你问我，我去问谁？"寒冷天反问了一句。

幻尘雪瑶忽然明白了，且道："不管如何，我都不会让你拿走这趟镖！"

寒冷天深深叹了口气："往年名剑之争，四地剑道都冲着镜雪剑而来，可是今年镜雪剑下落不明，只怕寒荒剑道真的要把多年以来的名剑全都拱手他人了。"

幻尘雪瑶冷冷地看了一眼寒冷天，且道："你是魔教的大魔头，你不用说了，你是骗不了我的。"

寒冷天笑着："我寒冷天这一辈子从来不说假话。"

雪在下，幻尘雪瑶的身上已经落了一层雪，然而她却不在意，又道："我要这趟镖，你难道也和我抢？"

幻尘雪瑶说话的时候，也正在拔剑。

寒冷天道："在没认识你以前，我总以为这些天石非我莫属，可是如今看来，并非想象之中。"

幻尘雪瑶的剑拔到一半，听寒冷天这么一说，停下了，道："你的意思？"

寒冷天道："我愿意为你劫下这趟镖。"

幻尘雪瑶一怔，道："你可别在我面前耍诡计。"

寒冷天朗声一笑，道："不但不会，我还会感激你，我知道你并不想看到寒荒剑道被外族来的剑道抹杀，我也知道你我迟早会因为保护寒荒剑道走在一起，共同将这彩虹石的能量提炼出来，铸造一柄旷世奇剑。"

幻尘雪瑶不再说话。

寒冷天道："王镖师，这些天石难道你还想押回中州？"

王钱赛道"如今，虽然邓庄主已经死了，但是这些天石却万万不能落到你们寒荒这些贼人手上。"

寒冷天道："大雪纷飞，地冻七尺，相信前去中州的道路已经冰封，要想回去，也恐怕得要度过这个漫长的冬季，在这个漫长的季节，你确定你能保全这趟镖的名头？不用我说，三地剑道对这趟镖都是心怀鬼胎，你应该很清楚吧。"

王钱赛道："清楚，那又如何？"

寒冷天道："不如把天石放在寒荒古城，这样一来，免生意外。"

阿金上前一步："我们自己的事情，我们自有打算，不用你瞎操心。"

寒冷天现在笑容顿失，久久，大声喝道："帮冷姑娘把这趟镖劫下来！"

顿时风声起，剑声鸣，声声入耳，寒荒古城众多小卒，抽剑冲去。

忽然，蓝衣身影急电一般站在威远镖局镖车前，道："你们住手！"

寒冷天见此，狐疑道："你不是想要这些天石吗？"

幻尘雪瑶并不否认："我是想要。"

寒冷天狐疑道："那你这又是为何？"

幻尘雪瑶冷冷地道："因为我不想当强盗！"

在寒荒没谁敢和寒冷天说这样的话，幻尘雪瑶说了，结果会怎样？

寒冷天只是惊讶道："我就是强盗，在这寒荒早就鼎鼎大名了，你不想和我们寒荒古城同流合污也是可以理解。"

幻尘雪瑶道："这些天石都是无价之宝，你能确保它不会落在别人手上吗？"

王钱赛捶了捶胸，胸有成竹的样子："老夫行镖数十载，没有一次阴沟里会翻船。"

幻尘雪瑶道："既然如此，那你可以押着镖车走了。"

王钱赛却不领情，又道："邓庄主是不是你杀的？"

幻尘雪瑶道："是！"

王钱赛又道："你最好在名剑之争英雄会没到之前，给我个交代，否则我们中原武林绝对不能和你妥协！"

幻尘雪瑶道："我现在就可以给你一交代。"

王钱赛一怔，问道："怎个交代？"

幻尘雪瑶道："一个无情杀手，杀人本是稀松平常的事情，这个理由应该算是交代了。"

王钱赛大怒，一掌打去，喝道："小女娃子，狂妄！"

王钱赛一掌打来，幻尘雪瑶已经反抓王钱赛的手臂，一个向外反跳，转过身与其对了一掌，王钱赛掌力浑厚，把幻尘雪瑶震退三步，在三步之外站稳。

幻尘雪瑶忽然身影一晃，瞬间移动到王钱赛身后，王钱赛见到蓝影一闪即逝，当下反手一掌打去，幻尘雪瑶反身一转，王钱赛的掌力已经落在雪柳树之上，雪柳树如被快刀一刀从顶端劈下，从中一分为二，向两边倒在地上。

王钱赛见掌力落空，忙转过身，可是已经发现幻尘雪瑶正看着他，他才知，方才幻尘雪瑶就站在身后，并没有半点伤他之意，所以他恼羞成怒，大声说道："老夫今天输得心服口服，女娃儿，你可记住了老夫今天的话。"

幻尘雪瑶站在雪地上，风一起，蓝衣猎猎，直到王钱赛押着镖车走了很远很远，她才迈开脚步，向客栈内走去。

寒冷天端详着幻尘雪瑶的背影，直到背影消失在昏暗的烛光里，他才翻身上马，勒着马绳消失在来时的雪丘上。

第 026 回：心似箭泪相拥

寒荒古城。

远处城墙上，寒月见到段云的身影出现在不远处的浓雾之中，甚是高兴，高兴得真是像三年不见甘霖的泥土，再也忍不住，喊道："段云回来了，太好了！"

雪后初晴的早晨，空气甚是清新。

段云看到寒月已经迎面奔来，不由自主深深地吸了一口气："你这么早就起床了啊？"

寒月嘟着嘴："我想念你，担心你，所以我睡不着。"

寒月这句话一出口，段云和她脸上不约而同地出现了一抹红晕，但是段云还是朗声道："寒月小姐，你不要乱说话。"

寒月不理会段云怎么看，反而走到段云身边，挽住段云的臂膀道："我哥哥去水月荒了，这几天可把我急死了，就连陪我说话的人都没有。"

"那五大亲使他们呢？"

"你别提他们了，那个氾水简直把我气死了，我想出去走走，他都不准。"

段云呵呵笑了出声。

寒月凝视了段云一眼，接着也笑了："怎么了，你觉得这很好笑吗？"

段云依然在笑："不错啊，我想到氾水像是你的守护神，成天跟着你，我就想笑。"

寒月涨红了脸："你还笑呢，我都想哭啊，我干什么，老古董都管！"

段云停止了笑容："谁叫你是尊贵的寒月小姐，要是有谁想在你身上动一根汗毛，我想你哥哥都不会答应。"

寒月苦着脸，拉着段云的手，就像小孩子撒娇："那你带我出去玩玩吧，我好想出去玩。"说完又嘻嘻一笑，雪白的牙齿闪烁着银光。

段云怔住了，也不再说话。

寒月见此，也道："不行就算了，我不强求。"

段云看着寒月的失望眼神，心里为之一痛，于是他重重地点了头："好，那我就带你出去，要你玩个够！"

寒月听到这里，心里可高兴了，问道："那我们去哪儿玩呢？"

"哪儿都能去。"段云笑着看着寒月。

就在这时候，一个冷冷的声音响起："你们要到哪儿去？"

寒月和段云不约而同地把目光移向城门之中，这时候才发现，就在那城门之下有个面目带有几许狰狞的人，站在城墙之下。

氾水站在城墙之下，看着雪地里的一双男女，也是对此有太多疑问，他走了上来，问道："无论你们去哪儿，我都不能同意。"

寒月走到汜水身边："汜水，你知不知道你很烦人啊。"

汜水板着脸，看都不看她和段云，冷酷道："请小姐勿要在城主没回来之前就四处走动，你的安全很重要。"

寒月一怒，推开他："我要的是自由，我不是犯人，请你不要像看守犯人一样对待我好吗？说不准哪一天我会被你们闷死。"

雪花依旧如往日飘飘洒洒。

段云走了过来："那我们就不出去了，等城主回来了，我们再说。"

汜水依然板着脸："这样就最好了。"

寒月看着汜水，狠狠地在地上跺了跺脚，一句话没说，就向城内走去，走进自己的房间，关上房门。

段云和汜水站在雪地上，看着这女子的举动，一动不动，脸色惊诧至极。

夜晚，寒荒古城巡逻的小卒都拿着火把，四处游走。

段云和汜水正在一个亭子里喝酒，两个人都彼此沉默，对于喝酒就是想喝多少就喝多少，可是喝着喝着，汜水就趴在桌子上不动了。

汜水恐怕还没料到，段云会把十几种好酒混合一起来饮，那酒劲也是大得不得了。

现在，段云打开纸墨，简简单单地写下了几个字，放在汜水的手上，并且十分敬畏汜水这般铁面无私的嘴脸，叹了口气道："城主有你这样的朋友，我想肯定不易。"

段云来到寒月门外，喊道："寒月，现在我们走吧，汜水已经不能阻止你和我出去玩了。"

寒月现在还趴在床上，眼角还挂着泪。

段云就叫了两声，寒月就已经打开了闺房的门，看到段云，低声道："你不是和那个老古董一样也认为我不能出去吗？你现在又来这里干什么？"

段云心里虽有苦楚，但是一乐，倒也说道："你是在怪我了？"

寒月白了段云一眼，不说话，只是低着头。

过了很久，段云又道："汜水这人，你也知道是个不折不扣的老古董啊，刚才我要是强行把你带走，他肯定会说我这人对你堂堂寒荒古城女主人的安全不够负责，并且还会把我关起来，说不定还会拿着鞭子就像抽打牲口一样抽我呢。"

寒月听了，怒道："他敢！"

段云只是笑了笑。

寒月脸上露出了甜美的微笑："哦，对不起，我错怪了你，我知道了，原来你刚才使诈，故意在他面前示弱，原来你早有打算。"

段云呵呵笑出了声，接着摆了一下衣衫，说道："那当然，他戒备那么森严，不这么做，我们就算长了翅膀也飞不出去。"

寒月依然灿烂如花地笑道："那现在我们是飞出去，还是光明正大地走出去呢？"

段云一怔："你认为我们该是光明正大地走出去呢，还是飞出去啊？"

这时候，有个声音传了出来："我看你们还是爬着出去比较妥当。"

寒月听到这个声音，顿时怔在原地。

很久，寒月闻声而见说话之人，颤抖着说道："哥哥，你回来了啊。"

寒冷天手负背后看着段云，冷冷道："你要带我妹妹去哪儿？"

段云的脸已经开始红了。

段云一句话没说，而寒冷天又道："你要带她去哪儿，总该先和我这个做哥哥的说声吧？"

站在一边的寒月，看着哥哥那张冷而严肃的脸，心里一寒，顿时站出来："哥哥，不关段云的事情啦，是我执意要他带我出去的。"

寒冷天道："不是哥哥不要你出去，只是江湖险恶，你出去，我不放心啊。"

段云道："难道城主对我也不放心？"

寒月忙道："我知道，我都知道哥哥一切都为了我，可是你总不能要我一直待在古城里，不出去走走，我又怎么知道江湖步步艰险呢？"

寒冷天把寒月的手放在自己的手心，很久很久才说道："现在哥哥已经管不了你了，你明天就可以想去哪儿就去哪儿，绝对没有谁敢说你不能去。"

寒月看着寒冷天的眼神，眼里泛起了泪花，再也忍不住了，哭了出来，把寒冷天紧紧抱住，嘴里不停地呜咽着："哥哥，妹妹其实一直都懂你的，小时候我被邻居家的同龄小孩欺负，你都会出来保护我，每次你都伤痕累累……每次你都逗我开心……呜呜。"

寒月本来就像个孩子，一哭起来就更像个孩子。

寒冷天笑着去擦寒月脸颊上的泪水，呵呵笑道："傻妹妹，我是你哥哥，我不保护你，谁来保护你。"

看到这一幕，段云为之一撼，内心也由平静变得波涛汹涌，于是他静静地走了，一直走到墙角拐弯处，才停下脚步。

寒冷天道："段云！"

段云转过身，应声："城主有何吩咐？"

寒冷天拉着寒月的手，走到段云面前，诚恳地道："你是不是喜欢我妹妹？"

段云下意识地埋下头，不曾直视寒月的眼睛，而寒月已经沉不住气了，手从寒冷天的手里挣开。

寒月是一个女孩子，她如此……

就在寒月走进房屋的那一刻，段云决定了，他决定回答寒冷天这个问题，说道："我喜欢！"

顿时，这里的气氛死寂了一般，寒月的脚步停在房门口，转过身，泪光闪动，看着段云。

第 027 回：为何美丽失踪

很久，很久，雪又开始下了。

寒冷天站在不远处，面带一丝满足的微笑，看着雪中的两人。

有一个身影站在那黑暗的一处，也看着寒月，面目不再是板着脸的了，氾水的脸扭曲中明显带有痛苦，心下沉吟："我只是一条狗，我只能对主人忠心，不能对主人动情！"

忽然，背后一阵疾风夹杂着一个蓝影急速闪过，氾水觉察到之后，立刻施展绝妙的轻功追去，不过，寒冷天也觉得周围有异样的变化，竟然也悄悄地离开了，很快朝氾水追去的方向追去。

霎时，美丽的夜晚笼罩着一种难以描述的阴霾。

那个蓝衣身影是谁？

——幻尘雪瑶

风过，雪飞，整个古城皆被寂寞和阴霾笼罩。

幻尘雪瑶飞到一处暗门，躲藏起来，心下沉吟："既然他能好好地待在这里，自己也应该对他释怀了，本以为他最爱的人是我，但终究他还是爱上了别人。"说罢，身形一闪，消失在茫茫雪夜。

氾水来到暗门之处，发现刚才的蓝衣身影却已毫无影踪。

此刻，寒冷天也从暗门之中冲了出来，说道："不用追了，她已经出去了。"

氾水依然板着脸，却带了半点恭敬道："这人是谁？轻功甚是厉害！"

寒冷天道："其实我知道她是谁。"

氾水一怔，问道："她是谁？"

寒冷天呵呵一笑："我知道她是谁，可我并不知道她叫什么名字。"

氾水冷冷地长出一口气："这么说，城主和她并不怎么熟悉？"

寒冷天点点头："不错，我们仅仅只见过一面。"

氾水转过身，和寒冷天一步步走在大雪纷飞的庭院之中，久久才道："要不要我去查查她的身份和来历？"

寒冷天也是一怔，且说道："查她！有这必要吗？"

氾水板着脸，淡淡而恭敬地道："其实她已经闯两次寒荒古城了。"

寒冷天一怔，狐疑半晌才道："两次？"

氾水的拳头紧紧在袖口握住，道："前几天她来过，杀了我寒荒古城五十多人，可谓和我寒荒古城有着不共戴天之仇。"

寒冷天心都凉透了，停下脚步，顿了一下才询问："那是什么原因？"

氾水看着寒冷天，久久才说道："因为她想杀副城主！"

寒冷天越听越意浓,兀自大惊不已:"段云和她有仇?"

汜水摇了摇头:"这个我并不知道。"

寒冷天冷冷一笑:"那你知道她今晚到这里目的何在?"

汜水一怔:"难道又是来杀副城主的?"

寒冷天却摇了摇头:"不是。"

汜水听此,脸又板得紧了,道:"他们应该在昨天就决斗过,她怎么还活着?"

寒冷天脸上略带笑意:"你怎么不说段云到现在为什么还活着?"

汜水又是一怔:"难道他们没有决斗?"

寒冷天呵呵一笑:"对,他们没有决斗,他们要是决斗,那肯定必有一死。"

走着走着,汜水和寒冷天来到寒月的住处,可是他们并没有走进庭院,他们两人就站在庭院的屋檐下。

寒荒古城的雪夜极是美丽,这里除了白雪飞落的簌簌声之外,一切安静,而这个夜晚也是孤寂万般。

汜水板着脸道:"那女子剑法也很精妙,那天在烽火台上,我和寒月小姐两人一起和她纠缠,我们两人都不是她的对手,他们要是真的决斗了,城主看看谁会死,谁又会活下来?"

寒冷天听了汜水这句话,好像吃葡萄哽住了咽喉,良久良久,只是轻轻地摇了摇头。

汜水见此,也是跟着摇了摇头,片刻也就这么沉默了。

雪花飞落,落下万般寂寞。

就在寒冷天和汜水沉默的时候,段云从庭院上空随着白雪落下。

……

寒月呢?

……

寒冷天看见段云从空落下,本来面带微笑,可是一听到段云说的这句话,双目圆睁,且问道:"寒月不是和你在一起吗?"

段云看事不妙,赶忙解释:"刚才我看到了一个黑衣人,便让她回屋休息了,可我回来,见她房中无人,便四处寻找,可……"

汜水板着的脸已经变得铁青,也有些狰狞:"我们再分头找找,她很可能也看到蓝衣人,便一路追去了,只是没追到,寻到其他地方去了。"

寒冷天觉得有这可能,大声道:"立刻调集红旗兵所有将士把方圆八里之内全面封锁,一定要找到寒月。"

段云和汜水听此,顿时消失在茫茫雪夜之中。

此命令一出,红旗兵立刻倾巢而出,头顶茫茫雪夜,在广大古城内内外外开始寻找,一时之间,火把照亮了半边天。

翌日清晨,雪雾之中,四面八方出巡的红旗兵都回来了。

然而那个美丽的女子就这样凭空消失了。

寒冷天站在城墙之上,望着远处天楼山,大声呼喊:"妹妹,你在哪儿啊……

妹妹你在哪儿啊……"

一遍接着一遍，一遍又一遍。

"城主，段云到现在还没回来。"氾水忽然说道，"段云现在应该找到寒月了吧，怎么现在他一点动静都没有，按道理应该找到寒月小姐了。"

寒冷天叹了口气："哎！寒月从来没有离开过寒荒古城，我真希望段云能找到她，不要让她在外面受苦。"

就在此时，一个穿黄衣服的丫鬟急急地向寒冷天走来，只见她人未到，声音却先到："城主，不好了，寒月小姐被一个黑衣人掳走了。"

这丫鬟肯定还没睡醒，这么大的响动，古城之内哪个人不晓得。

寒冷天冷冷一句："我们都知道。"

这丫鬟急急忙忙地从袖子当中取出一张有字的纸递给城主，且说道："城主，请看！"

寒冷天一看上面的字，赶忙拉住丫鬟的手，大声问道："你快把话说清楚。"

这丫鬟一激动，连忙在地上磕头："奴婢该死，奴婢没有用，奴婢把小姐弄丢了。"

氾水立刻拉起她，板着一张死人的脸，恨恨地说道："说！怎么回事？"

丫鬟见氾水那副可怕的脸，战战兢兢地说道："奴婢昨晚方要服侍小姐就寝，忽然一个黑衣蒙面人破窗而进，把我打晕，把小姐掳走了。"说到这里她顿了一下，又说道，"今早醒来就发现这张纸放在桌子上。"

"你说你晕倒在小姐房里？"

"那人把我打晕后，还推到了床底下。"

寒冷天倒吸一口凉气，这么久没有听到一句有用的话，全是废话，所以他心烦道："你下去吧，这个不管你的事。"

"原来那人也有弱点。"氾水板着脸。

寒冷天道："他怕我们追上他，所以把丫鬟打晕了，还推到了床底下。"

氾水道："他这是在为自己争取时间而已。"

寒冷天道："你马上飞鸽传书，把这事情告诉天景、天幕、厚土他们三人，要他们尽快办好手中的事情，趁还来得及，出城寻找寒月的下落。"

"是！"

寒冷天道："马上要焰火调红旗兵二十人向寒荒腹地寻去，一定要把小姐找到。"

"氾水领命，这就去办。"这个整天板着脸的男子退了下去。

片刻，氾水来到焰火身边，只瞧焰火在那古城门口走来走去，嘴里一直不停在咒骂着："他妈的，这是哪个不要命的竟然私闯寒荒古城，还吃了豹子胆，把我最喜欢的寒月妹妹给拐跑了，真他妈的该死！"

氾水看到焰火一副要吃死人的样子，才道："所以，城主有令于你！"

还不等氾水把话讲完，焰火已经按捺不住了，道："是不是要我出去找寒月妹妹啊？"

汜水板着的脸："不是！"

焰火道："那叫我干什么，我可不能在这儿玩，我要出去找我的寒月妹妹。"

汜水道："城主有令，令你做好寒荒古城守护职责，寻找寒月小姐，另有人选。"

焰火一怔，说道："守护职责不是一向由你总揽其责吗，怎么要我做？"

汜水说道："这是命令！"

焰火一怒，道："他妈的，我去找城主评理去，我可担当不了这守护大任！"说完，就扬长而去。

汜水立刻责令红旗兵出发，前往寒荒腹地。

焰火找到了寒冷天，寒冷天觉得奇怪："你还没走？"

焰火怒道："到哪去？"

寒冷天立刻会意，知道汜水肯定是让焰火来担任守护寒荒古城的大任，所以赶忙道："去把每个可能让人私闯进来的地方森严戒备起来。"

焰火傻了眼，怔了怔，道："是！"说完，就退了下去，一边走还一边嘀咕着，"没想到城主还真的放心要我来负责古城的安危！"

昨夜一场雪，看似下得安静，其实安静之中自有躁动，寒月到底去哪儿了？她到底被谁带走了呢？

———

然而一切都如静夜飞雪，沉寂沉静下去了。

第028回：黑衣人真可恶

"放开我……快放开我……你是谁……你快放了我……该死的流氓。"从马车上传来寒月的声音。

晨光微亮，寒荒大雪原上，有个黑衣人正赶着一辆彩色的马车，手中的鞭子不停地抽打着骏马的屁股："好马儿，老子对不起你啊，你就忍忍吧！"

广阔的雪原上，彩色的车，看起来甚是华丽，寒月被一条彩色的绳子五花大绑，就像一个可怜的孩子被人欺负了一般。

寒月冲着黑衣人骂道："你为什么要绑着我，你到底是谁，你这个畜生，快放开我。"她奋力地挣扎着。

此刻，这里已经是离寒荒古城很远的地方了，这辆马车正穿过天楼山下的大峡谷，而过了这个峡谷就进入了冰镜荒。

"畜生，你带我来这里干什么？这是什么地方？"

黑衣人蒙着面，用马鞭挑开车帘，带有威胁的语气说道："你可是这寒荒所有男人的梦中情人，我只不过想要你来陪陪我而已，你要乖乖地听话，否则，小心我对你不客气。"

寒月本来心中难受，再听他这么一说，顿时怒道："死淫贼……臭淫贼，你敢动我半根头发，我一定不会放过你。"

黑衣人见寒月柳眉一竖，也是嘿嘿一笑："现在你还是先闭嘴，等进入了冰山深处，我再疼你、爱你！"一脸猥琐。

寒月一听，今天果然遇到了流氓，几番挣扎也弄不开绳索，只有咬住牙齿，狠狠说道："臭流氓，快放了本小姐，让我哥知道了，他肯定把你千刀万剐！"

黑衣人却不再理会寒月。

很快，这马车就穿过了大峡谷，寒月还在说："你哑巴了，你聋了吧，你现在后悔还来得及。"

黑衣人不闻于耳，只是手中的鞭子几个落下，马又狂奔着。

少许，马车忽然停了下来。

寒月从马车上滚到了车下，摔倒在雪地上，几番挣扎也是枉费力气，她越是挣扎那绳子似乎越是捆得紧。

黑衣人慢慢蹲了下来，用手托起寒月的下巴："果然姿色不凡，看来传言不虚呀。"

黑衣人惊呼："啊！"奋力挣扎脱手，退后数步，看了看自己的手指头，心疼地吹了吹。

寒月在雪地上挣扎了一番，怒道："你的手很臭，咬在我嘴里，我都觉得恶心。"

黑衣人也没说什么，只是提着寒月的袖子，身子一摇，飞跃冰镜湖之上，落在湖中央的小渚上。

渚上有小屋，屋旁边有镜子一样的山，还有形状奇奇怪怪的树木，这些树木都是寒荒稀有的树种，只怕在寒荒居住几百年的人也不知道此树的名字，而这个小渚上最特别的就是有一间不大不小的木屋，木屋之上常年四季都覆盖着积雪，风一过，雪肆意飞扬。

寒月双颊绯红，道："你敢胡来，我死也不屈服。"

黑衣人面带黑巾，只有一双眼睛露在外面，见寒月如此模样，再听寒月如此之言，也微微笑道："你放心，虽然你长得很漂亮，但是我也不至于现在就动你。"

寒月道："算你识相！"

黑衣人叹了一口气："请问世上哪个男人不喜欢看漂亮女人呢？像你这种滑嫩的小鲜肉，要是被江湖上那些淫魔撞见了，指不定会对你做出什么出格的事情呢？"说完就算了，然而他还放肆地狂笑一声，继续重复着这句话。

——请问世间哪个男人不喜欢看漂亮的女人呢？

寒月又狠狠地骂道："死流氓，臭流氓。"说完，坐在雪地上，好像受了极大委屈，无处诉说，心中洁净的灵魂第一次被人污染了一样。

黑衣人笑完之后，把寒月轻轻从雪地上抱起。

寒月见他如此举动，一边挣扎一边喊道："臭流氓，你想干什么？"

黑衣人淡淡道："我没别的意思，我只不过把你当作朋友一样，想请你进小屋里去坐坐而已，你不要惊慌，你不是小白羊，我也不是大灰狼。"

抱着寒月大步走进小屋里。

寒月气急之下，道："你胡说什么，谁要和你做朋友？"

黑衣人把寒月带到一处小屋里，屋里除了一张床在一棵树下稳稳放着，什么都没有，黑衣人道："我累了，我要去睡觉了，你就乖乖地待在这里，最好不要乱跑，等我醒了，再来风流快活。"

寒月心下沉吟："风流快活，什么意思？难道是？"转念一想，甚是愤怒，"你这个变态流氓，你快给我松绑，绳子捆得我好难受。"

黑衣人淡淡道："你这么想杀我，我如何能给你松绑？"

寒月道："我杀得了你，在昨晚上你就死了，你快给我松绑。"

"说的也是。"黑衣人把寒月的绳子松开了。

可是，绳子刚一松开，寒月一掌就打在黑衣人身上，黑衣人被击退数步后，寒月见来时之路无门，飞身而起，向小屋外面飞去，只是飞出小屋之时，一个"笼鸟"机关忽然把她困在其内。

黑衣人朗朗一声轻笑："我说寒月小姐，你既然来了就不能这么离去啊。"

寒月狠狠地瞪了一眼，骂道："你这个死变态男。"

黑衣人停止微笑："我这个小屋看起来什么都简陋，可是它的构造恐怕复杂至极，你别指望能逃出去。"

寒月怒吼道："你到底要干什么？"

黑衣人猥琐地笑道："都说了风流快活。"

寒月心下一沉："你无耻！"

黑衣人呵呵笑道："无耻？哈哈，寒月小姐，我实在困乏至极，我先去睡上一觉，我们黄昏再见。"说罢，真的一个飞身，人已经进入屏风内。

寒月咬着牙齿，坐在雪榻上。

如此，寒月安安静静地依偎在一片寂寞当中，渐渐地被睡意笼罩了。

第029回：书生也会骗人

夜来临，月光流泻，冰镜荒寒意正浓。

冰镜湖之上升起几许寒雾，"鸟笼"机关边不知道什么时候已经站了一个手拿折扇的书生，书生看起来很文静，不难想到是个琴棋书画精通的才子。

寒月静静地睡着，书生就站在铁笼边静静地看着，看着她的美丽睡姿，嘴角情不自禁地泛起了丝丝笑意。

少时，屋外寒风微作，纷飞的雪被风吹进屋里，寒月靓丽的面容被冷空气侵袭，致使清纯脸庞冻得无比通红。

　　书生看得入神，也看得入迷。

　　夜渐渐深了，寒意正浓了。

　　书生走进铁笼，为地下睡熟的寒月盖上皮袄，只是空气冷作，所以寒月也明显感觉到寒意略减，她蒙胧着眼，看见了书生，忽然一下子翻身而起，惊道："你是谁啊？"

　　寒月蓦地大惊，很快从雪地站起。

　　书生却恭恭敬敬地行了一礼："方才打扰了寒月姑娘的清梦，实在冒犯，还请姑娘莫要怪罪。"

　　寒月淡淡一笑，转过身，心想到他和黑衣人是什么关系？难道他也是被黑衣人抓来的，可是好像不像呀。

　　书生见寒月面有难色，赶忙道："莫非寒月姑娘还在责怪我，请姑娘不要生气。"

　　寒月听此，微微一怔："没有啦，你也是被那黑衣人抓来的吗？"

　　"嗯！"书生道，"我叫余十月，我把这屋里的主人叫师父。"

　　寒月脸色掠起一道狐疑，细眉微蹙，手上拿着已经从自己发髻中拔出来的发簪，一步迈上去，簪头扎进余十月颈脖的肉里，威胁道："原来你是那淫贼的徒弟，你快放我出去。"

　　余十月没料到寒月出手竟如此迅捷，忙道："你不要急，我一定会放你出去。"

　　寒月没有半点要放手的意思："你别想骗我，快把这个破笼子打开。"

　　余十月道："这都是我师父他老人家设置的机关，我可不知道机关的按钮在哪儿。"

　　寒月心里登时急了，脚在地上一跺，厉声道："你是他的徒弟，难道他没传授过你打开这个破笼子的方法吗？"

　　余十月道："没有。"

　　寒月急了，道："你赶快四处找找，要是找不到机关的按钮，我就把你杀了。"

　　余十月道："姑娘看起来是个温柔可爱的女孩，怎么动不动就要打人杀人啊，你就不怕以后嫁不出去吗？"

　　寒月脸色一沉，不耐烦道："怎么了，谁说温柔可爱的女孩就不能动手打人了？"说完这句，她放下手里的簪子道，"你怎么也被关进了笼子里？"

　　余十月叹了一口气，脸色怪异："我犯了点错，惹师父生气了，所以就被关在笼子里了，我已经在这小屋里待了十多天了。"

　　"什么？"寒月惊讶地失语道，"你犯了什么大错，你师父要这样惩罚你？"

　　余十月道："师父教我设置机关的学问，可我太笨了，怎么也学不会他老人家的半点皮毛。"

　　寒月白了余十月一眼，气道："你活该。"

　　余十月一怔，站在原地看着寒月，不知道为什么，心头一愣才道："你干什么说我活该？我又没有得罪你。"

寒月道:"你师父这种做法虽然不对,但也是恨铁不成钢啊,你要是把他设置机关的本事都学会了,今天我们也不会落在一起,连街头的乞丐都不如。"

余十月转过身,偷偷一笑,又转过身子,对她叹了口气,微微点头:"你说的得啊。"

忽然一阵巨响,山崩地裂一般逆袭而来,余十月、寒月两人的脚下兀自出现一条两人宽的裂痕,寒月发现的时候,两人已经跌落在地窖之中。

仔细看四周,发现这里竟然是个坟墓,并且还有几具骷髅站立在面前,寒月吓了一跳,战战兢兢地说道:"这里好多死人哦?"

余十月无半点畏惧:"这里是个坟场,死人头那是一定会有。"

地下坟场,阴气大盛。

寒月吸着坟场内的凉气,打着冷战,眼看着这些人死得奇奇怪怪、惨兮兮的,心跳仿佛都能听得见了。

这里除了许多骷髅之外,更有许多剑。

寒月走到一个屏风背后,兀自站住脚,眼前出现一具面带微笑的骷髅,而余十月见他有异样的变化,也凑到身边,顺着寒月的眼光看去,惊讶道:"笑面老人!"

"笑面老人"这四个字对他们的震撼力很强,寒月顿时把目光转移到余十月的脸上,而余十月道:"原来我的师父死在这里?"

寒月美目盯在冷冷的骷髅上:"你说什么,你说你是笑面老人的徒弟?"

余十月一脸痛苦的表情使白净的小脸上多了些哀伤,他跪在地上,悲怆的泪水,几如秋雨,潇潇而落。

寒月还是第一次见一个大男人哭得这么伤心,慢慢说道:"难道你真的是笑面老人的徒弟?可是不可能啊,笑面老人的徒弟怎么会如此年轻?"

余十月不语,只是低头痛哭。

寒月发现笑面老人的手里拿着一卷皮纸,不知道是什么,她慢慢蹲了下来,手捉着余十月的手:"你看那个是什么?"

余十月红红的眼睛看着笑面老人,接着慢慢从笑面老人的手里取下这卷皮纸,打开一看,眼前是一幅画,是一座荒城,这幅画就叫作"九荒沧澜"。

这幅画只画着一座空城,城里城外没有一人一草,只有一座空城,空城上飘着雪花,旁边附有小诗:银域金身,分罗天下。一生飘零,事事悲劫。情意浮动,烟云缭绕。万结成缘,黄泉滔滔。

余十月看着手中这幅画,思索了一下:"这是什么画,师父为什么死了以后还紧紧拿着,难道这里面有其他什么秘密?"

寒月眨了眨眼睛,也是一头的雾水,过了很久,弱弱地问道:"你有几个师父啊?"

余十月怔了一下,淡淡说道:"我只有一个师父。"

寒月登时惊得站了起来,喃喃呢呢地说道:"那刚才那个黑衣人呢?你在骗我,原来你也不是什么好人。"

余十月道："可我并没有伤害你啊。"

寒月道："可你欺骗了我，你是个骗子。"

余十月也是浑身一阵冷战，久久才道："其实刚才那黑衣人就是我。"

寒月真是要晕死了，原来自己是被一个书生戏弄了，瞪了余十月一眼，怒道："看不出你还真会骗人啊？你准备要把我怎么样？"

余十月道："你看到这些死人骸骨了吗，其实我找你是想要你帮我一个忙。"

寒月双眼又是一眨，伫立半天才说道："你找我帮忙，不会光明正大的，为何这么鬼鬼祟祟的？"

余十月这时候恭恭敬敬地行了一礼，道："人在江湖，身不由己，还请寒月小姐莫要怪罪，若要怪罪，事后我余十月听凭寒月小姐处置便是。"

寒月若有所思："处置？"

第030回：曾经为爱遗憾

地窖里充满了阴气，到处都是死人的骸骨。

寒月一直和余十月走得很近，就在余十月白净的脸上立刻显出了笑容的时候，寒月柔声道："你发现了什么？"

余十月道："寒月小姐请过来，你看。"

寒月怔了怔，疑问道："任务，什么任务？"

余十月道："我也不知道，师父死的时候，说很不甘心，在他死之前剩有一件极为重要的事情没完成，你过来看看，应该就是这件事情吧。"

寒月立刻对这间三人多大的寒冰石室产生了好奇，忙道："这间寒冰石室的冰层里面是不是都记载你师父一生所做的大事？"

余十月点了点头，伸手推开了一扇门，只听轰隆一声，一水平冰壁上裂开一道寒冰石门，从石门而进，只见里面有很多冰人。

冰人难道是笑面老人雕的？

雕的都是同一个人，这雪人如真人一般，只是她脸上那可爱的笑容和寒月相差无几，这许多雪人排列成四个字——云芝翩飞。

"云芝翩飞，这是什么意思？"

余十月沉思良久，才说道："据说云芝是一位老前辈的名号，好像是我师父的红粉知己。"说到这里，忽然神色大变道，"莫非我师父钟情于云芝老前辈，我听师父生前说他这一生没有哪件事他不敢做，唯一这件事是他一生的悔恨。"

寒月听得思绪乱飞，登时急了，摇了摇余十月的手臂，问道："哪件事啊？什么事令他悔恨一生啊？"

余十月走到云芝的雪像身前，站立住，良久才说道："我师父今生只爱云芝老前辈一人，以前他和她一起朝夕相处，可是他从来没有对云芝老前辈说过一句倾慕的话。"

寒月也走到云芝雪像身前，上上下下打量一番，心里羡慕至极，问道："要说哪句倾慕的话啊？"

余十月叹了口气："我师父说他从来没有对云芝老前辈说过'我爱你'这三个字。"

寒月眨了眨眼，喃呢道："这三个字说了会怎样？"

余十月道："当时云芝老前辈深深爱着我师父，要是当时我师父能勇敢地向云芝老前辈示爱，我想他们定会比翼双飞，此生不离！"

寒月狐疑："既然云芝老前辈深深爱着笑面老人，为何他们最后要分开？"

余十月微微叹了一口气："当时，云芝老前辈可是江湖中知名度很高的大美人，许多达官贵人、名人之士都愿屈身给她做牛做马，拜倒在她的石榴裙下，其中有许多慕求不及自杀而终，云芝老前辈由此怨恨自己红颜祸水，于是她只有放弃追求笑面老人，从此隐居不再见人。"

寒月目中已经红润："难道这就是真爱？"

余十月望着这矗立在雪地上的雪人，雪白的肌肤如真人一般，余十月深深叹了口气："这雪人像应该就是云芝老前辈了！"

寒月道："所以，当爱一个人就要让对方知道，这样就算没有结果，也不会终生遗憾！"

余十月道："师父是寒荒最有名的铸剑师，为此他付出了一生，而爱他的人也注定付出自己的一生。"

如今笑面老人的墓穴就在此处，墓穴很显然是笑面老人自己掘的，这里也不知道为什么会有这么多死尸，看样子，这里绝非什么墓穴，这里根本就是存放宝藏的地方，若是个墓穴，为何这里会死这么多人？

寒月道："难道你想要我帮你铸造云芝剑？"

余十月道："正是！"

寒月一怔，柳眉一沉道："可是我不会铸剑啊？"

余十月道："你可以学啊。"

寒月这时候微微一怔："怎么学？"

余十月这时候跪倒在地上道："师父，弟子已经没有多少时间了，今天我就把你一生的心血全都交给师妹，希望师父在天有灵，保佑师妹和我快点铸好此剑，完成你的心愿。"

寒月心里委实一怔："你是要我拜笑面老人为师了？"

余十月面色沉沉，接着道："我也没什么办法，我的时间不多了，我怕到时候没时间完成这个艰巨的任务，所以想请你帮助我完成这个任务。"

寒月有些郁闷："所以你就大老远地把我从寒荒古城偷来，原来就是为了让我拜笑面老人为师，好为你完成任务。"

余十月道："昨夜情非得已，我知道寒荒古城城主寒冷天最疼爱你了，所以我只有用这种办法才可以接近你，让你帮我这个忙。"

"为什么是我，难道别人就不行吗？"

"这件事只有你能办。"

"为什么？"

"因为你是最佳人选。"余十月站了起来，走到暗处，双臂一震，一个箱子跟着就落在寒月面前。

寒月看见了箱子，便问道："这箱子里装的是什么，看样子很重哦！"

余十月道："这是以前云芝老前辈留下的剑，还有一本秘籍。"

箱子上还有冰，看来这箱子是被冰封住了。

余十月吃力地把箱子打开，箱子里是把剑，剑用红色绸缎包裹着。

寒月看见了，有些好奇地道："我能拿起来看看吗？"

余十月道："这本来就是要送给你的，你随便看。"

寒月道："你说什么，这东西是要给我的，为什么啊？"

余十月道："因为你是笑面老人的徒弟。"

寒月眨了眨眼睛，问道："就这么简单？"

余十月道："更重要的是你的相貌。"

寒月又怔了怔，狐疑道："怎么又和我的相貌连在一起了？"

余十月道："嗯，你和云芝老前辈长得太像了。"

剑用上等绸缎包裹着。

寒月拿了起来，迎面扑来一阵幽幽香气，待慢慢打开绸缎，只见里面还有一幅美人图画，画中画的是一位绝代佳人，缥缈的身影犹如九天仙子。

余十月道："我师父把这幅画画好，本来要提上一首诗，怎奈他想到一首，便觉得不妥，又毁之，直到临死的时候他也没在这幅画上写上一个字。"

寒月狐疑道："为什么不写上去？"

余十月道："因为他始终觉得不知道该说些什么。"

寒月怔了怔，道："他肯定是想告诉云芝老前辈，他深深爱着云芝老前辈。"

寒月不解，且道："是啊，应该就是这样，那么他怎么就没写上去？"

余十月不语。

寒月领略其意，道："这就是爱情吧，把爱放在彼此心中，不用嘴巴来说。"

余十月道："是啊，你说得对，世间太多男男女女都是把爱成天挂在嘴边，可是他们又真真切切地爱过谁。"

一时之间，两人都站在原地，看着画中的人——红颜佳人！

良久过后。

寒月道："不如我们帮助笑面老人把他要说的话告诉云芝老前辈吧，希望两个相爱的人在来生轰轰烈烈地相知相爱，不会再错过知己。"

余十月淡淡道："希望如此！"

寒月探出手，把食指放在剑锋上，用手指在画的一旁写上："云芝，我爱你！"

五个字写完，只见面前这柄剑忽然凌空而起，寒月委实大惊："这怎么回事啊？"

云芝剑在飞舞。

余十月忙解释道："这就是邪雾十六剑剑法的招式！"

寒月仔细看着，只见云芝剑忽然飞入墓穴之中，墓穴中的四十九个冰雪美人忽然舞动了起来。

这是一种阵法，从来没有入世，今日他们大开眼界了。

机关的精巧设计，使得剑法招式演得淋漓尽致，这里的邪雾十六剑以前可是寒荒出名的剑法。

天近黄昏，伴随着冰人的舞动，忽然冰镜荒的小渚上发出了一声巨响，仿佛龙吟，仿佛虎啸。

冰镜湖上，裂开一道门，两个人影被摔了出来，寒月和余十月都倒在冰镜湖上。

余十月道："刚才你看懂了吗？"

寒月道："看的时候，好像什么都懂，可是现在只觉得还有些什么地方没懂。"

余十月道："不用怕，不是还有剑谱吗？"

寒月打开剑盒，道："可是只有最后三剑啊？"

余十月道："不会吧？"

寒月把剑谱递了过来，道："不信，你看！"

余十月道："这是师父他老人家给你的东西，好好保存，不要轻易给别人看。"

寒月道："没关系了，你都是我师兄了，还忌讳这个啊。"寒月略有笑意地看了一眼余十月。

余十月道："既然你答应帮我忙了，那我们就准备出发，我们先去找彩虹石。"

寒月问道："什么是彩虹石？"

余十月呵呵笑道："就是能让这把剑变成利剑的天石啊！"

"哦！"寒月惊讶了一番，心想这次难得出来，一定要好好四处走走，总比在寒荒古城闷着强多了，想到这里，也就一口答应了，"好啊。"

余十月道："我听说彩虹石已经到了寒荒，应该正在前去水月荒的路上。"

余十月原来是要去劫镖。

寒月道："我从来没有去过水月荒，所以这件事我会听你的，你去哪儿，我也跟着你去哪儿。"

余十月笑着赞道："好，那我们先去找彩虹石，只有找到彩虹石才能把这把残剑打造成神兵利器！"

寒月重重地点了点头。

第 031 回：莫要相信妖女

山远雪道，王钱赛正押着彩虹石前往水月荒。

威远镖局这次从中原而来，便是为邓云风护送玄钢神铁——彩虹石，而如今又亲眼看见邓云风惨死在幻尘雪瑶剑下，实在是出乎意料。

幻尘雪瑶年纪轻轻，剑法却神妙至极，看剑法好像是一剑封喉，划破心脏，不过邓云风可是中原名剑山庄的庄主，到头来死在她的手上，这件事情要是中原英雄豪杰得知，定会气得半死。

水月荒在寒荒东南之地，即使终年不落一朵雪花，这里到处也是一色银白，每到圆月东起，地上厚厚的霜就如天赐给大地的白色地毯一般，人走在上面，只听"嚓嚓"作响。

傍晚时分，靖海上波涛大起，当一轮圆月从东升起水平面之时，一只大船向这里慢慢行驶而来，一个穿蓝衣的女子在船头迎风而立，望着靖海岸边，而岸边一切风平浪静。

这女子就是幻尘雪瑶，她手里还是握着的那把发着幽蓝光芒的长剑——镜雪剑。

圆月当空之时，静海微风顿起，海风吹起幻尘雪瑶天蓝色的衣服在海风中猎猎飞舞，再加上那一头美丽的头发迎风四散飞舞，整个人看起来就像是一只在海风中冷傲飞翔的蝴蝶。

靖海出海道的岸边，顿时响起了马车的颠簸声。

幻尘雪瑶站立船头，依然不为所动。

威远镖局知道在水月荒的风月楼有一棺木，据说棺木材质非同一般，无坚不摧，江湖上称这副棺木是"金棺材"。

金棺材的主人就是风月楼楼主风月儿，然而这副古怪的棺材也只有风月楼楼主风月儿能打得开。

风月儿是寒荒有名的艳妓，寒荒人都称她是人妖，她为人不男不女，今天穿的是男人衣服，到了明天就可能穿的是女人衣服，然而风月儿到底是男人还是女人，江湖上至今无人知道，因为风月儿穿女人衣服的时候很像女人，穿男人衣服的时候很像男人。

这副棺木也是风家祖传下来的，世上只有一把钥匙，这副棺材无坚不摧，没有风家这把钥匙，谁都别妄想打开它。

如今距离名剑之争的时日已经不远了，无论是音尘、蓬莱，还是中州的剑客都已经来到雪域。

威远镖局眼见邓云风惨死，无法应言把彩虹石交予邓云风，有负中原剑道重托，再加上无数人对这中原至宝心存歹念，所以他想迅速把这彩虹石和邓云风一起合葬，这第一算是完成了这次远行的任务，第二算是保护好属于中州剑道自己的东西。

果然山背后出来了一队人马，王钱赛骑着马走在最前面，阿金阿涛两人走在后面断后，当看到海边停着一只大船后，更是喜出望外："大家把镖看牢了，我去看看那只船还出海么。"

威远镖局大众都是应了一声，原地休息。

王钱赛道："敢问船家现在还可以出海前往水月荒的风月楼吗？"

幻尘雪瑶侧身而站，淡淡答了一句："可以，随时都可以。"

王钱赛把探望船舱的目光转移到船头侧身而立的女子身上，倒吸一口气："你就是船家？"

幻尘雪瑶缓缓转过身，轻声道："不错，我在这里是专程接你们前去月水荒的。"

"呀！是你！"王钱赛看到这女子蒙着蓝色面纱，顿时想起了那天晚上在雪来客栈发生的事情，一时之间惊讶失声："怎么是你？你怎么出现在这里？"

幻尘雪瑶淡淡道："你们押镖出了雪来客栈，一路走来水月荒，一共遇到一百六十三起劫道，要不是我暗中帮你们，你们只怕没那么容易来到此处。"

王钱赛回想一阵，冷冷哼了一声，愤愤说道："原来是你一直跟着我们。"

幻尘雪瑶道："这不是跟踪。"

王钱赛疑道："那这是什么？"

幻尘雪瑶道："这是保护。"

王钱赛冷冷狂笑一声："老夫行镖的岁月，来来去去少说也有二十年，还没见过像你这么狂妄的小女孩，竟然在我面前夸下如此海口。"

幻尘雪瑶道："海口我不敢夸，但是这里除了我这有一只船，就没有别的船只，你们到底是上船还是不上船？"

王钱赛咬着牙齿，咯吱直响，久久不语。

这时候，阿金跳了出来，叫嚣："你这个小妖女，你休想骗我们上船。"

"夜里去水月荒的水路不太好走，所以一到黄昏所有去水月荒的船只都停进了避风港了。"幻尘雪瑶说道，"所以你们今夜必须上我的船，否则你们只有等到明天天明才能去风月楼。"

幻尘雪瑶也就进船舱里去了。

王钱赛怒道："你杀了邓庄主，我们中原剑道不会放过你的！"

夜幕降临，篝火银海。

此刻，一队人马和一只船就这么僵持下来，潮水呼啦，篝火在靖海中火苗暗暗摇晃，只是在这时候，从远处行来一条大货船，船上一男一女都生得非常可爱，男俊女俏，为了避寒风都穿着粗棉袄。

阿涛忙道："师父啊，有船！有船啊！"

王钱赛不慌不忙地道："先看看情况，看看是不是一条贼船。"

王钱赛走到岸边，喊道："敢问船家是不是要前往水月荒啊？"

一个高亢的声音回应道："正是要开往水月荒的啊。"

声音高亢而悠长，吆喝得顿挫有力，王钱赛这才确认这是一条送货的船，顿时喊道："能不能载我们一程，请船家借个方便。"

船上久久不见回应。

王钱赛忍不住又喊道："请店家借个方便，一同载我们前去水月荒。"

那只船上传来动人的声音："好啊，没问题。"

船靠岸了，一老头儿道："你们货物太多，这又是人又是马的，恐怕载不了啊。"

王钱赛苦思："这该怎么办？"

此时，隔壁那条船靠了过来，幻尘雪瑶说道："我有办法。"

王钱赛道："你有什么办法，难道还要我们把名头抬进你的船舱里？"

幻尘雪瑶道："你们去一人就可以了。"

王钱赛道："你是说要我们去一人，向风月儿借金棺材。"

幻尘雪瑶道："你觉得不可以吗？"

王钱赛道："可以。"

幻尘雪瑶道："是你去，还是你徒弟去？"

王钱赛道："我们都不去？"

幻尘雪瑶道："那你准备要谁去？"

王钱赛道："要你代替我们去。"

幻尘雪瑶道："你就不怕我一去不复还。"

王钱赛道："怕！"

幻尘雪瑶道："那你为何还要我去？"

王钱赛道："我要我徒弟和你一起去。"

幻尘雪瑶道："你就不怕我把你徒弟给杀了。"

王钱赛道："一个杀手不会杀一个乳臭未干的小子，何况他去的时候还要被铐上脚链手链，一个手无寸铁的废人，你会杀吗？"

"我告诉你，一个没有感情的杀手，杀人的时候只看心情，其他上脸面的事情，从来都不会放在心上。"幻尘雪瑶说到这里，顿了一下又道，"但是，我向你保证，我一定不会伤害你的徒弟。"

王钱赛这时候走到阿金面前，拍着阿金肩膀说道："你就替师父走一趟吧！"

阿金跪倒在地，决然道："徒弟发誓，事不成功，终生不还。"

王钱赛重重在阿金肩上又拍了一下，道："那你一路小心！"

阿金道："是，请师父放心！"

第 032 回：最温柔的谎言

靖海波涛滚滚，一浪浪击打在岩石岸边，发出声声脆响。

幻尘雪瑶上船之后，阿涛才道："师父，你怎么就这样让阿金和那小妖女去了啊，难道你不担心那小妖女会伤害阿金吗？"

王钱赛道："师父也没办法，要是能坐她的船，也用不着这样了。"

阿涛道："既然如此，我们为什么不坐她的船？"

王钱赛道："那女子小小年纪，剑法如此精湛，不知什么来历，为了万无一失，只有用阿金的命来赌一赌，希望阿金不要怨恨为师啊。"

"哦？"

王钱赛忽然道："师父要是用你的生命来赌，你会不会恨师父？"

阿涛忙跪在地上，叩首道："徒弟永远跟随师父左右，绝不敢责怪师父，更不会恨师父。"

王钱赛看着远行的货船，久久才道："大家提高警惕，这时候是劫匪最爱行动的时候。"

船已经远去了，天空不知道什么时候有几朵黑云遮住了圆月，岸边篝火依然摇晃着火苗，映在海里。

忽然，两个黑衣人影腾空而来，身法极快，一个黑衣人站在马车上，手上的剑发出一阵阵寒雾，然而另一人大声喝道："师妹，别跟他们废话，先劫了这趟镖再说。"

王钱赛忙挥舞神剑，一剑刺了过来，道："你们是什么人？"

原来站在马车上的黑衣人是个女子，这女子轻盈一笑，嘻嘻应道："好。"

女子一个翻身，剑扫车帘，车上几段铁链都碎掉以后，又斩杀几个镖徒，挥剑扫向箱子的时候，山背后顿时飞出一剑，此剑一剑挑走黑衣女子的剑。

女子忙收剑，可是这山背后顿时飞出两个青衣女子，这两个女子面带轻纱，正是缥缈宫的紫萱和蓝萱。

紫萱、蓝萱剑走霜飞，直刺身前大穴，正在三人恶斗的要紧之时，山背后又是一阵骚动，约四十位青衣女子又腾空而出。

蓝萱道："你们想劫镖，看看我们同意吗？"

黑衣男子冷冷地笑着，道："手下败将，勿要多管闲事。"

紫萱一怒，道："谁是谁的败将，我们手上见真章，不要废话。"

黑衣女子手中的剑再次来到紫萱面前，紫萱见刺来之剑已经逼近面门，顿时后移飞起，身飘空中，手中握的剑霍然从黑衣女子头上劈下。

黑衣女子一转，紫萱下劈之剑落了空，可谁知黑衣女子再次欺身而进，剑刺紫萱腰间大穴，正在这时候，王钱赛已经举剑而来，阻挡过此招。

黑衣男子便大喝道："师妹，走，他们人太多了。"

黑衣女子听此，便一个后飞，和黑衣男子的身影一同消失在后面的雪山中。

少许，靖海边又恢复了平静。

蓝萱道："近几日名剑之争就要来临，各大剑道都对这天石有恻隐之心，还望王镖头多多费心了。"

王钱赛上前一步，道："多谢姑娘出手相助，敢问姑娘是何门何派？"

蓝萱道："宫主指令，我们只是奉命行事。"

王钱赛道："敢问宫主是谁？改日王钱赛好登门谢过。"

蓝萱道："不必了，我们宫主最恨的就是男人。"

王钱赛怔了怔道："那为何还帮助我？"

蓝萱道："这个你就不必知道了，你要做的就是把这些天石保护好，最好不要落在歹人手上。"

王钱赛道："只要把这些彩虹石和邓云风一起放进棺材之中，那便再无后顾之忧了。"

紫萱道："不如我们先把名头抬进船里，外面海风好大，再过一会儿只怕我们都挨不住了。"

王钱赛道："两位姑娘有所不知，这艘船可千万不能上去。"

蓝萱淡淡一笑，道："为什么这么说？"

王钱赛道："这艘船是一个小妖女的，船舱里面恐怕有诈？"

紫萱道："这是我们的船，我们怎么不知道里面有异样啊？"

王钱赛心里一怔，道："你们的船？"

紫萱道："是啊！"

王钱赛又是一怔，道："那小妖女为何会出现在你们的船上？"

紫萱又是愤怒一般，道："是她胆大包天，从我们手上抢的。"

王钱赛也是愤怒道："该死的小妖女，太放肆了。"

蓝萱走上前，道："怎么，她也和你们有梁子？"

王钱赛道："不错，是她亲手杀害了我们中原名剑山庄的邓庄主，我们之间仇深似海。"

蓝萱道："可是现在船上无人，不知道她去哪儿了？"

王钱赛把先前那些事儿说给蓝萱、紫萱听了，她们都吵着要去找幻尘雪瑶算账，而王钱赛听蓝萱、紫萱如此一说，才知道自己错了，错就错在相信了幻尘雪瑶的话，此时恼怒得不得了，以至于一掌打在靖海海面，靖海之中涛声阵阵。

阿涛道："这么说，阿金岂不是很危险？"

"我不会要阿金有事的。"王钱赛恨恨说完这一句，接着又对蓝萱、紫萱说道，"请两位姑娘给我等留个方便，我们一起去找那个小妖女算账如何？"

蓝萱沉思一下，脸色异样，看了一眼紫萱，道："好。"

众人陆续上了船，阿涛才吩咐镖徒把箱子抬到了船上，放在隐蔽之处，众人看守着，船才向海中心慢慢行去。

第033回：风月楼的主人

  风帆渐升，船在远航。
  黎明近临，水月荒的小巷中出现了一队人马，每人都骑着一匹良驹，手里挥舞着一把银光闪闪的马刀。
  走在最前面的是个女的，妖媚的眼神好像在这小巷里搜索着什么似的，分外诡异，久久才听她怒叫道："该死，我风月楼从来没有发生过这样的事情。"
  身后一位骑士，勒马走上前，道："楼主不要恼怒，这女的跑不远，她一定还在附近。"
  那玲珑有致的身材更显得她分外性感撩人，轻声不失愤怒地说道："大家分三路来找，找到了放风月烟花的信号。"
  这时候，从这条小巷中又飞驰来一匹马，马上的人还不等来到风月儿面前，早已离开马背，飞了过来："楼主，不好了，风月楼来了两个捣蛋的人，杀了七八个兄弟不说，还嚷着要见你。"
  风月楼依水而建，远看像是庙宇。
  风月楼楼主风月儿道："来者何人？竟敢在我风月楼惹事，敢情不想活了？"
  当风月儿看到桌子上坐着的俊男美女时，忙说道："原来是一对娇滴滴的俊俏人啊，不知道来意是何？"说罢，自己也坐在桌子边。
  昨夜，幻尘雪瑶和阿金就来到了水月荒，他们一路抓了不少人问路，直到现在才来到风月楼，而风月楼也就在昨夜发生了一件大事，有贼竟然打开了风月楼的宝库，偷走了风月楼的金棺材。
  阿金道："我们今日到这里，是有事请风月楼楼主帮忙的。"
  风月儿把盯在幻尘雪瑶脸上的目光转移到阿金脸上，妖媚万分道："俊哥哥请说，只要风月儿力所能及之事，必会为你办妥。"
  阿金听风月儿俊哥哥这么一叫，顿时身上打了一个寒战，怔了一下："不敢当，我们听说楼主有一件宝贝，我们想借来用一用，请求楼主成全。"
  风月儿挥了挥手，神情极是妖艳："看你说得言重的，不就是一副破棺材啊，要用你就拿去用啊，只要记得还我就好了啊。"
  阿金忙道："多谢风月楼主大度。"
  风月儿微微笑着，笑得很灿烂。
  幻尘雪瑶好像看出什么不妙之处，忍不住冷冷道："你笑什么？"
  风月儿道："我笑你们来迟了一步。"
  幻尘雪瑶道："难道在我们未来风月楼之前已经有人把金棺材借走？"

风月儿摇了摇头，咬着嘴唇说道："没有。"

幻尘雪瑶道："那你说我们来迟了一步？"

风月儿话锋一转："是被人盗了。"

幻尘雪瑶面无表情，接着道："原来你兜了这么一大圈，是想要我们帮你把棺材给找回来？"

风月儿道："难道你们不愿意吗？"

幻尘雪瑶道："愿意！"

风月儿拍手："很好，很好，你们准备怎么找呢？"

幻尘雪瑶道："先从你身上找起。"

风月儿不明白什么意思，掩着粉嫩的小嘴一笑："难道我还用自己去偷自己的东西吗？这就是你的办法吗？"

幻尘雪瑶道："有一个办法。"

风月儿又咬着嘴唇，在思考幻尘雪瑶说的办法究竟是什么办法？

不过，阿金也问道："你说，是什么办法？"

幻尘雪瑶道："那人肯定是不想要彩虹石装进箱子里。"

风月儿道："原来你们也是为了彩虹石才来借金棺材的。"

幻尘雪瑶会意地点头："风月楼主你马上就说彩虹石已经放进金棺材里了。"

本来盗贼难找，可是如果把这个消息散布出去，可以作为诱饵，引出盗贼来偷钥匙，这样就可以抓住盗贼了。

风月儿走到幻尘雪瑶身边，道："你可真聪明，我怎么就没想到呢？"

阿金道："因为你丢了很重要的东西，所以你很急，人只要一焦急，可能忽略一些解决问题的根本方法。"

风月儿笑了笑，道："你也很聪明，姑娘说得很对，我丢了宝贵的东西是很急，一急就开始像疯狗一样满街跑，直到找到骨头才肯静下来。"

阿金道："你一着急，很可能半根骨头都找不到。"

风月儿笑道："是啊，现在我不急了，我也不出去找了。"

阿金道："那是因为别人给你想出了更好的办法，你只要守株待兔就可以了。"

风月儿嫣然一笑，道："别急，我去把他们都叫回来，我们坐在一起喝上一宿再说。"她说完就走了出去。

阿金道："听她的口气，我们恐怕要在这里住上一晚了。"

幻尘雪瑶坐了下来："事到如今，怎么，你不愿意吗？"

阿金道："不是，我担心师父他们。"

幻尘雪瑶淡淡道："担心什么？"这很显然是明知故问。

阿金双眉一皱："这几天强盗很多，我担心师父他们遇到劫镖的。"

幻尘雪瑶道："你不要担心，你只要把金棺材这件事办妥，你师父就很高兴了。"

阿金叹了一口气，说道："现在我们该干什么？"

幻尘雪瑶道："等。"

阿金道："等什么？"

幻尘雪瑶道："等过了今夜。"

阿金怔了怔，走到风月楼的楼台上，静静地站着，看着靖海发呆。

第034回：靖海芳踪剑惨

月夜风寒。

风月儿带着微笑站在风月楼的阁楼上。

今日由于金棺材丢了，所以风月楼早就关门了，只剩下一百个伙计，虽然是伙计，但他们个个都是打架的好手。

这里是人来人往之地，所以不管是放牛的还是杀猪的，只要你有钱或是有才，你都能在这里玩得很开心，如果你想找什么人，几乎在风月楼都能找到。

顿时，风月楼的阁楼上落下许多鲜花。

鲜花很香，鲜花同样也很白。

风月儿几如神仙姐姐一般飘落在大堂之上，一双美脚轻轻踏着地上的花瓣，在许多人的惊呼之中，轻盈得就如春雨似的走到幻尘雪瑶身边，说道："金棺材只是一副烂木头而已，他们想要就让他们拿去好了，我风月楼不稀罕。"

一位公子，摇着折扇，大步走进来，道："是谁敢在风月楼盗宝，敢情没把风月楼楼主放在眼里。"

风月儿看着书生折扇一摇，人已经闪到桌案边，笑着说道："没看出阁下的轻功已经到了这种出神入化的地步了。"

书生公子道："刚才楼主说不稀罕金棺材，不知道楼主是什么意思？"

风月儿道："你以为我是什么意思？"

书生公子道："我看楼主是没本事把金棺材找回来才是真的吧？"

风月儿脸色一沉："世上没有我风月儿办不了的事。"

书生公子道："是啊，风月楼主是寒荒的大富豪，光靠钱就能办许多别人不能办到的事情。"

风月儿道："我不知道你是来和我交朋友的，还是来和我结仇的？"

书生公子摇了摇折扇，笑着道："风月楼主以为呢？"

风月儿脸上皮笑肉不笑，淡淡地道："我以为你是来和我结仇的。"

书生公子道："何以见得？"

风月儿道："难道你不是那个偷我祖传之物的那个贼吗？"

书生公子坐了下来，倒了一杯水酒，慢慢地品尝了一口，久久才略有叹气道："如果是呢？你又如何？"

风月儿道："那就请阁下把东西交出来。"

书生公子道："如果我不能交出来，你是不是会杀了我？"

风月儿道："你认为呢？"

书生公子道："我认为你不会。"

风月儿道："此话怎讲？"

书生公子道："素闻风月楼楼主性格怪癖，江湖人称双面人，相信你的思想绝不会和普通人一般。"

风月儿扑哧一笑："你果然了解我。"

书生公子道："不了解你，我今天又怎么敢送羊入虎口呢？"

风月儿走到书生公子跟前，妖媚无限的眼神看着书生，托起他的下巴，而这书生也分外听话，就任她轻薄却毫无反抗。

风月儿道："我不会杀你，但不代表我不要别人杀你。"

书生公子道："别人？是谁？"

就在这时候，阿金的身影忽然从楼上跃下，道："是我！"

书生公子笑道："其实我早该想到风月楼主有这一招了。"

风月儿眼波流转，笑道："知道你还来送死。"

书生公子道："为了彩虹石，我必须来。"

风月儿道："那就请你把金棺材交出来吧！"

书生公子道："你别做梦了！"

风月楼楼前有一水池，水池中忽然飞起一副棺材，棺材被一名少女用手指轻点，在空中横飞而来。

一副银白色的棺材就这样停在风月楼大楼中，而后来的少女正是寒月，寒月说道："师兄，棺材完好无损。"

书生公子就是余十月。

余十月淡淡笑了笑，赞声道："师妹果然聪明，竟然把棺材放在水池中。"

寒月道："我曾听我哥哥说过一句话，最危险的地方也就是最安全的地方。"

风月儿道："不知道你们现在还觉得此地安全吗？"

余十月道："现在这里最安全了，还是请楼主快点打开棺材。"

风月儿道："棺材是空的，打开作甚？"

余十月道："原来是空的，那就别怪在下恕不奉还。"

风月儿道："怎么，你还想拿走？"

余十月道："当然。"

风月儿道："只怕你已没有本事再拿走了。"

余十月又习惯性地摇了摇手中的折扇，笑着说道："我既然有胆把它带来，我就有本事把它带走！"

就在这时，一个蓝衣女子缓缓走了过来，说道："真的吗？"

众人闻声而望，只见刚才说话之人正是幻尘雪瑶。

寒月惊讶万分："怎么会是你？"

幻尘雪瑶不加解释道："风月楼主已经答应过我，把这副棺木借给我了，你若想带走，你就得把你的人头留下来。"

风月儿听到这话，深深地吸了一口气，心想这女子是谁，平日看起来说话很少，一说话就是这么令人毛骨悚然。

余十月折扇一合："姑娘既然想要金棺材，想必彩虹石就在你手中了？"

幻尘雪瑶道："我只想要金棺材，我不要彩虹石，所以还请风月楼主帮我个大忙。"

风月儿狐疑道："什么忙？"

幻尘雪瑶道："帮我把金棺材送到码头，运到冰镜荒靖海湾送到威远镖局王钱赛王镖头手上。"

忽然，蓝萱带着众弟子冲了进来："不用了。"

四十多名缥缈宫女弟子和五十多名威远镖局镖徒全都挤进风月楼，四十多名缥缈宫女弟子面带轻纱，一起俯身在地："参见副宫主。"

幻尘雪瑶走了过来："蓝萱、紫萱师姐你们都来了啊。"

蓝萱道："副宫主果然料事如神，你走后不久，就有两个狂徒要夺取威远镖局的彩虹石，被我们杀退了。"

余十月哈哈笑道："那两个狂徒正是我们俩！"

王钱赛见此，顿时大悟，原来她们是一伙的，于是立刻抽出长剑，道："原来你们都是小妖女的部下。"

幻尘雪瑶道："王镖头，金棺材就在眼前，你还是快点把要做的事情做了。"

余十月道："原来你们这么快就到这里来了啊。"

说时迟，那时快。

书生公子手中的折扇在金棺材棺板上一扫，就要逃，可是幻尘雪瑶一个"定指法"按在棺材的大头上，棺材平平地从空中落了下来。

寒月忙剑气走直，把棺材抵到两张桌子上，风月楼主见此，忙一个蹿身，抢到寒月身前，双臂一震，一道劲气直直地把金棺材推到了风月楼的前院。

风月儿心疼自己的东西，怒喝道："要打出去打，别打坏了我风月楼的桌和椅。"

棺材被风月儿这样一推，飘出好几丈远，直直撞在院子里的假山上，只把这座假山撞得轰然倒塌，当棺材停在假山之中后，只看余十月一个身影，便和幻尘雪瑶一起落在棺材之上。

幻尘雪瑶道："你不要逼我出剑。"

寒月见此，忙去给余十月助战，可是威远镖局的人立马拥了上来，挡住她的去路，寒月本来心地善良，不忍心伤害他们，所以处处让招，以至于王钱赛硬生生逼近她的身内，最后竟然被王钱赛在胸口上踢了一脚。

寒月摔倒在地上，嘴角流出鲜红的血。

王钱赛见自己重伤一个小姑娘，也是心中有愧，看到寒月已经败在自己手中，也就收手了。

幻尘雪瑶本来停留在棺材上的身子忽然飞起，只见她右手一挥，一道蓝色的亮光，划过天际。

寒月见此，忙起身飞去，手中拿着云芝剑横挡在余十月面前，怎奈镜雪剑蓝光过于大盛，以致剑气穿透云芝剑，直刺进寒月体内，致使寒月和余十月随同金棺材一起摔落在风月楼楼前。

余十月见此，忙去扶起寒月，可是寒月的身子已经冷得像一块生铁，瞬间晕了过去。

幻尘雪瑶来到寒月身边，伸手去探寒月的气息，默默一句："为什么会这样？"

余十月大声痛喊着，可是怀中的女子却不曾动一下，他下意识地去探寒月的气息，可是他不敢。

威远镖局见金棺材被毁，大众失声喊道："她毁了金棺材！"

此刻，风月儿才一个轻功踏空而出，来到金棺材面前，看见祖传之物已经成了两半，大声狂笑道："终于被毁了，以后别人就不会来烦我了。"

风月儿高兴得近乎癫狂！

威远镖局和缥缈宫有宿仇，此刻，幻尘雪瑶又把他们要借的金棺材一剑劈成两半，所以两帮人早就打得不可开交，威远镖局口口声声地说道："我们上了小妖女的当了，她根本就对我们的彩虹石存有异心。"

王钱赛见此，心里有说不出的愤怒，当下腾空而起，一个飞身跳到幻尘雪瑶身后，而幻尘雪瑶看着地上躺着的寒月，早已忘记了周围的一切，就好像周围发生的一切都与她无关一样。

幻尘雪瑶端详着余十月怀里的寒月："这难道是天意吗？"

忽然，王钱赛手中的剑直插进幻尘雪瑶的背心窝，如果不是蓝萱横空阻止，想必冷艳绝美的女子已经死在王钱赛的剑下。

为何寒月的死会令她怅然失神？

——

那天晚上，去寒荒古城看段云，无意中发现这女子对段云一往情深，段云昔日对她的恩情，不管怎么说也是自己的救命恩人，虽然自己和段云有夫妻之名，可是她心里一直都认为郭小风才是她一生最好的归宿，杀了寒月，也就等于把自己又一次推向段云的剑下，只会令他们之间的决斗更不容更改。

余十月见幻尘雪瑶眼中柔光闪烁，忽然跳了起来，捡起掉落在地上的云芝剑，一剑抵在幻尘雪瑶的肚脐，幻尘雪瑶站在风月楼前面的身子忽然娇若无力，重重打了两个跟跄，口中流出了血，整个人已经像是被一根细针钉在了金棺材上。

缥缈宫的弟子一起痛喊："副宫主！"

王钱赛手中的剑忽然掉落在地上，看着被云芝剑钉在金棺材的幻尘露瑶上，本该高兴的，可是他现在一点也高兴不起来，只见威远镖局的所有镖徒都欲要上前，再把这个杀害邓云风的凶手千刀万剐之时，阿金忽然一声大喝："大家都住手！"

众人都看向阿金。

阿金跪倒在地，道："请师父不要杀她，我们还是另想办法吧。"

忽然，风月楼中一个花瓣飞向王钱赛，王钱赛没避开被击中，身子飞起向后摔落十步之远。

阿金、阿涛一同上前看的时候，只瞧王钱赛已经白眼上翻，口吐白沫。

风月楼，此时飞出来一个妖媚的女子——风月儿。

阿金道："你是谁？"

风月儿风情又起，笑得很甜，很久很久才说道："你们记性可真不如八十岁的老太太，我叫风月儿，是这里的主人啊。"

阿涛又道："寒荒人，你如何会中原的拈花神功？"

风月儿还是笑得很甜，且道："什么拈花神功，我怎就没听说过。"

"你杀我师父，我们是不会放过你的。"

阿金阿涛气愤、悲痛至极，只想给师父报仇，此刻已经用剑向风月儿挥去。

风月儿站在原地一动不动，当两柄剑插向她胸口时，忙伸出两只手，两柄剑忽然疾风骤停，被拒在一米之外。

阿金、阿涛这才知道风月儿功夫实在不弱，顿时想挣开，可是风月儿手臂向怀里一扭，再借力反弹，只把他们两人弹出十丈之外，掉落在靖海之中。

威远镖局所有镖徒见此，都挥剑刺向风月儿，可是风月儿手臂一挥，一道劲力已凝结成一道电光，击打在他们最致命的胸前，他们全在一瞬间倒在了地上。

此时，从风月楼走来两个人。

这两人跪在风月儿面前，恭贺道："恭贺郡主顺利拿到彩虹石。"

风月儿看着满地的尸首，满脸微笑道："我上官嫣红想要的东西，没有得不到的。"说罢，扬了扬手，便进入了风月楼。

第035回：郡主暗度陈仓

"来者何人？"

"在下段云。"

"段云是谁？"

"笑面杀手。"

段云已经坐在风月楼里，风月楼四周没有人，也不知道和段云说话的人在哪儿，更不知道说话的人是男是女，因为这说话之人的声音阴阳怪气。

楼中又响起这个怪气的声音："你可是镜雪山庄段飞龙的儿子段云？"

段云觉得奇怪，所以他保持沉默。

"你不去杀掉残害镜雪山庄的那些人，来我这里干什么，难道寒冷天要你来杀我？"这个阴阳怪气的声音又说道，"想杀我，可没那么容易。"

段云手中的旭风忽然半开击出，一道剑光直射大堂的屏风，这大理石做的屏风好像是豆腐做的一般，竟然分两边倒下。

屏风里边坐着一个没穿衣服的女子，正在沐浴。

段云道："我有事情请教阁下。"

"我要是拒绝呢？"风月儿那玲珑有致的身材的确要人望眼欲穿，身上每寸肌肤仿佛比天上飘得雪还要白。

"你不会拒绝。"段云淡淡地道，"你要是拒绝，我只有把这个风月楼荡为平地。"

直到这个风月儿走到段云的面前，段云才意识到这女子没有穿衣服，然而让段云为之羞愧的是这女子竟不知"羞耻"二字如何写。

风月儿走到段云身边，静静地坐下，微笑满面地道："那倒要听听你想要知道些什么事？"

"请你把彩虹石交出来。"段云好像把风月儿当作死人一般，一眼都不看。

风月儿一笑："你知道彩虹石在我手上吗？"

段云道："我当然知道。"

风月儿看着眼前这男子，觉得这男子根本不瞧自己一眼，所以转到屏风后面，很快穿好一件白色布料，上面绣着花蝴蝶的长裙，接着慢慢地走出残破的大理石屏风："你也太自负了。"

段云满面微笑："在这寒荒，所有武林中的大小事，我寒荒古城不敢说能全部了如指掌，但昨天在这风月楼发生的事情我可知道得一清二楚。"

风月儿笑得更可爱，就像春风里的新柳，笑得弯了腰。

段云看她笑得如此妩媚，当下也笑了笑："你笑什么？"

风月儿道："彩虹石已经失踪了，你难道不知道吗？"

段云端起一杯茶，喝了一口，道："我知道。"

风月儿皱起柳眉："那你为何还来到这里？"

段云拿起桌上的酒壶，又喝了一口："因为这里有好酒，有世上最美、最好的酒。"

风月儿也拿起酒器，拿到段云面前，坐了下来，为段云满上，接着用她那纤细嫩白的手端起酒杯，递到段云面前："公子很爱喝酒，那我陪公子喝一杯。"

段云根本不伸手去接，反而说道："我不能喝你为我斟的酒，我只能喝朋友为我斟的酒，现在，你还不是我的朋友。"

风月儿呵呵一声淡笑："我以为你是个酒疯子呢？"

段云也淡笑了一下："你说得对极了，我本来就是个酒疯子。"

风月儿把递过去的酒收了回来，仰头一饮而尽，喝完了以后，又给自己满上，且道："那你为什么不喝我的酒？"

段云道："你别忘了，你还没告诉我彩虹石在哪儿呢，再加上我有时候的确比酒疯子更加清醒。"

风月儿妖媚地看着段云，道："哦，原来如此。"

段云道："你要是真心想请我喝酒，你就快把彩虹石交给我吧。"

风月儿道："听说彩虹石已经打造出一柄利剑了，你为何不去白火堂寻找那柄利剑呢？"

段云道："你是说，彩虹石已经被白火堂抢去了？"

风月儿微笑如春风，接着道："现在你总该相信我是真心地想请你喝酒了吧？"

段云呵呵一笑："现在我还不能完全相信。"

风月儿一怔："为什么？"

段云道："因为我知道你很有可能在骗人。"

风月儿不再笑了，惊讶道："骗人？"

段云把剑抱在胸前，叹了口气："女人最喜欢骗人，你肯定也不例外。"

风月儿白了段云一眼，娇怒道："你有时候的确很聪明，但是有时候简直比猪还笨，比猪还蠢。"

段云道："既然有线索，那在下就告辞了。"于是大步而去。

风月儿看着远去的人，望着那背影，淡淡一句嘲讽，道："不喝酒我自己喝，想要彩虹石，做梦！"

少许。

风月楼周围风声骤起，有两个俊美男子和两个俏美人一同策马从风月楼的后巷中奔出，这四人步伐一致，陆续进了风月楼，见了上官嫣红，行了一礼："参见郡主！"

风月儿站了起来，满脸微笑，道："收到什么消息了吗？"

其中一位黑衣男子，名叫黑石，俯首在地："契丹多次侵犯燕云十六州，石敬瑭不但欲要拱手把燕云十六州让给契丹，竟还不知羞耻和契丹结为父子之邦，如今中原子民愤声连连，石敬瑭就大肆屠杀，洛阳京都到处血流成河。"

另一位美男子，身穿白衣，名叫白石，且道："石敬瑭意图造反，不知道郡主是不是要回去阻止。"

风月儿道："我回去就能令他弃恶从善吗？"

两个美女也都神色难以安然，其中一位穿白衣服的女子，名叫白云，她是白石的妻子，她道："现在只怕郡主回去了，也起不了任何作用。"

风月儿暗暗地叹了一口气，久久才道："我现在只希望能召集天下四方英豪，归于我等门下，组成一股强大的势力，好对付我干爹。"

另一位穿黑衣服的女子，名叫黑云，乃是黑石的妻子，她道："刚才那个人可是寒荒古城的副城主，如果石郡主把他拉了过来，想必日后对我们会有很大的帮助。"

风月儿听到黑云这么一说，顿时笑了出来："段云的确是个对我们有帮助的人，可是那个寒冷天那么看重他，想直接让他臣服于我们，绝非易事。"

黑石看到郡主面有难色，才道："那就想办法要寒冷天臣服我们。"

白石听黑石这么一说，点了点头道："这倒是个办法，如果寒冷天臣服我们，段云就不得不臣服于我们。"

上官嫣红惆怅半晌，才道："寒荒这个极其阴寒的地方，我们中原先祖多次发兵征讨，可是从来都没有成功过，这寒冷天虽然是寒荒古城的城主，但是他的实力并非在于一城之主，他属下众多，在寒荒的角色，就好比我们中原的皇帝，想要他臣服于我们，根本不可能。"

黑云忽然皱眉，道："你们知不知道在寒冷天身上有哪些弱点？"

"好像没有。"白云会意，轻轻道，"他是个完美的对手。"

"不可能，他身上肯定有弱点，每个人身上都有弱点。"风月儿不相信在这个世界上会有一个毫无破绽的人。

黑云眼神有点缥缈，且道："即使有，那也不是致命的弱点。"

风月儿的眼神在此刻变得分外有神。

风月儿又道："只要找到弱点，我们就有文章可做了。"

白石和白云这对夫妻闻听上官嫣红的话，就此领命，随后就出去了。

黑石和黑云这对夫妻见他们已经走了，便问道："石郡主，白剑去寻找寒冷天的弱点去了，那我们黑剑该做什么？"

风月儿把眼光落在黑剑身上，命令道："你们继续看守彩虹石，彩虹石对我们非常重要。"

黑石和黑云俯首在地应了一声"是"，然后就大步走了出去。

第036回：就是赖着不走

白火堂，段云已经来了。

"禀告堂主，小魔头来了。"一个白火堂弟子从宫殿外急急进来，向苏君火禀报。

可是这位弟子的话刚一说完话，段云就蹿了进来。

苏君火见到段飞龙的儿子就站在眼前，顿时怔住了。

这时候，冷清雪道："段云，你来这里干什么？"

段云笑了笑："我想知道彩虹石是不是在苏堂主手里。"

苏君火才缓过神："不错，彩虹石是在我手里。"

段云还是那副笑脸："既然在你手里，就请交出来吧。"

苏君火一怒，手在桌子上一拍："段云，你不要太嚣张，就是你爹爹跟我说话也不敢像你这副嘴脸。"

段云立刻会意，道："我也是奉命行事，有得罪之处，还请五位掌门不要记在心上。"

冷清雪冷冷一笑："真是可怜的段飞龙啊，可怜他只有这么一个儿子，谁知道这个小崽子却不争气，到头来还认贼作父！"

段云平静如湖水一般地在微笑："你们有没有亲眼看到我爹段飞龙为谁所

杀？"

冷清雪厉声喝道："像你这种认贼作父的畜生，我们就是知道了也不会告诉你，你还不快滚。"

易冷云、刘心冰，邓戏衣这三人都一起怒道："对，再不滚，我们可要动手了。"

段云挑了一张最好坐的椅子，坐下，端起桌上一杯茶："今天你们要是不把我要的东西交给我，我是不会走的。"

冷清雪见段云不走，还坐了下来，便欲上前给他一个耳光，可是却被苏君火一把拉住了。

苏君火道："既然他想要彩虹石，那我们就给他。"

易冷云给其他几人使了一个眼色，撒谎道："可是彩虹石已经入炉了。"

冷清雪会意后也道："那么大一个铸剑炉，如果他有本事就自己去搬啊。"

段云神色一怔："已经点火了？"

苏君火笑了："火烧得还正旺着。"

段云拍了一下自己的衣服，仿佛在打衣服上的灰尘一般，久久缓过神来："很好很好。"说罢，竟然忍不住笑出声来。

易冷云怒意渐深："好什么好，难道你也想把彩虹石炼成神器？"

段云点了点头，道："名剑之争就要来临，我也应该为寒荒剑道出一份力才是。"

冷清雪嘲讽："我看你是给寒冷天当狗当习惯了。"

段云并没有一丝生气，反而叹道："寒冷天为人和善，当初是我爹爹看走眼了，所以以为寒冷天是个坏事做尽的魔头，可是我去了寒荒古城才了解到，寒冷天为了寒荒剑道所付出的代价不比我们一些名门正派付出的少。"

易冷云怒喝道："胡说八道，这么说来，你就心甘情愿地当他的狗，为他卖命了。"

段云淡淡轻笑："就是这样，又有何不可？"

易冷云气得脸红脖子粗，跳骂道："名剑之争事关我们寒荒剑道的声誉和存亡，当初你爹爹死得不明不白，镜雪剑失踪，九百九十九柄神剑也随着你爹爹的死一起消失，说起来你也脱不了干系。"

段云冷哼一声："这与我何干？"

易冷云怒道："你是镜雪山庄段飞龙的儿子，你应该有责任替我们把那九百九十九柄神剑找回来才是。"

段云点点头，依然道："你们应该知道，这也是个天大的秘密，就是自己的亲儿子，当爹的也未必会告诉。"

易冷云蛮横不讲理："既然你没有办法找到那九百九十九柄神剑，那就意味着我们寒荒剑道这次参加名剑之争就必须要胜利，如果失败了，你应该清楚，寒荒剑道的难处。"

沉默很久，段云才道："如果输了，我们就必须交出九百九十九柄神剑，如果交不出来,寒荒剑道或是整个寒荒武林就会血流成河,这个我都知道。"

易冷云淡淡道:"你知道就好。"

段云又把话题转了回来,且道:"就因为我知道,所以我必须要拿到彩虹石。"

易冷云怒道:"你不要痴心妄想,天石入炉已经有三日了,此刻若取出,只怕锻造的剑也不是什么名剑,只怕会是一堆破铜烂铁!"

"我也不是想故意为难你们,如果真的这样,那就算了。"段云起身走到门口,看了一眼外面的积雪,猛然回头,转过身来,笑着说道,"既然这样,我想看看你们锻造的剑。"

苏君火顿时跳了出来:"神剑还没炼好,你还是改日再来吧。"

段云呵呵笑一声:"要是你们白火堂养不起我这个闲人,也没关系,我在这里不吃不喝守上十五六天也不成问题。"

苏君火不再说话。

邓戏衣道:"既然你赖着不走,那就住在这里吧,等十五六天后,到时候剑一出炉,你就可以看看了。"

苏君火想起当初杀害段飞龙的情景,登时一身冷汗,这时候见段云如此刁难,也别无办法,且道:"那就按照邓谷主的意思,让你先住在我白火堂里。"

段云呵呵一笑,拱手胸前称谢:"还是苏堂主好说话,那就这样吧。"说罢,身形一摇,就飞了出去。

见此,冷清雪等人也跟了出来,看着段云翻过一堵高墙,怔怔地发神。

第037回:此乃应了天数

夜晚,外面风微吹,雪在飘。

段云来到剑鼎之处,炼剑鼎有两人多高,下面有近百个白火堂弟子正在生火,只见这火势很凶猛,烤得他们个个满脸通红、臭汗淋淋。

段云呵呵笑道:"你们都辛苦了啊!"

其中一位白火堂弟子道:"这点辛苦不算什么,为了我们寒荒剑道的声誉,再辛苦也不算什么!"

段云微笑着,不再说话。

又有一位白火堂弟子道:"自从镜雪剑丢失后,堂主一直很着急,可是谁料这彩虹石乃是天外飞下的天石,具有宇宙千万能量,如今再加以提炼,想必做出的神器也是天下第一,没有镜雪剑,我寒荒剑道也不会输给其他三地剑道。"

段云依然微笑着,还是没有说话。

第一次说话的白火堂弟子又一次说道:"只要把此剑炼成,就不怕其余三地剑道来犯了。"

段云道:"是啊,白火堂不愧是名门正派啊!"

正在此时,又一个白火堂弟子凶神恶煞地冲了过来,冲着刚才说话的两个白火堂弟子,狠狠扇了两个耳光,怒喝道:"火都快灭了,你们还在偷懒!"

这两个白火堂弟子也是受了极大的委屈,低下头,忙去生火,可是这个白火堂弟子却一脚踢向那正在生火的弟子,只见这正在生火的弟子身子摔落在烈火中,只是那火很厉害,很快这两个弟子全身就着了火,两人痛苦难堪,滚到雪地上,放声嘶哭,其声悲惨至极。

段云看着这一切,微微摇了摇头,闻听如阴魂索命的悲惨声,也是打了一个寒颤,仿佛自己身上也着火了一般。

那个凶神恶煞的白火堂弟子,见此也是怒道:"师父要你们不要多嘴多舌,你们竟然把他老人家的话当作耳边风,当真是敢违抗师命,死不足惜!"说罢,转身就要走。

"想走,先把他们两个身上的火灭掉!"段云还是笑着说道,"你们白火堂也是名门正派,如此做法要是让你们堂主知道了,恐怕你小命难保!"

段云一只手正抓在凶神恶煞的白火堂弟子的肩上。

凶神恶煞的白火堂弟子可是苏堂主的首席大弟子,所有白火堂弟子都称他是恶苏师兄,武功很强,段云抓住他的肩膀,他回过身看着段云,只觉半条膀子使不上力气,当下一个"甩身摇首"挣脱开来,身子一闪,闪到一边,怒道:"妈的,你想多管闲事?"

段云站在雪地上,依然笑着:"这不是闲事。"

恶苏大声喝道:"这不是闲事,这是什么事?"

段云依然是那种笑容:"只要有良心的人都不会做出的事情。"

恶苏怒道:"你知道苏堂主身边有一个叫恶苏的弟子吗?"

段云狐疑道:"知道如何?不知道又如何?"

恶苏闻听段云如此一说,便是气从鼻孔往上冒,登时大声喝道:"知道就放你一马,不知道,今天就让你这个毛头小子尝尝老子的手段!"一边说,一边把袖子往上提。

说时迟,那时可快,恶苏一掌打了过来,直直地推向段云的天灵盖,段云身子轻起,在雪地上后移数步,登时一个"龙卷飞身"飞到剑鼎之上,稳稳站住,道:"我是来寻石头的,可不是和你这恶人打架的。"

"你这个臭小子,你快给老子滚下来!"恶苏说罢,一个轻身飞起,也站在剑鼎之上。

两个白火堂弟子在地上滚来滚去,身子都烧焦了,痛苦难当。

段云呵呵一笑:"我可不想和你这粗豹子打架,我得先把他们二人身上的火先灭了。"

恶苏道:"臭小子,你不跟老子打架,老子可不会对你心慈手软。"身子一晃,竟然抢先跃到了雪地上。

段云道:"你大可以和我拼命,但是我却不可以和你拼命!"

恶苏恶狠狠地看了一眼地上两个着火的白火堂弟子，怒道："为什么不能和我拼命？"

段云哈哈一声轻笑："我打得过你，当然不会和你以性命相拼了。"

"臭小子，你竟敢小瞧你恶苏爷爷，难道没听过恶苏爷爷这个名号的来历吗？"恶苏已经心火烧到头，马上就要发难。

段云好奇："哦？你倒说来听听！"

恶苏得意万分："因为老子心狠手辣，白火堂里这些弟子都怕我！"

段云忍不住，呵呵笑了笑："我以为有什么有趣的传说呢，原来如此，没什么大不了！"

"你不怕我？"恶苏气急了。

"为何要怕你，难道你是女人？"段云淡淡说着。

恶苏怒道："无论是男是女，他们都怕我。"

段云问道："难道你们苏堂主也怕你？"

恶苏没好气地说道："在白火堂里他叫善苏，大家也叫他善苏堂主。"

顿时，段云双手握紧旭风神剑，心胸一股内气运向神剑，神剑劲气大盛，顿时形成一股强风，地上的积雪在强风的裹动下，竟然卷起地上的两个白火堂弟子，两个白火堂弟子登时身子随风而起，在空中和许多积雪相互融合。

恶苏道："臭小子，我白火堂的家务事，不需要你来管！"

段云又是一招"雪满天山"，积雪即可遇火而融，火再遇水而灭，而这样的灭火只在神剑半出鞘就达到目的，天下只有七八人能做到。

强风骤停，恶苏已经有点晕了，直到两个白火堂弟子身上的火熄灭，才回过神来，咬牙切齿："我要杀了你这个小王八蛋！"一声力喝，一柄被火烧得红烫烫的钢刀从剑炉中取出，杀向段云。

雪花落在这柄钢刀上面，刀冒着白烟，恶苏拿在手中，好像什么事情都没有，且还笑得十分阴毒。

段云见此，心里暗暗说道："内功好高！"

恶苏好像也很得意，顿时失声笑道："怎么，害怕了吗？"

段云点了点头。

恶苏却不要脸地说道："害怕就快点跪下来给老子磕上三个响头！"

段云摇了摇头。

"臭小子！"说罢，一把钢刀抡了过去！

段云却丝毫不生气，并且笑得更好看，看来做一个杀手，能够笑到如此程度，他也是江湖上唯一的一个了，或者说是目前江湖上的第一人。

笑面杀手？

笑得最好看的时候，往往就会杀人，但是杀手是不会轻易杀人的，可是段云见恶苏如此蛮横，方要抽出旭风神剑要杀此人的时候，苏君火从远处走来，大喝一声："剑下留人！"

段云呵呵一笑，转身一剑挥向苏君火。

苏君火见此，转身避让，却未及闪开，此剑虽然没有要他的性命，可是他的一条臂膀已经飞进刀炉中。

臂膀在火炉里燃烧，苏君火咬牙切齿，强忍剧痛，战战兢兢地说道："段云，你好恶毒的心啊！"

那条臂膀已经掉在刀炉之中，很快空中飘着一股烂肉烧焦的气味。

味道飘啊飘，飘到了白火堂的内宫之中，其余四大掌门都闻得连连咳嗽。

冷清雪道："怎么有肉烧焦了的味道，好难闻！"

邓戏衣二话不说，一个轻功，飞檐走壁来到鼎炉之处，看到苏君火站在雪地里，鲜血染红了脚下的雪，于是一个单空横越从屋脊上飞了下来，说道："苏堂主，你这是？"话说到一半，恍然大悟，心想多半是段云砍伤了苏君火。

段云穿着一身白衣，站在鼎炉旁边。

鼎炉之中，烈火燃烧，段云道："苏堂主既然想让我剑下留人，可怎料我剑已出鞘，既然你肯为他死，我也就成全你。"

第038回：风言欲迷人眼

嗖……嗖……嗖……

易冷云、冷清雪和刘心冰也都快如疾风地从白火堂内殿飞了过来，然而刚才段云说的话，他们也都听得清清楚楚。

冷清雪道："杀了他！"

当三人各自挥剑，苏君火却道："算了！"

冷清雪一怔："难道你不想报断臂之仇？"

苏君火道："看在段飞龙的面子上，暂且不和他计较，况且我还要告诉他一件事情。"

段云狐疑："一件事情？哪件事情？"

冷清雪柳眉一竖："这小子太狂妄了，只怕告诉他，他也不会相信。"

段云叹了一口气："既然怕我不相信，那你们就别说了？"

苏君火一只手捏住断臂之处："杀害你爹的凶手，你可知道是谁？"

段云静静站在雪地里，面目忽然有几许狰狞，只是立刻走上前，抓住苏君火的领口："难道你知道凶手是谁？"

苏君火面色不改："剑道属血道，镜雪非镜雪，及时不仁吾岂义！"

段云听了这句话，想起寒月也曾说过，立刻一怔："就算这句话我知道，那和害死我爹的凶手有何关系？"

冷清雪冷声道："你可真是糊涂啊！"

段云狐疑道："我糊涂？这话从何说起，要是不说清楚，我绝对不会让你们好过。"

　　苏君火哎呀一声，感觉臂膀痛得难忍："杀害你爹的凶手就是你自己的妻子，这再也明白不过了。"

　　段云脸上的笑容忽然全部消失，整个人在此刻好像变成了一座矗立在雪原上的冰峰，一动不动。

　　冷清雪愤然道："当日我们六派应五年之约前去镜雪山庄取镜雪剑，你爹是不是叫你和你妻子去雪来客栈接应我们？"

　　段云回想起当初是这么回事，也怔了怔。

　　苏君火移花接木，也愤然道："你爹叫少庄主夫人也去了，可是她中途又折了回去，她回去之后就要拿着镜雪剑远走异地，完成他爹爹的夙愿，可是你爹爹段飞龙身为寒荒武林重要一脉，一心想为武林做好事，要把镜雪剑交给我们，你爹爹并不同意她把镜雪剑带走，所以在那天夜晚，少庄主夫人在水井里下了蒙汗药，使得你们镜雪山庄人人被魔教而害。"

　　段云已经快听不下去了，过了很久很久，才道："我不相信！"

　　刘心冰急道："你要真的不相信，我们也没办法，可是事实就是如此。"

　　段云一声大笑："她不会杀我爹爹，她不会！"

　　苏君火道："'剑道属血道，镜雪非镜雪，及时不仁吾岂义'，这又如何证明？"

　　段云手中的旭风剑忽然敲出，一剑挥去，十丈开外的积雪都四散飞落，积雪满天飞落，段云白色的身影也冲进了雪落飞舞之中，很久过后，当飘在空中的雪都安静落在地上的时候，他白色的身影却早已不见。

　　苏君火便是喷喷笑了出来。

　　冷清雪也深深叹了一口气，道："他终于相信了？"

　　苏君火紧紧地捏着右臂肩头，发觉自己的手臂早已成了断臂，方才紧紧咬住牙齿，痛得'哎呀'一声叫了出来。

　　此刻，白火堂弟子都从殿堂跑来，愣住了，只有易冷云、刘心冰、冷清雪、邓戏衣四人走上前，关切地扶着他。

　　苏君火痛苦地惨叫着："有一天我一定要把段云身上的每一块肉用剑削下来喂狗！"

　　易冷云道："但愿段云能相信我们说的一切。"

　　冷清雪道："他若不相信我们说的话，我们就把他除掉！"

　　刘心冰淡淡道："想除掉他可不是件容易的事情。"

　　冷清雪脸色铁青，略带讽刺的口气道："如果我们除不掉他，我们迟早就会被他除掉！"

　　这时候邓戏衣也看了他们每人一眼，且道："我看冷门主是为当初杀害他爹的事情心虚了吧？"

　　冷清雪登时来火了，冷冷哼道："难道你们就没有杀害段飞龙，你们一把火把镜雪山庄化为灰烬，难道你们都忘了？"

苏君火当下大吼道："你们不要吵了，有上官嫣红帮助我们，杀他一个段云又算得了什么呢？"

此话一完，登时从白火堂飘来一个妖媚的身影，人到声到："你们行事一定要小心，不可把自己的对手看得太低，往往就是你们粗心大意才会把事情搞砸！"

苏君火等几位掌门人都神色恭敬。

易冷云道："不知道上官郡主有什么事情要我们去做，请示下。"

原来这人就是上官嫣红，同样也是当今的风月楼楼主。

上官嫣红笑道："那个风月楼楼主，不知道现在怎么样了？"

苏君火听上官嫣红这样一说，便道："那个人妖还在白火洞里关着。"

上官嫣红抿嘴一笑："带我去看看。"

苏君火二话不说，便向白火洞那走去，而上官嫣红和其余四位掌门人都跟在后面。

白火洞。

苏君火打开洞门，他们都为之一怔，洞里面的东西乱七八糟，还有十二个白火堂弟子的尸体。

上官嫣红看到这里，也是深深地叹了一口气，仿佛万般无奈地说道："早就给你们说过，不要太低估了你们的对手，你们最后还是被她给整了。"

冷清雪道："都说了这风月儿妖媚得很，苏堂主你不该让这些男人来看管她。"

邓戏衣道："不错，一想就是被美色迷惑，所以才成现在这般情况。"

苏君火怒道："地上的血还未干，想必还没逃远。"

上官嫣红已经不想再和这个断了一臂的人废话，只瞧她身影一闪，闪到白火洞外，身影掠过长空，然后消失在山的另一边。

易冷云、刘心冰、邓戏衣、冷清雪都快速奔出洞，可是上官嫣红的人已经不知所踪，谁也不知道这个女人干什么去了。

……

辽阔的雪原，风月儿一身红衣出现在白雪纷飞之中。

风月儿的手上脚上都戴有铁链，一袭红衣破烂不堪，致使雪白的肌肤都露了出来，当肉体和雪亲密接触后，她全身冰凉，行走也十分困难。

是的，风月儿一边急切逃亡，一边不停回头看看那个魔鬼的圣地，趴在雪地上想到自己是何等身份的人，如今却被这五剑派这样摧残，她暗暗地发誓：等到回到风月楼以后，一定要报此仇。

风月儿多想歇一歇，可是她清楚她不能，也不想被人约束，她一直以来都是大大咧咧、来去自由的女人，所以那个地狱般的地方她永远也不要回去，她咬着牙站了起来，尽管身子已经左右摇摆、摇摇欲倒，可是她还是在雪地上缓慢行走着。

"可怜的姑娘，你干吗要逃？"

忽然在风月儿前方出现了一个女人，这女人和她长得一摸一样，乍一看，根本就似一个模子刻出来的。

风月儿吓了一大跳，身子后移，脚不情愿地往回走了一步，一下后背躺在雪地里，哆嗦着说道："我的脸……我的脸，你的脸……我的脸，你是谁……我是谁？"

这女的就是上官嫣红，她果然追上了这个红衣裳女子。

上官嫣红走到风月儿的面前，蹲了下来，笑了笑抬起红衣女子的下巴道："我的脸怎么了？"

可是风月儿还是不停地往前爬，嘴里一句句都是说："不是……不是……我的脸……我的脸……"

上官嫣红轻笑："呵呵，不好意思，你的这张脸实在太美了，借我用用。"说罢，随手一挥，一股白烟从风月儿的面庞吹过，风月儿脸上立刻泛上一股黑气。

一刹那间，风月儿痛苦地在雪地里翻滚，一双手不停地在自己的脸上抓着，抓得鲜血淋淋，痛苦的声音就像在诅咒这个世界上所有的女人。

"我的脸……"

"我的脸……"

渐渐地，风月儿的声音嘶哑了，不能说话，现在，她只有在雪地里生不如死地打滚。

上官嫣红看到风月儿如此痛苦，才缓缓说道："这种毒是有解药的，希望你不要把今天的事情说出去，如果说了出去，这一辈子你就别想再做风月楼楼主了。"

风月儿抱住上官嫣红的脚："你要干什么，你放过我吧！"

上官嫣红一脚把她踹到一边："我没想要为难你，只是我不能不这么做。"

红衣女子泪如浪花翻滚，脸上血肉渐渐模糊，最后烂肉一块块在脸上翻着烂皮，乍一看，既恶心又难看。

第039回：凄凉镜雪山庄

寒荒以北，雪云山。

镜雪山庄这是多么熟悉的地方，可是段云此刻站在颓废已久的石门前，再也没办法向前走出一步。

寒竹已经盘根挡住了去路，所以段云停住了脚步，脸上再也没有昔日的微笑，只是感觉到自己好像想起了一个人——幻尘雪瑶。

那个女孩，她到底身在何处？

自从那天之后段云再也没见过幻尘雪瑶。

想起过去的一切，段云的面容已经憔悴了几分，面前的路已经荒芜，而那个碧水潭也同样在一群寒竹的遮阴下显得死气沉沉。

无奈之下，段云只有施展轻功飞了过去，双脚刚好落在碧水亭的台阶上，俯下身捧了一捧水洒在脸上，似乎想从这里找回些关于镜雪山庄的记忆，可是眼前万般凄凉的景致，令他魂牵梦萦般地追忆着和那个女孩有关的一切。

时光流转，今夕何年？

那个名叫幻尘雪瑶的女孩是不是也在此时想念着他？

不过，段云明白幻尘雪瑶只会想念那个郭小风。

段云对着身前的碧水亭轻轻叹息，摇了摇头，痴痴地笑了笑，然后走到那个碧水潭潭边，身子轻轻一跃，"呼"的一声，雪白的影子就好像流星飞进了碧水亭，坐在亭中破烂的石凳上，缓缓从怀里取出了酒壶，饮了一小口，目光眷恋，淡淡地自问道："难道我们就这样分开了吗，雪瑶妹妹？"

轻轻地叹息，淡淡地喝着酒，也只能默默回忆。

回到了镜雪山庄，看看已去的人，段云只是期盼着，期盼着能遇到幻尘雪瑶，希望她能轻声地告诉自己，告诉自己凶手不是她。

段云守着孤坟，孤坟已经成了雪堆。

往日，这里是寒荒六剑派的首脑剑派，整日都有人来来去去，更有许多弟子来回挥舞手中之剑，切磋武艺，而如今已事过境迁，现在这里凄惨荒凉，一切景致都让他打不起精神，整个人也显得十分萧瑟。

一朝夕阳尽，迎来晨雪飘。

"怎么会是她……怎么可能是她……"段云现在靠在亭子的柱子上，狠狠说着这句话，不停地问自己。

风静静地吹来，这时候从寒竹林传来一群女子的脚步声。

在这荒芜的地方，怎么会有人来到这里？段云虽然是个爱喝酒的人，但是从来没有醉过，听到了躁动，忙站起，果然看到一群女子正抬着一个面带蓝色面纱的女子向这里急匆匆走来，段云不知道来者何人，就藏身于台阶下，仔细观察。

"副宫主，你一定要坚持住，一定要坚持住……"

多年前的那场火，已经把镜雪山庄红、橙、蓝、绿、青、蓝、紫七阁化为灰烬，幸好碧水亭还在碧水潭的潭中央完好无损，只是被寒竹的竹枝荒废了下来。

碧水亭里有长长的石凳，石凳上还有寒竹的枯叶，蓝萱吩咐众弟子把副宫主扶到长石凳这边来，然后亲自为幻尘雪瑶输送内元，可是过了很久很久，幻尘雪瑶依然不见醒来。

"原来是她！"

段云慢慢走了出去。

"段云！"

蓝萱看见段云，如当头一个霹雳，怔住了。

段云道："你认识我？"

蓝萱才回过神来："当然认识。"

段云道："那我为什么不认识你？"

蓝萱道："那是因为你没见过我。"

段云道："难道你见过我？"

蓝萱道："寒荒古城副城主的大名，如雷贯耳，我想凡是在江湖上行走的人，都会知道。"

段云道:"我又不是什么大人物,知道我干什么?"

看着幻尘雪瑶带着蓝色的面纱,双眼紧闭,安静地躺在竹叶上,段云才问道:"她怎么了?"

蓝萱扶起了幻尘雪瑶,脸上显出了浓浓的担忧之色,心想方才输入大量的内元,也是无济于事,没好气道:"她怎么了,关你何事?"

段云淡淡道:"如果我说我可以救她呢?"

蓝萱怔怔看了看段云,只见段云一脸玩笑之意,狠狠地瞪了一眼,道:"你能?猪都会上树了。"

段云第一次听到如此好笑的笑话,所以他笑了笑。

蓝萱看到段云笑了笑,便知胡说八道,心想这真是个嬉皮笑脸的家伙。

不过,缥缈宫有一条宫规,就是遇到这种爱胡说八道的男人,宫中弟子要远离,远离不及便杀之!

——

现在,蓝萱把这宫规忘记了,她知道副宫主若出了什么事,她们这些弟子可是都要陪葬的。

蓝萱面纱上的一双眼眸,顿时柔光闪烁,忽然跪了下来,恳求着:"段公子,你若能救活副宫主,我们这里所有弟子必当感怀在心,永远记住你的恩德。"

霎那间,段云感觉头晕,万万没料想到,如此高傲的女子竟然给自己跪下,此刻才感到救一个要死的人压力有多大。

"你快起来。"段云忙扶起她。

"别碰我!"跪在地上的女子忙站起身来,用力甩开段云的手,随之退后一步。

蓝萱剑出鞘:"你到底答不答应?"

段云一怔,心想这女子翻脸比翻书还快,道:"当然,因为我也不想让她死。"

幻尘雪瑶和段云的过去,蓝萱也知道,所以当她听到了段云说出这句话后,怔住了,握剑的右手已经出了冷汗,面色惊诧,断断续续道:"难道……难道……你?"

蓝萱不相信段云知道,所以最终还是没有说出口。

缥缈宫是个秘密组织,在大事没完成之前,没有总坛宫主的允许下,缥缈宫潜居在寒荒的事情绝不能让人发现。

段云见蓝萱明亮的眼眸中显出了狐疑之色,当下淡淡地笑了笑,道:"我和她有决战之约,在决战之前,我是不会让她死的。

蓝萱本以为非要除掉段云,可是段云说出救人的原因,她才把紧握神剑的手慢慢放松,且道:"你要怎么救?"

段云道:"先找个暖和的地方,把她安顿好!"

蓝萱道:"方圆百里,一片雪原,根本没有一个暖和的地方!"

"有啊!"段云忽然来了主意。

蓝萱道:"一切都按段云公子的吩咐照做。"

段云道:"把她送到寒荒古城,那里风小雾大,最适合修身养性。"

蓝萱一听这话,顿时一怔,道:"什么,你说送她去寒荒古城?"

段云道:"寒荒古城离这里也不算太远,去也只是一天的路程!"

蓝萱道:"可是!"

段云道:"别再可是了,就这么定了!"

蓝萱道:"我不能答应你,寒荒古城的人我信不过!"

正在此时,石凳上蓝衣女子重重地咳嗽着,喷出一口鲜血,又晕死了过去,蓝萱转身细细查看,怎料段云在蓝萱不备之时,在蓝萱背心重重一点,蓝萱便倒在段云的怀中。

一旁的众弟子,都拔剑欲要上前杀段云。

段云大声喝道:"我不想杀人,请你们相信段云。"

见此,缥缈宫众弟子才缓缓收回了长剑。

第040回:魔鬼的黑影子

寒荒古城,大雪纷纷。

寒雾中,焰火正站在城墙之上,眺望远处田野。

方久过后,远处一队人马正向这里奔来。

一骑士快马加鞭从那队人马奔出,一边跑一边在风雪中大声喊叫:"寒月小姐回来了,寒月小姐回来了!"

城墙之上,焰火听到了骑士的声音,立刻打起十二分精神,睁大双眼在迷雾中寻找着这个骑士的身影。

迷雾之中,焰火看到奔出的骑士,脸上也显出喜悦之色,忙跃下城墙,呵呵笑着。

"怎么,寒月小姐回来了吗?"焰火马上拉住马上的骑士问道。

"寒月小姐身受重伤,命在旦夕,请焰火守卫速速打开城门,护送寒月小姐回府!"这骑士一口气说下去,嘴里白烟直冒。

焰火立刻把这骑士的领口一拧,竟把这骑士硬生生地举了起来,喝道:"你说什么,寒月小姐她怎么了?"

骑士立刻跪在地上,说道:"都怪属下救命未及,才使得寒月小姐被歹人所害!"

焰火还不等这骑士把话讲完,便一把将此人甩到一边,对着城内门卫大怒一声:"开城门!"

少时,城门开了。

寒月的车还没来。

焰火身负守护寒荒古城重责，可是当听到寒月受伤了，再也沉不住气了，顿时一个侧翻，身子转眼之间就稳稳坐在这匹马的背上。

"驾！"

身子冲进了迷雾之中。

果然，马奔若急电，风驰电掣而去。

来到寒雾中，焰火道："老汜，你是怎么搞的？寒月小姐怎么会受伤了呢？"

汜水道："说来话长，还是等寒月小姐伤势稳定了再告诉你。"

焰火忙催促："快快，快进城！"

晚风呼呼，白雪飘飘。

凉风吹着车榻上的布帘，迎风直响，而车内的人全身都已经冰凉如冰。

寒冷天也知道了这件事，所以早在门口等着，看着车子沉甸甸地在雪地里往这里行驶，也是按捺不住，多向前奔了两步。

汜水和焰火看到城主已经来了，方下马鞍，叩首在地向寒冷天行礼。

寒冷天顾不上理会，拨开车帘，看到寒月躺在马车上，再也忍不住痛苦，向寒月喊了句："妹妹，你怎么了？"

焰火和汜水都是大气不敢出。

拿着扇子的余十月，也都伤心至极："都怪我……都怪我……倘若不是我把她从寒荒古城拐出去，就不会这样。"

寒冷天是一个办事很有条理的人，他现在很清楚，救治寒月是现在紧急要办之事，所以他忙把寒月抱了出来。

焰火却对余十月挥舞着狼牙棒，怒喝："寒月倘若有一点点闪失，老子把你打得稀巴烂！"说罢，也随寒冷天而去。

寒冷天抱着寒月向内庭走去，明显感觉到寒月的身子已冰冷如冰，所以进寒月闺房的时候，就已经随口对丫鬟们吩咐："火炉……火炉……棉被……"

偌大的床榻，睡着一个弱小的女子。

十几个丫鬟，有的搬来火炉，有的搬来棉被。

取暖的东西，瞬间都已备齐。

很快屋里暖和了十倍，随着房间温度渐渐升高，寒月身上本已凝结的伤口又在流血。

鲜红的血涂染在白色的被褥上，叫人看在眼里十分心寒，尤其是寒冷天，他的眼睛已经开始发红了。

伤口不大，但很深，所以流血很多。

——

风雪之中，月姬戴黑色面纱站在雪道中间，拦住了段云的去路。

段云倒吸一口凉气，笑着说道："段云现在还不能死，不知道阁下为何会说段云的死期已到，难道阁下是阴间勾魂的使者？"

月姬站在白雪纷飞中，惨笑一声："你说得对极了，不但你要死，他们也要死！"

段云狐疑道："他们？"

只见这里许多女子都是面色恭敬且严肃，都叩首在地。

月姬道："不是她们，而是三大剑道所有人。"

段云道："那？你是哪一道？"

月姬道："三十年前，我音尘所有来到寒荒的剑客都惨死在寒荒、蓬莱、中州三地剑道剑下，今天我出现在这里，就是要你们血债血偿！"

段云笑了笑，道："原来你是音尘来的女剑客？"

月姬道："你想不到吧？"

段云道："对，我是没有想到，不过我从来没有排斥你们音尘剑道和我们寒荒剑道一起共举名剑之争。"

月姬怒容虽然被黑色的面纱挡住，但是眼神早已怒火大起，好像在这冰天雪地里只有雪耻的狂火才会如此令人惊骇，她大声怒道："对，你是没有排斥我们，可是当年寒荒六剑派杀死我音尘剑客的时候，你爹爹也在其中。"

段云道："既然如此，爹爹的债就让我来还！"说罢，旭风忽然"唰"地抽出。

月姬不为所动："你要死，你就要死得明白，死得安宁，你是不是有什么问题要问我？"

段云道："我这一生从来都没有像此刻这样空虚过，我只想找到她！"

月姬道："找到谁？"

段云道："就是我妻子！"

月姬呵呵一声冷笑，道："天下所有的男人都不是好东西，原来你也是，那么我就成全你！"目光移到蓝萱的身上。

蓝萱面色肃然。

月姬道："蓝萱，告诉他，车里躺着的人是谁？"

段云听到这一句话，心里顿然忐忑不安。

蓝萱走上前，说道："其实，车里的女子就是你的妻子，她就是幻尘云风的女儿，她就是幻尘雪瑶，也就是你的结发妻子。"

段云听到这里，神情激动道："是她？呵呵，你们开什么玩笑，她怎么会加入你们缥缈宫？"说话的刹那间，身子已僵硬在雪地里。

月姬道："她的母亲就是我们缥缈宫总坛坛主孔雀老人的二徒弟，也是我的师妹，名字叫作尤雨荷。"

蓝萱道："段公子，就在镜雪山庄破灭以后，雪瑶师妹就加入了我们缥缈宫了。"

段云脸上的笑容渐渐僵硬，目光移到马车内，风吹起马车的门帘，透过帘缝端详着幻尘雪瑶那一袭蓝衣，往事在眼前一一浮现，他悲痛、后悔地颤抖着手里的旭风："果然是她，果然是她！"

月姬冷冷道："怎么样，感觉很失落吧？"

段云忏悔自己不该把幻尘雪瑶带回镜雪山庄——她是自己最爱的女子，为什么却又是自己的杀父仇人？

雪下大了，不知不觉，积雪早已把段云装扮成了一个雪人，而在他手里紧紧捏有一张纸函，那是幻尘雪瑶给他下的生死决斗书。

月姬道："我们走，如今你这个样子比死还要难受，我杀了你，太便宜你了，我要让你最心爱的女人来日亲手结果你的性命。"

很久。

段云一直在这里站着，而那些女子和车辆早已经不知去向，或许是回到万重雪山之中去了吧！

第041回：爱你是种错觉

雪地里的男子一直这么站着。

段云脸上的笑容早已僵硬，双目也已被冷空气侵袭，挂落脸庞的冰冷泪滴和雪花一起相融凝固。

灰色的天空还是飘落着白色的雪花。

雪花冷冷的，冰冰的。

段云已经渐渐模糊了从前的记忆。

一切都比想象中要来得快得多，段云慢慢移开了脚步，随后手上那张附有鲜红色字体的纸飘落在地上，而他头也不回地往前走，一直走到了眼前这条路的尽头。

许久。

脚步再停下来的时候，段云也已经来到了镜雪山庄的庄门前，残破的镜雪山庄呈现出梅花凌乱、寒竹荒芜、枯叶乱飞、壁石粗崎。

心凉，凉如水。

水清，水结冰。

段云眼里透出了一丝悔过的光，也透出了一丝心死的光，眼神老了般，渐渐失去了神采，已没了昔日的神气。

时间渐渐过去，段云跪在了山庄庄门前，任由风吹雪落被雪尽情淹没。

段云道："爹爹，孩儿回来看你了！"

跪在庄门前，段云看着山庄萧条的景色，淡淡却意味深长地说了这句心寒的话："明天我就会为你报仇。"

就说了这两句，段云就此长久地沉默了下去。

也许会沉默到明天早上，明天早上应该就去雪柳荒赴约。

可是，翌日清晨未到，镜雪山庄门口已经走来一名身穿青衣的蒙面女子，衣服鲜艳的色彩倒映在明亮的瞳孔里，却也显出了无尽的魅力。

不错，她就是缥缈宫的首席弟子蓝萱。

她为什么会出现在这里？

蓝萱道："段城主，你今日可以不用去赴约了。"

段云跪在雪地里，听到了这句话，缓缓地站了起来，背上的积雪纷纷落地，头也不回地问道："为什么？"

这时候，蓝萱走进段云的身旁，凑近他耳边说道："因为她的伤势还很严重，到现在一直昏迷不醒，所以决战作废！"

段云听到这句话，眼神一热，转过身子，眼神又一冷问道："她怎么了？"

冷冷的空气中，一股股热气从他鼻口流出，消散在冷冰的空气中。

蓝萱明显看到了段云的神情有些失措，可想而知，段云依然在乎幻尘雪瑶的生死，只是蓝萱也是个老江湖，这种事情也懒得好奇，只是叹了口气，接着说道："这几日，我师父正在为她疗伤，相信很快就会好的。"

段云眼神又变得冷冷的，道："那我和她的决斗应该放在哪一天？"

蓝萱望着湛蓝的天空，一时也就告诉了他，道："应该还是在中秋。"

段云听了之后，久久才道："地点一切如常？"

蓝萱道："中秋月圆，决战于雪柳北荒，必有一死！"说罢，就走了。

段云点了点头。

蓝萱径直地向庄外走去，走到门口，她又回头看了看这个像掉了魂的男子，又有几分怅然地看向远处湛蓝的天空，叹了口气，便是一个轻功身法飞起，消失在凌乱的寒竹深处。

山庄前，段云的面色更加深沉，仿佛遇到了这辈子最复杂的事情似的，愕然地从久久的沉思中醒过来。

很久很久，段云都没有走，一直站在山庄门前，望着雪云山起伏连绵的山野。

山还是以前的山，雪白雪白，可是如今的人，已经物是人非，段云的眼神也稍有变化，变得缥缈无神。

段云道："雪瑶妹妹，既然我们已经走到了这种地步，那我就答应你，我们之间的决斗就放在中秋月圆之夜！"说着说着，一滴泪从眼角滑下。

昔日的一切都在段云的心中，可是岁月已逝，红颜已改，今日也只有他一个人在这里看雪，看着白雪纷飞。

万重雪山之中，寒雾略有些诡秘。

缥缈宫在夜里就好像天上的宫阙，除了有几分巍峨之外，还有点玄之又玄的样子。宫殿的西方，一树树梅花在月色下争艳，时而发出阵阵清香，令还没睡的人心神陶醉其中。

在梅花丛的青石边，站了有二十多名缥缈宫弟子，各个皆是神色凄冷。

"她的伤势好转了吗？"一个冷静得有些过分的声音向其中一个弟子问道。

"副宫主今天一直都没醒过来。"弟子轻声回答着，并且不敢看向这个问自己话的人的脸。

因为这个人是月姬。

月姬仰起头，深深呼吸了一下，胸中也还是闷气难出，摇了摇头，便走进屋里。

绣帐流苏，一张雪柳榻下放着一双长靴。

幻尘雪瑶安静地躺在榻上，而床边坐着紫萱，紫萱看见月姬走进来，连忙起身，喊了一句："宫主！"然后随便行了一礼。

月姬带着黑色的面纱，在烛光的晃动下略有些诡异。

在门口站立良久，月姬用幽灵一样的眼睛看着正躺在雪柳榻上的幻尘雪瑶，然后走近紫萱的身旁，无语无言地坐在床边的榻案上。

"怎么会这样？"月姬淡淡地向床上昏睡的女子探问道。

幻尘雪瑶还在昏迷，所以并没有回答。

月姬伸出手去握住幻尘雪瑶的手，瞬间感觉到自己的手里就好像拿着一块寒冰，情不自禁地打了一个冷颤。

紫萱看着月姬，面有惆怅之色："当时副宫主为了给中原第一大镖局争夺风月楼的金棺材才被人暗算了。"

月姬听紫萱这么一说，才缓缓抬起了头，带着疑问的眼神看着紫萱。

紫萱觉得月姬的眼神有点夺人魂魄，不解道："师父，怎么了？"

月姬冷冷道："为什么要去帮助那些中原人？"

紫萱摇了摇头，站立那儿也不说话。

月姬知道紫萱的想法，所以并没有勉强，只是又轻轻问道："蓝萱今早就去给雪瑶请大夫，怎么现在天都黑了，还不见人回来？"

紫萱道："师父，不会出什么事情了吧？"

月姬看着幻尘雪瑶，只觉得这女子睡在一张很大的床上，显得分外脆弱娇小，霍然着急了起来，猛然转过头，对一旁站立的紫萱说道："你立刻带个弟子下山去看看，副宫主的伤势不能再拖了。"

紫萱道："是！"然后应命而出。

第042回：雪柳村的杀戮

紫萱领命出去了。

茫茫雪原上，奔跑着两匹雪白的马。

当年江湖上有个很是著名的女巫医，隐居多年，究竟是谁呢？

女巫医医术高明至极，听说能起死回生，可是不知道为何隐居那么早，据情报显示，隐居那年她才只有二十五岁，那时候正是她月容红颜之秋，可她为什么厌恶了游医江湖的生活呢？

雪飘洒而落。

一女弟子忍不住好奇："那么她究竟隐居在何处呢？"

紫萱道："也在这雪山之中，就是我们上次遇见的那个老太婆！"

一个女弟子惊讶道:"这倒还看不出啊,那老太婆尽然是天下游医四魁之首的勾孟婆啊!"

紫萱道:"这世界上有许多人、许多事,我们都捉摸不透。"

女弟子又道:"师姐,你怎么会知道的,是宫主告诉你的吗?"

紫萱神情微颤,很久才道:"不错啊,我是个晚辈,这些神秘的人物还是听得少,宫主上次去那个小村庄就知道那老太婆的底细了。"

女弟子道:"宫主真厉害!"

紫萱道:"此事再回头想想,能治疗寒毒的人,当然是绝非等闲之辈了,我们其实早就应该想到一个村妇老太婆怎么能治疗寒毒呢?她不是勾孟婆又是谁呢?"

女弟子欣然道:"宫主真是精明,那老太婆不知道在那儿隐居了多少年了,这次却被我们请上山去,她恐怕做梦也想不到会有重出江湖的一天。"

紫萱沉吟片刻:"不一定了!"

女弟子紧接着问道:"什么不一定,难道她敢不去缥缈宫给副宫主看伤?"

紫萱道:"你不知道啊,尤其是老太婆级别的人物,脾气也很古怪,想要她出山,恐怕没那么容易。"

女弟子双眉已经深锁。

紫萱接着又道:"我们不说了,还是快点去那个村子,蓝萱师姐肯定已经到那儿了。"

两声驱马声响起后,两匹马在雪地里奔跑着。

夜临,雪停月起,雪柳村静悄悄。

来到此处,紫萱和这女弟子才发现村里到处都是村民的尸体,鲜血淋淋。

这些尸体在月光的辉映下均显得十分恐怖,放眼望去,有的脑袋掉了,有的手臂断了,有的就连肠子都脱了一地。

女弟子道:"是谁如此凶残,把这些老百姓全都杀了!"

紫萱仔细查看尸体半晌,道:"杀死这些村民的凶手真是心狠手辣,他们为了掩饰自己杀人的手法和武功门道,竟然狼心狗肺地活生生把这些人的尸体搞得乱七八糟,可谓可恨至极。

这庄惨事到底是谁干的?

就在昨天晚上,小村庄还是笑语欢言,其乐融融,而今时却如此惨不忍睹,可堪惊心动魄的一幕,也是悲惨至极的一幕。

一队人马,不对,应该是一队很有组织性的凶徒,就在昨天晚上血洗了这个雪柳村,带头的是个花样年华的女子,她笑靥如花,可谁会料到她心肠如此歹毒,竟然为了找出女巫医,不惜一切残酷的手段,把这里不相干的人全部杀掉。

那么女巫医也死了吗?

没有。

上次,月姬从这里带走幻尘雪瑶,女巫医就已经意识到此地不能久留,于是决定在昨天晚上就准备离开,以避免连累到村民,可万万没有想到,事情到了最后竟然还是连累了雪柳村的村民，她前脚方走，后面雪柳村就遭到了大肆屠杀。

紫萱慢慢走进几所雪柳木屋，仔细地巡视了一下地上的尸体，叹了口气，说道："我们来迟了！"

月入云，光线暗淡。

忽然一柄利剑，在空中急速而来，直刺紫萱的前额，紫萱感觉面庞劲风骤起，也料有危险在即，于是举起未拔出的剑，横手一挡，谁知对方另一只手又一掌打来，而在这一瞬间也是把目光看向使剑之人，忽然出了一口大气，惊道："师姐！"

原来使剑之人乃是蓝萱。

紫萱道："师姐，怎么会是你？"

蓝萱到这里，这里就成了这样，只是听到有人到来，才藏身于黑暗之处，此刻见是自己人，蓝萱也是惊讶了几许，道："紫萱师妹，你们也来了啊？"

紫萱方急切道："师父见你久久未归，就差遣我们来寻你的踪迹，只是这里怎么会变成这样呢？"

"唉！"

蓝萱轻声叹了一口气，接着说道："我来迟了一步，这里的人全死了！"

紫萱一怔："那女巫医呢？"

随紫萱来的女弟子忽然插嘴："怎么，难道女巫医也被杀了？"

紫萱急着问道："这到底是谁干的，看来凶手倒是心黑如漆啊，这些村民手无寸铁，死得这么惨！"

蓝萱摇了摇头，眉黛之下那双略显幽暗的眼睛已经清清楚楚地告诉她们，自己也是毫无所知。

身后的女弟子已经从地上拾起了一枚"雪花镖"，赶忙拿给蓝萱看。

蓝萱看后，怔了怔："原来是寒荒古城干的祸事！"

雪花镖是一种暗器，这种暗器呈赤红色，是寒荒古城的独门暗器，也是一种形状很像雪花的飞镖。

女弟子狐疑："寒荒古城？"

"那我们就去寒荒古城看看！"紫萱愤怒地说道，"要是他们不交出女巫医，我们就把女巫医也杀了，要他们也救不了他们的人！"

蓝萱道："此事不能鲁莽，杀死了女巫医，那我们怎么救副宫主？"

紫萱脸上露出了痛苦的表情，狠狠地说道："宁为玉碎不为瓦全，自己喝不到的井水，我甘愿用土掩埋！"

蓝萱道："不到最后关头，不可拿副宫主的性命去当赌注！"

女弟子道："那该怎么办？"

紫萱道："我们难道不去寒荒古城了？"

蓝萱道："我去，你们两个回去禀告师父，就说女巫医已经被寒荒古城的人带走了。"

紫萱见此，也只有重重地点了点头。

第043回：暴雪里的对决

月明星稀，夜也渐渐深了。

长空一声脆响，夜不再那么平静，一个炮弹似的雪球，从天坠落，落在寒荒古城的正庭之中，整个寒荒古城也被震得积雪飞舞。

雪球落地，豁然十柄剑当空飞舞，一瞬之间，每把剑都稳稳地插在雪地上，一张白纸从空而落。

寒荒古城守护之人焰火听到如此巨大震动之声，立刻飞身而起，站立烽火台上，遥望这一幕。

这一幕把焰火惊诧住了，忙起身而往，当他要去捡那白纸的时候，十柄剑也在瞬间向他移了过来，只把他惊得身子赶忙后移，可是眼前的剑均稳稳地排在眼前，安静得像个淑女一般，稳站寒风之中。

焰火捡起地上的白纸，白纸上黑色的笔迹龙飞凤舞，写着：中原剑客驻天楼城上官郡主邀请寒荒古城城主及副城主来天楼城一聚，谢之！

焰火拿着这张纸，向寒月所居的方向飞去。

一瞬之间，人就落在了寒月的闺房外。

焰火在房外俯首道："焰火有事找城主！"

寒冷天听了，出了寒月的闺房，问道："焰火亲使，什么事？"

焰火几个大步走到寒冷天的身前。

寒冷天神色恍惚，很显然这几日都没睡好，肯定是因为寒月的伤势才变成这样。

焰火把手里的白纸黑字给了寒冷天，寒冷天看了之后，眉头一紧："上官郡主，中原来的？"

"这人我们又不认识，不去也行。"汜水不知道什么时候就站在寒冷天的身后，闻寒冷天这么一说，才淡淡说了一句。

寒冷天把手里的白纸递给身后的汜水。

汜水接过一看，顿时愣住了，说道："看来是邀者不善，善者不邀啊！"

焰火口里顿时骂道："上官郡主是什么东西，那我们就去啊，难道我们还怕他们不成，真是笑话！"

寒冷天凝目看了看天楼山的所在之处，天楼山白云如银。

汜水道："上官嫣红是中原后唐国石敬瑭的义女，此番客套邀请，想必有要事相商，城主你可要三思！"

寒冷天深深出了一口气，且道："看来非去不可啊！"

就在这时，仿佛有一种无形力量在撼动整个寒荒古城，从远处传出来了一个仿佛可以瞬间穿铁成孔的声音。

"寒荒古城的人听着，快把我刘妈交出来！"

氾水顿然惊讶道："千里传音！"

这个声音对寒冷天来说非常熟悉。

回忆当初那一幕，郭小风被挑断全身筋脉的那一刻，寒冷天全身升起了一层寒意，惊了出声："郭小风，是郭小风！"

"郭小风是谁？谁的内功这么高啊？"

焰火急了，在声音消失后，站了起来，喃喃道："待我出去看看！"

随后，焰火冲了出去，只见雪地里站着一个少年，少年背上背着二三十支羽箭，手里握着一张半人高的木弓，正在雪地里叫喊着。

待焰火冲出来后，这古城里的小卒也都跟着出来了，一时之间把这喊叫之人紧紧围住。

喊叫之人正是小年。

焰火大步走上前，在小年胸前用指一戳，怒道："你是什么东西？在这里撒什么野，信不信老子活剥了你！"说罢扬起了狼牙棒，只见狼牙棒如鬼眼一样，阴险无比地在小年的眼前晃来晃去。

"快把我刘妈交出来！"

焰火看小年粗衣短卦，像个傻子，还死活不走，正要把那一狼牙棒打在头上的时候，一女子出现在少年的身后。

女子竟然把焰火的狼牙棒硬生生抵挡住。

焰火于是大怒一声，道："你是谁？"在说话之时，身子已经闪电般后移数步。

女子却丝毫没有就此罢手的意思，竟然在焰火身子后移的同时，身子也闪电般地逼近焰火。

在雪柳荒捡到一枚雪花镖，蓝萱推断就是寒荒古城的人带走了勾孟婆，于是快马加鞭寻来。

蓝萱冷冷怒骂道："杀了人，还敢问我是谁？"

焰火一身正气，从来不做那些偷鸡摸狗的事情，这女子怎敢说自己杀了人而不敢承认，真是岂有此理，难道这女子认错了人？难道是有人在故意陷害自己？可是世间之大，有谁会陷害自己呢？

焰火道："老子啥时候杀人了？"

蓝萱道："雪柳村的血案难道不是你们而为？"

焰火赶忙收身，站立一边的龙翼巨石上，接着问道："你是何人？竟敢到我寒荒古城来撒野，简直不知天高地厚，你告诉我雪柳村又是什么鸟地方？"

蓝萱为了找到女巫医，早已急之心切，当下也是索性要弄个明白，眼中流落出一道道令人心寒的光："雪柳村所有村民是不是你们寒荒古城的人杀的？"

焰火听得莫名其妙，当下大怒一声："你这个恶婆娘，雪柳村在哪儿我都不知道，我们怎会去杀人！？"

蓝萱素来修养很好，当被焰火破口大骂，不由得心里气愤，手中剑诀一引，剑招快、准、狠地直刺焰火全身重要大穴。

焰火也是一惊："怎么，你的脾气比我还大吗？正和我的胃口。"

蓝萱道："恐怕你还不合我的胃口？"

"恶婆娘，老子今天要你的小命！"

焰火双手握紧狼牙棒，使出全身力气用力挥舞。

狼牙棒在风雪之中发出"呜呜"的声音，真是如鬼哭，如狼嚎。

蓝萱握住的剑已经在风雪中化成一道白色的光。

一个是寒荒古城城主的心腹，一个是缥缈宫宫主的心腹，两人相争，也是惊天动地的一件事，瞬间，古城里上上下下的小卒，凡是知道的都来观战，讨论着两人的武功路数。

片刻，城内的寒冷天和氾水等人也闻风而出。

天楼山的山上常年落雪，冰雪较厚，两人飞舞在空中的影子，倒映在冰层之中，皆显无数神奇。

雪峰如刀，刀锋犀利，两人都在生死之间。

越打越是想打赢对方，时间一长，两人早已把周围的一切事物忘得一干二净了。

越来越高，峰越来越险，当一阵疾风骤起，雪暴忽然降临，万丈之上的山巅积雪忽然落下。

啊！

一声惨叫！

劲风起，狂雪涌，雪峰之巅的两个身影瞬间消失，雪峰之下，寒冷天忙向身后的人说道："快进城门！"

氾水立刻带领所有寒荒古城小卒进城，关闭了所有城门。

"出事了！"

寒冷天不由自主地说了一句，于是力拼着风雪之险之恶，冲进风雪之中，最后也消失了。

第044回：神秘少女素描

雪暴很汹涌，一直到了晚间，雪暴才消失。

晚间。

雪暴停止了，可是雪峰之间的两个人却已经毫无身影，然而让人想不到的是这个一直在古城门口站着的粗衣少年却丝毫也不移动半分，仿佛如此大的雪暴对他来说根本不足为奇。

小年走到古城门前，用力地敲打着城门，他还是和雪暴之前那般模样地向古城喊着要人。

"快把刘妈交给我!"

很久,古城也没一人出来和小年答言。

不过寒冷天带着几分忧愁、几分担心的气色回到城门之前,本来心中为这场雪暴而烦忧,不料走到古城门口又看到了少年的肆扰,也只好回过神来,走到城门之下问道:"小兄弟,你是何人?"

小年听到身后有人向自己问话,一时也没想到身后有人,所以吓了一跳,转过身说道:"我刘妈被他们抓了,我是来要人的。"

"你刘妈是何人,我寒荒古城何时抓了你刘妈?"寒冷天很直接地问。

小年有点纳闷,可是担心胜过一切,所以没好气地说道:"昨日我上山打猎,等到天黑之时再回到家中,发现我们全村的人都被屠杀了。"

寒冷天面容一怔,心里一阵酸苦泛上喉咙,哽住了,不再说话。

很久,寒冷天才道:"你和我来,我定还你一个完好无损的刘妈。"

小年听寒冷天这么一说,打从心眼里感谢这位好人,所以他也就和寒冷天一起进了寒荒古城。

寒荒古城在一场大雪暴的洗劫下没有多大的变化,只是雪泼得满处都是,无论是房间里、亭子里、走廊里到处都是积雪。

脚踩在积雪上"吱吱"地响,寒冷天和小年走过的地方留下一排整整齐齐的脚印,真让人无比骇然。

雪暴大之无法形容。

天景,天幕,氾水,厚土四人一起从庭院走出,在他们身后也同样留下一排整整齐齐的脚印,正好和寒冷天及小年在外庭院的中央相遇,四人便不约而同给这个年轻的城主行了一礼,然后起身异口同声地问道:"焰火呢,城主?"

寒冷天站在原地,眼里泛起了一丝丝红波,久久才道:"刚才一阵雪暴忽然降临,焰火和那女子已经不知去向!"

天景道:"会不会有危险,我们出去找找。"

寒冷天道:"不用了,我刚才已经把周围找了个遍,都没找到。"

氾水道:"城主的意思是说焰火已经死了?"

寒冷天默默地点了点头。

天景、天幕、氾水、厚土这四人一时之间都低下了头。

良久,天景才道:"人总是要死的,早些死晚些死又有什么分别?

天幕摇了摇头:"但是有的人死得重于泰山,有的人却死得轻于鸿毛!"

氾水板着的脸霎时变得铁青,他一怒,手中的剑插进了雪地上,怒号一声说道:"那女的是什么人?查查她的底子,为兄弟报仇!"

厚土道:"那女的是缥缈宫的人!"

寒冷天把目光从氾水的身上转到厚土身上,问道:"缥缈宫的情报你收集了多少?"

厚土急忙从怀里取出一叠骨卷,上面都是江湖上很是重要的情报,他重重地翻了几下，然后递给了寒冷天，说道："这就是缥缈宫的最新情报。"

寒冷天翻开了其中一页，念道："缥缈宫是音尘剑道的砥柱中流，在上一届名剑之争英雄会上，遭到大肆屠杀，门内弟子死伤无数，从此一蹶不振，可是她们从来没有忘记复仇，所以缥缈宫并没有在三十年前尽数回到音尘，她们有些残留的弟子至今潜伏在寒荒以北的万重雪山之中，以待一雪前耻！"

除了厚土，其余三人的面色都青冷而坚定。

氾水脸色铁青，大怒："想要挫败我寒荒剑派，就看他有没有本事了，老教主把护法传给我等，我等岂能让他们得逞？"

寒冷天又翻了一页，上面画着许多人像，这些人像都是女人的素描，看来也是出自厚土之手。

厚土天性淳厚，多学博文，画画的天赋和寒月小姐不分上下。

上面第一页就是月姬，这女的眼睛很有特色，上面长了颗痣，所以厚土下了一些功夫，把这月姬的眼睛画得活灵活现。

寒冷天看了一眼，便不再翻页。

此刻，厚土急道："后面还有三个！"

寒冷天又翻一页，果然又是一个女人的素描，这女人就是蓝萱，人像旁已经注明是蓝萱，月姬的大弟子，以前是缥缈宫的副宫主。

氾水道："这不是刚才那女的吗？"

寒冷天重重地点了点头，且肯定道："对！"寒冷天这时候也只有低头沉思一会儿，才微微仰起头来，微微苦笑，又道，"看来一场血雨腥风就要来临。"

厚土道："这个还不算什么，你看看最后一个，她才是厉害至极的人物！"

氾水和寒冷天都是一怔，氾水不敢相信这个女子就是多次和他见面的那个剑法高强的女子——幻尘雪瑶。

"幻尘雪瑶。"

"就是她，对，就是她，她很厉害，两次闯入我寒荒古城，杀了我们许多许多人！"氾水已经把板着的脸收起来了，惊声不已。

"哦！原来她真是缥缈宫的人！"寒冷天虽说惊讶，但是更多的是对这女子充满了神秘，充满了疑惑。

厚土道："你们知道她的事情有多少？"

天景冷着脸："对于此女子，难道你还知道很多事情？"

厚土道："你说得对，我知道很多，但是相对于更多的事情，我想还不足万分之一。"

天景依然冷着脸："你知道的只有万分之一，那我们知道的还不足万分之一。"

厚土十分得意，点头道："不错不错！"

天景不再说话，只是白了一眼厚土，手里的手指头捏得咯咯响，一脸微怒："你到底知道些什么？再不说，我就要把你的心挖出来看看了。"

第045回：误判她是凶手

寒荒古城，白雪飘零。

古城之中，厚土拿着画卷。

寒冷天、天景、氾水三人都为这幅美女素描所惊诧。

厚土指着手里的画，怔了怔："她就是镜雪山庄的少庄主夫人！"

天景道："就知道这个啊，我还以为你知道多少呢？"

厚土白了天景一眼，对天景略有不满："只要确认她是镜雪山庄的少庄主夫人就已经很多了！"

"镜雪山庄少庄主夫人！"

寒冷天一字字说出口。

忽然，一人一语纷纷道破："对了，她是段云的妻子，她以前就住在镜雪山庄。"

四人一时之间陷入了恐惧和惊讶之中。

寒冷天脸上的表情忽然恢复了平静，道："难怪她剑法很高超，原来她是镜雪山庄的人！"

氾水极是蔑视："怎么？镜雪山庄的人就一定剑法高超吗？我看未必。"

寒冷天一时之间仿佛想到了那个有关于镜雪剑内藏"玄机"一事，且道："她很有可能已经解开镜雪剑之中的秘密！"

天景道："什么玄机可以让一个普普通通的女子成为武林高手？"

寒冷天又道："武林之中称剑里藏的秘密乃是天之玄机，究竟是什么玄机，我想我也不知道，因为段飞龙钻研数年之久也未曾领悟其中的奥秘，至今除了这女子，我想我们都不例外，对剑里的玄机也不曾清楚！"

寒冷天对这件事情并不太清楚，到目前他还没真切切地看过镜雪剑。

氾水依旧板着一张脸，声音略显傲冷，低沉道："如果镜雪剑在她手里，那么寒荒五剑派手里根本就没有镜雪剑！"

寒冷天垂首细想，方久抬起头，略叹："这件事还是不要让段云知道为好。"

天景道："为什么不让他知道？"

寒冷天道："段云知道了这个女子就是他的妻子，很可能会杀了她！"

氾水板着脸惊讶道："段云会杀她？她可是镜雪山庄少庄主夫人，段云怎么会杀她？"

寒冷天也觉得自己的言语很荒谬，然而再一细想，且道："镜雪山庄一夜血流成河，镜雪剑自此销声匿迹，而镜雪剑又是人人必得之物，你想想这件事能告诉段云吗？"

镜雪山庄被灭，镜雪剑失踪，这很显然不是一种巧合，其中很大的可能，氿水应该明白，重重地点了点头。

话说到这个份儿上，就连一向耿直的厚土也跟着点头，那在场的众人应该都明白其中的关系——镜雪剑失踪，绝非偶然，他们心想也许正是幻尘雪瑶自己拿走了。

厚土道："这女子为了得到镜雪剑，不惜一切手段杀害段飞龙，作为段飞龙的儿子段云当然要誓死复仇，如果段云杀了这女子，我们就很难找到镜雪剑了。"

寒冷天拍案叫绝："不错不错，我们不可轻举妄动！"

天景，厚土，天幕三人都点了点头。

寒冷天接着又道："看来你们还不糊涂。"

四人呵呵地轻笑了一声。

笑着笑着，寒冷天的脸上渐渐泛起一丝狰狞。

天景道："怎么了，城主？"

寒冷天道："你们知道雪柳村的事情吗？"

氿水看了一眼小年，板着脸道："雪柳村是一个隐逸的村落，对于此事，我们也是刚知道。"

寒冷天深思一下才道："你们觉得是谁干的？"

天景推测道："难道又是那个幻尘雪瑶干的？"

厚土道："不可能，她不可能！"

寒冷天依然深思。

天景道："她能在一夜之间血洗镜雪山庄，难道血洗雪柳村的事情她就干不出来吗？"

厚土深深吸了口气，道："你不要这么武断好不好，世界之大，比她更坏的人不在少数，再说杀害几个村民又不是什么难事。"

天景道："你是何意？"

厚土这才哼了一句，白了他们一眼："因为前几天，她在水月荒风月楼受了重伤，到现在还生死难料，怎么会去大肆屠杀雪柳村的村民呢？"

寒冷天问道："那是谁伤了她？"

厚土道："是个年轻的书生！"

氿水道："怎么可能？"

厚土道："那日在风月楼，她为了帮中原的威远镖局向风月楼风月儿借金棺材，重伤了寒月小姐，没想到那白面书生为了寒月竟然一怒之下，重伤了她。"

寒冷天越来越担心起这个妹妹。

天景道："你说的意思是在时间上不合逻辑。"

厚土点头。

寒冷天疑问道："那么，白面书生又是为什么要帮助寒月，寒月和他是什么关系？"

厚土道："这书生应该还在古城。"

寒冷天又自责一番，却又不得不当着众位咬牙说道："都是我的错，不该从小就管着她，也很少教导她，才使得她在江湖上结交了些不三不四的人，现在悔之晚矣！"
　　天景道："小姐的伤势很严重，我看我们还是赶快想办法！"
　　寒冷天道："你有什么好的大夫？"
　　天景道："有个叫作勾孟婆的江湖游医，不知道城主可曾听说过！"
　　寒冷天道："她医术高明得很，据说可以和阴间的鬼差抢尸体，并且阴间的许多事情，她都知道内情！"
　　厚土不得不好奇，哼了一声："我看世人也太过玄之又玄了吧，那她岂不是可以通灵阎王了，和阴间的阎王老子平起平坐了？"
　　风雪之中，寒冷天等四人站在寒荒古城之上，正当他们说到有关勾孟婆的事情的时候，在一旁站的小年脸上不由得泛起浓浓的担忧。
　　小年走向寒冷天，且道："你说，我刘妈，在哪儿啊？"
　　寒冷天眉间有落雪，且道："小兄弟，你别急。"

第046回：准备去天楼城

　　天空白雪依旧飘零。
　　小年站在庭院的雪地上，看着这几个身材高大的男子。
　　这几个男子也用各种眼神看着他，尤其是那个泥水板着一张脸，总让人觉得他不是一个好人。
　　小年道："我刘妈也会医术，你们找到她，她就可以为你们的病人看病！"
　　雪地上的五个男子都怔怔看了看小年。
　　小年又接着道："我刘妈的医术很不错，不过没有世人传说的那样可以通灵阎王。"
　　寒冷天听小年这么一说，忙走到他身边，道："你刘妈就是勾孟婆勾老前辈？会医术，怎么会住在那个人迹稀少的地方，这不合逻辑啊！"
　　小年还是站在离他们不远的雪地里，头上已经覆盖了一层厚厚的雪，他不知道寒冷天要表达什么。
　　小年又道："她有很高的医术，并不是江湖上传出来的，那都是刘妈辛辛苦苦努力钻研医道的结果！"
　　小年这一生最敬佩的人就是勾孟婆，所以没有谁可以在他面前诋毁勾孟婆的医术。
　　寒冷天忽然对这个少年有些好奇。
　　千里传音术，那是中原的功夫，寒冷天为了再一次确认小年和郭小风的关系，且道:"你是她什么人,为何来我们寒荒古城找她?"

小年道:"我是一个从小没家的孩子,从小都是刘妈照顾我,我长大了要好好孝敬她老人家,可是就在昨天我上山去打猎,到了晚上当我再回到村子里的时候,发现到处是血,到处是死人,我把整个村子找了几十遍,既没有发现刘妈的尸体,也没发现刘妈的踪迹,于是我就是知道,是你们寒荒古城干的,所以我就来了!"

寒冷天抓了抓脑袋,接着好奇地问道:"你怎么就知道是我们寒荒古城干的?"

小年眼中渐渐升起了冷光:"我早就听说你们寒荒古城是雪域的魔教,所以才来找你们,只有你们这些魔教的人才会做出这等惨绝人寰的事情来。"

氾水、天幕、天景三人相对厚土的脾气要大一些,有些叫人捉摸不透,听到这样的话,他们根本不想狡辩,因为这样的话在他们耳边响起已经不是第一次了。

氾水、厚土、天幕、天景四人都是寒荒古城的亲使,寒荒古城的声誉在他们的心中犹如天空飞落的星星雪花,圣洁无瑕。

厚土除外,其余三位听到这样的言论,心情顿然跌落千丈,当他们都要上前为难小年的时候,寒冷天把他们挡住了。

寒冷天呵呵一声冷笑:"就凭这个谣言,你就断定是我们抓走了你刘妈?"

氾水、天景、天幕三人都一怔,停下了脚步。

小年从怀里掏出一个银光闪闪的雪花镖,雪电一般的目光直逼这几人,且道:"还有这个!"

雪花镖上还有寒荒古城的"魔狮"图像。

氾水、天幕、厚土、天景、寒冷天都为之一怔,方久,半句话不说。

小年又道:"这是你们寒荒古城的独门暗器,你们还有什么话要说?"

寒冷天转过身子,眼光直逼天景,天幕,厚土、氾水四人,只把这四个人都看得莫名其妙。

天景立刻站了出来:"难道城主怀疑这件事情是我们所为?"

许久之后,寒冷天才道:"我不是怀疑你们,我是怀疑有人在我们背后搞鬼,有人打着我们寒荒古城的幌子在四处为恶。"

氾水道:"城主的意思是说这件事很有可能和那个上官嫣红有关。"

寒冷天立刻狐疑道:"你还记得那个上官嫣红?"

氾水双眉一皱,脸一板,冷冷说道:"上官嫣红说要让我们去天楼城赴宴,可能怕我们不去,所以才会搞出这许多事情,非要让我们前去拜会拜会她不可,仔细想想这不是不可能,不然她凭什么就认为她请我们,我们就一定要去?"

小年看到寒冷天等人脸上都有狐疑之色,当下问了出来:"难道残害雪柳村真的不是你们做的?"

氾水冷着一张脸,白了一眼小年:"我们为什么要做这件事情,这残杀自己同胞的事情,只怕我们寒荒古城所有人都做不出,这种天人共愤的事情也只有那些异族人才做得出来。"

小年见氾水把责任推得一干二净,且道:"你们寒荒古城要找一位医术高明的人，所以你们也是有嫌疑做这件事情的人。"

寒冷天摇了摇肩，立刻跪了下来。

小年大吃一惊："你……你干什么？"

寒冷天道："我妹妹身受重伤，如果再找不到医术高明的大夫，想必回天乏术，我恳求小兄弟能伸出援手，帮帮我，救救我的妹妹。"

小年本来是找刘妈的，却万万没想到会走到这一地步，当他见寒冷天"扑通"一声跪在地上，也是后退几步，忙道："不……不……我不会……医术。"

……

此刻，天景等四位寒荒古城亲使不约而同地走上前，也同样跪在地上，恳求："请少侠救我寒荒古城女城主的性命，救命之恩，恩比天高。"

小年面色为难："我刘妈的医书，我是看过不少，可是我从来没救过人，我只在刘妈的医书典籍里看了许多救人的法子而已。"

寒冷天心想寒月如今的伤势不能再拖了，小年是天下名医四魁之首勾孟婆的弟子，总比那些师出无名的泛泛之辈强多了，所以接着说道："少侠乃勾老前辈的嫡传弟子，请不要自谦，请答应我们！"

小年怔在原地，看着身前这五人。

就在此时，从内院急急跑出一名穿黄衣的女丫鬟，这丫鬟面色苍白，两眼红红，很显然受了极大的惊吓，她跑到寒冷天的身前，说道："城主，小姐的病情恶化了，恐怕……恐怕……恐怕不行了。"

丫鬟哭了。

寒冷天心碎了，眼里含泪，任凭风雪再大，任凭丫鬟怎么哭，他也只是和汜水他们一样跪在小年的身前。

小年道："那我去试试吧！"

寒冷天登时在地上重重地磕了一个响头。

小年看了一眼地下磕头的丫鬟，赶忙拉了起来，道："带我去看看，我尽我最大努力就是了！"

那丫鬟也很精明，立刻起身，转身就走。

到了寒月的闺房，寒冷天、汜水、天景、天幕、厚土五人都站在外面，而闺房里只有二十多个丫鬟和那个粗衣少年——小年。

房外雪飘飘，寒风刺骨。

寒冷天几许无奈，在寒风中抖动着双肩，且道："寒月的伤势固然重要，可是我们还是要去天楼城赴宴！"

汜水狐疑道："我们一定要去吗？可小姐伤势很严重。"

寒冷天点了点头："今天先去烧一炷香，看看那个上官嫣红是何等人物？"

天景点点头："说得也是，不管是敌是友，我们总会有和她照面的时候。"

汜水道："可是段云还没回来。"

寒冷天道："他人呢？"

汜水，天景，天幕三人都看向厚土。

厚土道："我打算回寒荒古城的时候，得知他正要去了风月楼，寻找彩虹石的下落！"

"哦！"

寒冷天眼里充满了神秘，且道："厚土，你立刻前往风月楼，寻到段云，让速来天楼城找我们。"

厚土道："这么急着去？"

夜幕开始慢慢降临。

寒冷天道："本来今天要去的，可是现在已经太晚了，我们今夜出发，预计明日傍晚十分就会到达天楼城，到时候我们在天楼城最大的客栈会合，你看如何？"

厚土道："好，那我要去马营里选匹千里良驹！"

寒冷天道："快去吧！"

月夜深寒，风起雪落。

寒荒古城的城门缓缓打开。

厚土骑着马扬雪而去，身影很快消失在白雪纷飞之中。

就这样，夜渐渐深了。

第047回：失忆忘掉红颜

夜晚月圆，寒雪依然，寒荒古城呈现在一片白雪纷飞之中。

寒冷天站在寒月闺房外。

这时候，从房里走出来刚才那个黄衣丫鬟，丫鬟相比之前的神色镇定了许多，看来这小年也不愧为勾孟婆的传人，医术果然有两下子。

寒冷天赶忙上前问道："小姐怎么样了，有没有好一些？"

黄衣丫鬟急忙俯身下礼，道："刚才那少年医师为小姐试过针，小姐感觉好了些，现在小姐已经睡了。"

"哦！"

寒冷天终于松了一口气，接着说道："我要出一趟远门，你要把小姐照看好！"

黄衣丫鬟道："谨遵城主指令！"

寒冷天道："那少年医师乃是勾孟婆的嫡传弟子，你快吩咐下去，厨房准备好酒宴，好好犒劳犒劳少年医师。"

黄衣丫鬟回应，道："遵命！"于是，同许多丫鬟向厨房走去。

寒冷天见丫鬟皆离去，才转过身对天景、天幕、氾水三人说道："氾水，你就留在寒荒古城，天幕、天景你们去准备一下，我们这就前往天楼城！"

氾水、天幕、天景三人异口同声道："是！"

三人就这么离去了。

寒月的闺房外也只有寒冷天一人，看着三人离去，他才转身走进寒月的房间。

房间有壁炉，房屋暖和。

小年在自己身上三处大穴扎上了银光闪闪的针。

寒冷天看到这一幕，赶忙上前把小年的手紧紧握住："你这是为何？"

小年道："我看过不少医书，却从来没去尝试过用针。"

寒冷天听了之后豁然明白，登时从心里为之感动，惊讶道："这怎么使得，寒月是我妹妹，要为她冒险也是我做哥哥的来，小兄弟请在我身上试针就可，万万不可伤害到自己。"

小年道："我不能把你当作我的牺牲品，更不能把小姐当作我的实验品，寒月小姐现在是我的病人，既然我接手了，这就是我的事情，我来做主，请城主不要这么说！"

寒冷天道："我寒冷天作为一城之主，这是我应该做的。"

小年神色镇静，但他毕竟临医经验少，所以双眉之间总有一股担忧之色在额头不停徘徊。

寒冷天道："让我来试针吧。"

小年道："我身上三处大穴已经扎上了银针，此时若是半途而废拔出此针，说不好会立刻就断送了我的性命！"

寒冷天听得小年如此一说，当时就愣住了，久久才道："少侠此话可是当真！？"

小年道："我说的都是真的。"

寒冷天见他没有一点像是在开玩笑，所以他慢慢地松开了手。

小年手中的银针落在头顶的大穴上，寒冷天见针落下，便硬生生地把话咽了下去。

就在小年拿起第五根银针的时候，寒冷天才走进身旁，真切地问道："小兄弟此生可有什么心愿还没完成？"

小年手上的银针微微一震，沉思良久，大脑一片混乱，似有非有。

——

小年潜意识里有个女子的身影，那女子一直叫他哥哥，可他费尽力气也想不出那女子的名字和那女子的脸庞。

女子脸很模糊。

小年也许失去了太多记忆，所以忘却了很久以前那个重要的人。

过了很久，小年才道："好像有，好像又没有！"

寒冷天一听，就纳闷了，所以他才又道："小兄弟不管有什么没完成的心愿，现在你可以告诉我，我将为你完成。"

小年又是一怔，目光好像回到了很久很久以前，但是很快就模糊了，犹如梦境，被电击了一般，刹那间什么也不见了。

忽然，房外传来了一声怪笑。

寒冷天立刻全身戒备，这时，忽然有一柄神剑带有丝丝红光飞射进屋来，射向床上正熟睡的女子，寒冷天急忙用手去挡，只听"擦"的一响，这柄剑刺穿了他的衣服，又瞬间按照来时的轨迹，钻窗而回。

红剑非常神秘。

剑只在眨眼之间来去自如。

寒冷天也是机灵之人，当下胸怀之中劲气大盛，这股力道如一条冰天飞龙，忽然破窗而去。

第048回：舞笔墨决生死

寒荒古城。

月姬、紫萱两人站在寒荒古城的屋顶上，月姬道："寒冷天，你为了救你妹妹，杀了雪柳村那么多人，你真是个极度残忍的败类！"

寒冷天哑巴吃黄莲，有苦说不出口，但是事情不是他做的，他又怕什么呢？天底下不是有这样一句话么——平日不做亏心事，夜半不怕鬼敲门。

冰天飞龙！

轰！

凌空飞雪忽然泛起一道青冷却又泛白的强光，划破古城所在的天空，同时一阵巨响响彻天地，许多冰块从天空纷纷飞落下来。

这些飞落的冰块都似一柄柄钢刀向房脊上的月姬、紫萱两人插去。

月姬欲要保护紫萱，愤然道："紫萱，小心！"

红剑一挥，哗啦一片，冰块四散飞落。

寒冷天闪电般破窗而出，道："原来是你这个老太婆。"

月姬面带轻纱，双眉之间的气色依然如少女颜色，那肌肤不但彤红粉染、花惹春秋，眼神也是顾盼神飞，尽显风韵。

寒冷天道："多年不见，老妖婆还是妖气十足！"

月姬冷冷一笑："你这个小娃娃已经这般有出息了，不但功盖武林，还成为大恶为首的魔头，早知道你有这般造化，该早些把你杀了才是！"

四面八方的古城小卒却早已如波涛汹涌而来。

月姬用冷冷的眼光瞄了一眼周围，笑道："我以为你有什么过人之处呢，原来一直没有变过，还是那么没有礼貌，看来永远也只是一个养狗的小子，只会养一些不中用的狗仔子。"

寒冷天道："老太婆，你嘴巴放干净点。"

月姬冷冷道："怎么，是要叫他们来送死，还是爽快些交出那个女巫医，我让你自己选。"

寒冷天道："我当然不会要他们来送死，但是我自己也绝交不出那个勾孟婆，因为你要找的人的确不在我这儿。"

月姬怔了一下，却又威胁一般："难道你真的不肯交出勾孟婆？"

寒冷天脸上变得平静而安逸，淡淡道："不是。"

月姬却还是不相信，所以疑问："那是为何？"

寒冷天道："因为这件血案根本不是我做的。"

月姬哈哈冷笑："不是你做的？那是谁做的？"

寒冷天从怀里掏出刚才那张纸函，然后把这张纸交给月姬，道："你看看这个，也许会明白许多。"

月姬拿着这纸函，没看之前还是带着怀疑的眼神："许多是多少？"

寒冷天淡淡却又语气深长地道："也许比你想象之中要多得多。"

月姬看着这封纸函，眉头深锁："你是说我们也许会在这次邀宴上知道我们想知道但是现在又无法知道的事情？"

寒冷天朗声而笑，赞声道："你这个老太婆真是聪明，你这样一大把年纪了，脑袋却还如此好用。"

每个女人都爱别人说自己年轻、貌美如花，月姬也不例外。

月姬看完手里的纸函，当下发怒："要是我去，她不说那些你所谓的许多事情，那该怎么办？"

寒冷天道："她一定会说！"

月姬双眉一竖，问道："你怎么就这么肯定？"

寒冷天胸有成竹："要是她不说，我会逼她说。"

月姬又用冷冷的眼光看了一眼眼前的男子，冷冷地鄙视了寒冷天数眼："我凭什么相信你？"

寒冷天朗声一笑，手指头戳了戳自己的脑门，道："我的人头。"

月姬冷冷哼道："你的一颗人头？你也太低估我缥缈宫了吧？"

寒冷天转过身子，看着眼前这个面带黑纱的女人，狐疑地问道："那你要什么？只要你相信我，我什么都答应你。"

月姬脸上的笑意如雨后彩虹，但是又带着一种极为庄严的眼神，她盯着寒冷天，许久才道："我要和你立下生死状。"

寒冷天狐疑半天，不说一句话。

月姬看到寒冷天面色疑云浓重，便转过身，一字一句道："上官嫣红若讲不出我满意的答案，之后你还是没有把勾孟婆交给我，你寒荒古城必须把所有积蓄和众位性命交给我们缥缈宫。"

寒冷天望着眼前黑色的背影，发现自己面前不是女人，应该说是一头野兽才比较恰当，他无语地叹了口气。

月姬冷冷讽刺道："怎么了，小娃娃，怕了吗？"

寒冷天道："你真够狠！"

月姬双眼眯成一线，且道："怎么了，现在反悔还来得及！"

寒冷天长出一口气："两者我要是都能办到，你会不会把你脸上的轻纱摘掉，从此远离江湖、武林！"

月姬没有沉默，一口答应："可以！"

白雪纷飞，古城小卒都退了下去。

寒冷天、月姬和紫萱都向古城大殿走去。

步入大殿，二十个丫鬟已分别准备好了一张纸，一支两臂长的笔，一口小水缸一样的墨砚盒。

寒冷天握起笔杆，问月姬："纸笔墨砚全都备好，这生死状是你来书写还是我来写？"

月姬道："你来。"

此刻，一拿扇子的年轻书生已经步入大殿，这男子恭恭敬敬地向寒冷天行了一礼："城主，还是让我来吧！"

月姬和寒冷天互相看了一眼，方点点头。

书生转起墨盒，一手托起长笔，飞舞在空，只用半盏茶的工夫，一张生死状即成。

寒冷天看到眼前的书生公子，却也想起寒月回来的时候，听汜水他们提起有个书生公子为救寒月而打败缥缈宫那女子的事情，现下又看见他这般绝笔墨痕，顿生好感："公子真是好本事，这手好字固然天下第一了！"

书生公子就是余十月。

余十月拱手道："不敢当，我只是学之所用罢了，让城主见笑了。"

寒冷天道："多谢你把寒月送回来。"

余十月道："这是我应该做的事情，她也是为了我才会弄成这样，我对不住城主才是。"

月姬看不得男人之间的寒暄，急切打断问道："你什么时候出发？"

寒冷天道："现在就去。"

月姬道："既然现在就去，那就尽快出发！"说罢，大步流星自顾自地走出了古城大殿。

余十月道："我也要去，可以吗？"

寒冷天拍了拍余十月的肩膀："好，我们一起去。"

余十月道："有劳城主带路。"

寒冷天道："好，公子请！"

余十月折扇一挥："城主，请！"

之后，两人一起走出了寒荒古城的南城大殿。

第049回：客栈狼女血威

天楼山，白雪轻落。

一片银云压在天楼山之上，天楼城也在这片广阔的银云之下显得幽静缥缈。

天楼城是近十年修建而成的古城，也是中原剑客每年来寒荒参加名剑之争的聚集之地，因为每年中州远赴寒荒来的剑客极多，所以中州各大国域的国君不惜花重金修建这座郡主府。

中州以中原视为天心之国，天心之国权倾四野，所在中原边界小国视后唐为君主之国，而实力不够、不及中原之国的国家，自居为"下臣之国"。

上官嫣红是天楼城的主人，那么如此看来，也是很有来头的人，也许很多人至今还不知道当今郡主府的主人就是石敬瑭的义女上官嫣红。

这一日，中原七大门派均已到来。

中原七大门派虽已经到了天楼城城下，但是那个上官嫣红始终没有露面。

在一片银云之下，武月派首当其冲，各个均是好男儿，身穿道袍，头戴鹤翅的羽芒道人正是这次武月派参加名剑之争的主事之人。

到达天楼客栈，天黑已经多时，只是这个夜晚没有月亮、黑云，就只有一片银云铺天盖地地笼罩在天楼山之上。

天色朦朦胧胧，说黑也不黑，说很亮也不是很亮，只能勉强看得清楚地上的小路。

天空还下着雪，地上的小路已被一层层白雪堆积，人来人往也不曾踏出一条可以称作是路的路。

雪下得太疯狂了，仿佛一年四季也没有停止过。

"师兄，师父他们是不是已经来到天楼城了？"

茫茫的大雪之下，荒原不尽，而山道之中走来两个面带雪狼面具的道士，这两个道士就是风言和雨来。

雨来道长对风言道长说："那妖女也来天楼城了，如果师父他老人家在此，我们武月派一定要把这个贱人活生生弄死才罢。"

两个道士愤怒至极。

此刻，雨来、风言听到身后有异样的声音，他俩停下脚步，转过头仔细一看，神色一滞，甚是疑惑。

忽然，一个女子从雪堆里翻了出来，接着艰难地爬了出来，只见她一身红色的衣服已经湿透了。

这个女子就是风月儿。

风月儿慢慢地挪动着身子，使尽全身力气还是无法翻过身来，所以她的脸一直都紧紧地贴在雪地上。

是的，每次用力挪动，纤细的身躯就好似一条红色的蛇，前进着，只是与蛇不同的是速度。

蛇行走得很快，但风月儿却慢得像个蜗牛。

尽管挪动的地方很小，挪动的速度也很慢，但是她也在两个道士的刹那失神之间挪动到他们脚下，当两个道士缓过神来，才看到有双极其纤细的手紧紧拉着他们的脚腕。

两个道士也同样疑惑不解，当他们听到那个嘶哑的声音再一次喊叫的时候，却也体会到了一种异样的求生感。

但是，两个道长并没有救风月儿。

风月儿不停地求救："救我！救我，求求你们救救我！"

声音甚是嘶哑。

两个道士由疑惑变得明白，于是哈哈大笑："救你？那谁来救我们俩啊？"

风月儿还是用那极其纤细的手紧紧拉住两个道士的脚，两个道士几番挣脱也不能，便也有些烦闷，当下脚上劲力大盛，只见他们抬脚之间，风月儿就被踢翻。

两个道士脚上力道甚大，风月儿被翻了一个跟斗后，脸露了出来，而脸上的肉已经溃烂，看起来让人心寒。

雨来道长惊叫出声："呵呵，原来她和我们一样，比我们更惨，竟是个十足的丑八怪！"

风言道长神色一沉，疑问道："难道又是上官嫣红那个贱人做的？"

雨来道长拍着胸脯，道："一定是，只是这个女子看起来比我们还惨。"

一路奔波寻找上官嫣红，才来天楼山的地界，不料没有寻到那个心狠手辣的女人，却遇到如此扫兴之事，风言、雨来又用脚狠狠地往风月儿的脸踢去。

风月儿犹如死人一般，对他们的恶意并无什么强力的反应，只是趴在雪地的身子竟然被踢飞，落在了先前她从雪里爬出来的那个地方。

过了好久，两位道士已经走出好远，风月儿才把贴在雪地上的脸抬了起来，也不知道她哪儿来的力量，深深的眼眸之中竟然透露出异样的恨意。

自己已经不是风月楼的楼主了，现在只是一个容貌尽毁、声音苍老的女人，只怕今生今世也没机会翻身了，风月儿心里是这么想的，嘴里却没有一点啰唆，她只是嘶哑着喉咙："老天，你为什么这么对我，给我天下最美的容貌，为何又亲手毁了它？"

是啊，对一个艳妓来说，绝代的容貌和动人的歌喉是多么重要。

如果上帝问一个艳妓："你认为是生命重要还是你的容貌和声音重要？"

艳妓会毫不犹豫地说道："你杀了我可以，但是绝不能让我活着，却毁了我绝代的容貌和我动人的声音。"

两位道士已经消失在雪雾中。

"驾驾驾驾，驾驾！"

六匹白色骏马，从远处直奔天楼山而来。

寒冷天道："你看看，中原的剑客都已经到了天楼山了！"

月姬道："来得好啊！"

寒冷天道："来得好，是啊，来得好，看样子中州剑道是想要把我们寒荒雪域各大名剑门的名剑全部掏空为止。"

六匹雪白的骏马一起停在天楼城客栈外面。

天楼城客栈之内，美女如云，剑客英豪，满座一堂。

有个手拿折扇的年轻侠士，从客栈的楼上轻飘飘一跃而来，道："天楼城接客使在此恭候寒荒古城城主多时，请城主里面坐。"

月姬听了此话，心里很不舒服，脸上波动已经很明显了，只待发作。

可是这年轻侠士，转眼一看，见月姬手拿利剑，身后还跟了一个年轻的女子，两人带着面纱，也不知道是何方圣神，所以也不敢有丝毫的怠慢，又道："不知道这两位是何方剑客，今日风雪之大，有怠慢之处，还请多多包涵。"

月姬眼见年轻侠士眉心红润，当下一眼看出，这分明就是个女扮男装的女子，当下心里在盘桓："她到底是谁，她为何不以真面目见人？"

只是这里人多，当下也忍了下来，道："不知道中州之客是否都已到齐？"

年轻侠士呵呵一笑，拱手作揖："看来阁下对名剑之争，真是心急如焚啊。"

月姬点点头，冷冷道："只怕不止我一个人心急如焚。"

正在这时候，客栈里面已经陆续走出二十五个手拿利剑的年轻女子，各个都身披红色劲袄，走在最前面的女子说道："听我师父说过，寒荒古城城主可是我们中原人，不知道是真的还是假的？"

寒冷天道："家师是？"

女子道："师承峨眉山，家师月慈。"

寒冷天道："你是月慈的徒弟？"

女子重重地点点头，柔声道："是，我叫碧柔！"

寒冷天觉得这名字好听，便随口问道："你师父可好？"

碧柔年纪虽轻，但修为极深，她淡淡道："家师仙逝已经有五年了。"

寒冷天听到这里，神色木然，情不自禁地摇了摇头，走到客栈之内，在桌子前坐下，喝着酒。

外面，雪在下。

寒冷天坐了有一会儿，那许多女子便也在门口站了很久。

过了好一会儿，寒冷天才道："我是不会回心转意的。"

他径直地走了，手里拿着酒，上了客栈的二楼，接着那年轻侠士便直呼小二，把寒冷天进去的那间房，暂时给买下来了。

寒冷天进了房间，房门还半掩着。

天景、天幕、厚土三人都是疑惑不解，看着这个年轻的漂亮女子，只见这女子脸色分明有些凄凉。

忽然"唰"的一声，长剑出鞘，外面冲进来武月派两位道士，两道士脸上都带着面具，嘴里一直吵着："把那个妖女交出来！"

崆峒九仙道："武月派也是名门正派，怎么这两位前辈却如此模样？"

雨来道长道："上官嫣红这个臭女人，竟敢对我们武月派动手。"

风言道长也怒道："这次，我们来到寒荒到底是要为中原剑道一雪前耻，还是为朝廷办事？"

旁边站着五毒神教的人，其中有几个红头发的人，哈哈一声大笑："肯定是你们这些道士，平日修心不纯，看到石郡主年轻貌美，一时起了淫邪之心，行为不检点，所以才中了她的招数。"

"毒蝎子，你给我闭嘴！"风言道长脸一红，冲着坐在自己对面桌子上短发髻的汉子怒骂。

"看来是被说中了！"余十月站了起来，也面带微笑地讥讽。

天楼客栈里所有人把眼睛投向书生，书生一袭白衣，手里握着一把扇子，很是素净。

五毒神教和崆峒九仙等一时都哄堂大笑，然而五花门和峨眉派的女弟子脸上都浮现出一朵朵犹若晚霞的晕红。

两位道长听到五毒神教的话，本来想发难，可是他们这几天已经吃够了奇毒的苦楚，所以迟迟没敢动手。

如今再看着一个儒雅人士也敢如此大言不惭，两位道长想也不想挥剑直冲向余十月，可是他们万万没有想到这书生可不是一般的书生。

书生也会杀人，会舞笔弄墨，也会铸剑。

长湖一浪！

玩水涟漪！

这两招乃是武月派星辰秘籍里面的剑法，剑法准、快、狠融为一体。

语出剑走，语毕剑停，走停之间已经变换六个招式。

余十月却拿着折扇丝毫不闪，正当两剑中招，手中的扇子哗地一响，六根竹签快如飞刀，直冲两道士而去，两道士赶忙用剑去挡，可是没挡住，两道士的面具竟然被扇子的竹片划破，分成两半。

烂肉还在流血，殷红的鲜血。

"哇！"

峨眉派、五花门的女弟子一时之间都如江海翻涌般呕吐起来。

这世上还有这么丑的男人啊？

有的女子在感叹，有的女子在喘息，还有的已经扶栏欲倒。

上官嫣红见此，得意道："看看你们都成了什么样子了，我们这次远道从中原而来，不是为了私人恩怨，我们是为了中州所有名剑门的荣誉。"

风言、雨来两位道长圆目瞪着上官嫣红，道："是你！"

两个道士脸上的烂肉欲落，方要拔剑上前，欲动手，可是就在他们举剑的刹那间，他们的背上早已中了两剑，当他们回头的时候，上官嫣红却正看着他们，脸上露出了令人胆寒演的笑容。

客栈外，雪从云层中飞落，风言、雨来的眼神也就在这一瞬间冻结了。

永远冻结。

第050回：深夜府邸秘语

在前一刻，大家已经静下心来。

现在，各门各派掌事之人联合一起，抵达郡主府。

郡主府，风灯摇曳。

晴空入夜，雪已停。

"你是寒冷天，对吧？"一个女子站在窗外问道。

月影之下，寒冷天所在的门"吱呀"一声被打开了，一个女人走了进来。

寒冷天怔怔地询问道："正是在下，姑娘深夜到访，有何贵干？"

走进来的女子，身穿黄色雪狼袄子，头戴朵朵艳色红花，月光轻柔似的微微笑着。

寒冷天却道："你笑得那么好看，为何那么爱杀人？"

上官嫣红神色微微一怔，且道："我何时杀人，杀了何人？"

寒冷天慢慢坐下，坐在桌子旁边："你还不承认？"

上官嫣红眼神中充满了柔情，话语也充满了蜜意："我杀人还不都是为了你。"

寒冷天看到眼前这女人花枝招展，当下也是咽了口唾沫："这话该怎么说？"

上官嫣红那极度成熟女人的气味，登时溢满了整个房间，她娇媚一笑："为了让你来见我，我只是做了一点点小事而已，你不要大惊小怪好不好？"

"小事？"寒冷天听了这句话，很理智地轻声质问。

上官嫣红停止了微笑，走到寒冷天身边，用嘴对着他的耳朵吹气，细声道："你说的就是我把勾孟婆请到我这里来的这件事吗？"

直到整个身子都贴在寒冷天的身上，寒冷天才闻到上官嫣红身上的香气，寒冷天顿时一愣："你身上为什么会有一种奇怪的味道？"

上官嫣红道："为了你，我特意让我身体发出这种香味。"

寒冷天叹息一声："怎么会是一种令我窒息的味道？"

无论是什么人，不分年龄不分大小，只要是女人都喜欢别人说自己身上香味醉人，尤其是上官嫣红这种成熟极致、风韵犹存的女人，更不会例外。

寒冷天如此一言，当下可真是惹怒了上官嫣红，上官嫣红脸色忽然大变，怒道："寒冷天，你想要从我手里救出勾孟婆，你必须把你卖给我，要不然，你休想！"

上官嫣红的身子忽然离开了寒冷天，脸色霎时变得十分阴沉。

寒冷天道："你的意思，我并不明白。"

过了一会儿，上官嫣红才静了下来，坐到桌前，端起一杯茶："像你这么聪明的人还问这样的问题，我真怀疑你的城主之位是怎么得来的？"

寒冷天听了这话，委实一怔，当下伸手，一把把上官嫣红的颈脖掐住，脸上霍然变成黑色，怒喝："你到底知道什么？你到底要我干什么？"

上官嫣红的脸色当下变得苍白，声音断断续续，却又面带微笑地支吾："很简单……你先松开手……我再告诉你……"

寒冷天听了此话，才把手松了，退了两步。

上官嫣红单手扶在桌子上，重重地咳嗽、喘息着。

少许，上官嫣红恢复了常态，道："二十年前，也就是你十岁那年，你弟弟九岁，你们一起来到寒荒……"

寒冷天听到这里，瞳孔忽然收缩，急忙问道："你怎么知道？"

上官嫣红道："我知道得很多，并且我说了出去，你会声名狼藉。"

寒冷天一甩袖子，大声喝道："我不信！"

上官嫣红见寒冷天神色大变，心里窃喜不已："我会要你相信。"

寒冷天心存愧疚之事，这件事已经在他心底埋藏了很多年，他不敢面对这件事，所以他此刻的脸色除了惊讶，更多的是恐惧："那你到底知道些什么事情？"

上官嫣红看到寒冷天如此大的反应，心下窃喜，故意沉了一口气，才道破："十年前，你为了一个八岁的小女孩，亲手杀死了你的弟弟。"

寒冷天听了这样的话，就如晴空一个霹雳，立刻举起剑，欲要杀了上官嫣红，可是上官嫣红并不是木头，她急忙举起茶杯，把茶杯举到寒冷天的面前，淡而无味道："知道这件事情的人并不是只有我一人。"

寒冷天脸色霎时阴暗，步步后退。

剑落地上，而寒冷天则一屁股坐在了椅子上，眼中满是畏惧。

上官嫣红道："你要是杀了我，我想整个寒荒以至天下，立刻都要唾弃你！"

寒冷天道："你究竟想怎样？"

上官嫣红看见这么一个大英雄，竟会怕这件事，她银铃般地笑了。

过了很久，寒冷天才试探般问了一句："你意欲何为？"

上官嫣红站了起来，把手里的茶杯捏碎，眼中露出一道怪异的光："控制武林，帮我举兵。"

寒冷天听了，眼中凝聚的暗光渐渐变亮，疑问："你要造反？"

上官嫣红道："中原大国，君主无能，将才俱庸，契丹多次南下，君主无力抗敌，石敬瑭为了妥协，竟认贼作父，所以我……"

寒冷天道："所以你想取而代之！"

上官嫣红并不否认，还是淡淡一句："我只是想天下太平！"

寒冷天道："你倒是个怪人。"

上官嫣红听了这话，嫣然一笑，恢复了一个成熟女人该有的情怀，说道："怎么说我是个怪人？"

寒冷天道："你为了天下太平而做出了不太平的事情，天下又怎能太平？"

闻此一言，上官嫣红更加开怀，嘻嘻笑道："成大事者，不拘小节！"

第051回：月光雪的宁静

　　还是这样的夜晚，还是有月亮的夜晚。

　　这个夜晚的夜并不算很长，但是发生了许多奇怪的事情。

　　比如在深夜，上官嫣红来找寒冷天，为什么不为人知的事情，上官嫣红却知道得清清楚楚？

　　夜还是如此宁静，一男一女之间的谈话，看似平静如湖，可是句句都触动了他们心中所想。

　　寒冷天处于被动，是因为他曾经犯了大错，并且这样的大错在整个武林也是罕闻。

　　同样的夜晚，寒冷天住在郡主府的这一晚，不但他这里有事发生，在另一处也同样上演了一出令人意想不到的事情……

　　夜还是万般宁静。

　　在郡主府东边的古雪树上落下一个雪衣蒙面刺客，刺客身手敏捷的程度可说是电光神闪。

　　刺客弯着腰却抬着头，瞻前顾后，一双灵动的眼睛点扫周围，见周围一切如常，没有异样，才从草丛里跳了出来。

　　房里还在说话，不过这时候说的话都是一些废话。

　　寒冷天道："现在我已经答应你了，你总该带我去见见我想要的人吧？"

　　上官嫣红走到门口，呵呵笑道："你嘴上说答应我，可你心里是怎么想的？"

　　寒冷天道："我心里怎么想的，难道你还不知道？"

　　上官嫣红脸上暧昧顿生："作为寒荒古城的一城之主，想必对整个寒荒雪域都了如指掌吧，相信这次我来寒荒是干什么的，你应该全都知道吧？"

　　寒冷天脸色深沉："你刚才已经说了，你是来招兵买马的，你以为我是个聋子吗？"

　　上官嫣红盈盈一笑："看来你已经明白该怎么做，才能得到你想要的东西。"

　　寒冷天的脸色早已变得十分难看："我现在只想从你手里救回勾孟婆，好为我的妹妹治病疗伤。"

　　上官嫣红听他这么一说，狐疑道："你为何一定要救回勾孟婆？"

　　寒冷天怔怔道："我都说过了，我要给我妹妹疗伤，现在我得到她，不但可以救我妹妹，还能叫我见到这天底下最美丽的女人！"

　　上官嫣红咯咯地笑出声。

　　寒冷天狐疑道："你为何这般好笑？"

　　上官嫣红轻轻叹了一口气："本来么，也不觉得好笑，可是我看到你这鬼样子，再说这样的话，我真忍不住要笑了。"

寒冷天怔了一下："你倒说说看，我什么样子？"

上官嫣红又叹了口气，笑道："像你这么一个大英雄，在这时候受制于人还能清楚地知道自己想要什么，看来你的城府还并不浅。"

寒冷天道："我城府再深，也比不上你的阴谋诡计。"

上官嫣红道："是啊，你永远都是个街头卖狗的贩子。"

寒冷天大吃一惊，问道："你怎么知道我小时候在街市上当过狗贩子？"

上官嫣红打开了窗户，望了望外面的夜色，缓了缓气："听说你小时候可是狗贩子里的佼佼者，不知道你一天能赚多少钱啊？"

寒冷天遥想当年，脸上泛起了一丝时光波纹："在小的时候，我很穷，我和我妹妹都要吃饭，所以那些钱比我的命都重要，可是现在不一样了。"

上官嫣红道："现在你功成名就、家财万贯，可以雄霸一方了。"

寒冷天脸色依旧难看："你错了，我现在也只是你手里一个棋子而已。"

上官嫣红的目光登时变得十分霸道，且有神地看着寒冷天，说道："所以你此刻恨我入骨，因为我，你不能雄霸一方了？"

上官嫣红质问得很婉转，只怕是男人都不会发觉，即使发觉了也不会生气，而寒冷天也就是这样的男人。

寒冷天点了点头，嘴里"嗯"了一声，接着淡淡苦笑。

上官嫣红看到面前男子这猥琐的笑容，警告道："所以只要你还活着，你就会想尽一切办法把我废掉？"

寒冷天反驳道："你又何尝对我推心置腹？"

说完两人都冷冷地看着窗外的月光。

窗外的月光好宁静，好温柔。

静静的深夜，静静的天空下有座高耸入云的山，山上有座山城，城里的郡主府不知道什么时候被一层层杀气包围。

寒风冷，杀气更冷，上官嫣红关紧了窗户，看到了窗户外一片片飘落的雪花，脸上露出了从来没有过的幸福。也许像上官嫣红这种女人，只有得到了自己想得到的东西才会感觉到幸福。

窗户外大雪飘摇，雪花一直从窗户外被风吹进屋里，上官嫣红感觉到自己正面临着危险。

上官嫣红道："雪花下到屋里，古书有言这是一种不祥的预兆。"

寒冷天道："这是你的郡主府，应该很安全才对，怎么会有危险？"

上官嫣红道："希望一切如你所说，但是我今晚若是死了，你也活不了，相信这个道理应该不用我再教你了吧。"

寒冷天沉声道："这个道理，我懂。"

第052回：刺客刺杀失败

月光。

雪光。

剑光。

月光霎时变得格外森寒。

雪光之中有一道青芒，几如闪电飞射。

门口冲进来了方才那个雪衣刺客，雪衣刺客手里拿着一把女人用的剑，这把剑看起来有点像弯曲的蛇。

雪衣刺客道："拿命来，反贼！"

上官嫣红是不是反贼，相信寒冷天也不知道，但是有一点他敢肯定，那就是这女刺客一定是朝廷里的人，而且还是大内之人。

上官嫣红大急之下，怒喝一声："原来是石敬瑭的走狗。"

雪衣刺客吼了一声："反贼，拿命来！"

一剑刺向上官嫣红，上官嫣红身子微微一斜，剑从右肩划过，却没有伤到一片衣角。

雪衣刺客没有迟钝，反而剑锋回转，直削上官嫣红腰身，正当剑落腰胯之时，上官嫣红袖子里横出来了一柄七寸小剑，格挡了刺来的长剑。

上官嫣红随身携带着一柄利剑，作为防身之器，雪衣刺客无暇料及，所以大惊，连忙改换招式。

招式都是中原的绝妙功夫，并且所使的剑法也都出自中原。

"会当凌绝顶，一览众山小"这招源于五岳剑术，剑术之境可以说是上钩清月，下涌九州，有一剑平天下之气魄。

上官嫣红道："石敬瑭用了多少钱请你来杀我？"

雪衣刺客道："杀你这种为女不孝的贱人，还用石大人吩咐吗？"

上官嫣红道："你到底是谁？"

雪衣刺客道："江南一剑，左孙一娘！"

上官嫣红狐疑，略有沉思："江南一剑？左孙一娘？"

两人说话的时候，面如死灰，阴暗骇人。

上官嫣红奉承道："你的剑法都是中原的剑法，你怎么会给石敬瑭卖命？"

此刻，月光森寒，左孙一娘的剑也同样森寒刺眼。

左孙一娘道："小小妮子，竟敢勾结异族，妄想一统天下！"雪衣刺客怒不可遏，剑诀深幻，直捣上官嫣红俞府、神封、石关几大要穴。

上官嫣红能闪避过，但左孙一娘最后一招"鹰飞"险些要了她的命。

寒冷天站在一边，看着这两人，心里在琢磨要不要帮助上官嫣红，上官嫣红如果这么死了，他就少一个劲敌，可是他没有，还是出手了，并且出手得很准、很快。

手里的剑就如一道月光，直射左孙一娘胯下，左孙一娘受伤了。

第四招"鹰飞"落空，上官嫣红被救。

"臭小子，你敢和我动手？"

雪衣刺客一怒，手里的剑霎时落英纷飞，一时之间，房里电光闪射，武月派的剑阵"七鹤飞月"凌雪绽放。

就在这时，寒冷天手里一舞，寒冰瞬间冻结了剑刃，他身上后劲一涌，劲道一时用在剑刃上，剑刃顿时生出万道剑气，剑气荡漾出"冰天飞龙"。

"七鹤飞月"和"冰天飞龙"这两种惊世骇俗的武功狭路相逢，凌空"轰"的一声惊天巨响，顿时撼动了大雪山。

房子被掀了顶，寒冷天和左孙一娘的身影出现在月空之下，寒冷天接下来手里的剑气仍然不减弱一毫。

"啪啪啪啪啪"连续五下，寒冷天挥出了五道剑光，突如急电，直削左孙一娘而去。

左孙一娘剑出，身姿斜飞，就在挥剑力挡寒冷天的剑气之时，忽然感觉腰间剧烈疼痛，手上一时劲力大减。

寒冷天的五道剑光直逼过来。

左孙一娘中招了，身姿就如风中的风筝，斜飞落地。

江南一剑，左孙一娘心口在淌血。

左孙一娘没多想，此刻也容不得多想，只是想到留得青山在，不怕没柴烧，一个长空而去，留下的只是雪地上的斑斑血迹。

"还想跑？"上官嫣红身手十分快捷，手里的那把七寸剑顿时飞空而去。

左孙一娘虽然受了伤，但毕竟也是个老江湖，逃命的技术也是厉害得紧，手里的剑往雪山上一挥，山上的积雪掉了下来，堵住了来时的路。

上官嫣红忙从怀里掏出了两把匕首。

两把匕首上都有剧毒，左孙一娘虽然堵住了上官嫣红追她的道路，但是两把带毒的匕首却穿雪而出，硬生生地扎在她的背上。

寒冷天已经站在上官嫣红身后，且道："穷寇莫追！"

上官嫣红气愤道："她到底是不是江南一剑，左孙一娘？"

寒冷天道："她武功可真是厉害呢。"

上官嫣红道："她肯定不是石敬瑭的鹰犬。"

寒冷天道："你怎么敢如此肯定？"

上官嫣红凝望大雪山上纷纷下落的雪花，才道："她如果是江南一剑左孙一娘的话，她肯定会去杀石敬瑭，而不是来杀我。"

寒冷天狐疑道："她如果是江南一剑，她为什么会要去杀石敬瑭？"

上官嫣红白了一眼寒冷天，怔怔地说道："因为石敬瑭才是反贼，而江南一剑侠义天下，绝不杀好人！"

寒冷天故意问："你认为你自己是好人吗？"

上官嫣红冷冷道："难道你认为我不是好人？"

寒冷天淡淡地，却又意味深长地道："你是好人就不会做出一些坏人才做的事情。"

上官嫣红眼珠一动，仿佛在警告寒冷天似的怒道："现在的你和我谁也离不开谁，你别老是说我杀了谁，而那人却又不是坏人！"

寒冷天道："今天要不是我，你就死定了！"

上官嫣红道："你担心我死了，你的那些丑事就会暴露，你想利用我找到那个比我还清楚你那些丑事的人，所以我并不会感谢你！"

此刻，郡主府已经走来各大门派的弟子，看样子都应是来助战的，但却没来得及助战。

第053回：艳妓以身换药

翌日清晨，寒荒雪域的冰镜湖湖畔，一群雪狼正冒风雪前来，这些雪狼正围着湖畔上的红衣女子而蹲在雪地上、冰层上。

红衣女子就是风月儿。

风月儿的脸还是那般模样，这几日来，她趴在雪地上，生不如死地看着狼，而狼也正看着她，当狼嚎了一声后，她才站了起来，狠狠地说道："你们全部都滚啊！"

狼群没有动，但是红衣女子却哭着说道："如果你们害怕我，你们都滚啊，如果你们同情我，就快去把那个心黑如漆的女人一块块撕吃了。"

狼都是凶恶、狡猾的，那么这个狼群为何不吃了风月儿呢？

风月儿一声怒骂后，这些狼群便纷纷离去，风月儿再一次抬起头的时候，只见这些狼群正朝着上官嫣红的府邸狂奔而去。

冰晶湖，碧水蓝天。

风月儿坐在了冰镜湖的湖畔之上，看着狼群渐渐远去，嘴角好不容易露出了淡淡的微笑，不过，脸上的烂肉还是如先前那般模样，看着令人心疼。

冰镜湖，天色晴好。

湖畔上，此时已经走来一位老人，她一袭白衣，手里还握着一把剑，青色的剑。

老人就是勾孟婆，她看来好像受伤了，并且伤势很严重。

勾孟婆怎么也会受伤？

勾孟婆虽然穿了一袭白衣，可是脸色却是黑色的！

黑色是死亡的象征。

雪柳村三十六口人，其乐融融，美满生活，然而一夜之间被屠害，勾孟婆心中愤怒，装扮雪衣刺客前去刺杀上官嫣红，但失败了不说，自己还身中奇毒，她自己很清楚自己就要死了。

背上扎着两柄匕首，匕首上有剧毒，要不是勾孟婆内功高深，只怕昨夜还没出天楼山就命丧黄泉了。

她要去天楼山干吗？

勾孟婆也是中原人，以前在石敬瑭的手底下做事，最后在江南一带行侠仗义，每次做事都拿着一柄青色的剑，所以江湖上很快便有"江南一剑，左孙一娘"的称号。

剑不管锋利与否，反正名字很响。

勾孟婆一步步走来，当走到风月儿的身边，才缓缓地停下脚步，问道："姑娘为何在这里？"

风月儿还是坐在雪地上，不敢回头。

勾孟婆略有试探："姑娘？"

风月儿心里清楚，是人见了自己这副模样都害怕，所以她只是哭着说道："我没有家，我已经失去了所有。"

这话真像一个失去家的孩子说的话，万般凄凉。

风月儿说出的话，很令人震惊。

良久，勾孟婆坐下："我和你一样，也没有家！"

风月儿缓缓转过头，道："可是我不但没有家，我的容貌和我的声音也已经毁了。"

勾孟婆道："我的容貌也和你一样！"

风月儿听了，猛然抬头看向勾孟婆。

勾孟婆的脸就像锅底，漆黑一片。

风月儿惊讶，嘶哑着嗓子："你也中毒了？"

勾孟婆淡淡地嗯了一声，却又微微地点头，慢慢地闭上眼睛。

勾孟婆躺在雪地上，气息略显微弱："同是天涯沦落人，相逢何必曾相识，我们都是行走江湖的人，我们都是没有家的人，并且是没有家的孩子。"

风月儿用绝望的眼神看着勾孟婆，道："我以前不是江湖里的人？"

勾孟婆道："你是什么人？"

风月儿道："我叫风月儿。"

勾孟婆才吃了一惊，道："你是风月楼楼主风月儿？"

风月儿看着勾孟婆，眼神又喜又惊："怎么，你认识我？"

勾孟婆道："风月楼名满天下，楼主风月儿更是家财万贯，大雪域第一女富豪，我也是女人，我怎么会不认识？"

风月儿垂下头："那是以前了？"

勾孟婆道："那现在呢？"

风月儿道："现在风月楼有新的主人了！"

勾孟婆道："他是谁？"

风月儿道："她也叫作风月儿。"

勾孟婆道："和你的名字一样？难道这天下有两个风月儿？"

风月儿道："她不但名字和我一样，并且就连容貌和说话唱歌时候的声音也和我一模一样。"

勾孟婆道："你相信世界上有这种人吗？"

风月儿道："没有！"

勾孟婆道："那你在害怕什么？"

风月儿道："我怕我的容貌和声音永远也回不到以前。"

勾孟婆道："那我告诉你，你不用害怕！"

风月儿听勾孟婆这么一说，立刻眼睛亮了，道："你可以帮我整容？"

勾孟婆道："不可以！"

风月儿本来亮着的眼睛，忽然变得漆黑，变得没有一点亮光，她有气无力地说道："那你还说我不用害怕？"

勾孟婆道："你真的不用害怕。"

风月儿道："我为什么不用害怕，我害怕得要死，如果我回不到以前，我相信我将在这世上活不了几天。"

勾孟婆道："我们做个交易，你愿不愿意？"

风月儿激动地说："只要你能恢复我的容貌，你说什么，我都愿意。"

勾孟婆点点头："我要你去帮我找个人！"

风月儿暗暗高兴，赶忙道："你要找的那个人是谁？"

勾孟婆道："我儿子。"

风月儿道："你儿子叫什么名字，有什么特征？"

勾孟婆道："我儿子叫作小年，他没有什么特征。"

风月儿道："没特征？"

勾孟婆道："对。"

风月儿道："那你要我怎么找，这世上叫作小年的人可不止你儿子一个。"

勾孟婆道："难道你不想和我做个交易？"

风月儿道："我非常愿意。"

勾孟婆道："你可愿意嫁给他？"

风月儿想了想，却狠下心道："我愿意。"

勾孟婆道："你为什么愿意？"

风月儿道："因为我答应过你，我愿意为了我的容貌，付出我所有的一切，也包括我自己的生命。"

勾孟婆道："原来天下无双的容貌对一个女人是如此重要！"

风月儿道："对，尤其是对我来说。"

勾孟婆道："大概是吧！"

风月儿道："我什么时候去找他？"

勾孟婆道："你现在就去！"

风月儿道："那你几时为我恢复容貌？"

勾孟婆道："现在！"

勾孟婆从怀里掏出了解药，是两颗黄豆大小的药丸，她面带微笑地把解药给了风月儿。

风月儿道："怎么是两颗？"

勾孟婆道："必须是两颗！"

风月儿道："你怕我容貌恢复了，会食言，不会嫁给他，所以你治好我的脸，反而让我中另一种毒，好控制我的一生？"

勾孟婆道："所以是两颗，一颗是解药，一颗是毒药。"

风月儿道："所以我必须同时服下两颗？"

勾孟婆道："你从前流落风尘，所以你很可能对以前的生活恋恋不舍。"

风月儿道："那要我怎么样，你才会觉得我可以嫁给他，并且不再流落风尘，一生追随于他？"

勾孟婆说道："很简单，吃了这两颗药丸。"

风月儿接过来两颗药丸，药丸是黄色的，风月儿吞下，且道："我说过，我会为了我的容貌付出我的一生。"

片刻过去，艳姬的脸恢复了，变得好看了，说话的声音也变了，变得动听至极。

勾孟婆道："一切都是因果，你要记住，这一辈子都要照顾好他，他如果哪一天死了，你也会死！"

风月儿道："哦！"

勾孟婆又道："小年，刘妈只能做到这么多，你以后要好好生活，别再找我！"说罢，眼睛缓缓闭上。

风月儿看着勾孟婆，且道："前辈，前辈！"

不知道什么时候风起，冰晶湖上又开始飘着零星的雪花。

第054回：风铃音救月姬

天楼城，上官郡主府邸，雪在下。

月姬已经来到了寒冷天的住处，可是寒冷天并不在，所以她只是坐在这里等，等寒冷天的出现。

紫萱道："师父！这天楼城可全是中原剑客，我们在这里，很不安全。"

月姬道："中原剑客怎么了，我们音尘的剑客虽然为数不多，但是他们要是敢耍赖皮，我绝对要他们付出血的代价。"

房外传来了脚步声，脚步沉稳。

152

月姬虽然对这脚步声很陌生，但她还是清楚这种脚步声只有心思沉稳的人才能发出来。

"你来了。"

寒冷天人未到，声音却随同脚步声传来。

"怎么，你不欢迎，还是没想到我此时要来。"

月姬还是坐着，神情自若。

"我知道你要来，可是没有想到你来得如此之快！"

月姬黑纱上那一双不太大的眼睛，眯成一线，冷冷一笑："我们无论做什么事情都要快，不然就会来不及。"

寒冷天道："是啊，当你知道来不及的时候，你会发现你真的已经来不及了，很可能你的脑袋已经被人割下来，拿去喂狗了。"

房外雪在下，一片片雪花轻轻落在地上。

月姬看着房外飞雪，呼吸似乎和雪花一样轻柔，有着静静的节奏，雪花一朵朵，她的呼吸也同样一串串。

远处天楼山虽然还是如人间仙境一般美丽多姿，但是月姬的心里却还是如在古城里的时候一样，苦闷难堪。

月姬问道："你昨天不是已经见过上官嫣红了吗？"

寒冷天点点头，淡淡地道："是，我们是见过！"

紫萱问道："你既然已经见到上官嫣红，你是不是该把勾孟婆交给我们了？"

"现在？"

"就现在！"

"现在不行！"

紫萱脸上明显出现了异样的颜色，这种颜色，只怕连她自己看了，也不知道是什么颜色，她只是追问："为何不行？"

寒冷天慢慢坐下。

气氛尴尬，许久之后，月姬似笑非笑："那你是不想遵守我们之间的约定了？"

寒冷天也似笑非笑："我可并没有这样说，当然也没那个意思。"

月姬白了一眼寒冷天，冷冷地哼了一声："那是谁说的，难道是我吗？"

寒冷天重重地点了点头："是你自己刚才说的。"

月姬站了起来，一双美目看着寒冷天，然后摇了摇头，走到门口，站直了身子，依然望着天边的山，久久才道："我限你在明天天亮之前最好把勾孟婆亲手交给我，如果没有，我……"

寒冷天听了这句话，眼睛忽然冻结一般，盯着眼前这个穿黑衣几如幽灵一样的女人，嘴里只是嘀咕一句，质问一般道："你想要怎么样？"

月姬突然转过身子，眼光霎时就如两柄飞刀，直逼眼前这个男子，狠狠地说了一句："要你死！"

身后已经走来了上官嫣红。

上官嫣红道："哟，你要谁死呀？"

紫萱见上官嫣红如鬼魅般出现在房外，就站在她师父身后，她也机警得像个小白兔，霍然闪到门口，并且全身戒备了起来。

月姬的面纱被清风吹着，黑纱飞扬。

紫萱惊讶道："师父！"

月姬道："原来寒冷天是个伪君子，并且还是个极其下贱的怪种。"

寒冷天一怔，道："我并不是不想把勾孟婆交给你，只是勾孟婆不但是最有名的巫医，并且还是中原最有名的剑客。"

月姬狐疑道："哦！最有名的剑客？"

寒冷天道："江南一剑，左孙一娘，不知道你有没有听说过。"

月姬瞳孔又渐渐地收缩了一些，只是没想到这个女巫医竟是中原叱咤风云的女剑客，当下说道："她现在人在哪儿，你没本事把她捉来吗？"

上官嫣红淡淡地微笑："她可能已经死了！"

月姬闻此，神色立刻变得激动，忙问道："是谁杀的？"

上官嫣红道："我杀的！"

月姬道："这么说来，你的武功在她之上了？"

上官嫣红道："我的武功还不及她的六成。"

月姬道："那你是怎么杀死她的？"

上官嫣红道："她和城主在纠缠的时候，我趁机放了两把带有剧毒的飞刀。"

月姬走到寒冷天面前，质问道："你当初说的话到底算不算数？"

寒冷天道："当然算数。"

月姬闻听，才松了口气说道："这样就很好。"

寒冷天道："你别太高兴。"

月姬道："无论是谁遇到这种事情都会很高兴，而我为何不能高兴？"

寒冷天道："因为我的话还没说完。"

月姬怒道："你有话就快说！"

寒冷天看着外面纷飞的飘雪，才道："我是中原人，寒荒古城对我来说并不算重要。"

月姬眉心一皱，狐疑道："你是中原人？那你寒冷天这个身份……"

寒冷天打断月姬的话，忙道："我不但是中原人，并且还是寒荒雪域里唯一一个优秀的狗贩子。"

月姬道："寒荒古城对你也不算是很重要？"

寒冷天道："寒荒古城无论多么重要，都比不上我自己的家园，因为那里有血脉相连的兄弟姐妹。"

月姬听了这句话，当然愤怒了，她转过头，看着辽阔的寒荒雪域，说道："可是家园甚大，拥有者并非你一人，它是你们皇帝和你们国家子民的，而相对于寒荒古城来讲，它可是你一生的心血。"

寒冷天道："寒荒古城，谁要是有本事，谁都可以拿去，只要能拿得走，还要走得稳，那我也不稀罕。"

月姬摇摇头："你是在威胁我，对吗？"

寒冷天摇摇头："不对，我并没有威胁你，因为我根本没有威胁你的理由。"

还不等月姬说话，上官嫣红斩钉截铁道："你有！"

寒冷天把目光转移到上官嫣红的脸上，疑道："我有？"

上官嫣红道："因为我现在才是你们寒荒古城新的城主，不是吗？"

寒冷天道："是！"

见如此一说，月姬愤怒到了极点，手里的剑已在颤抖着，正当她要出剑的时候，紫萱走了出来，挡在月姬身前，略有暗示道："师父，既然寒冷天违约了，我们就走吧！"

月姬、紫萱两人才走几步，上官嫣红怒道："想走，没那么容易！"

忽然，门口来了三十多人，各个手握长剑，而他们的剑就好像阎王的死令，更像黑白无常的舌头，随时都可以致月姬、紫萱于死地。

当这里剑光飞影、乱成一团的时候，风中传来了一阵阵风铃声。

丁零零！

丁零零！

一阵阵。

一阵阵。

"在这寒荒雪域就属天楼山最热闹了，这里不但有寒荒古城的城主，音尘缥缈宫总坛宫主的大弟子，还有中原大反贼石敬瑭的义女，这可真是妙极了啊！"

声音落尽，从空中落下了一位老人，他很慈祥地看着在场的每一个人，笑得可开心了。

上官嫣红、月姬、紫萱、三十剑客都停下来了，看着老人。

月姬认得此人就是蓬莱的风铃老人，惊讶道："怎么是前辈你？"

上官嫣红也怒道："哪儿来的糟老头，快闪开！"说罢，长剑刺去。

风铃老人枯手大袖子一挡，上官嫣红竟然像是一个纸做的风筝摔倒在地上。

上官嫣红爬了起来，不解道："你是何方神圣，来我天楼山天楼城有何贵干？"

风铃老人依然在笑："糟老头子一个！"

众人都看着风铃老人，一时之间都不敢上前。

上官嫣红道："你来这里干吗？"

风铃老人呵呵一笑："救人啊！"

上官嫣红道："救谁？"

风铃老人用手指月姬，道："救她！"

上官嫣红道："死老头子，休想！"

风铃老人见了，忽然手舞足蹈，本来浮在周身的九个风铃环绕着上官嫣红，发出一阵刺耳铃声。

铃声起，雪花片刻间狂飘，风雪骤然很急很猛，扑倒在场所有人。

此刻，风铃老人身子融入风雪之中，快如鬼魅，拉住月姬、紫萱两人瞬间消失在郡主府上空。

第055回：我要带走雪瑶

　　万重雪山，落雪峰高耸入云。
　　缥缈宫附近梅花飘落，宫窟白布素缟长挂，万丈飘飘，宫中弟子皆穿黑衣，头带白巾，景象看起来甚是令人寒心。
　　雪山，雪柳林里的一处，紫萱和月姬都睡在一棵雪柳树下。
　　"紫萱！"
　　月姬缓缓醒来了以后，走到了紫萱身边，摇了摇睡在雪地上的紫萱，连声轻唤。
　　昏迷中的紫萱渐渐苏醒，睁开眼睛后直视月姬的眼睛，发现月姬的眼睛里透着令人十分恐惧的杀意。
　　紫萱赶忙从雪地里翻了起来，站直身子，吓得连说话都哆哆嗦嗦："师父……师父……你打算怎么办？"
　　月姬示意不要紫萱继续说下去，闭上眼睛道："什么都别说了……紫萱你什么都别说了……"
　　此刻，紫萱非常了解月姬的心情，她不能不问："没找到女巫医，我们该怎么办？雪瑶师妹的病情……"
　　月姬缓缓站直了身子，看着山上素缟飘零，叹了口气："你看看这雪山上，黑纱白缟，看来雪瑶已经走了！"
　　紫萱顺着月姬的眼神瞧去，雪山上白布、黑布处处皆是，顿时眼睛一红："师父，我们该怎么办？"
　　月姬正看着手中的剑。
　　剑在冰山上瞬间刻上了四个大字——血洗寒城。
　　紫萱全身一震，道："难道我们真的要这么做？"
　　月姬的神情显得分外激荡，她一个字一个字，仿佛用尽了全身力气说道："我一定要血洗寒荒古城！"
　　忽然，远处的山野之地响起了马蹄声。
　　此刻，从远处走来一位少女，这少女身穿白衣，正纵马而来。
　　来到月姬和紫萱身前，这位少女下马，拱手胸前相言："请问两位有没有见过一位白衣男子？"
　　紫萱看到寒月，马上在师父耳边轻轻说道："师父，她是寒冷天的妹妹！"
　　月姬眼睛一亮，心下欢喜："那人就在缥缈宫。"
　　寒月江湖阅历尚浅，根本没有想那么多，听得月姬如此之言，也是开怀地微笑："请问缥缈宫在哪儿？"
　　紫萱忙告诉寒月："我叫紫萱，这是我的师父，我们也是前往缥缈宫的。"

寒月听了，又惊又喜："那我们一起去，相互也有个照应。"

紫萱故作不认识，且道："那好吧，不知道姑娘怎么称呼？"

寒月纯然一笑："我叫寒月，你们就叫我小月吧。"

紫萱道："那好，小月姑娘，我们一路同行吧。"

寒月狠命地点头："嗯！"

眼见得到寒月的如此信任，月姬也是万万没有料想到，心中高兴，正暗自嘀咕："寒冷天啊寒冷天，好戏还在后面，我们走着瞧。"

寒月在风月楼受了伤以后，就再也没见到段云，段云此刻身在哪里？寒月真的想找到他。

悬崖腰端，段云出现在缥缈宫的宫门前。

段云把剑握在手上，旭风一起，一道红色的剑光就如"长虹飞月"向缥缈宫的巨大宫门飞击。

"轰"的一阵巨响撕裂耳膜。

缥缈宫的宫门由上等晶石做成，一瞬间宫门四分五裂飞散开来，遍地狼藉，这令缥缈宫的众弟子怅然失神。

就在段云手中利剑万气归堂，遇人杀人、遇神杀神的时候，飞去的红光几如魔鬼的红眼，把宫门硬生生化划出一道道伤痕。

忽然间，石门上伤痕裂开，晶石碎片乱飞，满地皆是。

一位女弟子腰悬长剑，带领一众弟子出来迎敌，且道："什么人，居然来我缥缈宫撒野？"

段云道："你们把人交给我，我便不为难你们。"

领头女弟子只声怒喝："笑话，我们缥缈宫的人，凭什么要交给你，你以为你是什么东西？"

段云心中一怔："你们可真不知死活！"

说话的同时，段云的身子已经飞空而起，手中的利剑也已经在胸前引了足足九下剑诀。

缥缈宫的宫门前，积雪乱舞。

宫门前的这些雪花都是在激斗之中留下来的，此刻段云手里的旭风神剑已经饮尽风雪，第一次释放出惊人的威力，惊人的威力仿佛把整个天地都搅动得摇摇晃晃。

月姬、紫萱、寒月靠近缥缈宫，三人听见有打斗的身影，便上前一看，见是段云，都神色一怔。

寒月喜出望外，惊声不已，正要前去，怎料紫萱忽然伸手敲打她的脑门，她便倒在雪地上。

月姬道："先带她回去，我去看看这小子在此撒什么野？"

于是，紫萱托起倒在雪地上的寒月，抄小路而去。

月姬，一个轻身飞起，落在宫门前，柳眉一竖喝道："段云，你如今来到我缥缈宫是来屠杀还是挑衅？"

段云闻声而望，立刻翻身落地："老太婆，你快把雪瑶交出来。"

月姬神色凉冷，双眉一皱，眼睛精光一闪："满山素缟，难道你还看不出吗，雪瑶已经走了！"

身旁的弟子道："师父，他要的不是人，他要的是副宫主的肉身。"

月姬道："什么，肉身，肉身他也要？"

段云怒声道："她是我妻子，我想要回她的肉身，为她诵经超度，天经地义，难道不可以？"

月姬道："不可以，她是不是你的妻子，我们暂且不说，如今她是我们缥缈宫的人，难道你不知道我们缥缈宫的宫规吗？"

段云道："我从未听说过，更没见过像你们如此怪异的女人，放着世间的繁华不要，偏要在这深山老林中做妖精？"

领头的弟子是月姬的三弟子，她怒道："缥缈宫内皆是女人，不问世间男子之情，有违誓言则死，这是我们加入缥缈宫时发的毒誓！"

段云道："可是对我和雪瑶这只是个例外！"

"例外？"月姬声音一沉，且停顿了少许，说道，"你可知道她母亲是怎么死的？"

"哦？"

段云不明白。

月姬却道："她母亲就是触犯了缥缈宫的禁忌，所以才被处死的。"

段云哽咽："我不想知道，也没必要知道，现在就只想再见一面雪瑶，请你把她交给我。"

月姬接着道："幻尘雪瑶是我们缥缈宫的人，我们不会把她交给你，你要是现在就从我面前消失，我可以既往不咎。"

段云甚是难过，再次挥舞手里的旭风，苍穹下，段云的怒喝几乎接近五雷齐鸣，欲要撕裂喉咙地喊道："我认为她母亲没有错，反倒是你们，你们这些杀人凶手，今天我就要替她为她母亲报仇。"

苍穹雪舞，剑光飞射。

月姬看着段云如此大肆屠杀，衣角一甩，怒道："段云，今天你找死，明年的今天就是你的忌日！"

月姬当下迎风而战，飞身而往。

一时之间，两个身影在雪空中纠缠互博，其余众弟子皆守着重要通道，防范段云侵入内宫将幻尘雪瑶带走。

第056回：梅花泣花已尽

缥缈宫的宫门外，万道剑光，众缥缈宫女弟子时不时也冲向段云，对段云造成包围合攻之势。

段云认为缥缈宫十分变态的宫规，简直就是有情人的坟墓，当下狠狠地嘲讽了月姬："人的生老病死、阴阳交合乃是天理循环之道，你们违背天理就不怕遭到报应？"

月姬听了这话，觉得甚是可笑，反而振振有词："如果雨荷的做法是对的，那么幻尘云风又怎么会死，是她的私欲害死了雪瑶的父亲，并且还害雪瑶走上了这条尘封镜雪剑的不归之路。"

此刻，风声更紧，段云愤怒已经达到了极点，当众指鼻怒道："你们缥缈宫的女人都是一群怪物，也是一群废物，你们违背常理，你们只是给自建造了一所铁屋，你们怕男人、恨男人，是因为你们被遗弃过，你们受过欺骗，你们永远相信你们自己天生就是被男人欺骗的对象，你们永远也走不出这种裂心之痛，所以你们永远也得不到人间挚爱，至此你们逃避，逃避不及便给自己建造了一间铁屋，这间铁屋不大，但是它却害了你们一辈子，你们的青春都在这间铁屋里耗尽。"

除了月姬，缥缈宫众弟子都羞愧地低下了头。

月姬脸色忽然大变："段云，你一个毛头孩子，你知道什么是人间挚爱？你又知道什么是生死相随？"

段云身子一摆，霍然闪到月姬的面前，怒道："老妖婆，今天，我必须带走雪瑶，你若不答应，我就拆了你们的狗窝。"

月姬道："想带走她，很简单，答应我一个条件。"

段云道："什么条件？"

月姬道："其实我早就有打算，你若帮我血洗寒荒古城，我就让你把雪瑶带走。"

段云站立原地，一动不动，很久很久。

月姬同样也站立原地，一动不动，很久很久。

风雪飘，所有人的衣服被风卷了起来，衣服的下角互相碰撞，发出衣服的摩擦声。

衣服在动，是因为有风，而月姬站立的身子不动，却是因为她在盘算着一个更好的结束，和一个更好更完美的开始。

良久过后，段云道："好，我答应你。"

月姬道："后日我们音尘武林的所有高手都会赶到板栗林，我们一同再议如何大破寒荒古城。"

段云道："好！"

这一日，雪下得不太大，只是雪山上的飓风很清冽，地上的积雪几乎到处飞落，雪山上梅花也朵朵飘落。

素缟满挂的精致房间里，有盏纱灯的灯光也在摇摇晃晃。

缟布中间的通道渐渐走来了一位男子，男子虽然只有二十多岁，但是头上明显多了一些白发。

段云憔悴的神色，满目悲哀地看着眼前一张床，而床上躺着白衣如雪的女子——幻尘雪瑶。

幻尘雪瑶的脸色十分苍白，段云站在素缟之外，看着那张床，看幻尘雪瑶安静的面孔，蓦然一滴清泪已成一行。

"雪瑶妹妹！"

段云看着幻尘雪瑶安静的睡姿，轻轻地叫了出来。

风中一寸相思，心里万种愁苦，忍受一切恩怨，段云走到了幻尘雪瑶身前，慢慢地伸手，轻轻地摸着幻尘雪瑶发紫的唇。

薄唇如紫砂，有种陌生的熟悉，给人安慰的感觉。

段云道："为什么？你为什么走得那么急，你知不知道，在你失踪后，我一直都在找你，当我知道你和山庄惨案有关，我知道你肯定还活着。"

说完，段云颤抖的唇吻在幻尘雪瑶的额头上。

段云道："往日，你一直念着郭小风，如今你走了，我知道他是你今生的遗憾，你放心，我一定帮你找到他，把你对他的情义告诉他，让他来见你。"

过了很久。

段云终于抱起了幻尘雪瑶，慢慢地走进梅花丛林之中，一边走一边念叨："你是不是很久都没有去以前的地方了，生前你居无定所，现在我就带你回家，我知道你一定很想回家。"

夜晚。

镜雪山庄很清静，只有段云一个人的呼吸声很清晰。

走过了雪柳荒，到达了寒荒以北，这里没有下雪。

以前，幻尘雪瑶总是担心这一片雪域的生计，现在看来，情况大有好转。

段云欲要把幻尘雪瑶放在地上，可是从幻尘雪瑶的袖子里掉出来了一封信，段云捡起来，打开信。

信曰：今夕花残雪峰，已是天法相报，追之妹悔矣，兄与妹结知己，妹幸有兄赴度十岁，且告一事，望兄闻之。兄仅知十载前时，妹与兄共迎五门五约之事，孰不知妹返还有诸事相瞒，时也云，今真相明言，望兄解愁。妹以奇毒投古井之，令庄千余饮，千人倒，唯此，妹携镜雪器皿而失，身居落雪缥缈之巅，以缥缈宫无情、无心、无尘三绝九经修习抄录，不思今夕言昔日罪事，望君宽恕，妹告之。

看完信，段云的手在颤抖着："雪瑶妹妹，我不该带你回到镜雪山庄……我不该……我不该，是我的错。"

过了好久，段云脸上的肌肉僵硬了。

风轻撩竹叶，竹叶轻摇。

段云道："我应该把你带到只属于我们生活的地方。"

拿起镜雪剑，仔细一端详，段云忽然把剑丢在了地上，狠狠地踩了两脚，然后又极为心疼地捡起镜雪剑，泪水悲怆而下。

夜还是有月亮的夜。

寒竹林上落下的雪，是一种孤寂的美。

月下美人。

美人英雄。

英雄美酒。

美酒美景。

美景尚足一江秋水，略有秋时半江瑟瑟半江红之韵味。

段云拿起酒壶，喝了一口。

苦中有爽，爽中有苦，苦笑："这里以后就是我们的家了，我们再也不分开了。"

当时，镜雪山庄所发生的血案，段云已经放下了，也许惨案的真相会因为幻尘雪瑶如此一封信，风波亦停，但是真相真的会永远消失吗？

不会，因为真相永远都存在，是实实在在的东西。

幻尘雪瑶只是不愿意段云再为仇恨而活。

是的，就像梅花落在地上的时候，也只有善于观察的人才会聆听到梅花落地时悲凉哭泣的声音。

月升当空，竹林、梅花、山石已融成一画。

段云坐在碧水潭岸边，陷入了沉思，而幻尘雪瑶却一直安静地躺在他的怀里。

第057回：联盟寒荒剑派

翌日清晨，紫萱和月姬站在了缥缈宫宫门外的雪柳树下。

月姬眼里有一种异样光芒，她轻声喊道："紫萱。"

紫萱应声说道："师父有何吩咐？"

月姬转过身子，面纱还是那么黑，她的眼睛显得那么幽静而深邃，那种眼神足足要她的弟子和整个武林所有人都感到畏惧。

"你去一趟白火堂。"

紫萱不明白，问道："去白火堂做什么？"

"你去告诉苏堂主，就说我们愿意和寒荒五大剑派联盟，只要能助我踏平寒荒古城，我便不去找他们算账。"

紫萱立刻遵命，风雪兼程赶往白火堂。

白火堂。

堂内走出来一个凶神恶煞的人,这人正是苏堂主的弟子恶苏,他的出现,紫萱万万没料到。

恶苏道:"你是何人?"

"敢问,苏堂主在吗?"紫萱很有礼貌地问道:"请您带我去见苏堂主?"

"师父不在,你找我师父所为何事?有事和我说就可以了?"恶苏果然性子很直。

紫萱把来意说了一遍:"如今名剑之争就要来临,而寒荒古城在这紧要关头却勾结中原来使,欲要出卖寒荒武林,不知道你们寒荒剑派管还是不管?"

恶苏恼怒之下,一巴掌打在地上,眼冒怒火:"管,当然要管,非管不可,此事我们一定要管。"

紫萱的脸上明显露出了一些笑容,笑容很美,就像含苞欲放的花儿,浓艳欲滴,眼睛一眨,仿佛是天上的星星,闪闪好看。

恶苏在白火堂毕竟也算一个人物,当他怒火一消,霍然又说道:"这事情好像和你不相干啊?"

紫萱脸上的笑容消散,慢慢凝固自己的表情,顿了一下,接着笑道:"相干!"

恶苏道:"我不明白!"

紫萱道:"你知不知道寒冷天是什么样的人?"

恶苏道:"我不知道。"

紫萱道:"你知道后,肯定会愤怒。"

恶苏道:"愤怒我不会,但是惊讶还是会有一点。"

紫萱道:"寒冷天他骨子里流的是中原人的血。"

恶苏不惊讶也不愤怒,呵呵一笑,用淫邪的眼神打量着紫萱雪白的胸脯,道:"他骨子里不管流的是什么血,对于我来说,根本不重要。"

紫萱冷哼了一声:"我还以为你们寒荒剑派是无尚剑道,原来也只是枉有虚名而已。"

恶苏不相信,且道:"你不必说了,无论你说什么,我都不会和缥缈宫联盟去对付寒荒古城。"

紫萱白了一眼恶苏,道:"那好吧。"人已经远去。

恶苏看着紫萱远去的影子,嘴角一撇,转身进屋。

晌午十分,冷清雪、邓戏衣、刘心冰、易冷云四人已经赶到白火堂,然而恶苏坐在椅子上正在打瞌睡。

一白火堂弟子来报:"禀告恶苏师兄,四大剑派掌门拜会我们白火堂,说是有要事商议,现在他们人就在门外。"

恶苏有个嗜好,那就是习惯在椅子上午睡,当他听到四大剑派的掌门来访,也是随着性子应付:"去告诉他们,师父不在,师父在闭关,不见任何人。"

"是!"白火堂弟子应声退下。

许久,四个人影一晃,冷清雪、邓戏衣、刘心冰、易冷云四人已经闯了进来。

"你好大的胆子，区区一个白火堂弟子，竟敢阻拦我们？我们千里迢迢来白火堂找苏堂主商议大事，你却不见我等四人，是不是想造反？"

冷清雪气急难忍，当众和恶苏撕破脸。

恶苏从睡意中醒来，也道："商议个屁，我师父在闭关，不见任何人。"

冷清雪知道恶苏脾气不好，可是她自己的脾气也不是很好，当下欲要发作，上前教训恶苏，却被一旁的邓戏衣挡住了。

邓戏衣忙问恶苏："你师父何时出关？"

恶苏道："估计明天傍晚。"

冷清雪柳眉一竖，冷声喝道："明天为时已晚。"

邓戏衣道："冷门主言之有理，明天一早，缥缈宫就要攻打寒荒古城，现在要你师父必须出关。"

恶苏道："不行，师父在闭关，就是天塌了下来，也不能去打扰。"

刘心冰道："那该怎么办，对于寒荒古城，我们绝不能手软，一定要将其铲除，这个机会十分难得。"

易冷云是个很少说话的人，他道："你师父不能出关，那么我们就和你商议。"

冷清雪、邓戏衣、刘心冰三人会心地点了点头。

恶苏道："早上，缥缈宫来人，就说要我们白火堂和缥缈宫联盟，同仇敌忾一起去攻打寒荒古城，可是我师父闭关，不见任何人，我便随便把她打发了，没想到你们还真的要一起去攻打寒荒古城。"

冷清雪道："我们雪域大国，本来就不容忍寒冷天这样的大魔头存在，要铲除他，只怕人人称快。"

恶苏道："只是，我师父在闭关，这种事情，你们还是要找他说，问问他愿意还是不愿意？"

易冷云道："你的意思是白火堂不能和我们一起与缥缈宫联盟了？"

恶苏道："不错！"

易冷云道："只怕你阻止不了这次联盟。"

恶苏的拳头已经紧紧握起，在桌子上一拍："除非你杀了我！"

正在这时候，白火堂众弟子都围了上来。

躁动序幕拉开，冷清雪柳眉一竖，怒道："你们想造反？"

恶苏呵呵道："师父不在，老子最大，老子正是要造反。"

冷清雪道："你们白火堂的堂规呢？"

恶苏道："早已作废！"

冷清雪道："作废？"

恶苏呵呵一声狂笑："白火堂的堂规只能约束那些掩耳盗铃的人，对于我来说，根本不管用。"

冷清雪道："你找死！"说罢，碧剑已出，刺向恶苏。

此刻，恶苏与冷清雪正要厮杀，紫萱又从天而降，站在两人之间，道："冷门主，剑易出亦难收，不必和这莽夫计较，办大事要紧。"

恶苏大怒："你才是莽夫，你再说老子的不是，扒了你的皮！"

对于恶苏的脏话，紫萱充耳不闻。

冷清雪却狐疑道："你是何人？"

紫萱道："在下乃缥缈宫月姬手下二弟子紫萱，你叫我紫萱便好。"说话的同时她拿出了缥缈宫的令牌。

恶苏道："不管你是谁，我都不能同意我白火堂去对付寒荒古城。"

紫萱眼睛里冷光骤然如冰，走到恶苏身边，道："别以为我不知道苏堂主是故意躲着我们，他要玩什么把戏，我可一眼就能看穿。"

恶苏虽然是个急性子，但是这句话足足要他能明白一切，他的眼神忽然僵硬了几许，心里在盘算，且暗暗自言道："难道这小妞知道我师父没有在闭关？"

为什么恶苏那么在意这句话，难道他有什么不可告人的秘密？

苏君火无非就是不想出力攻打寒荒古城，所以才闭门不见。

狐狸一旦露出了尾巴，这条尾巴就再也隐藏不了了，因为这条尾巴已经被人抓住了。

看来月姬也是很厉害的人，不然她怎么能找得到苏君火这只老狐狸的尾巴呢？

缥缈宫和寒荒古城将在明日有一场血战，这将是寒荒三十年来的第一次战争，也是一场为了剑道不可避免的战争。

恶苏一听紫萱如此说话，当下回想起苏君火给他交代的话，他顿然哑口无言，只是敷衍道："小妞，我看你年纪轻轻，又是一介女流，我不和你说了，你们这些人请自便。"说罢，竟然大步走向贵妃椅，一屁股坐下，跷着二郎腿，呼呼大睡。

冷清雪、易冷云、刘心冰、邓戏衣四人见恶苏如此无礼，方要上前教训的时候，紫萱且道："四大掌门不必再计较，你们先前往板栗林与我音尘人士会合，要说服苏君火，我有办法。"

紫萱这样一说，冷清雪便不再说话，袖子一甩，大步向屋外走去，易冷云、刘心冰、邓戏衣三人也陆续走了出去。

看着屋外雪飘，紫萱的嘴角泛起一阵醉人的浅笑："苏君火，你不出现，我偏偏让你出现。"

第058回：天景最后一剑

在紫萱前往各大门派之时，月姬也已经有了行动，已经联络了音尘三十六派，齐聚距寒荒古城百里的板栗林，商议如何攻打寒荒古城一事。

寒荒之南的大部分地区都被板栗树覆盖，板栗树上积雪甚厚，所以这板栗树被白雪装扮，看起来甚是挺拔，就像雪衣铁兵一般，散发着让人难以承受的魄力。

就在这块大面积的板栗林里会集了音尘最著名的剑客,他们都是为了一件事情才千里迢迢地来到这里,他们的先祖曾经在这里被人欺辱,如今音尘名剑之士共计千百人,这次远赴而来,只怀了一个信仰,那就是欲将寒荒剑道全都歼灭,由于音尘的朝廷也力挺此事,所以朝廷也狂下人力欲要为自己的国家民族一雪前耻。

音尘国王早在十年前就已经把两万朝廷兵马交给音尘三十六派,分辖而管,授予剑道以无尚的信仰,以便世代流传,弘扬音尘剑道。

十年过去了,如今音尘的剑客已经多如繁星,更是出现了一些天纵奇才,这些人在剑道的无尚领域里已经超过先祖,数不胜数。

白雪簌簌而下,板栗林里气氛沉重。

此处共有二十多万武林人士,他们已经在前往寒荒大雪域的雪原上,扬言要把寒荒古城踏为平地,方解心头之恨。

寒荒古城,雪如鹅毛飘落。

在一片雪落的天空下,寒荒古城显得幽静至极,在音尘大兵来犯之时,寒荒古城却没有丝毫动静,只是在天楼山一处山腰出现了寒冷天的身影。

寒冷天、天景、天幕、厚土、余十月五人都骑着马匹,扬雪而来。

寒荒古城,狼烟四起。

天景道:"没想到音尘会有大军来犯。"

寒冷天道:"他们是有备而来,幸亏厚土的情报来得及时,不然我们可真的会一将成名万骨枯了。"

忽然,前面雪空出现了七十多只蝴蝶。

蝴蝶?

这些蝴蝶并不是昆虫,这种蝴蝶是种很厉害的乘风工具,每只蝴蝶上都有一个人,每个人的身上都穿着紫金铁甲,配有月弓箭。

嗖……嗖……

射来的月弓箭就像暴雨一样降至他们面前。

"小心!"

寒冷天一挥手接住了飞来之箭,同一时刻,单空飞起,手里接住的三支金箭都成了他有力的武器。

七十只蝴蝶的弓箭手武功都不弱,只把他惊得连声问道:"你们是什么人,是月姬派你们来此埋伏吗?"

在高大的雪山上出现了紫萱的身影。

紫萱道:"寒冷天,你受死吧!"

寒冷天看到山头的女子,且道:"原来是你。"

紫萱铁着脸,冷声道:"寒冷天,我告诉你,我们这么快就见面,就是为了要你死得痛快而已。"

一旁的天景道:"那我也要你死得明白。"

"不错,鹿死谁手还不一定,休得猖狂!"

天幕的话刚落地,天景手中的利剑早已如长月之光刺向紫萱。

紫萱见利剑攻来之势,锐不可当,立刻翻身跃起,靓丽的身影飘于雪峰之巅,手中的剑气自成一套杀向天景等人。

天景的剑也瞬间急转,削向紫萱后心,紫萱赶忙以剑力挡,可是天景的剑就好像有一只无形的手在操作,登时剑反震而回。

寒荒古城正在遭人围攻,天景自知现在应该速战速决,然而让他们感到意外的却是这七十只蝴蝶杀手分外难缠,数个回合下来,天景催促道:"城主,你们快走!"

寒冷天道:"我不能走,你是我兄弟,要死,我们一起死!"

天景一边力敌,一边劝说:"凭他们如何杀得了我们,如果你不走,寒荒古城就彻底完了。"

一旁的天幕见此,也忙说:"天景说得没错,宿敌兵临城下,迟一刻,寒荒古城就会多些危险,天景断后,我们还是快走。"

寒冷天是个聪明人,分得清事情的轻重,但是兄弟的情、兄弟的义、又怎能弃之不顾,当下说道:"我不能把你置于水深火热之中,我们一起走,我们一起死。"

天景道:"城中有千万个兄弟啊,你不能不顾啊?"

寒冷天听了此话,当时就跪在地上,向空中剑雨纷飞的天景重重地磕了一个头,磕完也就飞身而起,策马而去。

余十月见此,立刻挥舞着马鞭,向寒冷天喊道:"城主,我和你一道前去古城!"

忽然,七十月弓一起射箭,箭就如一场暴雨,瞬间,马蹄奔过的雪地上早已经扎满了月弓箭。

天幕见寒冷天和余十月双双离去,奔向寒荒古城,且道:"天景兄,你小心应付,我和厚土兄去古城了,古城正告急!"

天景在狂乱中大叫一声:"天幕兄、厚土兄快走,我随刻就到!"

天幕、厚土大拍胸膛:"好!"说罢,便也扬马而走,和寒冷天一起前往寒荒古城。

紫萱看到寒冷天、余十月、天幕、厚土已经闯过了月弓箭防线,登时大怒,手中的利剑翻飞如雨,丝毫没有要手下留情的意思。

天景知道自己今天难免血战一场,只怕非死不可,再看看七十只蝴蝶渐渐把自己包围,无论再怎么用剑去砍杀七十只蝴蝶的羽翼,也毫无作用,而紫萱又是缥缈宫的二弟子,武功也不弱,如此一算这里共计有七十一人劲敌,这里的每个人都想将他置于死地。

蝴蝶挥舞着翅膀,似乎一点也不友善,随着时间的延续,竟然迅速向天景靠拢,对天景将成包围之势。

天景曾经练的是七伤剑,七伤剑的每一剑都是先伤害自己一次,然后再伤害别人,所以他平时杀人很少用这种剑法,这种剑法只适合最后一搏,所以这种剑法也叫最后一剑。

这最后一剑，江湖上很少有人看见过。

霎时，风雪俱起，天景下定决心，使用这最后一剑。

银蓝色的天空忽然被一层阴云笼罩，天忽然变成灰色。

灰色的天空，下着白色的雪花，而白雪纷飞之中，七十只比钢铁还要坚韧的蝴蝶一起向天景冲去。

最后一剑！

忽然，天景激发全身所有的力量、能量，身体里一股强流冲上额头，全身经脉短时间内大肆膨胀。

膨胀到一定的程度，天景就单空飞起，白雪中他那死亡的影子显得十分恐怖，那一剑劈下，天空登时响彻一个剧烈的雷霆，一道剑光划破了一切。

七十只蝴蝶被这最后一剑击下，零碎的蝴蝶就像雪花，在天空飘飘绕绕，最终落在了雪地上。

看着地上的鲜血还在冒烟，紫萱情不自禁地打了个冷战，当她回过神来走向天景，才发现天景全身经脉尽断、血管爆裂。

第059回：宿敌已经来犯

雪地上流淌着一摊红，红色的血。

看着七十只蝴蝶已经化为雪烟，天景才慢慢倒下。

紫萱看到这最后一剑，也如受了重创，晕了过去。

随后，雪越下这里越是寂静，寂静地让人情不自禁地感觉到了害怕。

寒荒古城之内，汜水和小年正站在古城之上，小年拱手道："今天我该走了。"

汜水却想挽留小年在此等候寒冷天寻找勾孟婆的佳音，便劝道："城主说要帮你找回你要找的人，你现在就要走吗？"

小年脸上方显抱歉之意："要是雪柳村的屠杀真的不是你们干的，这件事情就和你们无关，所以我不能久留在你们这里，如是城主真的有我刘妈的下落，就帮我好好照顾她便好。"

汜水恭维道："这个事情，你可以放心，如是城主真的有了勾神医的下落，我保证第一时间通知你。"

小年万分感激："那我就谢过城主了。"

汜水道："你帮我们治好了寒月小姐的伤势，对我们寒荒古城有大恩，为你做一点小事也是理所当然，你也不必客气。"

于是，小年就这样和汜水三言两语作别了。

寒荒古城城门打开了，小年骑着一匹白雪玉马走出寒荒古城。

小年从小在乡村山野长大，这等好马也是头一次骑，但是他心中也对其不怎么好奇，所以临行前也没问汜水此马是什么马，毕竟他不算是江湖中人，也没那个虚荣心。

不是江湖中人，这种问题还是不要问才好，要是问，那也是以后的事情了，因为以后他可能就是江湖中的人了。

小年一路向北而行，走着走着，看见了前方有一红衣女子，这女子身材很好，长得也很漂亮。

红衣女子坐在雪地上，她怀里依稀躺着一个老人，老人的脸是黑色的，人却已经死了，红衣女子眼里依稀有着泪花。

小年上前，问道："姑娘，我来帮你看看。"

红衣女子就是风月儿，风月儿抬头，看了小年一眼，见小年坐在马上，她又重重地低下头，对着怀里的老人说道："你放心，我一定找到夫君，我一定遵守你我今日的约定，定陪他一生一世，戎马天涯！"

小年下马，来到风月儿的身边，道："姑娘，我是大夫，我来帮你给她看看吧！"

风月儿依旧不理小年，还是照旧说道："我一定要找到夫君。"

小年的一双眼睛并没被这个女子的耀眼勾引住，相反注视着老人，惊住了，他发现地上躺着的人分明就是刘妈，就是勾孟婆，小年激动不已，一口喊了出来："刘妈！"

风月儿用怪异的眼神看着小年，而小年却早已泣不成声，哭着喊道："呜……刘妈……刘妈，你怎么了？"

风月儿道："你怎么了？你认识她吗？"

小年看到了这一切，激动道："这是谁干的，这是谁干的？"

风月儿却像是个木头，竟然一动不动地坐在雪地上，惊讶地看着眼前的一切，而小年伤心至极，也不在乎她用惊讶的眼神看着自己。

小年又道："是谁杀了我刘妈？"

风月儿道："你的名字是不是叫小年？"

小年道："对，我就是小年！"

风月儿很高兴地紧紧抱住小年，道："夫君！"

小年一愣，且道："谁，谁，谁是你夫君，快放开我！"

风月儿放开小年，定定地看着小年。

小年道："姑娘，是什么人杀了我刘妈，你告诉我？"

风月儿摇了摇头，过了一会儿，慢慢从牙缝里挤出了一句话："一定是她！"

"是谁？"小年问道，"你告诉我，我要给刘妈报仇！"

风月儿道："杀你刘妈的人是个女的，那女的心狠手辣，经常用毒来害人，我曾也中了她的招数。"

小年赶忙抓住风月儿的手，悲愤地问："她是谁？她是谁？"

风月儿几经风霜的洗劫，现在终于雨过天晴，那噩梦初醒的情怀洋溢着无比幸福的喜悦，怎奈被小年那有力的手紧紧地握住，仿佛又回到被毁容的那一刻。

那一刻真的生不如死，风月儿挣扎开小年的手，道："你轻点啊，把我都弄痛了。"

风月儿美貌如月，当真漂亮好看。

小年赶忙松开手，回礼道："姑娘，对不起，对不起！"

风月儿狠狠地瞪了他一眼，喃喃说道："没事，没事。"

小年见风月儿一脸的不高兴，又试探地问道："请你告诉我，是谁杀了我刘妈？刘妈对我恩重如山，我一定要替她报仇。"

风月儿道："怎么？你还想报仇？"

小年道："我是刘妈养大的，我若连此仇都不报，我岂不是忘恩负义之人了。"

"哎！"风月儿心想上官嫣红乃是一个毒妇，以平常人的手段难以报得此仇，便叹了口气，接着道，"风雪太大了，你还是要刘妈入土为安，死了的人总要归于尘土，报仇的事情，我们再做打算。"

小年闻此，伤心欲绝地抱起刘妈，走到一处山坳，把刘妈放下，凿开坚硬的冰岩，而后把刘妈放了进去。

勾孟婆安静的躺在墓穴里面。

小年跪在坟前，脸上泪水如雨。

此刻，风月儿走了过来，看着小年泪如雨下，且道："现在我们可以走啦。"

小年不走，他说要陪着刘妈。

风月儿却道："走，我们去找凶手。"

小年还是不愿走，这一走，不知道什么时候才能再来看刘妈。

世人都不知，刘妈就是江南一剑左孙一娘勾孟婆，她竟如此死在这茫茫雪域，倘若公布武林，定是一个热门话题，然而如今呢。

如今岁月已老，逝者该安息了，也许从此以后江湖上再也不会有人知道勾孟婆已死在这里。

风月儿不能看着自己的丈夫如此沉沦，被逼无奈只有强行拉走了小年。

镜雪山庄。

段云看到天边血红色的狼烟升起。

狼烟是红色的，就和鲜血一样红，红得让人害怕。

难道又要打仗？

打仗就意味着战争的开始。

寒冷天受制于人,违背江湖誓言,缥缈宫月姬一怒之下,请求江湖门挥兵来犯。

这许多日过去了，段云一直身在镜雪山庄，就连寒月受伤了也没回去看看，现在还不知道寒月为了找他，又独自出来寻他，却被月姬给软禁了。

段云看着幻尘雪瑶，神情很憔悴，眼里又落下一点泪，他缓缓地走到幻尘雪瑶身边，低声道："雪瑶，你说我去，还是不去呢？"

幻尘雪瑶无言。

这一刻，幻尘雪瑶眼角却隐隐约约地含着泪。

刚从眼里留下的泪水，应该是热的，段云已经看到了，所以他道："你是不是说，我可以去啊？"

幻尘雪瑶依然安静地躺在光线最亮的地方。

段云正坐在碧水亭里，碧水亭的台阶上梅花含苞欲放。

看着远方的血红色狼烟，段云低声道："你等着我，我办完这最后一件事，就回来陪你，我带你离开这里好不好？"

幻尘雪瑶依旧沉睡着，不言不语。

段云抱起幻尘雪瑶，走进镜雪山庄的幽处，然后离开了，而留下的只是一朵朵怒放的梅花。

翌日清晨，寒荒古城，宿敌已经来犯。

月姬蹬空飞起，站在城墙之上，冷冷一声惨笑："寒冷天，你立下的生死状，却违约反悔，今天我便要血洗你的贼窝！"

"死妖婆，你叫什么叫，有胆量就放马来呀。"

厚土气得火冒三丈，一个蹬空飞起，已经落在月姬面前，手里的长剑，顿时乘风而来。

城下的二十万大军，此刻也在等候攻城之命。

音尘诸多剑客，已经发起攻势，更有人催促月姬道："现在不开始攻城，更待何时？"

城墙上，月姬独站，黑色的身影略显高雅恐怖。

寒冷天道："月姬，你真的来挑衅我寒荒古城吗？"

月姬哈哈一声冷笑，许久后说道："我暂且不和你这卑鄙无耻之徒斗嘴，我要让你亲眼看见我是怎么让寒荒古城在雪域这块土地上血流成河的。"

第060回：段云为何叛离

寒荒古城有三座城池，这三座城池分别坐落在东前、西前、北中，而寒荒古城的大门朝南。

在东、南、北分别有东城大殿、南城宫殿、北城大殿三个大殿构成，三大殿各有一城，现在三大城池联成一道很坚固的防线。

攻城在历史上被视为一种军事谋略，为何要攻城，在国家与国家的斗争之中，攻城不但可以扩张自己的国土，还是一个国家有目的性发展的基础，有的国家因为攻城而沦为亡国之邦，相反也有的因之而崛起。

说到攻城，那就要说到打仗。打仗和攻城是两个不同的概念，攻城却也是打仗。攻城讲求被攻的城池，一攻即破。

昨日，音尘诸多英雄在板栗林商量的攻城之法，就是决定一攻即破，所以音尘的六十二门大炮已经备好。

今日一早的血色狼烟就是这六十二门大炮的杰作。

轰……轰……

寒荒古城在一片烽火中兀自摇坠。

由于攻势太猛，寒荒古城只是在烽火台上开启了三十门大炮，作为承受伤害的椎骨，而寒荒古城的另一边子门敞开，兵卒从子门出来迎敌，与城外的音尘剑客厮杀。

寒荒古城的兵卒却一个一个倒下。

忽然，寒冷天从后面杀了过来，混在了贼兵之中，这是不入虎穴焉得虎子之法，目的就是要搅乱敌军的阵脚。

战事非常紧急，寒荒古城不愧是一方八国，做到了有防有攻，而面对音尘连绵不断的进攻，到底还能支持多久？

现在音尘阵地，寒冷天双手盘横，不久，还是那一招"冰天飞龙"落在六十二门大炮之上，六十二门大炮也被撼动了，有两门还明显出现损毁。

月姬见此，赶忙飞空而起，手里的剑就像一道看不见的死神，快如急电，飞空而来。

寒冷天随手抽起一柄铁剑，横档住月姬之剑，两人冷冷地对望着。

寒冷天道："没想到，你音尘如此不堪，竟然缩首缩尾地在我寒荒雪域藏了这么多剑客。"

"你不知道的事情多着呢！"月姬残酷地冷笑一声，哈哈，"自从你在天楼城和那狗婆娘联手要将我置于死地的时候，我就下定决心，要你后悔。"

寒冷天道："那救你的那个风铃老人，他又是谁？"

月姬冷冷哼了一声，身子急转了过来，手中的剑就好像一条蛇，"嗡"地在雪空绽放出无数剑影，剑影就像雪地里的梅花，含苞欲放。

月姬冷冷道："你不必知道。"

雪风吹，雪花落。

在一片雪的世界里，在北城一处，忽然响起了号角。

哪儿来的号角声？

就在这时候，一穿白衣的中年男子和一穿白衣的中年女子，他们骑着比雪还要白的马，冲到了城门之北。

城门之北，汜水正在把守城门，见来人，便喊道："来者何人？"

这一双男女正是上官嫣红的主将，在江湖上被称作白剑双侠，白剑双侠就是白石和白云，他们是一对夫妻。

白石拱手胸上，直跳城墙之上，且道："我们是石郡主派来助战的，希望里应外合，彻底消灭音尘来犯。"

汜水闻其言，道："那石郡主，人在哪里？"

白石道："石郡主自然和剑士身陷战场啊。"

白云道："音尘剑客大举来犯，希望阁下能好好配合，你我协作共同驱走劲敌。"

汜水道："那就再好不过了。"

音尘攻城，前期势如破竹，可是谁知道，半路杀出个上官嫣红，看来寒荒古城果然非同凡响。

月姬道："没想到中原的骑兵会如此之多？"

寒冷天面无表情，道："现在只怕你想撤走已经来不及了。"

月姬看着自己的同胞被敌军包围，当下撤身而回，从阵地拉出来一个少女。

"哥哥，哥哥！"

寒冷天的视力一向很好，他看见了月姬的手正揪着一个女孩的头发，拉拉扯扯地来到古城下，而这个女孩分明就是寒月。

月姬冷笑："寒冷天，睁大你的狗眼看看，她是谁？"

寒冷天想也不想，大声喊道："妹妹！"

看到这一幕，众人皆惊讶："寒月小姐，寒月小姐！"

众人皆惊，不知道怎么，四下刀声、剑声、嘶吼声、马鸣声忽然停止，仿佛时间停留在这一刻。

很久过后，寒冷天一个蹬空飞起，瞬间又飞落，落在敌阵之前，看着寒月，对月姬说道："月姬，你抓了我妹妹？"

月姬道："我没抓她，是她自己送上门的啊！"

寒月道："哥哥，全是我的错，你不要管我，我不该不听你的话私自出走寒荒古城，杀了他们，杀了她们。"

月姬登时怒了，一巴掌打了过去，只见寒月嘴里流出了血。

寒月道："老妖婆，就算杀了我，我也要说。"

月姬冷笑一声，道："杀你，岂非难事，只是寒冷天如此在乎你的死活，就这样把你杀了，我未免太过愚蠢！"

寒冷天道："月姬，你到底想怎么样？你敢伤害我妹妹，我让你不得好死！"

月姬道："我要你寒荒古城所有人弃甲投降。"

寒冷天道："你想要挟我吗？你休想！"

月姬道："臭不要脸的，今天不是你亡，就是我亡，再不让这些兔崽子弃甲投降，我杀了你妹妹。"

寒冷天忽然大笑道："妹妹我可以不要，但是这上万个兄弟的性命却万万丢不得，月姬，我和你君子协定，你放了我妹妹，我任你处置便是。你不就是想出一口恶气，报我不守生死状之约吗？有必要这样让千万人碧血横流吗？"

寒月喊道："哥哥，你说得对，我死了，你一定要为我报仇，把他们全都杀了。"

月姬听到这里，呵呵笑道："寒冷天，你说得比唱的都好听，我不会再相信你，今天我就先送你妹妹上西天，祭奠我音尘多年以来客死雪域的剑客们！"

"手下留人！"

一道红光杀了过来，红光所到的地方，万物俱废，音尘兵卒被杀出了一道尸山，血溅当场。

月姬被这红芒吓傻了一般，怔在原地一动不动，双目盯着碧血横飞的音尘人士。

看到如此惨象，月姬像是得了失心疯，大声吼道："是哪个王八蛋，给老娘滚出来！"

忽然，段云出现了。

包括月姬、寒冷天在内的所有人都没料到。

当初，月姬让段云把幻尘雪瑶带走，为的就是不让段云插手寒荒古城的事情，可如今走来的男子正是段云。

人还没来，旭风神剑的威力已到，并且把所有人都惊住了。

"段云？"

月姬不敢相信自己的眼睛，心里暗暗疑惑，当看到段云满面笑容地踩在尸体上走来之时，她霍然惊醒，道："原来雪域里的人都是一些出尔反尔的鼠辈！"

段云依然微笑着，走到了月姬的面前，看着月姬在笑。

月姬道："没想到你妻子的死好像令你不怎么伤心哦？"

段云把目光看向寒冷天，然而寒冷天也正看着他，段云拱手道："城主，你有没有记得你曾对我说过的一句话？"

寒冷天道："我说过，如果你想离开寒荒古城，你随时都可以离开，我并不强人所难。"

段云道："城主果然是信守承诺之人。"

寒冷天道："难道你现在想要离开吗？"

段云道："难道现在不可以吗？"

寒冷天道："可以。"

段云笑了，转过身看着月姬，道："我可以帮你攻打寒荒古城，但是你要把寒月交给我才行。"

月姬道："你说的是真的？"

段云道："当然，我现在已经不是寒荒古城的人了。"

此刻，天幕冲了出来，大声喝道："段云，你果然不是什么好东西，老子杀了你！"说罢，冲了出来。

但是，寒冷天把天幕挡住："算了！"

天幕眼神骤然变冷，一字字道："我不管，我今天要剥了这小子的皮，他根本不是人，竟在寒荒古城危难的时候落井下石！"

天幕在寒冷天的力挡之下，还挣扎着要杀了段云。

寒冷天见此，便是大怒："天幕亲使，难道你以为我不想杀他吗？难道你真的要看这寒月死在我面前吗？"

"城主！"天幕忽然镇定下来。

月姬吩咐放人，弟子取出钥匙，放了寒月。

寒月的绳子一解开，就走到了段云的身边，狠狠地打了段云一耳光。

"啪！"

寒月看着段云，留下了眼泪。

段云看着寒月，低声道："寒月小姐对不起！"

寒月一双泪眼已绯红，她看着段云，一字一句道："你怎么可以背叛我哥哥？段云，倘若你今天伤害寒荒古城的一草一木，从今以后，你我恩断义绝！"

段云还是在笑，好像根本感受不到脸上灼烧的疼痛。

第061回：满城不尽战火

月姬看着段云，眼神冷冷之外竟然还带有些笑意："段云，寒月我已经还给你了，你现在应该兑现你的诺言了吧？"

段云心里清楚自己若是今天倒戈，也就意味着以后要脱离寒荒古城，然而他并没有迟疑："我当然要兑现诺言。"

月姬一双幽灵似的眼睛，灵光一闪，竟然有点喜极癫狂，大声称道："即便如此，这很好！"

寒冷天站在敌兵面前，也听到了段云和月姬之间的对话，豪气道："段云，你不必手下留情，我敬你是条汉子，希望今日一战，你和我都不要留下什么遗憾，你觉得呢？"

段云看着寒冷天，嘴角忽然露出笑意，双手拱在胸前，作了一揖，且大声说道："段云一定不会让城主失望。"

于是，寒冷天拿来两坛酒，两坛都是上好的"白雪花"，其中一坛递给段云。

段云目光所及，看向寒冷天，干呵呵地笑了出来："今天我们之间就做一个生死了结，段云也希望城主能倾尽全身之力，不要让这次决战留下遗憾才是。"

大雪纷飞之中，寒冷天和段云相视而笑，扬坛畅饮，实为痛快至极。

良久，两人把酒都喝完了，相视而立，但是还是不动手，一旁音尘的诸多剑客都非常着急：这么等下去不是办法。

月姬回过神来，冷冷道："他们喝，我们继续攻城！"

当下第二次攻城又开始了。

不久，城墙被破，寒荒古城的城墙上裂开一道裂缝，许多中原剑士也和音尘剑士一起拥进了寒荒古城，寒荒古城内出现一片混乱的场面。

月姬和上官嫣红两个人的武功各有所长，月姬秉承了音尘内宗剑法，上官嫣红却秉承中原内宗剑法，当两大内宗剑道狭路相逢，那更是壮观。

两人飞跃城墙之上时，数道剑光仿佛瞬间把整个苍穹都四分五裂，剑气所及的地方一切俱废，令人惊骇。

月姬柳眉一竖，带有无尽的萧条怒声道："中原和寒荒在多年以前就勾勾搭搭，没想到多年以后还是勾勾搭搭。"

上官嫣红冷冷一笑，哼了一声，得意万分道："你没想到的事情还多着呢！"

月姬眼中冷光一横，身子忽然飞起，怒喝道："我今天就要看看你这恶婆娘的手段究竟有多高明。"

此话刚一说完，哗的一声，上官嫣红身后就飞起了寒荒剑派的人，上官嫣红心下疑惑。

易冷云、冷清雪、邓戏衣、刘心冰、恶苏这五人身影顿时就如阴差一样，悬浮在半空中，偌大的天空上登时呈现以五敌一的局面。

上官嫣红道："寒荒五大派本来为我所用，你竟然把寒荒五剑派收买了？"

易冷云且道："上官郡主，我们本不想和你为敌，但是寒荒古城一向作恶多端，我们寒荒各大名剑门早有灭掉之心，今日得罪了！"

上官嫣红且道："难道苏堂主没告诉你们，寒荒古城已是我的囊中之物了吗，你们忽然来此，这做法对吗？"

冷清雪道："据我所知，上官郡主刚来寒荒雪域不久，如何能将这雪域第一邪剑门纳入囊中，我当真好奇得很啊！"

月姬道："冷门主所言甚是，所以各位不必听信，速战拿下这个女人。"

"嚓、嚓、嚓、嚓、嚓、嚓"六声，剑光飞击，月姬以及雪域剑派的人以上官嫣红为剑心手持长剑刺了过去。

剑气霸道横飞，一道道划破了远方的山野，一时之间，四下皆是令人恐惧不已的杀意。

音尘之兵此刻已有大部分杀入城内，城内到处都是人的尸体，到处都淌流着鲜红色的血。

残缺的肢体、丢弃的头盔、鲜红的液体布满古城每个地方、每个角落。

中原之兵大举来犯，这是月姬没想到的事情，她也对此有所顾忌，于是心下沉吟，对上官嫣红说道："你不就是想广结天下英豪吗，你我可以坐下来好好商量商量。"

上官嫣红在激斗之余，也看到了寒荒古城的危机，只是心想月姬是音尘剑派，只怕为了多年以前三地剑道的是非恩怨，早就想把中州、蓬莱、寒荒三地剑道杀尽，好为音尘剑道一雪前耻，所以她根本不用考虑，恶狠狠地回绝："不必商量，音尘剑道恐怕早就想置我们中州剑道于死地吧！"

月姬恶狠狠道："只要你撤兵出城，我答应把寒荒古城的一半财产分给你，要不然的话，叫你死无葬身之地！"

上官嫣红笑了笑，大声喝道："你做梦！"

月姬狐疑道："做梦？"

上官嫣红虽然剑法高深，但是月姬和寒荒五大剑派联手对付她，她还是难以招架，数招后，袖子里散出一种红色的粉末，腰间同时也飞出近百根银针，而银针上都涂有剧毒。

月姬以及寒荒剑派等六人及时闪过，见上官嫣红并未得手，嘲笑道："你不用玩你这点小把戏，我们在天楼城已经见过你的本事了，也见过你的手段了，早对你有所防范。"

上官嫣红眼睛泛红，杀意更浓，就像黄河要决堤了一般，杀气沸腾，怒喝道："不愧是音尘第一剑道，果真有见识！"

恶苏看上官嫣红不但身段一流，爆发出的剑气也是惊天动地，喝道："看来我们要快点把这个女人摆平啊,我们以六敌一,她还有工夫说话,这是咋回事啊？"

恶苏当下剑走风疾，从上官嫣红的鼻梁上擦过，把上官嫣红惊了一大跳。

就在这时，古城内号角响起，相互缠斗的人闻声而望，只见音尘所有的剑士已像泛滥的洪水直逼东城大殿。

上官嫣红狐疑道："寒荒古城告急？"

寒荒古城告急，黑白双剑此刻也已经站在大殿之上。

月姬听到号角之声，登时惊了，立马手中神剑如电光射出。

上官嫣红见飞来之剑锐不可当，当时就把飘于空中的身子后移，当月姬再一次用力推剑而来，她才转过身。

寒荒古城告急，月姬得意道："现在只怕你想投降，我都不会答应！"

转身刹那间，只见月姬的剑擦胸而过，月姬已经从上官嫣红的身边飞了过去，并且跟着剑一起飞走了。

上官嫣红方要上前追刺的时候，寒荒剑派的五人已经阻住她的去路。

古城告急，就在这时，上官嫣红见月姬离去，瞬间方寸大乱，心想此刻已到决定胜负之时，可是被这五人围个水泄不通，这该如何是好？

易冷云见时机成熟，就在上官嫣红夺道心切之时，一掌打在上官嫣红的背心，上官嫣红口喷鲜血，摔倒在地。

上官嫣红欲要翻身而起之时，冷清雪的剑已经搭在她的脖子上。

而在此时，月姬也已经来到寒荒古城大殿之上。

寒荒古城的士卒死了一地，月姬拖着手中的剑，一步步走上台阶，而黑白双剑却飞身而来，都把剑刺向月姬。

月姬道："段云，你此时不动手，要等到何时才动手？"

段云和寒冷天白衣飘絮，对月姬的话充耳不闻。

当旭风再次出鞘，天地变了颜色。

寒冷天和段云两人站在寒荒古城大殿前，月姬依然带着黑色面纱看着他们，看着这两个高手在此较量。

"嚓！"

"嚓！"

双剑相击！

一招之内，段云的旭风掉在了地上，人却已站着寒冷天出剑前的地方。

寒冷天的剑也掉在了地上，人却已站在段云出剑的地方。

两人彼此换了一个位置，彼此换了一下脚下的土地，然后双双倒下。

段云和寒冷天两败俱伤，而上官嫣红又被俘，寒荒古城已经输掉了一切，月姬站在城墙之上，看着满城战火，悠哉地说道："亡命之徒，焉能活命！"

第062回：黑夜中的魔鬼

烽火连绵巧隔云川，放歌悲吟血漫泪州。江山几万里是凡尘，而今又何曾似还我一梦？

"呵呵，名门正派。"

一个嘲笑的声音，低沉而愤怒地从寒荒古城的大牢里传了出来。

段云就像个傻子，看着面前漆黑的高墙，淡淡地笑着嘲讽。

第二天的夜晚，寒荒古城注定成了缥缈宫的地盘，而寒冷天也成了俘虏，难道这是命？

寒冷天小的时候从中原而来，之后就再也没有回过中原，初来寒荒雪域，与寒月相依为命，他从一个狗贩子成了雄霸一方的英雄，势力抗横天下，而此刻，却又仿佛回到了多年以前。

在从前，寒冷天是一个狗贩子，成天和畜生在一起。

在这无人无语的漆黑夜里，那个仿佛模糊许久的画面又渐渐清晰过来，他和另一个同行坐在破烂的庙门前。

"小子，运气不错嘛！"

"哪里啊，这种事情，我最在行了。"

"今天卖了多少只狗啊？赚了多少钱啊？"

"不多，七十只而已。"

"不是吧？我今天才卖了十只，给我老妈抓药都还不够啊，你先借我一点吧？"

"不行啊，我的钱我要去买剑。"

"买剑？"

"我要买天下最厉害的剑，我要成为一名出色的剑客，我要让欺负我的人，跪在地上给我磕头！"

"傻瓜，就你这德行，还想当剑客，你还是省省吧？"

黑暗的角落，年轻人发着呆，想起以前在狗窝里厮混的日子，像个傻子一样，看着面前漆黑的墙壁在冷笑。

"呵呵，傻瓜。"

寒冷天嘲讽自己一朝庙堂之上，一朝市井以还。

如此昏暗之地，段云和寒冷天这两个人都疯了一般，竟然都在痴笑傻笑，段云在嘲笑寒荒剑道枉为寒荒名门正派，却暗地伤人，而寒冷天在嘲笑自己曾经那么傻，一心想成为剑客高手，但到头来还不如一个狗贩子，心里的悲苦和心里的迷茫随着夜色渐浓。

夜已来临，地牢里安静得像是个地狱。

地狱一般不会特别安静，但是寒荒古城的地牢却安静得令人心生恐惧。

段云道："这个地方还不错嘛。"

寒冷天淡淡道："这个地方我没来过，我也想不到在寒荒古城的东城大殿竟然有这么一个安静的地方。"

段云仰起头，看看这地牢的构建，淡淡说道："是啊，安静得让人有点害怕。"

寒冷天呵呵淡笑："你别指望能逃出去，这里是寒荒古城的死牢，寒荒古城我最了解不过了。"

段云听了这句话，登时不再说话了，想起躺在山洞里的幻尘雪瑶，全身使足力气，大声喊道："放我出去！"

寒冷天道："没用的，这里没有士兵把守，你就是叫破喉咙，也不会有人来应你一声，答应你一句。"

一挣扎，伤口就在流血。

段云惊道："为什么我的伤口在流血，却没有一丝疼痛的感觉？"

寒冷天听段云这么一说，看到自己的伤口也在流血，也是没有一丝疼痛，道："难道他们给我们吃了化功散醉仙丹？"

呵呵呵呵……呵呵呵呵……

一个接近魔鬼的声音，从黑暗中传了过来。

是谁在笑，笑得如此放肆？

段云笑着骂道："苏君火，你们太无耻了。"

苏君火站在段云面前，怒喝道："段云，我告诉你，今天不说出九百九十九把神剑的所在之处，你休想活命！"

段云道："休想！"

苏君火眼中杀气恨意一涌而出，伸出手把段云的脖子狠狠掐住，厉声道："段云，好小子，今天你落在我手里，我叫你尝尝断手臂的味道如何？"

苏君火抽出一柄剑，剑光一闪，血喷一地，段云的手臂就冷冰冰地落在地上，血溅到寒冷天的脸上。

寒冷天道："狗贼，有什么就冲我来！"

苏君火把目光转移到寒冷天的身上，咬牙切齿道："阶下囚，你不配！"

段云服过醉仙丹，所以没有感觉到一丝丝疼痛，他只是眼睁睁看着自己的手臂被砍断。

苏君火从袖子里取出一粒黄色的丹药，他用力把段云的嘴巴分开，然后强逼段云服下。

段云服下丹药之后，苏君火才离去。

"哈哈哈哈！"苏君火像个魔鬼一样狂笑着离开了。

段云服下的黄色丹药是醉仙丹的解药，他看着无尽的黑暗，全身上下都在流汗，就在这一刹那，他明显感觉到手臂牵连着自己身上的每根神经，不停扭曲，疼得他咧嘴欲哭。

最终，一时疼痛难忍，段云惨叫一声，晕死了过去。

晃动的铁链安静了下来，寒冷天看着段云那低垂胸前的长发，大声喊道："段云，段云！"

但是夜已经很深了。

第063回：美人与狼共舞

天刚亮，在离寒荒古城有五十里的地方，出现了一群雪狼。

雪狼有十二只，每只都在雪原上奔跑。

上官嫣红这次很失败，她没想到这次会被缥缈宫打败，一直以来把注意力都放在寒荒古城，却没在意缥缈宫的势力会如此之大。

这个问题现在已经不重要了，重要的是这次她能全身而退，全因苏君火在一旁接应。

雪原上，苏君火和上官嫣红等残余部队并肩而行。

上官嫣红道："混账，你怎么办事的，不是让你想办法拖住五大剑派吗，怎么最后他们还是来援助缥缈宫？"

苏君火道："寒荒古城的势力在寒荒已经根深蒂固，和各大门派结怨太深，再说事出突然，不好周旋！"

上官嫣红叹了口气："罢了，罢了，事情已成定局，多说也无益，你还是赶紧回去，和他们搞好关系吧。"

苏君火道："那告辞了！"

"小心！"

苏君火走后不久，从上官嫣红的背后扑来了三只雪狼。

上官嫣红忙转过身，却没想到其中一只雪狼正好把她扑到。

黑白双剑情急之下，赶忙拖住雪狼的尾巴，然而另两只雪狼拼命地向天空嚎叫，令人难以相信的竟然是从这天楼山的地界纷纷传来狼嚎的回应声。

不久后，一个庞大的狼群出现在眼前。

"这是怎么回事？这里为什么会有这么多雪狼？"上官嫣红惊道。

黑云忙道："郡主，你快随着队伍走。"

上官嫣红先前受了伤，此刻很是疼痛，当下见到这么多雪狼向他们冲了过来，心中升起了一股肝胆欲裂的寒意。

片刻，雪原之上，天楼山之下，一群雪狼正和上官嫣红的残余部落相互对峙，他们看着眼前上千头雪狼，皆惊得像丢了魂一般。

"嚎！"数千头雪狼一起像他们示威，皆对着天空嘶嚎。

"快走，郡主！"

上官嫣红见此之下，立刻挥将马鞭，向天楼山奔去。

此时此地，剩下的雪狼和黑白双剑及残余部队展开了一场血战。

"快看，他们在那里！"

一个女子的声音传出了峡谷。

在峡谷的入口处，走出来一位身穿红色衣服的女子，而这女子就是风月楼的主人风月儿。

忽然，小年也从峡谷里走出，看到一片厮杀的景象，完全呆住了。

"好多雪狼啊！"

当狼群渐渐把黑白双剑包围住的时候，小年飞身前往，忽然内劲变大，十三头雪狼都被他一挥掌，摔落在雪地上。

风月儿忙走过来，拉着小年说道："别管这些人，要这些雪狼吃了他们。"

小年心里一怔："他们和你有仇啊？为什么这么做？"

风月儿气愤道："何止有仇！简直就想剥了他们的皮，抽了他们的筋。"

小年却不再理会，只是当下直身冲进雪狼群之中："有什么深仇大根，我们暂且不管，先驱走狼群再细说。"

风月儿十万个不愿意："要救，你去救，我可不救！"说罢，还真的就坐在了雪地上。

小年见此也只有奋力帮助黑白双剑驱赶狼群，可是上千头雪狼，要驱赶哪会那么容易。

看到小年身陷狼群，风月儿又怎忍心，所以她站了起来，一声口哨响起，狼群竟然停止攻击，纷纷退去。

狼群退去，黑白双剑从厮杀之中飞了出来，怒道："好难缠的畜生啊！"

风月儿走了过来，道："我看这些畜生比你们这些人好一千倍一万倍，你们的主子是谁？她人呢？"

风月儿在逼问。

黑白双剑认得这女子，当下心里七上八下，只是为什么她的容貌和声音又恢复了，这到底怎么回事，不禁纳闷起来。

白石道："我们的主子是当今天下唯一的救世主。"

风月儿道："她就是一个卑鄙无耻的贱女人，还说什么救世主，我看根本就是个垃圾还差不多。"

好在风月儿刚才救了白石的性命，白石也不好发难。

白石道："不知道我们主子哪里得罪你了，你这样骂她，今天你们救我们一命，所以暂且我们不和你们计较。"

小年听得稀里糊涂，根本不知道他们在说什么，但是有一点小年是知道的，他们之间肯定有什么误会，所以小年一句话也不说，就站在一旁看着三人。

"你说什么？不和我计较？"风月儿就和吃了枪药一样，上前一步，"你们毁了我的绝世容貌和声音，令我受尽了屈辱，到底是谁不和谁计较？"

气急之时，风月儿一语道破。

小年听了，才明白原来是这两个人的主子把风月儿的容貌和声音毁了，当下也是难以表达内心的愤怒，不过他心存善念："算了，现在你的容貌不是已经恢复了嘛，不要再和他们计较了，再说是他们的主子心狠手辣，又不是他们。"

"天下乌鸦一般黑！"风月儿气得哭了，泪水滴滴滑落，"你也这么说我，你难道就不为我报仇吗？"

小年听后，傻傻一笑："要么叫他们给你道个歉，这事就算完事了吧。"

风月儿听了，不高兴，且道："不行，我一定要把他们两只脚和两只手剁下来。"

小年把风月儿拉到一边，细声说道："你不要这么刁难人好不，看看他们的打扮，绝不是泛泛之辈，僵持下去，对我们没好处，毕竟他们人多，我们人少啊！"

风月儿听了此话，又把眼睛向周围的人看了一眼，勉强答应："那好吧！"

见风月儿点头，小年走到黑白双剑的身边，且道："两位，不如你们就给风月儿道个歉，冤仇就此冰释，如何？"

黑白双剑怀疑刚才袭击的狼群还没走远，如果再被招了回来，那岂不是惨了，当下也只好依小年的方法，应声道："好！"

风月儿不说话，只是心里那个"恨"简直无法形容，她暗暗想到：日后再找你们算账。

看着黑白双剑走到自己的身边，风月儿心中暗忖道："今天真是便宜了你们这些王八蛋了。"

黑白双剑走到风月儿身前，低头抱拳道："对不起。"

风月儿不理睬。

小年扯了扯风月儿的袖子。

风月儿才勉强说道："大声点，本姑娘没听见！"

黑白双剑又道："有什么得罪之处还望姑娘谅解。"

风月儿柳眉一竖，心想如此害我，却还故意隐瞒，不承认所犯下的错，当下心里一横，立刻发作，大声辱骂黑白双剑，可是话说到一半，小年一把拉住她，笑着说道："好了好了，你们走吧！"

黑白双剑从来没有如此狼狈过，今日算是遇到鬼了，当下上了马，嗒嗒嗒地向天楼山奔去。

第064回：红衣狼女之吻

风月儿站在雪地里，用手揉着眼睛，好像哭了。

小年心里也泛起一阵阵酸楚，道："你没事吧？"

风月儿听了，恼道："都是你，你为什么不帮我教训他们？"

小年一怔，道："我……"

风月儿道："他们毁了我的容貌和声音，让我吃尽了苦头，就算杀了他们都不能让我解恨，你还放走他们，你是不是不爱我，你是不是想违背你刘妈的遗愿？"

风月儿伤心极了。

小年看到风月儿这般模样，心里也是不好过，道："刘妈的遗愿我当然不会违背，只是苦了你了！"

风月儿心里一激动，紧紧抱住小年，小年的双手无意识地轻轻搂着风月儿的腰上，然而风月儿又道："我知道你心地善良，不忍心杀害他们，但是他们都是大奸大恶的人，今天你不杀了他们，以后他们可能会杀了我们！"

小年心里一怔："不会的，有我在，谁都不会伤害你！"

风月儿道："那我们现在该去哪儿啊？"

小年道："去你以前住的地方。"

风月儿道："风月楼？"

小年道："那风月楼是什么地方？"

风月儿道："那里是男人爱去的地方。"

小年道："男人爱去的地方？"

风月儿闻小年如此一言，当下道："你是不是嫌弃我是个艳妓啊？"

小年道："不管你是什么身份，什么地位，都没关系！"

风月儿轻轻问了一句："你喜欢我吗？"

小年一怔："喜欢啊！"

风月儿双颊绯红，在小年不经意的一刹那，她用那还沾有眼泪的红唇贴在了小年的唇上。

冰天雪原之上，两人就这么被一阵阵带着寒意的温柔占据了一切。

忽然，小年背后走来了阿涛、阿金，阿金道："哈哈，好不害羞哦！"

风月儿忙睁开眼睛，目及远方，出现了阿金和阿涛两人。

"臭婊子，拿命来！"

还不等小年反应过来，阿金和阿涛提起手中利剑飞了过来，直刺向他们。

刚才风月儿和小年万般柔情蜜意，可是如今见到强敌全身无力，当下没有闪避过，只见阿金的剑刺中了风月儿的腿。

风月儿道："我们快走。"

阿金道："臭婊子，想走，没门儿。"

小年抱起风月儿就逃，可是阿金阿涛念及师父养育之恩，当下非要杀了这个凶手不可，当下他们一路追踪。

"今天不杀了这个杀人凶手，我们兄弟俩誓不罢休！"

阿金、阿涛回想起师父对他们的养育之恩，再想想师父每次给他们训话时的神情，眼里禁不住流出了点点泪水，然而他们又怎会晓得，杀害他们师父的凶手并不是风月楼楼主，杀害王钱赛的凶手乃是上官嫣红。

上官嫣红那日杀了王钱赛，完全是为了争夺彩虹石，然而彩虹石在风月楼落在她的手里以后，她便命手下之人在江湖上散布谣言，说彩虹石已经被白火堂的人抢走了，当各方武林人士都前往白火堂寻彩虹石下落之时，白火堂只给了一个答案，那便是彩虹石已经投入剑鼎之中。

如今遇到风月儿，为何要杀风月儿？那是因为上官嫣红杀害王钱赛的时候，正是以"缩骨易容术"变成了风月儿的模样。

王钱赛死后，阿金、阿涛至今还以为是风月儿所为。

小年取出随身带的止血药给风月儿敷上后，又从自己身上撕下一块绣缎为其包扎好，接着一路向北而逃。

从小在刘妈的庇护下长大的小年，很少和别人发生争执，所以他不想多做纠缠，一心只要甩掉阿金、阿涛即可，况且阿金、阿涛为何视他们如仇敌，他根本不知道其中的缘由，在没搞清楚之前，万万不能和他们动手，否则恩怨解不清，反而会加深。

走过偌大的石壁，小年忽然使出全身内力，这石壁上的冰石忽然被臂膀之力震起，并且在他第二道劲气使出之后，这偌大的冰石从石壁上滑滚，一直滚到了阿金阿涛的面前，阿金、阿涛情急之下，赶忙向后飞跃，异口同声喝道："好小子，好内力！"

阿金阿涛两人被冰石逼迫后退，小年趁机人影一闪，进入了一个山洞。

待人进入山洞，小年左手抱住风月儿，右手托起了一块足足九丈宽十二丈高的寒冰石把洞口封住。

为何把洞口封住？

因为这洞不深，后洞还有出口。

小年把阿金、阿涛两人的追路用寒冰石断掉，是要他们绕道而行，好以此为自己增加更多逃离的时间。

如果不绕道，要移动堵在洞口的巨石，看来阿金、阿涛还真移不动。

阿金忙道："这厮好大的力气，这块石头这么沉，他也能搬动？"

阿涛叹了口气，也气愤道："无论如何，尽快绕到雪山的后面，一定要把这厮杀了才是。"

阿金道："事不宜迟，我在此守住洞口，你就绕道过去。"

阿涛急忙提剑，应声说道："好！"

阿金靠在寒冰石上，正大口喘气地看向正找路绕道的阿涛。

阿涛绕到雪丘后面，发现山洞里的人已经不见了，只是在雪地里留有一连串的脚印，而脚印明显是前往雪云山的。

雪云山，乌云低顶。

阿涛看了脚印延伸的地方，再仰头看看天色，天上还在下雪，阿涛喊道："看来他们是向北方走去了！"

阿金忙把剑往地上一挥，气愤地绕道来到阿涛身前，道："该死，不能就这么让他们逃了。"

阿涛道："师父从小对我们有养育之恩，我们一定要报此仇，以告慰师父的在天之灵。"

两人简短对话完毕，顺着雪地里的脚印一路向北寻去。

雪云山，山脚。

小年瞧瞧天色，天色已经晚了，这里是寒荒偏北之地，终年都在下雪，再看看风月儿，却发现风月儿正看着自己，且道："风姑娘，你没事吧？"

风月儿道："没事，怎么了啊？"

小年道："这里是寒荒最北的地方，常年落雪，我们要不上山去，山上荒芜得很，要是他们真的追到这里，山上阡陌密林，他们要想找到我们是件很不容易的事情。"

风月儿道："可是我的腿受伤了，走不了山路。"

小年道："没关系，我背你上山就是，等到三五天后，他们走了，我们再下来。"

风月儿嫣然一笑："我看这大雪山的风景还蛮不错啊，不如我们就不下来了，你说怎么样？"

小年点头道："可以啊！"

夜色降临，小年背着风月儿登上了雪云山。

第065回：再遇雪瑶妹妹

雪云山，万里云端，黑云层层遮住了山头。

小年和风月儿终于登上了雪云山，山上寒竹密林，一片竹林已覆盖山脊，终年积雪不减。

走过一片片竹林之后，眼前出现了镜雪山庄的"烟云血河"景象。

不错，忽然在小年和风月儿的头顶天空出现了五彩云，彩云瞬间千变万化，好像演绎着一场大劫难的预言。

预言？

彩云瞬间流转，天空之中兀自多了一座庄院，庄院恢宏庄严，但不久后，一朵黑云冲了过来，无情地将他们眼前最美好的事物毁坏掉，风月儿呢喃道："这团黑云真是讨厌，就像刚才那两个家伙一样，不分青红皂白就要杀我。"

小年道："你不认识他们？"

风月儿道："对啊，我从来都不认识他们啊！"

小年道："那他们为何要杀你啊？"

风月儿道："不知道，不过在寒荒好像没几个人要杀我，他们可能是外地人吧！"

小年道:"外地人?外地人就更没理由要杀你了。"

天空那朵黑云瞬间把五彩云吞没,风月儿感觉很伤感,且道:"我们进里面去吧!"

小年感觉到寒竹林四周冷空气流动很快,所以一直站立着,安静地用感觉来搜集空气的杀伤力有多强。

对于冷空气的变化,风月儿却没有丝毫察觉,见小年站立,不迈出一步,感觉奇怪,于是痴痴地看着小年,见小年面部表情有些恐怖,当下疑问:"怎么了?"

小年赶忙把她抱了起来,道:"快走!"

风月儿哪里知道风暴就要来临,一双水汪汪的大眼睛瞪着小年,急忙惊道:"怎么了,他们追来了吗?我怎么没看到他们啊?"

面对风月儿的问题,小年只是简单地解释:"不是,是风暴来了,我们快走,找个地方避一下。"

风月楼在水月荒,那里虽然也下雪,但是风暴雪暴还是很少,至少风月儿从来没见过,当下问道:"那怎么办,我听别人说过,每次雪暴来临都要死很多很多人。"

小年疾奔镜雪山庄内,在一处秘密之地发现了一个密室,而密室很显然已经荒废很久了,现在看上去也只能说是一个破烂雪窟。

雪窟很深,由外到里,光线渐渐地变暗。

来到雪窟里面,眼前一片黑暗,小年道:"这里好黑啊!"

风月儿道:"这里会不会有鬼啊?"

小年一怔,笑了一下:"你还害怕鬼啊?难道你当真相信这世界上有鬼?那都是人们自己吓自己。"

风月儿道:"我当然害怕啊,这么黑的地方,我还是第一次来,我以前在风月楼,哪里会像这里这么黑啊!"

话音刚落地,只听在他们前方传来"噗噗"的声音,小年立刻回神上前一看,洞窟里面有微微的雪光照亮眼前,就在前方洞窟深处,有一群雪花蝙蝠,扑啦啦飞了过来,只把他惊得差点摔倒在地上。

风月儿道:"小心啊!"

小年道:"这地方怎么会有这种玩意儿?"

风月儿道:"这是什么东西,说是小鸟吧,样子又是那么奇怪?"

小年道:"这是一种蝙蝠。"

风月儿道:"蝙蝠,什么蝙蝠?"

小年道:"你该不会连蝙蝠都没见过吧?"

风月儿道:"我真的没见过这种怪鸟,样子好丑哦!"

小年道:"这是雪花蝙蝠,并且这些蝙蝠也是吸血蝙蝠。"

风月儿道:"啊?还吸血啊,那么它们该不会吸我们的血吧!?"

小年道:"不用怕,有我呢!"

风月儿道:"你不怕吗?"

小年吸了口气，才道："我不怕，我以前和刘妈住在一起，以打猎为生，比这厉害十倍的鸟我都不怕，又怎么会怕它们呢？"

"哦！"

风月儿神情放开了一些，嫣然一笑，指着前方的蝙蝠群，说道："你看有光从那边石缝射了出来。"

小年顺着风月儿手指的地方看去，当下喜道："看来这雪窟并不是很深。"

风月儿咦道："那里是不是出口啊？"

小年依然把风月儿背在背上，看到有光从雪窟深处照了过来，高兴极了，且道："走，我们再往里面走，去看看雪窟是不是还有另一个出口，如果有出口的话，等雪暴一过，我们就出去。"

"嗯，好。"

小年往雪窟里走，但是越走越觉得这洞不可思议，远比他们想象的要深。

雪窟很深，里面很热，雪窟里还有滴水的声音，滴答滴答。

风月儿道："这里怎么这么热啊？"

小年的额上明显出现了汗水，且道："可能这里是寒荒北边的边陲，大地的热量比较高，所以这里才比较热，但是据说寒荒以北乃是极度阴寒之地，这逻辑也不对啊。"

风月儿听得似懂非懂，道："这洞很深啊，难道是我们刚才看错了？那光距离我们怎么还那么远？"

小年道："我也不清楚，难道我们已经走出了寒荒所属的地界了？"

风月儿道："不会吧，出雪域不是只有一条路吗，这里怎么会是出雪域的通道呢？"

小年道："这个就不知道了，我没听人说过，能从雪云山走出寒荒大雪域。"

两人一边走一边说着，当小年走过几道拐弯，眼前忽然大亮了起来，原来雪窟里面点有很多蜡烛，烛光熠熠。

烛光的聚焦最亮处有一张石玉床，石玉床上躺着一个女子。

此女——

梦里六月雨，容寒二月梅，姿容八秋月，睡意挂丝银，换做一烛尘。

幽逸寒冰窟，如梦阿罗女，七月其时情，红冠作花梗，一世卜雨晴。

此人天上女，哪儿是凡尘人？

阿年看着烛光里的人，呆住了，万万没想到在这里再次遇到当初他救的那个女子——幻尘雪瑶。

幻尘雪瑶基本没有多大变化，只是她的衣服和发型有些变化，但是还是一眼就认出来了，当初救幻尘雪瑶，就是要她好好活着，当再一次看到幻尘雪瑶躺在石玉床上神情憔悴，小年有一种莫名的心痛。

风月儿还趴在小年的肩上，同样也为眼前的景象惊呆了，她只是喃喃说道："啊，这里怎么睡着一个女孩儿啊！？"

小年不作回答，因为小年正为眼前出现的事而激动。

风月儿问完话，当下也没听到小年做声，也奇怪了，又道："小年哥哥，你又怎么了？"

小年缓缓地把风月儿放在地上，而风月儿也没想那么多，心平气和地随同小年一瘸一瘸地走到了幻尘雪瑶的床前。

风月儿道："她长得真漂亮，可为何躺在这里呢？"说着伸出了手在幻尘雪瑶的袖子上戳了戳，可是就是不见幻尘雪瑶有任何反应。

风月儿纳闷了，当下胡乱惊道："难道她是个死人？"

小年低沉地说道："有我在，她不会死。"

风月儿道："可是，为什么没动静呢？这么荒荒的大雪山，怎么会有一个女孩子躺在这里呢？是谁把她放在这里的呢？"

小年不闻，蹲下身，轻轻地喊道："雪瑶妹妹！"

风月儿听小年这么一叫，脸上惊讶的表情那就更不用说了，简直惊得有些过分，忙道："原来，你认识她啊？"

小年从怀里掏出了翡翠鸟，道："翡翠鸟就是雪瑶妹妹送给我的。"

风月儿看着小年手里的鸟儿，皓齿微露，嘻嘻道："好漂亮啊！"

小年一手拿着翡翠鸟，一手去探幻尘雪瑶的呼吸，然而他惊住了，他简直不敢相信这是真的，幻尘雪瑶竟然连一点呼吸都没有了。

风月儿道："怎么样？她还好吧？"

幻尘雪瑶的身上有一处剑伤，剑伤就在肚脐上，小年仔细查看一翻，明白寒毒乃是这剑伤所致，所以才这般危在旦夕。

为了判断得更精准些，小年看向幻尘雪瑶的耳根，耳根那根筋竟然不是淡青色的，反而是紫黑色的，他更确定幻尘雪瑶是寒毒发作了。

寒毒是种阴寒的慢性杀手，所以幻尘雪瑶没死，反而安安静静地躺在这里，就像传说中的活死人一样，有着正常人的思维和情感，但却被身体阻碍了大脑发出的最终机动指令。

洞窟的确很暖和，暖和得就像春天的太阳。

小年的医术不敢说能和勾孟婆相提并论，但是单说救人的决心，还是比较大的，他现在要做的就是把幻尘雪瑶身体里的寒毒缓和下来，因为他有一个不变的信念，而这个信念可能在无意中早已自觉形成，世上无论谁死，他都必须要竭尽全力地相救。

为了救幻尘雪瑶，小年额头上的汗水始终没有干过。

要救幻尘雪瑶，首先要恢复她的元气，而小年此刻也正急着给幻尘雪瑶输送纯阳之气，风月儿却在一旁注意着幻尘雪瑶的丝毫变化。

一个病人的变化对一个医生的帮助很重要，所以小年在开始为幻尘雪瑶运输纯阳之气的时候，已经吩咐过风月儿，让风月儿注意幻尘雪瑶身上每一个微妙的变化。

小年内力很深厚，连他自己也不知道到底是怎么回事，明明不会内功，然而此刻运起内力来，却是得心应手。

风月儿看到小年汗如珍珠粒粒滚过脸庞,她也急了,本来想过去帮小年擦拭汗水,可是看到两人生死仿佛连在一起,她又几次忍住没有说话,只是默默地担心,在心里默默地祈祷,希望早点结束这样的危险治疗。

随着时间的推移,雪窟外暴风忽然来袭,经久不竭的嘶鸣,其声犹如地狱鬼嚎,让风月儿不得不胆裂心寒紧紧贴着小年而坐。

风儿紧吹,雪窟外传来巨石落地的声音,同时暴风雪急至,狂风大作,山涧野树,畸形巨石满天飞舞。

雪窟内,小年的脸色已经越发难看,就在风月儿十分担心、害怕的时候,小年"噗"一口鲜血喷出,然后倒在床上。

风月儿见此,忙大声叫喊:"小年哥哥,小年哥哥!"

小年道:"我没事,只是初次用这种办法驱解寒毒,我略有不适。"

第066回:修神功炼神丹

雪窟很大,吸血蝙蝠在外洞随处可见。

幻尘雪瑶受了剑伤,伤口貌似已经感染,已经到了危险的地步,然而她自小身患寒毒之疾,一直以来都是体弱多病,这一次就更不用说了。

寒毒不好治,所以小年和风月儿注定要在此多待两天了。

这一两天,可把风月儿急坏了,她在这里已经足足闷了两天了,这里除了她们三个人之外,就是洞外那些叽叽喳喳的蝙蝠,现在风月儿走到小年身边,轻声问道:"她有没有好些啊?"

小年摇了摇头,并没有说什么,他的意思,不管是谁看了也知道,幻尘雪瑶的伤势并没有什么好的起色。

风月儿的眉头也紧缩在一起,并且轻微在颤抖,她不知道小年为什么一定要救这个女子,但是从小年这几天的气韵神情便不难看出,这个女子对他有多重要。

此刻,已经是第二天傍晚,已经两天没进食了,风月儿只发现自己全身无力、头脑昏厥,为此,独自一个人向洞外走去,穿过蝙蝠洞穴的时候,分外小心。

这些蝙蝠是会吸人血的。

这一次,风月儿成功地出了雪窟,雪窟四周一片寂静。

风月儿下意识地环顾四周,见周围环境和昨日没多大区别,她分外高兴地走到了一块大冰石前。

站在大冰石前,风月儿嘴里吹响口哨后,一只雪狼从隐秘的树林走出,见是风月儿,它也蹲坐在了冰石前。

风月儿分外惊喜,没想到这里也有雪狼出没,嘻嘻道:"小家伙,去帮我弄点野味来,好么?"

雪狼忙起身，消失在丛林之中。

不久，雪狼果然衔着一只雪兔而来，风月儿看到了，当下从她嘴里取下雪兔，这雪兔还有余温，看来是雪狼刚得手的猎物。

风月儿笑如春花，道："小家伙，以后不许再伤害兔妹妹喽。"

雪狼依然蹲在雪地上，只是等到风月儿进了雪窟，方从此处离开。

洞内，雪花蝙蝠甚多，常年累积的粪便也是上好的燃料，她弄了几块，闻了闻，道："这蝙蝠的粪便已经有些年了，也没什么异味。"提着雪兔，捡来燃料，洞里很快生起了一堆薪火。

兔子的皮毛被拔了，风月儿就把它放在火上烧，看看那兔子已经被烧焦了，而她却没有撤火的意思。

这只兔子要是被那些美食家得到，那就是一道美味佳肴，而她此刻对着烧焦的兔子怔怔发愣，疑问道："这兔子的肉怎么没有风月楼的好吃呢？"腹中饥饿一时难忍，便咬了一口，觉得好像勉强还可以，于是拿到小年的身边，道，"来，吃点吧。"

小年无视兔肉，一直坐在幻尘雪瑶的床边发愣。

风月儿道："给她治病很重要，但是你已经两天没吃东西，这样下去是不行的。"

小年回过神来，看着风月儿，微微一笑，道："我不饿，你快点吃吧，这些天你在这里陪着我，你吃了很多苦，受了很多罪，我很过意不去！"

风月儿道："知道我受了这么多苦，那你就吃一点吧，这是兔肉哦！"

小年接过兔肉，撕下了一块，再看看床上的幻尘雪瑶，道："她一定在这里躺了很多天了，真不知道她饿成什么样子了。"

此刻，小年出神地看着幻尘雪瑶。

风月儿道："很好吃，你吃点就有力气给她疗伤了，要是没力气，怎么能有浑厚的内力呢？"

小年把手里的兔肉喂到风月儿的唇边，道："你快吃，我真的不饿！"

风月儿无奈，只好把兔肉收了起来，在一旁的石头上坐了下来。

这一天，风月儿也没吃。

到了第二天，风月儿同样把兔肉弄好，再拿到小年身边，小年同样说自己不饿，风月儿道："你不吃，那我可走了，我可不管你了！"

小年道："你不可以出去啊，那两个人说不定就在雪窟附近。"

风月儿憔悴中笑了笑，接着把兔肉递给小年，仿佛在威胁小年，如果小年不吃，她就会出雪窟。

雪窟外，阿金阿涛说不定就在洞外。

小年看着风月儿，无奈，接过来大口吃了几口，风月儿弄了些雪水，让小年喝下，小年气色好了一些，到了后半夜，小年忽然说道："月儿，你帮我炼制丹药吧！"

风月儿惊讶了，道："炼丹药？"

小年道："对，我记得我刘妈以前练过许多丹药，我想要你来帮我炼药。"

风月儿皱着眉，不好意思，慢吞吞道："可是，人家不会炼制丹药。"

小年道："没关系，我可以教你。"

风月儿道："那你炼制好了，我笨手笨脚的，我炼制丹药，怕误了你的大事。"

小年道："我要修行内力，好为她缓解寒毒。"

风月儿点了点头，道："那要是出了什么差错，该怎么办，你该不会怪我吧？"

小年道："要是出了差错，我想这就是命吧，不过你炼制的时候多加小心便是了。"

风月儿点了点头。

说时迟，那时快，小年借过风月儿的发簪，在雪窟内找了个圆石头，就用这簪子开始凿了起来。

风月儿不解，道："你干什么啊？"

小年道："炼制丹药，当然要一个丹炉才可以。"

风月儿听了之后，点了点头。

很快，一夜过去，丹炉也已经完工。

风月儿开始炼制丹药，丹药的材料是种很常见的药材，这种药材热量很大，人们都称此药为大力金刚丸，药材乃是山上的梅花。

这种梅花的花瓣有毒，他竟然就把这种毒提炼到大力丸之中。

大力金刚丸在短时间内可以释放很多能量，而梅花之毒正是克制寒毒全身流动的最佳解药，这样再加上他以内力为幻尘雪瑶驱赶寒毒，想必有能缓解压制之功效。

此事一旦开始，风月儿和小年都全身心地投入。

这几日下来，小年正是在修炼纯阳内力，而风月儿在炼制丹药，这种丹药，小年叫它梅花丸。

幻尘雪瑶的伤势绝非一般，小年把炼制好的药丸磨成粉末，刚开始还很担心这种新制的药会发生副作用，但是一天过后，见此药对幻尘雪瑶并没有什么副作用，于是到第二天，小年就放心地给幻尘雪瑶服用。

一连几天过去了，幻尘雪瑶体内的寒毒得到梅花丸的缓解，脸色有所好转，他才决定明天再输送内劲，要幻尘雪瑶快些醒来。

清晨，和上次一样，风月儿出洞去抓野味，同样的方法，口哨一旦响起，就有雪狼为她衔来雪山鸡和雪兔之类的野味。

今天，风月儿从雪狼嘴里拿到了雪山鸡，不过就在她转身的时候，面前忽然凭空飞来一个人。

这人就是阿金。

阿金怒道："贱人，你果然在这个雪窟里，你受死吧！"抡起一把长剑，忽然急速砍向风月儿。

风月儿武功不高，但还是闪避过了这把长剑，只见长剑落地的地方，雪都震起半人高，风月儿大急，呼道："救命啊！"

此刻，小年正在为幻尘雪瑶化解寒毒，在这重要的时刻，精神不能分散。

小年感觉到了周围的异样，汗水一滴滴滑落，然而就在这时候，风月儿赶忙往洞里藏，可阿金却也进来了。

风月儿心想，里面有那么多吸血蝙蝠，不如把阿金领到那儿去，叫那些蝙蝠吸他的血，于是风月儿把手指头咬破，那吸血蝙蝠对血很敏感，当下从洞里飞起来，当蝙蝠都飞过来的时候，风月儿赶忙把出血的手指头含在嘴里，那吸血蝙蝠一涌而上全部袭击阿金。

阿金一路走来，雪山荆棘很多，身上难免会有荆棘刺留下的伤口。

蝙蝠袭击着那些伤口。

阿金看到了眼前许多蝙蝠，当下挥起长剑，那些蝙蝠都落在山洞里，洞里一时之间血腥味深浓。

风月儿见此，赶紧来到内洞。

内洞里，烛光稍微暗淡，蜡烛已经烧熔，化成了蜡水。

风月儿没多注意小年，急切地说道："他们又追来了！"

小年却神色不改，依然为幻尘雪瑶治疗伤势，冲破被寒毒封锁住的穴道。

第067回：真英雄谁无情

很久，雪窟里的蜡烛都已经化成了蜡水。

雪窟，一片漆黑，蜡烛已经熄灭。

小年准备在今天出洞，那幻尘雪瑶呢？

幻尘雪瑶当然由小年背出雪窟。

阿金道："你们要出洞了？"

风月儿嘲讽道："是啊！"

阿金坐在雪窟一处阴暗处，闻见他们躁动的声音，可能已经预料到了此事。

风月儿白了阿金一眼，哼了一声，说道："我们不出去，难道在这里等死啊？"一想到之前阿金对她杀之而后快的决心，当下嘴巴一撇，不再理会阿金。

阿金见此也只有咽了口唾沫，看着黑暗无尽的深深雪窟，暗暗说道："一心想给师父报仇，可是仇还没报，我只怕就死在这里了。"

风月儿道："报仇，我也没杀你爹你妈，你找我报什么仇？姐姐再给你说一遍，我不认识你们，我没杀你师父。"

现在，阿金不指望能活着出去，他最大的遗憾便是不能亲手给师父报仇，如今自己生命已走到尽头，他也只好顺从天意，心里暗忖道：希望大师兄能为师父报仇。

阿金身上已经没有一处是好的了，他永远也想不到，自己最终会被这些雪花蝙蝠吸食失血而死。

良久后，小年把幻尘雪瑶背出洞窟，洞窟外，雪花依旧飞舞，小年把幻尘雪瑶安排好，便对风月儿说道："月儿，你和雪瑶妹妹在此等候，我去把他也扶出来。"

风月儿眉头一皱，不解道："他一心想杀我们，你怎么还帮他？"

小年道："你杀了他师父吗？"

风月儿摇了摇头，道："我根本不知道他是谁。"

小年道："那你想不想找出真凶，为自己洗去冤屈？"

"凶手？"风月儿咦道，"我想起来了，照他说的情况，杀他师父的那个人很可能就是害我的那一个人。"

小年道："既然你知道是误会，那就不能见死不救。"

风月儿咬住嘴唇，冥想一番，才点点头说道："那好，我听你的，我也想叫他们知道凶手不是我，而是另有其人。"

小年再次吩咐风月儿照顾好幻尘雪瑶，自己一个人又摸进了深深的雪窟。

雪窟里，安静，阴气森森，雪窟深处，阿金恐惧般说道："是谁？"

小年回答得简单直接："是我！"

阿金问道："你为什么还要回来？"

小年还是直接地回答："我回来救人。"

"救谁？"

"救你！"

"救我？"

"因为我知道你肯定不愿这样死去。"

"为什么？"

"你还没给你师父报仇，所以你不愿意就这么死去。"

"你这话是什么意思？"

"你有没有想过凶手很可能不是风月儿？"

"没想过。"

"为何不想一想？"

"没必要！"

小年听他这么一说，登时不再说话，只是过去扶起阿金，往雪窟外走。

"你为什么不再说话？"

"我知道，就算把你打死，你都不愿意相信我所说的话，对不？"

"所以你不想和我说了？"

小年真的不说话了，只是想尽快把阿金背出雪窟，然后给幻尘雪瑶找个幽静的地方安顿下来，让幻尘雪瑶好好养伤。

雪云山，雪山之中，白雪飞落。

走出雪窟，小年惊呆了，在不远处的雪地上很明显有许多人的脚印，当他回到与风月儿分手的地方，发现风月儿和幻尘雪瑶都不见了。

小年脸上出现了痛苦的表情，道："怎么可能？怎么可能？"

沿着脚印一路寻去，当走到山庄门前，他才看到山庄的庄门上出现了一个简单的地图，这个地图是天楼山的地图，小年心想：难道风月儿又被上官嫣红抓走了？

小年仔细看了看地图，再眺望天楼山，天楼山雪雾稀薄，当下心想还是快点赶去天楼山，看看究竟是谁把风月儿和雪瑶抓走了。

小年心里清楚，阿金的伤势很严重，不能现在就和他一起动身前往天楼山。

阿金看到雪地上的脚印，若有所思地问了这一句："他们人呢？"

小年道："没事，我先找个地方要你养伤。"

阿金道："他们两个是不是出了什么事情？这荒芜的雪山上刚才来了不少人。"

小年道："不知道她们现在怎么样了？"

阿金万分抱歉，道："都是因为我，她们才……"

小年虽然没看到阿金的表情，但是从他的语气里，似乎能感觉得到，他一定也担心风月儿和幻尘雪瑶两人的安危。小年道："这不关你的事。"

阿金道："那你快去找她们。"

小年道："不急，当下还是先找个地方把你的伤治好，你失血很多，如果现在忙于奔波，那肯定是有百害而无一益。"

阿金甚觉惭愧，当下从他背上滑了下来。

小年不解，道："你要干吗？"

阿金却趴在地下，说道："阁下真是宅心仁厚，我真是惭愧不如，想起先前对你实在无礼，此刻真是生不如死呢。"

小年忙伏在地上，道："兄弟若是能这样想，那真是再好也不过了，我还有一件事要请求你答应。"

阿金一怔，忙道："仁兄，大仁大义，如今天下几人能比，有事就请说，在下一定为你办妥。"

小年道："我请你不要再找风月儿的麻烦了。"

此刻，阿金面部表情抽搐，且道："她是我的杀师仇人，我如何能放过她？"

小年把阿金从地下拉起来，道："可是她并没有杀害你师父啊。"

阿金气急了，当下摔倒在地上，全身抽搐，且道："我眼睁睁看着她杀了我师父，难道我会看错，就算看错，我相信阿涛也不会看错，当时那么多人在场，难道他们都看错了？"

阿金情绪低沉而激荡，也许是因为先前被吸血蝙蝠嗜血太多，身体很虚弱，所以热泪和仇恨相聚，眼睛才忽然变成了血红色。

小年道："我听风月儿说，有个女人和她装束长相一模一样，这个女人不但霸占了风月楼所有产业，还毁了风月儿的容貌，难道你不觉得奇怪吗？"

阿金道："难道你认为在这世界上有人会'缩骨易容术'？"

小年道："按照风月儿的说法和遭遇应该不排除这种事情，这事情在这个世界上应该存在着。"

阿金沉默了。

小年把阿金扶到一处石沟里，石沟不太大，四处都是雪峰峭壁危岩耸立，身处雪沟之中，不用再饱受风雪击打。

阿金道："既然你说不是风月儿所为，那我暂不为难她，等到查明白，再做生死较量。"

小年看着阿金，忽然感叹，却又颇为凄然地说道："真正的英雄就像你这般，通情达意，真希望你能早些为你师父报仇，也愿风月儿早些查到真凶，为自己讨回一个说法，也还天下人一个公道。"

阿金听得小年如此一说，当下也就把这事情放了下来，因为他能感觉到，小年绝对是值得信赖的一个人。阿金道："不知道你今年多大？"

小年道："肯定没你大了。"

小年不知道自己今年有多大，因为他的记忆当中缺少了一部分，这部分就是童年，据刘妈告诉他，他是一个孤儿，自小失忆，由刘妈一手抚养长大。

"那不如我们两个来个八拜之交，可好？"阿金已经把手拍在小年的肩膀上，且道，"小弟，你愿意吗？"

小年听得阿金称自己是小弟，当下欢喜，且道："好！大哥。"

阿金又道："以后不管是不是风月儿杀我师父，都不重要，只要兄弟你我都觉得无愧于心，我希望我们的兄弟情永远存在。"

小年呵呵笑了，道："好！"

阿金又使劲在小年肩膀上一拍，大声赞道："好兄弟！"

"哎哟！"

阿金由于激动过头，全身隐隐作痛，小年见此，忙给他敷上醉仙丹，说道："大哥，这几天，你好好在这里养伤，等到两天后，我们去天楼山。"

阿金一怔，道："难道她们被人抓到天楼城去了？"

小年道："我也不太清楚，只是刚才在庄门石壁上看到了风月儿给我留的地图，我才这么确定。"

阿金道："确定她们一定就在天楼城？"

小年道："是啊！"

在这两天之中，小年使足了看家本领，每次他从雪山中狩猎回来，都有一些好草药和好野味带回来，由于草药和野味的共同调理作用，阿金的体质很快恢复了，相比之前，更加生龙活虎。

一天天过去，小年看阿金伤势好转，也一天比一天更加担心风月儿和幻尘雪瑶的处境。

风月儿的容貌和歌喉刚恢复，却又要遭受万般虐待，而幻尘雪瑶这两天还没有服用梅花丸，这真是叫人发愁，小年叹了口气，坐在雪地上，身子有气无力地靠在雪岩石上。

阿金道："我们是不是该去找她们了！"

小年道："嗯，我正想和你说呢。"

阿金道："那我们今天就动身，早一刻动身，她们就多一些安全。"

第068回：狠心的女人啊

傍晚，天楼山，幽谧雪道上两匹骏马飞驰。

两匹马，两少年。

小年和阿金已经来到天楼山，他们按照地图上的注释，成功地来到了天楼城。天楼城是一座新建的集镇，在城中也同样有许多叫卖。

两人赶了一天的路程，两人口干，所以一人去买水，一人留在原地照顾马匹。

阿金和小年商议，小年在天楼城的天楼客栈买了茶水，也顺便买了几个包子，包子是刚出炉的，还冒着热气。

"阿金！"

有人在叫阿金，阿金回头一看，看见是阿涛，喜道："阿涛，你怎么也在这里啊？"

阿涛也喜道："我告诉你一件事情哦。"

阿金赶忙道："我以为你还在雪山里呢？"

阿涛大喜，便把阿金拉到了一边，道："那个杀害师父的凶手，我看到了，她被一群官兵抓到了郡主府了。"

阿金听得阿涛这么说，当下脸上露出了喜色，且道："那我们就赶快前去看个究竟。"

阿金和阿涛一起回到了与小年分手的地方。

"是他？"阿涛惊了，站住了脚。

阿金看见阿涛把手中的剑已经拔了出来，赶忙上前，挡住道："阿涛不要冲动，这次我们要把事情搞清楚才能动手。"

阿涛疑惑地看着阿金，双眉一皱，却赶忙问道："他不就是一直都跟那个凶手一起的那个小子么，怎么？难道你和他一起来到这里的？"

阿金掀开衣襟，只见全身都是伤口，当下疑惑问道："你身上这些伤口是怎么来的？"

阿金登时回想起在镜雪山庄，小年为他做的一切，阿涛见了当下感激地说道："我被吸血蝙蝠袭击，多亏了他的照顾和医治才能活到今日。"

阿涛脸色变得狰狞，且道："可是他和那女凶手是一伙的啊。"

阿金走到了小年的身边，且道："师父表面上是风月儿杀的没错，可是我们的眼睛也许会看错。"

阿涛有些愤怒的样子，当下把剑搭在了小年的颈部，道："不管是不是，先把他拿下再说，拿下他我们再来个瓮中捉鳖，还怕为师父报不了仇？"

阿金让阿涛的剑对准自己的心口，且道："要杀他，先杀我！"

阿涛脸色登时变得铁青。

小年见此，才道："现在我只求你们答应我一件事，此事过后，我亲手把风月儿交在你手上。"

阿金看着小年，脸上登时出现了歉意，他看了看阿涛，阿涛却正看着小年，他的眼神仿佛就可以杀人，他冷声说道："什么事？"

小年道："我们先去把风月儿救出来，这样一来，你岂不是刚好能为你师父报仇。"

阿涛沉思良久，才道："可以！"

周围的人越来越多，看来这个地方的人都喜欢看别人打架，眼见这场架打不起来了，人也就散去了。

待人群散去，阿金才问道："你也是一路跟踪，才到这里？"

阿涛道："我和你在雪山分离后，眼见找不到风月儿的所在，正在大急之时，无意中正撞到了许多官兵把风月儿带往这里，本来想力拼一场，先把官兵杀了，然后再找风月儿为师父报仇，可官兵太多，并且官兵之中有黑白双剑，我知道光凭我一人之力，是万万杀不了这些人，只有等待好时机，等到黑白双剑不在场的时候再下手，可这一两天黑白双剑都没有离开过一步，所以至今我也没成功要了风月儿的命！"

阿金才明白，且道："原来是上官嫣红把她们抓来了。"

小年一直听着两人的对话，打听风月儿的消息，也担心幻尘雪瑶，当下问道："他们除了带走了风月儿，还有没有带走一个昏迷不醒的姑娘？"

阿金道："是啊，有没有？"

阿涛道："当然有，他们好像早就预料到有病人，所以来的时候，他们就雇了一辆马车。"

小年面色深锁。

阿金道："小弟，你不要着急，我们这就前去搭救那两位姑娘。"

小年叹了口气，道："他们郡主府有多少人？"

阿涛道："没有人知道郡主府有多少人。"

小年道："怎么会没有人知道郡主府有多少人呢？按照你的意思，郡主府到底有多深的水，我们还要先中蹚一蹚！"

阿涛道："不用蹚了。"

小年道："为什么不用了？"

阿涛道："因为我在早上已经去打探过，郡主府里，我连一个人都没看到。"

阿金大吃一惊，有些不太相信，道："这怎么可能？"

小年道："所以就是说，郡主府的水有多深，你还是没有蹚出来？"

阿涛摇了摇肩，道："我想我们还是不要去蹚水深水浅了，再去就要打草惊蛇了。"

阿金也点了点头，道："说的是。"

小年脸色渐渐缓了下来，且道："我想已经惊动了他们。"
　　阿涛道："那我们晚上是去，还是不去？"
　　阿金道："当然要去！"
　　小年也点了点头。
　　夜晚降临，寒月升起，雪域夜寒。
　　郡主府一到晚上，灯笼便亮了起来。
　　灯笼上有血，白色的灯笼，鲜红的血水。
　　谁的血水？
　　是风月儿和幻尘雪瑶的血。
　　上官嫣红把风月儿捉来，每天她都会去抽一点风月儿的血水，把血染在灯笼上。
　　血色的灯笼悬挂在郡主府的府檐上，也许上官嫣红只是想告诉小年和天下人，凡是来到郡主府的人，都要留下一点东西。
　　哈哈……
　　上官嫣红站在郡主府的府檐前，正在等待远方来的客人，且道："你们来了，就快进来啊，不必惧怕。"
　　依然不见人。
　　良久，上官嫣红从房檐下取下一个血灯笼，道："你们的朋友在我这里过得很好，只不过，我每天都会问她们要一些酬劳费，要在每一天从每一个人身上拿出一点点血来涂染灯笼，因为我很喜欢用血染过的灯笼，并且是人血染过的灯笼。"
　　黑暗之处，三个人，他们借着月光看着她手里的灯笼。
　　血色灯笼？
　　难道……难道她用她们的血来涂染灯笼？
　　小年道："好狠心的女人啊。"

第069回：狠女的假慈悲

　　血色灯笼在风雪中摇摆。
　　上官嫣红知道今夜有人来拜访，索性也就把大门敞开，当她站在府门前炫耀自己的手段之时，在那草丛的一边走出来了三个人。
　　这三个人就是小年、阿金和阿涛。
　　三人手里都拿有剑，听到上官嫣红在府门前狂言，心下也是一横，便从一处隐秘的草丛中走了出来。
　　月影斜照，成六人。
　　阿金道："你知道我们今夜要来？"

本来是要翻墙而入，可没想到上官嫣红早已料到，所以阿金此刻甚是佩服，但是他还是想知道是什么原因让上官嫣红如此料事如神。

上官嫣红媚笑着看着雪地里的三人，深切地问道："这个问题你不觉得现在问得有些晚了吗？"

小年第一次看见如此妖媚的女人，这女人不但带有妖媚，还有一些杀气，所以小年一直都没说话。

杀气？

黑白双剑遭到雪狼群攻，雪狼女容貌恢复，这是很匪夷所思的事情，上官嫣红扮演成风月儿，成功地招纳了许许多多著名的剑客，比如这次攻打寒荒古城就利用了风月儿的特征，风月被视为天下最有名的艳姬，风姿绰约，令许多江湖人士垂涎，这些人就为了风月儿能陪他们歌舞一晚，便心甘情愿地帮助上官嫣红去攻打寒荒古城。

攻打寒荒古城岂非易事，这次上官嫣红万万没料到，寒荒古城会被一个毫不起眼的缥缈宫占据，所以上官嫣红的心情现在应该很坏。

那么她这次到底是为了什么才抓来风月儿呢？

因为她又要耍一个阴谋。

救出段云、寒冷天，她欲以镜雪剑的威力来打击缥缈宫的大势力。

镜雪剑就在幻尘雪瑶的身边。

小年闻到上官嫣红如此一说，当下疑惑道："风月儿和你有何恩怨，你快放了她。"

上官嫣红娇笑了一声："小兄弟，风月儿是你什么人，你如此关心她？"

小年道："是女朋友！"

上官嫣红道："江湖传言风月儿美貌如花，一身风尘之气，风流得很，再瞧瞧小兄弟，为人淳厚，不知道你们怎么就成了朋友，这可真叫人好奇啊？"

上官嫣红娇笑得令人发抖。

小年双眉一皱，却道："你想说什么？"

小年、阿金和阿涛都知道，这女子肯定有什么事情要说，但是又偏偏不说，因为她想要他们三个人担心。

担心什么？

担心风月儿和幻尘雪瑶现在的安危。

接下来，上官嫣红已经不再说话了，只是让开一条道，她忽然豪气得像个男人，说道："府外寒风重，三位还是入府说话。"

小年、阿金、阿涛怔了下，上官嫣红却说道："难道三位还怕出不来了吗？"

三人闻听上官嫣红如此一说，当下心里暗忖道："要是她要害我们，刚才就让亲信乱箭把我等射死了，也不必和我们说这么多笑趣之事，所以他们赌了一把，进了郡主府。

刚进郡主府，从府内迎面走来了黑白双剑，小年见此，怎么会是他们，难道是上官嫣红害的风月儿？

小年当下咬牙，却又想到，要是她这次能把风月儿放了，此事也就算了，毕竟这世界上还是要少一点杀戮，多一些包容，所以他忍了下去，默默地跟在上官嫣红的身后。

来到了正堂。

上官嫣红招呼三人坐下，接着对黑白双剑说道："她们怎么样了？"

白石道："风月儿一直不肯吃饭，还吵着要见郡主。"

上官嫣红听了这样的话居然没生气，还略带笑容，道："想见我，就带她来见我。"

白石应声，退了下去。

小年听到这里，却担心、关切道："那么那一位姑娘呢？"

上官嫣红道："你说的是那个穿白衣服的女孩儿吗？"

小年赶忙站了起来，神色激动，道："你对她做了什么？"

上官嫣红看到小年甚是担心这女子，当下走到他面前说道："难道小兄弟也关心她？"

小年眼神几乎变得茫然，慢慢恢复了平静，安静地坐了下来，道："她受了很重的伤，这几天我没在她身边，不知道梅花丸她有没有在服用了？"

上官嫣红呵呵一笑，道："她一直都在服用，并且病情有所好转。"

小年当下感激，道："这样就谢谢你了。"

上官嫣红微笑着看着他，当下也喜道："来人，去把那位生病的姑娘带过来。"

白云就在身边，所以她应了声，尊令。

没想到那梅花丸的药性还不错，幻尘雪瑶竟然醒来了，并且幻尘雪瑶现在就在郡主府的卧房里。

月光温柔，斜照正堂。

走廊里，人影缓缓而来。

小年分明感觉到了一些不安，看到了白衣飘飞的女子，她脸色还是没有完全好转，和以前一样苍白，不过她的意识却已非常清醒。

幻尘雪瑶道："是你！？"

小年站了起来，微笑着，道："你醒了，太好了！"

幻尘雪瑶道："又是你救了我吗？"

小年痴痴答应道："我在雪云山遇到你昏迷，我便把你救了起来。"

阿涛一下蹦了起来，道："小妖女！"

幻尘雪瑶看见了阿金和阿涛两人也在此处，然而又回想起风月楼那一战，她真的很无言。

阿金却一直没有作声，直到幻尘雪瑶来到身边，问道："最后，你们的镖呢？"

阿涛跳了起来，道："都是你！"

幻尘雪瑶不解，皱眉："我怎么了？"

此刻，上官嫣红却知道中间的是是非非，当下也不是追究谁是谁非的时候，当下最要紧的事情就是要合力救出段云和寒冷天。

"小年！"

风月儿人未到，声音就传来了，这声音貌似充满了期待和欢乐，待人来到这大庭广众之下，竟然紧紧抱住了小年。

第070回：落井石的卑鄙

清晨，雪雀飞过。

古城，寒荒五剑派已经来到大殿上，大殿先前染上的血色，在这近半个月来已经被全部洗掉。

月姬吩咐众弟子送来一坛酒，她亲自为他们斟酒。

酒很香，香中醇甜。

月姬端起酒杯，道："在此，我感谢你们的鼎力相助！"

冷清雪对酒不怎么感兴趣，所以第一个回绝："这酒我们就不喝了，现在还是请你先兑现诺言。"

一张黑色的面纱上，那带有几许欣慰似的眼神忽然变得软弱无神，这可是一个大好的机会，为何要把段云交给他们，放他们走呢？不如当下就把他们解决了，岂非更好？

苏君火看见月姬心下沉吟，也感觉到有异样的变化，也许是他多心了吧，他还没说话，邓戏衣却已经把话挑明了："今天我们如果不把段云带走，是不会就这么轻易地离去的。"

月姬忽然一笑，心下也明白这道理，她转过身，给众女弟子使了一个眼色，那紫萱便立刻会意，出了大殿，向古城最西边走去。

死牢的所在之处就在古城的西边。

月姬的神色恢复了平静，然而殿上的五人都在等待着她，很久过后，她才说道："段云，我是一定会交给你们寒荒五剑派的，你们不用担心。"

冷清雪笑了，看了看其余四人，而其余四人也怔了下。

苏君火说："那便好。"

六碗酒已经在前台上放着，而月姬也命弟子把酒敬给五人，五人接过酒，酒下肚肠，他们感到酒劲上来，精神也是一振。

殿外，走来了紫萱，她把段云带了过来。

紫萱道："宫主，弟子已经把人带到。"叩拜完，自动退到一边，和其余弟子站在一起。

苏君火看见段云很兴奋，尤其是看到段云的右臂没了，他有说不出的高兴，且道："那我们就不打扰宫主了，我们告辞！"

月姬见到段云的模样吓了一跳，当下手一挥，一道劲气冲向殿中所有弟子，众弟子都摔倒在地上，口吐鲜血。

月姬怒道："怎么回事？是谁对段公子下如此重手？"

紫萱当下从地下翻了起来，在地上叩首："弟子该死！弟子该死，请师父息怒。"

月姬怒道："我问你们，段云的手臂是谁砍断的？"

一个不知姓名的女弟子也从地上翻起身，叩首："段公子的手臂是被苏堂主砍断的。"

月姬听得女弟子这么一说，瞳孔收缩得更是厉害，她沉默了很久才悠悠转过身，用她那特有的神秘眼神看着苏君火。

苏君火被月姬的眼神所惊，也恼怒了一般，道："段云这小子砍断我一只手臂，我这是以牙还牙，要他血债血偿。"

月姬微微地咽了口气，很久很久，她才忽地一笑："原来是苏堂主所为，那我也无话可说了。"

无话？

苏君火听月姬说出这样的话，也是深深地咽了口气，脸色终于恢复了平静，只是在他放松全身精神之时，月姬又淡淡道："只是苏堂主你不该在古城的天牢里砍断了段云的手臂。"

苏君火道："你什么意思？"

月姬道："你想一想，段云是何等人物，你要打败他，就应该告诉天下武林，要武林人人都敬佩你武功天下第一才是，而如今你却在不见天日的死牢里砍了他的手臂，日后传出武林，你不是就臭名远扬了啊。"

月姬可是一个很会说话的人，这一句话当下击中了苏君火的要害。

苏君火听了月姬的话，脸色变得实在难看。他走到了段云的身边，看着段云有气无力地倒在地上，便一把揪起段云的头发，使劲往上一提，道："段云，那天夜晚可是便宜你了。"

段云大脑一片空白。

但是，当他在看这张极像魔鬼的脸的时候，便又轻松自在地笑了，仿佛身上的万道伤痕再怎么疼痛扭曲，也感觉不到一般。

苏君火实在气急了，猛地脸色全黑，道："你还笑得出来？"

段云嘿嘿笑道："有种杀了我！"

苏君火的右手顿时把段云的断臂紧紧捏住，只听段云的手臂发出咯吱吱的碎骨之声，段云忍住疼痛，依然在笑，不过笑得实在太好看了。

刹那间，伤口又在淌血。

段云全身都在冒汗，额头上的汗滑落，嘀嗒嗒一滴滴落在地上。

月姬道："苏堂主，这大殿上难得这么干净，难道你忍心让我这皇宫一般庄严的大殿上再次染上血色？"

苏君火把捏住段云断臂的手松了开来，虽心有不甘，却也不得不松开手，言道："今天我暂且放你一马。"

段云深刻地感觉到自己的生命仿佛已经走进尽头,他下意识地看了一眼五人,几次想一跃而起,用那最锋利的剑锋来告诉他们何为羞耻之心的时候,却也只能无力地倒在青石地板上。

月姬道:"苏堂主也不用心里不高兴,要知道段云是个笑面杀手,永远都不会在敌人面前屈服,因为他很自信!"

苏君火呵呵一声冷笑,接着拱手道:"我忽然有个提议,不知道你怎么看?"

月姬一怔,美眉一皱:"什么提议,请苏堂主说来听听?"

苏君火道:"我即日把段云带回白火堂,再召集寒荒所有剑道的大小门派来观礼!"

月姬刚听到这话,在沉思。

不过,苏君火又淡淡道:"段云身为我寒荒首脑剑派镜雪山庄的少庄主,投靠寒荒古城,在名剑之争即将来临之际,久久不愿交出九百九十九柄神剑,把寒荒剑道所有剑客置身于危难之中,做出屠害我寒荒武林的恶事,我想替武林除害,秉承上天圣意,召集武林人士在白火堂举行'绞刑大会'。"

月姬道:"好提议!"

邓戏衣道:"绞刑大会是寒荒近百年也不曾有过的群雄会,苏堂主的意思就是说一定要在绞刑大会上逼问段云,问出九百九十九柄神剑的藏剑之处了。"

易冷云道:"绞刑大会是最残酷的拷问,此办法若再问不出神剑的藏剑之处,你们想想,留着段云还有什么用,不如早点送他上路。"

冷清雪道:"镜雪剑下落不明,九百九十九柄神剑又不知道在何处,名剑之争该怎么办,你们倒是说说看。"

冷清雪几分伤感,忽然把话说到了点上。

苏君火呵呵一声惨笑,接着他的一双手从腰间抽出了一柄雪光闪闪的神剑,得意万分地说道:"你们难道忘了,这把剑也就是镜雪山庄的镜雪剑。"

苏君火笑得十分得意,已经忘了地下的人竟是段云。

镜雪剑真的是苏君火手上的剑吗?

这把剑就是他们罪恶的证据,镜雪山庄一夜血流成河,想必当今武林人人皆知此事,如今镜雪山庄的铁证在此,是不是不用质疑了?

月姬心下沉吟:难道镜雪山庄的血案真的是他们所为?

段云睡在地上,听到镜雪剑在五大剑派手上,他当下愣住了:"难道我爹是他们害死的?那么为什么雪瑶妹妹要说是她所为呢?这究竟是怎么回事?"

当初一直以为镜雪剑在哪儿,凶手就在哪儿,想到这里,段云又想起了幻尘雪瑶手里的那把散发着蓝色光芒的镜雪剑,疑惑究竟哪把剑才是真正的镜雪剑呢?

段云全身在发抖,忽地从地上爬了起来,向苏君火扑了过来,怒道:"原来是你们害我爹,灭我镜雪山庄!"

扑去的身子已经摔倒在地上,段云指着在场的五人,狠狠地咬着牙齿。

苏君火道:"你爹该死,他明明早就得到了镜雪剑,然而却迟迟不交还寒荒剑道，这是何道理？"

苏君火已经承认了这点。

段云道："那是因为你们五人不配拥有镜雪剑，镜雪剑一现江湖，江湖必然血光连天，我爹是为了武林安危！"

气急之下，段云胡乱一通，说出段飞龙不交出镜雪剑的原因。

苏君火呵呵一声冷笑，却道："话说镜雪剑里有个天大的玄机，我看你爹爹是想从镜雪剑里找到一些财富才对。"

"拿命来，凶徒！"

段云扑了过去，苏君火一恼怒，身子一侧，伸手就给了段云一拳，段云鼻口流血。

月姬从沉思中醒过来，道："原来你手里拿着的是镜雪剑？"

苏君火当下把镜雪剑归还腰间。

冷清雪见此，眉目之间喜色顿生，拱手胸前说道："酒我们也喝了，我们现在就要带走段云。"

月姬点了点头，说道："好吧，那么我就让弟子送你们一程。"

冷清雪点点头，且道："不用了，段云身上多处大伤，他跑不了。"

月姬道："既然这样，那便随便你们了。"

第071回：不能放虎归山

天色将近黄昏，雪柳荒的雪道上，寒荒五大剑派就如同蝼蚁一般在偌大的雪原上慢慢蠕动。

寒风阵阵刮过，冷意透骨直刺心扉。

"怎么回事？"

苏君火、邓戏衣、易冷云、冷清雪、刘心冰这五人忽然感觉全身无力，就好像整个人瞬间如高山涌下的洪流一般崩塌，都倒在雪地上。

"怎么回事？"

"一定是中毒了！"

不知道谁在问，也不知道谁在回答，这一问一答之间情况瞬息万变。

雪原上登时出现了很惊人的一幕，就在此刻，一个个大活人就像僵尸一般从雪地里翻了出来，他们都穿着红色衣服，每人都拿着一把漆黑的剑。

漆黑的剑，令人瞬间窒息。

易冷云道："你们是什么人？"

红衣人有百余人，但是他们都不说话，只是在五剑派纳闷之时，忽地从冷风中传来一声脆响。

"啪！"

是轿子落地的声音。

轿子落地，登时从遥远的山头飞来了穿黑衣裳的女人——月姬。

月姬跪在雪地上，且道："月姬拜见总坛宫主。"

"月姬，你可知罪？"

轿子里的人，声音压得很低，但从说话中冷傲的语气就知道此人功夫很高，至少在这寒荒地界目前没有一人能胜过。

所有人都听得真真切切，这绝对是个女人，并且还是个老女人——孔雀老人。

"月姬知罪！"

月姬就好像在参拜玉帝一样，跪在轿子前，长腰细身伏在地上，而轿子上有帘子，那是红色的轿子红色的帘子。

一阵寒风过处，轿帘被风掀了起来，孔雀老人的脸上没有任何表情，整个人仿佛是一尊屹立不倒的巨佛。

孔雀老人道："你明明知道这些人和我们有不共戴天之仇，他们手里沾满了我们民族的鲜血，为何不杀了他们却要放虎归山？难道你想留下后患吗？"

月姬无言，不曾抬头，也没敢抬头，因为她知道孔雀老人的脸色肯定比自己想象之中要严肃、难看得多。

孔雀老人胸臆舒展，又接着道："好吧，月姬，既然你要放了这些恶人，那么你倒是给我一个不杀他们的理由？若是合情合理，我便不杀就是！"

月姬的声音颤抖到了极点，是个人都看得出来，月姬很害怕。

如今这种情况应该是不好之中的最好，月姬心知肚明："他们这次帮我攻破了寒荒古城，并且他们已经和我们穿一条裤子了，杀了他们岂不是很可惜，徒儿只想再次利用他们，使得我们音尘剑道的势力尽快渗透寒荒雪域每个角落。"

孔雀老人忽地冷声而笑，这一笑把月姬吓得感觉自己全身的骨头都化作一滩水了似的，赶忙垂首，静待狂风暴雨的来临。

很久。

狂风暴雨没来，忽然降临的竟是孔雀老人的一句话。

不错，孔雀老人气愤道："可惜？他们手上沾了我音尘剑道那么多剑客的鲜血，就是再可惜也不算可惜，不杀了他们，我们音尘在寒荒枉死的剑客如何得到安息？"

月姬伏在地上，全身不由自主地发抖，仿佛身上有万千只蚂蚁在啃咬身上的每一寸肌肤，而对于孔雀老人说这样的话，她心里当然也明白，于是附和道："总坛宫主所言甚是，是月姬在此事上有欠考虑，我这就把他们全都杀了，为我们音尘剑道所有剑客报仇，也好让他们在九泉之下得以安息。"

忽然，月姬急速起身，抽出神剑，霍然剑光一闪，剑向五剑派杀去。

孔雀老人见了，大声道："住手！"

月姬闻此，舞跃的身子聚然停下来，狐疑道："师父，你这是何意？"

孔雀老人道："要杀他们不急于一时，你只要记住对于敌人我们万万不能放虎归山，先把他们抓回去，然后再请来我音尘剑道的所有剑客，举行一场雪耻盛宴，告慰那些已死在寒荒雪域的英魂。"

随后，孔雀老人的脸终于露了出来，这张脸满是皱纹，凡是看到的人都会估计她的年龄在一百岁以上。

月姬拱手道："谨遵总坛宫主号令。"黑色的剑"刷"的一声，插进了剑鞘之中。

广阔的雪原，天色湛蓝，月姬的到来，孔雀老人的出现，让这一切的一切实在无言，苏君火从雪地里站了起来，心里的愤怒早已聚集成一股气，他一掌打向月姬，但是月姬没有丝毫退让，反而雪白的胸脯忽然一挺，苏君火被震得连连后退，退到最后竟然摔倒在地上。

苏君火道："原来刚才那酒里有毒，是你下的毒？"

月姬道："现在才知道，为时已晚。"

苏君火道："你早就不想要我们带走段云？"

月姬比他们五人更加愤怒，柳眉很显然已经竖了起来，道："一群蠢货，你们欠下的血债，难道我就不应该和你们算吗？"

冷清雪道："那是你们音尘剑客无能，你能怪得了我们？"

孔雀老人当下大吼一声："杀人偿命，何况你们杀人只是为了名剑之争。"

红色的轿子里，孔雀老人忽然闪出来，稳稳地走在雪地上。

孔雀老人道："你们先走，我随后就到。"

月姬及缥缈宫弟子谨遵命令，押着寒荒五剑派向寒荒古城走去。

孔雀老人对着前方无尽的雪柳林密处轻轻叹息："死老鬼，人既然来了，为何迟迟还不现身？"

雪柳树林里响起了风铃的铃声。

清脆而响亮的铃声伴随着一阵欢笑从雪柳树林里传了出来。

越来越近，越来越响亮，忽然从树林里蹿出来一位和孔雀老人一样白发沧桑的老人。

风铃在响，冷风在嚎。

风铃老人笑得像个小孩子："孔雀啊，多年未见，别来无恙啊！"

孔雀老人道："蓬莱剑道崇尚的剑道乃是无极剑道，果然名不虚传，真是令孔雀从心里佩服。"

风铃老人和孔雀老人的头发都是乱发披肩，在阵阵寒风之中，白发凌空而飞，非但如此，两人身形也皆有那么一点相似，弯曲佝偻。

两人对视良久后，风铃老人对孔雀老人说道："你我多年不见，你的武功一定长进了许多。"

孔雀老人一贯的严肃面目此刻已经无影无踪，她看着风铃老人，脸上有说不出的喜悦，而这种喜悦并非全部源自对剑道的追求。

"六十年前，你我初次决斗，你没输，我也没输，我们打了个平手，所以三十年后，我们再一次进行决斗，竟然还是个平手，这样的事情真是太不尽如人意了。"

如此一言，往事历历在目，风铃老人也不得不停止那孩童般的笑，认真地说："为了我们之间有个胜负，我们花尽了毕生的心血，一心一意修习剑道，耗尽了我们花样的青春，想一想真是苦，要是当初我们再固执一点，你很可能就嫁给我了，我们也不用这么辛苦地来以剑决生死。"

风铃老人说着说着，眼角竟然流下了一滴泪。

孔雀老人叹道："人无法青春永驻，我们最终要接受现实，这可能就是你我最终的归宿吧？"

风铃老人淡淡地笑着。

孔雀老人道："因为有剑，所以有剑客，因为有剑客所以有输赢，因为有输赢所以有血债，这难道就是剑道的最高境界吗？"

"那你还要杀他们吗？"风铃老人问道，"你难道要这场持续近百年的血债再延续下去吗？"

孔雀老人脸上阴沉可怕，大怒："欠下的债就要还，何况他们欠的是血债，是血债更要还，至于是否延续，就看他们要玩什么手段了。"

风铃老人听后，怔怔出神。

孔雀老人不等风铃老人说话，转身"呼"地一响，消失在山头。

风铃老人看向孔雀老人飞去，紧追着喊叫两声，但不见孔雀老人回头，他便笑了笑："都一把年纪了，怎么还是那么爱斗，孔雀，你迟早会明白，什么才是真正的剑道。"

第072回：邪雾最后三剑

天楼山，天楼城。

夜临，暮色深深，郡主府里灯火通明，房檐下的灯笼在寒风的吹拂下皆是晃晃摇曳，疯舞不休。

郡主府大厅里，幻尘雪瑶的眼眸如夜明珠，冷冽清明，而她的脸色却十分凄寒，唯此整个人也显得消瘦了许多。

小年淡淡问道："你很担心他吗？"

幻尘雪瑶担心段云，所以她整个人都显得甚是不安，手里的镜雪剑不知不觉又捏紧了几分。

小年道："明天，寒荒古城举行'血池大会'，我们今晚就起程，我们一起去救段云。"

幻尘雪瑶道："没想到寒冷天也会……"

风月儿先前把上官嫣红恨到底了，此刻，再见到上官嫣红，狠狠道："是不是你把我的脸……"

　　说到这里，风月儿忽地想起了上官嫣红对她的警告，所以她说话的声音也是越来越小，小得就连她自己也听不见。

　　上官嫣红回头一笑，道："怎么？我把你的脸怎么了？"

　　上官嫣红用警告的眼神看了一眼风月儿，只把风月儿吓得摔倒在地上，当幻尘雪瑶和小年看向风月儿之时，上官嫣红已经在妩媚地笑着。

　　"没……没……没什么！"

　　风月儿下意识地去捂自己的脸，心想能害她的人，肯定是个很了不起的人物，她说的话一定也会做到，此刻，看到先前被雪狼围攻的黑白双剑，也确定了自己肯定不会认错人，所以她把到嘴边上的话咽了回去，之后，便坐在了椅子上发呆，心中的害怕不言自明。

　　幻尘雪瑶也看到了这一幕，无言地坐在一旁，只为如何救段云，心中正在烦忧。

　　上官嫣红道："你是不是对我有什么误会？"

　　风月儿想起了天楼山雪地里的那一幕，她不由自主地颤抖，忙加以解释："是啊，误会，误会！"嘴里这么说，可她心里恨不得让上官嫣红死上千百次，方能解心头之恨。

　　上官嫣红走到了幻尘雪瑶的面前，对着幻尘雪瑶一笑："当下，寒荒剑道危急，你们到底什么时候出发？如今缥缈宫占据寒荒古城，向天下各大名剑门广发英雄帖，邀请他们前去寒荒古城一聚，参与血池大会，观礼示威，你们可有什么打算？"

　　幻尘雪瑶道："血池大会是音尘火族百年难见的雪耻大会，就是用活人的血倾注在一个大池子里，每到'双月十五月圆夜'来祭奠枉死阴魂，使之来日超生，如此恶事，真是人神共愤，我们要去阻止！"

　　上官嫣红道："昨日，我也接到缥缈宫的帖子，既然这样，我们这就前去，见识见识这血池大会。"

　　暮色更深。

　　门口走来了白剑夫妇，他们踏过门槛，给上官嫣红行了一礼，禀道："马车已经备好，请郡主示下。"

　　"那好，既然马车已经备好，我们就出发吧。"

　　出了郡主府，冷冽的寒风就像鬼嚎一样，小年感觉自己好像已经冻结成了冰块一般，他看了看幻尘雪瑶，便几步走到了上官嫣红的马匹前，道："不知道郡主是否能借我一个方便？"

　　阴风寒夜，雪花落下。

　　上官嫣红似笑非笑："可以！"

　　看到了幻尘雪瑶面色苍白，上官嫣红便知小年是何意，又念此次前去救人，时间紧迫，所以她叹了口气："要是坐着马车去，可能会晚，赶不上大会。"

　　小年其实早就考虑到这一点，且道："要么，你们先走，我们随后就来。"

　　上官嫣红妩媚一笑："这也行，要是赶不上时间，我就不等你们了，到时候你们在古城外再想办法就是了。"

只等到人去灯熄后，风月儿才意识到小年要走了，当下从郡主府里急急奔了出来，拉住了小年的手，撒娇一般："我也要去，我也要去。"

小年见风月儿央求，也道："你当然要和我们一起去啦，你留在这里我还放心不下呢！"

"太好了，刚才我见你们都出来了，只剩我一个人在大厅里，我还以为你们不带我去呢。"风月儿忍不住心中的狂喜，当下把整个身子拥进小年的怀里，仿佛害怕被寒风吹到了似的。

"那你们三个人坐着马车，我们先走了。"

上官嫣红已经举起马鞭，马鞭一落下，马也就和白剑一同奔向天楼山的山腰。

小年见此，忙道："快点上车，我们不早点赶行程，误了事，那就不好了。"

风月儿这才从小年的怀里钻了出来，赶忙上了马车。

小年问了一句："坐好了吗？"

风月儿柔声道："好了，可以走啦。"

小年闻此，心想怎不见幻尘雪瑶答话，当下奇怪了，于是把头探回车内，看到幻尘雪瑶脸色苍白，他轻声问道："你没事吧。"

幻尘雪瑶道："我没事，赶路要紧。"

小年赶忙把自己身上的衣服脱下，递到车内，且道："风大，这衣服给你防寒。"

幻尘雪瑶一怔，接过衣服，当小年手缩了回去，她才微声道："你不冷吗？"

小年呵呵一笑，举起马鞭，马鞭落下，马狂奔。

风月儿道："你放心，他皮糙肉厚，不怕冷。"

幻尘雪瑶把手里的衣服披在身上，心里在想难道人间真的有温暖？

过了一会儿，马车再走。

幻尘雪瑶道："我们是第一次见面吗？"

风月儿微笑，拉着幻尘雪瑶的手，笑着："是啊，我们在镜雪山庄看到你病得很严重，然后就把你救了。"

幻尘雪瑶没有笑，她望着车帘上的蝴蝶花纹怔怔地发呆，一句感谢的话方到嘴边，又硬生生地咽了回去。

走过一段路程后，风月儿终于鼓起勇气问道："小年和你是怎么认识的啊，你们是不是很早就认识了？"

幻尘雪瑶风轻云淡哼了一句："他救了我两次，这是他第二次救我。"

风月儿眼珠一转，且问："就这么简单啊？才两面之缘！"

幻尘雪瑶眼见风月儿神色忽忽落落，也紧张了起来，淡淡一句道："他这次怎么也出来了呢？他不是应该在那个村庄住着吗？"

风月儿的脸色忽然沉了下去。

幻尘雪瑶当下也急了，更紧张了，道："难道发生了什么大事？"

"雪柳村所有村民都死了,就只剩下他一个人了。"风月儿说这句话的时候,她已经把目光看向幻尘雪瑶。

幻尘雪瑶心下一痛,急忙问道:"怎么会这样,是谁干的?"

风月儿若有所思地嗯了一声:"凶手至今也没查出来。"

幻尘雪瑶的眼神渐渐地又变冷了,她手里的镜雪剑再次被握紧了,且猜疑道:"难道是她干的?"

想起了当初月姬用全村三十六口人的生命来威胁她,让她加入缥缈宫,她心中的恨当下又涌了上来。

马车在雪道上快行,穿过峡谷,此刻正是进入冰镜荒。

冰镜荒,寒风徐徐吹着。

忽然在前方的山头上站立着一位黑发老者,面带狰狞笑容拦住了马车的去路。

"请问前辈是何许人也?"小年下了马车,站在雪地上重重行了一礼。

"小孩童,你不必知道。"

小年见前辈不肯说,他也不强求,只是略有为难地道:"既然你我不相识,就请前辈让开一条道,要我们过去吧。"

这老者当下火了,身影忽然蹿出,手忽地一动,这小年就站立在地上不动了。

小年道:"老前辈,你为何点了我的穴道?"

幻尘雪瑶从车内早已看到那老人,这老人分明就是当时在镜雪山庄偷剑的那个老者。

"原来是你!"

幻尘雪瑶一眼就认出了,从马车里飞身而出,就在她飞跃雪空的一刹那,她手里的镜雪剑又出鞘了。

老人见此,赶忙后退,赞声道:"你的武功精进了不少。"

幻尘雪瑶道:"当时你不是要偷这把剑吗,现在你可以从我手里拿去了。"

老人道:"你这把剑真是镜雪剑?"

幻尘雪瑶心想老人肯定把当年从镜雪山庄偷的镜雪剑弄丢了,所以今日便出现在此,想夺回神剑更是无疑了。

老者道:"哎!当年我一心想把这剑据为己有,怎奈不小心被歹人夺取,害得我找遍了天下,没想到这把剑终究还是回到你手上了,这可能就是你和这柄剑的剑缘吧!"

此刻的老者不像是坏人,他说的话也不像假话,但是他为何要这么做呢?

没谁会知道,可能就因为他也喜欢尤雨荷吧!

老者道:"你看好了。"说罢,就在雪地里演示着邪雾十六剑的最后三剑。

——

第十四剑:落雪无痕处,飞鸿影踪无。

第十五剑:白雪一朵融,群梅寒折枝。

第十六剑:万云聚雪寒,剑走蜀云山。

老人语毕,人已经似疾风消失在他们面前。

看完这邪雾十六剑的最后三剑，幻尘雪瑶很是震撼，举剑把剑阵布好，忽然间如有万神举手相助，顷刻威力无限，剑气荡出令群山撼摇。

第073回：何为血池大会

收到英雄帖的人都已经到了寒荒古城，众人顺着鼓声而望，就在寒荒古城南城的台阶上，早已架起了一百五十只雷鼓，有四百五十个大汉，手拿百斤大锤，正用力击鼓。

这四百五十个大汉全身上下皆冒大汗。

轰轰轰……

百鼓齐响，声势就如万丈瀑布自流天地之间，声响震天。

古城里里外外、大大小小所有门道，武林人士络绎不绝。

"听说这次的雪耻大会是百年难见的血池大会哦。"

众人议论纷纷。

有的人根本没见过血池大会，故道："什么是血池大会啊？"

这说话的两人就是中原五花门的两名女弟子，这两名女弟子都站在古城的最里边，而古城四下都是人，她们能站到最里边已经是很不容易了。

这两名弟子一个头戴兰花，一个头戴梅花，戴兰花的叫作小兰花，戴梅花的叫作小梅花，她们都是五花门门主万花娘子的首徒，虽然见识颇深，但今日这血池大会却从来没见过，而在她们前面坐着一个头戴五朵花的女人，三十五岁左右，她就是五花门的门主万花娘子。

万花娘子的容貌透露着贵族妇女的气质，她的脸白净得就像白梅花，听得两弟子的对话，淡淡地浅笑，教训道："血池大会就是雪耻大会。"

小兰花和小梅花两眼相望，均是摇了摇头，小兰花好奇地问道："师父，你能不能说明白点儿啊，弟子愚笨，听不懂啊。"

万花娘子又浅笑了一下："当初你们师祖给我说的时候也就是这么说的。"

小梅花惊讶地瞪了瞪小兰花，接着失望着呢喃道："啊，原来师父也没见过血池大会啊！"

小兰花这才点了点头，淡淡道："师父都不知道什么是血池大会，我们就更不知道了。"

还不等小梅花回答，万花娘子却教化道："既然不知道，就趁今天这个机会见识见识，开一开眼界，安安静静，不准再多说一句话。"

小兰花和小梅花都称是。

"鼓声起，念旧事。鼓声止，血流池。一江剑客血，还我亡灵魂。"南城的宫殿上传来了这句话。

话刚说完，彩绸飘飞，月姬今天身穿白衣，从彩绸上飞跃而下。

看到月姬这身法，万千豪杰极是佩服。

万千之中只有五个人神色不改，他们看着台前的月姬，沉默着不想说出一句话。

紫萱已经走了过来，指着五个人，喝道："把那几个人给我拉出来。"

幻尘雪瑶、小年、风月儿、上官嫣红、阿金五人都被缥缈宫的弟子从人群中扯了出来。

"你们，今天这血池大会，是祭我音尘万千剑客灵魂的盛会，让他们在九泉之下得以安息，你们却……"紫萱话说到这里，忽然停止了，惊讶得像见到了魔鬼一般接着道，"原来……原来你没死啊。"

幻尘雪瑶淡淡地问了她一句："死了，如何？不死，又能如何？"

一旁五毒神教的毒蝎子呵呵大笑道："死了，你就看不到这百年难见的血池大会了，要是不死，呵呵，你可大饱眼福了，呵呵……"

紫萱和幻尘雪瑶都没理会毒蝎子，只是两人相望了许久过后，紫萱才说道："我带你去见师父，师父若见你此刻还活着，她肯定会高兴得不得了。"

幻尘雪瑶道："我不想见她。"

紫萱当下傻了，她不敢相信幻尘雪瑶在怪罪师父没尽心尽力地救她。

此刻，台上穿黑衣的月姬催促道："紫萱，你在磨蹭什么呢？把那几个不知死活的东西拉到我这里来，我倒要看看他们对我的血池大会是服还是不服？"

"真是江山代有才人出啊，你们都把头给我抬起来，我倒要看看你们是长了几个脑袋，竟然敢鄙视这血池大会。"

除了幻尘雪瑶没有抬起头来，其余五人皆抬起了头。

月姬见有上官嫣红，笑道："呵呵，你也来了，好极了，妙极了。"

上官嫣红且道："你都给我发帖子了，我能不来吗？我要是不来，岂不是伤了你那张老脸！"

月姬道："老脸，你看过我的脸？"

上官嫣红道："这女人一到更年期，看不看脸，有那么重要吗？"

月姬愤怒："你！"

上官嫣红道："你什么你？月姬，我告诉你，今天我不死，我就是你最大的劲敌。"

月姬淡然一笑，不再理会上官嫣红，再看看其余四人，见其中有个女子一直低垂着头，便走到该女子的面前："你见不得人吗，把你的头抬起来。"

看着月姬那几乎忘我的神色，上官嫣红的手已经好几次摸向匕首的刀柄，怎奈这千万人的所在之处，有千万双眼睛都在看着自己，她的匕首也始终没有拔出来，只是略有笑意地瞅了一下月姬，笑道："好一个音尘剑道，我上官嫣红今天算是见到大场面了。"

与此同时，从古城的外面已经响起了鼓瑟的奏乐。

众人闻乐，皆不约而同地转身向古城外望去，只见从城门到这里让开一道人河，有几百号人抬着一口大缸向这里走来。

围观的人各个骇然，瞬间目瞪口呆。

"好大一口水缸啊！"

好多人都情不自禁地发出一声感叹。

许久过后，这口大缸放在了月姬前面的会台之上。

这不是水池，这是这次大会用的血池。

血池——装血用的池子。

月姬等许多音尘剑客看到这偌大的血池就放在面前，当下眼里都透出了寒光。

这也许是音尘所有剑客得以骄傲的事情，这一天的到来，也许他们等了有上百年，月姬心下狂喜，大声冷笑道："多年以前，我们音尘诸多剑客脚踏风雪不远万里来到寒荒这广阔无垠的雪域，希望能参加名剑之争，可是寒荒剑派名大名剑门皆是狼心狗肺，竟然暗中作梗，大肆屠杀我音尘剑客，如今天道终于回归人道，我们音尘今日将用寒荒剑客的鲜血来讨回一个公道，希望中州、蓬莱两地给以见证，鼎力相助。"

"对，杀了这些杀人不见血的武林败类！"

人群中喧闹起一场久久未能平静的风波，众人声讨剑道正义，大肆渲染寒荒雪域各大名剑门的种种罪行。

音尘前不久攻破的寒荒古城的事情已经惊动了天下武林，所以月姬这么一说，四下一片响应。

很久，这里才又一次安静了下来，而月姬也深深吸了口气："把寒荒剑道的败类都给我带出来。"

四下无人回应，只是良久过后，从古城西边走来了一队人马。

苏君火、邓戏衣、冷清雪、易冷云、刘心冰等所有人都跟死囚一般被六百寒荒古城剑士带了过来。

月姬已经从心里迸射出怒火，向众人说道："这些人都该死，今天我们就用他们的血来祭奠我们音尘已死的冤魂！"

寒荒五大派出现以后，所有人的脸色都变得苍白。

也许这就是报应。

也许这就是天理循环。

也许这才是剑道？

那么在三十年前这寒荒剑道是不是大肆屠杀了音尘来访的剑客呢？

追忆那许多往事，只怕现在已经来不及了，所以在场的所有人都不再理会，只是他们都知道，在三十年前是有那么一次屠杀，究竟为何？一直没有确切答案。

月姬已经从弟子手上取下了一份枯黄已久的手册，这手册上面竟然全部记载着三十年前音尘来寒荒被害剑客的名字。

月姬照着手册上读："张龙客、花云公子、百岁阴神……"月姬念完，就把这本名册放在台前，冷声喝道，"一共三百六十七位剑客，今天我让你们寒荒剑道血债血偿。"

不知道从哪儿传来孔雀老人的声音："月姬，不必多说了，多说无益，还是快点行祭！"

月姬知道这是总坛宫主的命令，当下也是愤怒："好了，一个个把这些人挂在血池的架子上，挑断他们全身经脉。"

寒荒五大剑派所有弟子，一个、两个、三个，十个一组，分成三排，挑断经脉，悬挂在大血池上，而他们身上的血滴落在血池里。

四下皆是一片安静。

被悬挂的人在不停地挣扎，不停地哭喊。

第074回：因果天理循环

雪在下，雾弥漫。

"你不能这么做。"

忽然有一个几乎有些温存的声音冷冷传开，幻尘雪瑶的头已经抬了起来，看着那半池血，眼里的光骤然变得冷了。

月姬听到有人这么一说，当下也就把看向血池的眼光转移到了离她不远的地方。

幻尘雪瑶脸色苍白。

月姬看到了幻尘雪瑶，当下就愣住了，只是过了少许，她的脚步慢慢地移到了幻尘雪瑶的身边，伸手摸了摸幻尘雪瑶的秀发，轻声道："雪瑶，你……"

月姬话说到一半，忽地止住了，她的神色明显焕发出一种自豪，在她心里仿佛希望幻尘雪瑶永远都活在自己左右，一生相伴。

幻尘雪瑶道："你不能这么做！"

月姬怔住，良久过后才道："你看看，我们音尘剑道这许多年来的努力没有白白浪费。"

幻尘雪瑶用冷漠的眼光看着那个偌大的血池。

月姬一边说一边拉着幻尘雪瑶走向血池台前，接着又高兴道："血池大会是我音尘百年难得一见的雪耻大会，以后我们音尘剑客就不会被他们瞧不起了。"

幻尘雪瑶仿佛对月姬的话充耳不闻。

月姬的神色仿佛已经激动到了极点，只顾自己内心的想法，却全然没注意到幻尘雪瑶的脸色并没有多大的兴意。

幻尘雪瑶道："杀死这么多人，你就不怕报应吗？"

月姬一怔，问道："难道你不明白我的一番用意吗？"

幻尘雪瑶没有回应。

月姬见幻尘雪瑶不说话，当下也站立，看了看幻尘雪瑶，见幻尘雪瑶脸上并没有她所期待的神色,她下意识地拍了一下幻尘雪瑶的肩膀,问道:"你怎么了?"

幻尘雪瑶把那冷冷的目光看向月姬,而后跪在地上,且道:"求你放过他们。"

月姬听了这句话,摇了摇头,脚下情不自禁地打了一个趔趄,冷声道:"你说什么?放了他们?"

幻尘雪瑶忽地斩钉截铁地在地上连叩三个响头,道:"请你放了他们,仇恨只能延续无限的杀戮,这不是一个剑道的信仰。"

月姬无言了,实在没想到幻尘雪瑶会给她行如此大礼而请求她放过这些手上沾有自己民族鲜血的罪人。

台下,音尘许多剑客都纷纷议论起来,都说幻尘雪瑶身为缥缈宫的副宫主,为何此刻却为寒荒剑道求情,当下都骂了起来,说她不配是缥缈宫的人。

除了音尘的剑客痛骂她对自己人离心离德,更有人骂她是幻尘云风留下的孽种,当下都要扑上去打她的时候,月姬和缥缈宫的众弟子将他们阻拦下来。

"丫头,你说什么,你再说一遍。"

月姬像是撞了墙的羊,神色难看至极。

幻尘雪瑶没有丝毫动摇,神色反而变得更坚决:"不管他们犯了什么错,那都是几十年前的事情了,你这样做,不觉得残忍吗?"

月姬惨笑道:"残忍?呵呵,当他们拿起剑来摧残我们音尘的剑客,他们有没有觉得残忍,你去问问他们。"她一边说,一边指着血池上悬挂的人。

音尘所有剑客都举剑称是。

"杀了她,杀了这个叛徒!"

忽然人群中飞来了红轿子,轿子里正坐着白发苍苍的老人——孔雀老人。

孔雀老人道:"杀了这个叛徒。"

幻尘雪瑶是雨荷的女儿,此刻月姬念在雨荷的份儿上,想帮助幻尘雪瑶逃过这一劫,所以她怔了怔:"宫主,她就是雨荷的女儿。"

孔雀老人使出一股内劲,忽地月姬的身子竟然完全失控,情不自禁地被孔雀老人吸进了轿子里。

"什么,这女娃娃是那贱人的女儿?"

"是,她……就是雨荷的女儿。"

"她怎么还活着,她不是早就应该死的吗?"孔雀老人记起了当年幻尘雪瑶还是婴儿的时候就被自己在背上打了一掌。

这一掌就是令天下武林闻风丧胆的冰封神掌。

月姬被从娇子里摔了出来,幻尘雪瑶看在眼里,当下幻影术瞬间移动,扶住月姬。

孔雀老人霍然蹿出了轿子,眼看一掌就要打在幻尘雪瑶的身上,幻尘雪瑶身子一转,孔雀老人扑了一个空。

孔雀老人怒道:"你轻功底子不弱。"说罢,又追了上来。

幻尘雪瑶的轻身功法实在不弱,孔雀老人总会差那么一点点才能碰到她的衣角。

易冷云站在血池上，大声喝道："小妖女，我们寒荒五剑派不需要你假心相救，他们要杀就杀，我们连半点眉头都不会皱一下。"

孔雀老人闻到易冷云如此一说，当下手一抬，易冷云由于武功尽失，所以就像荡秋千一样，整个人翻落在血池里，血池里有一人多高的鲜血，易冷云脸色霎时变得铁青，在血池里翻滚。

幻尘雪瑶从腰间抽出了镜雪剑，道："我用镜雪剑能换回他们所有人的性命吗？"

蓝光熠熠，此刻，万剑皆臣服。

孔雀老人看到这镜雪剑，当下把追寻的身子停了下来，似是不信地道："你手里的剑是镜雪剑？"

幻尘雪瑶把镶在镜雪剑上的蓝宝石拿掉，登时天空一声巨响，五道电光从剑尖生出，电光忽然划破苍穹，皆有雷霆之威。

"难道这真的是镜雪剑？"说话的同时，她伸手去摸了摸，一丝丝凉意直达她的心窝，她心里顿时觉得顺畅许多，然而幻尘雪瑶立刻把剑归还剑鞘之中，随声问了一句："你要是不放人，我就以死和你周旋到底。"

苏君火已经开始叫喊了："小妖女，你疯了，那剑可是我们寒荒剑道的镇道至宝啊，怎么能给他们？"

冷清雪道："别相信她，她这个老妖婆拿到镜雪剑就更不会放过我们。"

孔雀老人用极其鄙视的眼光看了一眼说话的几人，惨笑一声："你救他们你觉得值吗？"

幻尘雪瑶道："无论怎么样，我都不会让他们死。"

孔雀老人略带欣赏的目光看了看眼前这个年轻的女孩，当下说道："你和我年轻的时候很像，但是我不喜欢你这女娃娃，今天你先把人带走，明天带着镜雪剑来换取解药。"

幻尘雪瑶地点了点头。

月姬方要走，此刻从人群中传来一声："难道就这样把他们都放走了？"从人群中走来了音尘三十六派之一天阳阁的阁主。

天阳阁主，三十左右，一头浅发，整个人看起来精神很佳，穿着一身黑袄，手里提着一把剑，走上前来道："难道镜雪剑真的会令孔雀老人忘记仇恨？"

月姬脸色大变，疑道："天阳阁主，你是什么意思？"

天阳阁主笑道："我只是说出实话而已，孔雀老人莫要生气。"

月姬道："我们都是音尘的剑客，有这样的名剑在手，要报仇，在名剑之争英雄会上，再报仇也不迟。"

天阳阁主一怔，才明白，笑道："好啊，好一个孔雀，这样就能令天下剑道对我们音尘剑道刮目相看了，呵呵……更让其余两大剑道对我音尘剑道臣服。"

第075回：火烧雪来客栈

午夜时分，雪来客栈。

幻尘雪瑶已经带着寒荒剑派的众位人士入住雪来客栈，由于雪来客栈规模尚小，无法容纳太多人，有那么一些过度疲惫的弟子已经歪着头，靠在墙上呼呼大睡了。

客栈外，幻尘雪瑶独自一人站着。

手拿着这把极其有分量的剑站在客栈外的一棵雪柳树下，仰望无尽萧条的寒月，脸色显出了无尽的惆怅。

夜渐渐深了，月光、树影、人影相对成趣。

忽然面前一个人影蹿了出来，这人就是寒月的师兄余十月，他还是如先前那般模样，手拿折扇在胸前摇啊摇。

幻尘雪瑶见余十月出现在自己的面前，双眉紧蹙，然而余十月却好像忘了他在风月楼做出的事情，竟然毫无防范地走到幻尘雪瑶的身旁，略有期待地问道："明早，你真的要把镜雪剑交给音尘吗？"

幻尘雪瑶想起了自己那天在风月楼被眼前这人刺了一剑，此刻想起，当真觉得可恶，不过她更好奇余十月和寒月的关系，所以淡淡地道："你是什么人，为什么寒月小姐会不惜生命地去救你？你和她……"

余十月痴痴一笑："你有所不知，她乃是在下的师妹。"

"师妹？"幻尘雪瑶听了这句话，才明白当时的局面，但是她还是接着问道，"那你们的师父又是谁？"

余十月从来都是以师父为荣，因为师父他老人家是寒荒最有名的铸剑师，此刻幻尘雪瑶一问，他又自豪起来了，兴然道："我师父就是寒荒铸剑师笑面老人。"

"笑面老人？"幻尘雪瑶没有听说过，可能是她从来没有听说有这一号人物，当下冷声询问："他是谁？"

余十月本来正在得意师父威名远播天下，如今这女孩手里拿着师父亲手锻造的镜雪剑，却不知道笑面老人的名字，当下大脑"嗡"地一响，差点晕了过去，他走到幻尘雪瑶的面前，且道："你手里拿的镜雪剑就是我师父锻造的剑，难道你不知道我师父的名号？"

幻尘雪瑶摇了摇头。

"哎！"余十月看到幻尘雪瑶疑惑的神情，叹了一口气，无奈地退了几步，略有不信地追问："你怎么会不知道我师父的名呢……你怎么……哎，气死我了！"

幻尘雪瑶单手托起镜雪剑，把神剑放在胸前，道："不管笑面老人是谁，也不管你的师父是不是笑面老人，明天这把剑就不是我的了，我管那么多做什么？"

余十月依然甩了甩脖子，摇了摇手里的折扇，走到幻尘雪瑶的身后，淡淡道："此言差矣！"

幻尘雪瑶冷冷哼了一声："这把剑乃是不祥之剑，我答应过父亲要将剑尘封，既然他们想得到，我为何不给他们呢？"

幻尘雪瑶的眼里已经透出了许多无奈。

"我不是这个意思，我的意思是你去救人，别忘了寒月还在他们手里。"余十月终于说出来意，"至于镜雪剑，你可以交给他们，等到这事完了之后，想办法再把它拿回来，这又不违反江湖规矩，你说我说得对不对。"

"寒月小姐，她不是已经被我一剑……"幻尘雪瑶的双眉蹙得更紧了。

余十月道："当时多亏了云芝剑，要不是云芝剑阻挡你的镜雪剑，寒月只怕已经死了，我今天也不用在这里和你说话了。"

幻尘雪瑶心里的那块石头放下了，因为她总算对段云有个交代，她清楚地知道自己并没有杀死寒月。

忽然。

"镜雪剑乃是武林至尊，你这小女娃儿拿去给孔雀，你这不是浪费吗，不如交给我吧。"

此刻，已经从客栈上飞下了蓬莱七位剑客，他们都穿着黑衣大袄，都看着眼前的女孩。

幻尘雪瑶看到来人竟然是七个四十岁左右的汉子，心下也明白他们此次前来绝非善意，所以她把目光看向那七人之后，又看向余十月。

余十月看到幻尘雪瑶如冰的眼光，情不自禁地打了一个寒颤，摇了摇扇子，惊道："怎么，你怀疑我是他们一伙的吗？"

"难道不是？"幻尘雪瑶方才是有这想法，不过看到余十月为此而惊讶，她马上改变了自己的想法，所以她淡淡道，"不是，那就好。"

余十月道："原来是蓬莱的七杀剑客。"

七杀道："既然知道是我们，那还不快点把剑交给我们！"

幻尘雪瑶道："笑话，这剑从小跟我，我岂能交给你们这几个臭流氓。"

七杀喝道："那就由不得你了。"

七杀剑招夺命向幻尘雪瑶杀来，幻尘雪瑶已经练会了"邪雾十六剑"，此刻刚好派上用场，只见她手里的镜雪剑在胸前一引，在她周身已经瞬间布好了剑阵，只待七杀接近她内身后，一个幻影术飞起，飞空直上，再一个俯冲，镜雪剑万道剑光从剑尖生出，犹如一朵巨大的雪花向七人头顶压了下来，七杀血溅雪地，一同倒在雪地上。

"好一招'雪花压顶'啊！"

余十月看到这一幕，完全惊呆了，过了好一会儿，他才走到七人的尸体前，探了探七人的气息，发现七人无一幸免，他再抬头看着雪地里蓝衣飘飞的女孩，疑问："你刚才的剑法叫什么名字？"

幻尘雪瑶道："邪雾十六剑。"

余十月疑惑："邪雾十六剑，好厉害的剑法啊！"

幻尘雪瑶把目光放在七个死尸身上，忽地又道："要是来找我挑战，他们也许不会死，可是……"

余十月道："可是他们是来硬夺镜雪剑的，所以他们非死不可。"

月光清冷，寒夜渐深。

救火啊，救火啊……

幻尘雪瑶转身看着客栈，只见客栈浓烟滚滚，当一阵雪风吹过，火势大盛。

余十月道："不好，客栈着火了。"

忽然，小年从楼上飞跃落在雪柳树上，当下从客栈内跃出三个大汉，都站在客栈不远的雪柳树上。

幻尘雪瑶把这些全看在眼里，当下轻功一起，身子快如闪电地飞进了火势正旺的客栈中，刚好风月儿、上官嫣红、阿金、阿涛四人正在客栈内，她急道："你们三人快点把五剑派的人救出去，其余的交给我。"

树影婆娑，月影斜照。

客栈内蓬莱剑客已经多如牛毛，幻尘雪瑶的邪雾十六剑果然又派上用场了，整座客栈瞬间已经被剑阵笼罩住，只待风月儿等四人把五剑派的人救出来，她的剑最后那么一引，客栈忽然倒塌，当下就有二十六个人都飞出客栈，然而没出来的也就死在火海里。

幻尘雪瑶怒道："你们不想死，就赶紧给我滚。"

站立在雪地上的二十六位剑客看到地上摔倒的七具尸体，各个面色苍白，冷冷的汗水一滴滴落下，当下各个弃剑，拔腿就跑。

忽然，雪地里的三人翻了起来，举剑方要向那二十六人刺去，小年忽地出现，阻止了他们，对他们说："在我们武林不应该有这么多杀戮。"

"我们都是江湖人，这条路我们没走错，名剑我们都想要，因为我们才是真正的剑客。"说完此话，三人皆自行了断，爆破全身经脉。

三人倒在雪地上，这二十六人都吓呆了。

小年道："不是自己的东西就不要来硬夺，这三人就是你们的榜样！"

此刻，幻尘雪瑶走了过来，二十六人看了，便拱手胸前，且道："我们也是受了七杀和三绝的挑唆，我们并非真心来抢夺姑娘手里的镜雪剑！"

幻尘雪瑶道："既然这样，今天我就放过你们，倘若日后再如此厚颜无耻，休怪我心狠手辣！"

二十六人作揖："多谢姑娘！"说罢，身子在地上一摇，攀枝踏空而去。

第076回：送剑换取解药

翌日。

月姬坐在大殿上，等幻尘雪瑶来给她送剑。

天刚亮，幻尘雪瑶一袭白衣出现在寒荒古城的城门之下。

"我们宫主已经等了很久了。"紫萱看着幻尘雪瑶，又道，"希望这次你能把镜雪剑交给宫主，不然你就干脆别进去。"

"我知道。"幻尘雪瑶眼见紫萱还关心自己，微冷地应了一声："我今天要是不把镜雪剑交给她，她肯定不会要我活着离开寒荒古城。"

紫萱下意识地点了点头，接着才手往城门一挥，城门的吊桥才自上而落，她转过身，怔了一下道："那我带你进去吧。"

幻尘雪瑶也知道如今的自己已经不再是缥缈宫的人，所以她淡淡道："这个就不用了，我自己去见总坛宫主就是了。"

"好。"

幻尘雪瑶经过吊桥，来到城殿之上。

"你果然来了。"孔雀老人坐在城殿之上，微笑满面地看着幻尘雪瑶，喜道："要是你今天没来，你肯定会后悔。"

幻尘雪瑶道："正因为我害怕自己做出后悔的事情，所以我来了，况且这世界上压根儿就没有后悔药。"

孔雀老人道："既然来了，想必镜雪剑也带来了吧，解药我早已经为你准备好。"

幻尘雪瑶道："那就好。"

孔雀老人从高座上站了起来，慢慢地走到她身边，随手在胸前一引，就在大殿的一处案台上霍然飞来一盒精致的药盒，而药盒上有"如意良药"四个字样。

幻尘雪瑶把孔雀老人这招"隔空取物"看在眼里。

孔雀老人道："这些药足够解他们身上的毒。"

说话之间，孔雀老人把药递给了幻尘雪瑶，幻尘雪瑶接住了这些如意良药，看着药盒，脸上的表情有史以来第一次变得忧郁了几许。

幻尘雪瑶想到了爹爹曾经对她说的话——镜雪剑是把魔剑，万万用不得，否则覆水难收，所以你一定要将其尘封。

孔雀老人见幻尘雪瑶迟迟没拿出镜雪剑，当下脸色沉了下去："难道你不想把镜雪剑交给我？"

幻尘雪瑶被孔雀老人这一问惊醒，冷冷地问了一句："你真的要这把镜雪剑吗？"

孔雀老人听她这么一问，当下呵呵笑了出来，且道："镜雪剑是寒荒第一名剑，我岂能不要？"

幻尘雪瑶从腰间拿出镜雪剑，毫不犹豫地递给了孔雀老人，孔雀老人接过镜雪剑，冷冷地惨笑一声："我找到了天下第一剑，我相信我定能打败风铃老人。"

孔雀老人很高兴，仔细端详着手里的镜雪剑。

幻尘雪瑶不知道孔雀老人在说什么，但是她还是等孔雀老人把话讲完，才淡淡说道："这剑还有一个秘密。"

孔雀老人笑着的脸忽地变得极为冷静："秘密？"

幻尘雪瑶见孔雀老人神色大变，当下接着说道："是关于镜雪剑的秘密，你把那六个人交给我，我便把这个秘密告诉你。"

孔雀老人道："六个人？哪六个？该交给你的人，昨天不是已经全都交给你了吗？"

幻尘雪瑶不管如何都要把寒冷天、段云、寒月、氾水、厚土、天幕这六人带出寒荒古城，所以她并没有理会孔雀老人的疑惑，只是接着道："前些日子，缥缈宫在攻打寒荒古城期间抓获了六个人，这六个人就是我要带走的人。"

孔雀老人的眼神登时转到了月姬的身上，月姬正坐在一旁的大椅上，当她听了幻尘雪瑶和孔雀老人的对话后，再看看孔雀老人的疑惑表情，当下站了起来，说道："段云、寒冷天、寒月，还有寒冷天的心腹此刻还在古城死牢关着，由于这段时间事情繁杂，所以没来得及禀告总坛宫主，还请宫主恕罪。"

幻尘雪瑶道："你若是想知道这个秘密，那就快把这六人放了。"

孔雀老人道："原来真的有这回事，那你就快去把那六人带到古城的城门下，这就交给她，要她带回去。"

月姬闻听孔雀老人这话，立刻下令放人。

良久后，古城西边，死牢里，段云、寒冷天、寒月、天幕、厚土、氾水六人已经被释放出来。

少许，古城外雪雀喜叫。

城门之下，幻尘雪瑶正站在那里等着他们六人的到来。

渐渐地，段云等六人已经来到城门之前。

"雪瑶妹妹。"

段云还没走出城门，已经看到了幻尘雪瑶，幻尘雪瑶一袭白衣如雪站立城门外，而段云的一颗心像是火星一般飞射而出，他无法想象这一切都是真的，几步奔出了城门，急切地来到幻尘雪瑶的身前，就在一瞬间，他的单臂已经紧紧地把白衣女子拥进自己的怀里。

"太好了，你没死……你没死……你……你还活着。"

镜雪山庄的惨案距今已经有五年了，而幻尘雪瑶在这五年一直都在落雪峰之巅，即使知道段云就在寒荒古城，她也没来找段云，这也是她手里有镜雪剑的缘故，她不想和段云为敌，所以她一直都没接近段云，只是在自己与死亡临近之时，她才担当了元凶，并且承认自己是想得到镜雪剑，为爹爹完成遗愿才造成了镜雪山庄惨案一事，她不想再让段云为了报仇而生活在忙碌之中，所以在镜雪山庄的那个夜晚，她留给段云的那封信解开了段云所有的心结。

幻尘雪瑶的手也渐渐地去抱住段云。

很久很久。

"段云，对不起，是我害了你。"幻尘雪瑶眼里的泪水已经滑落脸庞，"是我害了镜雪山庄。"

"这不怪你，这不怪你，你也是被逼的，要不是……"段云的话刚说到这里，就被幻尘雪瑶打断了。

幻尘雪瑶发现段云的右手臂膀没了，焦急道："段云哥哥，你的右臂呢？"

"没事的。"

段云在五年后再和幻尘雪瑶相见这古城之下，当下喜极而泣，竟然对世间所有仇恨烟消云散。

幻尘雪瑶极为心疼地拥住了段云，段云竟然一动不动地站在寒风中，忍受一切前尘往事的洗礼。

身边的寒冷天、寒月、天幕、厚土、沍水这五人当下被晾到了一边，寒冷天、寒月两人想走近他们，然而见他们如此亲近，当下也甚觉不妥，便僵立在城门之下，而沍水、厚土、天幕三人却是全身伤痕，早已痛苦地摔倒在地上。

寒冷天来到三人的身前，心如刀割："他们怎么可以那么对你们？"

正在这时候，寒月"哇"地一口嘴吐鲜血，整个身子竟然径直地后倒下去，寒冷天忙伸手去抱住。

可是，寒冷天自己也身中剧毒，全身没有一点力气，竟然在扶住寒月的刹那间，随着寒月一起倒在雪地上。

沍水、天幕、厚土三人异口同声："城主！"

"你们怎么了？"

此刻，段云与幻尘雪瑶奔到五人身边，然而寒冷天此刻已经拿着寒月的手在把脉，看脉象极为虚弱，急道："我妹妹这几天在古城吃了不少苦，那里牢房极冷且寒，我看她多半是受了风寒。"

幻尘雪瑶忙从身上拿出了一粒梅花丸，说道："这是治疗我身上寒毒的药，给她服下，相信对她有所帮助。"

段云知道幻尘雪瑶从小身患寒疾，这寒疾一旦发作，真是可怕，所以他关切问地幻尘雪瑶："你身上的寒毒又发作了吗？"

幻尘雪瑶又从身上取出一枚，道："我这还有，段云哥哥不必为我担心。"

段云看到幻尘雪瑶手里的药丸颗粒，再看看寒月面色极是惨白，当下接过幻尘雪瑶的药丸，给寒月服下。

幻尘雪瑶道："服下梅花丸，再让她休息两天，身上的风寒应该就会好。"

寒冷天对幻尘雪瑶作揖："多谢姑娘！"

第077回：雪舞寒荒古城

镜雪剑已经属于缥缈宫了，无此剑，名剑之争又该如何去面对？

在上一届名剑之争的英雄会上，镜雪剑以其剑中之王而夺魁，令万剑臣服，其中音尘有二百七十柄、中原有四百三十柄、蓬莱有二百九十九柄神剑均被寒荒六剑派扣押，当时扣押的九百九十九柄神剑尽数被镜雪山庄段飞龙收藏，按照江湖规矩，这九百九十九柄神剑也只有每隔五年在中秋之夜才能从剑库中拿出，六剑派一起出席仔细参详一番，事后又把这许多剑放回，可是自从镜雪山庄惨遭灭顶之后，这五年一秋的赏剑盛举也从那夜取消了。

幻尘雪瑶把镜雪剑拿去给了缥缈宫以后，就像变了一个人，以前每当拿起镜雪剑就会想起幻尘云风给她的千万嘱咐，而这嘱咐或许已经给她造成一种心理压力。

什么样的压力？

这种压力时刻提醒着幻尘雪瑶，无论如何都要尘封镜雪剑。

或许，幻尘雪瑶不顾一切去走那条永远也看不到尽头的路，她也不情愿，可是一想到雪柳荒那鲜红的热血流淌在雪地上的时候，她又坚定了自己尘封镜雪剑的信念。

或许，前方荆棘丛生，泥泞万般，幻尘雪瑶依然要昂头挺胸，克服困难，一定会勇往直前。

或许，以后的日子既使万劫不复，但是为了平息江湖各派对镜雪剑的纷争，幻尘雪瑶也绝对不会去计较自身的得失。

或许，在幻尘雪瑶的眼里尘封镜雪剑很重要，但是人的性命更重要，哪怕是寒荒武林对她把镜雪剑交给音尘甚是不满，她也毫不在乎。

是的，昨夜客栈里的那一场大火就是最好的明证，有镜雪剑的地方就有死神站立，可如今孔雀老人把镜雪剑占为己有，这就等于把幻尘雪瑶身上的压力拿走了，这五年之久，幻尘雪瑶背负着怎样的压力，她比谁都清楚，然而此刻却全部解脱了，只是有一点令她难以心情平和，那就是答应父亲要完成尘封镜雪剑的遗愿，可是如今已经无法完成……

脚步在雪地上轻盈地挪动着，就在寒荒雪柳荒的一处山崖下，五剑派的诸多人都在那里停歇下来，也许是那毒药的药性越来越强的缘故吧，除了风月儿、小年、阿涛三人，其余的人都在经历如此跋涉之后，累得呼呼直喘气，所以在这不太陡的悬崖下，他们终于坐下了，一个个大呼全身无力，急待休息。

小年看着这许多人都坐在地上，每个人脸上颜色难看至极，他情不自禁地淡淡道："不知道雪瑶妹妹怎么样了，要是那孔雀老人不给解药怎么办？"

风月儿道："不会吧，要是这样，她干吗还要把镜雪剑交给他们，这种蠢事，雪瑶妹子应该不会做出的呀！"

"她会！"

就在这时候，拿折扇的余十月忽然冷冰冰地说了这两个字。

风月儿把看向小年的目光转到余十月的身上，看着这个白面书生，当下哎道："书生公子，你怎么知道她会，难道说你比小年还了解雪瑶妹子吗？"

风月儿眼睛一转，上上下下仔仔细细地把两人都打量了一番，但觉小年是善良的乡村少年，而余十月却如十月的皓月，当下也摇了摇头。

余十月且道："你知道我第一次见她，是在哪儿吗？"

风月儿轻微一笑，皓齿如月，当下来了兴趣，忙道："那你第一次见她是在哪儿？你们是怎么认识的？"

小年看到风月儿对这种事大感兴趣，也就没有和她说话，只是轻微地摇了摇头，向来时的路寻去。

风月儿急道："你去哪儿，我也要去。"

小年停下脚步，转过身子，却看着风月儿正向自己蹀步而来。

风月儿快步来到小年的身前，且道："去哪儿？我也去！"

小年笑了笑："我看你和余兄正在说话，所以就没叫你。"

"是吗？"风月儿脸色一沉，十分不开心的样子，嘻嘻笑道，"怎么了，我和别的男人说话，你就吃醋了？"

小年摇了摇头。

风月儿见小年如此摇头否认，满脸的喜气，几许玩笑般道："那你说这话是什么意思啊，你别忘了，我们可是没拜堂的夫妻啊，做夫妻呢，就要像做夫妻的样儿，你不管走到哪儿都要带上我，我们一定要恩爱。"

小年呵呵一笑，把风月儿拥在怀里。

雪在下，雪花满天飞。

"驾！"

"啪啪啪！"

赶马声、藤条策马声同时从前面的雪柳树林里传了出来。

"她们回来了。"

此刻，从树林里果然奔出一辆白色大马车和六匹好马。

余十月知道寒月大病初愈，身体一定非常虚弱，所以就在幻尘雪瑶去寒荒古城不久，便安排阿金雇用一辆马车、五匹马前去接应。

小年道："你们一路没遇到什么麻烦吧？"

幻尘雪瑶道："解药我已经取回来了，你快帮我把解药分给他们。"

幻尘雪瑶眼见这许多人都坐在地上，每个人脸上都聚起了黑色，赶忙下马，奔到他们身边："怎么了，是毒药的药性发作了吗？"

易冷云道："我们感觉到胸口有股热气上冲，堵住了五脏六腑。"

邓戏衣道："是啊，我也是。"

幻尘雪瑶心下一沉，赶忙打开怀里的盒子，然而盒子里面竟然是空的。

"怎么是空的？"

幻尘雪瑶秀眉冰寒，当下一个"蹬空飞跃"上马，一鞭子打在马的屁股上，马飞驰向寒荒古城扬长而去。

段云在看到幻尘雪瑶绝尘而去，几番欲要勒马前去，怎奈寒冷天都把他拦了下来。

"我要和她一起去寒荒古城，你让开！"

寒冷天勒住了马绳，拧着马的脖子道："你的功力还没恢复，你去不得。"

段云听寒冷天这么一说，当下道："那我把神剑留给她。"此话一完，背上的旭风霍然跃空而起，并且对着那即将消失在自己眼前的女子大喊一声："雪瑶妹妹，此次前去，把神剑带上。"

旭风果然被幻尘雪瑶飞空接住。

寒荒古城，城门紧闭。

守城之卒见是早晨方来过的女子，当下喝道："解药你已经拿走了，还来做甚？"

幻尘雪瑶不能不怒，且道："这城门你们大可不开，但是你们别多管闲事。"说罢，她那绝美的身子瞬间移动，腾空而起，站立在城门之上。

十几个守城门的小卒，当下怒喝："你硬闯古城，此事我们不管不行。"

十二个小卒赶忙跑进城里，蹬上城门，每人手里的剑向这个绝美的女子刺来，怎奈还没等他们进身，十二个人眼前忽然红光一闪，他们喉咙之处竟然流出了血，几声惨呼后，均从蹬城门的台阶上垂直掉了下去。

城里的小卒看到如此惊骇的事情，也是成群结伙地围了上来，其中一个喝道："杀了这个妖女。"

四下一片响应，都挥舞着手中的剑，一起拥了上来。

幻尘雪瑶对孔雀老人恨之入骨，当下冷声喝道："不想死的，都给我让开！"

然而相反的却是有更多的寒荒古城兵卒如江海之水泛滥，皆奔腾而来，片刻之间，竟然将幻尘雪瑶团团围住。

第078回：不是九天雷魔

剑影纷飞，红光流射，血战已经惊动了寒荒古城相当一部分兵卒，兵卒均从四面八方扬剑而来，而古城中央倒在地上的尸体横七竖八，伤亡惨呼一时之间响彻天地。

就在幻尘雪瑶冲入古城内廷之时，在前方的天空上忽地出现了一个佝偻老者，笑意满面地对她说道："没想到，没有镜雪剑，你还敢来此地撒野。"

孔雀老人浮在半空的衣服却是无风自飞，看起来就像是天上下凡的老神仙，她看到幻尘雪瑶单身再次寻药而来,她呵呵笑道:"你终于来了。"

果然,就在孔雀老人身子落在地上的时候,幻尘雪瑶已经飘飘然地飞落在台阶之上。

幻尘雪瑶愤怒道:"你为什么不把解药给我,反而给我一个空盒子,你知不知道那些人已经快被你们音尘害死了?"

孔雀老人眉头一扬,呵呵笑道:"这把剑到底是不是真的镜雪剑,我还真的不知道,所以……"

幻尘雪瑶见孔雀老人说到嘴边的话忽然收回了,于是心下一沉,才明白了原来她也没见过镜雪剑,当下也了解她此番的用意,便道:"原来你也没见过镜雪剑,所以你才玩弄我于股掌之间,难道江湖中的规矩都是摆设吗?你身为缥缈宫总坛宫主,难道要如此食言吗?"

话虽如此,但幻尘雪瑶心里不得不暗忖孔雀老人不愧是老江湖,做事果然小心谨慎。

孔雀老人略有不懂地看着幻尘雪瑶,见她说话说到一半就不说了,于是问道:"不要怪我太狡猾,人行于世,防人之心不可无,难道这个道理你不明白吗?对于寒荒剑道,我最清楚不过了,不过都是一些乌合之众、背信弃义之徒罢了。"

幻尘雪瑶的纤细手指紧紧扣住了袖子里散发着红芒的旭风神剑,冷声问道:"不管你是什么用意,我可要拿着解药去救人,你到底想让我怎么做,你才肯交出解药?"

想起那许多人都在生死的边缘,幻尘雪瑶觉得取回解药一事真是一刻也耽误不得。

时间一刻刻过去,幻尘雪瑶的心仿佛炸开了一般,她自己也不知道从什么时候,自己开始对别人的生死看得比自己的生命还要重要,为了讨到解药,她不但拿出了镜雪剑,并且还要一心一意地来救自己的杀父仇人。

只有一种解释,那就是镜雪剑的灵气已经把她心中的戾气全都吸食掉了,在武林上这种情况也是一种着魔。

本来,幻尘雪瑶应该拿着镜雪剑去做自己想做的事,然而她没有,她的人性开始发生了细微的变化,她不再单纯,她的人格变得复杂。

当一个人的人格变得复杂的时候,这个人心里想的事情就很多,并且都是一些凡尘之事,也许已无法回头。

剑柄紧握,在胸前一引,天际一阵红云翻滚,电光闪射均落在她的旭风神剑之上,幻尘雪瑶一心一意地想要夺回解药,却全忘了自己在愤怒出剑刹那之间,天际红云翻涌不息,就像人间地狱要再现,仿佛应验了江湖上那个遥远的传说——九天雷魔。

九天雷魔绝对不会拥有这样嗜血成性的威力,幻尘雪瑶的身子激烈地颤动着,全身的血液仿佛瞬间沸腾起来,沸腾的血形成九个女子的身形。

孔雀老人惊讶、狐疑地看着漫天飘散的乌云和从天边裂开的电光,低沉道:"你……走火入魔了?"

幻尘雪瑶眼珠深蓝，忽然举起手里的旭风神剑，怒目瞪着孔雀老人，冷冷哼道："我要等着救人，快把解药给我。"

孔雀老人活了一百多岁，从来没见过拥有如此威力的人，当下想试一试，探一探究竟是怎么回事，呵呵笑道："无论你是不是着魔了，能舞动出如此惊动天地的剑法，我活了一百多年还没见过，今天就想请教请教。"

孔雀老人出手无形无影，镜雪剑果然出鞘了。

幻尘雪瑶看着眼前一道雪光迎面飞射而来，邪雾十六剑忽然飞空而起，偌大的天空翻滚的红芒瞬间把那许多雪光压了下去，就在雪光全都消失的时候，漫天红色剑光已经如江海翻涌向孔雀老人压了过去。

旭风剑有史以来第一次施展出如此惊人的威力，孔雀老人看着自己被红光团团包围，她知道这肯定是一种带有戾气的剑阵，这种剑阵从来没有在江湖上出现过，而今真是令她大开眼界。

孔雀老人紧握镜雪剑，镜雪剑虽然灵气十足，但雪亮的剑气、剑光却被困在红光之中。

万道戾气竟然就像黑暗复活的恶鬼带着极为强烈的杀意向孔雀老人飞去，孔雀老人深陷魔阵之中，挥舞着镜雪剑在红光里费力地破阵，当红光渐渐地收缩，欲要把她包围噬杀的时候，镜雪剑忽然发出一道白色的电光，红光忽然消散，孔雀老人一个临空而下，站在大理石铺成的地面上，口吐鲜血。

红光消散刹那间，幻尘雪瑶心头一转，剑诀在空中一引，几乎消散而尽的红光忽然聚集，聚集成了一道红芒向正在吐血的孔雀老人杀去。

孔雀老人苍老的白发在猎猎寒风中肆意飘飞，心中好不讶异：没想到这年纪轻轻的女孩儿，剑气之中戾气如此之重，难道她已经成魔了？

是，一怒成魔。

幻尘雪瑶也没有发现自己已经的变化如此之大、如此之快，难道曾经在幻尘云风身上出现的事情要在她的身上再现吗？

此刻，幻尘雪瑶站在雪地上，看着天地的尘土、天际翻滚的烟云，怔住了。

那一年，父亲惨死，自己很害怕。

那一年，自己被武林正邪追杀，差点惨死，虽然被段云救了，过了五年无忧无虑的生活，但命运、宿命始终存在。

那一年，知道段飞龙为了镜雪剑竟不顾和父亲结义之情，欲要欺骗自己，自己被迫偷剑出走，没想到被人误认为是镜雪山庄灭顶的凶手，使她在缥缈宫当了五年的无情杀手。

这一年，段云和自己再次相逢，而不知她已经练成了一种带有很重戾气的剑法——邪雾十六剑。

邪雾十六剑的戾气催动，才使旭风剑发出极为强烈的嗜杀，这一点，孔雀老人很清楚，只是有一点她不明白，为什么自己冲破了剑阵却受了重伤？

红芒已经飞到孔雀的面前，孔雀老人的身子瞬间后移，而剑光却也直逼而来，忙一闪，一个转身躲开了，那红芒急速而来，击中了粗大的柱子，"轰"的一声，三个人环抱的大柱子轰然被剑光摧毁，碎裂而飞。

"看来这把剑真的是镜雪剑了，解药给你。"说罢，孔雀老人从怀里掏出了一个瓶子，瓶子不大，但是瓶子却被她一抛，抛向了幻尘雪瑶。

幻尘雪瑶急忙一个"幻影术"接住了精巧的瓶子，道："这镜雪剑我已经给你了，你实在不应该骗我。"

孔雀老人听她这么一说，怔了怔，才在心里暗忖道："难道就因为这个，她才……"

"一怒成魔"四个字没有说出口，当下回过神来，喘息道："我骗你，是因为我不相信你。"

幻尘雪瑶怒气忽然全消，看着深蓝的天空，怒道："现在你相信了？"

"虽然我受了重伤，但是有一点我必须承认，刚才要不是这把剑，我想我肯定是个死人了，我当然相信。"孔雀老人看着自己手里的剑，怔了怔说道，"你刚才的剑法戾气很重，我手里的镜雪剑灵气感觉到了，并且使你的戾气由霸道变得内敛，所以，我才勉强从剑阵里逃了出来。"

"镜雪剑的灵气，那也是一种戾气。"

"那为什么我还能从剑阵里逃了出来，而没有死在你的剑下？"

"因为这把剑！"幻尘雪瑶举起手里的旭风神剑，淡淡说道。

孔雀老人把看向镜雪剑的目光看向了幻尘雪瑶手里的剑——旭风，淡淡问道："为什么？难道在寒荒，镜雪剑不是一把最厉害的剑？"

幻尘雪瑶转过身，不再说话，她向城外走去，只是道："因为这把剑是段云哥哥的，所以我不能用这把剑来杀人。"

孔雀老人道："哦？"

幻尘雪瑶转身，走出了寒荒古城，骑着来时的马，往回走。

孔雀老人站立在寒荒古城东城大殿前的台阶上，心中纳闷："什么意思？难道她没有着魔，可是刚才她眼珠深蓝，杀意十足啊？"

第079回：万夫莫开之能

很快，幻尘雪瑶消失在茫茫的雪原上。

孔雀老人举起镜雪剑，对这剑有所忌惮的样子："这镜雪剑，天下第一非我莫属，名剑之争，我看谁可争锋？"

此话方完，天际再一次黑云翻涌，"轰"的一声响雷，响彻天际，一道白光登时把整个苍穹四分五裂。

一瞬之间，天色大变，而孔雀老人的脸色也忽然大变，身上每一寸经络都发生及其强烈的扭曲和疼痛，与此同时，她"哇"的一口鲜血从嘴里喷出，就在她眼前一黑的同时，赶忙把剑收回，很久后，缓过气来，低声自问："难道这把剑是一把魔剑？难道我驾驭不了镜雪剑？"说到这里，大口喘了一口气，满眼流露出疑惑的神情："那么，那个小女孩，她怎么就能驾驭此剑？"

孔雀老人疑惑的是自己独创剑道近百年，本以为可以驾驭天下所有名剑，如今却……想到这里，虽然有些失落，但是在她心里永远相信自己，相信自己拥有镜雪剑之后，定会独霸武林，血洗寒荒、中原、蓬莱之地，夺回祖先们应得的荣誉。

风轻轻吹过，雪轻轻舞落。

寒荒古城之上的红光也随着雪花飘落而渐渐消失在寒空之上。

很久一段时间过去了，五大剑派的所有人，当然也包括寒冷天、寒月、余十月、小年、风月儿、阿金、阿涛等七人，他们此刻也全随同苏君火来到了白火堂。

白火堂的堂内，凡是中毒的人都盘着腿在地上打坐，每个人的脸色都是黑气缭绕，一看就是临死前的奋力挣扎。

风吹雪舞。

就在此刻，白火堂内突然地动山摇，凡是有感生死之人都神色大坏，只闻恶苏惊道："这是怎么回事？难道是地震？"

恶苏说完此话后，就否认了自己的胡乱猜疑，因为在他们眼前，一个几乎是被地狱之火诅咒过的火球向他们飞射而来。

"咚"的一声，偌大的炮弹飞落在白火堂的堂中央。

小年见此，心下觉得不大对劲，怎么会有如此威力的火球炮弹飞落在这白火堂之中，正疑惑之时，又有七八个炮弹飞落下来，白火堂的堂前屋檐顿时恶火大盛，燃烧起来，以致整个白火堂都变得乌烟瘴气。

白火堂里的五大剑派掌门一时都从堂里眺望堂外。

堂外，从那白雪与烈火之中闪进来了二十五个美丽女子，大家一看都是疑惑不浅，其中一位身着红色狼皮做的衣服的女子，腰间挎着一柄利剑，她们几乎和那些炮弹同时进入白火堂堂内。

小年心头热血一涌，箭步上前："你们是什么人？"

原来这二十五位美丽非凡的女子就是当今中原七大门派之首峨眉派弟子，刚才说话的就是峨眉派的掌门碧柔，她年纪轻轻，已经成为一代宗师，放眼天下，真是少之又少。

碧柔道："蓬莱剑客此刻伏兵山下，你们万万不要为这炮弹有所惊动。"

就在蓬莱加紧攻势之时，忽然一道及其冷漠窒息的身影几如飞火流星般腾空而起，靓丽的身影飘浮在白火堂的上空。

——幻尘雪瑶

就在方才那八颗火球落地以后，又有八个火球如勾魂的铁链，前前后后，接二连三瞬间飞了过来。

蓬莱剑客为了达到能在名剑之争东山再起的目的，以十二门大炮攻打白火堂，只要可以夺取镜雪剑，打败天下剑道，夺回自己的名剑，他们甘愿做小人。

事实却不是如此，据江湖历来盛传，蓬莱之人重剑道令天下人佩服，可是眼下这卑鄙无耻的行为究竟是怎么回事呢？难道说真的是蓬莱剑道所为？

说时迟，那时快，火球逼近幻尘雪瑶。

幻尘雪瑶手里的邪雾十六剑再次使出，风雪不停地狂野飞舞，旭风这几日真是饮尽了风雪，这次的威力更是叫人望之惊魂，瞬间整个剑阵天罗地网地浮现在山头，形成一个似有若无的屏障，把整个白火堂笼罩得严严实实。

砰砰砰……

火球撞击在那剑气形成的屏障之上，瞬间被反击，反弹飞射回去。

那些蓬莱剑客本以为大炮轰山，攻势之锐，无可抵挡，可是眼见这十分令人匪夷所思的局面，当下双眼瞪得老大，根本不相信眼前这看似娇弱的女孩竟有一夫当关、万夫莫开之能，心下也是十分佩服。

"喂！"

此刻，山下已经有一个手拿长剑的剑客，他一头披肩发在风中飞舞，双眼紧紧地看着山头飘飞的身影。

"你没有镜雪剑了，你别多管闲事，不然就是自取灭亡！"

此人口气如此之横，当真不知道鬼门关的大门正在向他敞开，也许他是为了消除心里的畏惧才如此一说，可他万万没想到，幻尘雪瑶曾经是缥缈宫的无情杀手，她曾经杀人连脸色都不变，决定要杀哪个人的时候，那个人就根本没有还手的余地，何况今天她已经把寒荒剑道看作是自己生命的一部分。

幻尘雪瑶体内已经汇集了镜雪剑和邪雾十六剑的所有戾气，当下眼见万般血腥，当下心生杀意，剑举过首，忽然一道红芒闪烁，方才那说话之人已经死了，当同伙来查看气息，才发现是一剑击破头颅，那血从他前额淙淙流下。

"还想活命的，快点滚！"

忽然，幻尘雪瑶的瞳孔变成蓝色，一袭白衣在风雪之中舞动不休，那些前来捣乱的人，看到幻尘雪瑶出手如此毒辣，当下全身冷汗滴滴而落，他们完全没想到，在寒荒这片雪域，原来有这么一个剑法超绝的剑客，并且还是个女孩儿，还如此年轻。

蓬莱几个剑客都脸色一青，当下不顾蓬莱剑道的声誉，跪了下来，伏在地面，道："求求你，求求你，求求你救救我们。"

幻尘雪瑶从空中落了下来，看着这几个蓬莱剑客，冷冷的眼眸中竟然显出一些惊骇。

几个蓬莱剑客争前恐后道："要是你不帮助我们，岂非现在杀了我们更痛快。"

"帮你们做什么？"幻尘雪瑶冷冷哼了一声，"快些说。"

"我们老大让我们务必把段云给捉回去，要是没把段云捉回去，我们回去也是死。"说到这里，他怔了怔，又道，"如果你不帮助我们，你干脆就杀了我们，那我们也不辱使命了。"

"捉段云干什么？"

"我们老大想夺取藏在镜雪山庄的九百九十九柄绝世好剑。"

"又是为了剑？"

"求求你,一定要帮助我们,这次任务没有完成,他肯定会杀了我们几个人。"

"好吧,那我答应你们。"

"刷"一柄匕首一闪,当下血流一地。

"叛徒,她答应了,你们还是要死!"就在这时候,一个人苗条的身影消失在前面不远的雪丘上。

第080回:凶徒最后忏悔

那人的身法极快,本来,幻尘雪瑶要追上去看个究竟,可是她没有,就在那几如鬼魅的身影消失在雪丘的背后之时,从后面白火堂传来了小年的声音:"这些人都是些什么人?"

小年一边说一边打量着地下的尸体以及现场的大火。

幻尘雪瑶闻此,才转过神来,眼见眼前这男子在探看现场,她才走向小年,略有丝丝温柔地叹道:"这些人都是为了名剑而来。"

小年不知道名剑是什么,但是他不难知道镜雪剑就是名剑。

镜雪剑是武林至宝,当今天下唯此剑天下无双,凡是四地剑道所有剑客无一例外地欲要把此剑据为己有,然而镜雪剑到底有何神通,江湖之上从来没有人能原原本本地说出个所以然来。

"镜雪剑不是已经交给缥缈宫了么,为什么他们还会闹出这种事情来?"小年看着躺在地上的尸体,心里顿时倒吸一口凉气,叹了一口气,"怎么会这样?"

"看来缥缈宫要我第二次前去取解药,的确是很有必要啊。"话说到这里,她从袖子里取出解药,注目一看,才缓过神来,道:"他们现在怎么样了?"

"现在他们大多都数人已经接近死亡了。"小年看到她手里的解药,又随意的探问,"这就是解药吗?"

"是啊。"幻尘雪瑶应了一声,"缥缈宫的老太婆怕我交给她的不是真的镜雪剑,所以才要我第二次去讨解药。"

小年看着幻尘雪瑶额头上的冷汗,淡淡道:"既然药已经到手了,你交给我吧,我去帮他们解毒,你去休息一下,你看你累得满头都是汗。"

幻尘雪瑶摆了摆手,低声道:"我没事。"说罢向白火堂径直而去。

小年微微一笑作罢,跟在幻尘雪瑶走进白火堂。

三天后的响午,雪停,寒荒五剑派的所有人都已经驱散了身上的毒性。

这一日,苏君火已经盼咐了厨房里最好的厨子,说是要设宴,邀请众位寒荒剑派商议如何面对名剑之争英雄会的事情。

少许,宴餐已备。

苏君火及段云都已经在桌子旁边坐好,然而幻尘雪瑶此刻正从外面走来,待她来到席前，人已到齐，她也就在段云的身边坐下。

"这次多亏了几位仗义相救，才救回了吾等性命，为了表示心意，这杯水酒敬各位。"苏君火说完之后，端起了桌上的酒杯，接着说道："先干为敬。"

五剑派的所有人当下也纷纷点头，各自起来寒暄一番。

此刻，除了幻尘雪瑶把酒杯还放在了桌上，其余的人都是一饮而尽，这苏君火看到了幻尘雪瑶如此举动，当下道："姑娘难道……"

幻尘雪瑶淡淡地说了一句："我不会喝酒，所以这杯酒就不喝吧。"

苏君火心下这才明白，也道："既然姑娘如此不喜饮酒，那就算了，我也不好强人所难。"

此刻，幻尘雪瑶的脸已经苍白得很。

也是，不知道为什么，今天众人相聚一堂，大家却没有一点点放怀，彼此之间好像存在一种无形的压抑，然而就在十分冷场的时候，邓戏衣和易冷云忽然起身，几个大步走出了大门，两人一反常态，竟然面向内庭跪在了大门之前。

内庭当下死寂一般，每个人都盯着门外的两个人，惊诧不已。

小年一个箭步跨了出去，看着跪在地上的两人，不解道："你们怎么了？"

跪在雪地上的两个人从心里发出忏悔残害镜雪山庄的心声："我们是罪人，不配和段公子、幻尘姑娘坐在一起享用盛宴。"

苏君火见此不妙，当下手托一柄长剑，直刺向邓戏衣和易冷云。

段云怒道："苏堂主，你想干什么？"

小年等所有人都起身，快速来到门外。

段云却是迅速出手，手里的旭风神剑当下扎在了邓洗衣和易冷云的面前，剑尖没入雪地五寸，剑气大肆释放开来，苏君火眼见眼前红剑势盛，一个急刹，被旭风神剑震得飞了回来。

邓戏衣道："苏堂主，我们不要再隐瞒了。"

此刻，冷清雪、刘心冰也纷纷跪在了地上，与易冷云、邓戏衣跪成一条线。

苏君火眼见如此行事，当下一屁股坐在了雪地上，骇然道："你们都疯了吗？"

多少年以来，镜雪山庄的惨案令他们都惴惴不安，夜不能寐，如今想想，虽然段飞龙有私吞名剑之嫌，但是他们的做法未免太让上苍怒颜，再怎么也不该做出要镜雪山庄血流成河的事，不但有违天伦，并且削弱了寒荒剑道的势力。此刻，段云和幻尘雪瑶在此，他们想两人如此侠义，当下也想拥护两人得到九百九十九把神剑以后，从而在名剑之争英雄会上与其余三地剑道一分高下。

为什么这么做？

因为他们不能看着寒荒剑道上百年的声誉毁于一旦。

这难道就是人们常说的幡然悔悟吗？

这是一种真心的忏悔，也是一种真心的赎罪行为，他们知道段云和幻尘雪瑶杀他们易如反掌，但是他们还是决定在所有寒荒剑道面前，真心忏悔赎罪，因为他们此刻已经视死如归，并且把寒荒剑道所有剑客的生命放在了第一位。

苏君火还坐在雪地上，眼睛直直地盯着寒荒剑道的四位掌门。

"你们隐瞒了什么？"

风月儿眼睛溜溜打转，左左右右地打量着众人，最后她的目光落在了小年身上，见小年也是一脸的疑惑，低声道："夫君，他们怎么了？"

小年摇了摇头。

正在人们沉寂之时，从隔壁的房子里传出来一阵惊叫。

"你放开我！"

各大门派的人闻声上前，忽然一个穿月白衣的少女被一个黑衣人从窗户丢了出来，苏君火身子一转，挟持住了月白少女。

"师妹！"

月白少女就是寒月。

此刻，书生余十月快步走上前，手中的扇子指着苏君火："苏堂主，你想干什么？"

苏君火一声狂笑，扬言："你们信不信，你们要是再上前一步，我把这女孩子脖子扭断。"

段云道："你快放了寒月，此事与她无关。"

苏君火冷冷一笑，竟然态似癫狂，大声喝道："段云，我不妨告诉你，你爹段飞龙就是我杀的。"

段云脸色沉了下来，一双手紧紧握成一个拳头，以至于指甲都扎进肉里。

苏君火双目圆瞪。

但在此刻，幻尘雪瑶的手却不知道什么时候，也不知道哪一刻已经伸了过来，紧紧地握住了段云的手，段云这才从愤怒中慢慢沉静下来。

"五年名剑之约的那一天，我们前去镜雪山庄赴约，你爹爹竟然不想交出镜雪剑，一心想私吞，所以我们合力就像杀大魔头幻尘云风一样把你爹杀了，之后就一把火把镜雪山庄化为了灰烬。"

说完，苏君火又放肆地就像老虎一样，对天狂笑。

幻尘雪瑶的脸色几乎苍白得叫人看不下去："可你没想到，你们得到的那把镜雪剑竟然是把假的镜雪剑。"

"都是你，你这个妖女，要不是你悄悄地拿走了真正的镜雪剑，那镜雪剑早就是我的了，今日岂能落在那个老妖婆手里。"

苏君火由狂笑变得十分愤怒，两目要落地一般瞪着幻尘雪瑶，然而说话的同时，同样手里挟持寒月的力道又加重了些。

"额！"

寒月在昨天晚上失踪，现在看来，是苏君火为了逼迫寒冷天和自己共同对付寒荒古城，才造成寒月失踪的假象。

寒冷天见妹妹不见了，大急之下，已经四处去找了，到现在还没半点音讯。

可是正在这时候，寒冷天忽然出现了，并且无声无息地出现在苏君火的身后。

苏君火左手虎口一麻，整个身子弹空而起，落在了一边，而寒月正好倒向了段云，依偎在段云的怀里。

寒月道："段云大哥，对不起，是我错怪你了！"

段云应了一句没事。

此刻，长剑一出，苏君火喉咙一甜，哇的一大口鲜血喷出，寒冷天一招"冰天飞龙"正中苏君火前胸。

寒冷天脸色难看至极："当初你杀害段庄主是从背后暗算的，今天我以同样的方法方式对你，苏堂主你应该无话可说了。"

苏君火跪在雪地上。

"求求你们，不要伤害我的徒弟们。"

苏君火忏悔地看着段云："段云，你爹是我杀得不错，但是你爹爹真的想私吞……你原谅我……"说罢，两眼瞪得老大，终于在喷出第二口血之后，沉重地闭上了眼睛。

第081回：天涯那一新月

很久。

段云看着雪地上的尸体，眼睛忽地绯红，他就像发了威的狮子一样，向着地上其余四人怒吼："你们都是凶手，你们竟然为了一把剑杀了我爹爹……你们竟然把我镜雪山庄千百人的生命看得一文不值。"

众人都看着段云，同情和怜悯的气氛一下浓了起来。

段云的身子一颤，手里紧紧捏住旭风，把旭风抵到他们四人面前，又喝道："你们竟然把这全部责任嫁祸给雪瑶妹妹，你们到底还有没有良知……"

旭风神剑已经落下，已向易冷云、冷清雪、邓戏衣、刘心冰四人斩去。

忽然，恶苏持剑而来，他手里的剑阻挡住了段云的旭风神剑。

段云看到恶苏出手阻止，当下怒道："难道你也想死吗？如果你想死，我一定会在杀了这四个狼心狗肺的东西之后，要你如愿。"

恶苏的脾气一向不太好，但现在他也单膝跪在地上，道："你要杀我们，我们都无话可说，只是杀了我们，寒荒剑道的势力会更弱。"

段云一把提着恶苏的衣领，冷冷道："借口，全是借口，你们都是贪生怕死之辈，我不会轻易放过你们！"

跪在地上的冷清雪，忽然站了起来，挺着她胸膛："段云，倘若你不相信我们五大名剑门，我冷清雪甘愿当众自刎。"说罢，手中的长剑搭在白皙的长颈上，欲要以死明志。

只是在此刻，飞雪门的弟子都跪在地上，都喊道："门主！"

按理，在这件事上余十月是个局外人，他快步走到冷清雪的身边，且道："冷门主，人孰能无过，镜雪山庄被你等灭顶之后，寒荒剑道的势力早已不如从前，你做事可要三思，万万不要因为段公子一句话，做出挽救不回的事情啊！"

小年以前住在偏远的小山村，没什么远见，但是自从这几天和这些武林人物接触，也明白一些道理，也走到段云身前，劝解道："五大门派五年前做出离经叛道的事情，死不足惜，只是眼下中州、蓬莱、音尘三地剑道都为了这次名剑之争而来，我想你也知道，要是在这个节骨眼上，五大门派不齐心，这次名剑之争定会大败。"

"大败，大败。"段云嘿嘿一声轻笑，道，"大败又能如何，当初他们不是口口声声说他们乃名门正派么，怎么，现在想用名剑之争来压我，今天他们休想逃过一死。"

此时此刻，段云的笑容变得有些扭曲。

看见段云如此愤怒，易冷云也道："我们不求你能放过我们，我们现在只想知道当年名剑之争扣押其余三地剑道共计九百九十九把神剑，如今剑在何处？"

易冷云此话一出，周围不知何时变得安静了。

幻尘雪瑶脸色苍白，走到了段云的身边，缓缓伸出了自己的手扯了扯了段云的袖子，淡淡道："你当真要杀了他们吗？"

段云转过头，道："这些人不但杀了你父亲，还杀了我父亲，这杀父之仇不共戴天，我非杀他们不可。"

幻尘雪瑶的脸色登时变得惊异，忽然一挥手，一道赤芒射向了地上的五人，五人当真口吐鲜血，纷纷倒在了地上。

看到五位掌门倒在雪地上，所有人都大吃一惊，他们没有想到这个方才一句话没说的女子竟然出手如此之快，做事如此之果断。

忽然，五剑派的弟子们都扬剑怒喝道："她杀了我们五派的掌门，我们这就杀了她，为我们的师父报仇！"

只是这些人刚要群起而上，寒冷天舞动的身子腾飞而起，快速的脚法将之全部击倒在地上。

寒冷天看着在地上翻滚喊疼的众弟子，大声喝道："今天谁若敢动幻尘姑娘一根汗毛，我定将他挫骨扬灰！"

段云见五位掌门翻滚在地上，一时之间也跪在雪地上，大声号叫："为什么？为什么你要这么做？"

幻尘雪瑶眼眸中，冷光横飞道："在我八岁那年，他们也杀了我的父亲，今天也应该让他们血债血还才是。"

段云赶忙转过身，全身僵硬了似的，他没有感觉到为父报仇的快感，反而有些不适。

幻尘雪瑶道："怎么样，现在我们两人的大仇都已经得报，你开心吧？"

段云低声道："我高兴，我很高兴，我高兴得不知所措。"

其实段云比任何人都清楚，他并不是因为这些恶人死了他感到高兴，然而一旁站着的寒月，看到段云大仇已报，她默然从人群中走出。

她要去哪儿？

天涯的那轮明月，是否永远与她相伴。

看到寒月决然而去的背影，段云那经过无数岁月摧残的笑容，断然而失。

如今，段云大仇得报，寒月唯一的选择就是离开，再看看幻尘雪瑶如此佳人相伴左右，心中苦涩："段云大哥，既然你已找到你的妻子，我是应该离开了。"

寒月说出最后一句话，决然地默默离去，在场的所有人无一人言语。

幻尘雪瑶看到段云一脸的伤感，她的心也同时被撕碎了一般，蓦然一阵揪心之痛涌上心口。

正在此时，寒冷天发现寒月离去，忙追了出去。

"妹妹。"

寒月已经消失在路的尽头，路的尽头是嶙峋的冰石山道。

"寒月。"

幻尘雪瑶道："快把你们的师父抬进大厅。"

……你……你……

白火堂的弟子都看着这冷面如霜的女子，登时都围了上来，每个人打从心眼里要将这个杀人不眨眼的女魔头就地正法，可是他们没有一人能具有杀死这女魔头的信心。

幻尘雪瑶冷冷一声道："最好不要做无谓的牺牲。"

白火堂弟子道："你太狂妄了，我们师父都认罪了，你还不放过他们，还将他们杀死，你……"

幻尘雪瑶竟然从腰上摸出了一道令牌——盟主令："你什么你，这是我爹爹的盟主令，我爹被你们害死，我没找你们算账，你们倒是找我来了，我命令你们把这五位掌门抬进内堂，违令者，杀无赦！"

看到这令牌，白火堂弟子步步后退，议论道："看来她的确是幻尘云风的女儿了，这盟主令牌原来一直都在她身上。"

幻尘雪瑶道："如今，名剑之争就要来临，你们都要团结，不许离开白火堂半步，更不许滋事生非，要勤加练习剑法，共同迎接三十年一届的名剑之争英雄会，谁若心怀不轨，当心我剑下无情。"

寒荒盟主令一现，一切皆属寒荒的剑客，都视此令牌如父母，手持令牌的人有着至高无上的权力，所以众人都没动手，各自门派都背着各自门派的师父，前往白火堂的内堂。

……

夜深，白火堂的一处绝壁，幻尘雪瑶站立绝壁之上，而在她身后缓缓走来一男子。

男子英俊非凡，手中握有一把不知名的剑，然而让人费解的是，这男子不是段云。

"你来了。"

"你就不怕段云知道你没杀四大掌门而恨你吗？"

"怕！"

"那你还敢骗他？"

"这不是骗他。"

"那这是什么？"

"我不需要告诉你，你要是没别的事，你就别来烦我。"

"我要告诉你一件事。"

"什么事情？"

"我已经找到了九百九十九把神剑的藏剑之处。"

幻尘雪瑶身子一震，眼睛变亮，这才道："谢谢你。"

身后的男子不再说什么，只是随同幻尘雪瑶那绝美的身子站在绝壁上，看着天涯那轮圆月，心里无比畅快。

"我要感谢你才是，要不是你在雪来客栈杀死那个冒充我的人，我相信彩虹石定然会被他拿去。"

"你真的是名剑山庄的庄主邓云风吗？"

"呵呵，我不是，那谁是呢？"

第082回：神剑已有下落

夜晚，风轻轻吹过他们两人的脸庞，明月之下，白衣仿佛垂挂在悬崖之上，虽然此处是两人，但是远远看来，还是有说不尽的孤独和萧条之感。

在那悬崖的峭壁上忽然飞起了一群雪雀，这些雪雀仿佛受了极大的惊吓，飞往更加辽阔的地方。

幻尘雪瑶把目光平静地看向雪雀飞起的地方，兀自地怔了怔："你……"

看见段云就在自己面前，幻尘雪瑶本来平静的心忽然泛起了一丝丝不安，她怔道："你怎么也在这里？"

邓云风赶忙抬头远看，果然见到一位身形高大、眉清目秀的人出现在他的视线里，然而更叫他震惊的是这个男子就是段云，所以他一步向前："段兄弟！"

段云看着幻尘雪瑶和邓云风两人，脸色安静极了，他道："你们刚才的对话，我都听到了。"

"我不是故意隐瞒的。"幻尘雪瑶赶忙解释道，"我是怕你真的一时冲动，把他们杀了，索性才让他们诈死。"

段云瞳孔明显扩大，深深地吸了一口气，慢慢移动着沉重的脚步，一步一步走向幻尘雪瑶，目光澄净地看着她。

很久很久，幻尘雪瑶的眼神几乎被段云那坚决的眼神抹杀掉，她的目光虽然仍摇晃，但是她还是解释道："如果你真的怪我，那我也无话可说了。"

段云眼里仿佛冻结有上千年的冰石，而这些冰石瞬间融化了，他终于忍不住了，眼泪在眼眶里急速打转，激动万分道："雪瑶妹妹，你知不知道，当你杀了他们的一刹那，我不但没有报仇的解脱，反而……反而令我觉得自己很恐怖，他们要是全死了，这寒荒剑道岂不是亲手被我毁灭了。"

幻尘雪瑶心里一酸，眼泪已经溢满眼眶，她把段云拥紧，道："你和我都很可怜，不如我们不报仇了好不？反正我们都已经是这世界上最可怜的人，就让我们把伤心、椎心刺骨的伤痕承担下来，把快乐、幸福一起留给别人，我们要为寒荒剑道想想，不要再寻仇了，仇恨一代代传下去，受苦的只是寒荒的后人子孙。"

段云道："只要你在我身边，只要你快乐，我报不报仇都已经不重要了，只是我爹……"

邓云风走了过来，道："你爹不会怪你，只要你此刻生活得精彩，你爹一定会在天上替你高兴。"

段云道："对了，邓兄，那天夜里，雪来客栈，那到底是怎么回事？"

邓云风道："呵呵，段兄啊，那一天，和你在雪来客栈喝酒的那个邓云风，的的确确已经死了，他是别人借我容貌，冒充我的。"

"那个邓云风是个假冒的了？"

"是啊，那个是假的，我才是邓云风，多亏幻尘姑娘，要不然彩虹石怎么能真正地装进金棺材里呢？"

"难道你真的得到了彩虹石？"

"没有啊，彩虹石现在应该还在上官嫣红手里，被她装进金棺材里了。"

"哦，原来你一直在寻找彩虹石啊。"

"彩虹石固然是铸造神剑的最好神铁，但是藏在寒荒的那九百九十九把剑也是剑中之王啊，要想在名剑之争英雄会上保住寒荒剑道百年声誉，看来非要找到那九百九十九把神剑才是。"

段云叹了口气："可惜，可惜我爹已经死了，世上再也没有人知道这九百九十九把神剑的藏剑之处了，要不是刚才听了你和雪瑶妹妹的谈话，我还一直以为那九百九十九柄神剑至今没有下落呢！"

幻尘雪瑶问道："那剑究竟藏在何处？"

邓云风道："当然是在镜雪山庄。"

"什么？"段云的瞳孔忽然倍增，"这九百九十九把神剑果真藏在镜雪山庄？"

忽然从那月光阴暗处传来了声音："多谢段庄主不杀之恩。"

易冷云、冷清雪、刘心冰、邓戏衣这四人已经冒风雪前来，跪在厚厚的白雪地上，给段云行磕头之礼。

段云、幻尘雪瑶、邓云风三人回头看看，见是如此情况，三人都是一惊，段云走到他们身边，且说道："只要我们找到那九百九十九把神剑，我们一定能保得住寒荒上百年的声誉。"

四人见段云如此胸怀，当下也纷纷表态，答应一起去找神剑。

就在七人赶往镜雪山庄的路途中，邓云风便把神剑藏在碧水潭下的秘密告诉了他们，然而众人都有一个疑问，那就是连镜雪山庄的少庄主都不知道的事情，为何邓云风却偏偏知道，这是大家共同的疑问。

对此，邓云风也一一作答，邓云风告诉他们多年以前其先祖邓雷云来寒荒拜访寒荒六大剑派，听说镜雪山庄在修碧水潭，当初为何要修碧水潭，镜雪山庄称修的是座观星月台，是个赏月的亭子，当时聪明的邓雷云就怀疑这是个藏剑的地方，因为这里并非赏月的好地方，这个地方只适合藏剑。

那么藏剑究竟有什么学问呢？

藏剑的地方必须是个对山庄的安全有利的地方。

藏剑讲求五行方位，讲求易于取剑，讲求万剑一心。

碧水潭就是镜雪山庄咽喉所在，具有重要地理位置，把剑埋在此处，若有一天镜雪山庄遭到大劫，就可以在最短的时间内把百把神剑统统取出，要以"万剑玄宗"来保护镜雪山庄的安全。

雪云山，镜雪山庄废址，碧水潭深处，寒竹茂盛，积雪如山。

"这里就是神剑的藏剑之处？"易冷云和冷清雪都纷纷问到。

邓云风道："就是这里了。"

"等等，有人！"

方才那寒竹林浅处，一道人影"呼"地飞过。

"我去看看。"易冷云赶忙向那竹林浅处追去，可那人身手极是敏捷，快步急跃蹿出竹林，飞向那万山冰封之间。

易冷云呵呵一笑："幸亏你的武功不弱，否则要留下你的一双脚。"

苍穹一声巨响，这显然不是雷声，却如大海中的惊天巨浪声一般，让人震撼。

易冷云赶忙回头，可他完全惊住了，就在那碧水潭上泛起了巨天旋涡。

"我们要掉下去了。"

这个几乎刺激到极点的声音，忽然响起，但是又忽然平息。

易冷云远远看去，碧水潭上的六个人都不见了，就那么凭空消失了，他不相信自己的眼睛，他固执地飞了过来，碧水潭一切都是原来那般模样，唯一不一样的是潭里飞起的竹根掉落得满处都是，他苦苦思考——他们人到哪儿去了呢？

——难道这里有机关？

碧水潭上的六个人不见了，易冷云找了个大半天，也没瞧出什么端倪。

第083回：易容骗取镜雪

镜雪山庄这突然的变化，没谁看见，也没谁了解，碧水潭上的六个人就这么凭空消失，这也是令人费解的事情。

易冷云也是见多识广的人，遇到如此诡异之事，他也想到了难道是碧水潭暗藏有什么诡异，在这般思索之下，他想到了一个关键的所在，那就是碧水潭有机关。

开动机关的关键所在，绝对是设置精巧，天下无双。

天越来越黑，易冷云在碧水潭苦苦寻找了几十遍，可是还是没有发现重要所在。

就在此时，寒竹幽处，一女子飞身而来。

"你怎么也来这里了？"易冷云看着飞来的靓影，当下问道，"你不是回天楼山了吗？"

"易冷云，当初你们背叛我，使我攻打寒荒古城失败，如今你……"上官嫣红回想起当时攻打寒荒古城的时候，自己被寒荒剑派围攻，此刻已是怒火难消，当她欲要说明来意的时候，易冷云仿佛心中的怒火更大。

易冷云道："当时我们是为了除掉寒冷天和段云才答应月姬一起攻打寒荒古城，而对于你，呵呵，我们难道真的要出卖我们的灵魂吗？"

"狗奴才，你这个狗东西，老娘对你那么好，你却如此不知好歹。"上官嫣红柳眉一竖，手握剑诀，忽然飞身向易冷云刺来。

易冷云呵呵一声冷笑："如今，段云和我们五剑派的恩怨都已经了结了，我们将团结一致将你们这群南蛮子赶出寒荒雪域，你的阴谋诡计将不攻自破。"

夜渐渐暗了下来。

上官嫣红果然有一点本事，每一招都是致命的绝招，第一招乃是正宗的外功剑法，讲求的是力量横贯剑身，这剑果然在受到巨大力量的催动之下发出惊人的威力，就连易冷云这等武林高手都被撼动了。

"你果然厉害，手上的本事还真是让我佩服。"

易冷云的鼻尖差点被这利剑给硬硬生生削掉，他后蹿数步，但是上官嫣红丝毫没怠慢，见易冷云身子悬浮在碧水潭上，她的剑赶忙向上斜刺，而易冷云整个身体向后一躺，上官嫣红走斜线从他头顶飞过。

上官嫣红又一次落空，气急之下，使出了绝妙的翻云轻身功法，悬浮碧水潭上的身子，翻了过来，回身挥剑直刺易冷云的头顶大穴，易冷云立刻伸手，以一双大手紧紧夹住上官嫣红的剑，冷冷地一笑。

易冷云的一双手瞬间变得漆黑，嘴角上的笑意随着自己的这一双手渐渐变得惊讶和恐惧。

夜已经暗了下来，易冷云有一种不祥的预感，那就是自己已经中毒了。

易冷云道："你好卑鄙，竟然用如此卑鄙的手段。"

"人们常说无毒不丈夫，我只是对我的剑下毒，我又没有说要你用手摸我的剑，是你自己太愚蠢，你能怨我吗？"上官嫣红占尽便宜，还把这歪理讲得头头是道，不能不叫人愤怒。

易冷云眼见自己一双手就要废了，果然像发了疯的狮子，一声怒吼："我杀了你个臭娘们儿。"

长剑在碧水潭上激起一道水柱，水柱当下如一条水面上翻腾的巨龙，毫无忌惮地向上官嫣红飞击。

"啊！"

上官嫣红果然被激起的龙形水柱击中，整个身子从碧水潭一滑而过，幸好没掉进碧水潭里，她的身子从水面滑移到碧水亭前的台阶上。

易冷云就在"龙形水柱"成功击中上官嫣红后，毫不迟疑，举起手里长剑，飞身而起，剑砍向上官嫣红的脑门，可是就在成功那一刻，他的身子却从半空坠落下来，"扑通"一声掉进了碧水潭里，碧水潭里当下就漂浮上来许多鱼，鱼都死了。

上官嫣红见此，捡起掉落在地上的剑，用那"白鹤过江"从水面一滑而过，手里已经抓住易冷云的头发，把他拖上了岸。

易冷云怒道："臭娘们儿，要杀就杀，何须如此侮辱我。"

易冷云的身子不停地在发抖，并且抖得很厉害。

上官嫣红大有得意之色，欣然问道："本姑娘最厉害的本事，你可知道是什么？"

易冷云一边发抖一边怒道："哼！你就是下毒的本事最厉害，还会什么？"

上官嫣红妩媚地一笑："看来你太不了解本姑娘了，我最厉害的本事就是对付你们这些臭男人。"

易冷云恼火了："我看你就是个婊子罢了，除了陪男人上床，你就会暗算和你相好的男人。"

上官嫣红站起身子，仰望天空，叹了一口气："你们七个人到镜雪山庄做什么？"

易冷云呵呵笑道："你果然是为了那九百九十九把神剑，你这个臭娘们，本来我不想告诉你的，不过告诉你也无妨，反正你也没什么办法。"

"九百九十九把神剑？"上官嫣红疑惑，"那镜雪剑呢？"

易冷云颤抖着身子，且道："镜雪剑当然给了缥缈宫了，这件事你应该是知道的。"

"什么，那丫头真的把镜雪剑给那老妖婆了啊？"上官嫣红有些不解，"真是人算不如天算，我本以为跟着他们就可以借镜雪剑的威力号令武林群雄，可是……"说到这里，她不说了，信步走到碧水潭边，小站了会儿，才叹了一口气，面色当下变得阴暗。

易冷云道："你的春秋大梦该醒醒了，镜雪剑在孔雀老人的手里，那个老妖婆，你想对付她，做梦！"

"看来要另想办法了。"上官嫣红叹道，"名剑之争的日子越来越近了，这个机会我万万不可错过啊。"

"你要干吗？"易冷云颤抖着道。

"当然是去找神剑啊。"上官嫣红淡淡道。

就在这时候，一群女子追了过来。

这些女子都是缥缈宫的弟子。

"大家仔细搜，她肯定跑不远。"一缥缈宫的弟子向碧水潭搜了过来。

上官嫣红淡淡一句："她们在找什么，在搜什么？"正在疑惑的时候，当下另一个缥缈宫的女弟子向碧水潭这里的女弟子问道："你有没有发现宫主的行踪？"

"没有啊，奇怪了，宫主明明进了这个寒竹林，怎么就是找不到了，她要把总坛宫主的镜雪剑拿到哪儿去啊？"

碧水潭这里的缥缈宫女弟子，随口一说，这正好把上官嫣红心里天大的疑惑给解答了。

上官嫣红心下一紧，得意万分道："我有办法了。"

"你要干什么？"易冷云问道。

"你老老实实地给老娘待在这里，老娘我去去就来。"说话的同时，手指在易冷云的大穴上一戳，这易冷云就像是个死人一般，动也不动了。

易冷云道："你快放了我！"

上官嫣红却道："我点了你的穴道，你就是全身经脉逆行，也休想冲开。"说罢，身子鹊起，飞往镜雪山庄庭院之中。

庭院荒芜，一切很是萧条，上官嫣红正施展着她的绝技——缩骨易容术。

"你来这里做什么？"

上官嫣红看着庭院里一身黑衣的月姬，当下易容成幻尘雪瑶。

月姬转过身，一看见是幻尘雪瑶，她惊喜道："雪瑶，你看我把什么拿来了？"

"什么东西？"

"你爹爹不是一心要你尘封镜雪剑吗，你怎么可以把镜雪剑交给总坛宫主？"月姬眼里有着异样的感情。

是哀伤。

是爱到深处无处去。

是对幻尘雪瑶的呵护，也是对幻尘云风的爱恋坚定不移。

月姬曾经和尤雨荷都深深爱着幻尘云风，但是幻尘云风却选择了雨荷，而月姬这么多年一直忘不掉当年的幻尘云风，即使幻尘云风给她再多的伤痕，她也不在乎，幻尘云风在她的心里永远是最爱的人，正所谓"爱屋及乌"，所以她要帮助幻尘雪瑶完成幻尘云风的遗愿——尘封镜雪剑。

天下的事未必也太巧了，月姬决定叛离孔雀老人，利用孔雀对她的信任，把剑偷了，正要来到镜雪山庄把剑给幻尘雪瑶，可她万万没想到，她却把剑给了上官嫣红。

上官嫣红深知幻尘雪瑶对缥缈宫的成见颇深，便故作姿态："你走，我不想再回到缥缈宫。"

月姬把镜雪剑递给上官嫣红，且道："我今日到镜雪山庄，不是让你和我回到缥缈宫，我是要你和我走，我们一起隐居，把镜雪剑尘封，叫世人永远得不到镜雪剑，完成你父亲的遗愿。"

"你真的要隐姓埋名过完此生？"

"当然，为了你父亲，我做什么都愿意。"

"我父亲要是知道你如此深情厚谊，他一定会高兴。"

月姬眼中泪光一闪："高兴又能怎么样？他把所有的爱都给了你母亲，对于我，他总那么狠心！"

紫萱这时走来："这里不是说话的地方，我们快走。"

上官嫣红道："我不走，你们先在山下的百鬼道等我，我办完事情再去找你们。"

"好！"

月姬看着远处缥缈宫女弟子已经寻足迹找来，也就这么匆匆和紫萱离开了。

第084回：镜雪已拿到手

夜色降临。

此刻，镜雪山庄除了方才那些缥缈宫的女弟子之外，再没有其他人，至于易冷云现在身在何处，不难想到，他肯定是会被上官嫣红带回天楼山了。

雪云山，山脚下，黑剑夫妇已经在此等候多时，他们正在等候他们的主子，他们约定无论事成、事败，都在山脚下会合。

自从幻尘雪瑶、段云等几人来到镜雪山庄，上官嫣红就一直尾随而至，只是让她感到意外的却是镜雪山庄已经人烟荒芜，只是一片废墟。

六个人来到这颓废已久的地方做什么？这就是上官嫣红心里的疑惑。

上官嫣红觉得此事大有蹊跷，所以得知情况后，便命黑剑夫妇前来查探，可是黑剑的行踪被幻尘雪瑶识破，以致被易冷云追到了山下，而和他们一起登上雪云山的上官嫣红，却在幻尘雪瑶他们成功进入剑穴以后才找到碧水潭附近。

碧水潭附近，上官嫣红正巧遇上易冷云，也遇上了正在逃离缥缈宫总坛宫主追杀的月姬，意外的事情是她成功地以"缩骨易容术"成功骗取了月姬要给幻尘雪瑶的镜雪剑。

神剑已经拿在手里，上官嫣红当然高兴得不知所措，当她带着易冷云来到山脚下之时，白剑夫妇已经在此相候两个时辰了。

山脚下的黑剑夫妇真是焦急万分，可是就在他们担心之时，上官嫣红已经手里拿着剑，笑容满面的来到了山脚下。

"郡主，你总算回来了，你可把我们两人急坏了。"白石见上官嫣红用铁链套着易冷云，心里委实一怔，疑惑道，"郡主，你怎么和他在一起？"

"怎么了，我把他带回来，有什么不妥吗？"上官嫣红并不觉得他们问得太多余，只是她不明白白石和白云这两个人看到易冷云为何会流露出那么恐怖的眼神。

"啊，不是，我们刚才发现了段云他们几人的行踪，但是被这个家伙发现了，这家伙追得我们好苦，我们好不容易才把他甩掉，可郡主怎么又把他带来了？"

白云眼见易冷云，当下把刚才易冷云追逐他们的事情说出，让上官嫣红对此人提高防范，但是上官嫣红却道："他再厉害，现在不也不过是我的阶下囚。你看看，他连话也说不出，狼狈得哪儿像一派掌门呢。"

上官嫣红用极其犀利的语言讽刺着易冷云，易冷云被气得瞪了上官嫣红一眼。

白石大赞上官嫣红："还是郡主手段高明啊，我们白剑真是自愧不如呢。"

"我们不说废话了，你们两个瞧这是什么？"上官嫣红赶忙把手里的剑横在了白剑夫妇的眼前，白剑夫妇不懂是何意，当下目瞪口呆地道："这不就是把剑吗，难道这把剑有什么特别之处？"

"你说得不错，这把剑可不是一般的铁剑，这把剑可是江湖上人人想必得之神器，有很多人连见都没见过。"上官嫣红双目不停地打量着手里的绝世神剑，嘴里不停地在嘀咕，"这下我们挥军返回中原的日子就指日可待了。"

白云道："啊！难道是镜雪剑！？"

上官嫣红扬扬得意："不错，正是镜雪剑！"

白石闻听，大喜："恭喜郡主，贺喜郡主，成功夺取了彩虹石和镜雪剑！"

上官嫣红呵呵地笑着，这笑容如花朵般娇艳无双。

易冷云虽然被点了哑穴，不能开口说话，但是他把上官嫣红说的话听得清清楚楚，在看到上官嫣红为着这些遥不可及的事情万般高兴的时候，他心头的恨意就如江海涨潮一般忽然涌上了心头，就算是把上官嫣红大卸八块也难解心头之恨。

夜风习习吹过，雪云山脚下这四个人却都沉溺在对镜雪剑的欢喜之中，反而不曾感觉到现在已是月起星烁之时。

"喂，你这个臭婆娘，你到底要干什么？"

这是谁在说话？

上官嫣红和黑剑夫妇一起惊讶起来，在同一时刻，上官嫣红赶忙收好手里的镜雪剑，三人六眼滴溜溜地在周围巡视，但是他们明显感觉到，这里就只有他们四个人，并没有其他人，于是都把眼光盯在易冷云的脸上。

易冷云道："怎么了，你们还不走，你看看这天色都什么时候了？"

白云惊讶："哎呀，你怎么开口说话了？"

上官嫣红才恍然醒悟，给他点的哑穴已经有段时间了，此刻已经冲破穴关，能开口讲话了，便随手一挥，两个指头硬生生戳在了易冷云的哑穴之上，还随口说道："你还是给我闭嘴，等我真正把这柄剑和彩虹石相互融合，我叫你们寒荒，甚至整个天下剑道都听我的号令，到时候，挥大军直捣中原。"

白剑夫妇呵呵笑着："郡主终会如愿。"

易冷云白了三人一眼，想开口骂，但是武功施展不了，他只有头一扬，看着东方星辰，闻而不理。

上官嫣红道："好了，我们走吧，我们去找黑剑，他们现在该是去拿彩虹石的时候了。"

站在上官嫣红后面的白剑夫妇接过上官嫣红手里的铁链，就和牵牛一般，牵着易冷云走在雪原上。

第085回：欲火沉寂多年

翌日清晨。

水月荒风月楼里早已经站着白剑夫妇。

白剑夫妇已经回到了风月楼，风月楼里鲜花齐放。

风月楼里的小二看到了白剑夫妇，立刻迎了过来，小二招呼两人去楼里面就坐，白剑夫妇也就随着小二走进风月楼的内楼，小二方把茶水满上，就从风月楼走出来了一名身穿月白衣裳的少女。

"是她？"

白剑夫妇分明认出了这个穿着月白衣裳的少女。

白石装作饶有兴趣地问道："哎！小二哥，那边雅座上坐的那位姑娘，你可认识？"

小二的脑袋当下摇得就像波浪鼓似的说道："嗯，我不认识。"

白云也道："小二哥，你再仔细想想！"

小二见此，说完刚才那句话后，当下又补充说道："依那女子的身段和穿戴不难看出，应该是大有来头的稀客。"

"哎，小二哥，你的记性应该太差了，你可还记得数个月前，这位姑娘和一位白面书生来过这里？"

小二仔细冥想，却始终想不起来，依然摇着头，喃喃道："这风月楼每天的客流量太大，小的一天见了不止有千百人，这位姑娘我实在想不起来了。"

白剑夫妇异口同声道："是吗？"

小二只是面色尴尬，咧嘴笑了笑。

白剑夫妇心想小二说得也有理，偌大的酒楼，一天客人如行云流水，来来去去很是杂多，不记得也是情理之中，何况这件事发生在几个月前，这当真把小二给难住了，正因为这样，白云才提醒小二："数月前，有许多武林人士为了向风月楼楼主借金棺材一用来到这里，不知道你可记得？"

小二当下一怔，仔细冥想一下，才连连点头："哦，我记起来了，这女子把金棺材藏于海水之中，害得我们甚是好找呢。"

白剑夫妇相视一笑，分别坐了下来。

小二在自己头上抓了抓，提着酒壶去了。

过了一盏茶的工夫，风月楼里走出来几个大汉，大汉圆目瞪着那少女，而那少女竟然还不晓得，等她发现周围的人都不讲话了以后，才发现她面前已经站着五个大汉，并且睁着老大的眼睛直直瞪着她，她全身顿然升起一阵寒意，吞吞吐吐道："你……们……想干吗？"

五个大汉当下喝道:"我们是风月楼宰杀畜生的屠夫,你说我们要干吗?"
"杀猪的?"
五个大汉嘿嘿笑道:"不,杀猪要在猪圈里杀,可是这里却不是猪圈。"
少女感觉情况不妙,步步后退:"难道你们要杀人?"
五个大汉嘿嘿笑道:"在这里不杀人,那我们来这里干吗?"说完,五个人扑了过来,只把在场的客人吓得够呛。

少女就是寒月,也不知道她一个人跑到这里来做什么,反正她已经来了,并且现在的处境是她万万没料想到的,她对此畏惧很深,当五柄钢刀插向她,她才纷纷格挡开来。

五人虽然扑了一个空,但他们认为这只是寒月临死前的挣扎而已,所以他们根本不介意,反而嘿嘿笑着:"没想到,你还有两下子?"

"我不想和你们打架,你们还是不要再纠缠我了。"寒月本来负气来到风月楼,没想到会遇到这种事情,所以她道,"要是再纠缠我,别怪我对你们不客气。"

"呵呵,你还真是会吓唬人呃,我们真的好害怕哈。"
五人毫无畏惧,扬刀向寒月砍去。
忽然。
一只手横空向五人伸来,这只手横在寒月面前,而在场的客人看到如此,都把眼睛闭上,因为他们不想看到手臂被砍掉、掉在地上的那一幕。

"当"的一声,火星四射,五个大汉的手臂没断,而五柄刀却断了。
在场的客人都哗然一片。
只见氾水的另一只手已经抽出了腰间悬挂的剑,"扑哧"一声,一剑从五人心口划过,五人倒了下去。

寒月看着五人狰狞恐怖的面孔,尖叫了一声,随后跑了出去。
靖海海岸,白雪轻落。
寒月站在海岸,眼里泪花滑落脸庞。
氾水出了风月楼,远远看着寒月,高声道:"你为什么说都不说一声,就一个人来到这里,你不知道别人很担心你吗?"

"本以为,我和段云能快乐地在一起,可是当我看到他和他妻子在一起,我就忍不住心痛,为什么?谁能告诉我,为什么明明是死了的人,为什么还好好地活着,她既然活着,那么我就该死。"

忽然,寒月的眼睛一花,整个天地都失去了色彩,闭上眼睛的那一刻,她苗条的身子已向靖海落下。

氾水飞跃,忙伸手把寒月拉了回来。
寒月栽倒在氾水的怀里,这是多么温馨的瞬间,氾水觉得这感觉很好,尤其是寒月靠在胸前的一瞬间,他感觉到了幸福。

"你放开,你让我去死,你让我去死好了,我爱慕的男子喜欢着别的女孩,我活着已经没有任何意义了。"

寒月挣扎着。

"可是，我要你。"

忽然，风止雪停。

"你说什么？"

寒月停住挣扎，看着汜水。

汜水也正看着自己怀里的寒月，说道："你冷静一下，你听我说。"

寒月又开始挣扎，且道："不要再说了，我不想听！"

汜水没说什么，只是忽然身子贴近，这么多年为寒月静静守候，可是此时此刻就如洪水破堤，紧紧搂住寒月那纤细蛮腰，双唇紧紧地吻住寒月的唇,死也不放。

寒月被封堵的嘴支支吾吾："老古董，你放开我，你好大的胆子，你敢这么对我，你就不怕我杀了你。"

寒月越是挣扎，汜水的手把她搂得越紧。

汜水道："我这么多日日夜夜守候在你左右，难道你从来没有感动过吗？从来没有爱过我吗？我是真的喜欢你，每次看到你为段云伤心，你知道我有多难过，多伤心吗？你知道吗？今天你却要为了一个不爱你的负心男人完全弃我不顾，你说我该不该伤心？该不该难过？"

寒月听汜水如此告白，当下愣住了，心想：难道汜水大哥一直喜欢我？

汜水捧着寒月的脸颊："寒月，我喜欢你，我爱你，你嫁给我，我一定好好爱你，疼你！"

寒月脸颊火一样的灼热，眼里的泪水再次如雨扑簌。

天空的青云轻低，远处天海一线处，白鸟飞舞。

第086回：坏女人又骗人

靖海不知道什么时候变得格外平静，而寒月的急促呼吸声，汜水明显都听得见。

寒月奋力挣扎："放开我，放开我！"

此刻，汜水在寒月脸上轻吻，而寒月的脸却极苍白。

汜水解开了自己的衣服，丢在雪地里，从寒月的眼睑、唇一直吻到那白皙的耳根，而他的双手也正在摸索，一步步解开寒月的衣服。

"你不能这么做，汜水大哥。"

"轰！"

汜水耳朵一鸣，就好像被雷劈了一样，惊诧地看着被自己压在雪地里的女子，此刻连他自己也不敢相信自己会如此对待这个曾令自己魂牵梦萦的女子，然而侧耳又听见了靖海翻涌的波涛声，他仿佛听到了上天诸神对他不满的怒喝声。

"你不能这么做，汜水大哥。"

氾水的耳朵仿佛爆炸了一般，再看看身下被他压住的寒月，泪水涟涟，他一脸的惊愕，忙从雪地里爬了起来，很快将地上的衣服为寒月披上，惊道："寒月……我我……寒月……我我……"

寒月用衣服裹好自己的身子，看着氾水，脸上就如红霞般灿烂。

氾水脸上表情极为慌张，且道："寒月……对……对不起。"

寒月上前一步，伸手"啪"的一声，甩了氾水一巴掌，氾水道："寒月，我知道你喜欢段云，我这就去把他给你找回来。"

氾水那如烈火的心跳始终未曾减慢过，他说完这句话就捞起身边的剑走了。

"氾水大哥，氾水大哥……"寒月望着雪地里的那个男子，朝他的背影大声喊道。

氾水头也不回，很快走远，消失在茫茫的靖海海岸，而雪地里的寒月站起来，重新回到了风月楼。

风月楼前，一个十分妖媚的女子出现了，看模样应该是风月楼楼主风月儿，但是事实上，这女子却不是风月儿，这女子是上官嫣红，她绝美的身子在风雪中招展，摆弄着男人最爱看的舞姿，这舞非常妙曼，不管是男人看了，还是女人看了，都会说上一个"好"字。

"哇，楼主，你今天可真是太漂亮了，我口水都流出来了哈。"一个伙计竟然和上官嫣红开起玩笑来了。

上官嫣红娇声笑着："你们男人什么都好，唯独对女人都是这么好色，难道你没听过色字头上一把刀吗？"

伙计道："但我也听说过，牡丹花下死，做鬼也风流呀，楼主要是能陪我睡上一晚上，就是死，我也认了哈。"

这伙计还真的会说话。

上官嫣红娇声笑道："好啊，今晚上，你到我房间来，我们共度良宵。"

这个伙计立即放下手里的活什，拉住上官嫣红的手，凑在上官嫣红的耳边问道："楼主，您此话当真？"

上官嫣红故意压低声音："当然，今晚我等你。"

伙计一听，欣喜若狂，拿起锅碗瓢盆往厨房一丢，就去了，旁人不难想到这伙计是回家换衣服做准备去了。

众人看到这一幕都仰头大笑，都笑刚才这伙计真是个大傻瓜。

不错，这风月楼的楼主就算再怎么缺男人也轮不上他，大伙儿都想不明白他怎么那么傻，这么快就上当了。

夜晚，靖海波浪翻涌，潮水巨涛滚滚。

寒月站在那高高的楼台，双目看上去大有疲惫之意，但是她睡不着，当一闭上眼睛，幻尘雪瑶和段云一起拥抱的场景就会从脑子里闪现出来，化作一副伤心的画面叫她欲哭不能，实为心碎至极。

"怎么了？尊贵的寒月小姐，是在伤春吗？"

这个声音伴随着淡悠悠的荷香从寒月的身后传来。

寒月回头，看到了上官嫣红，并不惊讶，蓦地又转过头，眼里的秋波却比冬天的飘雪还要冷，还要悲伤，还要让人心碎。

上官嫣红此刻用易容术装扮成风月楼楼主，当真是瞒天过海，就算寒月再怎么仔细，也万万想不到，面前这风月楼楼主风月儿乃是个冒牌货。

寒月淡淡道："你不是和他们在一起吗？"

上官嫣红娇声一笑，几如百花盛放一样美丽道："你还不知道吧？那个傻丫头把镜雪剑给了缥缈宫那个老妖婆了，那老妖婆可不是什么省油的灯，等她们卷土重来，我们就死定了。"

寒月听了，双眉紧蹙，眉梢微微地颤抖："那该怎么办？"

上官嫣红走到寒月的身边，同样手扶栏杆，看着无边无际的靖海，叹了口气道："我要拿彩虹石，重新铸造一把神剑。"

"咦，彩虹石？"寒月惊讶，"彩虹石不是已经被白火堂放入鼎剑炉里了吗，难道你已经铸成神剑了？"

上官嫣红回过头，仔细打量一下寒月，见寒月很是在乎彩虹石，当下道："怎么了，听到彩虹石要铸成绝世好剑了，你动心了？"

寒月连忙否认："不不不，不是，我是激动，你想想有了彩虹石，我想寒荒剑道定能渡过难关。"

"也不行啊！"上官嫣红故作叹息，"彩虹石有了，可是谁会铸造神剑啊，听说笑面老人铸剑天下无人能及，可是很多年以前，笑面老人就在江湖上销声匿迹，现在的铸剑师，哎，我可都瞧不上眼。"

上官嫣红万万想不到自己身前的妙龄少女就是笑面老人的徒弟，这真是远在天边找不到，近在眼前却不识。

此刻，寒月得知彩虹石的下落，登时想起余十月要抢夺彩虹石的心意，心里当下盘算着怎么才可以弄到彩虹石，把自己随身携带的云芝剑打造成绝世好剑，好成全师父对云芝老前辈的一片深情。

没有彩虹石，那么寒荒剑道怎么办？应该可以想象一下后果，那就是整个寒荒剑道都会血流成河。

可是，寒月一想到彩虹石要是能打造一柄利剑，赢了这次名剑之争，那么寒冷天必定能再次掌控寒荒古城，这样也会令整个寒荒大雪域风平浪静。

想到这里，寒月才道："我来帮你铸剑如何？"

上官嫣红仿佛听到天下最好笑的笑话一样，道："你？哈哈，你别开玩笑了，你也会铸剑？"

寒月道："我承认我是不太会铸剑，但是我和我师兄总该可以把彩虹石的灵力提炼到这把剑上。"

上官嫣红道："那你师兄又是谁？"

寒月道："我的师兄，你已经见过，就是那个折扇书生余十月。"

上官嫣红闻听后，思绪如飞："就是那个白面书生啊？"

寒月道："对，就是他。"

上官嫣红摇了摇头："是他啊？"

寒月转过头："怎么了，你不相信我，还是不相信他？"

上官嫣红道："不是，既然这样，我们就准备把这把剑打造成一把神剑，寒荒大雪域就全靠它了。"

第087回：十月心急铸剑

"师妹，你在哪儿？"

……

氾水走在靖海海岸上，耳边隐隐约约听见有人在对着无尽的靖海呐喊，于是侧目张望，他看见就在不远的海岸上站着一个身材俊朗的年轻人，憔悴地望着氾水，然而氾水并没有多理会这个年轻人，继续迈着沉重的步伐在雪地里前行。

"氾水亲使，有没有见到寒月啊？"

氾水一怔，停下脚步，站在雪地里仔细打量着这个年轻人，然而年轻人正向他身边走来。

年轻人道："氾水亲使，你有没有见到寒月啊？"

氾水看着这个年轻人，板着脸："她在风月楼。"

年轻人就是余十月，闻听氾水这么一说，当下连句谢谢都没来得及说，就往风月楼的方向奔去。

氾水忙来了个"鹞子后翻身"，一个筋斗飞了起来，落在余十月的面前，挡住了余十月的去路。

余十月赶忙疾步而停，怔了一下："你干什么？"

氾水一张古板的脸拉得老长，绷得紧紧："你见到寒月以后，不可说是我给你说她在那儿的，要是提起我，我就杀了你。"

"哎哟！我真的没见过像你这么狂妄的人！"

余十月鄙视着氾水，"扑通"一响，手里拿着的扇子在氾水胸前扇了扇，呵呵笑道："兄弟，你火气怎么这么大啊，动不动就要杀人，我真不明白，你除了杀人，还能干吗？"

"我除了杀人当然还是杀人！"氾水没好气地板着脸警告余十月。

单单是警告还不够，氾水的剑已经快如闪电地从怀里抽了出来。

余十月赶忙一个后移飞了出去，喝道："你这家伙，动不动就杀人，你还有没有一点情趣，难怪寒月说你是老古董，看来师妹说得果然不错啊！"

"你说什么？"

就在出剑的一刹那，氾水手里握的剑重重垂了下来，整个人就好像一片正在燃烧的森林，忽然被暴雨瞬间熄灭了红红的火焰。

氾水呆板道："也许是这样吧，我在她心里永远也不能和段云那家伙相比。"

这句话就连一向自认为很聪明的余十月也听得稀里糊涂，余十月忙要问个究竟："你说谁和段云……段云他怎么了？"

余十月看着氾水，忽然之间，也呆了，只是看着氾水继续迈着沉重的步伐在雪地里前行，直到氾水去远了，他才意识到自己还要找寒月，于是也速速离去，消失在靖海海岸的另一头。

也许。

余十月清楚自己面临死亡的日子就要来临了，而师父的遗愿只能靠寒月来完成，也许这世上唯一要他牵挂的就是寒月。

风月楼。

天已经黑了，余十月已经站在风月楼的楼前，风月楼上挂着五彩大灯笼。

"师妹！"

余十月站在风月楼的院子里喊着寒月。

风月楼的西楼，忽然一扇门"咯吱"一声被人推开了，推开门的人是个女孩。

余十月飞跃上西楼，且道："师妹，你果然在这里啊，把我担心死了。"

寒月看到余十月，神情激动万分。

余十月把寒月拥在怀里，用手轻抚她的秀发："师妹，你要坚强，段云不懂得珍惜你，那是他没有福气，你一定要好好活着。"

海风习习，彩灯摇曳，灯光交错中，寒月和余十月坐在楼台上看着广无边际的靖海。

海天险处，骇浪惊涛时时不休。

寒月道："师兄，我怎么觉得你的脸色看起来是那么苍白啊，你是不是生病了？"

余十月道："不会吧，我没生病啊。"

寒月一怔："哦，那就好。"

少时，寒月忍不住多看了余十月两眼，道："以前师父铸炼神剑是在哪儿铸炼的啊？"

"那当然是在铸剑阁里的阴阳炉里铸炼的啊。"余十月看着寒月，猛然傻笑道，"怎么，你是不是也对铸剑产生了极大的兴趣？"

寒月微笑道："也不是啦，我只是知道彩虹石的下落，想问问你，你什么时候开始铸炼云芝剑？"

余十月兴奋极了，道："你说什么，你找到彩虹石了？"

寒月看到余十月高兴得难以自控，咯咯地笑出声："是啊，我们可以完成师父的遗愿了，也能叫云芝老前辈知道师父对她的关心和倾慕了。"

余十月异常激动："那我们现在就开工，现在就把彩虹石运往铸剑阁。"

寒月道："现在天已经黑了，明天再去鼎剑阁也不迟啊。"

余十月见寒月狐疑不浅，随之笑了笑："今夜把彩虹石运到剑阁，明天开炉，早一点动手比晚一点动手总该好些，况且彩虹石在我们手上的消息一旦流传出去，那就有天大的麻烦了。"

当初，上官嫣红为了争夺彩虹石杀了王钱赛，这件事情只怕人人皆知，如今余十月找到这个借口，真是恰到好处，可是他骗得过别人，骗不过自己，他知道自己真的不能再耽搁了，再耽搁恐怕真的等不到云芝剑出炉的那一天了。

第088回：色头上有把刀

深夜，海风呼啸。

一波波惊天巨浪在风月楼前翻涌而来，浪头打在冰岩上啪啪作响。

寒月听余十月说得很有道理，也顺从余十月的意思，计划今晚就动手。

天高月圆，白雪纷落。

寒月和余十月一起来到了风月楼的东楼，要来找上官嫣红，让上官嫣红带他们去找彩虹石，并且把他们今晚上要前往铸剑阁的事情告诉她。

风月楼东楼，灯火通明。

上官嫣红没有一点睡意，当她听到房外面有人走路的动静，立刻走到门背后，方来到门后，敲门声响起。

咚咚咚咚。

寒月敲门，向屋里喊道："风月楼主，你在吗？"

上官嫣红方神色稍缓，打开门。

门外正站着寒月，寒月身边正站着一个面色几乎苍白得要死的书生公子。

"哟，这不是余十月余公子么，见到你我真高兴。"上官嫣红那暧昧的眼神在余十月的身上溜溜地打转。

余十月并没有说什么，只是呵呵笑了一下。

上官嫣红又接着说道："哎哟，你看你大半夜地跑到我的闺房来，你到底想干什么呀，你看看你自己的脸色，哎呀，人家还是黄花大闺女，深更半夜的，我会不好意思的呀。"

"你不是和小年在一起吗？"余十月狐疑道，"你怎么会在这儿？"

"哎，还不是那丫头害的哦，没办法啊，那死丫头把镜雪剑给了缥缈宫那个老婆子了，你说我们寒荒剑道怎么能匹敌其他三地剑道啊？"上官嫣红故意学着风月儿说话的腔调，"现在唯一能做的就是找一把剑和彩虹石相互熔炼，提炼彩虹石内在能量，打造一把正真的神剑，有了神剑，我们才可以在名剑之争英雄会上大大露脸，从而保住寒荒剑道的'天下第一'荣誉哦。"

"是啊，不过，露脸是小，重要的是保住寒荒剑道百年来的声誉才算最为重要，以免我们寒荒剑客被其余三地剑道欺负啊。"寒月道，"所以无论如何，我们都要尽快把彩虹石运往铸剑阁，早日放下心头重石才是啊。"

"你该不会现在就要我和你们带着彩虹石前去铸剑阁吧？"上官嫣红早就料到了寒月和余十月此次前来的目的,为了不露出任何破绽,她故意娇声道,"我现在可真的瞌睡得要命,我实在需要休息啊。"

寒月和余十月相互对望,两人都大吃一惊。

余十月赶忙道:"打造神剑和你睡觉哪个更重要啊？"余十月欲哭不能,苦着脸说道,"等你带我们拿到彩虹石到了铸剑阁,你想睡多久都没人说你,只是现在你还是先带我们去拿彩虹石要紧。"

上官嫣红故作姿态:"到那时候,我还不被拖死,你看看我都有黑眼圈了,将来变得丑了,眼皮上爬满了皱纹,你叫人家如何嫁人啊？"

余十月道:"啊呀,你就别啰唆哦,将来没人要你,我要你！"

上官嫣红娇声一转,故笑道:"那好吧,我现在忍一忍,先带你们去取彩虹石,等拿到彩虹石我再痛痛快快、美美地睡上一觉。"

"这样就最好了。"寒月嘻嘻笑道,"真是辛苦你了。"

"哎,你还是别这样说,你别忘了我也是寒荒的一分子,这是分内之事。"上官嫣红学着风月儿大气说道,"只要名剑之争能保住我寒荒剑道的声誉,我也会感到自豪和光荣啊。"

夜更深了,月亮已经转到西边的天空,看看时候,应该还有三个时辰天就亮了。

上官嫣红正带着寒月和余十月前往'浪水居'去拿彩虹石。

浪水居在出风月楼像西走八百米处的地方,此处有个大温泉,成天成夜浪水居都被浓浓的水气弥漫。

来到浪水居的雅居内,上官嫣红忽然停下了脚步,对寒月嘱咐道:"你不能拿着云芝剑进水库里去。"

"哦？"寒月惊讶道,"为什么啊,这把剑为什么不能带进水库里去？"

上官嫣红不想做多余的解释:"你别问这么多,反正你不能拿着剑进去。"

寒月一个轻功施展,她把剑平放在房梁上,且道:"哦,那我把剑藏在这里,一会儿出来我再拿就得了。"

由于铸剑心切,寒月和余十月并没有想到这正是上官嫣红欲要把镜雪剑放入无极阴阳铸剑炉的一个阴谋。

进入水库,一个眼睛像老鹰的大汉飞上雅居的梁上,把'云芝剑'取下,然后把'镜雪剑'放在上面,看到自己把剑稳稳当当地放在房梁上,大汉咧嘴一笑:"老子今晚可要享艳福喽。"

汉子就是白天那个伙计。

伙计今晚上真的来找上官嫣红了,但是上官嫣红给他开了一个条件,那就是叫他秘密地把镜雪剑和云芝剑调换,来个狸猫换太子,用镜雪剑冒充云芝剑,从而让彩虹石提升镜雪剑的锋利,让镜雪剑威力更大,帮她完成这次远赴寒荒的事情——建立一支御林军。

大汉完成了任务后立刻回到风月楼,躺在上官嫣红的床上等着。

要知道风月儿可是寒荒第一名妓,从来只有那些达官显贵才能被风月儿视为上宾接纳，而他真是做梦也没想到，今天晚上，他将和这第一名妓春宵一梦，他躺在床上，幻想着和风月儿缠绵的画面，咧嘴笑了。

寒月、余十月、上官嫣红三人进了水库，都惊讶万分，就在那水库底，一个发着金黄色的棺木停在水中央。

寒月和余十月异口同声："难道这就是金棺材？"

上官嫣红态度非常坚决："这正是金棺材，彩虹石就在里面装着。"

寒月惊讶，完全惊呆了："彩虹石真的在里面装着啊？"

上官嫣红态度更加坚决："彩虹石要是没在里面，我就把这金子做的棺材吃了。"

为什么这么肯定？

因为彩虹石是她上官嫣红亲手放进去的，当时她听说彩虹石已经运到了寒荒一带，为了不让其他人得到彩虹石，她竟然用极度残忍的手段逼迫风月楼楼主风月儿交出金棺材和钥匙，风月儿见她用毁容毁声来威胁，只得顺从，可她万万没有想到，上官嫣红得到金棺材之后竟然还是毁了她绝世的容貌和动人的歌喉。

余十月忙道："金子，你也吃得下？"

上官嫣红没答话，走到了水库的另一边，手往身后的岩石按了三下，三道水柱冲天而起，金棺材竟然慢慢被浪柱撑出水面，上官嫣红把钥匙插进棺材上，棺材开了，这里当下金光熠熠。

寒月瞳孔忽然扩大，眼前登时一亮："真的在里面！"

三人取下彩虹石回到浪水居，寒月不忘攀梁取剑，但她却没想到自己的云芝剑已经被大汉拿走了，此刻她拿的竟然是镜雪剑。

这一夜，上官嫣红并没有再回到风月楼，风月楼里那个妄想吃天鹅肉的伙计却已经尸骨无存。

那床很香，那床柔软，就像女人白皙的肌肤，令他舒服至极，但是他却没想到凡是在这张床上睡过的男人都已经不在人世，因为他们都已经中了毒。

床上有毒，这种毒很温馨，所以大汉是在幻想与缠绵中死去，他的肉和他的骨全都化作水，第二天天一亮，光线一强，尸水就蒸发飘上云端，永远也幻化不了人形再来到这片雪域之上了。

第089回：铸剑阁的日子

　　铸剑阁的日子是怎样的日子？
　　现在是什么日子，那还要回到过去的日子，应该从那个时候开始说起，那谁又会记得那时候是怎样的过去呢？
　　当初，寒荒五人剑派为了能把镜雪剑带回铸剑阁，先后两次风尘仆仆地来到镜雪山庄拜会段飞龙，然而就算他们把段飞龙杀了，还是没有得到镜雪剑，反而令这天下神剑就这样从江湖上销声匿迹，可是如今，当镜雪剑真正被人带回铸剑阁的时候，这也是五年以后了。
　　"哎呀，我说书生，看你小白脸一个，你的脚步移动起来怎么这么快，你想把我们两个累死啊。"
　　上官嫣红站直了身子，站在雪地上埋怨着。
　　寒月和余十月两人听到身后传来上官嫣红的埋怨声，方停下脚步。
　　余十月道："我的姑奶奶额，这才走了多远的路程，你就走不动了，你这不是在拖我们后腿么？"
　　上官嫣红不客气地说道："谁拖你后腿了，人家是姑娘，我累了，我走不动了。"
　　余十月先前看到风月儿和小年在一起，感觉风月儿性情蛮好的呀，可是没想到，现在怎么就跟换了一个人似的。
　　寒月和余十月对望一眼，余十月狠狠地揉了一下自己的鼻子，嘴里长长地呼了一口气，走到了上官嫣红的身边，把手伸了过去，道："来，你走不动，我来背你，反正翻过这个山坳就到铸剑阁了。"
　　上官嫣红闻余十月如此一言，马上来了精神，呵呵娇声笑道："书生公子，这怎么舍得啦，真是难为你手无缚鸡之力啊。"
　　余十月把手快速伸了过去。
　　寒月微微地呼了一口气，随之轻轻地摇了摇头，一句话也没说，跟着余十月走向铸剑阁。
　　铸剑阁是一个怎么样的地方？
　　有花、有树、有水、有人的地方？
　　铸剑阁建在寒荒　处山野洪流之上的雪山，当他们翻过山坳，便看到了铸剑阁的阁楼。
　　阁楼上雕刻着两条"巨龙飞天"的样子，所以从山坳这边远看起来，就像是崛地而起，仿佛是那两条飞天巨龙用爪子把铸剑阁硬生生揪起一般，甚是宏伟庄严。

"师兄，你看那里就是铸剑阁么？"

寒月首先看到了铸剑阁的阁楼，不住地惊讶那阁楼看起来可真是几如仙人羽化登仙的天堂一样，叫人无不赞叹。

上官嫣红赞声："好气魄好地方啊！"

余十月背着上官嫣红一步步走在雪地里，耳听她们的惊讶声，没有理会。

寒月见余十月这般样子，低头一看，见余十月面色狰狞，接近死亡，立刻拦住余十月的去路，眼里当下一颗滚烫的泪滴滑落下来："师兄，你怎么了。"

"呼！"

余十月口喷鲜血，身子直直地向前摔倒。

寒月已经急了："师兄！师兄！"

摔倒在雪地上的上官嫣红也爬起，惊讶地看着这个白面书生，一时目瞪口呆不知所措。

师兄……师兄……师兄……

寒月不住声地喊，两只手紧紧抓住余十月的双肩不住地摇。

余十月的眼睛微微张开着，看着寒月泪流满面，他脸上竟然露出狰狞的微笑，呵呵："傻姑娘，你哭什么啊，师兄还没看到你把剑铸好，是不会死的。"

寒月柔声道："师兄！"

余十月艰难无比，道："放心，我不会，我不会死的。"

寒月看到余十月的神色，当下心里一苦，哇的一声哭得更大声，双手紧紧把余十月搂在怀里。

余十月淡淡低声："别哭了，铸剑阁就要到了，你要坚强，你一定要完成师父的夙愿。"

上官嫣红急切地问："你怎么了？"

但是，余十月的头已倒在了寒月的胸前，沉沉地晕了过去。

上官嫣红不知道何时从惊讶中苏醒过来，手握住余十月的经脉，细探低语："寒月小姐，你师兄他怎么了，他脉象平和，看不出有什么癔症，难道是中了一种蛊毒？"

寒月道："我也不知道他这是怎么了，我和他一起相处了这么久，他有这病，我却一直都没发现。"

上官嫣红皱着眉头："我们还是快点把他扶到铸剑阁，然后再找个大夫，给他看看，要他好好养伤。"

寒月眼泪已经打湿了余十月的肩膀，当她听到了上官嫣红说的这句话，忙扶起了余十月，走过山涧的铁链大桥，把余十月搀扶进了铸剑阁。

铸剑阁不像一般的阁楼。

这楼竟然坐落在三大雪山交接的地方，里面不但有个小镇，里面还住有人，这些人都是寒荒大雪域的老百姓，他们都是在这里务工的，当他们看见寒月、上官嫣红、余十月等三人来站在铸剑阁的大门前，都傻傻地笑了，尤其是那些男人，各个眼珠发直地在寒月、上官嫣红的身上上溜溜打转，看得口水就要流出来了。

"你们是什么人？"

上官嫣红妖媚道："哟，大哥，你干吗那么凶啊，我们只是来借'无极阴阳炉'一用，你可带我们通传一声，告诉你家老爷子就说寒荒古城大小姐寒月小姐来拜访，请求接见。"

"你别给我眉来眼去的，就算是天王老子来了，我也不买账。"

上官嫣红本来就不会什么眉来眼去地讨男人的欢心，被大汉这么一说，上官嫣红还真的和他较上劲了，一把抓住了大汉子的领口，媚笑道："你说我美不美啊？"

"不美！"

大汉看着上官嫣红对着自己在媚笑，随而又想起方才粗鲁的手法，反而激发了他作为男人能征服一切女人的念头。

"我看猪圈里的猪都比你好看多了。"

上官嫣红媚笑得更疯狂，指着和自己并肩而立的寒月："我再问你，你说是我漂亮还是她漂亮？"

大汉子顺着上官嫣红的目光看去，当下道："你就是打死我，我还是说，你没那姑娘一半漂亮。"

上官嫣红闻言，本来妩媚的笑脸忽然阴云蔽日，以闪电般的速度从袖子里取下一柄匕首，匕首锋利的刃上闪出一道刀光，刀光从汉子的脸上闪过，那大汉子抱着头，使劲按着眼窝满地打滚，嘴里痛苦地呻吟："我的眼睛，我的眼睛。"

寒月站在一边，看到这一幕，完全惊呆了，只是过了很久，她道："你干什么啊，我们可是来借无极阴阳炉的，你怎么能随便在这里杀人啊。"

上官嫣红却道："臭男人，就知道说谎，以后我叫你连说谎的机会都没有。"

当看到那大汉痛苦难当的时候，上官嫣红才意识到风月儿的身份实在不适合做出这样的事情，当下斜眼去看了看寒月。

但见寒月手里紧紧抓着余十月的肩膀，脸上的表情复杂至极。

第090回：阁主必须要死

寒月搀扶着余十月，看着地上痛苦难当的汉子，情不自禁地从脚跟升起一股寒意，直冲额头，实实在在地打了一个哆嗦，才把那惊讶的目光投向了上官嫣红，道："你出手未免太狠了吧？"

"怎么了，寒月小姐，你连这种男人都心疼啊？"上官嫣红看着地上痛得哇哇叫的人，就像是在赏风景一般，嘴角泛起无尽的笑意，"对这种看了美女眼睛就直直、口水嗒嗒而落的男人，这就是最好的教训，你说是不是啊？"

寒月一怔，心想刚才这大汉哪儿在看你啊，分明就是盯着我在看，道："可是……"

话还没说，只见从铸剑阁阁楼下的石头走廊里走来一位白胡子老汉，老汉背有点驼，但是绝对是个厉害的角色。

白胡子老汉从石头走廊走出来的一刹那，这里所有在工作的年轻人都赶紧拿起手里的家伙，嘿哟嘿哟地使劲干活。

"美女不叫男人看，难道与生俱来就是当饰品的吗？"白胡子老汉走到上官嫣红的面前，怔怔地看着上官嫣红。

上官嫣红也被这萎靡不振的老汉给惊呆了，老汉眼睛的瞳孔收缩得就和针眼儿似的，当下腿都软了，上官嫣红怔怔道："你一大把年纪了，难道没见过美女吗？"

白胡子老汉手指着寒月："你过来。"

寒月却也万万没有想到，心里十分不安，只是看这老汉驼着背的身影，还是慢慢走到了白胡子老汉的面前，行了一礼："前辈有何吩咐？"

白胡子老汉看到寒月谦谦有礼，鼻子里"嗯"了一声，表示极为友好："你过去在她脸上打一巴掌，问问她，她的美貌不是拿来给男人看的，那是拿给谁看的？"

寒月瞪着大眼睛，神色有些不太情愿，且道："方才是我们无礼，请前辈勿要怪罪，我们只是为了一件极其重要的事情才来到此地，烦请老前辈不要为难我们两人。"

"我是这里的主人，我不为难你，没谁敢为难你。"白胡子淡淡地道，"但是，我却要为难这个不知天高地厚的女人，看看她究竟有何手段来侵袭这寒荒大雪域被千万剑客拥护的名剑圣地。"

看来，白胡子老汉要和这个冒充风月楼楼主的上官嫣红抗衡到底了。

方才，上官嫣红虽然被白胡子老汉的眼神给震撼了，但是在此刻，听到老汉要与自己周旋到底，她便不客气道："我以为铸剑阁的阁主是个英明神武、风流倜傥的男子汉，如今看来真是让我和寒月小姐甚是佩服啊，欺负我这个弱女子，传到江湖上，我看你日后还怎么在江湖上混？"

"岂有此理！"白胡子老汉一瞪眼，白眼一翻，挥手道，"罢了罢了，我就不和你计较了，不过你来到铸剑阁，必须按照我的意思来办事。"

上官嫣红咯咯一阵轻笑："要真是如此，那就再好不过了，谢谢老阁主的宽宏大量，小女子斗胆问一句，为什么这些男人都不说话，一个个就和庄稼汉一样，他们捡那些大石头到底要干吗？"

白胡子老汉长长叹了口气："少说话，多做事，不要一天就和知了一样，吵死人了。"

上官嫣红道："你见过有我这样漂亮的知了吗？"

白胡子老汉就是铸剑阁阁主，他道："没见过！"

上官嫣红闻听，扑哧一笑，而寒月扶着余十月几步走上前，道："老前辈，我师兄在来铸剑阁的路上，口吐鲜血，到现在还昏迷不醒，请老前辈想想法子，救救我师兄。"

　　白胡子老汉到现在为止才察觉到原来这女孩儿还带了一个要死不活的人来到了铸剑阁，当下转过身，仔细瞅了余十月一眼，怔了一下，才道："哦，好像蛮严重的，他这样昏迷多久了？"

　　寒月忙道："刚才在过那座软桥的时候，他晕了。"

　　白胡子老汉毫不惊讶："该不会是有惧高症吧？"

　　"不会的，不会的，我师兄是练武的，身强体壮，他怎么会有惧高症呢？就算是惧高症，又怎么会好端端地大口吐血呢？"

　　寒月害怕耽误了余十月的病情，赶忙解释，她敢肯定余十月肯定得了一种怪病，要不就是被人下了至少两种以上的蛊毒。

　　白胡子老汉又眯起眼睛，眼睛收缩得就和针眼儿似的，拿起了余十月的手臂，细细把脉，但是把脉的结果和上官嫣红先前把脉的结果一样，脉相十分平和，并无大异，只是余十月为何会脸色苍白、有病入膏肓的症状呢？这又从何解释？

　　这一天，阁主为余十月熬了一种药，这药是天下八种罕见水果的汁液再加上白糖熬成的药，药性的火毒很强，余十月晚间天黑的时候醒来了一次，这一次他看到自己已经睡在铸剑阁里。

　　余十月拉着寒月的手，从床上挣扎着坐起："师妹，你一定要快，我怕我坚持不了多久了。"

　　寒月眼圈绯红，眼泪滑落脸庞："师兄，你不会有事的，你一定会好起来的，阁主说了，你的病有得治。"

　　"呵呵。"

　　余十月苦苦一笑："你以为师兄是傻瓜，我这病根本无法治疗。"说罢，他一口鲜血喷在帐子上。

　　寒月急忙说道："师兄，师兄，你一定会好的，阁主说了，明天清晨就准备开火，师父他老人家的心愿一定会完成，你一定要坚持住。"

　　余十月的身子再也支持不住了，平躺了下来，紧闭双眼，道："快去，别管我，去让阁主马上开炉铸剑。"

　　寒月用手抹了一把泪水，提剑决然而去。

　　夜深，阁主房间里，两个人影，看身影，应该是一男一女。

　　明天准备开炉铸剑，所以今夜阁主务必来查看要铸炼之剑，每把剑都有自身的威力，有的剑威力小，有的剑不够锋利，但是有的剑削铁如泥，而镜雪剑和云芝剑的区别就在于一柄剑削铁如泥，而另一柄却连一只兔子都杀不掉。

　　在寒荒这片大雪域，剑就像女人，女人越漂亮就越受欢迎，同样，剑越锋利，剑客们越不感觉孤单。

　　谁不孤单？

　　云芝老前辈是一名出色的剑客，出色的剑客应该佩戴带锋利的名剑，这才是一道亮丽无比的风景线，更何况云芝老前辈还是个大美人。

　　……

铸剑阁，屋内。

上官嫣红道："怎么了，你是不是不愿意把彩虹石里的能量提炼到镜雪剑里？"

阁主好像十万个不愿意："我已经给你说过多少遍了，镜雪剑已经是把锋利无比的剑了，在给它附加额外的能量，只怕会出事啊。"

上官嫣红瞪着大眼睛，看着驼着背的阁主，怒喝："出什么事情？"

阁主的确是个好人，他极力反对："镜雪剑要是再经提炼，只怕天下无人能驾驭，这跟毁剑有何分别？"

上官嫣红吸了一口气，转身就走了。

随后，这房里传出了"阁主死了"的噩耗。

寒月和上官嫣红闻听阁主死了的噩耗，立刻来到门前，房里正有执剑弟子收敛阁主的尸体。

寒月大步走进来，扶住阁主的胳膊，道："阁主！阁主！"

上官嫣红咬着牙齿，怒目瞪着被人收敛的尸体："这是你咎由自取，怨不得我，谁让你看出这把剑不是云芝剑，而是镜雪剑，你必须要死，你不死，我如何能将这把剑打造得更加锋利？"

第091回：余十月之秘闻

老阁主如此死去，寒月更是担心铸炼神剑的过程中会有意想不到的事情发生，所以，第二天清晨就和上官嫣红前往无极阴阳炉。

无极阴阳炉传说是上古留下来的一座古鼎，有着上古时候仙家炼神器留下的铸剑条纹，这些条纹在开动无极阴阳炉的时候，会快速旋转，天地也会因为这样，一刹那皆是灰暗。

铸炼神剑是以石炭和冰块为燃料进行互相调和铸炼。

石炭和冰块也是雪域特有的玄冰和木炭，皆是从山涧老沟采购运到铸剑阁，而铸剑之人根据鼎剑炉上古纹的旋转速度、明暗程度、形状来放入石炭和玄冰。

开炉之后，寒月便思考了铸剑之法，一边指挥铸剑阁务工的人员进行加料减料，一边拿着"铸炼剑神谱"观察无极阴阳炉上的上古花纹。

一连三日，寒月都没闭上眼睛来休息，此刻，眼里布满了血丝，她要以最快的时间把剑铸好。

这几天不难看出余十月在人间的日子应该没多少天了，所以她很着急。

那么，余十月究竟有什么病？为何这病会无端端地要他的命呢？这还要从他小时候说起。

十岁那年，有一天，家里忽然来了一个姿色绝佳的女人，也就是因为这个女人的缘故，一个三口之家忽然发生了决裂。

"孩子他妈，我今天回来有一件事情想和你商量。"

余十月的父亲刚说完这句话，这时候，从房外走进来一名仪容华美的女子，这女子道："你和她还有什么好商量的啊，直接告诉她，叫她走便是了。"

余母看到一位比自己要美丽漂亮一百倍的女人出现在自己家里，并且口气如此之横的时候，想到了丈夫在外的艳遇，只是她不敢相信眼前的事情是真的，所以扑过去抱着余十月的父亲，拼命地乞求，希望丈夫不要赶自己走，但是面对她的如此苦苦请求，余十月的父亲却置之不理。

一日夫妻百日恩，余十月的父亲竟然面对妻子这般请求一句话也不说。

余十月的母亲只有转过头，对着这个绝美的女人痛骂："坏人姻缘，你不得好死！"

这女人只是浅笑道："你再骂我，我就杀了你！"

十岁的余十月见此情形，一把抱着父亲的腿也是苦苦哀求着："爹爹，你不要赶妈妈走！"

这个女人却一把把余十月搂在怀里，手里拿着一把药丸，欲要强逼余十月吞下："你个贱人，要是不离开这个家，我就叫这小崽子把这些蛊毒全都吞下去！"

余母看到这女人以孩子的"性命"来威胁自己，也十分痛心，但如何能接受和丈夫决裂的事实，她回想起从前和丈夫还有小余十月一家三口温馨的瞬间，她跪在地上给这女人磕头，希望这女人不要对余十月下手，然而余十月看到母亲痛苦的样子，心痛难忍，一把抓过来那女人手里的药，塞到嘴里硬生生地吞了下去。

这女人竟然厚颜无耻地骂着余十月："唉，小杂种，你怎么就这样把这些蛊毒全吞了下去呢。"

余十月吐了一口唾沫，当下趁机跑去母亲的身边，哭着："妈妈，你不能走，你不能走，我不能没有家，我不能没有你。"

于是，母子两人抱在一起痛哭。

"孩子他爹，你怎么可以这么狠心，你对我做什么，我都不介意，你怎么能和这女人合起伙来欺负我们的孩子。"

余母竟然抓起床上的剪刀向那女人刺去。

那女人见此，骂道："泼妇！"

一把剪刀，一声怒骂，两个女人扭打在一起，然而余十月的母亲由于年龄略老，不是年轻女子的对手，所以几番纠缠后，也就这么死在自己的剪刀之下。

余十月看着地下躺着的母亲，顿时痛哭不已。

余十月的父亲问着身边的女人："你刚才手里拿的是什么药？"

这个女人道："是一百多种蛊毒。"

余十月的父亲当下怒目瞪着身前的女人，想要责骂，但是身前的女人却抢先道："怎么了，你是心疼了吗？这女人能生孩子，难道我就不能吗？她能生一个，我能生一群，你干吗对我吹胡子瞪眼睛的啊？"

余十月的父亲长长叹了口气，走到余十月的身边蹲了下来，道："十月，走，和爹爹去请先生回来给你妈超度。"

"你不是我父亲，我没有你这样的父亲！"余十月当下对父亲怒吼，"从前不是，以后更不是，妈妈都死了，超度她，就能活过来吗？"

幼小的余十月带着母亲的尸体离家出走了，不过他相信总有一天他会回来报仇。

十年过后，当余十月再回去的时候，父亲孤身一人，而那女人已经不知去向，于是他再想，看来那女人又和别的男人跑了，而父亲再见他最后一面以后，欣喜无比，最终选择了悬梁自尽。

余十月躺在床上，看着天花板，眼里凄苦无比。

不过正在这个时候，上官嫣红从房外走来。

余十月忙问道："风姑娘，寒月她铸剑铸得怎么样了？"

上官嫣红看着余十月，微微笑道："她很好，没想到她铸剑的本事还真是不错，那神剑估计再要五天就铸炼好了。"

余十月眼里当下充满了希望，面带微笑，道："谢谢你帮助她，要不然她真的会为我两边跑。"

"呵呵，没事的，我们都是寒荒的一份子，为名剑之争做点贡献那是应该的啊。"

上官嫣红嘴巴上这样说，心里却打算着镜雪剑出炉以后，便立刻将余十月、寒月两人杀掉，从而名证顺地成为镜雪剑的主人，使天下万千英豪膜拜她，而这次寒荒之行的所有心愿皆可指日可待。

夜深，那片被火光照亮的半边天忽然下起了雪，起风的时候，坐在鼎剑炉上的寒月，咳嗽大作。

"你怎么了？"

寒月闻声而望，上官嫣红出现在鼎剑炉的上空，她才道："风姐姐，你快下去，鼎剑炉上温度很高，站在上面很危险。"

上官嫣红飞空落下，走到了寒月的身边，笑道："哎呀，你看看你，咳嗽成什么样子了，你今天晚上回去休息一下，今夜我在这里守着便是。"

"不行啊，你不认识这剑炉上的古纹，要是出事了，那这么多天的努力就前功尽弃了，我受了这点小风寒，这不算什么。"

此话刚说完，寒月转身走进了剑炉的内侧。

上官嫣红听后，还是十分担心："那你小心点，我这就去帮你拿件外衣来防寒。"

寒月道："谢谢风姐姐。"

五天很快过去，第六天清晨。

这一天，铸剑炉上的古纹渐渐消失，这个迹象说明彩虹石已经完全释放出灵气，而镜雪剑也完全吸收了彩虹石的灵气。

"师兄，师兄。"

寒月快步奔进余十月的睡房，余十月从昏迷中醒来，他道："师妹，你这几天还好吧？"

"师兄,我有个好消息要告诉你。"寒月道,"那鼎剑炉上的古纹已经完全消失,剑已经炼造好了。"

"真的吗?"余十月紧紧握住寒月的手,神色激动:"带我去看看。"

"好。"

寒月扶起余十月,为余十月穿上了防寒衣,搀扶着余十月向无极阴阳炉走去。

火已经熄灭,无极阴阳炉已经渐渐冷却下来。

余十月看着炉子,只见炉子上没有一点点古纹残余灰暗的痕迹,舒了一口气:"师父他老家的心愿终于完成了。"

上官嫣红走了过来,笑容满面:"师兄,那什么时候可以开炉啊?"

余十月异常兴奋道:"现在就可以开炉了。"

此刻,寒月对几个老伙计喊道:"掀鼎!"

老伙计微微一笑,大声应道:"好嘞!"

伙计们在老伙计的吆喝下,去扳动炉子上的扳机,忽然机械转动,吊链登时快速转动,鼎盖"轰"的打开,一把集天地精华与戾气于一身的镜雪剑忽然飞空而起,一道雪光滑落天际,登时四方雷电轰鸣,方久不休。

余十月看着这一幕,瞪大了眼睛,用手颤抖地指着天空的剑:"镜雪剑?怎么是镜雪剑?"

寒月忽然走上前,但是一道电光闪过,她眼前一黑,眼睛流出了血:"怎么会这样,明明是云芝剑,怎么会变成镜雪剑?"

余十月、寒月几乎命绝此刻,但是还有一个人,却一直笑意深浓,而这个人就是上官嫣红。

上官嫣红大声笑道:"终于大功告成!"

"哇"的一口鲜血从余十月嘴里喷了出来:"我怎么对得起师父,我没把云芝剑打造成功不说,相反却毁了师父的绝世神剑——镜雪剑。"

余十月大口地吐血。

许久过后,余十月看着在天空翻转的镜雪剑,他的身子重重地摔在地上。

寒月捂着眼睛在地上爬着,左右摸索:"我的眼睛看不到了,师兄,师兄,我的眼睛,我的眼睛看不到了。"

顷刻,余十月已经命绝。

寒月的眼睛由于被那道强光照射,眼睛已经一片血泊,她只有在地上爬着,嘴里不停呼唤着余十月,可她如何晓得余十月带着遗憾已经离去。

第092回：啜泣山涧空谷

乌云迅速从天边翻涌而来，偌大的铸剑阁上空已经是黑云蔽日，就仿佛有阎罗阴鬼从无间地狱爬了出来。

这百年来无坚不摧的炉壁，此刻受到了彩虹石巨大能量的充溢，正如一颗巨大的炮弹忽然间爆炸，剑炉的碎片四散而飞，盛誉天下的铸剑之炉以及附近的护炉阁都已经被电光摧毁，这铸剑圣地皆成废墟。

如此惊变足足持续了两个时辰，上官嫣红怕被飞落的炉壁碎片射中，早就躲在一处冰石下。

是的，就在无极阴阳炉的废墟之中，寒月正在地下趴着，她的眼睛由于被方才镜雪剑出炉时的强光照射，致使一双水灵灵的大眼睛已成一双血目，血从眼眶流出来，挂落脸庞，令人很是心疼。

躲在巨大冰石之下的上官嫣红却丝毫不理会她，无论寒月再怎么大声呼喊余十月，她的一双眼睛却始终只能看见天空那一道好像要永恒千年之久的雪光。

这一道雪光仿佛是魔鬼永恒的目光。

镜雪剑飞落在地上，剑刃完全没入岩石深处，而在这同一时间，大地被大肆震撼，寒月竟然在神剑落地的时候，整个身子都被震得飞了起来，已经被风雪卷落在一处隐蔽的绝壁之下，她的头重重磕碰在坚硬的冰石之上，由于脑部受了重击，瞬间晕了过去。

很快两个时辰过去，上官嫣红见异象结束，从冰石之下走了出来，她看着镜雪剑如神兵利器一般深入巨岩之中，也不由自主地喟叹道："真是一把绝世好剑啊！"

雪光如流水般缠绕着神剑。

上官嫣红身子正微微地颤抖着，虽然她感觉到整个身子好像已经冰凉到了极点，但是她全然不理，一步步向镜雪剑走近。

越来越近。

终于，上官嫣红来到了镜雪剑的旁边，慢慢伸手，用手指轻轻触摸着镜雪剑的剑锋，她感觉到一丝丝冰凉直透心底，如被雷电击中一般，整个身子瞬间就要被冻结。

但是，没有。

上官嫣红双手握住剑柄，使出全身力气要把深深没入巨岩里的镜雪剑拔出来，但是无论如何用力，也不能将镜雪剑拔出来，无奈之下，她想到了炸药。

走到了铸剑阁的另一个角落，这个角落藏有很多炸药。

这些炸药是用来采石炭开山用的，上官嫣红大喜之下捡起四包炸药放在岩石裂缝处，用火点燃，导引燃烧，"轰"的一声巨响，巨岩裂碎。

许久，只待一切平静下来，上官嫣红才从一处隐蔽的地方走出来，心里大喜，一手握住镜雪剑，只是"啊"的一声惨叫："怎么回事，这是怎么回事？"

握住剑的那一刻，上官嫣红的手再也放不下镜雪剑了，因为她的手好像被寒冰冻结，并且她的一双手和镜雪剑硬生生连在一起，无论如何挣扎也挣脱不掉。

上官嫣红身上的肌肤已经被一层细如流水的寒冰包裹着，这层冰就如山涧溪水一般在她周身慢慢流动，团团环绕，而她却始终挣扎不开手里的镜雪剑。

镜雪剑就像恶魔一样吸食着她的精血，仿佛不把她吸食枯竭而死，誓不罢休一样。

天近黄昏时，天空先前飘泊的黑云已经散去。

上官嫣红嘴唇边挂着略带阴煞的黑血也更加恐怖，然而她只是一心一意地欣赏手里的镜雪剑。

到底怎么回事？

上官嫣红不明白，所以想来想去，她只想到了一种可能，那就是镜雪剑刚出炉，一定是自己太心急，所以才会有如此冰冷异样的感觉。

少时过后。

上官嫣红看着天边的黑幕，她笑了，她竟然忘了老阁主之前不肯把镜雪剑再加提炼，使之成为神剑时的那一席良言。

——镜雪剑不能再经彩虹石提炼剑魂。

不过，上官嫣红心存天地，欲要速达心愿，当然在她拿到镜雪剑的时候，早已经得意忘形，忘记了方才正邪忽变的一刹那芳华。

——在上官嫣红的背后竟然全是阴魔的古剑鬼脸。

风中，红衣随风而飞，一直心思诡秘的上官嫣红竟然不知道魔鬼已经缠上了自己，所以她没有在乎余十月和寒月的死活，就拿着镜雪剑快速离去。

……

铸剑阁就在寒荒的东南之地。

这里的一场异变，说好听一点像是做梦，说得凄惨一点就是铸剑阁的劫难，当寒荒剑道知道这是铸剑阁发生的异变的时候，他们心里都在猜疑：寒荒难道又出神剑了？

但是，事实比他们想的更让人惊骇。

镜雪剑出炉的那一刻，天色异变，致使音尘、中州、蓬莱的剑客都猜想寒荒又有神剑出世了，于是各自都叹息此次前来定也是"空手而归"。

寒冷天正在铸剑阁这一带寻找寒月，但见铸剑阁上空黑云翻滚，心中疑惑，但又不晓得到底发生了何事，所以便一路寻找到此，就在他出现在软桥的悬崖之处的时候，只闻桥对岸传来了寒月的啜泣声。

山涧空谷，呜咽不停，余音不绝。

寒冷天仔细一听，心下大喜，很快循音而来，在软桥对岸呼唤寒月："妹妹……妹妹……"

"呜……呜……"

哭泣的声音依然在山涧空谷荡漾，寒冷天听哭声凄然无比，心下大急，当下放开嗓子，向着山涧的另一边呼唤："妹妹……寒月……寒月……妹妹！"

对岸方才哭泣的声音停止。

寒冷天走到软桥的中间，但看软桥下是万丈深渊，也丝毫不在意，就像走在一条大道上一样，放声喊着、呼唤着："妹妹……妹妹……"

很久。

"妹妹……妹妹……"

对岸的石缝里爬出来一个女孩子，这女孩子就是寒月，她仰着头，倾听着。

远处传来的正是寒冷天的声音。

寒月闻听，激动应声："哥哥……哥哥……"

在九死一生之中，寒月是那么无助，当闻听哥哥就在不远的地方，于是她便在雪地上往软桥那边爬去。

"哥哥……哥哥……"

听到寒月呼唤，寒冷天举目凝望。

寒月已经趴在对岸万丈悬崖边。

寒冷天大急之下，疾奔在软桥之上，且道："妹妹，你怎么了？"

寒月脸上的精致妆容已经被泪水化开，她呜咽着："哥哥……哥哥……我看不见……我看不见……我什么也看不见了。"

确认来人就是寒冷天，所以寒月继续往前爬，然而身前的雪地忽然崩塌，寒月坠了下去。

寒冷天大急，横空飞跃，一把抓住寒月的手，另一只手挽着一条软桥上的铁链飞到了岸上。

第093回：最可怜的妹妹

几如白鹤过江，又如天仙展羽，寒冷天憋足一口气在悬崖危岸飘移、攀飞。

当人攀飞在悬崖之顶时，软桥还在荡漾摇晃，如柳垂镜湖，湖水泛起涟漪，致使软桥相互碰撞，发出一连串清脆的"咔咔"声，而声音在偌大的山间频频回荡着。

寒月坠落深渊那一刻，寒冷天百步跨越，毫不犹豫地挽起软桥上的铁链，借助软桥的力量，飞跃而下，拉住那正向万丈悬崖下坠落的女孩。

拉住寒月的手，寒冷天赶忙使出一个"登天梯"的惊世骇俗轻功身法，脚在岩石上用力一蹬，身轻如燕飞身而上，瞬间站立悬崖之上，当他站在悬崖上的时候，才看见寒月的那一双血目。

血目还在流血，也许是因为天寒地冻，所以相比之前不是那么明显，从眼里流出的血，也开始凝固了。

"妹妹！"

寒冷天兀自大惊，随后赶忙把寒月放在雪地上。

寒月伸手摸着寒冷天的下巴，紧紧地抓住寒冷天胸前的衣襟，虚惊一场，颤抖地道："哥哥，是你吗？"

血目虽然已经停止流血，但是这双血目出现在一个二十岁都不到的女孩身上，那是多么令人惋惜的一件事。

寒冷天看着眼前的一切，一想起往日寒月那双明亮清澈见底的眼睛，他内心升起一阵揪心之痛。

"妹妹，你怎么了？"

"哥哥，真的是你吗？呜呜……"

寒月的一双手紧紧抓住寒冷天胸前的衣襟，可是无论她如何用力，那双纤细之手依然从寒冷天的衣襟滑落了下来。

是的，也不知道是因为寒月手腕无力，还是因为寒冷天的衣服太滑。

时间一秒一分地流逝。

挂落在软桥边沿上的铁链已经不再摇晃了，寒月和寒冷天的身子渐渐随着软桥静止，恢复了之前横跨在悬崖上的样子。

许久，寒冷天向身后一看，身后是万丈深渊，他却缓了缓神。

在雪地上，寒月已经哭得像个孩子，她呜咽地问道："哥哥，师兄呢？我的师兄呢？他在哪儿？"

寒冷天闻听寒月如此问，当下站了起来，环视四野，只见四野空荡荡，哪里还有一个人。

寒月道："哥哥，我的师兄呢？我师兄呢？"

无论寒月的手再怎么紧紧抓住寒冷天的衣服，寒冷天都是一边为寒月整理散落的秀发，一边道："这里是一处绝壁之下，怎么，你师兄也在这里吗？"

寒月回想起之前自己眼前那一道雪光，身子在雪地里发抖，畏畏缩缩地说道："六天前，我和师兄为了铸炼神剑来到铸剑阁，只是不知道为什么，就在神剑出炉的那一刻，我们发现被铸炼的剑并不是我们的云芝剑，更不知道本来的云芝剑如何会好端端地变成了镜雪剑。"

寒月的脸上露出了恐怖之色。

寒冷天一听他们把镜雪剑放在无极阴阳炉里再加提炼，大口呼出一口气，本来就要发怒，但是看见寒月那一双血目，脸色又变得缓和温柔，无奈地说道："你们这太胡闹了，镜雪剑本来就是把锋利无比的名剑，你们这样做只会令镜雪剑步入极端，要是毁了这把绝世之剑，你们就浪费了铸剑人的心血了。"

要打造一柄名剑，那是何等的不容易，有谁会知道呢？

也许只有笑面老人能了解，能感受到。

当一柄名剑问世，作为铸剑师的笑面老人该是多么高兴，然而一柄名剑要是被毁掉，作为铸炼此剑的笑面老人，是不是也该愤怒呢？

寒月哭着道："也许连师父也在责怪我，还有师兄，不然师兄怎会死，而我的眼睛又怎会瞎？"

寒冷天道："妹妹，你别胡思乱想了。"

寒月为余十月之死心痛凄苦，所以她跪在了悬崖边、软桥上，放声号哭："我们也不知道怎么回事，师父，我对不起你，更对不起师兄，要不是我告诉他彩虹石的下落，他也不会死。"

……

寒月跪在雪地里，号哭着。

寒冷天见此，眼里也有泪光闪动，过了很久，伸手把寒月抱了起来："妹妹，我带你去看大夫，找大夫为你治好眼睛。"

……

一步，两步，刚走第三步，寒月道："哥哥，求求你，我要去找师兄。"

寒冷天道："妹妹不用那么急，你的眼睛要紧，等眼睛好了，再回来找你师兄也不迟。"

"不！"寒月想起余十月重病在身，一口回绝，"我不相信师兄死了，师兄有病在身，要是此刻找不到他，我恐怕永远也找不到他了。"

寒冷天从来没有见过寒月有如此坚决的神态，如今看到寒月眼里血泪一片，忙道："好了，好了，我现在就带你去找你的师兄，你别哭了。"

从小到大，寒冷天都宠爱这个妹妹，在他的生命里，寒月一直以来都是自己的一切，失败，寒月给他鼓励，失落，寒月给他安抚，自小两人相依为命，兄妹之情在风雨人间磨炼得远比世上一切感情都深厚。

是的，以前清苦，寒月随寒冷天一起流浪，他们不知道经历了多少风雪才活到今日，而流浪的生活一直到寒冷天成为寒荒古城城主才真正结束了。

第094回：邪雾控制镜雪

一片银云在天楼山的山头轻浮，此刻，天色刚亮不久，中原五大门派都从天楼客栈走了出来。

前天晚上，就接到了上官嫣红的请帖，所以昨天傍晚各派就来到天楼山，并且在客栈中小住一晚，今天一早，天方亮，众人就准备前往郡主府。

每个人手上都佩带有一把好剑，在这些人当中要属武月派的羽芒道人、五毒教教主毒王、峨眉派掌门碧柔、崆峒派掌门萧逸以及五花门的万花娘子和少林百惠禅师最为引人注目。

此刻，天楼城上繁华一片，早有商人出来活动。

峨眉派掌门月慈在仙逝前嘱咐所有弟子务必要找到多年前失散的两个儿子和一个女儿，所以这次除了峨眉派，其他所有剑客来大雪域完全都是为了这次名剑之争，这些名门将不惜一切代价来争夺往日的荣誉，欲要把三十年前留在寒荒的名剑尽数取回。

碧柔回想起上次见到寒冷天的时候就是在这天楼客栈，然而今日又来到这里，却连寒冷天的半个人影都没看见，这使她整个人看起来心事重重。

这些日子以来，江湖上盛传寒荒古城失陷于音尘剑道名剑门，想必她也是知道此事，只是此刻，她领着一帮女弟子走在其余五大门派后面，神色有说不出的不安。

一旁的女弟子看见碧柔脸色憔悴，心里也是暗暗狐疑，道："掌门师姐，你怎么看起来心事重重？"

这女弟子名叫巧月，今年整整二十岁，是碧柔的师妹，和碧柔关系甚好，这几天，她仔细观察这个新任掌门，只觉自从上次来到天楼客栈回去之后，这个新任掌门就有些不太对劲，如今看来，恐怕也是在为师父的吩咐担心。

巧月冥想着，想不透，就忍不住轻声问了问碧柔。

碧柔虽然迈步走在四大派身后，但是心里却一直想着初次见到寒冷天的那一天。

那一天也是在这天楼客栈，而今重返旧地，那个画面却不再重现，她答应过师父，一定要把大公子、二公子和小姐带回中原，想到师父往日的教诲，她的心也渐渐地变得开朗，道："没有啦，只是想起我们临走时，师父给我们交代的事情还没办妥，心里总有些着急罢了。"

"哦！"巧月嫣然一笑，淡淡道，"掌门师姐，你不必着急，上次见到公子，公子看起来人蛮好的，我琢磨他应该会和我们回去见师父她老人家的吧！"

碧柔的眼神变得一片迷茫："这个难说啊，你没听师父说过吗？两位公子和小姐是被师父遗弃的，所以一直以来，他们都过着流浪的生活，只怕他们早已习惯这种流浪生活，并且已经恨透了师父。"

巧月也和碧柔一样，深深惋惜、叹息，同时也对那个缥缈宫做了一个鄙视的表情。

碧柔道："唉，最近江湖上风波不断，他现在在什么地方呢？自从寒荒古城失陷后，他也就成了江湖上那些饭后闲谈的热门话题了，昨天来到客栈，怎么没有一个人说起有关他的事情呢？"

不知不觉，这六大门派已经来到郡主府的府外，郡主府看来分外宁静，当所有人要走进郡主府的时候，十个黑衣大汉挡在他们身前。

六大门派弟子摇头："这是怎么回事儿啊？我们风尘仆仆远道来赴约，他们却把我们拒在门外。"

这十个汉子一句话也不说，只是略有警告地看着他们——要是敢胡乱闯入郡主府，不管是谁都得死。

正在此刻，郡主府内走来了黑剑。

黑剑夫妇见如此之事发生，也是十分尴尬，当下抱拳寒暄了几句对不起，便把众人带到大厅上。

大厅内鲜花盛开，香味怡人。

少时，六位掌门就坐大堂内，大厅霸气外泄。

片刻后，府外走廊里想起了'嚓嚓'的脚步声，脚步轻盈，正在所有人闻声而望的时候，一个甜美的声音传了进来："各位中原同道辛苦了，不知道茶水点心是否都已招待到位，若有不妥，请各位掌门多多包涵。"

随后，上官嫣红出现在所有人的视线里，大家都为这绝世之姿惊得站起身来。

武月派掌门羽芒道人仙风道骨，身穿一白月袍站立郡主府厅中央，道："呵呵，上官郡主很少和我们中原武林打交道，如今加急请帖三次催我们前来，不知道有何事要告知我等。"

"羽芒道人，这三天来可曾看见寒荒有天地异象发生？"上官嫣红把此话讲完，又环视了所有人一眼，见众人都不解其意，她又道，"各位掌门可曾知道在寒荒大雪域的东南方是什么地方么？"

毒王把头发一甩，走到上官嫣红的身前，把一双手抱在胸前，笑道："寒荒大雪域的东南方乃是笑面老人铸炼神剑的地方。"

大家都纷纷点头。

碧柔却道："可是据我所知，笑面老人早已不在人世了！"

此刻，上官嫣红又淡淡道："那个地方有上古留下来的剑鼎，这个剑炉是当今天下铸剑成功率最高、提炼剑锋程度最强的剑炉，前三天就从那剑炉上出炉了一把惊天地、泣鬼神的绝世神剑。"

万花娘子身后的小梅花忽然一语道破："哦？难怪东南方的天际之处，忽然黑云翻涌，闪电大作，原来是那铸剑炉又出神剑了。"

所有人都把目光落在小梅花身上，只把这女弟子看得脸都变得绯红。

上官嫣红甜甜一笑："这位小妹果然聪明，那日我正好路过铸剑阁，天忽然暗了下来，又是刮风又是打雷，把我差点吓死了，于是我就躲在剑鼎下面，我亲眼看到这把剑从那剑炉上飞起，引来了天怒异象，铸剑之人皆不得生还。"

众人都目瞪口呆。

上官嫣红把手里的剑慢慢拔出，一道亮光闪射，整个大厅都明亮起来。

同一时刻，众人皆失声，赞道："这真是把好剑啊！"

上官嫣红得意万分："不错了，这把剑灵气十足，要是大家愿意和我结盟，我愿意在名剑之争英雄会上以此剑力压群雄，把我们中原多年前在寒荒留下来的名剑尽数取回。"

"结盟？"

众人都在疑惑。

"你们应该还不知道我这次前往寒荒的真正原因吧？"上官嫣红脸色变得极为严肃，她停了一下，又道，"自从我义父把燕云十六州割让给契丹王，我就下定决心一定要把燕云十六州抢回来，燕云十六州乃是我们中原子民的土地，我们绝不能让契丹在中原的土地上横行。"

上官嫣红这个女人仿佛变了一个人似的，这种野心使她比一个男人更强大。

对于中州中原的局势，这中原各大名剑门都十分清楚，只是一听上官嫣红如此激荡心肠之言，都愤而不满："是的，石敬瑭这个卖国贼，和契丹王签了那个什么狗屁条约也就算了，竟然还甘愿给那契丹当儿子，我真想宰了这个不知廉耻的老东西。"

此刻，已经骂声连连。

上官嫣红看着武林群雄各个脸上均有怒色，当下把心放在肚子里，且道："我想和众位英雄结盟，将来征服其余三地剑道，聚江湖的力量，回到中原开始起兵，把石敬瑭废了，再把那些契丹人赶出中原，还我后唐。"

……

无毒神教看着上官嫣红手里的剑，忽然有了这样的想法："你说这剑能引天怒，那就叫我们见识见识如何？"

"现在还不能。"

上官嫣红万万没有想到五毒神教竟然这样不相信自己，但是她又为何不用神剑引天怒让大家一饱眼福呢？

"那是为何，难道郡主还不能驾驭此剑吗？"五毒教的教主毒王心里已经开始痒痒了，所以他强笑道："那就让我看看这剑有什么绝妙之处？"

"不行，此剑生性嗜血，你是驾驭不了此剑的，至于我，我应该比你好上一万倍。"上官嫣红这次终于说真话了。

但是真话未必有人会相信，在这里的所有人也许都不会相信毒王会驾驭不了这把剑。

毒王的脸色变得通红而愤然："你的意思是我堂堂中原第一大教的教主毒王没有你的武功高？"

"我不是这个意思，你误会了。"上官嫣红第一次向别人解释。

"不是这个意思，那你是什么意思？"毒王大怒一声，"把剑给我拿来。"说罢他竟然去抢。

上官嫣红却一个闪身躲过："毒王教主，你冷静些，这把剑你真的驾驭不了啊。"

毒王一声大喝："能不能驾驭得了，把剑给我，说我就知道了。"说罢，一手扫去，那把剑竟然真的被他抢到手。

"玄雪之光，既内敛又霸道，好剑，好剑啊。"毒王大声赞叹。

赞声方落，全身就开始抽搐，感觉到身上的血在流失，就在这一瞬间，全身的肌肉极度收缩，瞬间干枯。

方才，潜意识还能清楚自己被剑控制住了，然而，在下一个意识里，他什么也感觉不到了。

对于这场异变，上官嫣红早就想到了，只是她不想说而已，然而，为什么上官嫣红驾驭得了而毒王却驾驭不了呢？或许是毒王没有上官嫣红武功高？

第095回：不能坐以待毙

时光蹉跎，一晃这个月就只剩下三天了，只要这三天一过，距离名剑之争的日子就为期不远了。

七月初七，牛郎织女鹊桥相会的日子，多浪漫，可是这一年的七月初七将是带有血腥杀戮的日子。

如今，音尘火族、中州大陆、蓬莱仙岛三地剑道都有了动作，也对七月初七那一天做好了准备，但是寒荒大雪域呢？

此次前来的名剑门都是冲着寒荒大雪域而来，如今寒荒五大剑派掌门均不知去向，这对其他三地剑道热衷于名剑之争的剑客绝对是个极大的打击，数十年一载，盼星星盼月亮，终于等到这一天了，可是寒荒五大剑派已经乱成一团。

小年拥着风月儿站在悬崖上，眺望寒荒以北。

风月儿仰起头看着小年："你说她们该不会出什么事情吧？"

小年的脸，完全失去了血色："要是我们能离开这里，那就好了。"

风月儿埋怨着抿着樱桃小嘴，怔怔地看着小年，且道："都是那些蓬莱人，死盯着五大剑派，要不然我们现在就去找雪瑶妹子了，可是现在我们要是走了，山上所有人都会有危险。"

"没事，一定没事，雪瑶妹妹她们一定没事，我们也同样没事。"小年轻轻地说道："我们要勇敢面对一切，月儿，你能懂吗？"

风月儿可怜巴巴地看着小年，重重地点头，接着又把头埋在小年的怀里，轻声道："这个我当然懂啦，要不然我早就下山了，此刻，怎会还留在这里？"

……

"喂，你们两个卿卿我我的亲热够了没有？"一个讥讽的声音从他们身后传来。

风月儿和小年并没有回头，小年道："请问，你有什么事情吗？"

"少给我来你那一套，昨天，你说她们会回来，可是现在，天都黑了这么久了，我连个鬼影子都没看到，我看我们还是下山得了。"

小年转过身，走到这个人身前，道："不让你下山，那是为你好，你难道想死在蓬莱人手上。"

"蓬莱人怎么了，他是人，难道我就不是人啊，来一个，我杀一个，来两个，我杀两个，我看是他们人多，还是老子的剑快。"

这人就是恶苏，他说这句话的时候，挥舞着手里的剑。

"我说不能就不能，你如果要下山，你必须从我尸体上踩过去。"小年松开风月儿的手，独站风雪之中。

"踩就踩，老子还怕你不成！"恶苏抽出手中剑，继续挥了过去。

……

霎时，天际雪流星划过夜空，雪花一朵朵飘落，山崖的另一头，火光在寒风中摇曳，风月儿看到这一切，惊道："小年啊，你看他们……他们真要下山！"

"他们敢？"小年立刻收身，一个纵身飞到悬崖那头，挡住了正要下山的所有人。

各大派弟子看见前方的路中央站着小年，当下都站立住了。

"你难道让我们在这里等死？"各大剑派的弟子纷纷扬言，"我们一定要下山，我们不能在这里当缩头乌龟，我们现在更不能坐以待毙。"

恶苏也纵身飞到此处，手里的长剑正指着小年，怒道："兄弟们，和他废什么话，我们齐心杀通这条血路！"

还不等有人回应，恶苏已经挥剑杀到了小年的身前。

小年见此，急忙转身抽出了长剑，与之打斗起来。

一旁站着的众人见恶苏已经和小年打了起来，他们也快速把风月儿围住，怒道："我们今天一定要下山！"

除了恶苏之外，还有一帮人也都挥剑向小年冲去，小年一一避过，当恶苏再加急攻势的时候，寒冷天出现了。

虽然寒荒古城已经沦陷给音尘缥缈宫了，但是寒冷天的气场一点也不曾受到损害，如今他站在了人群中，袖子一挥，几柄刺向小年的剑纷纷落地。

使剑的人都摔倒在雪地上。

小年道："你终于回来了。"此话刚说完，他才看到寒冷天身边还靠着一个美女，当下一怔，"寒月小姐……她这是……"

寒冷天当下跪在地上，叩首："寒月她的眼睛瞎了，请你一定要帮她治好眼睛。"

"是啊，你给寒月小姐治疗眼睛，我们下山去找段云他们，咱们谁也不妨碍谁。"恶苏一脸凶相忽然变得几分滑稽。

"想下山，想也别想！"小年一声力喝。

"他妈的，看来今天老子不杀人是不行了！"恶苏竟然又抡起手里的剑，刺向小年。

寒冷天一掌打向恶苏，一股劲气挥出，直袭恶苏前胸，恶苏"啊"的一声惨叫，摔倒在十米开外。

恶苏口流鲜血，道："妈的，寒冷天，你竟敢打老子！"

恶苏一怒而起，当下挥剑又杀向寒冷天。

寒冷天冷冷哼了一声，举手就把恶苏的长剑给扣住了，并且在一瞬间，恶苏的咽喉已经被他紧紧掐住："你要是敢动小年兄弟一根汗毛，我让你连鬼都做不成！"说罢，手一松，恶苏的身子已经飞落在各大门派的人群里。

寒月受了伤，现在的情况十分糟糕，所以寒冷天又跪在雪地上，道："小年，你就是我妹妹的福星，求你救救她，她那么好的姑娘，她的眼睛不能瞎！"

恶苏无话可说，便拍了一下屁股，领着来时的人再次回到了白火堂。

小年看到寒冷天这般恳求，再看看风雪中那姿容绝代的女子，心头顿时揪起一个疙瘩："寒月的眼睛怎么了？你们发生什么事情了？"

寒冷天道："具体情况，我也不知道，求你救救我的妹妹。"

小年仔细检查了一下寒月的眼睛，他明明知道这双眼睛已经完全废了，但是当看到寒冷天那期望的眼神，他知道那是多么强热的亲情才能拥有如此期望的眼神，那眼神仿佛在告诉小年，你一定要把她的眼睛治好，否则我活着也没多大意思，所以小年忍痛，道："你别太担心，她这双眼睛能治好，但是以我现在的能力还无能为力，要治好她的这双眼睛，恐怕要很久很久。"

小年在给寒冷天希望，因为他知道如果把真相说了出去，寒冷天只怕会瞬间崩溃，而偌大的寒荒雪域又怎能失去这么一个大英雄呢，所以他甘愿做一个说谎的人。

寒冷天大喜，拍了一下小年的肩膀，道："谢谢你，小年兄弟。"

小年道："我是医者，这种事情是分内的事情，你不需这么客气。"

风月儿见小年这边的恶苏等人都已经走了，她便是两个轻功身法飞了过来，看着寒冷天和寒月，忙道："那他们怎么办，难道我们要一直耗在这里。"

寒冷天一眼看去，已经从雪山的雪丘上追来了好几十个白火堂和飞雪门的弟子。

寒冷天站了出来，拱手给这五大剑派的所有弟子恭恭敬敬地道歉："方才为舍妹一双眼睛和大家发火，实在不该，请各位勿要怪罪。"

"谁敢怪罪你啊？"恶苏道，"你的武功那么高，又是一个杀人不眨眼的大魔头，我们怪罪你，我们岂不是找死。"

原来，这恶苏并没有带着刚才那帮人走，他只是想把风月儿逮住，然后要挟小年和寒冷天，但是他万万没有想到，风月儿不是一个手无缚鸡之力的一介女流，不但有两下，并且武功并不算低，使得他多人围攻都未能得手。

寒冷天呵呵一声轻笑："既然如此，我就把话讲明白。"

恶苏道："你有屁就快放，我们一起上，只怕你们三人未必能打得过我们！"

寒冷天依然一只手抱住寒月，让寒月靠在自己的肩膀上，而他却道："大家也知道七月初七快到了，其他三地剑道对这次名剑之争已经做好充足的准备，可是我们呢，我们什么都没做，这些天各大门派放下门派之别聚在一起，这是多不容易的事情，而你们却不好生生待在这里，反而生出事端，要是他们回来了，你们都被蓬莱的人暗算了，那该如何是好？依我之见，大家在这儿安安静静地等，我们相信他们一定会找到那九百九十九把神剑，我们一定等他们回来。"

"要是他们出事了，那该怎么办，总该派几个人出去探探风吧。"恶苏道，"要是出了什么事情，我们在这里好歹知道，要不然我们在这里干巴巴地等到七月初七啊？"

恶苏的意思也是各大门派的意思，所以大家都嚷了起来。

寒冷天声音忽然提高，且道："你的想法非常正确，但是你们这种做法却有些不对，这种事情还是让我去，你们就留在这里好了。"

恶苏听到这样的话，心终于有几分松动，且道："我和你一起去，这山下，不知道有多少蓬莱人盯着我们，所谓明枪易躲，暗箭难防，你一个人去，不太好。"

第096回：寻剑不枉此行

雪山巍峨，夜风习习。

镜雪山庄自从被灭门后，一直以来都显得分外萧瑟凌乱，往日这里阁楼辉煌，花烛如灿，人皆喜乐，可是如今山庄内除了盘根错节的寒竹和畸形摇曳令人烦躁的草木外，一切都显得是那么萧条、荒凉。

夜幕降临，明月渐升，镜雪山庄内除了风吹草木的声音之外，就只听见碧水亭的石阶里发出水流湍急的声音。

哗啦啦……

水流仿佛永无休止。

此刻，镜雪山庄门口已经走进来了寒冷天和恶苏。

恶苏一走进往日盛誉天下的镜雪山庄，立刻回想起当初五大剑派纵火的那一个场面，想着想着，叹了一口气："没想到那场大火后，如今的镜雪山庄已如此凄荒！"

寒冷天可没有像恶苏那样凄然惋惜，自从寒荒古城沦陷在音尘缥缈宫的手上，他好像已经看破红尘。

如今，最令寒冷天关心的事情是寒月的眼睛，以及这三十年一届的名剑之争英雄会，所以他仿佛在安慰恶苏一般："世事皆有定数，况且段飞龙当年一心想独霸镜雪剑，镜雪山庄有这样的劫难，那也是在所难免。"

恶苏怔了一下，才好奇道："你怎么知道段飞龙当年想独霸镜雪剑？"

寒冷天的神色丝毫不因为这个问题而变得骇然，继续清理脚下的荆棘："当时，六剑派五年之约，全是段飞龙的幌子，段飞龙本来是想在五年之中参悟镜雪剑里的秘密。但是时光流逝，一眨眼五年就过去了，而他却丝毫没有参破镜雪剑里的秘密，当你们五年后来镜雪山庄赴约的时候，他还想以假的镜雪剑来糊弄你们，可是，就在此刻，幻尘雪瑶刚好发现了段飞龙的秘密，于是把属于自己的东西拿走了，而你们最后也正好以为段飞龙手里的剑是真的镜雪剑，这个骗局是段飞龙精心编织的。"

恶苏听了之后，双手叉腰，深呼一口气："哎，当时，我师父杀段飞龙的时候，本以为拿到镜雪剑了，可是拿到的却不是镜雪剑，当他发现那柄镜雪剑是假的以后，他性情大变，一直都在痛恨中挣扎。"

寒冷天拍了拍恶苏的肩膀，苦苦一笑："是啊，苏堂主当然要怨恨，他在灭掉镜雪山庄的那一瞬，他应该是充满了希望，充满了豪情，因为他知道自己这么做全是为了寒荒武林，武林必然要膜拜于他，可是到头来还是被段飞龙耍了，他背下了血海深仇，知道段云一定不会放过他，所以久而久之，心起恐惧，一时失足，有了想要杀掉段云的念头。"

恶苏一听，心下冰凉："从始至终，我师父所背负的最多，所以在事情搞砸了之后，他没有选择的余地，他老人家只有选择'死'这一条路。"

寒冷天微微一笑，重重地点了点头，把荆棘弄开，且道："没什么好惋惜的，过去的事情就不要再提了，我们现在应该团结一致，把目光放到寒荒剑道的将来之路上。"说着说着，已经飞跃而起，像风一样穿过竹林。

恶苏看到寒冷天像风一样跃过偌大的寒竹林，顿然恢复以往那副大咧咧的样子，大声吼道："喂，你等等我！"

身影飞起，如急电一晃而过，留下的只是一阵风。

哗啦啦……

还是那清脆的湍急之声从碧水亭传了出来。

寒冷天和恶苏已经向碧水亭走去，看着碧水亭周围，只觉得这里地势平缓，然而他却想不通这水流湍急声因何而起。

哗啦啦……

天色黑沉下来，明月已经从东方升起，整个镜雪山庄顿显幽静。

时间一秒一秒逝去，那股莫名的急流也更加湍急，在碧水亭的石阶下已经泛起了一个大水涡。

寒冷天和恶苏都惊诧地看着这个大旋涡。

"这是怎么回事啊，这里怎么泛起这么大一个旋涡，难道水下别有洞天？"恶苏生平还是第一次看到如此大骇之事。

寒冷天不语，因为他也不知道这是为什么，但是他预计这个大旋涡会随着时间的流逝渐渐变大。

午夜雪飘，寒月当空。

一轮圆月高悬于空，然而月映水中，岸边的人和天上的明月好像一步之遥，直到大旋涡忽然泛滥，这轮圆月才被撕裂。

忽然。

一阵剧烈的轰鸣声响起，如山洪暴发，寒冷天和恶苏已经站在了镜雪山庄的庄门之上，而从碧水潭泛滥而出的水，却从他们脚下汹涌流过。

恶苏大吃一惊："这是怎么了，好端端的，这些潭水怎么就泛滥出来了。"

就在恶苏刚说完这句话，在碧水潭那一头，雪地里竟然裂了一道口子，这裂口在不断扩大。

轰隆的声音从那地下冰岩传了出来，寒冷天脚踏急流落在另一侧峭壁上，看着地下不断裂开的地缝，完全惊住了，当碧水潭里的水溢出一半的时候，裂口已经完全裂了开来，同时，裂口里竟然升起一座庄院。

"镜雪山庄？"

275

寒冷天和恶苏的眼里已经发出了一道无比灿烂的光，他们看到一座庄院屹立在碧水亭前，他们几乎同一时间屏住了呼吸，然而就在他们忘乎所有之时，那十分庄严且雄伟的镜雪山庄已经恢复了平静，端正屹立在他们面前。

寒冷天、恶苏站在如此阔气的镜雪山庄的庄门前显得那么微不足道，远远看来，他们就像两只蝼蚁一样，渺小得令人可怜。

多年以前，镜雪山庄被一把大火毁灭。

多年以后，镜雪山庄重现寒荒大雪遇，如此幻境之梦，寒冷天怔怔自言："这难道是天意吗？"

也许这正是上天的意思，偌大的寒荒，镜雪山庄居寒荒首脑剑派，看来这一届的名剑之争要应那不变的预言。

什么预言可以让寒冷天忘乎所以？

又是什么让寒冷天全身为之震撼？

"咔咔咔"的三声脆响，镜雪山庄的大门被一道七彩光冲开，恶苏像是见到平生最惊异的事情一样，跳了起来："你看，那里是什么？"

门里面彩光十分充沛，丝丝外泄。

寒冷天顺着庄门斜看进去，看见一把剑从眼皮下迅速而逝，他才笑了笑，大喜："哎，是一把剑的光彩。"

正在寒冷天描述此事原因之时，恶苏已经抢先一步跑进镜雪山庄，然而当他进去之后，唯一的"表情"就是"惊讶"。

寒冷天看到恶苏仿佛中邪了般死死盯住半空，不解地问道："你怎么了？你看见了什么？"

说话的同时，寒冷天已经进了镜雪山庄的大门，并且和恶苏站在一起，仰望那璀璨的星空。

两人几乎都成了傻子一样，痴痴地看着镜雪山庄的半空，眼神已经接近呆板。

天空有许多剑。

不，确切地说应该有九百九十九把剑，每把剑都光彩熠熠，在这大白天里，彩光却比黑夜里更灿烂、更辉煌。

百剑悬空，光芒大盛。

恶苏和寒冷天不得不把那几乎忘乎所以的眼神收回。

"找到了，他们找到了。"

寒冷天高兴得几近疯狂，几近死亡。

恶苏闻听寒冷天如此感叹，怔了一下，才想到原来是那九百九十九把神剑，当下也和寒冷天一样，笑得傻了一样。

恶苏惊喜："这就是那九百九十九把神剑啊，原来……哈哈……原来这就是那九百九十九把神剑啊。"

正在两人忘乎所以高兴的时候，寒冷天有种不祥的预感，于是几步走进镜雪山庄的阁楼里，但是阁楼里空无一人，他大急道："糟了，剑是找到了，他们人去哪儿了？"

难道遇到了……

寒冷天想到了万种可能，可是他又不知道究竟是哪种情况，正当大急之时，镜雪山庄上空忽然彩光涣散，恶苏立刻跑进阁楼，大吼："他们在……"

还不等恶苏把话说完，寒冷天一头冲了出来，他看见幻尘雪瑶、段云、刘心冰、邓戏衣、冷清雪以及邓云风这六人都悬浮半空。

第097回：幻影七人剑阵

忽然发生如此惊天地泣鬼神的异象，寒冷天也是吓得够呛，他这一生遇见过许多怪事，但是至今为止，镜雪山庄的这一次天翻地覆的剧烈震动却是有史以来第一次见到，就连一向邪气十足的恶苏也变得神经异常，他们两个人眼巴巴看着空中悬浮的六个人，惊得汗流浃背。

空中的六个人都仗剑而立，然而在他们周身却泛起了一层层如流水的剑波，剑波是剑气相汇交融而成。

天是那么湛蓝，没有一点乌云。

风吹袭，不但有风，还有雪花时不时飘落下来。

时间如流水，流逝而去。

寒冷天越看这六个人的身影，越是担心他们一不小心会在那层层剑波中灰飞烟灭。

寒冷天和恶苏两人狐疑的时候，空中百剑争持，六人掌控，瞬间舞起群剑。

群剑起舞，这分明就是一种多人剑阵，然而，此刻寒冷天也已经看了出来，如此剑阵，江湖之中并不多见，寒冷天知道这种剑阵在寒荒武林从来都没有出现过，而如今的剑客大都喜欢独自浪迹天涯，所以这种多人剑阵已经失传，修习这种剑阵，本就难以练成，况且还要遇到正确的人，几者缺一，无论如何也是练不成的。

为了名剑之争，邓云风带着幻尘雪瑶、段云、冷清雪、邓戏衣、刘心冰、易冷云五人来到镜雪山庄寻找段飞龙生前藏的九百九十九把神剑，自从他们找到这，已经有五天之久了，在这五天之中，他们从来没有停止过练剑，他们已下定决心一定要把这六人剑阵发挥到极致。

由于被困水潭之底，需练成剑阵才能破关而出，所以易冷云被上官嫣红带走以后，邓云风只有加入七剑阵。

剑阵极点就是剑阵发出威力的最强境界，那么剑阵的极点到底有多高？也许这世界上还没谁能清楚地知道，当然这套剑阵究竟是谁创作的，也无人得知。

寒冷天无意中发现在雪地里有一本被风吹得哗啦啦作响的书，几步奔了过去，把地上的书捡了起来，书有一层黄皮书面，上面歪歪扭扭四个字——幻影剑阵。

看到这四个字，寒冷天立刻明白，原来空中六人在练习这种剑阵。

过了很久，寒冷天满眼狐疑地观看空中悬浮的影子，皱眉道："这……这……"

这本剑阵秘籍除了拥有大量的文字之外，更有许许多多的插图，图画画的皆是这种剑阵的起阵、中阵、落阵三种插图，寒冷天在仔细观看剑阵的时候，忽然发现了一个最为根本的问题，那就是这种剑阵是七人剑阵，而天空上却只有六个人，所以他接着惊诧道："这是七人剑阵？"

恶苏听他这么一说，赶忙道："七人剑阵？"

寒冷天道："要七个人才能练成这种剑阵！"

恶苏惊讶道："那该怎么办？"

寒冷天见天空六人面色极是难看，尤其是幻尘雪瑶和段云，他们两人此刻仿佛承受着天下最让人难忍的痛楚一样，脸色涨红不说，眉间还有一道道剑波不停迂回，眉心之处就好像有宇宙之石相互碰撞留下的火星，闪闪不停。

剑波滑动的速度越来越快，六人的身子纷纷颤抖，就好像有一万只蚂蚁从脚下顺着肌肤往上爬。

六人所撑起的剑阵在寒冷天的面前摇摇晃晃，仿佛瞬间即破。

这些变化，寒冷天全都看在眼里，他此刻才真正地感受到，要是再不伸手缓助六人，只怕他们都会被这万层剑波冲击得粉碎。

此刻，就连一向心浮气躁的恶苏也看出了其中的诡异之处，正当他要冲上去的时候，寒冷天已经冲了出去。

寒冷天一个轻身飘逸，竟然闯进了悬浮在空中偌大的剑波之中，剑波此刻正在大肆动荡，就好像是风中非常薄的轻纱，在摆动。

"你干什么？"

恶苏看到了寒冷天如此举动，当下惊得够呛。

寒冷天在剑波里翻滚，一层层剑波汹涌流淌。

恶苏似有提醒："你这样会害死他们六个人！"

寒冷天手里不知道什么时候多了把剑，武林中从来没有人看见寒冷天用过这把剑，而今天今时，寒冷天把这把剑拿了出来。

剑是好剑，此刻发着红光。

这把就和旭风神剑一样，散发着神秘而不可揣摸的红光，这种红光就像鲜红的血，让人看了生出惧色。

顷刻，剑波翻涌，红光顿生，段云手里的神剑在感应到寒冷天手里的剑的同时，也做出了反应，两柄十分相似的神剑在此刻就好像多年不见的兄弟得以重逢。

是的，两柄神剑所散发的红光竟然缠绵在一起。

只是下一刻。

风起。

吹起枯竹叶。

风吹动了发丝，七个人恢复了平静，幻尘雪瑶嘴角露出了一丝丝笑意，但是，她的眼睛还是紧闭着，感受到就在剑阵要将他们全都吞噬的时候，他们所掌控的剑波却渐渐稳定了下来。

七人本来旋转的身子在空中慢慢停了下来，一时之间全都睁开了眼睛，深深吸了一口气。

过了很久，感动的一刻终于来临。

此刻，这种剑阵练成，他们深呼吸之后，顿时一起呐喊，这喊声冲破了苍穹飘浮的愁云。

愁云一去，将又是不一样的明天，可是还没看到明天的天空，幻尘雪瑶却发现了一件让人难以接受的事实。

"他人呢？"幻尘雪瑶道，"还有那本秘籍呢？"

寒冷天听幻尘雪瑶这么一问，环视四周，才发现恶苏已经不知去向，当下大怒："真是狗改不了吃屎！"

前一秒，寒冷天还特看好恶苏，也对他有所期望，期望恶苏能对寒荒剑派有用，如今看来，一切都不是那么合人心意。

寒冷天怒道："你们先回白火堂，我去找他。"

幻尘雪瑶脸色不知道什么时候已经变得铁青："还是我去，名剑之争就要来临，你和段云先回去白火堂商议，为这次英雄会做好准备。"

段云赶忙拉住幻尘雪瑶，且道："雪瑶妹妹，你要小心，尽快回到白火堂和我们会合。"

寒冷天和其余四人也都纷纷点头。

幻尘雪瑶道："你放心，我会在第一时间把他找到，绝对不会让这本秘籍流失。"说完，走了。

"她怎么了？"刘心冰道，"脸色那么难看？"

一时之间，这里谁也没有再说话，因为段云的脸色也不太好看，因为段云在思忖：这本属于幻尘堡的武功秘籍怎么会在镜雪山庄？

第098回：千里追踪剑谱

天雪飘零，浩瀚无垠的寒荒大雪域，寒风潇然，幻尘雪瑶在雪地里独行，然而她面前却是长满了荆棘的道路。

荆棘甚多，幻尘雪瑶丝毫没放在心上，她手里依然提着一把剑，脚踏满路荆棘地往前走。

前面是什么地方？

幻尘雪瑶不晓得，当看到雪地上留下的几乎模糊不清的脚印的时候，本该高兴，然而此刻，脸上却看不到丝毫高兴的神情。

心事重重，万般无奈。

幻尘雪瑶拼命地向自己问了无数遍，为什么幻尘世家的秘籍会在镜雪山庄出现？这也许只有一种解释——镜雪山庄和幻尘世家有宿仇。

独自走在这原野上，幻尘雪瑶真的不敢再想下去，因为她怕越想，心就越乱，这也是她刚才在镜雪山庄脸色十分难看的原因。

……

在接近雪柳荒的西南方，此刻，正行走着一名男子，这男子看起来神情慌张，仿佛他身后有豺狼虎豹在追赶他似的，就算身子跌倒在地上，也立刻站了起来，继续往前跑，一边疾奔，一边为自己拥有这本惊世骇俗的秘籍而高兴。

这个男子就是恶苏。

恶苏趁着他们专注修炼幻影七剑阵的时候，竟然邪念再生，他拿着剑谱，独自逃跑，想要一个人好好研究研究这本秘籍的绝密之处。

一边走，一边大概翻阅，见这本秘籍乃是全本，里面插图画得相当仔细，这对练习剑法的人来说，无疑非常重要，刚走完雪柳荒，在他面前就多了四个人，这四个人身着紫灰袍，腰悬宽柄长剑，恶苏竟然和这四个人其中一满脸胡须的大汉撞了个满怀。

"妈的，你没长眼睛吗？"其中一个最瘦的，脸上有刀疤的男子，大喝一声道，"信不信老子把你眼珠子挖出来下酒。"

恶苏一向性子急躁，但是这次选择了理智，竟然为了自己身上的一本书，强作微笑去贴这四个人的冷屁股，嘿嘿一笑："四位爷，天色要黑了，我这是赶路正急，不小心撞了爷，还望爷不要计较。"

四人见恶苏还算识趣，当下摆了摆手："下次要是不长眼睛，老子把你的眼珠挖出来，快点滚。"

恶苏见四人说放了自己，赶忙想溜之大吉，但是他刚走了两步，后面一个胖子大声道："你会武功？"

恶苏听到身后传来这种声音，知道现在能做的只有逃跑了，于是头也没回，欲逃之夭夭，四人见之，便觉肯定有鬼，当下也追得更急。

身速之快，出乎恶苏意料。

"想逃，快给老子跪下。"不知怎地，恶苏面前又多了一个大汉子，大汉双眉紧蹙，"你是什么鸟？"

恶苏回头看看身后，见四个威猛大汉怒目而来，心急之下，一掌打向眼前拦住去路的大汉，然而大汉的剑并没有拔出，冷哼了一声："找死！"

不出三招，恶苏就被按在了雪地上。

"说，你怀里揣的是什么东西，拿出来让我们看看？"

大汉和恶苏交手的时候，无意发现了恶苏护着前胸，由此肯定，恶苏的怀里一定有十分贵重的东西，所以威逼得紧："你要不拿出来给你蓬莱五位仙爷瞧瞧，你就去死吧。"

恶苏没有半点要退缩的意思，也道："这是你老娘给你老子的情书，你这乖儿子要是懂事，就赶快滚蛋，要不然吃亏的是你们！"

恶苏骂起人来，似乎比焰火还更胜一筹。

大汉听了这话，怒不可遏，伸手一把拧起了恶苏的头发，恶苏整个身子都被提在空中，大汉大吼一声："妈的，再给老子说一遍试试！"

恶苏可是白火堂的首席大弟子，除了白火堂堂主苏君火的武功在他之上，白火堂上上下下都不是他的对手，而今却被这五个大汉玩得像个龟孙子一般，也实在气愤。

几经挣扎，恶苏的手终于抓住了大汉的肩膀，借此他轻而易举地来了招"蔓藤缠树"，当下溜到大汉的身后，大汉大急，回身一剑刺来，可是恶苏已闪身离开。

两人开始了激斗。

刚开始，恶苏和这大汉单打独斗，还有胜算，然而追逐他的四人来到之时，恶苏的胜算就只剩下侥幸了。

若能侥幸胜了五人，那肯定是太阳从西边出来，所以恶苏没想要和他们争斗下去，他只想到打不赢就逃。

恶苏现在是铁定了心，一定要逃，要是时间一长，只怕连逃走的机会都没有了，所以他一边小心应付五人的进招，一边在五人之间寻找可以逃走的空隙，然而五人可谓铜墙铁壁，要逃之人，若是没大将之勇，那真是做梦。

恶苏见此，就在心情大坏之时，一股幽香隐约随着雪风飘来，这幽香并不那么陌生，清淡而香甜。

难道真的是她来了吗？

就在恶苏命绝五人剑下之时，一个熟悉的人影飘然而来，一瞬间五柄剑尽折。

……

五人看见一袭白衣的幻尘雪瑶折断他们手里的剑，当下大怒："你是什么人？竟敢和我们蓬莱五虎为难，你找死呀！"

原来真的是她。

五人竟然赤手空拳地扑了上去。

恶苏见到幻尘雪瑶如见到厉鬼罗刹般，立刻拔腿就跑，但是刚跑两步，就发现一条白绫把自己的脖子缠住。

"想跑，把东西拿来！"

冷冰冰的声音呵斥着恶苏。

"你想得美！"

幻尘雪瑶一怒之下，手上劲力猛地往回一提，恶苏就如一口袋棉花飞起，又如一巨大磐石落在了幻尘雪瑶的脚前。

"剑谱又不是你的，我为什么要给你？"

"那幻影剑阵本就是我们幻尘堡的剑谱，我问你要，天经地义，你要是不给，我就把你杀了！"

幻尘雪瑶的长袖几经翻滚，恶苏就如被人玩的宠物一般在地上翻滚着。

蓬莱五虎听出了些事情，随即都仰首大笑："原来是剑谱啊，那还是留给我们蓬莱五虎吧！"

五人狂笑一阵，只见幻尘雪瑶把恶苏拧在手里，当下乘虚而入，纷纷冲了上来。

"找死！"

幻尘雪瑶一怒，手里的白绫就如一把利剑，一瞬间扫开，五人当下全部倒在雪地里。

恶苏看到地下躺着的五人，瞪大了眼睛看着幻尘雪瑶，不由全身泛起一阵阵寒意，欲逃之夭夭，但是面前已经横着一把剑，剑锋的亮光在他脸上一动不动。

"好吧，我给你。"

恶苏这才从怀里拿出了剑谱，递给了幻尘雪瑶。

第099回：到底谁是魔女

幻尘雪瑶接过恶苏递过来的东西，刚转过身要走，然而恶苏心下一横，邪恶之心顿生，一掌向幻尘雪瑶的背心打来。

只是还未等恶苏得手，幻尘雪瑶手里的剑忽然后转，恶苏的咽喉正被刺中，剑一拔出，恶苏躺在了雪原上。

幻尘雪瑶脸色稍显冰冷。

很久，正待幻尘雪瑶转身离去那一刻，一个特别熟悉的声音从她身后传了过来。

"雪瑶妹妹！"

幻尘雪瑶听到有人唤自己，听声音，知道是段云来了，这才把剑缓缓插入剑鞘之中，没好气地道："你怎么来了？"

"我是来找你的。"

段云走上前，看到剑谱正被幻尘雪瑶拿在手上，他道："你已经把剑谱寻回，真是太好了。"

"怎么了，你担心我会私吞这本剑谱吗？"幻尘雪瑶脸色清寒，仿佛对段云刚才说的这句话甚是反感，"我还想问问你，我们幻尘世家的武功秘籍怎么会在你们镜雪山庄？"

段云听了此话，脸色万般惊诧，有些莫名其妙地看着眼前这个仿佛陌生的女子，微微颔首："难道我们段家先祖曾经对不起你们幻尘世家？"

忽然，幻尘雪瑶整个身子都是被火燃烧了一样，没多在意段云脸上的表情，便朝着白火堂的方向大步走去。

看到幻尘雪瑶渐渐离去的身影，段云一个凌空飞跃，抢到幻尘雪瑶的面前，挡住了去路，略有解释道："不，一定不是这样。"

"你这是做什么？"

"雪瑶妹妹，你听我说。"

段云双手紧紧地抓住幻尘雪瑶的肩膀，使幻尘雪瑶正在雪地里行走的脚步停了下来。

"还有什么好说的。"

幻尘雪瑶并没有怒喝段云，那是因为她对段云还有那么一点点昔日之情，要是不念及过往，她杀了段云那也是理所当然。

段云看到幻尘雪瑶心碎的样子，赶忙道："这肯定是你爹和我爹之间的秘密，这与我们无关呀！"

"无关？"幻尘雪瑶眼里泛出了泪花，哽咽道，"什么秘密那么重要，要让我爹当年冒着着魔的危险去救我娘，要是当时你爹能交出这本属于我们幻尘世家的武功剑谱，我爹也不用手染镜雪剑后死得那么惨，如今我也不用流落江湖。"

段云听到这里，完全无话可说，因为他已经也找不到更合理的解释，挽留住眼前这女子的心。

幻尘雪瑶道："放开我，你走吧，以后我们还是别见面了，我欠你的，全是你们段家欠我的，今后我们互不相欠。"

段云一把抓住幻尘雪瑶的手，眼里万般奢望她能回头，战战兢兢地道："雪瑶妹妹，你别走。"

幻尘雪瑶却还是没有回头，挣扎地扭动手臂，挣脱了，绝丽却显瘦弱的身影很快消失在茫茫雪原的另一头。

"雪瑶妹妹……"

看着消失在眼眸里的影子，他跪倒在地上，失望却又悲痛地对着潇雪茫茫的雪原吼了几声："人去无影时，伤心又几人？无语寄潇雪，人间多苦情。"

幻尘雪瑶正在奔跑的身子跌倒在雪原上，眼里悲愤的热血挑动着她身上的每一根神经，每一根神经牵连着无数血管，她眼睛里的蓝光瞬间大盛。

"为什么，为什么？"

幻尘雪瑶几乎整个人遨游在云海之巅，眼里蓝光频频闪烁，手里的那把残剑说什么也比不上那把惊世骇俗的镜雪剑。

是的，用尽全身力气，用剑往雪山上一挥，手里的剑却断成三节，幻尘雪瑶愤怒地看着手里的断剑，随手把剑丢在一边。

"啊！"

一个犹若死亡女神的呐喊声荡漾在整个茫茫雪原上。

看她的样子，不难看出她很难受，此刻整个脑海里不停闪现着幻尘云风的脸孔，脑海里的幻尘云风向她乞求："瑶儿，镜雪剑危系寒荒苍生，你为什么不把镜雪剑尘封，镜雪剑不尘封，不久将有一场浩劫洗劫整个寒荒雪域，到时候生灵涂炭，你会死的啊，寒荒所有人都会死的啊。"

"爹，你别怪瑶儿，瑶儿也不想这样，可是我没办法啊，那么多人的性命都很重要，我如果不把镜雪剑交给她们，她就会把他们全杀了。"

"好吧，瑶儿，我再给你个机会，镜雪剑此刻就在那些中原人手上，你去把它抢过来，然后远走他乡，把镜雪剑永久尘封吧。"

脑海里的父亲竟然说镜雪剑就在中原人手里。

　　"好，瑶儿定不负爹爹的期望，为了寒荒整个大雪域，我一定会把镜雪剑尘封。"说罢，脑海里那个几乎接近神话的爹就在眼前消失了。

　　在这一场接近与神的对话之中，幻尘雪瑶就好像着了魔似的，忽然身子从雪地里跳起，眼里泛出道道蓝光就如两个灯笼一般，熠熠闪烁着蓝光。

　　难道成魔了？

　　不全是着魔，但是此刻她就和魔鬼的影子一样瞬间飞到了天楼山的地界。

　　天楼山，一片祥和。

　　郡主府内早已聚集了中原的各个门派，但看幻尘雪瑶眼睛深蓝，杀气腾腾地出现在天楼山郡主府前，所有人都一同走了过来。

　　"你到这里来干什么？难道也想送死吗？"

　　中原的众多剑客仗着人多势众，竟然把眼前这个几乎着魔的女子看成了自寻死路的剑客。

　　幻尘雪瑶抬起头的一瞬间，所有人都怔住了，他们看到幻尘雪瑶的脸和眼，脸是苍白色的，眼睛却和两个灯笼一样闪烁着蓝光。

　　众人见此，大惊之下都后退了数步。

　　但是毕竟中原剑客全都聚集在此，就算今天遇到魔鬼，那也正是这些名门正派除魔卫道的好时机，大家心想到这里，心底也就有了战胜幻尘雪瑶的信心，但是光有信心还不成，除了信心之外那就是实力，他们自认为中原所有剑客在此，实力更如澎湃惊涛，所以所有人都扬言："杀了这个妖女，捍卫我们中原剑道。"

　　"快把镜雪剑还给我！"

　　众人闻听，皆是惊讶，当下一起扬言道："你想要镜雪剑，那就先把你的小命给我们留下。"

　　"好！"

　　幻尘雪瑶一怒，身子凌空飞起，山风猎猎，秀发飘散，一个魔女的形象由此而生。

　　赤手而战，手指畸形扭曲，幻尘雪瑶竟然练成了刀剑不侵的本领，中原剑客根本近不了她的身。

　　众人看着自己手里的断剑，一时都不敢上前。

　　"快把镜雪剑还给我！"

　　一个接近魔鬼的人，现在竟然还清楚地知道自己想要什么，也许幻尘雪瑶想要镜雪剑只是潜意识里对父亲临终前的幻语。

　　"剑在里面，有本事你自己去拿。"

　　众人畏惧，竟然让出一条道。

　　"想夺镜雪剑，看看我愿意吗？"

　　就在此刻，从屋里飞出了一个红衣女子，镜雪剑就在红衣女子上官嫣红的手里紧紧握着。

　　剑引神雷，忽然天际黑云翻涌，上官嫣红的眼里也同样闪烁着红色的光芒。

"呀！"的一声低吼，上官嫣红用镜雪剑向幻尘雪瑶劈来。

幻尘雪瑶双手忽然夹住剑刃，且道："把镜雪剑快点还给我。"

"还给你，你想的美。"说罢，一个后踢脚，竟然踢中了幻尘雪瑶的下腹。

剑引神雷，三道闪电忽然从幻尘雪瑶的头顶劈下，幻尘雪瑶后退数步，身子重重倒在雪地里。

当上官嫣红再一次挥剑而至，欲要置幻尘雪瑶于死地的时候，一道红光挥来，这条红光竟然把上官嫣红的剑挡住，上官嫣红后退数步回过神来以后，发现倒在地上的幻尘雪瑶已经不见人影。

上官嫣红"魔鬼"一样的红眼，忽然消散，整个人也瘫痪了一样，静静地坐在了雪地上。

第100回：雪花纷飞之中

这一幕，众人惊呆了。

一阵山风吹过以后，众人才从惊愕之中苏醒过来，看见上官嫣红倒在地上，都上前查看，没有一个人看出所以然来，然而正在众人担心之时，上官嫣红睁开眼睛。

"郡主，你没事吧？"

可能是害怕还没到名剑之争，上官嫣红就出现什么不好的状况，所以这里的几个掌门人纷纷询问，

上官嫣红翻身而起，且道："我没事，名剑之争英雄会就要临近，你们这几天要多加防范，以防其他贼人暗算我们。"

想到刚才幻尘雪瑶忽然出现，上官嫣红对眼下这名剑之争更加细心斟酌。

众人闻听，皆是点头，随后吩咐各门各派的弟子多加戒备，而那道十分霸道的红光，正是段云手里旭风神剑所产生的威力，这道红光虽然不能和镜雪剑相提并论，但是它相比其他铁剑更有"神剑"之名，当时上官嫣红受到红光剑气所伤，心思紊乱之时，段云才得以趁机从众多中原剑客的眼皮底下把幻尘雪瑶救走。

"你快把我放下来。"

段云自从救了幻尘雪瑶之后，就把幻尘雪瑶扛在肩上，无论肩上的女子做何挣扎，他还是不曾放下她。

"你快把我放下来。"

即使背上的女子用嘴咬他的耳朵，他还是没有任何反应，因为此刻的他仿佛又回到了多年以前。

——

那时候，是他和幻尘雪瑶初次相遇。

那时候，幻尘雪瑶才只有八岁，他拉着她跳落悬崖。

那时候，就和现在这样，她咬着段云的耳朵，把段云疼得咧嘴大骂。

今时，再回想，段云毫无声息，然而幻尘雪瑶在他背上挣扎着，挣扎不及，用嘴咬着他的耳朵，不过，段云却没有丝毫痛苦的表情，相反正笑着，即使这笑容已经扭曲不堪，但是他真的还是笑着流下了泪。

曾几何时，幻尘雪瑶为了要见段云，但是因为镜雪剑的缘故，选择了逃避，选择了与段云陌路。

如今，幻尘雪瑶想起小时候和段云相遇的那一刻，竟然停止了挣扎，眼里流出了泪，泪水湿润了修长的睫毛，一双几乎接近一片汪洋的眼睛，竟然就这么渐渐地模糊了。

幻尘雪瑶依靠在段云的肩上，眼泪不停地滑落脸庞。

"段云……你为什么要对我这么好……你……知不知道……你越是这样……我就越痛苦。"

幻尘雪瑶心力万般交瘁，仿佛跌入无尽的地狱之海，黑暗将永久延长，自己同样永远无法找到自己的归航，然而失声几近嘶吼的同时，那黑暗里的地狱之海涌出了翻滚不休的惊天巨涛，湿透了段云的衣裳。

"雪瑶妹妹，你一定要振作，名剑之争就要临近，等过了名剑之争，我就陪你一起去找郭小风，你不是从小都和他有约定吗，他不来找你，那你就去找他。"

"段城主！"

段云抬起头看着前方的路，路上站着一个身材高大的剑客，这个剑客脸上死灰一片，段云认得这个人，这个人就是氾水。

"氾水！"

段云骇然，然而氾水板着脸看着他，眼里根本没有半点尊敬段云的意思，因为他忽然出剑了。

"氾水，你这是干什么？"段云快速闪躲。

氾水进了两招，这两招差点把段云的鼻子削掉，但看段云丝毫不知何事，他站立风雪中，板着脸冷冷道："你说，寒月小姐哪里对你不起，你却如此残忍地对待她？"

段云恍然明白，原来氾水是来为寒月出头，他道："寒月，你看到寒月了，她现在怎么样了？"

氾水板着脸，怒声道："段云，你别假惺惺地关心寒月小姐了，我现在就要你给个明确决定，你是喜欢寒月小姐，还是不喜欢寒月小姐？"

段云一怔，脑袋嗡地一响，道："我以前是告诉她，我是喜欢她，但是我对她的那种喜欢，只是……"

"够了！我不想听你废话，我只想知道，你是爱着她，还是寒月？"氾水忽然出剑，剑正指着幻尘雪瑶。

幻尘雪瑶道："你要是喜欢寒月小姐，大可自己去追寻，何必在乎其他人呢？"

"我没问你，你给我闭嘴，虽然你们有夫妻之名，但是我知道你们没有夫妻之实，他心里到底怎么想的，我今天非得问个明白，这也是对你负责。"汜水眼中冷光直射，鄙视着段云，怒喝着幻尘雪瑶。

幻尘雪瑶灵机一动，当下在段云背后用手一拍，段云此刻已被点了穴，身子被定住了。

段云狐疑："雪瑶妹妹，你做什么？"

汜水急忙一剑刺向幻尘雪瑶。

幻尘雪瑶却抽剑抵挡："没见到寒月小姐本人，我不想段云哥哥说出错误的话，做出错误的决定！"

汜水大怒："强词夺理，今天不管段云说，还是不说，我都必须把他带去见寒月小姐，寒月小姐为了他，竟然可以去寻死。"

段云大急："寒月寻死？她如今怎么样？"

汜水道："要不是我跟着她，她就葬身于靖海中了！"

幻尘雪瑶的幻影剑法已经足足出了三招，这三招已经把汜水逼得连连后退，汜水见自己剑不如人，更是怒不可遏，怒道："今天就是死在你手上，我也必须把段云带去见寒月小姐。"

幻尘雪瑶的幻影剑法的第四招已经纷纷飘落。

闻听汜水如此之言，幻尘雪瑶道："此刻，寒月就在白火堂，就不用劳烦你了。"

就在汜水躲避过第一式，转身未及那一刻，幻尘雪瑶一招"游滑卧凤"，剑柄和汜水擦身而过的一瞬间，剑柄竟然敲在了汜水的一处"定身穴"上。

汜水站在白雪纷纷的雪原上，一动不动："好，我输了，你和段云走吧！"

幻尘雪瑶道："记住，我们有权利爱一个人，也有权利不爱一个人，你若爱寒月小姐，就不要去为难一个她爱的人！"

汜水此刻就像吃了苦瓜似地怒啸："半个小时过后，穴道解开了，我还会来找你们，你们休想跑掉！"

幻尘雪瑶无奈，把剑放回剑鞘中，赶忙走到段云的身前，伸手在段云胸前点了一下，段云才缓过神来。

段云看了看汜水，便把目光落在了身前这一袭白衣如雪的女子脸上，幻尘雪瑶脸上冷若冰霜，段云还没来得及说话，她就说道："不管怎么样，我们该找到寒月小姐才是，汜水说得不错，我们只是一对假夫妻，况且我心里怎么想的，你也是知道的，我始终忘不了小风哥哥，所以段云哥哥，你要是爱慕寒月小姐，就不要让她伤心难过。"

段云见面前这女子神色飘忽，他却更为淡定地说道："那我们这就去找寒月小姐吧。"

幻尘雪瑶本来飘忽不定的神色，此刻更是慌张，她道："不，不，我们还是分开走，这样对你我都好。"

段云忙道："可是，刚才，你受了重伤，你能走回白火堂吗？"

不知道这是命中注定，还是上天故意这么安排，段云与生俱来仿佛都要为眼前这女子担心。

幻尘雪瑶听段云这么一说，不但没有转过身子，而且还背对段云握剑而立，嘴巴就好像吃了一块寒冰，几乎无情到了极点："没事的，没有你的照顾，我照样可以走回白火堂。"

转身一瞬间，回首欲望那孤独的眼神，那眼神始终没有回转过来，只是偌大的雪原上，转身离别的身影显得分外孤独、萧条。

雪花纷纷，原野银白。

冷艳美丽的身影离去，渐渐走远，刚才那个被点了"定身穴"的男子——汜水，他看到雪中离别的场景，心里想起寒月，眼里竟然也绯红一般，他仰头闭目，要雪花尽情地轻浮脸庞，但脸庞却感觉不到雪花的冰冷。

时间流逝，当汜水再次睁开眼睛，发现段云也随着幻尘雪瑶去的地方走去，最后，两个身影消失在茫茫雪原之上。

雪原上，只是雪花下得更汹涌，更加澎湃些。

第101回：匆忙回白火堂

雪荒栈道，幻尘雪瑶正在行走，只是那步伐不管怎么看，都能看出她已经快支撑不住了，也许一阵寒风吹过时，她便会如那蝴蝶一般飞舞而起。

幻尘雪瑶身后，段云提着一把剑紧紧跟随，他看到前面不远的女子如此倔强、如此顽强、如此不顾自己的生命往前走，他的脸色就和现在天上飘的云一般，暗灰。

就在幻尘雪瑶刚走出雪荒栈道，侧边吹袭来阵寒风，这阵寒风温柔地裹袭着这个女子，但是不管风有多温柔，这风却把女子吹倒在雪地上。

"雪瑶妹妹！"

幻尘雪瑶倒在雪地上，段云赶忙疾奔上前，伸左手环抱，把幻尘雪瑶又一次背在了背上。

"小风哥哥，你怎么不来找我，都已经十五年了，你是不是已经……"背上的女孩在昏迷状态下，依然喊着这个和自己一别十几年男子的名字。

时间再久，情谊却不曾随着岁月流水无情，无情的只是她在爱她的男子怀里在呼唤另一个男子的名字。

世上最怕的就是无情，无情不但可以伤透情人的心，更重要的是就像万箭穿心在伤透自己的心。

段云的脚步虽然快捷，但是一路的心情却万般沉重难受，也许自己离幻尘雪瑶远一些，可能会给她减少一些心中的伤痛，但是他知道自己做不到，老天一次次把他安排在这女孩的身旁，多年以前是这样，现在也是这样，可不知道以后是否还会这样？

段云没多想,背着幻尘雪瑶从隐蔽的小路奔到了白火堂的广场上。

广场上正站着寒荒剑派的众多弟子。

"他们回来了……他们回来了……"广场上众弟子都欢呼着,雀跃着。

白火堂许多弟子忽然喊了出来,周边凡是听到的人,都围观了过来,他们看到段云背上背着的女子,都猜想是遇到了蓬莱那些藏在山下的剑客,当下便把那个"恨"强加在蓬莱剑道头上,都暗暗发誓,在这次名剑之争英雄大会上,一定要讨回一个说法来。

前几日,蓬莱用大炮差点把白火堂夷为平地,现在,凡是寒荒剑派的人,没有一个不想把蓬莱剑客斩尽杀绝,以此消解心头大恨。

这时候,人群中走来了寒冷天、小年、风月儿以及各大门派掌门人,他们见段云和幻尘雪瑶归来,心中甚是欢喜,都急步而来,众人见了他俩,纷纷从中间让出一条通路。

寒冷天和小年异口同声道:"怎么了?"

段云道:"她被上官嫣红的剑气所伤,此刻,正昏迷不醒。"

众人都道:"哦,那快快,快把她背到偏房里去,这外面的雪下得好大,只怕她受不了风寒。"

段云自然知道幻尘雪瑶不能再受风寒,只是大家关怀心切,都催促着,他们却全然忘了,段云背着幻尘雪瑶行走大雪之中已有三个时辰,此刻体力不支,头冒大汗,就在上台阶的那一刻,脚下踩的积雪一滑,一个侧身靠在了台阶上的青石栏杆上,额头重重地撞在石栏上。

众人见此,都是一惊,赶忙去扶段云,怎奈都没来得及,段云已经受到石栏的撞击,晕了过去,倒在雪地上。

小年和寒冷天都不约而同地飞身上了台阶,小年抱住正卧倒在台阶上的幻尘雪瑶,而寒冷天则背起段云,同小年一样飞身落在了白火堂的大堂前,疾步跨进了一间侧房。

小屋里,段云躺下后才缓过神来,两手紧紧抓住寒冷天的袖子,疾声问道:"雪瑶呢,她有没有事?她在哪儿呢?"

寒冷天还没讲话,几位掌门却早已经来到寒冷天和段云的身边,且道:"那少年医师已经把幻尘姑娘抱进房里救治,段公子不必担心。"

白火堂依然气派非凡,前几日的大火并没使偌大的白火堂受损,它依然保持着往日的庄严、辉煌。

寒冷天道:"段云,你短时间奔走了很远的路程,此刻,你已经到了虚脱的临界点,我看你还是在房里休息一会儿,等幻尘姑娘好些,我再告诉你,你再过去看她,名剑之争就快临近,我们七剑,任何人都不能有闪失!"

段云一听,觉得甚是有理,于是微微地闭上了眼睛。

之后,各大派掌门都留在大厅里,等待寒冷天出来,来大厅继续商议如何应付七月初七的名剑之争。

每年,名剑之争都由寒荒剑道主办,所以地点也由他们来安排。历届名剑之争的地点都在镜雪山庄，然而这一届呢？

不用说，当然也在镜雪山庄，本来镜雪山庄已经在多年前化为尘埃，但是想不到，镜雪山庄比他们想象之中更为奇妙无比，就在他们练就了"幻影七剑阵"之时，这雪云山竟然发生了让人难以置信的异事，这件事，如果不是亲眼所见，只怕打死也不会有人相信。

镜雪山庄的确是个诡异的地方，但是没谁知道这里为什么会如此诡异。

比如碧水潭就是藏剑阁。

比如镜雪山庄的地基之下竟有辉煌的阁楼，再比如这雪山上寒竹的森然。

比如镜雪山庄是寒荒雪域名剑之争有史以来唯一一个汇聚高手之地。

先前，寒冷天和几位掌门正讨论这诡异之事，不料正在讨论是否要把镜雪山庄作为这一届名剑之争的大会圣地之时，段云背着幻尘雪瑶回来，为此他们才搁浅了刚才的争议，此时此刻，四位掌门又在讨论到底要不要把镜雪山庄当作名剑之争的大会圣地，一方说镜雪山庄是寒荒历代名剑之争的大会圣地，而这一次也不应例外，另一方说此处距离镜雪山庄有些路程，且各大门派的人都在这里，白火堂作为这次大会圣地才是上举。于是，足足半个小时，两方也没商量透彻，郁闷之下，刘心冰道："既然我们各有说辞，不如等段城主来了，听听他的说法。"

几位掌门长出一口气，才道："好吧，只怕再争议，我们都会动起手来。"说罢，大家都一笑，静声坐了下来。

第 102 回：热酒醉敬剑客

黄昏，雪域。

寒冷天才从段云的房里走出来，看到各派掌门都在大厅等候，随之也走了过来。

刘心冰和冷清雪两人忙上前问道："城主，段公子应该没事吧？"

寒冷天神色虽然无比淡定，但是他说话的声音却有些悲哀："嗯，没事，只是冒着大雪天，短时间长途跋涉，以致现在完全虚脱，休息到明天早上，体能就会完全恢复，情况不打紧。"

段云也是"幻影七剑阵"其中之一，所以各大派掌门听到寒冷天如此一说，脸上的担忧才渐渐淡了下来，不约而同把那稍微得到安慰的眼神看向了幻尘雪瑶所在的那一间屋子，而这屋子里不知道什么时候已经点上了烛灯。

眼见面前几位掌门脸色依然悲伤，寒冷天忙问道："幻尘姑娘呢，小年兄弟是否已经找出了幻尘姑娘晕倒的原因？"

各位掌门都沉默着看着房里，而那房里烛火摇曳。

许久过后，易冷云长长地叹了口气："看来她病得不轻。"

寒冷天踱步进了那间房屋，房里有床，床上躺着那个白衣若雪的女子，这女子此刻已经醒来了。

幻尘雪瑶看到寒冷天进来了，忙道："城主，这是我们寒荒的盟主令牌，你现在拿着这道盟主令牌，掌控大局吧。"

寒冷天见幻尘雪瑶呼吸十分困难，赶忙来到床前，双手接住令牌，且道："你放心，自从你上次和段云大义恩仇，放过他们，现在，所有大小剑派都感恩在心，如今即使没有这道盟主令牌，他们也会和我们同仇敌忾，齐心协力对抗劲敌！"

一旁站着的小年，已经走到了窗前，看着房外飘雪，道："雪瑶妹妹，你别担心了，要注意养好身体，我现在就去弄两盆火来给你取暖，真怕你身体潜藏的寒毒又因风寒而发作，这风寒好治，但是你体内的寒毒要是发作，你不但难以忍受痛苦，恐怕这一两天也决然好不了。"

幻尘雪瑶忙道："我这寒毒自小就有，真不知道我还能活多久！"

寒冷天道："好人终有好报，姑娘大可放心，以医师的医道修为，治好你这寒毒之疾，怕是不在话下。"

幻尘雪瑶看着外面飘飞的雪花，缓缓把那娇躯缩进被褥里，如此，一直到夜深，她安静地睡着了，房外雪花飞舞的簌簌之声，让如梦如幻的世界渐渐地安静了下来。

寒冷天和小年见幻尘雪瑶睡去，这才从房里走了出来。

房外，厅外，寒风透过门缝，刺着每一个人的骨头，让他们如在冰水之中，冰凉至极。

房内，烛灯已快燃尽，这个夜晚即将过去，而明天又是一个多雪多风的天气。

清晨，雪花依旧如昨夜般飞舞。

此时此刻，白火堂里已经聚齐了各门各派掌门人，以及各门各派的得意弟子。他们服装整齐，极为庄重，无论是什么身份或是什么地位，此刻都就坐在白火堂里。

白火堂里每个人都满心欢喜，他们对这次名剑之争怀有足够的信心，这种信心不是一般人能有的。

各路英雄汇聚一堂，寒冷天心下大喜。

寒冷天道："名剑之争大会在即，我们已经齐心协力地找回了那九百九十九把神剑，我们已经不再有后顾之忧，大家要一心一意用自己手上的剑来粉碎三地剑道的阴谋，中州大陆、蓬莱仙岛、音尘火族这三地剑道，皆是心怀鬼胎，大家在比试的时候一定要多加小心，不要白白牺牲了自己的生命。"

就在此刻，人群中走出来一个大汉，大汉腰悬宝剑，道："为了我们寒荒剑道百年的声誉，死又何惧，我们一双手拿起剑的那一刻，我们的命就交给手里这把剑了，反正是'剑亡人亡，人亡剑亡'，我们绝不能给老祖宗脸上抹黑！"

"哈哈，这位仁兄说得不错，剑亡人亡，人亡剑亡，我们绝不能把老祖先辛辛苦苦打造的剑交给那些异族，我们就是死，也得捍卫我们寒荒剑道的声誉，绝不能让三地剑道看我们的笑话，也绝不能让天下剑道看我们的笑话。"

这话说得豪气干云，每个人都被震撼了。

寒冷天道："说得不错，说得很对啊，我们还是出去大喝一顿，难得我们高朋欢聚、豪气干云，要是能举杯万人共饮，不管是什么中州剑道，还是音尘火族，他们要是敢来，我们就灭了他们！"

众人跟着寒冷天走进白火堂。

大厅外也挤满了人，可想而知，如今寒荒所有剑客全都聚集于此，简直是人山人海，大厅前的大小栏杆都被围得水泄不通。

台阶上，雪厚。

雪地里放着几口大酒缸，酒缸装满了酒，此刻有一千多名白火堂弟子手掌长勺，一勺一勺把酒往雪地上摆着的碗里盛，寒冷天抓起一碗，当下对着这些掌勺的人敬酒："天寒地东，冷雪风寒，各位辛苦，来，我寒冷天先敬兄弟们一碗。"

掌勺的人把酒勺往酒缸里一丢，端起雪地上的酒，痛快道："好！"也就一饮而尽，酒入喉，长久辛辣，酒下腹，豪情万丈，当下纷纷道："城主敬了我们，我们也该敬城主一碗。"

一千多人皆一饮而尽，寒冷天看到如此英雄了得，痴了一下，笑着道："好，我们再喝，来，再喝！"说话的同时，寒冷天手里拿的酒碗在酒缸里盛了一碗，一饮而尽，一滴不剩。

"哈哈，有好酒，如何不叫上我啊！"

忽然，此刻。

段云扛着旭风神剑，从台阶的石栏上飞了过来，单手拎起酒缸，仰头痛饮。

所有人都惊异地看着段云，都赞道："哇哈哈，段公子好酒量！"

寒冷天道："好，好得很，今天就让我们喝个够。"

众人也随之举碗共饮，白火堂一时之间，更是喜气升腾。

第103回：小风哥哥是谁

天色晚了，天空虽然偶尔会飞落些零星的雪花，但是高空上依然挂着一弯月牙，月牙照亮了白火堂，令白火堂显得有些神秘，恍如远古洪荒之地的上古仙境，令人神往不已。

"吱呀"一声，白火堂的大门缓缓地打开了，一只雪白的手掌缓缓捏着门缝，然后一袭白衣半遮半掩地出现在门后面。

外面风微微吹着。

那雪白的手掌把门打开的一瞬间，也许是夜风吹袭入门，雪白的手掌微微往回一收，但是稍待片刻，雪白的手掌又第二次捏着门缝上的门闩，然后从这道门后露出一个女孩的脑袋。

这个女孩就是幻尘雪瑶。

幻尘雪瑶把门打开，萎靡的眼睛看向外面，随之重重地咳嗽两声，然后再一次仔细看向外面，然而在她的视力所及之内，皆是一片狼藉，被雪覆盖的台阶上，横七竖八地倒着各大门派的人。

"好大的雪，这是怎么回事？"

大门的左边，躺着一个非常熟悉的人。

这个人就是冷清雪。

"冷门主！"

幻尘雪瑶被这场景惊呆了，匆忙打起十二分精神，忙蹲下身子伸手去探呼吸，冷清雪重重地打了一个嗝，一股酒气迎面向幻尘雪瑶袭来，幻尘雪瑶才放平自己的心情，且道："原来是喝酒了！"

缓缓地站起身来，伸手拉了拉披在自己身上的雪棉服，举目十几米看去，在十五米开外，有很多酒缸翻滚得满地都是，幻尘雪瑶的脸上才缓缓地笑了一下："如今情势如此危急，怎么还会如此大意啊？"

夜风轻习，夜月高悬，幻尘雪瑶选择一处幽静之处坐了下来，缓缓地蹲下身来，然后闭上了双眼。

"放心吧！"

幻尘雪瑶盘腿坐在屋檐下，紧紧地裹着披在肩上的雪棉袄，只是还没有一炷香的时间，一阵急风而过，雪地上的积雪被一扫而起。

忽然，远处传来一个萎靡的声音："雪瑶妹妹，你在哪儿，你说过，你会嫁给我的，十五年了，你还好吗？"

幻尘雪瑶闻听此话，寻音看去，在距离自己不远处的树枝上正睡着小年，在小年的肩上还靠着风月儿。幻尘雪瑶起身，缓步移动，来到大树下，而大树上，小年一脸的酣睡。

"喝酒在树上喝也就罢了，怎么睡觉也睡在树上，要是摔下来，那怎得了？"幻尘雪瑶欲要把树上的两人弄下来，但是还不等她行动，刚才那隐隐约约的声音又从小年的嘴里吐出："雪瑶妹妹，你在哪儿，你说过，你会嫁给我，那是真的吗？"

幻尘雪瑶听到小年这"如梦如幻"的声音，脚下打了一个"趔趄"，全身一阵发寒，重重地咳嗽了一阵，且道："难道他就是我一直要找的小风哥哥？"

小年的肩膀上靠着风月儿。

幻尘雪瑶的眼睛落在了风月儿的脸上，脸上分明多了些狰狞："她到底是谁？他们是什么关系？"

"啊！"

风月儿翻了个身，没睡稳，从树上掉落，小年听到声音，方从睡梦中惊醒，顿然觉察到风月儿有情况，甩眼一看，忙拉住风月儿，但是因为自己也没有睡稳，两人便从树上牵连摔到雪地上。

"扑通！"

风月儿被小年压在雪地上，小年的嘴唇正贴在风月儿的红唇之上，幻尘雪瑶不忍看，忙转身回避，脸色顿时苍白。

小年仿佛很享受，竟然忘记了一切，与风月儿嘴对嘴，四目对望。

风月儿发现身边有人，顿然觉得不好意思，怒喝道："还不起来，我都闭气了。"

幻尘雪瑶背对着小年和风月儿站立："今夜风雪大，你们怎么睡在树上？"

小年见此之地除了自己和风月儿，还有其他人，心中大是郁闷，竟然还有如此丑态，忙仰首观看，见距离自己不远处正站着幻尘雪瑶，他忙道："啊，雪瑶妹妹，大晚上的，你怎么出来了啊？"说话之间，忙仰首拉着风月儿从雪地里站了起来。

风月儿伸手拍了拍沾在裙子上的积雪，且道："看来你的医术果真有两下，雪瑶姐姐的身子已经有了康复的效果了。"

小年道："不是我的医术高，而是雪瑶妹妹的身体非寻常人可比。"

幻尘雪瑶虽然站在雪地上，但是由于刚才小年的梦话，此刻骇得满脸皆是惶恐之色，她匆忙道："谢谢你们救我！"说完，便大步流星向白火堂走去。

小年和风月儿眼见如此情况，都为之一愣，且道："她怎么了？"

白火堂，另一处，房屋屋檐下，幻尘雪瑶靠在冰冷的墙壁上，然而此刻，她的心疯狂地跳动着，仿佛要撑破胸膛似的，自问道："他是谁？他是我的小风哥哥吗？为什么他会在梦中说出那样的话？"

一切都没有答案。

幻尘雪瑶依偎在这处隐蔽的墙角下，任凭雪花落在乌黑的头发之上，随着天色越来越暗，雪也开始下得越来越大，胸中的呐喊之声，此刻已经变成了嘴里的哆嗦之声。

不知过了多久，幻尘雪瑶终于在冷寂的夜晚睡着了，然而就在天色微亮的片刻，白火堂的大门前出现了一个男子。

段云神色匆忙，叫醒睡在雪地上的人，一一询问幻尘雪瑶身在何处，但是从雪地上站起来的人，每个人都神色萎靡，只是一句"不知道"便把他打发了，无奈之下，只有向白火堂各个地方走去，不过就在他转到一处荒废已久的荒野之地的时候，小年和风月儿忽然出现在他面前。

风月儿道："段云大哥！"

小年也道："段云大哥！"

段云道："你们怎么会在这里？可曾看到雪瑶妹妹？"

小年道："怎么，你也在找她？"

段云道："昨晚睡得太沉，雪瑶妹妹一早就离开了，我丝毫不知她去往何处，心中正着急，这才四处寻找。"

风月儿道："昨夜，我们还看到她在白火堂大门前的大树下，当时就觉得她神情异常，我们随后追去，竟然没有追上，此刻，也在四处寻找。"

段云道："这该如何是好？"

小年道："她虽然行走快捷，但身体毕竟虚弱，应该不会走得太远，要不我们再仔细找找。"

段云一点头,向白火堂的一处荒野之地找去。

荒野之地,树木草花无规则生长着,小年和风月儿也跟了过去。

废墟中,墙角下,冰雪覆盖的积雪上倒着一个女子,段云第一眼就认了出来,且道:"雪瑶妹妹!"

幻尘雪瑶就像一根无主的花草,正在凋谢。

小年道:"段城主,让我看看。"

段云忙让开一条路,且道:"好,好。"

说罢,段云身子让开,小年起身上前,握住幻尘雪瑶的手臂,细细地诊断着。

就在这一刻,幻尘雪瑶缓缓地睁开了眼睛,眼见小年,思维混乱中,轻声一句:"小风哥哥!"说完,便把头倒在了小年的肩膀上。

小年道:"小风哥哥是谁?"

段云道:"她嘴里的小风哥哥就是她这一辈子最爱的人,她们已经分开了许多年,她一直在找他。"

小年道:"哦?"

风月儿道:"干吗呢?干吗呢?她的情况究竟怎样?"

小年道:"并无大碍,多加休息,体内寒气退去便没事了!"

闻听小年如此之言,段云才放心地抱起了幻尘雪瑶,又向白火堂大堂的方向走去。

第104回:月姬的爱和恨

寒荒古城,白雪纷纷。

孔雀老人坐在以前寒冷天坐的宝座上,脸色十分难看,算上月姬,孔雀老人有四十个首席弟子,她们分两边站着,依次按照长幼排下来。

孔雀老人道:"月姬人呢?"

厅堂之下站在最前面的弟子,排行第三,是孔雀老人的三弟子,常被孔雀老人直呼老三。

老三道:"刚才我问过大家,自从镜雪剑失踪之后,月姬大师姐就没出现过。"

孔雀老人道:"那镜雪剑有下落吗?"

厅堂之下站的另一个弟子,排行第四,是孔雀老人的四弟子。

老四道:"弟子斗胆说一句,镜雪剑居天下名剑之首,天下四方人士视为珍奇异宝,只怕镜雪剑无故失踪,和大师姐的消失有脱不开的关系。"

此言一出,站在大堂里的所有人都为之一怔。

老三怒道:"胡说八道,大师姐跟随总坛宫主多年,如何会做出这等事?"

站着的老五争论道："定人罪过，要有真凭实据，倘若空口胡言，只怕是心怀不轨，血口喷人。"

老八又道："就是，大师姐一直，跟在总坛宫主身边，敬宫主如生母，为缥缈宫留守寒荒多年，壮大了我们西进的道路，这岂是一个心怀不轨之人能做出的事。"

孔雀老人且道："老四，你可知罪？"

老四道："师父，我知罪，但是大师姐现在在哪儿呢？"

孔雀老人道："镜雪剑丢失事关重大，你们不要胡思乱想怀疑你们大师姐，你们大师姐的性子我最懂，你们还是赶紧追寻镜雪剑的下落，真是智者千虑，必有一失，没想到在这寒荒雪域还有人能从我的眼皮底下把镜雪剑偷了，逃之夭夭。"

和老四并排而站的正是老三。

老三道："师父，镜雪剑会不会是被幻尘雪瑶拿去了？"

孔雀老人道："会，但是可能性不大，这个女孩和她母亲一样，重情义于江湖，此刻只怕是在为寒荒剑道各派疗伤，怕是没有机会、没有时间和心思来抢夺镜雪剑。"

老三道："那我们可是连一点线索都没有，要找到镜雪剑，我们真是毫无头绪啊。"

孔雀老人道："虽说镜雪剑乃是名剑，被天下名剑之士视为珍宝，但是这天底下能配得上此剑的人真的为之不多，放眼天下，能配得上镜雪剑的人皆是四地剑道的人，你们放开眼线，监视寒荒雪域的知名名剑门，还有中州、蓬莱各大名剑门，相信总会找到一些蛛丝马迹。"

老四道："总坛宫主英明，我们这就把弟子分配下去，布防三地剑道各大名剑门，一有消息，立刻回禀宫主。"

孔雀老人道："既然这样，你们就快去办，争取在七月初七之前寻得镜雪剑，镜雪剑一得手，天下所有名剑门必定为我音尘缥缈宫马首是瞻。"

所有弟子皆拱手，低头道："是！"

孔雀老人见此事已议定，于是施展她绝妙的轻功身法，身子化作一道雪白的光线从宝座上瞬间消失。

众人抬头，见孔雀老人的宝座已经空无一人，都缓了缓神，只是老四方要走，老三却挡住了老四的道路。

老四道："师姐这是为何？"

老三道："不为何。"

老四道："要是这样，请三师姐为我让开一条路，可以吗？"

老三道："说，你为什么在宫主面前诬蔑大师姐，大师姐平时待你不薄。"

老四道："我只是就事论事。"

老三狐疑："就事论事？"

老四道："大师姐心甘情愿地潜伏在寒荒雪域多年，其中的苦楚，当真只有她自己能体会，如今镜雪剑重出江湖，距离她一步之遥，要说她没有动心，只怕没人能信,再说镜雪剑无缘无故从总坛宫主眼皮底下丢失,要不是自己人所为,那该是谁?"

老三道:"是谁?"

老四道:"就是大师姐!"

老三听了,一怔,神色呆滞,然而老四呵呵一笑:"仔细想想,看看我是不是胡说八道,血口喷人?"说罢,就从老三的面前径直而去。

所有弟子已经走出了厅堂,只有老三听了老四的话后在厅堂怔了良久,良久过后,老三才从厅堂走了出来,出来之后,便来到自己的偏殿,偏殿里早有自己的心腹弟子站立偏殿里对镜雪剑丢失一事议论纷纷。

众弟子见老三来了,便纷纷施礼,老三无意再多想,命令道:"想必镜雪剑丢失一事已经不是秘密,总坛宫主有令,凡是缥缈宫弟子必须在七月初七之前找到镜雪剑,对于镜雪剑丢失,为师,以及你们的师叔在一起商议分析,偷取镜雪剑的人最大的可能是四大剑道各大名剑门其中之一,所以你们务必在各大名剑门放下眼线,一旦有新的线索,一定及时回报。"

所有弟子皆挥剑拱手,应声道:"是!"

冰晶荒,一条街道上车水马龙,人声鼎沸,紫萱头戴紫色斗笠行走,然而在另一处的面食小摊边,正坐下一位头戴黑色斗笠的人,伙计见了,忙上前招呼。

伙计道:"大侠,您想吃点啥呢?"

头戴黑色斗笠的人,微微一咳嗽,低声道:"白菜雪花面,要辣椒!"

伙计道:"就一碗面吗?"

头戴黑色斗笠的人,又咳嗽一声,低声道:"再来一碗西湖龙井,要冰的!"

伙计道:"好嘞,您稍坐片刻。"

伙计刚转身,紫萱提着剑走了过来,与头戴黑色斗笠的人背靠背坐着。

紫萱倒是洒脱,低声道:"伙计,一碗白菜雪花面,要辣椒;再来一碗西湖龙井,要冰的!"

头戴黑色斗笠的人闻听,心中暗忖:"她是谁,为何口味和我一致,难道缥缈宫的弟子已经盯上我了?不管了,此处人多车杂,要是动手,他们自知讨不到便宜,罢了,他们不动,我便不动,已经两天滴水未尽,还是先填饱肚子要紧。"

少时,伙计端来了两碗面,以及两碗西湖龙井。

头戴黑色斗笠的人和紫萱虽然都在吃面喝茶,但是他们的剑都放在桌子上面。

忽然,远处人声喧哗,一队缥缈宫弟子走来,紫萱见了,方才拉下自己的斗笠,遮住了自己的大半张脸。

见缥缈宫弟子走了,紫萱自言道:"到底怎么回事?这几天,总有总坛弟子频频出动?难道发生了什么重要的事情?"

正在紫萱不解之时,头戴黑色斗笠的人拉下自己的面具,身形却走向一处落魄寂寞之处,紫萱见了,忙提剑而起,随身追去,跟在头戴黑色斗笠的人后面,只是在一处小巷子转弯处,头戴斗笠的人忽然停了下来。

原来是总坛宫主席下的弟子老四拦住了头戴黑色斗笠的人。

老四道："大师姐，近来可好？"

头戴黑色斗笠的人缓缓抬起头，看着老四。

头戴黑色斗笠的人是月姬，

月姬道："这都被你认出来了！"

老四道："果真是你？"

月姬道："既然知道是我，还不赶紧给我让开。"

老四道："不是我存心为难师姐，师姐应该明白。"话语方落地，在老四背后又走来五个缥缈宫弟子。

月姬道："看来今天不把你们打趴下，只怕不行了。"

老四道："既然如此，就请师姐赐教！"

缥缈宫总共有六个人，六个人忽然拔剑齐聚，剑杀向了月姬，直把月姬逼退。

双方剑光瞬间打破了小巷的寂静。

第105回：前往镜雪山庄

又一日，清晨，段云和寒冷天从白火堂内堂走了出来，而庭院外早已经空无一人，段云和寒冷天看着白火堂门后那或高或低的几棵草树，嘴角勉强露出一丝淡而无味的笑意。

寒冷天叹了口气："最后一天了，白火堂就剩下我们了。"

段云道："也幸亏蓬莱仙岛的人撤离了相当一部分设防，不然我们根本无法前往镜雪山庄。"

寒冷天道："已经派人前去打听清楚了，蓬莱仙岛也不是没道理地撤防，据情报，他们已经知道镜雪剑不在我们手里，所以才肯撤离。"

段云道："难不成他们真的前往寒荒古城，向缥缈宫讨剑去了。"

寒冷天道："如今，音尘剑道势力疯狂渗入寒荒雪域，在寒荒雪域里生了根，蓬莱仙岛怕是不敢轻举妄动，要想得到镜雪剑，他们可真是黔驴技穷了。"

段云道："是啊，要想得到镜雪剑，他们只有一个办法，那就是偷！"

寒冷天哈哈笑道："不错，看来随着名剑之争日子的临近，寒荒武林的局势将愈演愈烈了。"

段云也哈哈笑道："所以我们就等着看好戏了。"

来到庭院外，从庭院外的侧边正走来了白火堂弟子，这名弟子姓龙，名尤，乃苏君火坐下的第二个徒弟。

龙尤平日作为还算清明，所以自从苏君火、恶苏发生恶变之后，白火堂上上下下几乎全靠他一个人撑着。

龙尤抱拳施礼："两位兄台，诸事已经准备好了，我们什么时候出发？"

寒冷天道："有劳兄弟了，事不宜迟，我们立刻出发。"

龙尤抱拳施礼："好，那我这就前去告诉兄弟们，准备出发！"说罢，转身离去。

段云和寒冷天也抱拳施礼，然后四目看着龙尤匆匆离去，不过龙尤转身没走出几步，迎面走来了三个白火堂弟子。

这三个弟子便是寻问有关前往镜雪山庄一事，说是兄弟们已经等不及了。

段云见此，哈哈笑道："看来这次名剑之争，应该是历届人数最为壮观的，单单就白火堂，气焰已然如此之高了。"

寒冷天却道："这未必全是好事，每次名剑之争，死伤不计其数，我想参加的人越多，死伤的人就越多，说来说去，名剑之争可真不是一件好事。"

段云道："不错，可是名剑之争是历届武林剑道的规矩，要改变这种规矩，那也不是你我小小之辈能做到的，虽然说名剑之争不是什么好事，但也不算什么坏事，因为有名剑之争，才有追求武学的动力，倘若真的没有这三十年一届的旷世盛举，每个人在武学上没有进取的精神，反而不好，再说天下之大，但名剑数量毕竟有限，不择优而选，那岂不是成了一锅烂粥。"

寒冷天道："没想到段兄会有这番言论，看来是我误解名剑之争的真正含义了。"

段云道："我们还是别在此讨论名剑之争的本身含义了，昨日身在白火堂的各派掌门想必已经赶到了镜雪山庄，我们也应该起程了吧？"

寒冷天道："是啊，时间也不早了，是应该出发了，不过分批前往镜雪山庄这个主意真的不错，以人数之少防范了其他三地剑道对我寒荒剑道的注意力，我算是佩服你了。"

段云道："城主，过奖了！"

寒冷天道："寒荒古城沦陷，我早已不是什么城主了，日后你称我大哥，我称你小弟便是了，这听起来亲切些。"

段云道："无论什么原因，在段云的心里，您永远是我的城主，也只有你能配得上做寒荒古城的城主，只要大哥有复兴寒荒古城之心，我段云必全力相助。"

寒冷天道："我就知道你助我之心从未变过，小弟！"已经握住了段云的肩膀。

段云也握住寒冷天的手臂，意味深长道："大哥，我从未变过！"

同样的时间，小巷的寂静已经全然成了另一种样子，缥缈宫六位弟子正合力对付月姬，月姬明显不敌，此刻坐在地上，老四正拿着一柄长剑指着月姬。

老四道："师父对你的忠心看得那么重，你应该清楚，背叛缥缈宫，背叛宫主，你应该知道会有什么下场。"

月姬道："我月姬已经活了大半辈子，从来没有按照自己的意愿做过一件事情，如今我明白了，我清楚自己想要什么，不想要什么，我应该为自己做一点事情，难道不可以吗？"

老四道："你什么意思？"

月姬道："十几年前，我为了心中那份卑微的爱，伤害了不该伤害的人，也害了自己喜欢的人，今天我不想重蹈覆辙。"

老四道："你的意思是说，你把镜雪剑给了那个丫头了！"

月姬道："事到如今，我没有什么好说的，要杀便杀，何必多言，那样多不痛快！"

老四怒道："执迷不悟！"说罢，一剑刺向月姬。

"住手！"

忽然，横空飞来一剑，急速横档过来，把老四手里的剑挑到一边。

紫萱整个人站在月姬的身前。

老四怒道："可恶，你是何人，胆敢管我缥缈宫的私事。"

紫萱取下斗笠，道："缥缈宫弟子紫萱，参见四师叔！"

老四怒道："你是来帮你师父脱罪的？"

紫萱道："对，我是来清理门户的！"说罢，一剑刺向老四。

老四怒道："大胆逆徒，竟然敢以下犯上！"飞起一脚，踢落紫萱手里的剑，然后一个"横空翻身"猛地脚一蹬，正中紫萱胸前，紫萱口喷鲜血，身子栽倒在月姬身边。

紫萱道："师父，快走！"

"要走，我们一起走！"月姬见机会来了，忙拉起摔倒在地上的紫萱，跳跃在小巷的古老屋脊之上，快速逃亡。

老四等众位缥缈宫弟子怒道："想逃，追！"

众弟子各自跳上屋脊，追了上去。

雪花纷纷，荒原银白，在老四等众位弟子的追捕之下，月姬和紫萱相互搀扶地逃到了雪云山山下，怎奈她们身带重伤，所以在进入雪云山地界不久后，老四已经率先把她们拦截了下来。

紫萱道："四师叔，对于镜雪剑丢失一事，总坛宫主自有定夺，你如此对同门赶尽杀绝，岂非不妥？"

老四道："哪有不妥，师父她老人家要是知道了真相，会被活活气死，怎会不妥？"

紫萱道："难道你不想拿回镜雪剑了吗？"

老四道："镜雪剑我已经知道在何处，今天我就替师父清理门户，杀了你们两个叛徒。"

紫萱道："既然你不念同门之谊，那就出手吧！"

雪影翻飞，老四手里的剑瞬间刺到紫萱和月姬的身前，逼得直到月姬和紫萱连连后退，怎奈老四等众位弟子来势汹汹，再加上先前激斗，月姬身受重伤，如何能承受这逼来之剑，虽然格挡住刺来之剑，同时也摔倒在雪地上。

紫萱见了，柳眉一竖，举剑杀向老四等众弟子，可老四身形忽然变得诡异，剑招变换成连环脚，数脚踢在紫萱的胸膛上，紫萱摔倒之时，众位缥缈宫弟子忙上前，手中长剑纷纷刺向紫萱，紫萱虽在雪地上翻滚挣扎，可最终难以抵挡，终在五柄长剑插进心脏。

"萱儿！"

月姬大怒之下，手持长剑杀了过去，众人见此退了下来，而月姬蹲在雪地上扶着紫萱的尸体，痛苦不已。

缥缈宫众弟子见了，丝毫不给月姬喘气的时间，竟然又扑了上去，月姬忙后退，举剑与老四格斗，但最终败在人多势众之下。

月姬整个身子翻滚在雪地上，瘫痪了一样再也站不起来了。

老四见了，刺下的剑瞬间骤停。

一弟子道："师父，怎么，要把这个叛徒师叔带回去见总坛宫主吗？"

老四道："也许你们早就对这个女人起了诛灭之心，我此刻要是不杀了她，你们岂不是很不高兴了？"

又一弟子道："师父是什么意思？"

老四道："好歹为师还和你们的大师叔做了几年的同门师姐师妹，怎可下杀手，要杀，你们就动手吧，我就不动手了。"

五个弟子闻听不约而同举剑，毫不留情地杀向月姬。

忽然，五人手里的剑猛然震荡，各自虎口一麻，五柄长剑不约而同地掉落在雪地上。

"是谁？"

随后，一阵朗朗的笑声传进了众人的耳朵里，六人循声望去，只见段云和寒冷天，还有白火堂的人站在距离他们不远处的雪山林的大树后面。

老四怒道："你们是什么人？"

段云、寒冷天、龙尤三人率先走来，寒冷天道："我乃寒冷天，刚才从各位的说话中得知你们乃同门，既然是同门，为何在此互相厮杀。"

老四怒道："此乃我缥缈宫的叛徒，我清理门户，还是请各位不要多管闲事，倘若引火烧身，这就不好了。"

龙尤怒道："你是何人，竟然如此大言不惭，这是雪云山，不是你音尘火族的地界，胆敢口出狂言，难道不怕闪了舌头。"

老四道："额，是在下鲁莽了，忘了这是雪云山的地界，早就对这个充满神秘的地方有所仰慕，今日算是亲眼所见，虽然镜雪山庄已经不复存在，但也算得上是风景独特之地，只可惜镜雪山庄乃寒荒首脑，如今已经不复存在，真是可惜了。"

段云道："在下乃是镜雪山庄的主人，诚邀阁下上山一览风光，不知道阁下是否愿意？"

老四道："一个尸骨成山的地方，风景再好看，那也是让人看了后心生恐怖，我想还是不去的好。"

段云道："既然这样，今天我们就不必多说了，你们就此离去，我们便好生相送。"

老四道："公子的意思是想插手我们门内之事了？"

段云道："既然在雪云山发生的事情，怎么会说成是缥缈宫的门内之事，只怕阁下是不能如愿带走要带走的人了。"

老四道:"公子,我一定要带走这个叛徒。"

段云道:"那就看阁下有没有那个本事了。"

老四道:"缥缈宫弟子听令,把人带走。"

五位弟子应了一声,一同走上前,但是还没有碰到月姬的衣服,龙尤已经出手了,一剑杀出,五人一瞬间毙命。

老四道:"敢问阁下是何人?"

龙尤道:"在下白火堂苏君火座前二弟子,龙尤!"

老四道:"看来我是真的不能如愿清理门户了,改日再来讨这笔血账。"说罢,冷笑离去。

第106回:月姬要见雪瑶

虽说白火堂和镜雪山庄同为寒荒的名剑门,但是这两个名剑门相隔的距离还是很远的,昨天在白火堂的各大门派弟子一直到今日黄昏临近的时候才完全抵达雪云山镜雪山庄。

寒冷天、段云、龙尤,以及白火堂的数百名弟子是最后一批抵达镜雪山庄,当他们到了镜雪山庄的时候,镜雪山庄内早已烛光璀璨,照亮了荒废已久的穷山绿水。

秋时临近,寒竹林中惨光昏暗。

在距离镜雪山庄有一炷香的寒竹林小道里正走来寒冷天、段云、龙尤等人,然而惹人注目的却是他们三个大男人的身后正走着月姬。

月姬脸色苍白,脚下无力,每走一小步都像是幼儿初学走路,每行一步路都欲要摔倒在地上。

段云道:"你行不行,要是不行,我们扶着你走。"

月姬道:"谢谢公子大义相救,你知道我们缥缈宫向来宫规森严,只怕受男子相扶大有不妥,还是我自己行走甚好。"

段云冷冷地"哼"了一声,然后收回看着月姬的目光看向前方的道路,没好气地道:"现在缥缈宫的弟子都在追杀你了,你这又是为什么还要恪守成规?"

月姬道:"我这大半辈子都是身处深宫之中,无论今后结局如何,即使师父要追杀我到天涯海角,我想永远改变不了我是缥缈宫弟子的身份,公子又何必好言相劝?"

段云又冷冷地"哼"了一声,且道:"话说回来,你多年深藏寒荒大雪域险山巍峨之中,暗中发展音尘剑道名剑门在寒荒的势力,如今不但夺取了寒荒古城这样的伟大基业,而且还成功地把音尘的剑道势力发展到寒荒雪域,也算是功不可没，可为什么你师父还要追杀你，这实在是不合情理。"

月姬冷冷一笑："我活了大半辈子，看透了江湖武林的风云际会，也不知道为什么当我看到雪瑶手里的镜雪剑落在别人手里的时候，我就会性情忽然变得怪异，也许我说了，你们也不会相信，但是不管你们信不信，我还是说给你们听吧，我遭到音尘缥缈宫总坛宫主追杀的原因只有一个，那是因为我偷了我师父从雪瑶手上夺取的镜雪剑。"

寒冷天不解道："你偷了镜雪剑，为什么？"

月姬又是冷冷地笑了一声，激动片刻，脸震得通红，一咳嗽，喉咙里竟然又咳出了血，血丝挂在嘴边。

月姬道："难道段公子就不对此感到好奇吗？"

段云道："你是为了要做天下第一人，不过我虽然这样预测地言说，但是我应该可以确定你并不是为了这个，对吧？"

月姬道："你既然这样说，想必你还是想不通我今日为何被缥缈宫追杀。"

段云道："如果你还是这么客套地说话，我想我听着也无所谓，你为什么不痛痛快快地说清楚呢？难道其中原因很难启齿吗？"

一旁走着的龙尤也愤而不满："前面就是镜雪山庄了，你要是再这么不想说，那就不必说了，等到了镜雪山庄再说吧。"

月姬道："这件事情随着时间的流逝，岁月的沉淀，如段公子所言，是很难启齿，不过如今再回首想想，我想，说了也无妨。在你们眼里缥缈宫弟子皆是素风清雅，不问红尘，但是当红尘热浪来袭时，又有几个妙龄女子能抵挡住，是的，我也曾年轻过，我也是从那个"为爱疯狂"的时候过来的。事情是这样的，三十多年前，我与幻尘云风在名剑之争英雄会上相识，我就喜欢上了这个男子，不过他却对我无意，因为他喜欢上了我的师妹，在以后的十年里，我一直努力着，希望他能爱上我，为了获得这份郎心，我恨死我的师妹，从此我和师妹的同门情分也被我抛诸脑后，我一次又一次以缥缈宫的'不问红尘'宫规棒打鸳鸯，让师妹和她心爱的男子生离，但是……"

说到这里，月姬已经无法再说了，声音忽然被哽咽了。

正在此刻，段云忽然转过身来，以冰冷的目光看着月姬。

不过月姬已经崩溃了，就在方才说完话后，已经瘫痪在雪地上。

段云这次转身并不是扶她，而是冷冷地质问："但是什么？但是就因为你年少的无知和疯狂，害死了一对相爱的人，害死了一对恩爱夫妻。"

月姬忽然大声力吼："你住嘴，别说了！"

段云却蹲在雪地里，两眼仍然冷冰冰地看着坐在雪地上的月姬，怒喝："是的，你罪孽深重，也许你更加清楚的事情不是这个，你应该清楚你害了一个无辜的人，就因为你，改变了另一个人的命运，本来幻尘世家在武林上也算是名门望族，那个女孩儿应该可以一辈子无忧无虑地生活，但是就是因为你，你害得她不得不从小背负她父亲的宿命，流浪江湖，是吗？"

月姬叹道："我知道，我师妹虽然是师父赐药而死，但是最终的罪魁祸首应该是我，我才是罪人，我不敢有任何奢求，但是我当时也是因为爱，为什么我和师妹却相去甚远。"

段云道："你那不是爱，你那是欲望，你那是占有，爱一个人是让被爱的人幸福，而你呢，你亲手害死了幻尘云风，不是吗？"

月姬道："我是罪人，我罪该万死，今日我到镜雪山庄就是为了了却今生所做的罪恶，还请段公子带我前去见幻尘雪瑶。"

段云缓缓地站起身，然后转身看着镜雪山庄的阁楼，踌躇不语。

一旁的龙尤抱拳道："段公子，不用想了，一生何其短，能在有生之年认识到自己的过错，这人还不算大奸大恶，既然可以给她悔过的机会，为何不给呢？"

寒冷天也应声道："是啊，贤弟，就带她去见幻尘姑娘吧。"

见两人为自己求情，月姬便挣扎地跪在雪地上，恳求道："段公子，我清楚你知道雪瑶此刻身在何处，还请为我引路，虽然上次血池大会寒了她的心，但是她是个善良的孩子，我求她，她一定会见我的。"

段云叹气道："好吧。"

此刻，在镜雪山庄的阁楼上站着的小年分明已经看到了寒冷天、段云、龙尤等人，便一个轻功施展开来，就如过江之鱼，瞬间站在众人的面前。

小年抱拳道："你们来了啊，怎么这么晚呢？"

寒冷天、段云、龙尤三人一起向小年抱拳。

寒冷天道："路上有点事耽误了，所以迟了。"

小年道："难道你们路上遇到异族人士，受到了阻难？"

寒冷天道："倒不是，一点小事而已，不足为患，对了，你们到镜雪山庄多久了，路上应该都还好吧？"

小年道："不知道为什么，蓬莱剑道忽然在昨夜月起之时撤离了，所以我们下山后并没有受到阻难。"

段云道："也许他们在那个时候已经知道镜雪剑并不在不在雪瑶手里，于是拥兵前往缥缈宫，想以'偷鸡摸狗'的手法得到镜雪剑。"

寒冷天道："可是镜雪剑并不在缥缈宫孔雀老人手里，这次蓬莱仙岛算是和音尘火族交上火了，这把火只怕比名剑之争英雄会上要更加激烈。"

小年道："她怎么在这里？"

段云道："说来话长，既然到了镜雪山庄，我想我们还是进入阁楼里说话好了，再说她有伤在身，需要早些治疗。"

寒冷天、龙尤等一众人回应地点了点头，然后走入了镜雪山庄。

第107回：天下奇恶之毒

　　黄昏临，枯雪止，夕阳起，万物冷。
　　一个大火炉里的碳火正烧得旺，月姬正躺在一间十分宽敞、极其奢华的屋里，侧边的蜡烛已经开始点燃了这个即将来临的夜。
　　夜来，冷意正临之时，本来安静的屋外忽然传来了急匆匆的脚步声，月姬循声而望，只见幻尘雪瑶带头，寒冷天、段云、小年、风月儿随后进屋来了。
　　幻尘雪瑶来到雪榻，矗立不语。
　　月姬低声微弱："雪瑶！"
　　幻尘雪瑶冷冷一声，道："你怎么样了？"
　　月姬靠在枕头上的脑袋微微地摇了摇头，且道："还好，不碍事！"
　　幻尘雪瑶闻此，这才道："那你好好休养，我明天再来看你！"说罢，转身就走，只是还没等她走到门口，月姬便凶猛地咳嗽了起来，幻尘雪瑶闻听，转过身再看向月姬，月姬忽然身子僵硬地直坐了起来，随后嘴里喷出一股热气腾腾的血，血流在地上，甚是醒目。
　　段云、寒冷天、小年、风月儿四人为此激动了起来。
　　寒冷天更是道："医师快给她看看，方才她受了重伤。"
　　小年快速走上前，伸手点中月姬胸口的"膻中穴""天池穴"两大要穴，坐下为月姬把脉。
　　幻尘雪瑶迅速来到雪榻前，其余三人也都围着雪榻而站，待小年站起来，她道："怎么会这样？"
　　小年道："她体内火气太旺，体表阴冷，内外环流之气失调，丹田承担不住，心肺开始破损，每隔两个时辰便会大吐血一次，刚才就是这样。"
　　幻尘雪瑶道："体内火气太旺，体表阴冷，这怎么可能？谁竟然伤她这么深？"
　　段云道："我们遇到她，她正在遭缥缈宫弟子追杀，难道是门内之人所伤，既然是门内之人怎可以对她下如此重手。"
　　月姬微声道："自从我上次把镜雪剑交给你，我就知道我有这么一天，你还是别为这事情操心了吧，眼下名剑之争就要来临，你们好好准备吧。"
　　幻尘雪瑶道："你说你把镜雪剑给谁了？"
　　月姬激动，脸色难看，想起那天在碧水潭把镜雪剑交给幻尘雪瑶的那个瞬间，心中有那么一丝后怕，吞吞吐吐道："难道，难道那天不是你？"
　　幻尘雪瑶道："你何时给我了，我把镜雪剑交给那个老太婆之后，我就再也没有见到镜雪剑。"
　　"啊！"月姬脸色大变，匆忙在床上挣扎，欲要下雪榻，但是被幻尘雪瑶制止住了。

幻尘雪瑶道："月姨，这到底是怎么回事啊？"

月姬道："那个人一定是别人冒充的，一定是易容术，一定是！"月姬激动地在雪榻上一直咳嗽。

幻尘雪瑶、段云、寒冷天、小年才稍有些明白，并且在场的所有人已经可以确定缥缈宫要追杀月姬并不是没有道理，一时都神色凝重。

月姬见大家都如此神情，极力恳求现在就去找镜雪剑的下落，但是被在场的四人给阻止了。

段云道："你还是歇着吧，你现在身子虚，连走路都是问题，怎么能去找寻镜雪剑的下落，这个事情就交给我来办吧。"

月姬道："不行，现在就要去，这个节骨眼上，一定不能让别人拿到镜雪剑。"

幻尘雪瑶道："月姨，寒荒所有大小名剑门在这两天里都会聚集镜雪山庄，缥缈宫绝对不会追杀至此，你就住在这里，先养好伤再说。"

月姬伸手拉住幻尘雪瑶的手，两眼泪汪汪道："你不记恨我吗？我那么对你，对寒荒剑派。"

小年道："她要是那么爱记仇的人，以她今日的武功杀你绰绰有余！"

月姬道："月姨今天来此就是负荆请罪的，你只要想要我的命，无论什么时候，我都甘愿受死。"说罢，咳嗽又起，接着又是一口鲜血喷了出来。

幻尘雪瑶匆忙扶住月姬。

月姬已经闭上了眼睛。

幻尘雪瑶不解道："这怎么回事？不是说两个小时吐一次血，怎么刚刚吐过，现在又吐？"

小年道："刚才我只是说了一半，其实她中的毒乃是江湖中至今无人能解的毒，这毒，轻者可以调养，但不能治根，重者，病情蔓延甚快，无药可以维持，三五天后，命绝！"

幻尘雪瑶道："这到底是什么毒？"

小年道："和你身上的毒类似，都堪称天下奇恶之毒，你中的是奇寒之毒，她可比你严重得多，中的是奇热之毒，并且不可维系，而你身上的毒却可以暂且维系。"

幻尘雪瑶道："我身上的奇寒之毒那是小的时候中了冰封神掌所致，那么她的奇热之毒究竟是怎么回事？"

小年道："我见识不多，只怕回答不了你这个问题。"

寒冷天道："我倒是听说过，音尘火族有种阴冷武功，要是修炼到登峰造极的地步，可以以冰寒之气封住人全身的所有毛孔，并且令人的内体慢慢化脓，血从口腔排出，患者本人外形会慢慢僵硬，到死方休。"

小年赶忙又捏住月姬的手臂，手臂已经冰冷，开始慢慢僵硬，所以他冲着幻尘雪瑶、段云、寒冷天三人点了点头。

幻尘雪瑶道："难道真的是冰封神掌？"

寒冷天道："音尘火族的所有武林人士能把冰封神掌练到登峰造极的境界，只怕不出一人。"

风月儿道："是谁？"

寒冷天道："孔雀老人。"

幻尘雪瑶道："又是她？"

寒冷天道："早有耳闻，缥缈宫有绝世武功，以阴冷堪称天下之绝，孔雀老人自小修炼冰封神掌，一辈子为追武功最高境界，不弃不舍，恐怕也只有她一个人能为。"

幻尘雪瑶道："我现在就去找她。"

段云拉着幻尘雪瑶的手臂，且道："以你目前的状况，根本不可能让她出手救人，何况要救之人乃是缥缈宫的叛徒，以那老太婆的性情，绝对不可轻饶这样的人。"

幻尘雪瑶道："可，我总不能看着月姨就这么痛苦下去吧。"

段云道："当然不能。"

幻尘雪瑶、寒冷天、小年、风月儿都不解，面面相觑很久，最后风月儿忍不住了，且道："你难道有办法让那老太婆出手相救？"

段云道："我们自己救便是。"

幻尘雪瑶道："自己如何相救，难道你会那种阴冷的武功？"

段云道："雪瑶妹妹，能救她只有你一人。"

幻尘雪瑶道："我？"

段云道："你以前修炼过音尘的武功，早已具备阴冷的体魄，再加上你修武天赋，拿到那本冰封神掌的秘籍，你最多三天就可以学会了，不是吗？"

幻尘雪瑶道："不行，那武功一定高深莫测，我绝无可能在那么短的时间学会，更何况要救人。"

段云道："不试试怎么能知道呢？"

幻尘雪瑶道："那好吧，不过那秘籍，我得先拿到。"

段云道："这个简单，我这就和你去寒荒古城，定能得到那本秘籍。"

寒冷天道："我对寒荒古城熟悉，我也去，这样胜算更大。"

段云道："好！"

黄昏时分，幻尘雪瑶等人便风风火火地离开了雪云山。

第108回：古城外的风声

午夜时分，寒月微亮。

寒荒古城，夜里宿静无声。

寒冷天、段云、幻尘雪瑶三人很早就来到城外的雪柳树林里站着。

段云道："没想到缥缈宫占据寒荒古城之后，势力攀升得如此之快，每条过道都站满了缥缈宫弟子。"

寒冷天道："只怕是蓄谋已久吧！"

幻尘雪瑶道："无论如何，我们今晚一定要把那武功秘籍拿到手。"

虽然幻尘雪瑶说话的时候，神色是那么斩钉截铁，但是这件事情并不是那么简单，绝非一般。

段云道："我们什么时候进去？"

幻尘雪瑶道："这么多人守候，现在肯定进不去，等等，等夜过大半，守卫松懈，我们再小心进入。"

寒冷天道："不错，这么强的防卫，要是硬闯进去，肯定不行。"

段云道："那就在这里等等吧。"

忽然，一道黑影掠过，惊起一阵不小的风，幻尘雪瑶第一个发现，低声道："你们快看那里！"

幻尘雪瑶用手里的剑柄指着那消失在一棵大树后的人影。

段云和寒冷天顺着幻尘雪瑶剑指的地方看去，树林里安静得像是地狱之门前的死亡海，两人不解，异口同声："看什么？"

幻尘雪瑶道："我才看到一个黑影子从那棵大树上飞了过去。"

寒冷天道："哪里有，你是不是眼睛看花了？"

幻尘雪瑶道："怎么可能？"

忽然，那道人影顺着树干往上爬，瞬间就爬到了大树的顶端，盘坐在树梢上，段云忙低声道："快看，快看，在树顶之上。"

幻尘雪瑶和寒冷天忙举目看向树顶，只见一个身穿黑袍子的人坐在树顶的树枝丫上，正向寒荒古城翘首而望。

幻尘雪瑶道："来踩夜的，我们快隐藏。"

话音方落，段云和寒冷天的身子随着幻尘雪瑶隐藏在一排密集的树林后面，顿时三人大气都不敢出。

幻尘雪瑶道："不知道是什么人？"

段云道："我想应该不是我们寒荒雪域和音尘火族的人。"

幻尘雪瑶道："你的意思是这个人应该是蓬莱的，或是中州的？"

寒冷天道："不是中州的，中州的轻功基本都是跳纵式，这个人的轻功套路却是横跨试，身法与中州截然不同。"

幻尘雪瑶狐疑道："蓬莱的？他们来此是为何，难道也是为了镜雪剑？"

寒冷天道："除了镜雪剑，我想寒荒古城没有其他的事物可以吸引他们了。"

不远处，树上的人翘首望了望寒荒古城之后，见古城里的看门之人精神萎靡不振，脸上匆匆一笑，然后转身一跃，脚踏树叶向雪柳树林的更深幽处飞逝。

待黑袍夜客离去，幻尘雪瑶才从树背后走了出来。

段云道："这人轻功如此之好，应该不是蓬莱的泛泛之辈。"

幻尘雪瑶道："九国岛、风铃潭、白沙峰是蓬莱极负盛名的名剑门，其门内弟子的武功有这样的造诣，也不是什么稀奇的事情。"

寒冷天道："我好奇的不是他的武功有多高，我好奇的是他为什么深更半夜来踩夜，该不会也和我们一样，欲要夜里潜进寒荒古城？"

幻尘雪瑶道："你说的可能性很大。"

话音方落，段云一个健步蹿出，幻尘雪瑶惊道："你干什么？"

段云已经跳上大树，转身一笑，且道："你们两个在这里小憩一会儿，我追去看看这蓬莱仙岛到底在搞什么鬼？"

还不等幻尘雪瑶和寒冷天说话，段云就像夜里的一阵秋风，一溜儿消失在大树的树枝丫上，便紧追着黑袍客，一直追到雪柳林的一山石谷地，才盘趴在石头上，看着黑袍客。

黑袍客跳进山石谷地，伏在地上对一位金发年轻人道："岛主，夜已经深沉，寒荒古城的戒备已经大有松懈，只要我们小心行事，夺取镜雪剑必定成功。"

金发年轻人是九国岛的大王，年方二十九，名叫钟綮。

钟綮金黄色头发，黑色眉毛，白色胡须，是蓬莱诸多岛屿的统一者，别看他年纪轻轻，武功却很是不弱。

钟綮是一个在剑道上追求重口味的剑客，他肩上扛着的剑就有九百三十斤。

因为这把九百三十斤的剑和普通剑一般大小，所以段云并没有多加注意，他只是狐疑自语："原来是九国岛的人。"

钟綮一脸严肃道："很好，去告诉大家，再过一炷香，等白沙峰主和风铃潭主到了，我们就起程前去夺剑。"

那跪在地上的黑袍客，头往地上狠狠一磕，应了声"是"，然后就走进了乱石乱洞之中，不见身影。

晚风吹拂，凉意袭来。

段云贴在雪地上的手掌已经被冻得通红，不过他丝毫不在意，只是有些料事如神地道："果然是为了镜雪剑。"

说罢，段云单掌在雪地上一击，身子飞起，瞬间蹿进了树林中，来到先前和幻尘雪瑶、寒冷天准备夜里潜进寒荒古城的树林里。

幻尘雪瑶道："追上了没？"

段云道："和我先前预料的一样，是蓬莱仙岛的九国岛、白沙峰和风铃潭，再过一炷香的时间，他们就会潜进寒荒古城。"

幻尘雪瑶道："看来今晚……"

不等幻尘雪瑶说完，寒冷天道："机会来了。"

"机会来了？"段云狐疑道，"什么意思？"

寒冷天道："一会儿他们潜进在前，我们潜进在后，只要我们给他们制造一点小小的混乱，让他们吸引住缥缈宫众弟子的注意力，然后我们再从侧旁小心潜伏，相信偷取那本秘籍定能成功。"

段云转身看着幻尘雪瑶，幻尘雪瑶脸色苍白。

段云紧张了："你怎么了？"

幻尘雪瑶道："我没事。"

段云道："你觉得这办法怎么样？"

幻尘雪瑶道："他们城里城外守得密不透风，也只有这样才能混进去，就照这办法做好了。"

段云道："那我们就这样在这里等吧。"

说罢，段云便坐下了。

幻尘雪瑶一个轻功飞起，身子依靠在树枝的枝丫上，看着远方。

段云道："你站那么高干什么？"

幻尘雪瑶道："站得高就看得远，你们休息，我来为你们把风。"

段云向幻尘雪瑶一拜，略有玩笑之意："如何使得，快些下来，我上去吧。"

幻尘雪瑶身子从树上坠落，然后坐在雪地上。

段云却飞了上去，坐在树上，从怀里拿出一壶酒丢给寒冷天，自己也拿出一壶酒，两人慢慢品尝着。

一炷香过。

树林里响起了仿佛"春蚕吐丝"的嘈杂之声。

段云咽下最后一口酒："他们来了！"目极远方，树林里有数条人影如鬼怪野兽一样冲了过来。

段云从树上跳了下来，待寒冷天喝完后，把酒壶也扔了过来，龇牙咧嘴道："好，好酒！"

幻尘雪瑶道："来了多少人？"

段云道："没看清，大概很多。"

寒冷天道："别说了，快，到树后面藏着。"

三人便躲在树后面。

骚动越来越近，最后，蓬莱三大势力名剑门都站在寒荒古城外的树林里，正在幻尘雪瑶、寒冷天、段云三人目不暇接的时候，从树林里走出来三个人。

这三人两男一女。

其中一个就是钟綮，还有两个，一个三十多岁的是白沙峰的峰主凌风公子，虽然年纪大了一些，但做派却像个女人，而另一个便是风铃潭的掌门人，年纪二十出头，名叫玲珑，竟然长得娇小可爱。

凌风身体黝黑，说话却很女性化，他道："怎么了，为什么不走了？"

玲珑娇笑绝艳："没有我们风铃潭打头阵，你们白沙峰和九国岛里哪个敢独自往那城里走？"

白沙峰的凌风大怒，妖媚道："狗屁，谁说不敢了。"说罢，上前要去，但是被钟絷拦住了。

钟絷道："玲珑只是开个玩笑，你不必生气，我们合计合计再行动。"

凌风冷冷地哼了一声，双手抱手臂清高地站着。

钟絷道："玲珑，今晚之事凶险无比，不可儿戏。"

玲珑道："知道了，钟大公子！"

钟絷道："一会儿进去，我们兵分两路，一明一暗，一组制造混乱，一组负责潜进。"

玲珑道："明白！"

凌风道："我也明白！"

说罢，三人一合计将各自带来的人分成两组，一组人数多，一组人数少，少的是潜进组，多的是导引组。

合计好，就准备行动了，当下两组人从两处绝密之处进入了城里。

第109回：夜潜寒荒古城

夜入得更加深了，寒荒古城已经被一层层稀薄雪雾笼罩，随着薄雾轻起，站立城墙外放哨的缥缈宫弟子已经略有些乏困。

距离东城门外不远处，异动更加明显，除了蓬莱三大剑道在暗中策划如何潜伏寒荒古城之外，还有幻尘雪瑶、段云、寒冷天三人正在为进入寒荒古城偷取秘籍而筹划。

"没想到这些人还挺聪明的，竟然和我们想的一样。"

幻尘雪瑶、段云、寒冷天三人躲在一片树林后面，仔细观察着蓬莱三大剑道的举动，听了他们商议的办法，不由得点头称赞着。

段云的嘴角露出了一丝笑容："可是，他们却不知道螳螂捕蝉黄雀在后。"

寒冷天却道："他们是为了得到镜雪剑，我们却是为了偷秘籍，这可是八竿子打不着的，怎么可以说是螳螂捕蝉黄雀在后，一会儿进去，我们还是要见机行事。"

幻尘雪瑶道："不错，我们绝不能大意！"

忽然，那钟絷道："现在夜已深，正是行动的时候，我们准备行动吧。"

听闻钟絷说完，玲珑和凌风纷纷点头，立刻对自己的人做好了部署，蓬莱的三大剑道分成了两组，一组凭借寒月雾气的遮蔽向寒荒古城东城门靠近，而另一组却绕过这个大树林，如阴间鬼魂一样纵跃在城中各个角落。

幻尘雪瑶道："他们行动了，我们是不是也应该行动了，他们的身法好快。"

段云道："是啊，他们的身法不但快，而且非常用心，每个动作都完美得没有一点瑕疵，只要进入内城，相信很快就会进入松懈区域。"

寒冷天道："没那么容易，寒荒古城在晚上要比白天更加神秘，对于不了解寒荒古城的人，那就是固若金汤，简不简单，顺不顺利，还要看看他们对寒荒古城有多了解。"

幻尘雪瑶道："你的意思是说，他们这么进去，要是对寒荒古城没有相当的了解，被发现的概率很高。"

寒冷天道："不错！"

段云道："既然这样，我们就等他们在城里乱成一锅粥的时候，再伺机潜入，这样我们成功的机会就会很大。"

寒冷天和幻尘雪瑶点了点头，等蓬莱三大剑道潜入城内，三人才凭借雾气暗月向寒荒古城靠近。

古城内，深夜，共有一百多名弟子正打着灯笼在城中巡夜，而这一队就有十个人，共十队在城中川流不息。

玲珑、凌风、钟綮三人作为三大剑道的掌门之人，轻功造诣那简直可以说是登峰造极，不大一会儿工夫就来到寒荒古城的大庭院房顶上。

玲珑道："内线消息说那镜雪剑在南城大殿的暗门里，而那大殿里守着一只火麒麟和十个武功极高的弟子。"

钟綮道："暗门那么多，有没有明确标记？"

凌风道："那么一个敞亮的地方，做上记号，那岂不是会引起缥缈宫内弟子的注意。"

钟綮道："这就不说了，大殿里有多少个暗门，如何打开暗门，我们都没有具体思量，这偷取镜雪剑绝对有难度啊？"

玲珑道："内线说会在大殿附近接应我们，怕什么？"

钟綮道："既然这样，我们就出发，去南城大殿。"

三人会意，与一起潜伏进来的弟子交代清楚，然后身子跃起，向南城门潜伏而去，一起潜进来的弟子，分别潜伏在古城的各个黑暗的隐秘角落。

幻尘雪瑶、段云、寒冷天三人已经爬上了寒荒古城的房顶，灭掉了房顶的哨位，滥竽充数地站在岗位上，把寒荒古城所有的城门尽收眼底。

段云给幻尘雪瑶使了一个眼色，轻声道："怎么样？"

幻尘雪瑶轻声道："三个头目已经向城南门潜伏而去，剩余的弟子，全都分散开来隐藏了起来。"

寒冷天道："难道他们在潜伏之前已经得知镜雪剑就在城南大殿放着？"

段云道："可是，月姬说镜雪剑她已经偷了出来，给了雪瑶妹妹。"

寒冷天道："但是幻尘姑娘又说她根本没有拿到镜雪剑，那么镜雪剑现下在何处？"

段云道:"也许这种情况,只有一种解释。"

寒冷天道:"哪种解释?"

段云道:"月姬在说谎。"

寒冷天道:"我觉得未必,月姬可是缥缈宫的大人物,她为什么要说谎?"

段云道:"难道缥缈宫想在我们那里埋下眼线?"

寒冷天道:"埋下眼线,这代价未必太重了,要以性命来让敌人信服,我相信缥缈宫应该不会这么蠢,蠢到牺牲一个为了发扬音尘剑道能在寒荒雪域潜伏二十年的人。"

段云道:"难道在月姬和雪瑶妹妹之间还有些事情,比如说还有第三只眼睛,我们没有发现?"

忽然,幻尘雪瑶对段云、寒冷天轻声道:"三个头目已经到了南城大殿。"

寒荒古城,南城大殿。

玲珑、凌风、钟絮三人已经来到门口,然而就在这时候,一个面缠黑布的女子伸手在玲珑的肩上一拍。

玲珑惊出一身冷汗,反手一抓,顿时把女子反手按趴在地上。

"是我,玲珑姐姐!"

玲珑这才意识到是自己安排在缥缈宫的内线,忙放手,且道:"怎么样,镜雪剑是不是在这里啊?"

女子神情极度紧张,且道:"姐姐,不好意思,镜雪剑不在寒荒古城,你们赶紧出去。"

玲珑道:"什么?不在寒荒古城?这怎么回事?"

钟絮、凌风都暗自叹口气,有种想杀人的冲动:"什么,不在这里,那你给我们的消息上说镜雪剑就在寒荒古城,怎么现在又说不在了。"

女子道:"说来话长,你们先出去,等你们出去了,我再给你们说说最近发生的事情。"

玲珑道:"好吧,你自己小心,我们走!"说罢,便转身走了,走了几步,见钟絮、凌风没有跟上来,便回头道:"两位快走啊,镜雪剑不在此地,还在这里干什么啊?"

钟絮、凌风应了一声,就跟上玲珑走了。

忽然,一阵骚动,寒荒古城内所有缥缈宫弟子从古城的各个方向赶到东城门,东城门很快传来了不绝的喊杀声。

玲珑道:"不好,我们的人被发现了。"

东窗事发后,只有一盏茶的时间,他们面前出现了十多个缥缈宫掌剑弟子,瞬间,三人竟然被围住了。

钟絮道:"杀出去!"

这带头的缥缈宫女弟子正是孔雀老人的七弟子。

老七对自己的弟子命令道:"深入虎穴,你们这是找死,众姐妹,给我拿下,这三个人一个都不能放过!"

其余九个弟子皆应声领命。

一瞬间，两方势同水火，纠缠扭打了起来。

第110回：成功拿到秘籍

月转西，夜已经临近尾声。

寒荒古城的躁动已经异常厉害，自从幻尘雪瑶、段云、寒冷天三人进入寒荒古城后，就一直隐藏着，缥缈宫不曾发现。

段云道："怎么样，我干得漂亮吧？"

寒冷天赞声道："没想到，你做这种事情倒是很有一套！"

段云道："人在江湖上飘，哪能不挨刀，这是江湖的生存之法，要不把缥缈宫弟子的尸体放在蓬莱剑客潜伏的附近，怎能让缥缈宫弟子意识到已有人潜进了寒荒古城。"

幻尘雪瑶道："你这是为达目的不择手段！"

段云道："我也没办法，要不杀那个女弟子，说不定会死更多人，况且那女弟子已经发现了你我。"

幻尘雪瑶听了后，不再说话。

段云了解幻尘雪瑶为人，所以接着解释道："我知道你不想我这样做，但是为了秘籍，为了月姬，我们寒荒剑道必须这么做。"

寒冷天道："幻尘姑娘，你也别这样了，人在江湖，身不由己，不牺牲这个缥缈宫女弟子的性命，不但寒荒剑道会死很多人，其他三地剑道也会死很多人，所以只有自己强大了，才能阻止四地剑道相互厮杀，这个道理，你应该懂。"

幻尘雪瑶道："我能分清事情的轻重，我不会怪你们这么做的，只是这群姐妹也是可怜之人。"

寒冷天道："既然这样，我们就行动吧。"

幻尘雪瑶道："她说秘籍在东城宫殿，我们现在就趁乱赶紧过去，尽快得手，早点离开这是非之地。"

段云道："东城宫殿有毒麒麟，我们要小心，不要被毒麒麟伤到了。"

寒冷天哈哈笑出声来。

段云道："你笑什么？"

幻尘雪瑶道："难道？"

寒冷天道："姑娘猜对了，难道你们都忘了，我可是真正的寒荒古城城主，毒麒麟是不会伤我的。"

段云、幻尘雪瑶闻听后，大喜。

幻尘雪瑶道："对啊，你曾是寒荒古城的城主，毒麒麟对你绝对唯命是从，只要我们成功潜入，就能顺利拿到秘籍。"

段云道："太好了，事不宜迟，我们这就去。"

说罢，寒冷天、幻尘雪瑶、段云三人会意点头，然后就向城中大殿潜伏而去。

风起，雪微落中，缥缈宫三弟子提剑匆匆进入主城宫殿，还不等她入殿，那孔雀老人已经从殿里一跃而出。

孔雀老人道："怎么回事？"

三弟子伏地拱手："回禀师父，蓬莱剑道夜潜寒荒古城，被我们发现了，现在我宫弟子正在与其厮杀。"

孔雀老人，双眉皱起，怒道："岂有此理，我孔雀不去找他们的晦气，他们竟然来找我的晦气，他们来了多少人？"

三弟子道："除了九国岛凌风公子、白沙峰钟綮、风铃潭玲珑公主三人，还有这三大名剑门的近百名弟子。"

孔雀老人一怒，一掌打出，地上的积雪飞起数十丈，且怒道："可恶！"

三弟子道："师父息怒，都怪弟子安排的夜巡弟子不尽其责，使这些异族入侵古城，日后弟子一定小心调教。"

孔雀老人道："事情都发生了，都怪蓬莱剑道这些人命贱，你这就随为师前去取了这些狂徒的狗命。"

三弟子伏在地上："是！"

当三弟子再抬头的时候，孔雀老人一个轻功跃起，身形蹿出十余丈之外，很快消失在三弟子的视线里。

一眨眼的工夫，孔雀老人来到了城东的城墙上，发出银铃般的笑声。

正在恶斗的玲珑、凌风、钟綮闻声，忽然转过身来，看着城墙上站着的人影，脸上的神色难以描绘。

玲珑道："不好，是孔雀老人！"

钟綮道："就快突破城门了，大家能逃几个是几个。"

凌风道："你们乐观一点好吗，孔雀老人也是人，怕她做什么？"

站在城墙上的孔雀老人，忽然笑声起："好狂的口气，今天你们夜闯寒荒古城，我就把你们葬在这里。"

还不等孔雀老人话音落地，在城的另一个墙面上又出现了一个人，这人且道："孔雀，上次匆匆一别，你为什么一直躲着我？"

众人都停下手来，目光不约而同地向着说话的人看去，只见这人一身白衣，佝偻的身子在半空中悬浮。

玲珑见是风铃老人，高兴地叫喊道："爷爷，你怎么也来了？"

风铃老人道："小丫头，一天净知道贪玩！"

孔雀老人道："原来是你这个老不死的，难怪这小小崽子明知道我在寒荒古城，他们还敢来送死，看来是你这个老鬼在给他们撑腰。"

这悬浮在空中的人就是风铃老人，说来也是孔雀老人的老相识。

风铃老人道："都是这些小朋友不懂规矩，今日之事，算我一份，请你原谅。"

孔雀老人道："原谅他们好说，但是你，必须给我跪下来，磕三个响头。"

风铃老人道："你我相识百年，爱过恨过，忘过念过，这都一把年纪了，为什么你还是年轻时候的性情，还那么爱斗。"

孔雀老人道："女人就是这个样子，你不喜欢，有本事就杀尽天下所有女人啊？"

风铃老人道："都一把年纪了，我是老爷子，你是老婆子，女人男人的叫，你不害羞，我还害羞呢。"

孔雀老人道："废话少说，要打架，我陪你打，这些小孩子就让他们打一场群架，那又有何不可。"

风铃老人道："我骨头都要散了，我才不和你打。"说罢，就飞走了。

孔雀老人道："老不死的，你别走！"说罢，追去。

待两人飞走，从远处奔来一女弟子，女弟子对着三弟子说道："不好了，不好了，有人闯入了东城宫殿打开了暗门，袭击了藏经阁。"

三弟子心想：糟了，藏经阁里存放的全是音尘火族的经典秘籍，怎么能让异族之人闯入？想到这里忙对刚来到身后的四弟子道："老四，这里就交给你了，我去城东宫殿阻止异族之人侵袭东宫之门。"

老四道："好！"

三弟子离去，老四命令身后的所有弟子："这些蓬莱异族，胆大包天，竟然敢夜闯寒荒古城，大家不要放走一个，一定要一一击杀方可泄恨。"

所有弟子应声："是！"

风雪紧，三弟子赶到城东宫殿，毒麒麟正在安稳地酣睡，然而守在这里的十二个女弟子，都横七竖八地睡倒在地上。

三弟子忙蹲下身探息，女弟子们均还存活，于是叫醒其中一位守阁女弟子，女弟子被叫醒后，神色迟缓，不解道："我这是怎么了，怎么头晕目眩？"

三弟子道："怎么回事，是谁侵袭了这里？"

守阁女弟子这才发现暗门已经打开着，一看见这个，立刻跪在地上，且道："师父，师父，弟子被人使了迷药，暗门之中的秘籍被盗取了。"

三弟子道："怎么会这样？"

守阁女弟子道："请师父责罚。"

三弟子道："还罚什么？快叫醒姐妹们，一起去追！"

东城门口，蓬莱剑道一个一个翻越城墙。

玲珑等风铃潭的弟子却看见段云、寒冷天、幻尘雪瑶三人正跨越高墙飞身而出。

玲珑看见段云飞跃的身形，狐疑道："怎么回事？难道寒荒剑道也为了镜雪剑才今夜潜伏寒荒古城？"

第111回：得知秘籍下落

翌日清晨，大雪飘摇。

寒荒古城，一片冷寂中响起了一连串的脚步声，孔雀老人座下弟子三十九人，皆身披雪狼袄从西庭院走到大庭院正门。

入了正门后，除了老三带头走在中间，其余三十八人分走廊两边跟在老三后面走进飘雪大殿。

孔雀老人正坐在大殿之上。

三十九位弟子入大殿后，不约而同地给孔雀老人行礼，孔雀老人面色难看，冷冷一声道："昨夜之事，你们有何说法？"

老三俯首在地，且道："师父，都怪弟子对夜巡弟子安排得不够妥当，才使得那些异族狂徒深夜潜入，请师父责罚。"

孔雀老人道："能知自己有错，那你还不是全错！"

大殿里其余三十八人闻听孔雀老人如此之言，心中大骇，害怕责罚，立刻都跪在地上，深深忏悔。

孔雀老人见了，顿时语风一转，站起身来，走到大殿中央，负手而立，且道："现在岂是追究责任的时候？昨夜之事，是蓬莱剑道所为，那本《万法秘籍》难道也是蓬莱剑道所为？"

老三道："弟子以为秘籍是在昨夜被偷的，就算不是蓬莱剑道所为，我相信那也和蓬莱剑道脱不了干系。"

孔雀老人道："今天，是秘籍失踪的第一天，为师想去蓬莱驻地看看，老三老四，你们两个随我前去，剩下的就留守在此，小心戒备。"

三十九位弟子低首："是！"

时近午间，孔雀老人带着三弟子、四弟子步入蓬莱驻扎之地——东北之地。

东北之地是出寒荒、入蓬莱仙岛的地方，余温有所回升，此地虽雪花飞舞，但也算得上是绿意盎然，在她们刚步入蓬莱地界，早有九国岛的两名掌剑弟子从酒肆中跳了出来。

看看两人的打扮，各自身穿黄色锦缎，也应该是九国岛玄级的弟子。

老四怒喝道："你们干什么？"

两个玄级弟子对孔雀老人、老三、老四上下一打量，眼见服饰乃是异族，于是问道："你等是何人？这乃蓬莱剑道在寒荒雪域的驻地，你们作甚？"

孔雀老人佝偻着的身子忽然仰起头，微微地咳嗽一声，嘴里喷出一道非暗非明的火焰袭向两个掌剑弟子。

两个人身子被击退五步，然后落在一堆荆棘之中，两人哎哟哎哟地喊疼。

老三扶着孔雀老人继续向前走,上前欲要阻拦前行的九国岛弟子纷纷倒地。

跟在孔雀老人身后的老四冷声道:"真是眼瞎了,连我师父的路都敢当,真是无知之徒。"

忽然,前面的雅阁中飞出来了钟綮。

钟綮道:"不知是什么风把孔雀奶奶吹来了,晚辈这厢有礼了!"说罢,还对着孔雀老人行了一个实实在在的礼。

孔雀老人道:"怎么了,老奶奶来了,你连个板凳都不让,是不是想欺负我这个老太婆?"

钟綮道:"哪里哪里!"说罢,呵斥身后的弟子为孔雀老人让座。

孔雀老人一屁股坐下,且道:"昨夜你们拜访寒荒古城,想必定是有所图,这寒荒古城之中宝贝甚多,我来是问问你们,你们昨夜到底在我寒荒古城拿走了什么珍奇之宝?"

钟綮道:"那奶奶倒是说说看,寒荒古城里究竟有什么宝贝呢?"

老三道:"你们有何企图,为何深更半夜夜闯寒荒古城?"

钟綮道:"实话和你说吧,我们听说镜雪剑在寒荒古城,我们是为镜雪剑才夜潜寒荒古城,最后没有找到,于是我们就空手而归了。"

老四怒道:"你可真会撒谎,明明偷了我们……"

说到一半,孔雀老人一把握住老四的手,制止了她继续说下去。

就在这时候,一阵少女的咯咯笑声传了开来,众人闻声而望,此刻玲珑正带着三个妙龄少女走了过来。

玲珑作揖道:"玲珑参见老奶奶!"

孔雀老人道:"你爷爷呢?"

玲珑道:"爷爷向来来去如风,我也不知道,不过玲珑知道奶奶今天来应该不是找我爷爷的吧,定是寒荒古城丢了什么宝贝才找来的吧。"

老三道:"你怎么知道我们丢了东西?"

玲珑道:"因为昨夜我从寒荒古城出来的时候,看到寒荒剑道的人从寒荒古城里飞了出来,你们恐怕还不知道昨夜潜入寒荒古城的人,不仅只有我们。"

老三怒道:"可恶!"

玲珑道:"姐姐也别生气了,谁叫你们寒荒古城的宝贝多呢?"

孔雀老人道:"臭丫头,都什么时候了,你还说风凉话,小心奶奶一巴掌拍死你。"

玲珑立刻跪在地上,噘着小嘴,且道:"奶奶,玲珑不敢了。"

孔雀老人双眼一眯:"起来吧,奶奶只是吓唬你!"

玲珑起身,一步跨近孔雀老人的身边,挽住孔雀老人的臂膀,甜甜地笑道:"我就知道奶奶最疼我了!"

第112回：月姬命绝梅林

　　玲珑说的一番话，孔雀老人听得真切，要说这寒荒剑道闯入寒荒古城，那又是为了什么呢？正在孔雀老人对这事情思索再三的时候，随后跟来的老四便断然道："寒荒剑道一定是不怀好意，师父，我们是否要去镜雪山庄，寻找丢失之物？"

　　孔雀老人忽然转过身，以飘忽的眼神敷衍地看了一眼老四，不解道："你何以知道丢失之物和镜雪山庄有关？"

　　老三轻蔑的看着老四，淡淡地道："该不是师妹又发现了什么吧？"

　　老四见老三对自己如此轻慢，立刻上前，拱手胸前，低头振振有词道："师父，因为大师姐深得您老人家器重，所以大师姐叛变归附寒荒剑道，弟子并没有向您禀报。"

　　"唰"的一响，长剑出鞘，剑明光耀眼一闪，老三立刻一大步上前，一剑搭在老四的胸前，神色难看极了，怒道："你胡说什么，这件事情怎么又把大师姐牵扯进来了？"

　　老三的长剑虽然搁在老四如玉的脖子上，但老四整个身子矗立在雪地上，仿若磐石，丝毫不动摇。

　　孔雀老人道："老三，放下剑。"

　　老三本来也只是想威胁威胁老四，也不曾心下杀意，闻听孔雀老人的话，立刻应了一声师父之命，收剑后退两步，站在一边。

　　老四道："昨天傍晚之时，寒荒剑派已经从白火堂迁徙至镜雪山庄，乃是弟子亲眼所见，弟子还看见大师姐和段云、寒冷天走在一起，并且还重伤徒儿座前五名弟子，请师父做主。"

　　老三道："老四，你胡说什么？大师姐怎么会对自己人动手？"

　　老四却不闻老三的辩解，更加夸张地跪下，接着说道："师父，徒弟以项上人头做担保，大师姐已经叛变，请师父速速前往镜雪山庄，以查真相。"

　　老三听了，喉咙里像是着了火一般，忽然也跪在雪地上，且道："师父，寒荒剑道所有大小门派已经齐聚镜雪山庄，想必镜雪山庄高手如云，我们轻易前去，大有不妥，还请师父三思。"

　　此话一出，一旁的钟絮和玲珑都长长地出了一口气。

　　钟絮挺直了腰杆，略有嘲笑讥讽道："我说月姬也算是音尘的有名之人，如何能做出这等离经叛道之事，要是奶奶想去镜雪山庄查个明白，我九国岛可做马前卒，为您效命，查明真相。"

　　孔雀老人道："我怎么忽然想起有这么一句话，叫黄鼠狼给鸡拜年，不安好心呢？"

玲珑道："奶奶，你怎么这么说我们蓬莱剑道呢，我们看你是长辈才愿伸出援助之手，你怎么能恶语伤人呢？"

孔雀老人道："本来这是我们的门内丑事，不想让别人知道，怎奈后日就是七月初七了，名剑之争即将来临，要是我那徒弟真的叛变了，投身寒荒剑道，我也不怕异族剑道笑话，杀了便是。"

钟綮道："缥缈宫的宫规向来如此，三十年前尤雨荷叛变，宫主以宫规处置了，想必门内任何弟子只要确凿叛变，只怕都必死无疑了。"

孔雀老人道："没想到你们两个后辈竟然如此关心我门内之事，不知道是我们有幸，还是不幸？"

钟綮道："看来老奶奶已经同意了我们和你一起前往镜雪山庄了，现在日在中天，怕是再也耽搁不得了。"

玲珑道："是啊，老奶奶，我们快点走吧。"

就在这时候，一阵朗朗的笑声从树木丛林一处传来，众人转身一看，凌风正提着宝剑走来。

凌风来到众人中间，深深地向孔雀老人鞠躬，大大行了一礼，然后瞬间恢复了平日的桀骜，且道："方才听说你们要前往镜雪山庄，我就来了，不如我也去吧，请老奶奶成全。"

老三道："蓬莱剑道果然团结，就连这点消息，才这小小片刻就传到白沙峰凌风公子的耳朵里，真是让人心生敬畏啊！"

凌风呵呵一笑，神情十分俊朗地朝老三微微一抱拳，施礼道："谢谢姑娘的褒奖，凌风为缥缈宫办事，乃是三生有幸，还请不嫌弃才是。"

老三道："既然你和他们两人一样，都把我师父叫做奶奶，那么就和我们一起前往吧，你们想嘲笑我们，我们也不怕你们笑话。"

傍晚，镜雪山庄。

幻尘雪瑶正盘腿坐在月姬的身后，左掌夹杂着火焰，右掌夹杂着冷冰紧紧贴着月姬的背心。

月姬嘴里冒着浓浓的血烟。

榻边挂着天蓝色的帐子，血色浓雾已经弥漫整个帐子，帐子上挂着血亮的血珠，其色鲜艳无比。

段云、小年、风月儿在床榻边站着，把眼前的一切看在眼里。

忽然，冷风吹，房外的院子里，梅花吹落进屋里，段云、小年、风月儿三人身子深深地打了两个冷颤。

风月儿道："好冷！"

小年去把门关好，然后道："这山上，一到傍晚，就刮风了，不愧是阴寒之地，连刮风都直刺骨头。"

忽然，门外走来一人。

龙尢推门，门开。

段云道："怎么了，急匆匆的？"

龙尤道："段公子，方才在寒竹林发现了一些我们寒荒剑道弟子的尸体，请段公子前去看看。"

段云、小年、风月儿一听，神色不解。

段云道："走，我们去看看！"

房内还有众人都跟着龙尤大步流星地走了出去。

小年见了，也道："月儿，你在这里照看雪瑶妹妹，我也去看看就来。"

风月儿点头道："好吧，你去吧，这里有我呢！"

小年走了，风月儿把门关好，然后站在床边看着幻尘雪瑶。

幻尘雪瑶的额头上已经渗出了汗滴，风月儿忍不住，忙用袖子去擦拭，不过就在她擦第三下的时候，幻尘雪瑶忽然掌收，反而轻微地吐了口血，风月儿见了，神色大坏，忙扶着幻尘雪瑶，且道："怎么了？怎么了？"

幻尘雪瑶道："秘籍修炼火候不够，虽然已经破除了体外的寒冰之气，但月姨体内的火毒，无法排除，要等我修炼了后三篇才可以驱解。"

风月儿道："看把你累的，还是明天再来驱解，身上出了这么多虚汗。"说罢，扶着幻尘雪瑶走出房屋，随手关紧房门。

幻尘雪瑶和风月儿走后，月姬从迷迷糊糊中苏醒过来，不过没过多久，一种非常像鸟的声音传进屋里。

月姬一怔，本来躺着的身子忽然坐直在雪榻上，失魂落魄道："师父，师父来了，很多年没听到死亡鸟叫了，难道师父要来杀我？"

果然，月姬感觉到了死亡的气息犹如海上惊涛席卷而来，她紧紧地抱着床上的棉被，然后把自己捂得严严实实。

忽然一阵狂风吹起，门闩'咔'的一声断裂，狂风卷着白雪和梅花一起飞进屋里来，月姬全身正颤抖着。

"逆徒，还不出来见师父？"

月姬哆嗦的嘴唇："师父，师父，请你放过我吧，请让我帮那女孩完成他父亲临终的最后遗愿吧。"

忽然，棉被被一双雪白的手掀起。

风月儿道："你怎么了？"

月姬神色苍白，一看是风月儿，慌忙之中，双手紧紧握住风月儿的手，且道："雪瑶呢？雪瑶呢？快带我去见她！"

月姬的催促让风月儿无言以对。

风月儿只有点了点头："好，我现在就带你去，不过，现在她可能在修炼那本秘籍的后半部，见不见你，还不一定呢。"

月姬慌忙之中，也就被风月儿扶着向门外走去。

走出门外三两步，忽然一条黑色的铁链缠住了月姬的腰身，风月儿一看，这条黑色的铁链是从梅花林中伸展出来的，忙伸手去拉，怎奈铁链的另一头力道非常大，两人便随着铁链回缩飞舞了起来，随后两人倒在梅花林中。

"可真是我的好徒儿，果然背叛了我，背叛了音尘剑道。"

月姬忙跪在地上，道："不是这样的，师父，弟子对音尘剑道始终忠心耿耿，绝对没有背叛之义，弟子只是想尘封掉镜雪剑。"

孔雀老人道："混账东西，镜雪剑乃是天下剑道名剑之首，是我们音尘剑道东山再起的有力武器，怎么能现在尘封。"

月姬道："幻尘云风因为此剑戾气走火入魔，杀掉了那么多武林人士，连我们缥缈宫在多年前都惨遭毒手，所以镜雪剑一定要尘封，我们四地剑道才能相安无事，才能真正地分出胜负。"

这时候，凌风道："可是你并不能否认在三十年前，幻尘云风仅凭镜雪剑夺得四地剑道总盟主。"

月姬道："那只是巧合！"

就在此刻，玲珑、钟絷、凌风都笑出声来："巧合，呵呵，这理由真是够牵强。"

孔雀老人道："我看那小子当初为了救雨荷那个小贱人，是急于求成才着了剑气之魔罢了，怎么可以说镜雪剑是把魔剑要以尘封来处理，这简直就是无稽之谈。"

月姬道："我相信他临终前说的话，那是真的。"

孔雀老人道："你为何这么相信他，难道你忘了你雨荷师妹是怎么死的吗？"

月姬道："我知道，是为了爱！"

孔雀老人道："那你又是为了什么？"

月姬道："我也是为了爱！"

孔雀老人有点不敢相信月姬竟然在外人的面前这样说话，这岂不是摆明了和自己作对吗？只是还不等她恼火，一旁的玲珑冷冷地笑出来："哈哈，哈哈哈，这世间怎么还有人相信这种既摸不到又看不到的东西，更可笑的是这种事情竟然发生在缥缈宫弟子的身上。"

凌风道："看来缥缈宫二十多年前的悲剧要重演了。"

孔雀老人立刻俯下身子，用手摸着月姬的脸，仔细看了看，且道："好徒儿，你说你刚才说的话不是真的，我就不杀你！"

月姬道："师父，弟子活了大半辈子，自欺欺人，以前年轻气盛，如今已经想清楚了，今生我只爱幻尘云风一人！"

孔雀老人勃然大怒："他现在已经死了，并且在二十多年前就已经死了，难道你也要死吗？要和一个死了的人谈情说爱吗？"

月姬道："只要可以尘封镜雪剑，我情愿一死！"

孔雀老人大怒："想死，你就去死！"说罢，右手成抓，拍在月姬的天灵盖上，月姬的头颅忽然崩裂，血水瞬间横溢。

第113回：雪纷血飘梅林

风月儿看着眼前的一切，樱桃小嘴张大，仿佛看见这世上最恐怖的事情，伸着手指指着孔雀老人，怔怔道："你，你太狠毒了，你自己的徒弟，你都下得了手！"

忽然从一旁的梅花林中蹿出来了老四。

老四迅速伸手把风月儿从雪地上拽了起来，喝道儿："快说，镜雪剑在哪儿？"

风月儿道："镜雪剑不在镜雪山庄！"

"胡说！"

老四怒言，手中的快剑唰地出了剑鞘，锋利的剑刃削向风月儿白皙的长颈，然而就在长剑中颈的一刹那，一枚雪花镖"咻"的一声飞了过来，正中长剑剑刃之上，长剑来回反弹，震得老四虎口发麻，致使长剑落在地上。

孔雀老人、老三、老四，以及蓬莱剑客寻望而去，就在那梅花林密处走来了寒冷天、段云、小年、幻尘雪瑶四人。

小年忙一把把风月儿拉了过来，心疼道："月儿，怎么回事？"

风月儿指着倒在老四身后的月姬，惊恐道："这几个坏女人杀了月姬，他们还要杀我呢！"

小年道："可恶。"

段云道："竟然敢在镜雪山庄杀人？"

孔雀老人道："没想到短短数日，这里竟然有这番惊人的变化，如今的镜雪山庄更胜往昔了。"

寒冷天道："今日你们在此大开杀戒，难道就不怕在武林中落下一个乱杀无辜的罪名吗？"

孔雀老人哈哈狂笑半晌，以讽刺的眼神打量着站在她面前的段云、幻尘雪瑶、小年、风月儿还有寒冷天，断然狂言："尔等都是晚辈，我怎么不敢来，我怕你们什么？"

幻尘雪瑶道："镜雪剑我们已经给你们了，你们还要怎样，难道镜雪剑给了你们，你们还不知足吗？"

老四道："休得口出狂言，昨夜你们竟然夜潜寒荒古城，偷了我们的《万法秘籍》，今天你们要是不和镜雪剑一并交出来，定让你们好看。"

幻尘雪瑶从怀里掏出了秘籍，轻蔑地看着四弟子，道："本来是打算还给你们的，但是你们杀害了我月姨，要还也得先讨了这笔血账才是！"

"好狂妄的女娃子！"

孔雀老人话刚落，身子飘逸，快掌如电，飞身而击。

幻尘雪瑶身子瞬间后移六步，如柳细腰仰在梅花树上，长剑绕头过膝，前刺后拉，剑招变幻快捷格挡而过。

段云站在一边看着这一切，大吼一声："我来帮你！"说罢，就要挺身而进，可是就在瞬间，一旁站着的玲珑妖娆出列，手握梅花藤飞身拉住段云。

玲珑道："早就听说段公子是寒荒剑道出类拔萃的人物，一直没如愿相见，今日总算得见，不如我们玩玩吧。"

段云道："你是谁？快让开，不然我手里的旭风可是不认人。"

玲珑道："小女子乃是蓬莱风铃潭少主人玲珑公主，还请段公子赐教！"

段云见幻尘雪瑶和孔雀老人还在那根梅花树上盘飞追打，心中大急，肩上扛着的旭风神剑凌空出鞘，剑扫玲珑面、胸、腰、下盘。

玲珑大赞："好剑，好剑法！"

段云道："知道厉害了，你还不赶紧给我让开。"

玲珑道："哈哈，段公子，再怎么说我也是风铃潭的少主人，我还没打呢，你怎么就让我让开，你未免也太瞧不起人了吧！"

段云冷冷地哼了一声，剑走斜、挺、立纷纷格挡着玲珑犀利无比的招式，只是在此刻，小年杀了上来，道："你去帮助雪瑶妹妹，她交给我。"

玲珑道："你是谁？"

段云道："小心应付，我去了！"

小年对段云点了点头，便看着玲珑，且道："在下在寒荒剑道的身份微不足道，所以你不必知道我是谁！"

玲珑道："一看，你就是一个讨厌的家伙，快给本姑娘闪开，不然撕得你粉碎。"

小年道："我真的不介意你说大话。"

闻听小年的话，玲珑十分生气，刚开始交手的时候，还小心谨慎，可是时间一久，便中了小年一掌，身子倒在雪地上。

玲珑生气地看着一同前来的钟絮、凌风，道："看戏啊，还不赶紧来帮忙！"

正在观战的钟絮、凌风一怔，摇身落在玲珑的身前，挡住小年。

玲珑道："快杀了这个家伙，竟然打得本姑娘腿都软了！"

钟絮、凌风一起围了上去，小年与之纠缠，可小年不敌，被逼得手忙脚乱，寒冷天见此，抽剑飞身而去截住钟絮、凌风。

从来到这里，这老三就一言不发，她蹲下身子，看着月姬惨死的样子，悲愤道："大师姐，为什么，难道这就是你应该有的结局吗？你为音尘剑道在寒荒守了这么多年，为什么你就这样走了？"

忽然梅花林中又跳出来三个人，这三个人就是汜水、天幕、厚土，他们来到寒冷天身边，且道："城主，你有难为什么不叫我们呢？幸亏我们恰巧赶来。"

寒冷天大喜："太好了，你们来了，那就帮我一起对付这群混账东西！"

汜水、天幕、厚土应道："是！"

汜水、天幕、厚土、寒冷天与钟絮、玲珑、凌风在雪地上斗得正酣，谁晓得幻尘雪瑶、段云和孔雀老人已经把那梅花树争斗得破烂不堪，最后树竟然被孔雀老人连根拔起，舞动不休。

老四道："师姐，师父一个人斗两个，实在是不公平，不如我们去帮师父，只要把那两个杀掉，还怕寻不到镜雪剑。"

老三点头："好！"

老四和老三扬剑挥洒而去，加入了争斗之中，而雪地里只剩下风月儿，风月儿心里思忖：这里是镜雪山庄，寒荒剑道的剑客们都在此地聚齐，我不如去找人来帮助他们驱走劲敌！

风月儿思忖之后，忙道："你们等着，坚持着，我去找人来帮忙。"

忽然，老四拦住风月儿道："想找帮手，找死！"说罢，就挥着长剑，杀向风月儿。

风月儿几经翻转，忙吹响口哨，不多时，从四面八方的山沟野岭中奔跑出无数只雪狼，雪狼疯狂地一边嚎叫，一边寻着口哨而来。

老四道："你是畜生，怎么连雪狼都听你的召唤？"

风月儿得意道："这回你知道厉害了吧，我不仅是寒荒雪域的白富美，我还是寒荒地界最有名的召唤师。"

一群雪狼正凶猛地围攻老四。

老四慌忙中道："师父，救我，救我！"

孔雀老人闻听后，忙要转身前去搭救正被雪狼围困的老四，可天晓得老三的长剑从她的后背心插了进去。

"师父？"

老四失声叫了出来。

见孔雀老人摔倒在雪地上，幻尘雪瑶才叫停。

孔雀老人道："逆徒，你为什么偷袭我？"

老三道："师父，你知道师姐是不会背叛的，可你为什么要杀她！？"

孔雀老人道："为什么？就是因为她不该爱上一个男人。"

老三道："可是那个男人已经死了，你为了一个死人杀了你辛苦培养一辈子的爱徒，你觉得值吗！？"

孔雀老人回想月姬临死前绝望的眼神，她沉默了。

风月儿道："咬死那个老女人，太可恶了！"

千万只雪狼扑向孔雀老人，孔雀老人却不做任何挣扎，任凭雪狼撕咬。

"孽畜，放肆！"

九个风铃顿然响起，狼群才散去。

风铃老人道："天下剑道是一家，你们这些小辈怎么可以这样血染梅林，月姬是她最得意的弟子，月姬的死令她惋惜，但是月姬的死会改变一切，所以你们不必再找孔雀老人寻仇了，要寻仇就来风铃潭吧！"说罢，抱着孔雀老人飞走了。

玲珑见了，忙道："爷爷，等等我啊！"

"小丫头,趁爷爷睡觉竟然敢惹是生非,看回去我不教训你这个小丫头片子。"

"爷爷，你讨厌啦！"说罢，便回头向段云等人扮了个鬼脸，转身追了上去，"爷爷，等等我！"

第114回：邀雪瑶入古城

梅花林中梅花落，扬风舞絮飞飘零。

幻尘雪瑶来到月姬的身旁，跪在地上，抱着月姬，泪眼婆娑中眼泪仿若断了线的珠子。

段云也悲声道："雪瑶妹妹，你不要难过了，谁也没想到她最后会死在自己师父的手上。"

凉飕飕的风吹起地上的花和雪，纷纷扬扬中，风月儿抽泣地把头放在小年的肩膀上，小年有意识无意识地用手轻轻地摸了摸风月儿的脸颊，淡眼看着天空中落舞不停的雪花。

风声紧吹，雪花坠落。

幻尘雪瑶道："我怎么就那么傻，当初身处缥缈宫的时候，你明明知道镜雪剑就在我手里，你却没有夺取，那时候我就应该明白、清楚你是为了帮我尘封镜雪剑才把我留在你身边的……呜呜……"

风吹着梅花林"嗖嗖"响，稍许，驻扎在镜雪山庄的各大门派已经陆续到来，看到如此情景，也都咬着耳朵打听刚才所发生的事情，得知真相后，皆大捶胸脯，惋惜刚才没有将孔雀老人等侵犯之人碎尸万段。

段云蹲下身来，用手在幻尘雪瑶的脊背上轻轻抚摸安慰，怎奈幻尘雪瑶却越说越伤心，最终竟然控制不住，趴在月姬的尸体上痛声哭着。

小年道："雪瑶妹妹，如果你之前和她有什么误会，我相信她作为你的月姨，必定会原谅你。"

幻尘雪瑶道："为什么到现在我才明白她做了这么多都是为了我，她这一辈子，身处缥缈宫中，留在寒荒雪域竟然都是为了爹爹一句话才帮我。"

段云道："谁也没想到月姬表面上是个冷血无情的人，可又有多少人知道她心地竟然如此纯良。"

幻尘雪瑶道："也许她这一辈子最恨的人便是我的母亲，或许是为我爹爹，他们之间到底有什么恩怨情仇，为什么到头来全都让我来承受！"

段云道："你不要胡思乱想了，你的父母没错，月姬也没错，这都是上天注定的，是缘，接受吧！"

静默。

白火堂走来两名弟子，方要伸手移动躺在地上的尸体，但是幻尘雪瑶道："你们别动！"白火堂众弟子闻听，赶忙把手缩了回来。

幻尘雪瑶抱起月姬的尸体向后山走去。

明月高挂，纷雪暂停，一座坟墓在月光的映照下，显得甚是萧条孤冷。

大树上忽然飞出来一名女子，幻尘雪瑶眨眼一看，见是玲珑，大感意外，且道："你来干什么？"

玲珑见幻尘雪瑶大步走向自己，忙一边退后一边言辞犀利道："你别过来，我不是来找你打架的，我有事找你。"

幻尘雪瑶兀自停下脚步，狐疑："有什么事？"

忽然，寒荒东南之地靠南之地有一阵烟火响起。

玲珑道："你以前也是缥缈宫的人吧，那种飞雪烟花信号，你应该不是第一次见到吧。"

幻尘雪瑶道："寒荒古城出事了？"

玲珑道："对，出事了，不知道怎么的，老奶奶自从被我爷爷救回寒荒古城后，不但身受重伤，还神经兮兮，吵着非要见你！"

幻尘雪瑶狐疑："见我？"

此刻，段云从坟墓后走了出来，且道："你不能去。"

幻尘雪瑶怔怔地看了看段云之后，又把目光落在玲珑的身上，狐疑道："见我干什么？我早已不是缥缈宫的人，就算那里的天塌了，我也不会去。"

段云道："说得不错，上次缥缈宫为了得到镜雪剑就使出了卑劣的手段，如今怎么可能再去自找麻烦？"

玲珑道："段公子真是一朝被蛇咬十年怕井绳，不过你现在不想去，我敢保证明日一早，你一定会出现在寒荒古城大门外。"

段云道："你们，难道？不好！"

幻尘雪瑶道："你们下黑手，对我们做了什么？"

玲珑咯咯地笑道："你这么聪明，相信你已经猜到了，不过要想知道发生了什么事情，你们不妨回镜雪山庄瞧瞧吧！"

幻尘雪瑶和段云对望了一眼，于是各自会意，提着剑向镜雪山庄的庭院、阁楼走去。

玲珑便笑着飞身走了。

阁楼中，小年正在高声呼喊："月儿！"

段云道："怎么回事？月儿姑娘呢？"

小年道："刚才还在这里，怎么一眨眼的工夫就不见了？"

段云思忖："难道！？"

小年见段云面色诡异，不同寻常，且道："怎么了？"

忽然，一旁走来了龙尤。

龙尤道："不好了，刚才那凌风公子忽然出现把月儿姑娘劫走了。"

幻尘雪瑶道："不好，果然如她说的那样，段云哥哥，你和我一起前往寒荒古城，我们要救出月儿。"

段云道："他们一定有目的，先别急，我们在寒荒古城外的街道先住下，摸

327

清底细后，在设法救人。"

幻尘雪瑶道："好，那这就起程。"

小年道："月儿被抓了，我的心情也难以平复，我们三人一起去。"

龙尤道："如今寒荒雪域形势多变，反正寒荒各大剑派都聚集在此，不如你们前边走，我们后边再派遣一支护卫队潜伏，你们要遇到什么麻烦，我们也好出面给你解除麻烦。"

幻尘雪瑶道："那就有劳龙堂主安排一下了。"

龙尤道："姑娘放心，我这就去安排。"

幻尘雪瑶一抱拳，便和段云、小年先走了。

夜入深，月西沉。

寒荒古城的外街一片冷冷清清，风一起，一面面招牌布迎风晃动。

不过就在此刻，缥缈宫孔雀老人座下的三弟子出现了。

幻尘雪瑶道："你怎么会在这里出现？你不是被抓了吗？"

老三道："是，我是被抓了，但是总坛宫主没杀我，还收我做了掌宫弟子。"

幻尘雪瑶道："这葫芦里究竟卖的是什么药，我越来越觉得可怕了。"

老三道："虽然我不知道为什么，但是我知道总坛宫主这次让我们来找你，绝对不是为难你，她说会让你见到你非常想见的人。"

小年道："那风月儿呢？"

老三道："她们把风姑娘抓来，并没有怎么样，不过她们说了，倘若你们不去，她们就不会放了风儿姑娘，但是也绝对不会伤害风儿姑娘。"

幻尘雪瑶忖道："为什么要我一定前去寒荒古城？为什么她不来找我呢？她这样做，究竟想做什么？"

老三摇摇头道："不知道！"

第115回：雨荷匆匆一现

晚风起，白月升。

寒荒古城外的这一条街虽然算不上繁华，但也算不上落寞，也许是在夜里的原因，整条街显得分外的冷清孤寂。

雪莺啼鸣，残叶飘落。

这条街大雪雾弥漫，戴斗笠的老三扬长而去。

段云看着那消失在巷子里的身影，不由得言道："看来我们的行踪已经被她们发现，并且在她们的控制范围之内。"

房内传来小年的说话声。

小年道："那你去吗？"

段云方转过身，欲要跨过门槛，但是从屋里走出来了幻尘雪瑶，段云一把拉住幻尘雪瑶的臂膀，问道："你现在就要去？"

幻尘雪瑶被段云拉住手臂，站住且道："她说其他什么事也就罢了，但是她既然说我此次前去能见到我最想见到的人，那么我说什么也应该立刻去。"

小年道："音尘剑道和寒荒剑道有着血海深仇，没弄清楚状况之前，万不可冒险前去，要去也得明早我们三人一同前往。"

幻尘雪瑶双眉欲落，神色缓迟。

段云道："小年说得不是没有道理，你再认真考虑下，她单单只说那人是你非常想见的人，但却不说那人是谁，你不觉得奇怪吗？"

幻尘雪瑶道："既然是这样，那我们明天早晨再去吧！"

段云、幻尘雪瑶进入房内，关上门。

翌日清晨，雪又下了起来，昨晚上关上的门"吱呀"一声被打开了，接着幻尘雪瑶、段云、小年三人走出来。

方走出房门三五步，三个缥缈宫弟子从天而降，落在小巷中，站在他们的面前。

幻尘雪瑶、段云、小年眨眼一看，这三人其中一位正是老三，小年激动道："你们，你们这是？"

老三道："我已在此处等候多时，这两位是我的弟子，我们来是迎接幻尘小姐前去寒荒古城的，既然两位在此，那一起前去吧。"

段云见此，立刻上前一步，一把捏住老三的脖子，道："快说，你们到底在干什么，为何如此客套地待我们？"

老三道："三位有所不知，自从家师在镜雪山庄受到重创，回来之后就性情大变，我们也不知她什么用意。"

小年道："性情大变？"

老三道："不错，按照以往的惯例，我刺她一剑，日后有机会抓到我就会杀了我，可是这一次完全不是，她不但不责罚我，反而收我做了掌宫弟子。"

段云道："我看她多半是老糊涂了，那你知道她让我们去是见谁吗？"

老三摇了摇头。

幻尘雪瑶道："放开她吧，相信其中大有文章，既然她性情大变，那不如前去看看，她若真设下天罗地网，昨夜我们到此地就应该有行动，可是昨夜没有丝毫风吹草动。"

段云松开手，道："好吧，有我在，看她能玩出什么花样？"

缥缈宫两名弟子忙上前扶着老三，老三用手抚了抚自己白皙的颈，深吸两口气，平定心情后，且道："三位请！"

幻尘雪瑶、段云、小年三人丝毫不客气，大步走到最前面，但是一路走来，三人神色皆是复杂至极。

东城门下，城门敞开着。

门两边各站着七个女子守着城门，待幻尘雪瑶从她们面前走过，她们都低头施礼。

小年道:"这一群女人真是吃错药了。"

段云道:"是啊,我了解的缥缈宫可不是这样的。"

小年道:"我懂,因为我也了解过,记得当初我给雪瑶妹妹讨冰山雪莲,我亲自领教过,他们最讨厌男人了,更何况我们还是寒荒的人。"

段云道:"看来深仇大恨也不过如此。"

小年道:"别先得意,我们才来到此地,还不知道一会儿她们如何对待我们呢。"

幻尘雪瑶道:"别害怕,少说话,我最了解这一群姐妹,方才我看见她们的眼睛里没有仇杀!"

小年道:"这你都能看出来!?"

幻尘雪瑶道:"不是看出来的,而是感觉出来了。"

此刻,老三道:"前面就到了,总坛宫主就在里面等着,我们快过去吧。"说罢,脚步加快。

很快,六人来到了孔雀老人的面前。

孔雀老人看见幻尘雪瑶出现在自己的眼前,微微一笑,淡淡道:"你来了啊?"

幻尘雪瑶冷冷地道:"你让我来见谁?"

孔雀老人道:"外面马车已经备好,你跟我去一个地方。"

段云道:"去哪儿?"

小年道:"去干什么?"

孔雀老人道:"你们去了就知道了!"

幻尘雪瑶冷冷地道:"好,我答应你,我去!"

孔雀老人微微晃着身子站了起来,老三见此,忙大步走了出去。

幻尘雪瑶、段云、小年三人见孔雀老人身体异样,怔怔地面面相觑,各自心中都暗忖一句话:她怎么了?

老三扶着孔雀老人走在前面,随后说道:"三位随我来。"

幻尘雪瑶、段云、小年移步跟上,出了房屋,看到庭院中的雪柳树下正停着一辆豪华的马车。

马车上的彩色绸缎在风雪中摇摆着,待三弟子扶着孔雀老人上了马车,幻尘雪瑶等人才上了马车。

坐在马车最前面是缥缈宫的女弟子——老四,老四一手拉着马缰绳,一手拿着马鞭子挥舞而下,马车的轮子便在雪地上留下两道清晰的痕迹。

出城向南走,进入万重雪山之中。

天色正亮,潇雪飞舞,寒风吹得人全身冰凉,坐在前面的孔雀老人呼吸开始慢慢加重,幻尘雪瑶看着眼前的一切,心中大是疑惑:她伤势如此严重,应该在寒荒古城调息,怎么会冒着生命危险来到这万重雪山之中,她到底要让我去见谁?

或许认识?

或许不认识?

或许很快就会有答案。

马车在一座雪山前停下，老三、老四扶着孔雀老人下了马车，然后再外加一套棉衣给孔雀老人披上。

段云道："这风雪太大！"

段云毫不犹豫地脱下自己的外套棉袄，给幻尘雪瑶披上。

幻尘雪瑶道："段云哥哥，你把外套给我，你岂不是很冷，我不冷。"

小年道："雪瑶妹妹，你就穿上吧，你的身体可比她的要紧得多了。"

幻尘雪瑶道："好吧！"

此刻，孔雀老人的眼睛里已经血红一片，不过她还是转身对幻尘雪瑶说道："她就在里面，我们进去吧！"

幻尘雪瑶会意地点了点头。

进入山洞后并没有他们想象的那样——立刻见到想要见到的人，绕了好大一圈后，他们才停在一块石碑前。

石碑上有花纹，孔雀老人亲自咬破手指，用血描绘着石碑上的花纹，待描绘完成后，血亮的光芒四散开来，顿时地动山摇。

孔雀老人神色激动，且道："不好，花纹密码已被盗，山体要崩塌，你们快走。"

幻尘雪瑶道："怎么回事？"

老三道："师父说花纹密码已被盗，山体要崩塌，你们快走。"

说话的刹那间，孔雀老人血红的眼睛忽然流出了血，双手在胸前一比画，一道柔力劲气从手臂之间如惊涛骇浪，电闪雷鸣般迸发开来，幻尘雪瑶、段云、小年，以及扶着她的老三、老四一同被抛向门外。

门外，五人摔倒。

幻尘雪瑶站起来，欲要上前，但山洞摇动不休，山石掉落，段云情急之下，一把握着幻尘雪瑶的手，道："我们快走，这山要崩塌了。"

小年道："快！"说罢，拉起老三、老四向外奔跑。

逃离了危险，五人站在空旷的雪地上，看着面前的山体已沉陷，不由得目瞪口呆，只待最后山石安静后，五人才相互对望一眼。

老三、老四道："师父！"

两人大声喊出口，便跪在雪地上。

忽然，一阵强有力的爆炸声响起，孔雀老人和另一位老者拖着一口白玉棺材破山而出，正向幻尘雪瑶飞来。

幻尘雪瑶单臂一掌推开，白玉棺材竟然扎实地落在地上。

棺材落地，溅起地上的雪。

孔雀老人道："你是何人？如何破了我们音尘的花纹密码？"

幻尘雪瑶看向另一个人，回想起这个人曾经在镜雪山庄出现过，惊讶道："是他？"

段云道："怎么？你认识他？"

幻尘雪瑶看着那老人："段云哥哥，你忘了吗，他就是那个曾经在镜雪山庄偷取镜雪剑的人。"

段云道："是他！？"

段云瞬间想起，很惊讶。

偷剑的老者道："处女之血遇到处男之血，花纹密码才会完全破除，为了让我的雨荷起死回生，我研究了二十年才研究透破除之法，我容易吗，没想到在我大功告成之日，你这死老太婆又来捣乱，我杀了你！"说罢扑向孔雀老人。

孔雀老人道："你胡说，二十多年前，我派月姬把雨荷从冰封之海抓回来后，就用天下至毒将其赐死，这人死岂能复活？"

幻尘雪瑶走到白玉棺材旁边，看着里面躺着一个穿着绿色衣服的女子，难以置信道："这是我妈妈吗？"

幻尘雪瑶不敢确认眼前的景象是真的。

段云狐疑道："雨荷，是尤雨荷？"

幻尘雪瑶道："妈妈，是你吗？"

白玉棺材中的绿衣女子丝毫不动，年轻时候的容颜丝毫不差，安静地躺着。

顿然，那偷剑老者惨笑道："死老太婆，受死吧，你身负重伤，你不是我的对手！"

忽然，一剑插向孔雀老人，孔雀老人的心口被刺了一个窟窿，随即仰头倒在雪地上。

那人疯狂大笑，一边向白玉棺材奔跑，一边喊道："雨荷，我终于为你报仇了，我杀了那个老太婆，那老太婆死了！"

偷剑老者来到白玉棺材前，一把把幻尘雪瑶拉开，痴迷地抚摸着棺材中女子的脸庞。

幻尘雪瑶挣扎着要去收拾这老者，但是段云把幻尘雪瑶紧紧搂在怀里。

段云道："这是个疯子，这是个魔鬼，我们快走！"

小年道："不错不错，这人武功极高，形态癫狂，的确是个魔鬼，我们快走。"说罢，便拉着老三、老四，让段云抱起幻尘雪瑶就匆匆离开了。

第116回：缥缈易主之乱

幻尘雪瑶和段云离开这里，这人才拖着白玉棺材离开了，直到天雪大肆飘零，一道黑色的人影方才从群山的山头飘逸而来。

头发苍白，九个一般大小的风铃环绕在他身边摇响着，声音清脆，婉转流畅，躺在地下的孔雀老人却早已冷目紧闭。

来人正是风铃老人。

"斗了一辈子，累了吧？"

风铃老人伸着带有岁月痕迹的老手，轻轻地、缓缓地把倒在雪地上的孔雀老人抱了起来。

"累了就歇息吧，这繁华的世间已经不再适合我们了。"

风铃老人抱着孔雀老人站在靖海海岸的高山上，围绕着周身旋转的九个风铃像是忽然受到巨大的引力，坠落在地上。

此处山野海川虽然空旷无比，但是两人的身形似乎并不渺小，他们站在巍峨的高山上，连高山都仿佛被压得喘不过气来。

"上一次抱你，我清楚记得是在三十年前，但每一次抱你的感觉却从来都没有变过！"

风铃老人痴痴地看着孔雀老人，然后身形一纵，双脚顿然离开地面，身子沿着巨大的岩石下落，最后消失在靖海翻滚的浪涛里。

"爷爷！"

玲珑快速地奔跑来，却来迟一步，她跪在雪地上，捡起散落的风铃，望着巨浪滔天的海浪，顿时热泪盈眶，哽咽得哑口无言。

寒荒古城，白雪飞落。

此刻，一辆华丽的马车停在寒荒古城的东城门下，幻尘雪瑶、段云、老三、老四、小年从车上跳了下来。

"开城门！"

老三命令守城的缥缈宫女弟子，守城的女弟子对着老三行了一礼，应了一声是，然后搬动了寒荒古城门闩上的扳机，吊门缓缓下落。

老三、老四带着幻尘雪瑶、段云、小年大步走进庭院，然后直奔东城大殿走去，东城大殿上坐着其余各位弟子，众弟子见老三、老四神色匆忙，行走步伐凌乱，于是都围了上来纷纷询问。

老三却道："众位姐妹都在，我有事宣布。"

"师姐，什么事？"

老三道："师父已经仙逝，师父早有安排，决定缥缈宫总坛宫主之位由幻尘雪瑶继承。"

"什么？"

段云、小年，连同缥缈宫众位弟子皆异口同声地惊呼，一旁站着的幻尘雪瑶更是不知所措，连连后退几步，坐在板凳上。

老三继续道："以前的宫规全部废除，由新任总坛宫主再拟定，从前与寒荒剑道的恩怨一笔勾销。"

段云和小年对望一眼，然而面前的一幕完全在他们的意料之外，大殿上的弟子都恭敬地站成四排，不约而同地下跪，俯首在地："参见总坛宫主！"

幻尘雪瑶道："你们！"

小年却有一点意外的惊喜："雪瑶妹妹，你做缥缈宫的总坛宫主了。"

正在此刻，又有一批缥缈宫弟子拥入大殿，为首的竟然是老四。

老四道："总坛宫主之位怎么可以让一个外人来坐，师父未免老糊涂了吧！？"

"你说什么？"

老三闻听老四大放厥词，立刻上前，伸手就要打老四的脸，但是老四忽然伸出手，紧紧握住老三的手："师姐，你我同为师父座下的得意弟子，她死的时候为什么不把这宫主之位传予我们，却传给这个臭丫头，难道她不知道这个臭丫头和我们不但没有半点关系，还是我们的宿敌吗？"

老四的一番言语轰炸，老三也只能说道："这是师父的决定，师父自有深意，你我同为弟子，只要遵守师命即可！"

幻尘雪瑶惊讶地看着老四的手，老四的手已变成了火焰手，幻尘雪瑶忽然间明白了月姬当初在雪云山的伤疾，怔了怔道："是你，原来是你！"

段云道："你发现了什么？"

幻尘雪瑶道："是她杀了月姨，是她！"

老三狐疑地看着老四，愤怒道："是你，是你杀了大师姐，你为什么要这么做？是为了缥缈宫的总坛之位吗？"

老四闻听老三的话语，并不多加理会，反而打量了幻尘雪瑶一眼，道："看来你这小丫头片子已经发现我的武功套路，不过发现了也没用，孔雀那死老太婆已经不在了，现在缥缈宫实力我最强，所以我说了算，宫主之位今日确定由我担任。"

老三道："你好不要脸！"

老四道："你我同为女人，说话不要这么难听！"说罢，手上劲道大出，竟然硬生生用烈焰把老三的一条胳膊化为灰烬。

段云道："好阴毒的女人，雪瑶妹妹，绝对不能让她染指缥缈宫总坛宫主之位，要是可以的话，现在就废了她。"

幻尘雪瑶道："如此狠毒，今日你我就大战一场，除了你这祸乱天下剑道的毒妇！"

"你别狂妄！"

老四单掌击出，直捣幻尘雪瑶。

幻尘雪瑶不敢轻敌，双掌在胸前交叉格挡住。

但是，老四疯狂极了，双掌并用，只把幻尘雪瑶推出门外，并一直纠缠到庭院中间，直到第一个回合下来，幻尘雪瑶撞在大树上，她才缓了缓，冷嘲热讽："就这点道行，还想做缥缈宫的总坛之主，不是你太可笑，就是我师父老糊涂了。"

段云急了，道："雪瑶妹妹！"

小年道："我们去帮忙！"

幻尘雪瑶道："你们别过来，她掌风诡异，不过对付她，我还绰绰有余！"说罢，竟然以幻影术飞跃蹿到老四的身边，双掌与其对击，老四本来的焰火肉体忽然冰冷，口吐鲜血，鲜血出口便结成血亮的寒冰。

这一瞬间的变化，令观战的人赞声不绝。

老四看着幻尘雪瑶，且道："你，怎么可能，你怎么会这种武功，秘籍只不过才丢失两天之久，你怎么就练成这种火焰寒冰掌！"

幻尘雪瑶道："也许你总以为自己很聪明，但是比你聪明的人很多。"

老四道："现在我明白师父的决定了，你不愧是我们缥缈宫下一届总坛宫主，你的确是一个练武奇才！"

幻尘雪瑶道："谢谢夸奖！"

寒风习习，老四笔直倒在庭院中，身形瞬间扭曲，结成寒冰，风一吹，冰化成雪末，随风飞扬。

段云走到幻尘雪瑶身旁，且道："你没事吧？"

幻尘雪瑶道："火焰寒冰掌不知道她练了多久，我只感觉她掌风带火，但是却没有丝毫寒意，也许她根本就没有修炼到'寒意催'的境界。"

此刻，老三走来。

老三道："幻尘姑娘，既然你本领如此高强，那就留下来做我们的宫主吧，师父临终前说她亏欠你母亲太多，但不仅仅是私人原因，她更希望你能站在缥缈宫总坛宫主的立场上，引导整个音尘剑道走向和谐、走向光明，师父她老人家说无尽的屠杀，只会令音尘剑道走向灭亡，她还希望你能化解音尘和寒荒多年以来的恩恩怨怨。"

幻尘雪瑶道："她真是这么说的？"

老三跪在地上，道："幻尘姑娘，为了音尘剑道的未来，也为了音尘剑道和寒荒剑道的共存，你答应吧。"

段云道："雪瑶妹妹，这不正是你想看到的吗，天下剑道相宁，这样才有利于剑道繁荣昌盛，这才是每个剑客最终的愿望。"

"嗯！"

幻尘雪瑶看着段云，微微一笑，点着头。

第117回：七月六旌旗令

名剑之争的前一天，七月六日，清晨。

寒荒古城被东风冷意笼罩，插在寒荒古城城墙上的旗子左右摇摆，只"呼啦哗啦"地作响。

忽然，一匹白色的马疾驰奔入寒荒古城，马背上的人正是寒冷天，他进了城中，大老远就高兴地呼唤着"幻尘姑娘"，幻尘雪瑶坐在大殿上闻听寒冷天的呼喊声，忙要起身出去看看，怎奈段云道："你不必出去，她们都在等你，给你行易主之礼，所以还是我去看看吧！"

幻尘雪瑶觉得段云言之有理，于是不太情愿地又坐在宝座上，不过说时迟，那时快，段云在大厅里方移动脚步，这寒冷天的身形已化为一团白影，蹿进大殿。

一旁的许多人都对此惊讶不已。

但是。

寒冷天更出乎意料地双膝跪在地上，给幻尘雪瑶行了一个大礼："寒冷天见过缥缈宫总坛主、寒荒古城城主。"

一旁站着的缥缈宫弟子见寒冷天行礼下跪，一时之间都纷纷跪了下来，嘴里只喊道："缥缈宫众弟子参见总坛宫主！"

站着的段云和小年见这样的场景，都傻乎乎地相互对视，脸上升起了一丝丝喜气，只是就在他们要跪下的时候，幻尘雪瑶忙道："你们别这样，一路走来，都是你们的功劳，我们都是朋友，别行这么大的礼。"

段云和小年弯曲的膝盖不得不再一次变得笔直，傻愣愣地看着幻尘雪瑶。

幻尘雪瑶正走向寒冷天，伸手要拉寒冷天站起来："寒冷天大哥，你才是正真的城主，你这是干什么？"

寒冷天却像是头倔牛，不但听不进幻尘雪瑶的话，反而振振有词："幻尘姑娘，寒荒雪域和音尘火族一直以来争斗不休，如今你若是担任了缥缈宫的总坛宫主，就可以化解我们之间的恩怨，这岂不是大快人心的事情。"

幻尘雪瑶急了："可是寒荒雪域能人辈出，我又怎么能取代你在寒荒雪域的势力，这样很不好，寒荒古城本就是你一手打下来的基业，缥缈宫总坛宫主我不推辞，但是这城主之位，今天无论如何得还给你。"

寒冷天道："万万使不得，自从寒荒古城失陷于缥缈宫，我就和寒荒古城再无缘分可言，这也是定数，再说自从那以后，我早已习惯闲云野鹤的生活，这寒荒古城城主，万万担任不得。"

幻尘雪瑶和寒冷天两人各执一词，只把一旁站着的大火听得是心急如焚，这段云已经看不下去了，且道："你们两位安静一下，听我说一句可好？"

寒冷天忙一把扯住段云的袖子，略有威胁般说道："段云，你我昔日同城共饮，你最懂我需要什么，不需要什么，你帮我说说，我真的厌倦了这个城主之位！"

段云白了一眼寒冷天，使劲甩开寒冷天的手，道："你厌倦了城主之位，你讨厌的东西却执意给别人，你这人……不过，如今天下剑道就属中州、蓬莱、音尘，再就是雪域最为鼎盛，若是雪瑶妹妹能平息音尘剑道和寒荒剑道多年的杀戮，那又何尝不是一件好事。"

正在这时候，门外传来了一个声音："在下风铃潭玲珑求见幻尘姑娘，请接见！"

段云笑道："又是那个小丫头片子！"

忽然，一条人影已经闪了进来，这人正是玲珑。

玲珑不但有一张精致可爱的容颜，还有一张很会说的嘴，她从头上取下一只金黄色的簪子，且道："我爷爷死了，我又爱贪玩，打死我，我都坐不好这掌门人的位置，听说幻尘姑娘年方二十多，武艺就已惊绝天下，不但身负幻尘堡的幻影神功，还会缥缈宫的万法秘籍，以及笑面老人的邪雾十六剑三大神功，不像我年纪相仿，却只会些花拳绣腿，现在我代表风铃潭弟子归顺寒荒剑道，从今以后愿听从幻尘姑娘训导。"

· 336 ·

小年听了，眉头一皱，打量了一下玲珑，且道："等等，你干什么，还没到名剑之争，你就投降了，没搞错吧？"

玲珑道："你说话怎么那么难听呢，什么投降不投降的啊，我这是识大体、识时务，再说把风铃潭潭主之位交给幻尘姑娘，这是我爷爷风铃老人做的决定，我爷爷早就注意幻尘姑娘了，说她人好、心善，武功高强，信仰也高，是一个名副其实的剑客。"

小年听了玲珑的一番话，立刻用狐疑的眼光看着幻尘雪瑶。

幻尘雪瑶却满脸通红，但是毕竟经历得多了，再觉得尴尬，但是思路还是明白得很，且道："那你爷爷呢？"

玲珑的神色立刻变得黯然，半天才轻声道："你们离开后，他抱着他这一辈子最心爱的女人跳海了。"

段云道："跳海！"

小年道："最爱的女人？谁啊？"、

玲珑道："就是孔雀奶奶啊！"

闻听玲珑这么一说，寒冷天等人才略微地点头。

玲珑道："就因为追求剑道的最高信仰，他们彼此错了一生，在爷爷爱的时候，她不爱我爷爷，在爷爷不爱的时候，她又爱我爷爷，两人在一起纠缠，相互埋怨了一辈子，临死前才想明白这天下最值钱的不是剑道里的胜负输赢，而是人与人之间最珍贵的感情。"

小年道："这样说来，我明白了，最后他们的心结打开了。"

段云道："对啊，正是他们的心结打开了，才有我们三地剑道今天这么心平气和坐而论道的局面。"

幻尘雪瑶走出大殿，然后跪在大殿的台阶上，面向整个寒荒雪域，下跪磕头，一边磕头一边对天起誓："两位前辈的心愿，我一定完成，多谢两位成全，成全了整个天下所有追求剑道的人。"

把话说完，幻尘雪瑶缓缓站起身，然后道："既然如此，那我就遂了你们的心愿，不过我还是我，既不是什么缥缈宫的总坛宫主，也不是什么寒荒古城的城主，更不会是什么风铃潭的潭主，不过对于剑道有意义的事情，我一定坚持到底，伸张正义！"

段云、小年、寒冷天、玲珑以及其余弟子都哈哈笑出声来。

顿时堂里堂外响起了众人参拜的声音。

许久后，段云道："明天就是七月初七，旌旗令还没有发，雪瑶妹妹，你看现在就要前往各大门派派发旌旗令吗？"

幻尘雪瑶道："我对于名剑之争的章程了解不多，这个就让寒冷天大哥来决定吧。"

寒冷天道："旌旗令我已经准备好了，已经派天幕、厚土、氾水三人前往各大门派发布指令了，我们现在要做的就是移驾镜雪山庄，明日再会名剑之争。"

幻尘雪瑶道："那我们今天就这样决定了，这就前往镜雪山庄。"

寒冷天拱手道："是！"

第118回：忽然地失踪了

七月初七，雪停。

雪停，风声冷寂。

镜雪山庄的阁楼外早有人来人往，定睛一看，都是寒荒五剑派的弟子。

冷清雪和刘心冰站在生死擂台下的碧水潭岸边，修长的两个身影倒影在碧水中，摇摇晃晃。

刘心冰见冷清雪脸上略有阴霾之色，方道："怎么了？"

冷清雪略叹气道："雪停了，今天应该是个好天气。"

刘心冰拉着一张黑脸，嘴角微微一上扬，且道："到头来什么都是虚无缥缈的东西，雪停了，是该停了。"

冷清雪道："我听得出来，你不是在感叹这场雪，你是在比拟吧，本来天下四地剑道各割据一方，独领风骚，而如今却形成了这种三对一的局面，想必这将是天下剑道有史以来仅有的一次改革吧！？"

刘心冰道："中州剑道也算是大方剑道，名剑门数不胜数，这一次，我们要面对的不再是名剑之争那么简单，我们面对的是中州剑道。"

冷清雪道："其实不说也明白了，四地剑道就属中州剑道、寒荒剑道最为鼎盛，现在寒荒、蓬莱、音尘三合为一，规模比中州剑道更庞大，要说势力，那更不可小觑。"

刘心冰嘴角又微微一扬，且道："无论如何，这一次我们都要全力以赴，不过你听说了没有，镜雪剑并没有在我们手上。"

冷清雪道："你听谁说的？"

刘心冰道："这镜雪剑说到底也是人家幻尘堡的，当然是幻尘雪瑶说的，难不成还道听途说了？"

冷清雪道："想必你正担心今天镜雪剑会出现在生死擂台上？"

刘心冰道："现在虽说音尘和蓬莱的势力削减不少，但音尘还有向阳教、天火寺，蓬莱还有九国岛、白沙峰，既然镜雪剑没在我们手里，那么镜雪剑应该就在这些名剑门手里，他们随时都可能对我们赶尽杀绝。"

冷清雪道："是的，镜雪剑举世无双，我们很有压力。"

刘心冰道："我和你的看法不太相同，要说镜雪剑厉害，我看我们的幻尘姑娘更厉害，你想想从古至今，有谁有那么大的本领，竟然让这三地剑道化干戈为玉帛，幻尘姑娘身负绝世武功，再加上我们这些人，实力应该不输那把剑吧，你说镜雪剑厉害，可是当年幻尘云风还是死在我们五剑派的围剿下，不是吗？"

冷清雪听了后，点了点头："说得也是。"

就在这时候，一群黑色的乌鸦"嘎嘎"地飞过。

冷清雪惊讶道："怎么回事？寒荒雪域乃是极度阴寒之地，怎么会有这种黑色的乌鸦飞过？"

这群乌鸦飞过，不但冷清雪看到了，就连刘心冰和阁楼上的许多其他门派弟子都看见了，大家都对此议论纷纷。

真是奇怪之事。

不过就在大家疑惑的时候，一阵仿佛癫狂的声音笑了出来，众人眨眼一看，这发笑之人正是昔日露面的五花门门主万花娘子。

万花娘子的人长得就和她的名字一样，十分漂亮，她肌肤如雪脂，细腻而润滑，看起来就很舒服。

冷清雪怔怔发神。

良久后，在阁楼上的邓戏衣道："原来五花门的万花娘子到了，来得好及时。"

万花娘子呵呵一声冷笑，且道："那是，在下只是一个马前卒，中州剑道大批人马，在正午之时，皆会赶到，赴约四地剑道三十年一届的名剑之争英雄会。"

刘心冰道："既然如此，请万花娘子去夺魁现场一观。"

万花娘子也拱手胸前，道了一声"请"字，于是大步走上前，而她身后的弟子共计一千余人，全跟在身后，步入擂台。

擂台笔直立于碧水潭上，共有天、地、玄、黄四层，每一层都精心布置了不同规矩，其中天为最高级剑客比试之地，接下来依次是地、玄、黄三层。

所谓天就是轻清者上升为天，有清明光洁之意，凡是达到天极的剑客，皆是一流剑客，但凡入了天极的剑客只能活两个人，一个是夺魁之人，一个便是战败者，因为夺魁之人不能杀死战败者，两人一旦死一个人，生死天门将无法打开。

生死天门打不开，比试者就无法退出，就会受尽瘴气之毒，死在天极。

天极剑客下来便是地极剑客，地极剑客比试之地乃是地字堂，要比天极剑客矮一级，到达了地极剑客层，如果无法攀登天极，比赛者依然会死，因为通向玄字诀的通道已经被生死门封死，所以到达地级的比赛失败剑客，他们最无奈。

是的，他们只有一条生路，那就是闯进天极，夺得魁首。

天、地、玄、黄四极颇受欢迎的比试之地便是玄字诀，在这里，所有没被黄字诀淘汰的参赛手是不受限制的，他们可以随心随意，攻击、帮助另一个人。

对，没错，攻击相同的敌人，帮助自己的友人或是同盟。

只是更加有意义的事情便是在一炷香的时间内，最后活下来的参赛手可以自由选择留下和退出。

那黄极黄字诀呢？

黄极便是这场名剑之争最薄弱、最无人性的比试，凡是参赛者，皆可以一同登上比武赛场，共同做生死较量，所有参赛者，厮杀直到剩下十人就可以了。

这最后的十人便是参与玄字诀比赛的人选。

刘心冰带着万花娘子逛完了天、地、玄、黄四极，来到红亭子中，红亭子的红瓦上积雪正在融化，雪水一滴滴地打在碧水潭的雪荷上，呼呼地响。

冷清雪忽然来到刘心冰身边，且道："万花娘子，这么早来，看了这么久，应该累了，我找刘帮主有事，先给你奉上一杯热茶，我们去去就来！"

身后当真有个小奴才端上一杯茶放在万花娘子的身前。

茶热，冒着热气。

冷清雪和刘心冰方要转身，这万花娘子便坐了下来。

万花娘子道："什么机密事情，就不能在此地说说吗？"

冷清雪眼中冷光飞射，不过这万花娘子倒是有趣，见冷清雪凶相一露，顿然话锋一转，且道："开玩笑，再怎么说你我并不是一条船上的人，有什么机密的事情，想必是不会让我知道的，再说我也不能知道！"

万花娘子缓缓地端起放在青石桌子上的热茶，轻轻地温柔地品了又品，嘴里道："好茶！好茶！"

刘心冰见万花娘子还算识大体，便不再计较，忙拉着冷清雪离开红亭，一边走，一边询问道："到底发生了什么事情？"

冷清雪道："不好了，幻尘姑娘不见了！"

刘心冰道："不见了？什么意思？"

冷清雪道："失踪了，方才段云、寒冷天给我说让我们加紧设防，今天是个重要的日子，指不定有什么妖魔鬼怪蠢蠢欲动呢？"

刘心冰道："你的意思是幻尘姑娘被人陷害了？"

冷清雪道："别胡说八道，事情还不清楚，别乱说，这话要是传开了，对我们寒荒剑道没有好处。"

刘心冰已经随冷清雪来到大殿。

大殿中寒冷天下达了最后的指令："大家要冷静，不要慌，幻尘姑娘如今下落不明，我们要以不变应万变，这件事就我们几个人知道，再不要让其他人知道。"

然后在座的众人都应了一声"是"，便纷纷退下。

人走得差不多了，冷清雪和刘心冰才从后门走了进去。

寒冷天见二人，且道："想必你们都知道了吧？"

冷清雪、刘心冰纷纷地点了点头，也不再做言语。

第119回：九国岛被灭门

七月初七的这一天，时当正午，寒风轻微，冷意暂缓，凡是接到"旌旗令"的四地剑道的名剑门都已经按时到达了镜雪山庄。

镜雪山庄，雪雾寒气稍缓，站在碧水潭的周围皆可以看清楚"擂台阁"四层的一切事物。

碧水潭四周的残竹已经经过修整，四地剑道基本上都靠东边而立，因为"擂台阁"设的方位靠西。

靠西边的地方比较宽敞，所以水域也比较深、比较广，"擂台阁"是镜雪山庄发生"烟云血河"的景象时从水下隆起的。

不但如此，就连镜雪山庄如今的阁楼也都是从地底下隆起来的，由此可见当初建筑时的工程也绝非一般。

当初镜雪山庄被大火烧成灰烬，四地剑道所有名剑门为之大惊，而如今镜雪山庄又如此庄严雄伟屹立在雪云山之上，此番景象真是让所有来参与的名剑门叹为观止，情不自禁地对镜雪山庄如今的雄伟夸谈有加，说得仿佛如那人间仙境一般。

就在这些人惊讶连连的时候，从镜雪山庄的阁楼侧边寒竹道上飞奔来一匹棕色膘马，这马的缰绳一收，竟然前蹄离地、后蹄直立而起，接着一声震荡人耳的马嘶响起，正在心驰神往的各大掌门都回首观望。

马上的骑士翻身下马，但这骑士满身是血，除了一双眼目有些光泽，其他都可以说是在血池里翻滚过一般，当他连滚带爬地来到碧水潭岸边的时候，众人才勉强认出这人正是九国岛的弟子。

钟綮见是自己门下的弟子，才惊讶一声，快速起身上前，扶住这人道："怎么了？怎么了？"

这人哭爹喊妈一样，哭咧咧道："哎呀，岛主，被灭了，全被灭了！"

钟綮道："你说什么，把话说清楚。"

谁晓得，这世上的事情就是这么少见，这人咳嗽两声，大口吐出一滩鲜血，白眼一翻，两腿一蹬，于是乎就命绝了。

钟綮细看这人，发现这人身上的伤口有无数条，非但如此，五脏六腑竟然还受了重创，看到这般奇异不寻常的事情，直觉告诉钟綮，九国岛一定出事了，于是他转身双手抱拳在胸前一作揖："一定是九国岛发生了些事情，待我回去看看。"

竟然不等各门各派的掌事之人同意，钟綮竟然一个轻功飞起，身子落在那寒竹道上的马背上，马的缰绳被一甩，鞭子在马屁股上狠狠一打，马箭一样蹿了出去。

如此时候有什么事情发生？

所有人都疑惑了，都不知道九国岛在演哪一出，难道在名剑之争英雄会上，他们还有什么阴谋？

就在大家疑惑正浓，冷清雪、邓戏衣两位寒荒剑道名剑门的掌门人出列了，这冷清雪极具女侠气魄地一拱手道："大家不要着急，名剑之争英雄会乃是天下剑道无比尊崇的剑道盛会，绝对不容许任何接到'旌旗令'的名剑门在大会上有插曲，我们这就去看看，为大家解除此刻心中的疑惑。"

邓戏衣也抱拳道："不错，大家等候我们的消息便是。"

寒冷天也道："既然如此，那么名剑之争就推迟两个时辰再进行，两位掌门快去快回，我们等你们。"

大众都非常重视这次盛会，于是都表示赞同，皆拱手胸前说是坐等冷清雪、邓戏衣的消息。

如此之事一旦发生，刚才众人的兴致都被一扫而空，见冷清雪、邓戏衣整衣上马匆匆离去后，众人才暗暗地叹息回到阁子中小憩。

阁子中，壁炉中的炭火熊熊燃烧，大家一进入，便觉得温度极为不适，于是都解掉外衣，坐了下来，对刚才的事情喋喋不休地议论起来。

寒荒以西之地，乃是九国岛的驻扎处，此处冷风大作，白纸飘零，枯树折了一地，钟絷来此，马立住，他惊讶中犯傻一般看着这满地飘飞的白纸和满地的枯枝碎木，竟然差点哭了出来。

不错，眼前的景象是他无论如何都想不到的，大门就像一具千年古尸一般向外倒在地上，横挡住进屋的去路。

钟絷疑惑："这怎么了？"

钟絷似乎能意识到些不祥的事情发生了，但是他还是想去求一个真相，怔了好一会儿，才翻身下马，右手提着一柄长剑向屋里走去。

冷风吹，漫天的白纸飘飞，在钟絷的脸上刷刷地落下，不过他正一步一步颤抖着身子向门口靠近。

额头上的汗液已经像是瀑布一样汹涌而下。

终于来到门口。

门口倒地的门闩被损坏不说，更有鲜红的血字涂在上面，上面写着"灭门"两个大字，目光所到之处这大门下竟然压着一个人，钟絷掀开门，一眼就看到了这尸体的脖子上有剑痕。

钟絷惊讶道："是高手？"于是很快戒备起来。

先是往自己头顶一看，然后四周一看，但是四周除了风吹纸落，一切都十分安静。

是的，安静得让人害怕。

不管多么害怕，钟絷还是走进门里，门里是个庭院，庭院的树上、地上、房子上到处都是九国岛弟子的尸体。

钟絷眼睛发红，大声喝道："是谁？是谁？"

正在这时候。

忽然，地上飞出一柄长剑，他觉察到的时候，这柄剑已经刮伤他的脸颊。

此刻。

对，就在此刻，从地面蹿出来一白衣女子，白衣女子蹬空而起，不待钟絷看清身形，女子的剑又俯冲而下，从他头顶直刺而下。

钟絷全身一颤，手里的剑掉落在地上，站立住问道："你是谁？"

女子蒙着面巾。

面巾雪白色。

女子缓缓解开面纱。

钟絷指着白衣蒙面女子，道："原来是你！"

白衣蒙面女子淡淡道："是我！"

钟絷道："你为什么要这么做？"

白衣蒙面女子道："因为想让你成为死人！"

钟絷道："我和你无仇无恨，你为什么这么做？"

白衣女子道："九国岛崛起蓬莱仙岛的东方，骨子里有太深的可怕文化，今日待你还未崛起时，先灭了，永绝后患，令天下剑道相宁！"

钟絷闭上眼睛，最后倒在庭院的雪地上。

寒风冷，纸飞落，凄凉声，浮生长，忽然，门外马蹄声骤然而来，冷清雪、邓戏衣翻身下马，疾奔入屋，看着满地的尸体和飞舞的白纸，都怔了怔。

邓戏衣道："这是谁干的？"

冷清雪道："九国岛被灭门了！"

邓戏衣道："为什么？"

冷清雪道："难道是针对名剑之争？"

邓戏衣道："可是我们连凶手是谁都不知道，这种猜测准吗？"

冷清雪道："你说呢？"

邓戏衣道："既然你我都弄不明白，那还不如仔细看看现场，然后再回去把我们看到的，一五一十地告诉他们。"

冷清雪道："好！"

于是，冷清雪、邓戏衣两人仔细查看现场，现场除了尸体，还是尸体，虽然死样千奇百怪，但都是一剑毙命。

第120回：小风身世之谜

七月初七，一切的变数都在一声锣鼓声后成为定数，待冷清雪、邓戏衣两人快马赶回镜雪山庄之时，天下四地剑道已经全部齐聚镜雪山庄。

而这最后到来的就是那上官嫣红。

上官嫣红一身红色衣服，手提一柄长剑带领着中州各大门派登上了比武擂台，在"黄极"层开始比赛后，局势瞬间被分开。

局势被分开的一瞬间，寒荒、音尘、蓬莱三地剑道的所有门派竟然同仇敌忾地对付中州剑道。

上官嫣红带领着所有中州的名剑门与寒荒、音尘、蓬莱三地剑道厮杀，然而也正是因为镜雪剑在上官嫣红的手上，所以面对三地剑道的对决，她丝毫没有将其放在眼里。

第一层比试可以说是群剑争霸，顾名思义就是所有有资格参加比赛的都可以不规定时间上场，现在大会刚开始，先上场的竟然是飞雪门的众多女弟子，这些女弟子各个身穿"飘雪服"，全在赛场的中间。

飞雪门刚站好，一旁的中原名剑门"五花门"竟然也上场了，同样是一众女流。

五花门和飞雪门相对而站，真要开打的时候，这赛场下早已经沸腾一片，热闹非常。

所有人竟然对台上的比赛选手议论得沸沸扬扬。

寒冷天和小年站在人群中。

寒冷天负手而立，小年则是单手搂着风月儿的腰身，提剑而立。

看到赛场上如此情况，寒冷天叹道："如此的气势果真壮观，希望这一次名剑之争，我们寒荒剑道，以及四地剑道依然遵守'天下剑道'这四个字，输了就留下名剑退下，千万不要斗恶斗狠。"

小年道："剑术的修为有深浅，这人的人品当然也有深浅，你这样想，但是换做了别人，别人可不一定这么想。"

寒冷天道："五花门是中州唯一一个可以和峨眉派相提并论的名剑门，剑术继承了'无花女侠'的天女散花剑法和无花飞落剑法，堪称武林所有名剑门的一绝。"

小年道："可是飞雪门的势头也不小啊，独立寒荒大雪域这么多年，一直孜孜不倦，钻研剑术的最高境界，飞雪剑术在众多名剑门里也是独树一帜，令天下剑道不敢小觑。"

寒冷天道："反正这一次的名剑之争，幻尘姑娘没有参加，绝对是个遗憾，对天下剑道的公正绝对有影响，损失惨重。"

小年道:"怎么没有看见段云大哥,他人呢?"

寒冷天道:"幻尘姑娘失踪以后,段云很担心,所以现在还在四处寻找,不知道现在情况怎么样?"

小年道:"大会都开始了,想必还是没找到了。"

忽然台上一声钟鼎鸣响,响亮雪云山各个山谷,紧接着台上的五花门和飞雪门两大名剑门已经剑拔弩张,只待钟鼎声落下,一阵女人的喊杀声响了起来,伴随着厮杀声,台上的女弟子、女侠客们就像饺子下锅一样掉落在碧水潭里。

碧水潭里顿时血红一片。

各大门派的人看着两方人马只在一瞬间对半减数,每个人的神经都紧紧绷着,以做好准备,只待自己的掌门一声令下就要冲上第一层"黄"字擂台。

果然在一阵厮杀后,中原的五毒教和音尘的向阳教冲了上去。

啊……啊……

人潮如两股激流,在"黄"字擂台的正中间狭路相逢,一道道剑光闪过后,台下的碧水潭便激荡起来。

台上战败者的尸体已经落在碧水潭里。

看到这惨不忍睹的情景,寒冷天不忍心看着一个个生命死在潭里,他的身子忽然飞起,落在场中央,伸开他那有力的手将这些正在厮杀的剑客全部打落潭里。

大会规定凡是落入潭里的选手,就算输,必须上岸以后向获胜一方交出自己手里的剑,这也是亘古到今的规矩,在今天也没有变。

落入潭里的剑客们一阵阵失落,更有的人破口大骂寒冷天。

一时之间,埋怨之声经久不绝,更有很多人死心不改,爬上岸又要上会场再一次拼死击杀,然而一旦出了会场,再想上去就难了。

他们飞跃而去,但都被会场的屏障反弹回来,最后无奈只有放弃了,只是站在岸边傻看着会场中的击杀,时而兴奋,时而恼怒。

寒冷天上场了,令许多剑客比赛失败,也令许多人没丧命就输了,但是大家都是为了追求剑道最高信仰来寒荒参加名剑之争,可以说是宁死不屈,一定要坚决换回自己剑道的崇高名誉。

但自从寒冷天上场了,这些人的美好愿望就没办法变成事实了,战败的人不用再说,只有低头认输,但还有许多门派的人一怒之下竟然都纷纷从四个方向冲进会场,激烈厮杀得更厉害。

不久,各大剑道的名剑门全都进了会场。

厮杀正在进行着,鲜血正在流淌着,鲜红的血已经染红了碧水潭。

碧水潭在暗暗的冷月下显得十分恐怖。

此刻,这里就剩下些散落的江湖剑客没有进入会场,而这些江湖剑客里有三个人最让人注目。

这三个人就是小年、风月儿、上官嫣红。

忽然,一袭红衣飞身入场。

上官嫣红道:"寒冷天,受死吧!"

寒冷天回首之间，一柄长剑已经向自己的胸前戳来，大急之下，竟然从自己的腰间抽出一把红色长剑格挡，然而令他不敢相信的事情发生了，上官嫣红手里的剑竟然对穿他手里的剑，剑的剑尖竟然深深扎进他的胸膛。

上官嫣红道："寒冷天，今天就是你的死期，你受死吧！"

寒冷天道："你手里的剑是什么剑？"

上官嫣红道："这当然是我们中原的名剑，怎么样，味道还不错吧？"

寒冷天激动喝道："你胡说八道，这把剑分明就是我们寒荒雪域的名剑镜雪剑，难道不是吗？"

上官嫣红道："岂有此理，这世界上怎么会有你这种厚颜无耻的人，对于镜雪剑，谁人不清楚，镜雪剑通体雪亮、剑光如雪，睁大你的狗眼看看，这剑哪一点像镜雪剑，它比镜雪剑锋利不说，通体还冒着红色锋芒，请问这是镜雪剑吗？"

寒冷天道："你休想狡辩，一定是你用彩虹石对镜雪剑进行了不规则提炼，才使得镜雪剑原貌大变，锋芒更具有魔性，如果我猜得不错，这剑一般的高手根本驾驭不了，甚至普通人拿起这柄剑，都会被嗜血而死。"

此刻从人群中飞来了邓戏衣。

邓戏衣道："是不是，试试就知道了。"说罢，竟然扑向上官嫣红。

上官嫣红手里的镜雪剑竟然刺穿了邓戏衣的喉咙，大量地吸食着邓戏衣全身的血液，转眼间，邓戏衣就变成了一具骷髅。

邓戏衣临死前深深地看着寒冷天，道："寒冷天，你一定要还原天下剑道最高的信仰，杀戮、杀戮，不要再延续了。"

寒冷天道："邓谷主！"

邓戏衣紧闭双眼，瞬间灰飞烟灭，天风谷的弟子见掌门已经死，顿时乱作一团，纷纷扑向上官嫣红。

可是，上官嫣红手里的剑一挥，天风谷的弟子全被打倒在地，而比武会场当时就被血染得绯红。

寒冷天大吼一声："你住手！"

上官嫣红红色如血的目光冷冷地看着所有人，所有人都步步后退，都对这个杀人不眨眼的女人产生了畏惧。

寒冷天道："上官嫣红，事情已经弄清楚了，你盗用寒荒雪域的名剑镜雪剑参加名剑之争，不符合名剑之争的规矩，没有资格上台比赛夺魁。"

上官嫣红哈哈冷笑一声："笑话，我没有，难道你就有吗？寒冷天，你别忘了，你是什么身份，你也是中原人，不发扬光大中州剑道，却在这里信口雌黄，你就不想想中原的老祖宗九泉之下会瞑目吗？再说我的为人就算不好，那也比你强，你当年和你爹爹、弟弟、妹妹初来寒荒雪域，你爹爹呢，你妹妹呢？还有你那个可怜的弟弟呢？"

寒冷天一听，心中一怔，且道："上官嫣红，今天为了天下剑道安宁，你别来威胁我！"

上官嫣红道："是的，你可以不说，那就让我来说，你爹爹为了中州剑道能打造天下第一名剑，去夺取了南海的彩虹石，被南海剑客追至寒荒雪域杀了，你妹妹，我就不说了，正是令无数寒荒雪域男子仰慕的寒月小姐，你的名字叫作郭小天、你妹妹叫作郭小月，当然你的那个弟弟，我却不得不仔细说说，相信知道真相的人绝对想不到，他这个当哥哥是怎么对待他的亲弟弟的，寒冷天，你心中的那道坎，你痛吗？你为了一个女孩竟然亲手杀了你弟弟的事情，难道你都忘了吗？"

寒冷天深深地看着一旁站着的小年。

小年被寒冷天这一看，顿时蒙了，久久不知道说什么好，只待寒冷天走到身边，他才忍不住问道："你怎么了？我有什么不对吗？"

寒冷天伸出双手放在小年的肩上，久久不能语。

上官嫣红道："寒冷天，你要是自己承认，那么我就不说了。"

寒冷天忽然跪在小年的身前，令小年大吃一惊，忙道："城主，你这是干什么？"

上官嫣红道："他就是你的亲哥哥！"

小年后退一步，疑惑道："什么？"

寒冷天道："她说得不错，你就是我的弟弟，你就是我当年亲手推下悬崖的亲弟弟，当年我为了幻尘雪瑶，对你心生杀念，铸成了大错。"

小年更是退后一步，且道："你胡说，我是小年，我从小生活在雪柳村，我的身世，刘妈说过，没人知道！"

寒冷天道："不对，你就是我弟弟，你仔细听我说，当年我们的爹爹被南海一派杀害后，我，你，还有我们的妹妹便相依为命，奔走在寒荒大雪域，当时认识了幻尘堡的幻尘云风，不久幻尘堡被灭门，幻尘雪瑶就和我们在一起，当时我们两个都喜欢她，但是她不喜欢我，却喜欢你，我心生嫉妒就有了杀害你的意思，终于有一天我魔心大发，便约你到一处雪山涯，害你，把你推下了山崖。"

小年道："难道就因为这个原因，我才失忆了？"

寒冷天道："弟弟，你叫郭小风，你不叫小年，你是我的弟弟，我的名字叫作郭小天，我们还有个妹妹，就是寒月！"

小年道："寒月？"

寒冷天道："确切地说，应该叫郭小月。"

小年道："既然你当年狠心杀我，为何要在这一刻告诉我，你知道我失忆了，我对于小时候的事情全然忘了，包括我们是如何来到雪域、如何认识雪瑶妹妹完全记不得，你告诉我这些，岂不是给我徒增烦恼吗？"

寒冷天道："我知道，这样为难你了，当我杀害你以后，我就后悔了，因为我知道雪瑶妹妹根本就不喜欢我，我们在一起也不会有结果，得知你走了以后，她每天都闷闷不乐，天天念叨着你，最后我实在忍不住就放弃了。"

小年道："可是说这些有什么用，时间已经过了多少年了。"

寒冷天道："你和她天天见面，因为你失忆了，却是无法相认，我希望你今后可以对她好些。"

小年道:"失忆的人怎么能记住心中曾有的那份爱,何况现在我身边已经有人了,如今我不想再记起从前的所有事情。"
　　寒冷天道:"都是我害的,你杀我,解恨吧?"
　　小年道:"你都说你是我亲哥哥,我怎么会杀你,况且我已经忘记了。"
　　寒冷天道:"你说什么,你叫我什么?"
　　小年道:"哥哥!"
　　寒冷天一把把小年拥进怀里,且道:"好弟弟,谢谢,记住,照顾好我们的妹妹,她很可怜。"说罢,转身,抽起小年的佩剑,双手紧握,将剑完全插进胸口,顿时血喷长空,倒在地上。
　　小年道:"哥哥!"
　　寒冷天道:"记住,雪瑶妹妹等你很多年了,还有妹妹,她的眼睛已经失明了,照顾好她!"
　　说罢,气绝。
　　小年没有哭,只是低声唤了最后一句:"哥哥!"

第 121 回：被困生死局中

　　寒冷天躺在地上的一刹那,人群中一个女子连滚带爬地奔上"黄"字擂台,而众人闻听哭声看去,才得知这女子是寒月。
　　等到连滚带爬地来到寒冷天的身边,寒月那一袭月白色衣服早已被染成了血色。
　　"哥哥,哥哥,你这是怎么了?"
　　已经失明的眼睛还没有复明,寒月摸了摸寒冷天的脸,然后把寒冷天的尸体扶起来坐在地上。
　　只因天气寒冷,寒月深深地感觉到了寒冷天的体温已经失去了正常。
　　寒月的泪水花在脸上,致使早些时候风月儿为她画的格外精致的妆已经溶解,她把自己的脸颊紧紧地贴在寒冷天的脸颊上:"你说过的,你要照顾我的,哥哥,你醒醒,你醒醒吧!"
　　小年才蹲下,且道:"别哭了,大哥已经走了!"
　　寒月不理睬小年,依然紧紧地把自己的脸颊贴在寒冷天那张冰冷的脸颊上,泣不成声:"哥哥,你醒醒,你醒醒啊,你走了,我怎么办,我们从小相依为命,好不容易才有的大好前程,你怎么说走就走了,呜呜。"
　　小年对一旁站着的风月儿使了一个眼色,风月儿深知小年是什么意思,正是让她前去安慰一番,毕竟女人和女人才有更多的共同话题。
　　风月儿领悟到小年的意思,于是就移步到寒月的身前,且道:"寒月小姐,别伤心了，你要相信你哥哥，他这么做也是对的，虽然他付出了年轻的生命，但是能换得天下剑道，那根本算不了什么。"

一旁站着的上官嫣红哈哈冷笑道："好牵强的说法，寒冷天根本就是个真小人，一个不认祖归宗的人，一个杀害自己亲弟弟的人，难道就有参加名剑之争的资格吗？"

风月儿气急了，顿然站起，一手叉腰，一手指着上官嫣红骂道："你这个蛇蝎女人，你给我闭嘴。"

上官嫣红道："哟，风月楼主，你好大的脾气，我真的好害怕呀！"

风月儿且道："我不想和你斗嘴！"说罢，手中的哨子已经吹响。

口哨响，顿时，伴随着一阵地动山摇，一只怪兽级的雪狼出现在寒竹林中，它所到的地方，皆是一片狼藉，而那一片片寒竹尤为惨重。

风月儿看到巨大的雪狼出现在这寒竹林深处，便一个轻功身法从江面掠过，飞落在碧水潭的红亭子中，指着上官嫣红，气愤道："小雪，帮我杀了那个贱人！"

雪狼是风月儿的伙伴，"小雪"是风月儿给它取的名字，最近修炼刚出关，正好赶上了名剑之争英雄会。

小雪闻着气味寻到这里，耳听哨子响，便快速到达此地，顺着风月儿手指的地方，这只成精的巨兽，眼冒银光看着上官嫣红，伴随着这道银光所到的地方，风月儿大声呼啸："小雪，对，就是她！"

忽然。

小雪张着居型牙齿，咆哮一声，顿时身子腾空而起，后腿的爪子向后猛地一蹬，整个身子扑向了上官嫣红，与上官嫣红大战了两个回合，便被上官嫣红手里的镜雪剑一剑劈成两半，翻落水潭中。

众人见此，心中震颤不已。

风月儿站在楼阁处观望水潭里的动静，水潭里的巨兽小雪在潭里翻腾了两下，然后沉了下去。

上官嫣红得意万分："呵呵，就这么一个废物，风月楼主也好意思召唤出来丢人现眼？"

小雪虽然外形丑陋，但是从小跟着风月儿长大，乃是风月儿最忠诚的伙伴，看见小雪在碧水潭中痛苦地翻滚，她哭着大声喊道："小雪，小雪！"

怎奈小雪沉下去后，再也没有浮出水面，反倒是潭水显得格外鲜红。

中州所有剑客都愤怒了，更有武月派的掌门羽芒道人早已怒发冲冠，十分生气："镜雪山庄的人呢？今天乃是名剑之争，怎么会有这种巨型怪兽在此袭击我们中原人士，这简直没有规矩了！"

小年道："你们逼死我哥哥，没道理也是你们没道理，不是吗？"

此刻，许多中州剑客大摇大摆地提着剑走到了小年身前，趾高气昂地骂了一通："你这小子，真是不知道好歹，我们为你弄清楚了身世，还告诉你，你那个哥哥根本就是一个卑鄙无耻、阴险下流的人，要说最没有资格参加名剑之争的人就是他，这怎么就没道理了？"

小年道:"他再有万般不是,都和你们没有半点关系,你们心机那么重,倘若不抢去镜雪剑参加名剑之争,哪会有人议论你们,我看你们才是处心积虑。"

万花门一众弟子头上环舞的花儿早已抖动不已,那万花娘子更是怒道:"爹说爹有道,娘说娘有理,时间已经不早了,你们究竟是来参加名剑之争英雄会的,还是来斗嘴皮子的,既然理不出一个道来,那就请镜雪山庄当家的出来说句公道话。"

小年道:"镜雪山庄的大东家不在此地,这里由我们寒荒剑道、蓬莱剑道、音尘剑道三地剑道担着,现在我哥已经死了,上官嫣红,你也理应退出会场,你手持镜雪剑,犯了历届名剑之争英雄会的规矩。"

上官嫣红哈哈冷笑道:"规矩,什么是规矩,规矩都是强者用来约束弱者的,你看我像弱者吗?"

小年上前一步,怒道:"你!"

此刻,玲珑站了出来,且道:"名剑之争里,邪不胜正,大家不用怕这个妖女,既然她口出狂言说她是强者,我们就告诉她什么才是强者。"

上官嫣红走到玲珑面前,看着玲珑,半天道:"你几岁?"

玲珑道:"十八!"

上官嫣红道:"你真有种,难道也是高手?"

玲珑道:"你别以为你手里有柄锋利无比的剑,就不可一世,我告诉你,正真的剑道,是人,不是剑!"

玲珑刚把话说完,周围三地剑道一片喧嚣,都说玲珑说得好、说得对。

而在此刻,更有音尘剑道缥缈宫、向阳教、天火寺,蓬莱剑道白沙峰、风铃潭的人已经表明就算上官嫣红不退出赛场,也要将名剑之争斗到底。

眼下这般局势,令寒荒剑道的各大名剑门不得不深思熟虑。

冷清雪是一个会看大局的人,她对其余各派掌门人说道:"以上官嫣红的武功,我们和她比斗争霸,绝对不是上策。"

龙尤道:"那该如何是好?"

冷清雪道:"先前我们已经确定只有幻尘姑娘才能和她一拼高下,可是幻尘姑娘不知所踪,那该怎么办?"

易冷云道:"是啊,段云也不在,我们的力量很弱!"

寒荒各大掌门正在议论之时,这上官嫣红且道:"音尘剑道和蓬莱剑道都已经无异议了,想必你们寒荒剑道应该也没异议了吧?"

一时之间,寒荒剑派都思索不语。

就在这时候,一个披头散发的人疯疯癫癫地来到会场中,扬言道:"我没有异议!"

在场所有人都看向此人,只觉这人和当年的幻尘云风相貌完全相同,以为来人就是幻尘云风。

不错,更有寒荒五剑派的人激动不已,这冷清雪惊讶万分:"幻尘云风?"

这人一怔,左右细观:"幻尘云风,幻尘云风在哪儿?"说罢单手托着白玉棺材进入了会场。

冷清雪走近一看，战战兢兢："你是幻尘云风？"

这人只点着头，神情傻颠不已，反而追问冷清雪："幻尘云风啊，幻尘云风在哪儿？"

冷清雪一向精明，觉得眼前的人行为异常，但能从他举手投足间判断这人八成不是幻尘云风，就算是，也绝不是以前那个风云雪域，甚至整个天下剑道的幻尘云风。

这人又道："幻尘云风，你这狗贼给我出来，还我雨荷的芳魂来。"

冷清雪闻听这人忽然这么一句，顿然自言自语："难道他就是传说中幻尘云风的孪生兄弟幻尘风云？"

冷清雪试探着拱手询问："请问前辈是何方神圣？"

这人见冷清雪碍事，便一把提起冷清雪的衣襟，怒道："你这婆娘怎么这么啰啰嗦嗦，叽里呱啦地没完没了，我是幻尘云风的哥哥，我是幻尘风云，快告诉我幻尘云风在哪里？"

冷清雪忙指着上官嫣红，道："他就是幻尘云风！"

果然不出所料，幻尘风云有些神志不清，忽然冷目敌视，脸色霎时变得铁青，冷着面走到白玉棺材前，趴在白玉棺材上。

白玉棺里躺着一名身穿水绿衣服的女人。

幻尘风云说道："雨荷，你看好了，我要和幻尘云风决斗了，他一定不是我的对手，我赢了他，你就会嫁给我，我们远走天涯，是吧？"

上官嫣红道："哪儿来的疯子，快，把他给我拖下去！"

众兵上前，抓住幻尘风云，但都被幻尘风云拗断了脖子。

羽芒道人见了，也叹道："这旌旗令究竟是怎么派发的，怎么傻子、聋子、疯子、牲口都能找到这里来，简直太没规矩了！"

中原的剑道有"日月剑客"名满天下，此刻双双而上，捉住幻尘风云的胳膊往外走，还没走两步，便被幻尘风云给挣脱了，而日月剑客反倒撞在楼阁的石壁上，脑浆洒了一地，当下一命呜呼。

众人见这样的手段，都不敢上前，心中甚是冰凉。

万花娘子道："好厉害的对头，连'日月'这样名满天下的剑客都被这恶贼如此轻而易举地杀害了！"

上官嫣红怒道："可恶，这'黄'字诀本来就是万中留一，既然双方的剑客都还有这么多，为何在此逞口舌之快，不如先解决了其他人，决定前十人。"

顿时，镜雪剑在地上一扫，地面上的板砖都四分五裂而开，席卷三地剑道而去。

冷清雪忙闪到幻尘风云的身前，道："她就是幻尘云风，你不是要找他决斗吗，快去！"

幻尘风云笑容显露，大喝一声："为了我的雨荷，我一定要赢了你，幻尘云风受死吧！"说罢，长剑向上官嫣红砍去。

第 122 回：一幅千古迷画

七月初七，傍晚，西边一道残阳映在碧水潭上。

碧水潭里绯红一片，水中的鲜嫩水草已经模糊了身影，只有鱼群游过时，水面上才显现若隐若现的气泡。

寒竹林，群山密集乱石嶙峋处，一个蒙着面的女子提着剑向镜雪山庄走来，她一袭白衣被风吹得翩飞猎猎。

这个女子身形和幻尘雪瑶像极了，所以正在她一味地轻盈走动之时，她身后忽然传来叫喊的声音。

听到身后有人叫喊'雪瑶妹妹'，她眼中掠过一道慌乱的表情，怔住良久后，身后传来第二次同样的叫声，她才安定心神，解下白色面纱，缓缓地转过身，不情愿地应了声："段云哥哥，怎么是你？"

不错，这喊她的正是段云。

名剑大会未开始的前一刻，幻尘雪瑶无故失踪，现在段云找到她，当真是既高兴，又兴奋，段云深深地知道幻尘雪瑶的武术剑法绝对称得上一流，只要幻尘雪瑶去掌控名剑之争大会，绝对可以令天下剑道信服。

段云一个轻功身法施展开来，夕阳下一道白色人影"嗖"的一声，人已经蹿到幻尘雪瑶的身前。

果然是段云，幻尘雪瑶低唤："段云哥哥！"

段云且道："你去哪儿了，这名剑之争英雄会都开始了好一会儿了。"

幻尘雪瑶道："对不起，对不起，我不是故意的，我就是有点重要的事情，所以才急匆匆地走了。"

段云也没有责怪她的意思，相反的他竟然紧紧握住幻尘雪瑶的手，且道："没事，没事，人回来就好，你不知道，真是见鬼了，这蓬莱仙岛和音尘火族的诸多名剑门都投身在寒荒剑道门下，现在名剑之争又各自拥兵自重，好端端的，无缘无故地变成了寒荒敌对中州剑道了，这中州也出了奇事，那个上官嫣红的剑法造诣竟然大有提升，这次必然会大开杀戒！"

幻尘雪瑶道："可恶，上官嫣红竟然如此心狠手辣。"

段云道："镜雪剑在这恶婆娘的手里，不知多少名剑客将要惨死在她的剑下。"

幻尘雪瑶冷眉一皱："快，快带我去看看。"幻尘雪瑶方要急匆匆走的时候，这段云一把拉住她，她不解道："怎么了？"

段云忙道："没怎么，只是我方才在寻找你的时候，发现了一件比这更为要紧的事情。"

幻尘雪瑶更是不解，且道："那上官嫣红，上次我和她交手，有些察觉她着了剑魔，现在要是不去阻止她参加名剑之争，死的人会很多。"

段云道："你知道为什么名剑之争要每隔三十年在镜雪山庄举行一次吗？"

幻尘雪瑶早已心急如焚，见段云还在这里给自己打哑谜，便道："有什么重要的事情，你说啊，到底怎么了？"

段云道："名剑之争根本证明不了什么，它只是寒荒雪域一种时间年轮而已！"

幻尘雪瑶道："年轮？什么年轮？"

段云先前寻找幻尘雪瑶的时候，在镜雪山庄附近的一处山石密集的石洞里发现了一幅画，这幅画竟然显现出了一个重大的秘密，这个秘密竟然是一种极其有摧毁力的神秘预言。

既然是神秘预言，那么怎么会是一般人能理解的，于是段云一把拉起幻尘雪瑶的手，向刚才显现预言的地方奔跑。

幻尘雪瑶道："段云哥哥，到底怎么了？"

段云道："是一个神秘的预言，一句两句话给你说不清，你给我来，我让你看幅画。"

幻尘雪瑶道："什么画？"

段云道："九荒沧澜！"

幻尘雪瑶不解道："九荒沧澜？"

段云道："九荒沧澜是一幅神奇的画作，里面记载着每一届名剑之争的具体情况，这幅画是江湖门画的。"

幻尘雪瑶道："可是，我不懂。"

段云道："你看了后就会懂。"

幻尘雪瑶道："哦？"

两人手牵手的来到乱石嶙峋的阴山之地，便停了下来。

幻尘雪瑶左右一看，此处是镜雪山庄的背阴之地，极为阴寒，且道："这里好冷啊？"

段云道："这里是寒荒雪域的生命之地，正是阴寒才有寒荒大雪域的今天，这里是寒荒大雪域的命根泉眼。"

幻尘雪瑶道："你今天说的话，我完全不懂。"

段云道："没事没事，走，我们进去看看那幅画。"

幻尘雪瑶道："究竟是幅什么样的画作，我也想去看看。"

段云面色峻冷，牵着幻尘雪瑶的手走进阴寒的洞窟之内。

一旦进入洞里，无尽的寒意透彻心扉，幻尘雪瑶嘴里打着哆嗦："段云哥哥，我好冷，我好冷啊！"

段云毫不犹豫地抱住幻尘雪瑶，道："寒毒会不会发作？"

幻尘雪瑶的脸"唰"地一红，低声道："不知道，我只知道，好冷好冷，全身的骨头都快开裂了。"

段云道："啊，那我们出去，不去看好了。"

幻尘雪瑶道："不，我要去看看，那幅画究竟隐藏了什么玄机！"

段云道:"可是,你身上的寒毒,我害怕你又发作了,这洞里很冷,正常人只能待上半个时辰,何况你的身子寒毒本已那么深。"

幻尘雪瑶道:"没事,都进来了,我们尽快出来就是,应该不会有什么事情。"

段云道:"那走吧!"说罢,把幻尘雪瑶拥得更紧,向里面的石洞走去。

洞内,坑洼有序绵延,四壁目光所到之处可看清冰层闪闪发光,群光聚集之处,幻尘雪瑶分明已经看到了一幅画,画作上有四个分外醒目的大字。

幻尘雪瑶道:"九……荒……沧……澜……就是这幅画吗?"

段云道:"是的,就是这幅画!"

这幅画是刻在冰层上的,字像凿子刚凿刻过一般。

幻尘雪瑶道:"这幅画也没有什么不同之处,除了四个大字,还有一行诗句,并没有其他东西了。"

段云道:"你看清楚,这幅画真的就那么简单吗?"

幻尘雪瑶道:"那怎么呢,我真没看到奇怪之处啊!"

段云道:"这幅画,除了字外,还有一幅画。"

幻尘雪瑶道:"画,哪有画?画的是什么?"

段云道:"你走进看看,那些凹凸之处,然后把它们画下来,你看看是什么?"

幻尘雪瑶道:"哦?"

段云一个健步上前道:"你看我来画。"说罢,撕下自己的衣服,再一口咬破自己的食指,把布贴在那些凹凸之处,以血做墨将画画下来。

幻尘雪瑶看傻了。

段云画好,且道:"你看这是什么?"

幻尘雪瑶道:"是座荒废的城池!"

段云道:"还有呢?"

幻尘雪瑶道:"这是座空城,城的上空飘着雪花。"

段云道:"既然你都看到了,那你再看看那首诗。"

银域金身,分罗天下。
一生飘零,事事悲劫。
情意浮动,烟云缭绕。
万劫成缘,黄泉滔滔。

幻尘雪瑶快速把目光落在那行小字上,仔细看看,神色渐渐变得难看和不解,兀自惊讶道:"不好,名剑之争,我们快回去,名剑之争的生死局不能破,破了,不但我们要死,所有身处寒荒雪域的人都要死!"

段云应了一声,两人携手,神色匆忙地出了洞窟。

第123回：夕阳去月初升

夕阳去，月初升，寒潭冷。

岸边雾气围绕着擂台高楼蜿蜒盘旋。

"黄"字诀已经比试完毕，而在那"黄"字诀的赛场上蜷缩着一具具冰冷的尸体。

尸体就像一条一条死蛇一样，使得刚才激烈比斗的赛场死气沉沉。

既然"黄"字诀已经完毕，想必那最有资格到达"玄"字诀的十人已经准备好了，他们也许正在等待机关门的开启。

机关门开启，十个机关入口已经将这十个人瞬间吞噬掉，十个人到达了"玄"字诀，这最先到达"玄"字诀的便是武月派的羽芒道人。

羽芒道人洋洋洒洒地坐在"玄"字诀的门口，却又有仙风道骨的做派，他一边慈祥地注视着他面前唯一的黑洞，一边只顾着抚摸自己的佩剑，一语不发坐在地上，然而就在他神情自在的时候，从黑洞中忽然蹿出来冷清雪和上官嫣红。

上官嫣红则是哈哈大笑："在天下剑道面前，寒荒剑道又算得了什么，到头来还不是我们中州剑道最先来到这玄门。"

冷清雪道："别忘了，这才只是'玄'字诀，还有'地'字诀和'天'字诀呢，你们中州剑道能不能省点力气，别在这里满嘴喷粪了。"

上官嫣红敌视冷清雪，忽然怒拔镜雪剑，但剑还没抽一半，羽芒道人的一双手快如闪电按住了镜雪剑的剑柄。

羽芒道人道："郡主莫要动怒，省点力气，准备进下一道字诀。"

只是在这时候，刘心冰和凌风从黑暗中冲了出来。

凌风道："怎么啦？两个欺负一个，这就是你们中州剑道的做派吗？到底有没有规矩，到底有没有一点点道德底线呢？"

忽然，黑洞里又飞出了两个身影，他们的身后传来了一个甜美且妖娆的声音："哟，谁说是两个欺负一个，说错了，更确切地应该说是三个对三个。"

冷清雪、凌风回首向黑洞看去，正是这风情万种的万花娘子，她正晃着环绕在头上的乌黑秀发和满头鲜花走来。

冷清雪怒道："可恶，竟然又是中州来的。"

万花娘子走到刘心冰和冷清雪身前，微微欠身："真是让各位久等了。"

冷清雪却横了一眼万花娘子，喃喃道："骚货。"

万花娘子道："刚才还在说我们中州剑道没有道德，你看看你们，一个个眼睛往哪儿瞅呢，尤其是寒荒的男人，好像没见过漂亮的女人呢？"

冷清雪脸色清冷，冷呵呵一笑。

万花娘子道："你也许不知道，我们五花门什么都不好，唯有女人的那种骚，是我们最最拿手的看家本领，刚才谢谢您的夸奖。"

冷清雪怒道："贱货，我懒得说你。"说罢，转身向玄门走去。

正在此刻，从黑洞里又飞出来天火寺的掌门韩九云和向阳教的教主向阳天。

韩九云一袭白衣落地，人也稳稳站住，反倒是那向阳天却和他成了鲜明的对比，脚步落地处，打了一个大大的跟跄，惹得在场所有人都哄笑出声。

万花娘子却甜蜜蜜地笑道："哎哟，这是音尘剑道吧，这般模样，莫说'玄'字诀，就是闯过了'玄字诀'，那'地'字诀又该如何是好呢？"

面对这样的讥讽，向阳天立刻从地上站了起来，且道："万花娘子，信不信老子分分钟钟就把你全身那股骚劲抽干净！"

就在向阳天和万花娘子对峙起来的时候，这冷清雪已经走到"玄"字诀的机关口边。

韩九云见了，便道："喂！冷门主等等！"

韩九云和向阳天一起来到冷清雪身前，但是冷清雪已经站在"玄"门下，正在等待机关门的打开。

上官嫣红阴哼道："既然他们急着进入'玄'门，那我们也别在这里和这一群没有用的家伙浪费时间了，走，我们也去看看。"

万花娘子却道："进入'玄'字诀不是要十个人吗？我们现在只有八个人。"

羽芒道人且道："不错，不错，这不妥不妥！"

上官嫣红且道："我有镜雪剑在手，有何不妥？"

正在此刻，这小梅花和小兰花竟然从黑洞里飞了出来。

万花娘子且道："是你们？"

小梅花和小兰花一同给万花娘子作揖，小梅花十分欣喜："师父，我和小兰也进来了！"

万花娘子面有春风之色，且道："哎呀，很好，很好，你们给我长脸了，竟然能挡住'黄'字诀的长久厮杀进入'玄'字诀。"

羽芒呵呵笑道："真是江山代有人才出啊，名师出高徒，万花娘子果然教导有方，十个名额，我们中州剑道万花门竟然占了五个，真是匪夷所思啊！"

万花娘子笑道："多谢夸奖，多谢夸奖！"

看着万花门如此春风得意，刘心冰却干呵呵地咳嗽一声："占了五个名额又如何，依我看来，这些晚辈有谁能比得过我们寒荒雪域第一女剑客，他们冒然闯入'玄'字诀，只不过是死路一条。"

万花娘子、小兰花、小梅花闻听，都异口同声道："雪域第一女剑客？"

冷清雪却接着道："不错，不错，她就是幻尘雪瑶！"

羽芒道人道："可是她人呢？"

刘心冰道："她没来。"

羽芒道人道："为何没有来！？"

凌风道："因为她在大会即将开始的一瞬间失踪了。"

· 356 ·

闻听此话，万花娘子"扑哧"一声笑出声来："真是好笑，寒荒雪域第一女剑客竟然在大会即将开始的时候失踪了，真是鬼话连篇！"

于是，以上官嫣红为首，以万花娘子收尾，众人便快步来到"玄"门下，冷清雪站在一起，等待"玄"字门的开启。

伴随着一阵微妙的机械声，他们面前出现了新的黑洞，这个黑洞就是进入"玄"字诀最后的一道门。

虽然他们人站在门的外面，但是每个人都能看见"玄"字诀赛场中飘浮的紫光蓝气，紫光蓝气相互萦回环绕，万花娘子眼见这般景象，嘘声道："传说'玄'字诀是名剑之争最神秘的死亡之地，如今亲眼所见，原来是要检测参赛者的内劲，难道说在这紫光和蓝气中蕴藏着大量的内功心法？"

冷清雪道："这回你们中州少见多怪了吧，这'玄'字诀乃是名剑之争中最特别的一场比试，选手和选手之间可不用相互拆招就能被玄字诀检测到不够到达'天'字诀的参赛选手，毕竟呢，这获胜者只能有一人，也只有一人能开启生死局的机关，也只有获胜者能破局走出这擂台。"

上官嫣红道："原来这么厉害。"

冷清雪呵呵一声冷笑："怎么了，你怕了？"

上官嫣红朗声道："笑话，真是笑话，我手里有名动江湖的镜雪剑，难道我会输？你们也不掂量掂量自己的分量。"

刘心冰忽然大声叫嚣："你手里果然是镜雪剑，你先前还说不是呢？"

上官嫣红哈哈笑道："先前人多眼杂，我自然不会承认我手里的剑就是镜雪剑，要是告诉了那些酒囊饭袋，那岂不是给自己找麻烦了。"

刘心冰大鹏展翅，忽然飞起，嘴里呼啸一声："把镜雪剑还给我们，你这不要脸的臭婆娘。"说罢，竟然一掌向上官嫣红打去。

不过冷清雪却道："不必如此心急，这里是擂台，擂台中早已暗浮着'蒸汽机关'，我们每个举手投足都可能引发机关开启，到时候我们就都死无葬身之地了。"

于是，冷清雪制止了刘心冰。

上官嫣红得意万分道："你打呀，你倒是打呀，别说会引发机关，就算不引发，你也不配和我动手，镜雪剑在谁的手里，更与你无关。"

冷清雪道："上官嫣红，后唐有你这样的女人，真是悲哀呢，偌大的中州剑道参加名剑之争，却连一把像样的剑都没有，你们羞愧不羞愧？"

"玄"字诀的黑洞已经完全打开，这羽芒道人倒是不客气，第一个步入比赛擂台。

倒是万花娘子分外妖娆地一撩头发，道："这玄门已经打开了，你们倒是有完没完，要是完了就快进来，要是没有完，就接着吵，我可和武月派的羽芒道长进去了。"说罢，真的大步走了进去。

看见万花娘子和羽芒道人进入了"玄"字诀，刘心冰便说道："冷门主不要再和这个不要脸的女人说了，我们先进去吧。"说罢，拉着冷清雪的手，快速跳进黑洞。

见此，小梅花和小兰花也进去了。

上官嫣红嘴一撇，微怒道："等本郡主成了江湖霸主，成立了御林军，定让你们好看，一个一个把你们剥皮抽筋。"

进入"玄"字诀，众人的全身感觉一阵阴凉，皆不由自主地打起哆嗦来了，除了冷清雪外，其余的人都怨声载道："这什么比试啊？好冷！"

冷清雪且道："告诉你们，这比赛还没开始呢。"

万花娘子的身体越来越虚弱，本来环绕在身前的花竟然掉落在地上，当她听得冷清雪这么一说，叹声道："怎么回事，我都冷得蜷缩成一团了，这比赛还没开始，倘若再过一炷香的时间，那我就不用比了，一定被紫蓝气吞没得灰飞烟灭了。"

冷清雪道："那倒未必！"

万花娘子道："我不想听你们废话了，快告诉我比赛什么时候开始？"

冷清雪道："还有一个时辰！"

万花娘子道："啊？从'玄'字诀进入'地'字诀不是只要一炷香的时间吗？"

冷清雪道："放心，你不会死的。"

万花娘子道："可是我已经死了！"说罢，竟然歪下头，不再做任何声响。

小梅花和小兰花早在万花娘子之前就已经冷得哆哆嗦嗦，此刻也顾不上自己的师父，早就平躺在地上。

上官嫣红见万花门的女子这般，再看看倒映在剑锋中的自己，脸色苍白，她也担心道："怎么了，她们怎么了？"

冷清雪呵呵一声冷笑，竟然不做声。

上官嫣红越发感觉到自己全身冰冷，全身已经渐渐失去知觉，于是乎勉强靠着镜雪剑在地上的支撑，使自己欲要僵硬的身体站了起来。

羽芒道人微闭着眼睛，且道："你要干什么？"

上官嫣红抖动着身子，一步一步向冷清雪和刘心冰走去，且道："在你们没死之前，我绝不能死，我一定要活着，所以我决定现在就用这把镜雪剑把你们所有人全部杀掉。"

冷清雪道："你疯了吗，你动了杀机，蒸汽机关就会检测到，到时候，你一样难逃死路。"

上官嫣红哈哈放声大笑："咱们同归于尽总比一个个死去好多了，这样黄泉路上也不寂寞。"

忽然"啪"的一声，刘心冰倒在了地上。

上官嫣红发疯了一样，笑道："哈哈，她死了，她死了，太好了，你们一死，寒荒剑道就完了，就要给我中州剑道做牛做马了。"说罢，竟然也倒在地上了。

冷清雪道："上官嫣红，你就等着吧，寒荒剑道一定会像三十年前一样，统领四地剑道各大名剑门。"

上官嫣红道："我不甘心！"说罢，竟然缓缓地倒在了地上。

第124回：神秘的江湖门

雪雁南归，季雪已融，一转眼，已是三十年过去了，而相对四地剑道来说，甚至相对整个天下信奉剑者之人来说，今天是很重要的一天。

这一天，寒荒、音尘、中州、蓬莱四地剑道的所有恩怨即将结束。

而面临这一届的名剑之争会不会有新的恩怨，那也是不好说的，但凡是历届名剑之争英雄会，都会有新的恩恩怨怨在一起纠结不清。

名剑之争是一场殊死之争，随着信奉剑者的剑客们修为加深，或许他们已经认识到这个天下早就不该存在暴力血腥了，所以，以"寒荒"为首的蓬莱、音尘三地剑道都愿意就在今天让一切结束。

也许一切都在开始的时候已经结束了，四地剑道共同参与名剑之争，但是自从九国岛被灭门以后，蓬莱、音尘、寒荒三地剑道就真正地化干戈为玉帛了，虽然中州还是以强硬之靴践踏着剑客们的信仰，但是他们始终相信"以握手言和来探索天下剑道以后的征途"才是剑道最崇高的信仰。

很快一炷香的时间过去了，寒荒、蓬莱、音尘诸多剑客都翘首在碧水潭的岸边，仰望着"擂台阁"的三、四层，而第四层是"天字诀"，也是名剑之争最后的胜负之地，大破生死局之地却安静无比。

天字诀是安静的，但是相对的"玄字诀"却是千钧一发，先前进入玄字诀的八个人，此刻只存活了五个人，这五个人便是上官嫣红、凌风、冷清雪、万花娘子、羽芒道人。

是的，很容易，就像从黄字诀进入玄字诀一样，这五个人顺利通过两个黑洞后，终于到达了地字诀，然而在地字诀，一切都变得简单了，又是一声阁楼鼎钟响起后，地字诀里的五个人都拔出了手里的剑，一瞬间，地字诀只剩下两个活人。

是的，因为有三个人的脖子咽喉上都有一道剑痕。

不错，活着的两个人正是上官嫣红和凌风，他们同样再一次进入了通往天字诀的黑洞，顺利到达了天字诀。

是的，一切都没有变，一切都和三十年一样，名剑之争正在有条不紊地进行着。

不过，阁楼忽然大肆震动，凌风和上官嫣红忽然止步，两人神色大坏，更有上官嫣红疑惑："这是怎么了？"

凌风独步走到阁楼天窗前往阁楼下一看，只见阁楼之下一片赤芒闪射，在赤芒闪射中，可以清楚地看见了幻尘风云正用手里的剑击打阁楼上的生死暗拍。

生死暗拍一旦被毁坏，本次名剑之争将没有胜出者，没有胜出者，那比赛还有什么意义可言。由此，当站在碧水潭岸边的人眼见幻尘风云的举动，都乱套了，以小年为首的所有名剑剑客都身浮在碧水潭上，劝阻幻尘风云的破坏举动。

当众人身浮潭水水面之时，幻尘风云却早已像是一个疯子一样，一边舞动着手里不知名的长剑，一边对着"擂台阁"大声狂吼："幻尘云风，你给我出来，我要杀你，我要当着雨荷的面打败你。"

风月儿不解，且道："他怎么了？"

小年道："他这是疯了。"

风月儿道："他要是把生死暗拍捣毁了，擂台阁的死门就会打开，死门一旦打开，那就完了，三十年一届的名剑之争就毁了，到时候四地剑道所有名剑门和所有剑客必定相互残杀，这镜雪山庄便是千古第一坟地。"

小年道："快，阻止他！"

话音刚落地，玲珑、龙尤，还有黑白双剑等众剑客一同飞向幻尘风云，密密麻麻的剑尖直刺向幻尘风云，然而幻尘风云却无视他们的劝阻围攻，注意力全被上官嫣红所在的天字诀深深吸引着。

"扑哧"一声，众人密密麻麻的长剑插进了幻尘风云的身体，幻尘风云像是长满了刺的刺猬，从四楼摔落了下来。

"啪"的一声，幻尘风云的身体重重落在地上的那一刻，口中喷出的鲜红色的血液已经散落在雪地上，他奋力地翻转着身体，然后慢慢向白玉棺材爬去，但是距离白玉棺材只有一步之遥的地方，他再也爬不动了，眼神瞬间呆滞住，而白色的棺材倒映在他呆滞的眼球里也显得越来越模糊。

白玉棺材里睡着的绿衣裳女子，虽然没有生命的迹象，但依然显得高贵，她的肉体并没有因为时间有半点瑕疵。

风月儿忽然上前，大步来到白玉棺材前站着，眼眶里有莫名的液体在蠢蠢欲动，想要夺眶而出。

不知道什么时候，小年来到风月儿的身边，搂住风月儿的腰身，而风月儿却把头依偎在小年的怀里。

擂台阁的震动已经消失，但是就在上官嫣红和凌风进入天字诀黑洞之后，擂台阁下顿然传来一个让他们不要启动天字诀生死牌的声音。

上官嫣红笑道："笑话，既然已经到了天字诀的赛场里，谁会因为外界的闲话终止即将开始的比试。"

凌风道："既然外面有人说出这样的话，我们不妨听听究竟所谓何事？"

上官嫣红道："我手中神剑在手，还是一决胜负要紧。"说罢，红色剑芒的镜雪剑异常诡异地向凌风砍杀而去。

楼台阁外忽然传来一个女子的声音："我江湖门之命，谁敢不从？"

凌风道："江湖门？"

上官嫣红道："江湖门算什么东西？我看还是比试要紧！"不等凌风出手，上官嫣红的镜雪剑竟然刺杀而来，只把凌风的发髻都削得披散开来。

擂台阁外，碧水潭岸边正走来一个手拿花伞的女子，年芳二十出头，这女子的一左一右正伴随着一男一女两个小孩童，年方十岁的样子。

男孩童："姐姐，这些人好不识趣，我们让他们停下来，他们竟然还在争斗。"

女孩童："哼！姐姐，那我们给他们一点颜色看看吧！"

打着花伞的女子蹲下身来，倾城一笑地看着一男一女孩童，柔声道："既然他们喜欢斗，那就让他们斗吧，我们就站在这里看戏，好不好啊？"

男女孩童顿时拍手欢叫："好啊，好啊！"

这一大两小的出现，阁楼外的人都投来异样的眼光，怔得都不说话，只有上官嫣红和凌风公子还在天字诀的赛场里争斗着。

风月儿眼见小年怔怔地看着这一大两小三个人物，顿时抬头也看去，只觉得这女子全身散发着一阵阵招魂入梦的摄魂之力，她三两步来到他们身边，嘻嘻道："江湖门，我从来没听说过啊，不知道你们有没有旌旗令？"

打着花伞的女子摇了摇头："我们不是来比赛的！"

风月儿道："今天是四地剑道举行名剑之争英雄会的日子，你们不来比赛，那来这里是干吗的啊？"

女童得意道："我们是来救人的！"

风月儿道："救人？"

男童得意道："是啊，大姐姐说今天这里要死很多很多人，她说我们来是救人的！"

风月儿哈哈笑道："笑话笑话，名剑之争英雄会哪能不死人的，既然你们没有旌旗令，那么就不能参加名剑之争。"

打着花伞的女子把伞收了，对风月儿拱手道："在下乃江湖门弟子，听闻名剑之争英雄会汇集了天下剑道的名剑高手，特来观看。"

第125回：江湖门春沉冷

风起，云卷，月升夜临。

圆月东边起，万里夜空浅月孤寂地泄下，碧水潭边的水雾渐渐弥漫着整个寒竹林，而寒竹林中山石林木蓦然多了几分神秘和诡异。

明月西走，雾气升天，碧水潭与寒竹林于东边的交界处有一隐约可见的路径，这条小路上的两个人影越来越清晰。

不过，可能是站在碧水潭上的各位看客更加关注擂台阁里的争斗，所以没看见罢了，直到这两个人影在他们面前现出身形时，他们才兀自惊讶。

惊讶是必然的，但遗憾中的叹息更是无可厚非的，当幻尘雪瑶和段云出现在众人的视线里的时候，凡是寒荒雪域、音尘火族、蓬莱仙岛的列位都一拥上前，更有许许多多的剑客们询问幻尘雪瑶如何现在才出现，但幻尘雪瑶和段云拒绝回答他们这些问题，而是直接对在场的众位言说他们所知道的一切。

不过幻尘雪瑶说了后，在场的所有人都愕然了，他们除了面面相觑，也就是摇头不信，同时他们心中对幻尘雪瑶夺取名剑之争魁首的幻想也瞬间破灭了，他们不明白，为何本来说要团结三地剑道的女子，现在却一反常态，自己不参加名剑之争也就不说了，又如何会说本届名剑之争乃是一不祥之争？

幻尘雪瑶不停地解说着她和段云在那冰冷的洞窟里所见到的一切，但很明显作用不大，这时，段云也对大家做了肯定的说法，说本届名剑之争是一种石刻年轮，本届乃最后一道年轮，倘若触碰了"天字诀的生死门"，那寒荒雪域将万劫不复，在后世的世界里将不复存在。

"怎么可能，这怎么可能！？"

"是啊，这也未免太玄之又玄了吧？"

"千年的预言。"

"这世界上怎么可能会有这么诡异的事情存在，定是有人胡说八道！"

"他们说得没错！"

众人七嘴八舌，心中存疑，一通乱说的时候，从一旁传来了一个坚决的声音，肯定了幻尘雪瑶和段云两人刚才的话。

幻尘雪瑶寻音而望，从人群中走来一位气质出众、外貌不凡的女子，这女子正是刚才自称来观看名剑之争的女子，而在她左右两边始终跟着两个小孩童。

女子道："这位姑娘，还有这位公子，何以说本届名剑之争举行不得？"

幻尘雪瑶和段云对望了一眼，回过神来，段云拱了拱手，道："在下段云，我身边的这位姑娘是幻尘堡的幻尘雪瑶，在下看姑娘气度不凡，想请问姑娘，众人都对我们的说法存疑，那姑娘又为何那么肯定呢？"

女子道："你可知道这世界上有个具有千年历史的名剑门，江湖门！"

段云狐疑："江湖门？"

女子道："对了，我就是江湖门的弟子，今日特奉命来阻止你等盛举本届名剑之争的英雄会。"

如此女子，如此说法，只把一旁剑客惊讶得左顾右盼，众说纷纭，只是段云一听这女子如此之言，忙单膝跪地："请教姑娘芳名，请赐教列位不解之事！"

女子道："小女子乃江湖门第九十二代左护法春沉冷，关于众位不解之事，那就要从一千年以前江湖门初立说起。"

众人哗然："千年？"

春沉冷道："对，千年，一千年以前，江湖门只是一个小小的茶棚，大家都知道茶棚乃是人们赶路休憩之地，休憩的人最爱说说笑笑，所说之事都是闲聊，但是这个开茶馆的人却是个有心的人，记忆超群不说，更是有耳过不忘的本领，这些闲聊之人所说之事都被他记录下来，事情是这样的，有一天一个奇怪的老人进入了他的茶棚，老人像其他来喝茶的人一样，一进茶棚便要了壶茶喝，喝着喝着，他便对开茶棚的人说："煮茶，茶水烧开了，会怎么样？"开茶棚的人一笑，随口说道："茶水烧开了，要熄火，不然茶叶会翻滚而出，茶香会随热气溜走！"老人闻听后，大声道："对了，就是这个理，这个大雪域就是茶叶，而九荒合在一起便是锅，锅里有水，水煮茶，茶热锅破，从而九荒破！"说完这句话，这个老人就取出随身的笔墨，按在茶几上涂抹起来，一边涂抹，一边说："万里宏图，急冷如含。珠轮浮崖，九荒如烟。旱地敷雪，圈热膨天。天梯以裂，万火朝天。"

众人道："这句话是什么意思？"

春沉冷又道："是说千年以后，五荒沉海，四荒升天，人若无视，必遭大祸，此画乃幻世之画也！"

幻尘雪瑶道："他怎么知道一千年以后要发生的事情？"

春沉冷道："这个人究竟是干什么的，这个开茶棚的人也不知道，直到有一天，开茶棚的人才知道那个老人是一位道人，而这个道人早就以"医者父母心"闻名天下。当开茶棚的人得知后，便去寻访，寻访多年，终于在霞河一带目睹了世人为他雕塑的石像，又寻多年无果，这开茶棚的人便确定那道人已仙辞无疑了，便放弃了。虽然放弃了，但是他始终没忘记那一天，道人在他的茶棚里画的那幅画，还有说的那句话。"

众人才道："那和本届的名剑之争有什么关系？"

春沉冷道："五荒沉海、四荒升天这事情，那道人说是一千年以后才会发生，但是经过后人核算，这个大灾难，准确的发生时间为九百九十年后的七月初七，而每一届名剑之争都记载着三十年的光阴，到今天就是第三十三届名剑之争英雄会了。"

众人道："原来如此，名剑之争只是一种记忆时光流逝的年轮。"

幻尘雪瑶道："什么剑道信仰，什么名剑之争，到头来只是徒有虚名，面对如此大劫难的来临，我们该做些什么呢？"

春沉冷："阻止本届名剑之争生死门的开启，以镜雪剑拖延时间，争取在大劫难之前，所有寒荒雪域的人转移出去。"

众人闻听这骇人之言，都瞠目结舌。

春沉冷从怀里取出了一幅画，缓缓地打开："也许你们都不相信我说的话，但是我可以拿出最有力的证据让你们相信。"

众人不解，只是面面相觑。

春沉冷又道："我这有一幅画，这幅画清楚地描绘了在这九百九十年间，寒荒雪域人口、气象、地质、河流等变化。"

画作打开了，这幅画便像一面墙，上面涂抹着一个大球体。

春沉冷指着第一幅框画，道："这是我们寒荒雪域一千年以前的样子。"然后又指着最后一幅画，道，"这是我们寒荒雪域如今的样子！"

从这幅画可以看出寒荒雪域如今的样子和一千年以前截然不同。

一千年以后，寒荒雪域地气破漏、天梯断裂、上玄冷气逆流、下黄岩浆泛滥，上玄下黄皆作，混沌逆转，下浮四荒翻转升天，上浮五荒倒转沉海。

众人都对这幅画指指点点的时候，忽然他们身后的寒竹林地形下陷，并且发出一阵"隆隆"巨响，众人移目观望，神色大坏，纷纷疑惑："怎么会这样呢？"

春沉冷道："这就是预言的前兆！"

幻尘雪瑶道："既然生死门的机关已经被撼动，说明寒荒雪域大限已经快到了，刚才我和段云已经在那冰雪洞中得知了预言，也是来阻止名剑之争触动生死门的，那么我们要怎么做呢？据我们所知，一旦进入了擂台阁，除非获胜者触动机关门上的暗拍才能出来，否则只能等死。"

众人一阵哗然："对啊，现在他们已经到了天字诀，那该怎么办呢？"

春沉冷道："很简单，再进去两人，四道生死门同时开启，那就不会触动生死门的死门，到时候都可以出来。"

段云道："可是开始他们进入擂台阁的每一层楼已经完全封闭，我们此刻无法进入！"

春沉冷道："以阴冷肉身开启天字诀的天门，外人便可从天门而入，从而阻止他们继续天字诀的决斗！"

众人不解，惊讶："天门？"

春沉冷道："不错，早在修建擂台阁之时，江湖门的前辈们已经经过详细布局构图，早就为今天所发生的情况做好了计算，所以只要一具阴冷之体便可进入天门。"

幻尘雪瑶道："没想道江湖门如此这般神机妙算。"

段云道："那事不宜迟，快些，对了，可是什么是阴冷肉身？"

春沉冷走到白玉棺旁边，指着躺在棺材里的雨荷，且道："这就是阴冷的肉身。"

幻尘雪瑶道："我妈妈？"

春沉冷道："对于她，我们江湖门不做解释，幻尘姑娘，有时间我会找你聊聊，只是眼下时间紧迫，还是由你用你妈妈的肉身来打开天门吧！"

听了春沉冷这句话，幻尘雪瑶全身不住地在颤抖。

第126回：段云入生死局

天字诀乃四字诀里最后一诀，每届名剑之争到了最后这一诀，也正是人心澎湃的时刻。

此刻，那就更不用说了，向来名剑之争都有一个"胜出者"从生字门"拍暗门"活着走出天字诀，而这次中途要停止比赛，那更是历届名剑之争无法接受的事情。

方才决定了要用尤雨荷的肉身来做生死门的门印，大家都不知道这是怎么回事，在询问之时，那春沉冷也只是感叹道："江湖门是存在至今的门派，只有江湖中有大事发生，这个隐秘的门派才会出现，然而这一次出现却是不够及时，想必这千年难逢的劫难怕是有着毁天灭地的能力，关于为何要用一具阴冷肉身来打开天门，古卷上已经失去了记载和说明。"

闻听春沉冷的话后，大家都静了下来，看着正走向白玉棺材的幻尘雪瑶。

一袭白衣如雪，清如薄云，软如古帐。

是的，幻尘雪瑶身处冷风中微微移动着脚步，使得脚轻踩在雪地上，雪地上也不留下一丝，甚至是一点儿点脚印。

风吹，梅花轻落下。

月影斜照中，幻尘雪瑶显然已经走到了白玉棺材边，她缓缓地蹲下，膝盖自然而然地跪在积雪上，而颤抖的手伴随着嘴里地哽咽声慢慢从棺材边延伸向棺材中。

棺材是上古那种暗白通亮的颜色，色如皓月，质如女淑，虽然滑润，摸去舒畅，但是幻尘雪瑶的手在上面像是受到了极大的摩擦力，寸指难行，一股冷风从碧水潭吹来之时，血雾瞬间弥漫，而她眼中的泪也忽然间崩塌。

"妈妈！"

幻尘雪瑶轻声叫着棺材里那个水绿身影，然而在棺材中躺着的水绿身影却丝毫不为所动，直到幻尘雪瑶的泪水像是一颗颗晶莹剔透的珠子一样打在棺材盖上，静静滑落的时候，旁边的春沉冷走了过来。

春沉冷拿出手帕递给幻尘雪瑶，道："也许你早应该知道她就是你的妈妈，也许你是应该这样，但是今天你要坚强、你要勇敢，不是吗？"

幻尘雪瑶仿佛对周围的一切事物皆置之不理。

春沉冷方才把话说出口的时候，心中甚是难受，看着眼前的幻尘雪瑶，她也不得不在白玉棺旁边跪了下来。

这一刻，段云的大脑"嗡"地一响，像是被铁棒给敲中了一般，他忽然下肢一软，扑通一声跪了下来。

段云道："雪瑶妹妹，到时间了。"

幻尘雪瑶哽咽地用自己的脸颊贴着棺材上盖，她感觉到了前所未有的冰凉，哽咽道："都说自己的父母可以陪着自己前半辈子，可是我，我一向坚强，爹爹死后，我一直在找妈妈，希望妈妈还活着，只要妈妈还活着，我一向认为，我们母女会有相见的那一天，可是我又怎么知道妈妈早在二十多年前就……妈妈……女儿不孝……你生我，我却不能报答你的生育之恩。"

风月儿忽然上前，如段云一般，下肢一软，也跪了下来："你错了，你这次真的错了，你好好活着，前辈地下有知，她今天能在这里救下四地剑道所有剑客的性命，她一定好高兴好高兴。"

幻尘雪瑶厉声道："高兴？"

风月儿目不转睛地盯着幻尘雪瑶，真切道："我说的是真的啊！"

幻尘雪瑶忽然站了起来，并且"刷"的一声抽出一柄长剑，护着白玉棺材，道："你们都退下，不准动我的妈妈，谁都不能。"

狂风卷发，梅花冷落。

段云道："雪瑶妹妹，你做什么？"

幻尘雪瑶眼睛已经绯红，她看着段云："都说这世界上有起死回生之术，我相信我妈妈没死，我要救她。"

看见幻尘雪瑶激动异常，段云跪在地上的身体开始颤抖。

段云道："雪瑶妹妹，你糊涂了，人死了，怎么可能起死回生，那只是江湖上的谣言，二十多年前，你母亲就被缥缈宫用鹤顶红外加砒霜赐死了，之所以肉身在，毫无损坏，那是因为毒药里有'留影珠沫'的缘故。"

幻尘雪瑶道："段云哥哥，你胡说八道，对，你们都别过来！"

正在此刻，身后擂台阁一阵大肆摇晃，牌匾竟然飞落而下，砸在一株梅花树上，梅花树竟然被砸倒在雪地上。

众人听到一声巨响，都不约而同地看去，只见擂台阁已经危在旦夕。

幻尘雪瑶大袖一挥，竟然拉着棺材上的寒冰铁索欲要离开，不过在她移动之时，就被春沉冷拦下了。

春沉冷拱手："幻尘姑娘，得罪了！"

是的，春沉冷心想以大局为重，所以手里的长袖拴绑住了那根铁链，但是幻尘雪瑶身形一翻，竟然避开了。

幻尘雪瑶道："你做什么？"

春沉冷道："如果现在天字诀里的生死暗拍被人触动了，这里，甚至整个寒荒雪域将万劫不复，我要阻止事情的发生，所以你必须留下你母亲的这具阴冷肉身。"

幻尘雪瑶道："你做梦，我妈妈没死，我可以救她！"

春沉冷道："白痴，人死了就是死了，怎么可以再活过来，简直不可理喻，不可救药。"

幻尘雪瑶道："别废话，要么滚开，要么杀了我，要不然，想借用我妈妈的肉身，简直就是做梦。"

段云道："春姑娘，除了这种办法，就没有其他办法了吗？"

春沉冷道："不用阴冷肉身做印门，那就要一名阴年阴月阴日阴时出生的人来做印门，然而这样的人更是几百年不出一个，到哪去找？所以这具阴冷的肉身，我今天要定了。"说罢，竟然又要扑上去抢夺雨荷的肉身，但被段云拦住了。

段云挡在幻尘雪瑶的身前，且道："春姑娘，放她们走。"

春沉冷道："江湖门所向无敌，亘古至今，处理江湖事件，从来不皱一下眉头，更是公私分明，是利是弊，难道段公子不明白我们江湖门的作为吗，今天不留下这具阴冷的肉身，你我皆不可活，别说整个寒荒雪域的人了，就是牲畜也皆不可活。"

段云道："我知道。"

春沉冷道："知道，你还让她走！"说罢，竟然长袖捣向幻尘雪瑶。

段云一把握住春沉冷的长袖，且道："有我在，你们谁都不能胁迫她！"

一男一女的两个孩童异口同声道："姐姐，怎么办，他们都不想活命了！"

春沉冷道："可恶！"后劲一起，袖子中竟然钻出来一柄长剑，向段云射杀出击。

段云道："雪瑶妹妹，快带你母亲走！"

幻尘雪瑶道："那你可以吗？"

段云道："我可以应付这群人，你先走，我随后就到。"

幻尘雪瑶提着铁链，竟然离开了这里，而段云见幻尘雪瑶离开以后，竟然道："春姑娘，我就是阴年阴月阴日阴时出生的人！"

春沉冷道："你耍我？"

段云道："你看我像吗？"

春沉冷收了剑，且道："你真的是？"

段云道："我是真的！"

春沉冷道："那你的生辰八字是？"

段云道："……"

春沉冷道："太好了，你真的是阴人！"

段云道："事不宜迟，我们马上就启动生死门。"

春沉冷道："好！"

段云从怀里掏出一个荷包，递给春沉冷。

春沉冷不解："这是什么？"

段云道："春姑娘，江湖门我早有耳闻，是最有信誉的江湖大盟，这个荷包请你转交给幻尘雪瑶。"

春沉冷一看是个绣着鸳鸯的荷包，她一怔，道："好！"

见春沉冷答应，段云飞身进了擂台阁，然后身影消失在擂台阁之上。

看着段云进入天字诀，春沉冷一阵叹息："可惜，可惜了，段云，我一定会把你的心意转告给幻尘雪瑶。"

第127回：轮盘刻线奇术

擂台阁在碧水潭上高高耸立，寒月正空，月色垂直下泄，伴随着一阵地动山摇的喧哗，擂台阁兀自摇晃。

段云一步一步走向擂台阁，最后身形消失在擂台阁天字诀赛场外面，然而没谁知道他是怎么进入玄字诀的，因为谁都无法看到，当他的身体进入天窗黑洞之时，他那畸形难看的脸已经失去原貌。

机械运作的神奇阁楼就在段云融入的那一刻，碧水潭潭水飞射，像是锅里的水被烈火燃烧，潭水水花癫狂不羁地翻滚着花朵，不仅仅如此，一阵阵、一串串的爆炸声从碧水潭里再次升起，使得岸上大众纷纷倒在地上，当他们回过神来，水花隐现之间，早有肥胖的鱼儿、硕大的雪虾翻滚到岸上。

"怎么回事？"

众人看着眼前的鱼和虾撒落在雪地上，神色都万分紧张。

"印门启动，立刻进入玄字诀赛场！"

春沉冷话音刚落地，面前的阁楼最上面发生了倒塌，金碧辉煌的阁楼无端端竟然多出了一个偌大的缺口。

"就是那个缺口，快随我进去几个名剑侠士，阻止那两个人启动生死门！"

春沉冷的话音方落地，只见万人皆一步步后退，仿佛被眼前忽然间的变动给吓呆了似的，不过就在春沉冷无计可施那一刻，除了峨眉派碧柔，还有厚土、氾水、天幕三人竟然同意前往，这让春沉冷不得不安心、喜悦。

"那就跟我来！"

春沉冷身子飞舞而起，身形矗立在半空之上，而碧柔等四人见此，更是如脚下生风，瞬间身子也悬浮起来。

一时之间，五个身影悬浮半空与擂台阁成平行之势。

"既然生死门打开了，那我们就进去吧！"

其余四人都点点头，那碧柔且道："我进去后该怎么做，你是不是事先给我们说说！"

春沉冷道："你们五个人中，谁的武功修为最为精湛？"

氾水板着长脸，且道："我们三个人都是寒荒古城的护法，而她却是峨眉派的掌门，武功精湛，那想必她要胜我们一筹了。"

春沉冷道："那就这样，进去后，碧柔姑娘就护住生死暗拍，我们四个人就负责阻止上官嫣红和凌风之间的争斗。"

氾水道："既然你是江湖门的人，那么想必你知道得多，我们就听你的吧！"

春沉冷一点头，身子快如急电，人影一晃，刹那间，身子从缺口蹿了进去，其余四人陆续跳了进来。

天字诀乃是名剑之争"天玄地黄"的最高级赛局，每届名剑之争最后的胜出者都要启动生死门的生门才能成功走出天字诀的赛局，然而每触动一次生死门的生门，都相当于在千年预言的轮盘上记载一个三十年的流逝光阴符号，而早在很久以前，也就是一千年以前，江湖门的前辈们已经设计好了，这个轮盘一旦转动到最后一个刻线，那便是千年预言的启动之时，不过既然有轮盘刻记，为何会有今天这样的局面，不得不令历届参与名剑之争的剑客们反省，倘若早些察觉，完全可以避免今天这样紧急的局面。

也是，向来名剑之争大家潜意识里就是剑道信仰，哪会有人真正在意这每一届名剑之争只是一种时间记忆法，它记忆着时光流逝中事物的变化，而那些名剑信仰，顶多也就是保家卫国，锻炼人们承受宇宙的力量而已。

五人站在偌大的天字诀赛局里，身形仿佛顿时小了一倍，那黑色的轮盘在慢慢地旋转着。

在黑色的盘子中间有两个按钮，一个是黑色的，一个是白色的，黑色的是死门、白色的是生门，而死门里，段云的身子正倒挂着，全身血液已经充盈了整个死门。

碧柔、氾水、厚土、天幕四人看了，都不约而同地惊讶出声，这氾水竟然压抑不住心中的悲痛、激动。

汜水踱步上前，趴在死门外，撕裂喉咙喊道："段云，段云！"

段云却是紧闭着眼睛，身体已经开始在充满血液的门里缓缓地转动。

厚土心急如焚，且道："冷姑娘，怎么会这样？"

春沉冷道："他是阴人，他的血肉能暂缓生死门的转动，现在生死门就可以在一定的幅度上做修改。"

天幕道："修改？"

春沉冷道："你们三人去阻止他们比武，我去修改预言的发生时间。"

天幕更是道："厚土兄，快点，快点拉上汜水兄，别浪费时间了。"

如此局势，厚土二话不说，大步上前，一把拉住汜水。

汜水却道："段云，段云，你死了，寒月怎么办，寒月每天还在念叨着你，你倒是出来给我说清楚啊！"

"老汜，刚才那个幻尘姑娘糊涂，难道你也跟着糊涂吗，他现在已经是个死人了，你和死人说话，管用吗？"

厚土说完这句话，拉扯汜水的膀力又增大了好几倍，竟然强行把汜水拉倒在地上。

天幕道："你们两个有完没完，上官嫣红镜雪剑在手，我们三个同心协力未必是她的对手，你们还这么磨叽，这不是作死的节奏吗？老汜，快别发疯了，赶紧上！"

三人约好了，一同扑向上官嫣红。

上官嫣红发红的眼睛已经像点燃了汽油的火焰，道："你们三个是怎么进来的？是进来找死的吗？"

天幕道："还比，再比就死了，还不赶紧住手，快随我们离开！"

上官嫣红道："为何要离开，害怕我成为胜出者，然后带走你们寒荒所有名剑，或者是害怕我赢了，你们寒荒雪域交不出三十年前其他三地剑道留在寒荒的九百九十九柄绝世好剑？"

天幕道："痴迷剑道的人该醒醒了，千年预言要来临，寒荒雪域或许将在这个世界上彻底消失，经年以后，哪还有什么四地剑道？"

上官嫣红略有癫狂道："定是怕我赢了，怕我为难你们，所以你们才来阻止，你们放心，本郡主志不在此，我只想告诉你，本郡主从中州中原远赴寒荒雪域，只有一个心愿，那就是组建一支具有江湖血统的御林军，只要到时候你们听命于我，我大可不必为难你们！"

厚土道："御林军？"

上官嫣红道："后唐江山宏图难画，本郡主是奉了朝廷的旨意，组建这只御林军，只是为了稳固江山社稷，可是现在我干爹谋划篡夺皇权，本郡主是为了此事，才奔着四地剑道名剑之争而来。"

厚土道："妖女，你的阴谋不会实现，快些住手，方可活命，要不然神仙难救！"

上官嫣红长袖一挥，冷艳中眼神冷光直逼三人，且道："找死，本郡主志在必得，你们三人今天就命葬此地吧！"

此刻，被上官嫣红先前打倒在地的另一个对手站了起来，这人就是凌风。

凌风道："三位可是寒荒古城的三位护法，这女人鬼迷心窍了，我们大可不必管她，这就出去罢了！"

天幕道："可是？"

话刚说到这里，这上官嫣红分明看到了春沉冷，心中念叨："这女人是何人，她在做什么？想必和这三个混球是一道的，是来阻止我胜出的。"

不错，想到这里，上官嫣红便一个跳跃，站立在距离春沉冷有五米远的地方，冷冷道："你在做什么？"

春沉冷道："本姑娘在修改生死门的刻线，阻止本届胜出者开启生门！"

上官嫣红大怒，赤红略显发紫的剑刺向春沉冷，大叫一声道："住手！"

春沉冷道："刻都刻了，你才让住手，为时已晚。"

说罢，春沉冷的身形往后移了十几米，向其余五人喊道："线已经刻好了，我们走吧！"

五人各自飞舞，一瞬间，五人和春沉冷在缺口处会合。

遇到这种情况，上官嫣红心急如焚，快速上前，身形矗立在生死门的门前，用尽各种办法试图打开生死门，但生死门却一次次将她反弹而回，摔倒在地上。

碧柔道："那我们就这么走，就不管她了吗？"

春沉冷脸色微微一寒："她手持魔剑，早就走火入魔了，此刻迷失了心智，出去了也是贻害无穷，能命绝于此，那也是最好的造化。"

汜水道："那镜雪剑呢？"

春沉冷道："镜雪剑已然不是当初的剑，若能留在此地，也是好事。"

碧柔道："既然如此，那我们走吧！"

话音落，六人陆续飞出了第四层的天字诀。

第128回：预言发生前兆

镜雪山庄。

风一阵阵像是疯了的魔鬼一般，张牙舞爪地嘶吼，大口喷云吐雾，瞬间，天昏地暗。

寒竹林的潭边乌云遮天蔽日，顷刻间，四周雪山冰凌纷纷下落，击打在镜雪山庄的各处，冰凌所到之处，皆成狼藉。

"快走啊！"

忽然间一男子的声音像是龙吟虎啸般在镜雪山庄的各处山巅、峭壁传了出来，众人狂奔的脚步兀自停下回头望了望，但是不见其人。

"段云！"

看着那正粉碎的碧水亭，众人都纷纷高声喊了出来，他们念及以往段云的为人做派依依不舍之时，一个女子忽然鬼魅一样闪到他们的面前，急切道："快走，快走，此地乃寒荒极寒之地，地理位置相当凶险。"

天幕拱手道："不可不可，段云还在生死擂台里，留在那里，他会死，他会死的啊！"

不错，一个近似疯狂的声音在逃亡的人群中高声呼啸，然而不管他的声音多大、多洪亮，顷刻间便被一阵惊天巨响淹没。

就在众人逃亡的顷刻间，镜雪山庄忽然大堤横断，一个风景奇秀的山庄竟然喷流出一股鲜红色的岩浆，这股岩浆冲上云霄后，顷刻向四周飞落，寒荒雪域以北之地的大片天空瞬间被渲染得绯红。

雪柳荒，白雪飞落的荒原上，幻尘雪瑶听到刚才那声巨响，忽然间，心脏猛烈跳动，她本来一手拉着白玉棺正大步向前行走的脚步忽然停止不前，神色凝住片刻后，竟然一声不响地转过头看了看镜雪山庄，但见镜雪山庄山体横断的景象，她一双紧紧握住铁索的手开始颤抖，随着时间一秒一秒的流逝，竟然越来越松，最后铁索掉在了地上。

幻尘雪瑶的双眼忽然绯红，泪水在一瞬间奔流而出，随之一声悲啸："段云哥哥！"

一声悲啸后，幻尘雪瑶拔腿起跑，奔向镜雪山庄，但是没过多少片刻，前方拥来了大批人马，万人骚动的人群中，不停有人喊叫逃亡的声音，也使得她那渺小的身子迷失在了万马奔腾中。

"段云哥哥！"

看着这翻天覆地的天灾人祸，幻尘雪瑶以快捷的身影闪过一群群人、一匹匹马，以脆弱的身体站立在一个土坡上，望着镜雪山庄的碧水潭。

或许她隐约地看到了段云那狰狞的面孔，但是她永远不会知道段云此刻的心境。

段云倒挂在死门里的身影开始慢慢地停止了旋转，他望着那个一袭白衣的女子，他笑了："雪瑶妹妹，段云哥哥要走了，要先一步离开这大雪域了，你要好好爱自己，照顾自己，忘了我吧！"

忽然一股热流迎面扑来，在沸腾的岩浆顺着门壁往下流之后，死门里一片空寂冰冷。

看着眼前的景象，幻尘雪瑶悲声喊道："前尘覆灭，千年轮回，任你我形影不离，溺爱不单，却永远逃不过这俗世的座座城、座座桥，城都是空城，里面住着一个最想念的人，桥都是断桥，牵绊着一生，段云哥哥，我欠你的，若有来世，一定还你。"

后方掩护众人撤离镜雪山庄的六人是厚土、氿水、天幕、小年、风月儿、春沉冷，他们已经撤离到雪云山的山脚下。

氿水搀扶着寒月，正赶着脚下的路。

"呀！"

寒月惊叫了一声："脚下有人！"

泥水拉住寒月，闻听寒月这么一说，顿时看向寒月的脚下，寒月的脚下正躺着一个白衣如雪的女子。

——幻尘雪瑶。

幻尘雪瑶躺在雪地上，雪淹没了她整个身体。

小年见之，恍然间道："怎么？她不是带着她母亲的棺木离开了镜雪山庄，怎么棺材不见了，人却晕迷在这里？"

泥水道："如此女子，睡在此地，我们岂能带她离开这里？"说罢，手里的长剑白光闪烁得分外耀眼，只听刷的一响，长剑锋利的剑刃忽然戳向幻尘雪瑶。

不知怎么个情况，小年手里的长剑忽然伸长挡住了。

泥水见了，激动万分道："你干什么？"

小年道："要杀她，还轮不到你！"

泥水不解地询问："你这话是何意？"

小年道："她违背誓言，本是死有余辜，但如此不明不白地杀害她，你难道不觉得太不地道了吗？"

泥水道："她是寒荒雪域、音尘火族、蓬莱仙岛的总司，在三地剑道最为危难的时候，她竟然忽然失踪，我看她根本就和我们不是同一条心，定是中州蛮子的奸细。"

风月儿立刻上前，怒道："真是一派胡言，她怎么可能是中州潜伏在我们寒荒雪域的奸细，我看你才像！"

此刻，春沉冷道："你们不想活命了，还不快把她带走？"

镜雪山庄，山脉横断，地质层里庞大的岩浆正凶猛地喷出，众人回望，只见比先前更为猛烈，为此，有人高声呼啸："快走，快走啊，再不走就没命了！"

小年二话不说，也不假思索，给泥水略使了个眼神，两人便同时上前，一人在左、一人在右扶助幻尘雪瑶纤弱的身体向那可以逃亡的雪柳荒疾奔而去。

翌日清晨，寒荒西边边境，天阙门外，风雪谷入谷处，正有雪域部落士兵把守，眼见小年等人蜂拥而来，便放下山门，挡住去路，一个浓眉大眼的士兵粗声粗语道："你们给我站住。"

小年等人被拦截住，所有人都被拦截住，其中有人高声喊道："我们不是寒荒雪域的人士，请你们放开闸门，放我们过去！"

还是这个浓眉大眼的士兵粗声粗语道："不行，任何人都不得擅自离开寒荒雪域，最近寒荒雪域出了些怪事，你们要留在此地，接受雪域部落的调查。"

然而还有一个身材高挑的士兵，瞪着泛着血丝的眼睛道："不错，无论你们是不是雪域部落的人士，都必须赶紧束手就擒，不然只有死路一条。"

高大山脉高耸插入云霄，山脉与山脉间的山门犹如庞然大物，机关不启动，任你武功再高也跳不出这山门口，就在大伙儿心中嘘声不已的时候，春沉冷却从人群中走了出来，手里拿出令牌，且道："你们带我们去见你们的西长。"

浓眉大眼的士兵和身材高挑的士兵凝住相望片刻，于是都各自走近一步，仔细一打量春沉冷手里的令牌，只见令牌上刻着金黄的三个大字——江湖门，于是都拜倒在地，恭敬万分，声声说道："不知江湖门来此有何贵干？"

春沉冷道："快把天阙门打开，我等要出雪域。"

浓眉大眼的士兵道："姑娘有所不知，自打昨儿傍晚时分，我部落三处河水里饲养的鳕鱼全都死了，整个河边漂上了一层死鱼尸体，部落各位酋长查了各处可疑之处，皆没有发现，不知道这是天灾还是人祸，所以在没查明真相之前，天阙之门不能打开，不能放走一个人。"

春沉冷思忖：竟有这等事？难道和这千年的预言有关？想到这里，她便下定决心，且道："如此，你们带我前往部落酋长处，我要见你们的酋长。"

浓眉大眼的士兵道："如此就麻烦各位在此地停留片刻，待我前去通传一下！"

春沉冷道："去去去，快去吧！"

没过多久，果然从那最大的帐篷里走出来一个身材魁梧、头戴金冠的人，此人器宇轩昂，见帐篷外站满了人，且虚汗一身，道："什么时候，我们这里多了这么一些人，这些人都是从哪儿来的啊？"

浓眉大眼的士兵道："这些人的穿着打扮各有千秋，想必定是来参加三十年一届的名剑之争大会的各地剑客，酋长，这位姑娘便是来自江湖门。"

这人一听江湖门，当下愣住了，单膝跪地，作揖道："姑娘是江湖门的人，那么我雪域部落就有救了。"

春沉冷道："酋长有话请站起来说。"

酋长道："最近两天，我雪域部落发生了怪事，请姑娘明察，三处人工河道的所有鱼群全部惨死，除此之外，还有十岁以下，五旬以上的老者全部呼吸困难，窒息而死。"

春沉冷道："酋长有所不知，我们就是因为这样，所以才要离开寒荒雪域，还请酋长打开天阙大门，我等要出去，迟疑一刻，身处雪域之人便多一分危险。"

酋长道："这究竟是怎么回事？"

小年道："因为寒荒雪域千年的预言要来临，地动山摇，五荒灭，四荒生，要是不走，后果不堪设想。"

酋长狐疑："千年预言？"

正在此刻，一个士兵从帐篷密集处奔来，一来到酋长的身前，便扑通一声跪下："酋长，死人了，又有四人无缘无故死了！"

随着这人急切告知的片刻，早有一阵孩子的哭声从远处传来，呜呜咽咽地哼着悲伤的调，也不知道哭了些什么。

众人闻听后，移步上前，转过一个不大不小的雪域古堡才看到一棵参天大树正压住一个孕妇的身子。

孕妇全身浸在自己的热血中，她旁边正蹲着一个孩子，孩子约八岁的样子，此刻泪水已经挂满了脸颊，正放声大哭，嘴里一个劲地喊着妈妈。

"妈妈！"

忽然间，靠在小年肩膀上的女子醒了。

幻尘雪瑶闭目已久的眼睛睁开了，也开始注视着眼前发生的一切。

忽然。

一柄剑指了过来，搭在幻尘雪瑶的玉颈前，幻尘雪瑶认识这把剑，这把剑就是小年的剑，她道："杀了我吧！"

小年道："杀你？你说，你为什么在大会开始的时候不见了踪影？"

幻尘雪瑶冷冷地抿嘴一笑："我为了你的一句话，等了你多年，本以为你会爱我的，但是等我找到你以后，你却爱上了别人，如今还要杀我，你可千万别在现在说是因为我害死你哥哥郭小天，所以才要杀我。"

小年道："我失忆了，我不懂你在说什么，我只知道是因为你不遵守誓言，才害得我哥哥倒在我面前，本来我是不会这么想的，但是你能告诉我九国岛究竟是怎么回事吗？"

幻尘雪瑶道："终于还是被你看穿了，不错，九国岛是我灭的，我怕在名剑之争大会上，三地剑道各有阴谋，所以我才决定要灭九国岛的，我这样做只是让他们知道三地剑道如果不能真心结盟，三十年前的悲剧还会重演。"

小年道："你撒谎，你不就是要尘封镜雪剑吗，你哪有那么多理由，你灭了九国岛，你可知道九国岛灭了以后，蓬莱剑道会怎么想？"

两人谈话的声音越来越大，身后站着的所有人都听在耳内，记在心上，更有许多人闻听了九国岛的事情，惊声不已，顷刻间，对幻尘雪瑶皆是指指点点、讨论纷纷。

玲珑更是大步走上前，且道："九国岛真是你灭门的吗？"

幻尘雪瑶道："是我！"

玲珑道："你为什么要那么做？"

幻尘雪瑶道："我已经说过，我必须这么做。"

玲珑道："可恶！"

春沉冷道："既然如此，把她绑起来，日后再接受天下剑道公审，眼下还是先打开天阙门，离开这即将要覆灭之地！"

就在此刻，酉长大怒："岂有此理，来人啊，把这个妖女绑了，送往大牢。"

接到酉长的命令，有两个士兵上前用铁锁套在幻尘雪瑶的脖子上，然后拉着她走进一个大型的雪域古堡。

第129回：雪域凤台祭祖

幻尘雪瑶被两个士兵带走后，在场的人皆是嘴冷心狠，更有的人想冲上去把幻尘雪瑶撕得粉碎。

只听。

"哼，真是瞎了眼睛，没想到这女人如此心肠狠毒，竟然为了尘封一把名剑灭了九国岛，真是令人齿寒。"

"如果不是听到她亲口承认，我还真不敢相信，如今看来，我们三地剑道放在她身上的所有期望，都错了。"

……

正在大家议论纷纷的时候，春沉冷携着两个孩童站在一处地势略高的地方，道："各位安静一下。"

众人听了，这才从愤怒的责骂中安静了下来，把那双泛满血丝的眼睛看着眼前如出尘一般的女子身上。

春沉冷道："方才在那生死门的旋转暗拍上，我已经做了最大的修改，千年的预言所发生的时间延迟在后日日出之时，所以在这个时间以前，身处寒荒雪域的人必须全部离开寒荒雪域这片土地。"

酉长道："可是这里是我们的根，也是我们的家园，我们如何能弃之而逃，如此做法，又岂能对得起养育我们多年的雪域大地？"

春沉冷道："酉长，人活着就是希望，人活着，寒荒雪域就一定还存在，家园就还存在，倘若人死了，那就什么也没有了。"

此刻，酉长陷入了沉思。

在场的其他两大地域的人都纷纷赞同春沉冷的说法，非但如此，还帮着春沉冷说服酉长打开天阙门，说是打开天阙门才是生存之道。

不过，多少年以来，寒荒雪域的盛世繁华转眼间就要化为云烟，一想到这里，酉长以及在场的雪域人士都悲伤地流下眼泪，就算其他地域的剑客再怎么劝说，也于事无补。

酉长斩钉截铁道："不可以，我们要和雪域共存亡，这里是我们的家，我们就是死也不会如此离去。"

酉长话说到这里，令在场其他地域的人士愤怒难平，只听峨眉派的一众女弟子纷纷说道："说到底，你们雪域的事情不与我们中州人士有半点瓜葛，如此做法是让我们在这里陪你们等死吗？"

春沉冷道："酉长，你自己可以这么想，但是不代表寒荒雪域千千万万的人士都这么想，人只要活着，比什么都好，你这一种盲目的舍生取义，那不叫大义，那叫狭义。"

"对啊，你不可以自私，让这许多无辜之人在这里等死，你还是快拿出钥匙打开天阙门，放他们一条生路。"

一旁的众人都这么吵吵嚷嚷，令酉长头昏脑涨，酉长道："本来我们也没说要让你们留下来，我立刻让人开门便是了。"

酉长气急了，说罢，转身就走了。

待酉长走后，春沉冷才无奈道："既然这样，大伙就前往天阙门，准备出雪域了，相信后日日出时分，大家都会相安无事。"

春沉冷话音落地，众人便拥挤着来到天阙门。

天阙门紧闭。

夜来临，一快骑停在天阙门前，一根长达二十米、重达百斤的钥匙被骑士后面的一众士兵抬来。

骑士道："在下奉酉长之命来开启天阙门，想出雪域的，准备出雪域了。"话音一落，十个士兵抬着这根巨型钥匙插向天阙门的石锁孔里，然而任由十人再怎么费神，天阙门依然无丝毫启动的迹象。

骑士道："怎么会这样呢？"

这根巨型钥匙上的扳机被这许多骑士左右前后搬弄着，直到他们满头大汗，春沉冷才掠步向前，喊道："你们都放手，让我来。"

春沉冷衣服一甩，大步上前，以她那弱细的身子扛起这根巨型钥匙不停地在锁孔里左右搅动，然而，无论她再怎么费神费劲，结果都和这十几个骑士一样，天阙门依然丝毫没有异动。

十个骑士看到这里，立刻交头接耳，纷纷讨论着，从他们的讨论中，春沉冷仿佛听到了一些有关开启这道天阙门的传说。

不错，听了这些人的话，春沉冷才自语："在这寒荒雪域还有如此骇人的传说，我江湖门怎么没听人说过？"

忽然一阵脚步声由远到近传来，仔细一听，很明显这是一个身材魁梧的男人走在雪地上的声音。

春沉冷下意识地把头转回去，果然如她所料，这雪域部落的酉长已经像是一座山屹立在自己的身后，她问道："酉长，这是怎么回事？这把钥匙是不是开这把天阙锁的，怎么费劲了心神也打不开呢？"

酉长神情愕然道："难道那个传说是真的？"

春沉冷道："雪域祭祖，到底是怎么回事？"

酉长这才神色舒展开来，瞳孔渐渐变大，随着一声叹气，然后又渐渐地缩小，怔了半晌后，才道："有关这个传说，我也不知道，我只知道，这个传说已流传了千年，至于它的真实性，我可真拿不准，姑娘有所不知，寒荒雪域部落的太祖们曾说过这雪域里的一切都要在千年以后化为乌有，到那时候，天阙门由于受横符封印，根本无法开启。"

春沉冷忽然间急了："那怎样才能开启这天阙门呢？"

酉长道:"很简单,以一女之肉身外加此女的念力,就可以开启这天阙门。"

春沉冷惊讶:"仅此而已?"

酉长道:"仅此而已!"

春沉冷道:"何种女子才能开启这天阙门?"

酉长道:"这个我也不知道。"

春沉冷道:"那该如何?"

酉长道:"目前,我们只有开始祭祖,才能寻找到这个能开启天阙门的人。"

春沉冷道:"怎样寻找?"

酉长道:"姑娘随我来。"

春沉冷二话不说,立刻随酉长来到一处可高可低之处。

令人注目的事物出现了,眼前忽然出现了一个旋转盘,春沉冷忽然间一怔,问道:"这是念力血蛊盘?"

酉长用惊讶、欣赏的目光瞅了一眼春沉冷,深感佩服道:"姑娘年纪轻轻,如何得知,难道因为你是江湖门弟子吗?"

春沉冷道:"不错,江湖门知晓许多江湖中的事情,比如这念力血蛊盘就是我在江湖门的法器谱上看到的,如今一见,深深觉得这念力血蛊盘要比书上的可观性增大一千倍、一万倍不止呢。"

酉长道:"既然姑娘认得此法器,想必它的特性,您应该知道了,就不用老夫再给您解释了吧。"

春沉冷略有安慰地点了点头,不得不承认:"嗯,是的,我看到这个血蛊盘后,我是明白了你所说的雪域祭祀。"

酉长道:"既然如此,为什么刚才我们在天阙门说起此事的时候,姑娘竟然丝毫不知的样子呢?"

春沉冷道:"对于雪域祭祀这件事,江湖门中也许有人知道,但是小女子才疏学浅,自然不知道了,所以方才无法应答,但是看到这个法器,我想到书上说的,使用此法器,需要了解此法器的特性特征,以小女子愚见,应该是用适合的人站立玄晶石下,借助自身的血肉之躯向玄晶石传递开天阙门的念力,当念力足够强大,天阙门的念力机关按钮被触动,天阙门的门闩就会断裂,只有这样天阙门才会打开。"

酉长用欣赏的目光看着春沉冷,忽然觉得这女孩子一身轻纱在风雪中舞动,竟然有天仙下凡般美妙,心中一直大呼此女聪明至极,最后压抑不住心中的震撼,竟然一口一个赞声不绝:"姑娘真是神人,说得全对。"

春沉冷道:"既然这样,那我们就快些开始祭祀吧,这千年的预言一旦来临,寒荒雪域所有人必将死绝。"

酉长道:"姑娘,雪域祭祀需要合适的时间。"

春沉冷道:"合适的时间?那哪个时间才合适呢?要知道我们已经没有太多的时间了。"

酉长道:"如此着急,那我这就去办,尽快早些打开这天阙门,让这千万人平平安安走出寒荒雪域。"

春沉冷道:"好!"

第130回:雪域祭祀之女

夜,刚入。

月,刚升。

天阙山下雪域部落的古堡就像黑夜中的一座座坟墓,无时无刻不散发着一股阴邪的死亡气息。

春沉冷走到最破烂的古堡前,忽然停住了脚步,禁不住深深地呼了口气,然后独自一人拖着长长的轻纱走进不见灯光只见月光的牢房里。

牢房里昏暗,只能看见有三五个不知死活的牢卒醉生梦死地在酣睡,春沉冷走进去,被一扇铁门挡住。

"大哥,大哥,开门。"

正在酣睡的牢卒嘟囔着嘴,从地上爬了起来,揉了揉眼睛,黑暗中看见春沉冷,这才萎靡不振地走到门前。

"大哥?你叫谁呢?谁是你大哥?这是牢房,你深更半夜到此,为何?"

这人说话间,春沉冷袖子一摆,袖子就像一把利剑一样戳在这人的"定身穴"上,然后这牢卒就像是中了邪一般,身子直直倒下。

其他几个牢卒听有异动,借助昏暗的月光,身子快速向春沉冷靠了过来,然而他们万万没想到春沉冷的手法迅捷至极,竟然还不等他们来到门前,门已经打开了。

"啊,深更半夜入此处者,定是劫狱的,杀啊!"

三人竟然像是一个大合体,同时举起手里的剑,欲砍死春沉冷,然而他们的动作相对江湖门的弟子,那实在是弱得很,举起来的手还未放下来,竟然又被春沉冷的定身挥袖一甩全部点中了,站远一点看看三人被定住的动作,就像战败的士兵在给别人缴械投降一样。

牢房里,昏暗不已。

春沉冷沿着这条又脏又臭的过道走,在一处月光最暗的牢房外站住了身形。

这间牢房里端端正正坐着一名女子,春沉冷已经认出来这女子就是幻尘雪瑶,看到幻尘雪瑶一脸的平静气色,她以平静的语气问道:"为什么?九国岛明明不是你灭门的啊,你为何要承认呢?"

幻尘雪瑶微微仰起头,偏移一小寸后看向春沉冷,又平静地转过头目视前方,低声道:"你是让我解释这件事吗?"

春沉冷道:"对啊,你可以解释啊?"

378

幻尘雪瑶道："众人口舌相碰，众说一词，只怕我越解释，越百口莫辩。"
春沉冷道："你在生郭小风的气？"
春沉冷一提到"郭小风"，幻尘雪瑶脸上明显一阵痛苦，然而让春沉冷更加意外的是她竟然不说话了，而是眼睛缓缓地闭上，仿佛不愿再听、再看有关郭小风所有的一切。
春沉冷道："你在逃避？名剑之争英雄会上，你为了你母亲，不愿意让我们用你母亲的肉身，其实没什么，你是做女儿，你理应保护好母亲的肉身，这都是对的，是你的权力，你不需要为此逃避。"
幻尘雪瑶依然不动声色，闭眼打坐。
春沉冷道："你已经够好了，寒荒雪域本来和音尘火族势同水火，然而正是因为你，音尘火族与寒荒雪域百年的杀戮终于告一段落，非但如此，就连蓬莱仙岛也放弃了蚕食雪域的初衷，是你为他们争取了和睦，这也正是我江湖门所倡导的剑道，也只有这样，三地剑道才能共同寻找剑道的最高信仰。"
幻尘雪瑶道："你错了，这不是我为他们争取的，这是他们自己争取的，是他们自己用无数剑客的鲜血换来的，因为他们也看见了一味追求剑道的残暴。"
春沉冷道："好吧，你这样说也是有道理的，不过，你有没有想过为什么孔雀老人让你出任缥缈宫的总坛宫主，还有风铃潭的玲珑为何要投靠你？"
幻尘雪瑶道："为什么？"
春沉冷道："因为他们很信任你，因为你很善良、很勇敢，对于灭九国岛的事情，你也应该解释给他们听，或许他们能听你的解释。"
幻尘雪瑶道："不用解释，尤其是对了解你的人。"
春沉冷道："其实灭九国岛的人是我。"
幻尘雪瑶道："什么，是你？"
幻尘雪瑶用不解和好奇的眼神打量着春沉冷。
春沉冷却接着说道："不错，我江湖门掌控着天下剑道，灭九国岛的事情是我干的。
幻尘雪瑶听了，忽然站了起来，神情激动，全身发抖，一字一字道："是你，你杀了那么多人，你们江湖门真是惨无人道。"
春沉冷道："江湖就是这样，江湖门不出面灭九国岛，那谁去？九国岛不灭，蓬莱仙岛的所有大小名剑门就不会依附寒荒雪域。"
幻尘雪瑶道："你这样做，还不如你们江湖门出面一统天下，这样会更好，如今中州还有远海高山上所有部悖恃强凌弱割据一方，千百年杀戮四起，死伤无数，若是尽数收归江湖门下，一起发扬天下剑道，岂不更好？"
春沉冷不由得冷冷一笑："你是真不知道，还是装糊涂，这天下局势动荡，人才辈出，天下是每个人的，倘若要一统天下剑道，只怕永远也不可能。"
幻尘雪瑶道："既然不可能，江湖门又为何去灭九国岛？"
春沉冷道："九国岛是蓬莱仙岛最有名望的名剑门，也许你们不知道，但是我江湖门知道，早在五百年前，九国岛以残暴崛起于蓬莱仙岛，他们的骨子里始终有残暴的文化血液，如今局势已经成熟，他们一定会借机统一天下剑道，到时候残暴着寒荒雪域、音尘火族，死的人会更多。"

幻尘雪瑶道："这都是你的猜想。"

春沉冷道："现在我不想和你解释这个，因为以后你有机会了解这一切的真相。"说完转身就要走，然而刚走到门口，她又回转身来道，"对了，明天雪域要祭祀，恐怕又要死很多人。"说完，便走了。

幻尘雪瑶道："祭祀，祭祀什么？"

然而春沉冷已经走出去了。

月中天，黑暗的地牢，昏黄残冷的月光渐渐消失，幻尘雪瑶心中有一千个一万个疑问："祭祀，祭祀，死多少人？"

古堡外，春沉冷刚走出堡外，酉长意味深长地说道："春姑娘，我刚做好了部署，一切都已就绪。"

春沉冷道："有多少个参与祭祀的人？"

酉长道："一共十五人自愿，还有十五人皆是雪域的死囚女犯。"

春沉冷道："既然这样，那我们这就去祭祀台，开始祭祀，天马上就要亮了。"

酉长道："好！"于是两人一起向祭祀台走去。

天亮时分，祭祀台上站满了人，有小孩、妇女、剑客、老弱病残。

忽然，酉长亮起嗓子喊："开始祭祀！"

一声令下，十五人上前。

酉长对春沉冷说道："这十五人是自愿的。"

春沉冷道："既然如此，那么让她们自愿站在念力血蛊盘里，让玄晶石感应她们的念力。"

酉长听了，点了点头，走到十五人的身前，道："这就是我们雪域部落的念力血蛊盘，待会儿你们站在里面，一定要用'开门念力'催动天阙门上的横符，横符落地，天阙门才能打开，千万要记住，等横符落地后，才能停止催动。"

十五人都是年轻貌美的女子，每个身材都是一级棒，酉长接下来的一席话，这十五个女孩子竟然没有一点点害怕。

酉长道："这念力血蛊盘是上古至邪法器，凡是参与的人，只有开动了天阙门才能活命，否则血肉将被此盘吞噬，只剩下一堆白骨，你们都是娇滴滴的女孩子，不害怕吗？"

十五个女孩子竟然大叫一声不怕，然后就有七个女孩子进入了念力血蛊盘，然而不到一盏茶的时间，念力血蛊盘的盘孔之中便飞落出许多白骨，众人看到这一幕，顷刻间鸦雀无声。

刚才进去七个，现在台上还有八个，这八个人眼见刚才进入的七个人血肉无存，心里顿觉阴暗，更有几个神情变得不情愿了。

钟鼎敲响第二次之后，主持祭祀的大祭司又念叨了起来，但是台上剩余的八个人都不肯上前一步。

就在这时候，八个人都想逃跑，也许她们都是自愿的人选，所以大祭司也没有多说什么，只是挥舞着手中执掌的祭祀旗帜，然后大声喊道："下一组！"

大祭司话一出，从西边的牢房中陆续出来十五辆囚车，十五辆囚车前面走着四匹膘肥身健的骏马，马都是一色棕，每匹马都高耸胸膛。

马在前，车在后。

十五辆囚车都是用一条锁链连接着，前十四辆都是令春沉冷十分面生的女子，只有最后一个女子最引人注目。

不错，这个女子不但漂亮美丽，还端端正正地坐在车里，她的身形早已令众人目目而望。

这个女子就是幻尘雪瑶，多数人已经认出她，一时之间，最后围观这十五辆马车的人都抓黄土、雪菜向她扔去，烂糟糟的菜打在她那雪白的脸上、脖子上、头发上。

"这是个坏女人，这是个坏女人，打啊，往死了打啊！"

一众人气势汹汹地向幻尘雪瑶所在的第十五辆马车围击，以至于马车行走困难，拥堵停滞下来。

"打啊，打啊，打死这个坏女人，这个坏女人不但害死了很多雪域的人，更是丧心病狂地杀害了那么多我们蓬莱仙岛九国岛的人。"

正在人群拥堵的时候，一个华丽清逸的女子就如秋叶落地一般落在了人群中，用手拦截众人手里的抛打之物。

但是，围击的人太多，根本无法让他们住手，直到那酉长一声令下，又来了十几个雪域部落的士卒，这才勉强在马车前疏开了一条通路。

只是为了祭祀顺利进行，酉长又在台上对台下的人说："此女有违江湖规矩，肆意屠杀，灭了九国岛满门，双手之后满了血腥，如今正好拿来祭祀，不过此间还有十四人都是狼心狗肺之人，所以按照祭祀的规章制度，我们还是按照次序，将其一个一个送入念力血盅盘，为我们开启天阙门。"

只是看着这台下十五辆马车中的女囚犯，众人不禁露出了不可言说的神情。

不错，神情之间充满了怀疑和期待。

不过，就在大家对这十五人指指点点、议论不休的时候，台上酉长又道："是的，没错，你们这些囚犯时间有的已经被关押了十年，但有的甚至已有二十年之久，这次给你们重生的机会，只要你们其中一位可以用念力催动这块玄晶石，开启天阙门，那你们十五人都可以重新获得自由，免除牢狱之灾。"

听到台上酉长如此一说，台下囚车中的前十四位女囚犯缓缓抬起她们垂下已久的头。

面色蜡黄，眼神无光。

这十四个女囚犯眯着眼看着台上站着的大酉长，令人意外的却是第二个囚车里的女囚犯顿时张牙舞爪起来，就像一头勇猛失去方向力的蝙蝠，乱撞乱叫："我去，我要去，我要去。"

酉长看到这里，心中大是安慰，仿佛有这种局面应该是他早就预料之内的事情，不慌不忙道："带她上来！"

三位寒荒雪域部落的兵卒大步上前，开启囚车门板让其走了出来。

在众目睽睽之下，四人一步一步登上了祭祀台，和先前一样，祭祀的大祭司说一些重要环节，然后退了下去。

待大祭司后退以后，女囚犯才东张西望地走进祭祀盘。

酋长大声吼道："进入祭祀盘后，注意力集中，否则念力涣散根本无法催动那颗玄晶石，也打不开天阙门。"

语音刚落，这个大祭祀盘就发出一阵轰鸣声，然后大门紧紧关闭了，然而令人意外的却是大门关闭不到半盏茶的时间，一堆白骨从盘孔里喷了出来。

众人看到这一幕，心中都一阵惊寒。

酋长、大祭司都露出不解的声音："怎么会这样？"

忽然有人大声叫喊："不得了，不得了，天阙门打不开了，天阙门打不开了，我们都要死在这里，这千年的预言是真的，我们全都要死在这里。"

忽然，春沉冷高声喊道："是谁，是谁在危言耸听？天阙门一定会打开，大家不要相信此人一家之言。"

酋长也高声叫道："来人，带下一位。"

忽然，又有三个寒荒雪域的兵卒来到第一辆囚车前，然而这个囚车内的女囚犯顿时像是惊弓之鸟一般，对三个寒荒雪域的兵卒躲躲闪闪。

但是女囚犯却被强行拉出车笼。

女囚犯高声叫道："不要，我不要去，我不要去。"

女囚犯哭丧着脸，十分让人可怜，然而命运是残酷的，她的倔强和不妥协，换来的是前拉后推，外加皮鞭相候。

"啪、啪、啪"。

就在女囚犯闹腾不休的时候，意外的事情发生了，第十五辆囚车的铁链忽然间尽数断裂，牢车竟然被一股强大的内能量破开，发生了极为震动的大爆炸。

众人面面相觑之时，车里本来端端正正坐着的女子已经施展了"幻影术"瞬间飞身而来。

"我来！"

众人被发生的一切惊呆了，都目光直直地看着这个出手不凡的女子。

酋长也刮目相看，赞声道："没看出这位姑娘身负绝世神功，先前之事，为何不反抗？"

这女子就是幻尘雪瑶。

幻尘雪瑶道："千年预言，寒荒雪域五荒沉海，四荒升天，天梯断裂，要是不想再死更多的人，就别多说话，快些打开祭祀盘，让我去。"

春沉冷道："你想清楚了？这可不是儿戏。"

幻尘雪瑶道："我也是死囚，所以最后还是要进入祭祀盘，现在让我进去，或许她们都可以活下去。"

春沉冷道："你真这么想？"

幻尘雪瑶道："难道我不应该这么想吗？"

顿时，又是一阵罗盘翻动的声音响起，幻尘雪瑶与春沉冷说完那最后一句话，就向祭祀盘内走去。

进去祭坛盘，罗盘又缓缓地关闭上。

很久，很久，直到罗盘在慢慢转动，参与祭祀的人这才神情变得和先前大不一样，只是随着罗盘转动的速度越来越快，在场的每个人都紧张万分，因为他们很害怕这时候盘孔又吐出一些白骨来。

呼吸声停止，一切都仿佛静止了，只有念力血蛊盘在旋转，而念力血蛊盘中的女子正闭目坐在罗盘正中央，双眼眨也不眨地看着悬浮在头顶的玄晶石。

大结局

第131回：拥兵天阙门下

　　天色昏暗，墨云翻滚，几道红色的闪电从寒荒大地的四面八方成合围之势聚拢而来，随后一阵天崩地裂的声音响起。
　　"轰隆！"
　　一阵剧烈的震动后，又有几道血红色的光芒一注而下，直接击打在念力血盅盘上，念力旋转盘的玄晶石在一阵发紫后突变然成天蓝色。
　　天蓝色的锐芒倾注在幻尘雪瑶的眉目之间，而眉目之间的血液也大肆泛滥，顷刻间将蓝色玄晶石渲染成了鲜红色。
　　就这样持续着，没过多久，也许就是一炷香的时间，血红色的玄晶石爆裂，一道血色光芒一柱而起，天空浮现出九个玲珑钥匙，九个钥匙在几经飞舞后，一同插在天阙门上的九个锁孔里，然后贴在天阙门上的横符就像秋叶一样随风飘落。
　　小年与风月儿相拥而立站在人群中，风月儿抬起头望着小年那有型的脸庞，道："是我们错怪她了。"
　　对于风月儿的话语，小年脸色由从容变得难看，心中无数次在质问自己："怎么了，是她变了，还是我变了，难道是我们错怪了她吗？"
　　小年虽然不说话，然而从他的脸上能看出一些异常，风月儿紧紧依偎在小年的身前。
　　不过，小年已经不像以前那样抚着她那一头秀发，风月儿痴痴地看着小年，心中顿时莫名一痛："你怎么了？"
　　还不等小年说话，念力血盅盘中发出一阵剧烈的响动："郭小风，你在哪儿？"
　　是的，一个女子的声音。
　　是的，一个呐喊的声音。
　　是的，一个思念的声音。
　　不过，无论是如何的声音，这个声音却像是一个烙印从小年的耳朵进入，然后深深地烙在他那尘封已久的心上。
　　无数次，记忆中断裂的画面让他都百思不得其解，而今一幅一幅都在他的脑海中清晰浮现，伴随着大地的震动，他的瞳孔如针渐渐放大，与此同时，口里吐出了四个字："幻尘雪瑶！"
　　千年横符落地的片刻，天阙山毫无规则地摇动着，令眼前巨型无比的念力血盅盘瞬间灰飞烟灭。

念力血蛊盘破，雪地上睡着那个开启天阙门的女子。

幻尘雪瑶四平八稳，端正地睡在雪地上，然而令人十分醒目的却是在她的额头上多了些血色。

血色，鲜红鲜红。

不等众人上前相看，郭小风推开依偎在自己怀里的风月儿，一个健步飞跑过去，一步一步走到幻尘雪瑶的身前，然后蹲下，小心翼翼地将睡在雪地上的女子抱起。

"雪瑶妹妹！"

幻尘雪瑶萎靡中睁开疲惫的眼睛，呼吸十分沉重地说："你是谁？"

小年一怔，心中大是不安，赶忙道："郭小风，我是郭小风，我就是你的小风哥哥啊，我记得你，雪瑶妹妹。"

幻尘雪瑶不做言语，缓缓地闭上了眼睛。

小年又是一愣，且道："怎么啦！？怎么啦！？"

春沉冷不知道什么时候已经出现在郭小风的身后，淡淡道："念力损耗了她的记忆，她已经不再认识以前她认识的人了。"

小年一愣，一把抓起春沉冷的衣服，咬牙切齿地吼道："你还我雪瑶妹妹，你还我啊！"

春沉冷怒道："郭小风，这都是她自己的选择，与我无关，倘若你没有失忆，没有和风月儿如胶似漆，她也许就不会走到这一步，我只是一个旁人，你怎么能怪我？"

小年一愣，放开春沉冷的衣服。

春沉冷道："命中的定数，你和她注定无缘。"

小年怒道："缘起缘灭，天机你尚能明白？我就不信！"

春沉冷道："我江湖门中懂得奇门遁甲的人不少，一些常人难解的天机，无非就是一些超乎寻常的异理。"

小年道："你骗人！"

春沉冷轻微冷笑："郭小风，放手吧！"

小年道："我不放！"

春沉冷道："如今她身体已经像是一丝烟尘，随时都会灰飞烟灭，交给我，她兴许能活下去，不交给我，她就是死路一条。"

说完此话，春沉冷便走近郭小风，将他怀里的女子抱起，然后一步一步地走向天阙门。

忽然，在北方镜雪山庄的所在之地，喷出了浓烈的血色火焰，照亮了寒荒雪域一切冰天雪地的事物。

看到这样的异象，祭祀台上一阵人声鼎沸，喧闹不已，都吼着要逃命，令整个寒荒雪域也为之震撼。

震撼？

就在西南边又出现一股强烈的浓烟之时，寒荒雪域中的飞禽走兽也躁动异常，遍地乱走，漫天乱翔。

只是酉长忽然大声吼道："快，快，天阙门即将打开，大家快走！"

山河破碎，一时之间雷电交加，大雨倾盆，巍峨的山峰、浩瀚无边的冰封之海、宽广的雪原顿时呈现出四分五裂的分离状态，与此同时，更有大量的地下岩浆从山洼之地喷出。

众人骚动，风月儿也觉得自己站立的土地在颤动，当下也不管许多，她一把拉住正在发呆的郭小风，一声催促："快，快走啊！"

"啊！"

郭小风被风月儿这么一扯一拉，发呆中沉吟一声，然后不情不愿地和风月儿向天阙门跑去。

横符已经落地，天阙门已经开始慢慢启动，也许是受了千年预言的影响，所以这天阙门在横符落地以后，随着门的扳机在启动。

这门的门框是雪岩石做的，此刻却像是泡在水中多年的沉木，竟然一块一块腐烂掉。

春沉冷抱着幻尘雪瑶急匆匆地来到天阙门的出口，看着硝烟弥漫的寒荒雪域，对在门口的酉长说道："幻尘姑娘伤势严重，我得带她先走，既然你是寒荒雪域的酉长，那么这里的一切都交给你了。"

酉长胸有成竹地说道："既然天阙门已经打开，疏离人群的事情我义不容辞，绝不能让寒荒雪域一人枉死在这样的天灾之下。"

春沉冷看着这许多人向天阙门奔跑而来，她确实想高兴却是怎么也高兴不起来，只是在酉长说完这话后，她果断地抱着幻尘雪瑶急匆匆地出了天阙门。

天阙门外，黄沙飞舞。

是的，黄沙之地早有五千快骑站立在天阙门外，这些快骑都十分引人注目，他们头戴红色头巾，脚踏轻靴长袜，几乎都在炯炯有神地看着天阙门。

春沉冷一出天阙门，就有一辆快骑奔驰过来。

骑士双手在胸前抱拳："春姑娘，你终于出来了，我们已经在这天阙门外等了两天两夜了。"

春沉冷却无暇多说无用之话，道："快，快带我们离开这里，她快不行了。"

这快骑的骑士短发披肩，长相一般，但是为人却聪明伶俐，斜眼看了一眼幻尘雪瑶，当下又急道："是！"

待春沉冷扶着幻尘雪瑶上了马车，骑士挥舞着马鞭，这马车便向那更宽广的沙漠奔驰而去。

第 132 回：荒漠中的流失

  长长的人流毫无人气地走在黄沙漫天的荒漠中。
  风月儿、小年以及所有从天阙门出来的寒荒雪域人士都是灰头土脸。
  漫天飞舞的烟尘在天空中环绕着，走了一天的路程连半个日头也没看到，也许是赶路疲乏；风月儿不得不有气无力地抱怨一声："这什么鬼地方啊，到底要不要人活啊，我的天啊！"
  小年和风月儿并肩而行，他的脸色十分难看，所以风月儿的话，他并没有吭声。
  只是一起逃亡的人太多了，所以风月儿身后的人说道："你们马上就到我们中原地界了，你们应该高兴才对。"
  "高兴？哈哈？"
  风月儿听到身后有女子这样一说，忍不住回头一瞧，身后正站着那个经常穿着水绿衣服的女子。
  不错，是她，就是她，峨眉派的掌门碧柔。
  碧柔道："对啊。"
  风月儿随手抓起一把黄沙，忍不住吐槽："你看看，这都是什么啊？"说到这里，又扔掉手里的黄沙，指着漫天的灰尘，不得不接着又吐槽："看看，你看看，这天上都飞着什么，哪有我们寒荒雪域那漫天飞舞的雪花漂亮？"
  碧柔忍不住道："这是在塞北，到了江南，那风景如画，你一定会爱上那里。"
  夜，来临。
  这一路，不少人都走着走着不见了人，大家心里都明白这些不告而别的人都是中原人士，他们有自己的住所，所以他们应该是回家去了。
  风月儿也发现了这个现象，且道："怎么了，你为什么还跟着我们，你不是峨眉派的掌门人吗？"
  碧柔星眸一闪，脸上闪过一道莫名的颜色，且道："这个，你就要问问你身边的这位公子了。"
  风月儿顺着碧柔的眼神看去，看到郭小风一脸茫然气色，不由自主地疑惑道："不知道为什么，这两天，他总是一副不想让人亲近的样子。"
  碧柔道："他的身世你应该清楚，至于我为什么跟着他，我想我不说，你应该也明白。"
  风月儿道："你仔细说说，你和他究竟是什么关系？"
  碧柔道："我和他没关系，但是我的师父和他却有很深的关系。"
  风月儿狐疑："哦？"
  碧柔看着风月儿一脸的不解神色，不得不接着说道："我的师父就是他的亲生母亲。"

风月儿黑色的眼神转:"那寒月呢?"

碧柔道:"我已经派人将她送往峨眉山了。"

风月儿道:"哦?"

时间过得飞快,夜深的时候,碧柔带他们住进了塞北小镇上的客栈内,并且还尽了最大的努力,使得从寒荒流亡过来的寒荒人士都夜能安寝,也能充饥。

塞北客栈,一所不大的客栈。

在饥饿难耐的时候,碧柔就已经命令身后的十多个峨眉派弟子拾来柴火、稻草,等人都充饥好了,众人便围着火堆呼呼酣睡起来。

巧月是峨眉派的大弟子,她道:"掌门师妹,你看看他们睡得多香。"

碧柔浅笑道:"是啊,你们也累了吧,找个地方休息一会儿,我去看看二公子。"

巧月努力睁大眼睛,道:"好吧,我这就去告诉师姐师妹们,告诉她们今夜养足了精神,明天一道去中原。"

碧柔道:"嗯。"

巧月行了一礼,然后就退下了。

碧柔见巧月走远,她才转身,走到郭小风的身前,且道:"公子,要不我们先回峨眉山吧。"

郭小风道:"为什么要回峨眉山?"

碧柔道:"师父她老人家临终前还在念叨你的名字,说是要见大公子呢,可是大公子已经……所以现在只有你了。"

郭小风立刻神情激动:"念叨我的名字干什么,当年她为了峨眉派掌门人的位置,竟然狠心抛下我,我哥哥,还有我那还不懂事的妹妹,她早知现在,何必当初,你别再缠着我了,我不会和你回峨眉,永远不回。"

碧柔道:"二公子。"

郭小风怒道:"别说了,你,立刻走,我不想看到你。"

碧柔道:"二公子。"

郭小风怒道:"我让你滚,你没听到吗?"

碧柔眼圈顿时绯红,提着剑走了。

塞北春季风寒,碧柔一人站在客栈的屋脊之上,心中无比痛苦和无奈。

正在此刻,风月儿却施展轻功身法,也飞上了屋脊。

风月儿道:"给!"

碧柔道:"什么?"

风月儿道:"酒!"

碧柔道:"谢谢!"

碧柔接过风月儿递过来的酒,一声不吭,大喝了一口,没喝过酒的她,顿时一阵剧烈的咳嗽。

风月儿见了,也顺着喝了一口,且道:"不知道为什么,他这几天总对我不好，是我太黏着他了吗？"

碧柔道："师父临终前特别想见到大公子、二公子还有小姐，可是现在只有小姐被我们送回峨眉山，而大公子、二公子他们……"

说到这里，碧柔不得不又大喝一口，然而又是一阵剧烈的咳嗽，令人汗毛都竖了起来，风月儿不得不拍拍她的肩膀，安慰道："没事，没事！"

塞北的夜，清风阵阵。

清风将白天的沙尘雾霾吹得烟消云散，此刻天山的一轮明月高高挂起，两人都睡在屋脊上，享受着大自然的美好。

翌日清晨，一道阳光洒在屋脊上，碧柔和风月儿一起跳下屋脊，再次来到昨夜的火堆前，一切都是一样，唯一不一样的事情却是火堆的火已经熄灭，还有就是连郭小风的半个影子都没看见。

风月儿和碧柔见如此情况，便叫醒其他人，一一询问后，所有人都摇着头，没有一个人知道郭小风去哪里了，直到风月儿问到客栈伙计，伙计才告诉她们郭小风在昨夜向客栈买了匹马，就匆匆走了。

风月儿听到这个，立刻着急了，急切地问道："他怎么会走呢？好端端的，我还没走呢，他怎么会走呢？"

伙计道："说是去找一位姑娘。"

风月儿道："幻尘雪瑶？"

碧柔道："往哪边走了？"

伙计道："当然是出了天山的山脉，向中原的方向走去了。"

风月儿道："伙计，给我来匹汗血宝马，我这就找他去。"

伙计歪了歪嘴，好不搞笑："汗血宝马，还是不要了，我这小破店，怎么会有那种马，唯一一匹老马被他骑走了，所以驴倒是有一头。"

风月儿道："快，快给本姑娘牵来。"

伙计道："钱呢？"

风月儿随手在身上掏了一把，掏出一颗珠宝往伙计的怀里一揣。

伙计仿佛是吃了糖一般，恭敬道："好嘞，姑奶奶，我这就去牵。"

伙计拔腿就跑，以最快的速度把驴牵来，风月儿骑着这头驴就向天山走去。

碧柔道："中原地大，你人生地不熟，要小心，最好是在他还没出天山山脉前就追上他。"

然而风月儿急切的心早就跟着郭小风的离开而离开了，对身后碧柔的嘱咐声，丝毫没放在心上。

巧月道："我们快追啊。"

碧柔一把拉着巧月："追什么追？公子骑的是马，风姑娘的这头驴都未必追得上，我们岂能追上，我们还是正常启程，跋涉前往中原吧。"

巧月道："可是翻过这座天山山脉，最少也得半个月，我们走出去，都不知道公子去哪儿了。"

碧柔道："公子是去找人，必定会在各个大客栈落脚，到时候我们分头在中原客流量最大的客栈落脚，一定能找到他的痕迹。"

巧月道："掌门师妹说得有道理。"

碧柔道："如此一来，我们正好也把这群人带到中原，在这里，他们更是无法生存。"

巧月道："是啊，这么多人，再这么下去，连喝水都是问题。"

第133回：李牧和周亚夫

天山山脉巍峨高耸。

山巅积雪覆盖，而山脚下，风月儿已经不再是骑在毛驴的背上了，反而是她牵着这头毛驴在走。

毛驴时而停下，风月儿时而驱赶，偶尔也会抱怨："早知道你这头驴这么没用，本姑娘还不如徒步跋涉去找小风哥哥，真是个拖油瓶。"

一直到走不动了，才勉强出了天山。

出了天山，又是一望无际的荒漠，风月儿顿时心中无底气，一屁股坐在地上，躺在荒漠中，面对着天空的太阳，喊道："怎么办啊，老天，我什么时候才能走出这个大沙漠？"

由于长途跋涉，不多时，风月儿竟然睡着了。

时近中午，远处的沙漠沙丘上出现了一列队伍，这个沙漠忽然也不再寂静了，这些队伍叽喝着她听不懂的声音。

不过这队伍的旗子上却绣着一个大大的"耶"字。

风月儿眼见有人骑马经过，心中兴奋，高声对其喊道："喂，喂，你们好，我是寒荒雪域的风月儿，请带我一起离开这大沙漠。"

远处的队伍闻听有异常，立刻下令所有人小心。

站立眺望良久后，那带头的大个子对带头的小个子道："没事，只是一个姑娘。"

小个子道："既然如此，待我前去看看。"说完，也不等大个子点头同意，这人用马鞭在马的屁股上一拍，这马竟然狂奔而去。

来到风月儿面前，小个子道："敢问姑娘为何出现在此地？"

风月儿道："我是寒荒雪域过来的难民，现在被困在这大漠之中，你们有马，请带我一起出去吧，不然我会饿死在这里。"

小个子似乎有所犹豫，然而风月儿往怀里一掏，有一锭黄金呈现了出来，且道："我有钱，给，求大哥带我出去。"

小个子接过风月儿的黄金，嘴角泛起一丝笑意，且道："既然如此，上马吧。"

风月儿道："谢谢！"

风月儿上马后，小个子挥舞着马鞭，来到了队伍处。

大个子眼见风月儿一个陌生女子坐在小个子的身后，且道："来人啊，给这姑娘一匹上等好马。"

后面的人随即应了一声，立刻将马牵出来给了风月儿。

风月儿看清楚了，这大个子眉目之间有一丝难以言喻的颜色，她也没说什么，于是按照大个子的安排下马，上了另一匹马。

小个子道："你这是何意？"

大个子细声道："我们这次是奉了石大人的命令，假扮契丹步入中原，万万要小心，尤其是这种来路不明的女人，更加要注意了。"

小个子道："你怕她是朝廷派来的人？"

大个子道："不错，你让她坐在你身后，万一她心怀不轨，在你的背上插上一刀，你焉能活命？"

小个子道："多谢李将军。"

被叫李将军的人哈哈一笑，且道："周将军不用客气，你我共同辅佐石大人共谋大事，全是一家之人，不用言谢，更何况你我都有战国时名将李牧和周亚夫的名号。"

风月儿本来以为跟着这么多人同行，应该不会犯困，然而这一切完全在她的意料之外，一路上，跟在她身后的人全然不肯和她说一句话。

沙漠越来越稀薄，风月儿意识到这就要出沙漠了，心中一阵莫名的高兴，于是问："我们这是去哪儿啊？"

对于风月儿的疑问，前前后后的兵卒无一人说话，直到一块石碑前，那大个子李将军才道："马上就要到幽州了，大家在前面的幽州大院休整一下，我们再回幽州城。"

后面的部队大吼一声："是！"

风月儿听了，且道："幽州？幽州大院？好奇怪的名字。"

……

幽州大院。

一兵卒上前敲门，开门的是一位穿着素衣的女子，女子一见到外面的人，立刻单膝跪地，且道："参见李牧、周亚夫两位将军。"

原来这两个人一个叫李牧、一个叫周亚夫。

风月儿也许不知道这两人就是石敬瑭手下的得力干将。

李牧道："张雀，快些进去说话。"

开门的女子，今年二十五岁，名叫张雀。

张雀道："李将军、周将军请。"

李牧、周亚夫并肩跟着张雀步入内院。

内院是个罕见的七合院，每个院子都有很多房间，李牧、周亚夫刚入内，张雀便道："昨日石大人差人送来信函，说是你们这次的事情办得非常好，那皇帝果真再此启用石大人，不过石大人一直以有病在身推辞，没想到那皇帝果真相信了。"

李牧道:"如此甚好!"

张雀道:"石大人准备抢先一步攻陷洛阳,你们打算今天晚上就回幽州城内吗?"

李牧和周亚夫对看一眼,周亚夫且道:"不错,你准备的东西准备好了吗?回幽州后,再商议攻陷洛阳之事。"

张雀道:"得知两位将军要用这些东西,我早就给安排好了,只需夜幕降临以后,所有人毁坏旗子,换了衣服,那就是了。"

李牧且道:"如此甚好!"

三人入园来,便围着一块腐烂的木桌坐了下来。

周亚夫却道:"这次行事,我们都要非常小心,不知道接下来怎么办?"

张雀道:"割地燕云十六州,让契丹入边境对京都成围合之势,十六州以内调集兵马两万兵临城下,相信那皇帝绝不敢轻举妄动。"

周亚夫道:"如此办法,可是石大人提出来的啊?"

张雀道:"不错,契丹已经在我国边境骚扰已久,再加上石大人运筹帷幄,现在时机已然成熟,燕云十六州全是我们的势力范围,契丹兵马完全可以长驱直入洛阳京都。"

李牧道:"好一个父子之邦,如此条约虽然不地道,却是一个可以让契丹入中原的好办法、好策略。"

周亚夫也道:"什么时候起事?"

张雀道:"后日清早。"

李牧道:"那好吧,天黑之时,我们就陆续进城。"

张雀点了点头。

天黑十分,七合院内,风月儿捂着肚子在院子里穿梭着,然而前前后后也找不到茅房,于是来到一隐秘的芭蕉树下面。

芭蕉树叶青青,风月儿透过芭蕉树的树叶缝隙隐隐约约看见了一群人在不远处"脱衣毁旗"。

风月儿自问道:"他们这是在干什么?"

肚子里一阵绞痛,风月儿不得不蹲下,不过,良久后,她站了起来,缓缓靠近,她听到了这些人说的是一些造反、毁衣灭城的话语。

风月儿也不是傻子,看到他们把契丹的旗帜踩在脚下,便道:"难道他们不是这个队伍的兵种?"

然而所有的设想只是设想,她也懒得去搞明白,于是大大咧咧地向回走,她很冒失地和李牧撞了一个满怀。

李牧道:"姑娘深更半夜不在房里睡觉,跑出来作何?"

风月儿回想自己刚才那找茅房的丑态,羞红了脸颊,甚是不好意思地说道:"女孩子嘛,一个月总有那么几天不舒服,找个地方方便一下啦。"说完就大步快速离开。

李牧用手抓了一下自己的脑袋："一个月总有那么几天？这什么跟什么？"说完便仰头向风月儿方才方便的地方走去。
　　芭蕉树的树叶下，李牧忽然闻到一股血腥味，顺着气息闻去，他看到就在芭蕉树的根部有一滩血，然而也正是在这个方位，他从芭蕉树的树叶看到了刚才风月儿看到的景象。
　　李牧顿然心中大惊："啊，不好！"
　　跨着大脚步向七合院的内院走去，直到来到风月儿的房门外，李牧也不敲门，竟然一脚把门踢开，只把风月儿惊得大叫一声："你干什么？"
　　风月儿一把抓起床头上的衣服，紧紧地裹着自己那个是男人就想碰的白皙身体。
　　李牧抽出佩剑，道："你知道了不该知道的东西，受死吧！"
　　风月儿见李牧的长剑砍向自己，立刻赤脚跳下床，站立地上，左右闪动："你一个大将军，怎么神经病一个，干嘛啊，干嘛要杀我？"
　　李牧道："呵呵，你个小娘们，还装糊涂？"
　　无奈中，风月儿只有夺门而出，赤着脚向七合院的外院跑去。

第134回：有个疯子追我

　　天色微亮，东方鱼肚白出现，幽州城内风月儿赤着脚底板在城内拼命跑着，一边飞奔一边向街市上做买卖的人喊叫救命，说是有个疯子在追她，所有人都为之停步观看。
　　"站住！"
　　就在不远处，李牧挥舞着手中的鞭子，从人来人往中快步追来，他时而飞跃、时而跳跃、时而大声恐吓，但是风月儿却全然不停，手里拿着还没穿的衣服在拼命地奔跑着。
　　忽然一队人马冲了过来，几乎把风月儿撞翻在地上，风月儿爬了起来，指着奔走的人马，有点像是泼妇骂街一样："你们眼睛都瞎了呀？撞死本姑娘了。"
　　"站住，小丫头片子！"
　　风月儿忽然回神，这李牧已经距离有五步之远，她回想起李牧要杀自己时候的凶神恶煞样，整个心都给吓飞了。
　　"我看你还往哪里逃？"
　　刚才把风月儿撞翻在地上的一队人马，单从着装打扮上就可以看出是官兵，风月儿聪明伶俐，忽然身体向其倾倒，翻滚在地上，喊叫道："这是什么世道？怎么大白天的就有人想非礼我，官爷们救救我呀！"
　　这群人马就是朝廷的人，现在正奉命捉拿反贼，见有人上前哭喊救命，心中一怔，四处一瞧，四周全是一些城中百姓，带头的长官且道："姑娘，哪里有人非礼你？"

风月儿看也不看，用手指刚才李牧所在的位置，且道："就是他了！"

官兵们顺着风月儿的手指方向看去，心中全然一怔，长官道："给我抓起来！"

闻听长官的命令，于是乎，两个官兵上前抓住了一个一脸阴暗的人。

阴暗的人板着一张脸，冷冷地道："我犯了什么罪，快放开！"

长官怒道："把这个猖狂的恶贼抓起来，带回去关上三五天。"

这一脸阴暗的人，忽然身体里内劲大作，两个官兵像是触电了一般，刹那间，身体向两边弹出，重重地摔倒在了地上。

长官道："哎呀，臭小子，你敢拒捕，来人啊，一起上，快些将这厮抓起来，提回去大刑伺候！"

风月儿一看，这人不是李牧，反倒是汜水，心中一怔，四周瞄了一眼，这李牧像是人间蒸发了般，竟然不见了人影。

此刻，官兵已经和汜水交上手了。

汜水一剑一个将这些官兵全都打翻在地。

风月儿见了，心中纳闷了：总不能让这群官兵对付自己人吧？想到这里，她竭力阻止："官爷们，别打了，他不是，他不是，淫贼已经被你们吓跑了，他只是个路过的人。"

长官道："好啊，你敢戏耍朝廷公干。"

风月儿忙道："官爷，小女子怎么敢，都是你们的威风吓走了歹人。"

长官又道："既然如此，我们还有公务在身，今天就饶了你这小姑娘！"

风月儿道："谢谢长官。"

官长大声吆喝："走，带人回府。"

于是一队官兵走了。

这里只剩下风月儿和汜水两人。

汜水刚要走，风月儿便拦住他。

风月儿道："你怎么会在这儿？"

汜水道："我在找寒月。"

风月儿咯咯一声轻笑："寒月在峨眉山呢，你去峨眉山找她啊，在这城里瞎晃悠啥呢？"

汜水忽然神色大喜："你此话当真！"

风月儿道："必须当真！"

汜水听得风月儿如此一说，立刻转身就要走，不过还是被风月儿挡住了去路。

风月儿道："你真是太不懂礼貌了，我告诉你这么大一个好消息，你连句谢谢都不说。"

汜水道："那谢谢了，可不可以让开，我要去峨眉山。"

风月儿道："不行！"

汜水："为什么？"

风月儿道："因为我也要去，所以你必须带上我，这中州大陆听说景色优美，我想跟着你去看看峨眉山的锦秀绮丽。"

氾水道："要去，那就跟着，别挡住我的路就行！"说罢，竟然一掌推开风月儿，然后横穿而过。

风月儿一阵高兴，心中盘算着：总算找到伴了！

天色已经大亮，氾水和风月儿一起向峨眉山走去，在城郊入城不远的茶楼里，两人坐了下来。

风月儿纳闷道："你不是想早些去见寒月小姐吗，怎么停下来又有时间喝茶了？"

氾水道："出了这荒郊，一路都是山路，不带些水、干粮，我怕我们还没到蜀地，我还没死，有的人就不行了。"

风月儿咯咯笑道："没想到你一个寒荒雪域逃出来的难民竟然如此了解中州大陆的地理，真不愧是寒荒古城的第一大护法。"

氾水道："连我自己也没想到我会有来到中州的一天。"

风月儿道："我也没想过啊，我居然能和寒荒古城的氾水使坐在中州的小茶棚里喝茶。"

风月儿开始为自己穿衣服。

不过氾水却一眼都没看，直到风月儿拿出一面旗帜，他才看向风月儿。

从风月儿的神态可以看出她自己并不知道自己手里的旗帜是哪儿来的？

风月儿道："这是什么？"

氾水看去，心中一怔，忙用手拿了过来，这旗帜上写着一个大大的"耶"字，便道："这是北方契丹族人的旗帜。"

风月儿道："契丹？"

氾水道："契丹的旗帜怎么会在你这儿？"

风月儿回想起被李牧追杀的情景，忽然大吃一惊，道："对了，这面旗帜是那个床上的东西，那个混蛋要杀我，我着急了，便乱抓起我的衣服，看也没看就夺门而出，一定是，一定是啦！"

氾水却镇定地把这面旗帜放在怀里，且道："幸亏你刚才遇到那群官兵，没有看到你身上这个旗帜，否则追个十万八千里，他们也一定不会放过你。"

风月儿道："为什么？"

氾水道："中州是个战乱频繁的地方，这中原的土壤最是肥沃，不但山灵水秀还人杰地灵，北方的契丹、突厥一些强大的部落为了这块肥肉，不惜年年征战，一心想拥兵南下，这面旗帜就是契丹主耶律德光的旗帜，旗帜若是在哪里出现，哪里将被契丹征战，此处只怕契丹已在城外忽视眈眈，想吞噬整个幽州城了。"

风月儿道："你懂这么多？"

氾水道："我是寒荒古城的亲使，当然了解中州的局势。"

风月儿道："那我们快些离开这是非之地吧。"

氾水道："不走了！"

风月儿道："你不走了？你不找寒月了？"

氾水道："我要去找李丛珂。"

风月儿道："李丛珂？"

氾水道："对，告诉他，契丹欲要吞没幽州城，快些调集兵力。"

风月儿一怔，且道："你想为寒冷天报仇？"

氾水沉重地点了点头。

风月儿道："可是上官嫣红已经死了，难道你非要蹚这浑水。"

氾水道："是的，上官嫣红是石敬瑭的义女，他的义女都如此心狠手辣，我相信他也绝不是什么善类，倘若这中原之地落入他的手中，那中原的老百姓必将陷入水深火热之中。"

风月儿道："我虽然听不懂，但是我觉得你说得很对，反正我在这里人生地不熟，不如我们一起去。"

氾水平静、严肃地喝了口茶，便点了点头。

第135回：我们各为其主

时至夜晚，黑暗的城楼，黑色阁楼的小屋，氾水已经像是一阵微风走到一张华丽的床前。

"喂，醒醒！"

床上的人就是李丛珂。

李丛珂被氾水叫醒了，顿时神色大坏，立刻从床头提起佩剑，大声喝道："你是谁？"

大声说话，氾水觉得实在不妥，于是乎，忙俯首在地，行了一礼，详细地为他说出当下的局势，李丛珂一听，心中顿觉大事不妙，连黄袍也没穿，只是对氾水说了句"随我来"，于是就向房外走去。

来到房外，立刻传来主事大人。

李丛珂道："立刻去传，让石敬瑭来见我，倘若不来，就立刻逮捕！"

主事大人俯首在地应了一声，然后就匆匆离去。

正在此刻，一个雍容华贵的妇人大步走了过来，且道："吾皇怎么了？"

李丛珂大怒："曹后啊曹后，如今你还有何话要说，那石敬瑭勾结契丹，欲对我中原大国不利，你倒是说说，当初你为什么那么相信他，他去祭奠他的主子就不应该让他再回来，这下可好，竟然造起反来了，真是大逆不道。"

这女人就是曹皇后，与石敬瑭私交甚好，由于石敬瑭辅佐先皇，早已是位高权重，李丛珂早有忌惮，但因国家诸多事情需要他来完成，所以虽有诛灭石敬瑭之心，仍迟迟未下手，然而他如此之心早已被石敬瑭看透，所以才有今天的局面。

曹皇后道:"怎么可能,石敬瑭自从为李主祭祀回来以后,就恶病缠身,大门不出二门不迈,谈何造反?"

李丛珂大怒:"你太小看石敬瑭了,这人多年以来,多有战功,造反之心世人皆知,就算他病得连路都走不稳了,可是他旧部的能人异士、精兵强将多如牛毛,现在,我已经下令,前去府上捉拿。"

曹皇后跪地,且道:"吾主,万万不可,石大人绝不会造反的,你贸然捉拿,这会引起燕云十六州兵变的。"

李丛珂大怒:"哼,现在不捉拿他,只怕永远都捉拿不住了,你休要多言。"

此刻,风月儿和汜水并肩走来。

汜水道:"国主,依您之言,您早已发觉石敬瑭有谋反之心,石敬瑭也知道您有灭他之意?"

李丛珂:"说得不错!"

汜水道:"既然这样,那么今天您派人去捉拿,必定是空手而归,请您立刻回洛阳,固守城池,想必契丹兵马已在雁门关外,而燕云十六州的所有兵马想必此刻已经拥兵洛阳城下,想要逼宫造反。"

汜水此话方完,前去捉拿石敬瑭的主事之人急步入门内。

主事之人道:"回禀吾主,我们到了石敬瑭的府上,府上空无一人。"

李丛珂大怒:"快,快回洛阳!"

主事大人俯首在地:"是!"说罢,便急匆匆出了此屋。

李丛珂道:"两位定是能人异士,不如一道前去洛阳,为我除去石敬瑭这个毒瘤。"

汜水俯首在地,道:"甘愿为您效犬马之劳。"

风月儿却呆呆地站在那一言不发。

汜水伸手抓住风月儿的胳膊,强硬地把她按倒在地上。

风月儿这才醒悟:"风月儿也甘心为陛下效力。"

李丛珂哈哈大笑:"好,好!"

高兴完了,李丛珂又看了一眼曹后,且道:"如今的局面,你有脱不了的干系,你也随我回去对抗石敬瑭!"

曹皇后低声应道:"是!"

洛阳城。

城里城外炮火连天,忽然城内旗帜已变,迎风飘扬的旗帜变成了白色的旗帜,城门开了,那带头的领将大声喊道:"入城!"

"怎么会是他?"

风月儿闻听汜水这般一说,心中一怔,也看到那个领兵军官,且道:"是郭小风!?"

汜水纳闷道:"他怎么为石敬瑭当起了主帅?"

风月儿道:"我去让他停手!"

汜水道:"可是城门已经被打开,洛阳城完全暴露在反兵的铁骑之下。"

397

城下喊杀声震天动地，氾水一个轻功飞起，直接杀入人群中，许久过后，手里的长剑已直接捣向郭小风的前胸。

氾水道："郭小风，你怎么做起石敬瑭的狗腿子了？"

郭小风一点也不惊讶，冷声道："那你又是为何出现在此地，难道你也为这个昏庸无能的皇帝做了狗腿子？"

氾水道："你可真糊涂，你知道上官嫣红和这个石敬瑭是什么关系吗？"

郭小风："什么关系？"

氾水道："上官嫣红是石敬瑭的义女，上官嫣红心狠手辣，为了夺取镜雪剑，大肆屠杀寒荒雪域的剑客，非但如此，她还害死了你的亲哥哥。"

郭小风道："可是兵临城下，已经破关而入，你让我如何撤兵？"

氾水道："你立刻前去城楼举起那根旗帜，这些入城的兵卒看到了以后，便会立刻出城！"

郭小风呵呵冷笑："你想多了，寒冷天虽然是我的亲哥哥，但是我们却没有半点兄弟情分。"

氾水道："可是你们是血肉相连啊！"

郭小风道："可是血肉相连和一辈子的挚爱相比，我觉得还是一生的挚爱重要，我答应为石敬瑭破城，石敬瑭为我寻找江湖门。"

氾水道："你要找江湖门做什么？"

郭小风道："因为我要找到幻尘雪瑶。"

氾水道："她是你的挚爱？"

郭小风道："不错，我们从小认识，她就是我的挚爱。"

就在这时候。

风月儿道："那么我呢？"

郭小风和氾水同时看去，风月儿正飞身而来。

风月儿已来到郭小风身边。

氾水道："呵呵，你在做梦吗？江湖门是千年最神秘的门派，千百年以来，又有几个人能参悟，你还是退兵吧，况且风姑娘还在此地，你这是要喜新厌旧了。"

郭小风："你们让开，我们还是好朋友，你们不让开，休怪我无情！"

忽然，有两个身影一闪而来，这两人便是厚土、天幕。

这两人一脸微笑，厚土道："好狂妄的小子！"

天幕道："氾水啊，你什么时候也变得这么婆婆妈妈了，曾经那个说话只说一句就板着一张死人脸的氾水哪去了？"

厚土道："不错不错，自从认识人家的妹妹，他就这样了！"

天幕呵呵笑道："谈恋爱真可怕，现在我不能不说爱情这种柔情蜜意的东西的确能改变一个人。"

郭小风道："你们两位是要阻拦我了？"

厚土道："你帮助儿皇帝造反，这是为后人不齿的事情，难道我们不该阻止吗？"

郭小风道:"兵马已经破关,岂是你们能阻止的吗?"

厚土忽然大叫:"你们拦住这个小子,我去阵前阻止反兵入皇城。"

汜水、天幕全身一怔:"好!"

第136回:挡不住的局势

洛阳城,晴空无比。

城外,厚土大叫一声,于是乎,身子在地上一摇摆,整个身形忽然像是一只大鹏鸟,脚踩在入城兵卒的头顶上,最后以他那最是得意的轻功飞跃城内。

城内,厚土可以清清楚楚地看见入城兵卒的凶狠和毒辣。

不错,一排排高大的建筑物被摧毁得不堪入目,护城河边的垂柳已惨落一地,更有庞大的人潮向城的最深处汹涌澎湃,厚土眼见局势非常紧张,大叫一声"啊",然后不顾生死地飞身而起,飞奔前往。

"可恶,洛阳城内的城卫都去哪儿了?"

洛阳城内的城卫或许早已经撤离,这是厚土没有预料到的事情,而在他面前冲来的人潮依然无法阻挡,倘若不是他武功了得,恐怕早已血肉为泥。

城内展开的激烈厮杀已是震动天地,正所谓双拳难敌四手,随着城外的兵卒不停地向城内拥入,城内的局势已经像快出壳的小鸡,随时都会破壳。

"啊,你们城外到底怎么样了,我支撑不住了。"

厚土一边挥舞着手里的长剑,一边高声呐喊,然而他的呐喊声在成千上万人的骚动下却显得毫无作用,最后他力竭了,胸前挨了三刀。

三刀砍在厚土的胸膛上,他顿感全身无力,一瞬间,四面八方戳来的长枪,闪电般把他高高举起,鲜血正沿着长枪流下。

也许生命会在这时候枯竭。

也许这时候他会明白许多之前不明白的道理。

也许他心中还有一个愿望没有完成。

不错,寒冷天对待他像对待亲人一样,每次他长途跋涉回归寒荒古城的时候,寒冷天都会说:"好兄弟,多日在外奔波,累了吧,今天我们聚聚,很久没有在一起喝酒了。"

寒冷天是他唯一的主心骨,可是在这三十年一届的名剑之争英雄大会上,一切都变了,寒冷天被中原的人害死了,而害死寒冷天的人就是石敬瑭的义女上官嫣红。

鲜血沿着长枪流下,当快要流在反兵们的手里,反兵才拔出枪。

枪拔出,厚土就像死泥鳅一样被摔倒在地上。

本来炯炯有神的双目开始慢慢看不清头顶的天空,回想着一生的奔波,就在闭上眼睛的那一刻，厚土的嘴角上微微露出一句可以诠释他一生宿命的话语。
——
"城主，我来了！"
——
城内局势已定，不容阻拦，反倒是城外，郭小风和汜水、天幕早已经交上手了，而风月儿却已不见人影。

不错，城内局势已定，城外再怎么争斗也是多余。

多余？

是的，无论是谁看了郭小风和天幕、汜水的争斗，都会觉得多余，城外还未进城的兵卒已经寥寥无几。

郭小风看着汜水、天幕，心中一怔："我知道你们是我哥哥的心腹，可是我哥哥已经不在了，你们完全可以重新选择。"

天幕不解："重新选择？"

郭小风呵呵笑道："不错，比如我，你们可以跟随我。"

汜水现在和以前一样，同样板着一张脸："你配吗？"

郭小风呵呵笑道："我不配，那我就告诉你们什么是配！"说罢，手里的剑就像灵蛇出洞，忽然向身前的两人戳去。

不错，剑的阴毒、速度，的确令汜水大吃一惊。

交手了这么久，汜水万万没想到自己念他是城主的弟弟不忍心下手，以为对方也同样，念及他们是寒冷天的心腹也没有真正下手，但是以他丰富的江湖阅历可以看出这一剑一定会要了他的性命，然而就在他打算后退的时候，郭小风手里的剑竟然可以自动伸缩，剑忽然无缘无故地增长了五寸，正中他的腹部。

汜水痛苦地呻吟了一声，手里的剑猛地一挥，插在自己体内的剑被切断。

如此情况，郭小风大吃一惊，然而就要闪躲的时候，汜水的剑却已经向他插去。

"不可！"

天幕飞舞而起一声大叫，本来飞跃而来的身子是要帮助汜水击败郭小风的，但是眼看汜水的长剑就要刺进郭小风的胸膛，他的身形顿然一百八十度旋转，将身体挡在汜水与郭小风的身前。

"噗"一声。

剑深深地插入血肉的声音是那么脆耳。

"天幕兄！"

又是一声"噗"，汜水将插进天幕胸膛的剑拔出，而剑拔出血肉的声音仿佛比插入的时候更清脆。

脆得让人心碎。

"天幕兄！"

汜水扔掉手里的剑，顿感头晕、胸闷，冷冰冰的眼眶瞬间沸腾起来，一把抱住天幕，大哭不已。

"天幕兄，我们去找大夫！"

汜水抱起天幕，欲要离去。

天幕嘴里喷出的鲜血已经染红了他那一袭白衣，他面带微笑，且道："没想到，你我兄弟一场，最后我竟然不是死在女人的怀里，却死在你的怀里。"

说着说着，天幕竟然还笑了出来。

"天幕兄，天幕兄！"

天幕忽然呼吸十分困难，且道："什么也别做，好好活着，记得，我们是好兄弟，来世也要走在一起，共同辅佐我们的城主。"

"天幕兄！"

天幕眼珠微微一转，且道："郭小风，城主在天上看着你，看着你为石敬瑭举兵，大破洛阳城，他一定会难过。"

"你胡说，石敬瑭乃是在世明主，我帮他，那是为了中原老百姓着想，如今中原百废待兴，难道不是吗？"

天幕呵呵轻笑，不再说话。

洛阳城内，反兵已经占领了每座高楼，一位穿着黄袍的瘦小之人一步一步向那龙椅走去，直到他坐下，洛阳城外又有几个穿着奇装异服的人骑马而进。

忽然皇宫大院内传来一个声音："请上殿。"

这正向皇宫内院走来的人就是契丹主耶律德光，这人一入殿内，坐在龙椅上的人便站了起来。

这人正是石敬瑭。

石敬瑭手里拿着一张皇榜，且道："请耶律德光坐下听旨意。"

入殿的人立刻大叫："什么，听旨意？"

石敬瑭道："有何不妥吗？"

耶律德光道："说好了，你割地燕云十六州给我契丹族人，说好了我和你结为父子之邦，我为父邦，你为子邦，你站着说话，让我坐下来，我岂不是矮你一头，我要求你拿来高座，坐下与你平齐后，你再说你的旨意，我再审阅你的旨意。"

石敬瑭微笑道："来人，给我父邦契丹主上高座。"

命令一出，将士们便找来一个比通常椅子高三倍的椅子，让耶律德光坐下。

石敬瑭待来人坐好，且道："父亲大人，看如此可好？"

耶律德光道："好，甚好！"

石敬瑭道："今日我面对朝中众臣，将燕云十六州划给契丹主耶律德光管辖，为了表达我的感恩之意，愿每年进奉丝绸、贵重物品三万黄金不等。"

耶律德光："听说南方女人水灵，肌肤如雪，与我们北方大有不同，所以再加上一条，每年为我契丹族人送来美女不少于三百余人。"

石敬瑭道："如此也好，我中原大国，美女如浩瀚之水，一定会，一定会。"

就在这时，门外风风火火地来了两人。

耶律德光道："你等这是作何？"

门外的人且道："方才，小的在外面遇见一个女贼，猥琐至极，于是捉来，听候皇上吩咐。"

石敬瑭大怒："提上来看看！"

这参拜之人应了一声，然后将女贼押入内间。

坐在高座上的人，且道："这小女孩不错，我带入契丹吧。"

石敬瑭道："一切听从父亲吩咐。"

耶律德光站起身来，走到女贼的身边，且道："你叫什么名字？"

女贼大怒，且道："老娘乃是风月儿，是寒荒雪域第一女富豪，劝你快放了老娘，不然我的同族到了，定撕得你们粉碎！"

耶律德光呵呵笑道："原来这小姑娘还挺泼辣，正合我们契丹人的脾气。"说罢，手一挥，便大步走出了城殿。

第137回：江湖门中有门

走出大殿的人已经出了城，而身后的随从们押着一个女子也出城了。

城外，汜水抱着天幕，眼中本已有的热泪，现在已经冰冷。

郭小风看见天幕站了起来，眼神也随之变得冰冷，以至于他曾经山盟海誓过的女孩叫他，他也不理不睬。

或许是他已经明白自己爱着谁，或许他从来也没有爱过风月儿，也或许是他已经记起小时候在雪柳荒发生的离别，所以对于风月儿的大声呼喊，他不以为然。

"郭小风，郭小风，你的良心被狗吃了吗，我知道你的记忆恢复了，你不爱我了，但你也同样对我像是对幻尘雪瑶一样，你也曾海誓山盟过，你怎么可以随随便便抛弃我？你知不知道，这样会害死我！"

郭小风看着契丹人的马车在自己面前带走风月儿，然而他并没有说任何话，也没有做任何事，仿佛刚才那个哭着、喊着自己的女孩子，他根本不认识一般。

人到无情时，一切都显得不重要，然而相反的事情发生了，汜水刚走两步，郭小风就已走到汜水的身前。

汜水用冰冷的目光看着郭小风，心中却是对这事情早已在预料之中，他不得不承认如今的郭小风已不再是以前那个傻傻的少年，也不再是那个大义凛然为别人生命担忧的人了。

一切的无奈，一切的痛苦，汜水都咽进肚子里去了，他停下那正在行走的脚步，看着身前这个双目如血的男子，低沉问道："你要杀我？"

郭小风单手握着剑，冷中带笑，笑中带冷道："本来看在我哥哥的面子上，是应该和你们一样，为他的死而痛心疾首，然而我不能，我虽不恨他，但也决然不会因为他放弃寻找一生挚爱之人的机会。"

汜水道："幻尘雪瑶要是知道你如今如此做派，即使你找到了她，又有何用？她为了救寒荒雪域那么多人，全然不顾自己的安危，心甘情愿进入念力血蛊盘，她乃是我们寒荒万人敬仰的女侠，你现在这个模样，你觉得你能配得上她吗？"

郭小风听了汜水的话，心中一阵激怒："呵呵，呵呵，我配不上她？今天只要杀了你，别说寒荒雪域，就算整个天下都是我的了。"

汜水："你疯了！？"

郭小风道："对，我是疯了，我杀了你，当今皇上就会册封我为十六州亲王，他日宏图霸业，前途一片光明，北征契丹、突厥，南征瀚海大国，东入蓬莱，西入蜀地，秦始皇之统一，我也必能效仿之！"

汜水道："你真是疯了。"

就在这时候，一阵花香飘来，如那春天梨雨，让郭小风和汜水两人为之神清气爽，不等他们发觉，已有两个穿白衣服的女子从天而降。

"呵呵，真是不知道天高地厚，如此疯言疯语好像被你说成是真的了一般，为什么经历过寒荒雪域的劫难后，所有人都清醒了，就你一个人糊涂，宏图霸业终究只是云烟，本姑娘劝你回头是岸。"

郭小风看向这女子，然而他怔住了，他分明看见了一件令他意外的事情，就在这说话的女子身旁站着一个他正在找的人。

他正找的人？

幻尘雪瑶一袭白衣如雪，冷冰冰地站在他的身旁，像是雕像，不对，像是主持正义的侠女。

郭小风眼睛盯着幻尘雪瑶看了良久，然而幻尘雪瑶却看也不看他一眼，仿佛根本就不认识他，他喜出望外，大步奔向幻尘雪瑶，双手握住她的手："雪瑶妹妹，是我，是我啊，我们分别了那么多年，我终于见到你了，我终于记起你了。"

目光清澈。

幻尘雪瑶看着这个拉着自己手的男子，脸上微微一笑，皓齿整齐微露："公子，你认错人了，我不认识你呀！"

郭小风一脸茫然地看着幻尘雪瑶。

幻尘雪瑶把手从郭小风手里挣脱掉，而如此的话语，仿佛是一个惊天巨雷劈在郭小风的脑袋、心上。

春沉冷一直都站在幻尘雪瑶的身旁，她道："忘了告诉你，她的记忆永远也不可能恢复了，从今以后，她的记忆只停留在当天。"

郭小风忽然一把抓住春沉冷的肩膀，大声吼道："记忆只停留在当天，为什么她认识你，你告诉我，这是为什么？"

春沉冷也激动起来，大声喝道："因为是我用自己的念力让她苏醒过来，而不是你，所以从今以后，她不会忘记的人只有我一人，她的朋友也只有我一人。"

郭小风道："怎么会这样？"

春沉冷道："念力血盅盘是上古的法器，幻尘雪瑶为了打开天阙门，让寒荒雪域的人逃命，用尽了念力，也损耗了记忆力，江湖门中无数前辈都断言她的记忆存留在寒荒雪域中，寒荒雪域不复存在，所以她的记忆也将永远无法得以恢复。"

郭小风跪在地上，大声叫了一声，泣不成声。

汜水又抱起天幕向来时的方向走去，然而还不等他走几步，春沉冷便疾步上前。

春沉冷轻声道："他还没死呢。"

汜水停下脚步，转过身用期待的眼神看着两个姑娘。

春沉冷大步走到汜水身前，且道："汜水亲使，你把他交给我吧。"

汜水什么也没说，就把天幕交给了春沉冷。

春沉冷道："我会救他，所以你去做你应该做的事情吧。"

汜水作揖道："多谢春姑娘！"

这时，一阵秋风悲凉而过，洛阳城内树叶飘零，城外，郭小风平躺在石板上，无人问津。

翌日清晨，一队人马从洛阳城内奔跑而出，而这领头的正是李牧。

李牧看见郭小风依然平躺在石板上，于是翻身下马，且道："郭小风兄弟，醒醒！"

果然，郭小风醒了，他站起身："您是？"

李牧道："当今圣上御笔亲封李牧前来传唤郭小风兄弟入城面圣。"

郭小风道："当今圣上是？"

李牧道："石敬瑭石大人！"

郭小风点点头："我明白了！"

李牧道："既然明白了，郭小风兄弟随我来！"

郭小风又点了点头，随着李牧大步走入洛阳城。

洛阳城，大槐树下，一众人围着坐在青石板上。

忽然，一队人马过来，带头的高声道："把这些人统统给我抓起来！"

正要入殿面圣路过的郭小风见了，狐疑道："这是为何？"

这带头的人来到李牧的身前，且道："李将军，这些人聚众谋反，言论当今圣上以'子孝父'之名与契丹割地求和，我这就把这些人抓去求证。"

李牧见这人说话太难听，大手一挥，钢刀一出，这人脑袋落地，众人皆惊讶。

郭小风却是眉头深锁，更是不解。

李牧且道："谁若是再胡说八道，休怪我刀下无情。"

如此看来，聚众说书的人都哑口无言，不敢再多说半个字。

只是，李牧又道："来人，把这些人全部带回去，求证后再做计量！"

李牧的命令一出，所有的官兵皆叩首在地应了一声，然后迅速抓捕在场聚集的人匆匆离开。

第138回：浮云悠风也悠

清晨，秋风凉爽。

方才看见的一幕，着实令郭小风心惊，尤其是那长官的头颅落地的一刹那，郭小风头皮一阵发麻，仿佛整个人瞬间冰凉了。

李牧道："我们还是快走，皇上和列位大臣还在等着郭小风兄弟！"

除了李牧，身后还有十几个人跟着。

郭小风觉得自己已经是骑虎难下了，虽然心中感到了一丝丝不安，然而他并不知道接下来会发生什么。

骑虎难下？

不错，所以他毫无选择的余地，又开始挪动脚步继续往前走。

门外，石敬瑭一身黄袍在身。

石敬瑭看见郭小风就站在门外，他忙大步走了出来，伸出他那金贵的手拉着郭小风来到大殿内。

但是大殿内除了石敬瑭之外，别无他人。

郭小风很懂礼数，双膝跪地为石敬瑭行了一个君臣之间该有的礼数，然而石敬瑭并不在意这些，整个人也和他之前见到的一样，为人很是热情，邀他入大殿里间。

大殿内，四处金碧辉煌。

进入大殿内，一看就知道这是个早朝晚朝的地方，这地方宽阔至极，所以郭小风情不自禁地感慨："哇，好大的朝堂！"

石敬瑭呵呵笑道："孤有这样的朝堂，你功不可没，来，随孤去那龙椅一坐，畅谈一天。"说着，硬是牵着郭小风的手走到龙椅前坐下。

郭小风知道这龙椅不可乱坐，也只有当今皇上能坐，忙跪在地上，道："臣即使功不可没，但也绝不敢和当今圣上一同坐在这龙椅上。"

石敬瑭拨弄着稀松的胡须，哈哈大笑："当今圣上又如何，没有你领军直捣洛阳城，为我打开城门，这皇帝我能做吗？来来来，坐，你看看，这都是各方大臣们上供的特产，来尝尝。"

郭小风道："可是！"

石敬瑭有点着急，拍桌大怒："本以为你是一个大义凛然、不拘世俗之礼的人，如今看来，是我看错了。"

郭小风回想起方才进入洛阳城，经过大槐树的那一刻，他心中大大地疑惑："难道他真的割地给契丹一族了？难道他真的和契丹结为父子之邦了？"

石敬瑭大怒，郭小风忽然跪在地上，且道："臣不敢违抗圣旨，只是怕对皇上不敬，所以才不敢坐这龙椅，和皇上共享这许多奇珍异果。"

石敬瑭的脸色陡然一变，笑道："哈哈，无妨无妨，孤赦你无罪便是，来来来，坐下。"

郭小风无奈下，道了一声："是！"于是坐在了龙椅上。

奇珍异果摆在龙案上，香溢满间。

郭小风久居偏远寒地，着实不认识此果，正在他仔细打量的时候，意外的却是石敬瑭拿起一连串的像是葡萄的果子递给郭小风。

石敬瑭道："这是忠君果，是大臣们上供的贡品，以表示大臣们对国家社稷的忠心，味道鲜美至极，你可以尝尝。"

郭小风还是第一次听到有这样的果子，着实想知道这果子是什么味道，谢过皇恩后，便拔下一个含在口中。

果实鲜嫩，入口即化，然后自流入腹，随之一阵前所未有的冰凉渗透全身，既刺激又令人回味无穷。

郭小风道："好，味道真好！"

见郭小风开怀大笑，石敬瑭忽然站了起来，哈哈大笑："真的好吃吗？味道是不错，可是还有种欲死的感觉，你难道就没有尝到吗？"

郭小风且道："什么意思？"

话音未落地，郭小风顿觉腹中绞痛万分，忍不住疼痛便惨叫出声，然而他并没有过于挣扎，就靠在龙椅上，嘴角流出乌黑的血。

郭小风靠在龙椅上不再动弹后，石敬瑭才大怒自言："世间若再有人说我为了国之江山，与契丹签订父子之邦，他们的下场就是你的下场，郭小风啊郭小风，你为我攻破洛阳城不假，可是你的野心远远在一国之主之上，你不死，我的江山就坐不稳。"

适逢入夜，石敬瑭已经亲自处理了郭小风的尸体，处理完尸体，便走出大殿，一走出大殿，李牧就奇怪了，且道："皇上，郭小风呢？"

石敬瑭且道："郭小风雄才大略，由于早年流落江湖，无心在朝为官，早已离去，你没看到吗？"

李牧心中狐疑，立刻跪在地上，且道："臣罪该万死，还请皇上恕罪，我真没看到。"

石敬瑭道："人已离去，看不看到，已是无妨，郭小风乃是江湖中人，武功高深，你看不到，也是情理之中。"

李牧道："多谢皇上开罪之恩！"

石敬瑭道："如今洛阳城刚经过战争，你要尽快平息后唐的残余势力，我不想看到有人在背后戳我脊梁骨。"

李牧道："是！"说罢，就离去了。

石敬瑭望着天上慢慢飘浮的白云，自叹一句："人活一世，不该有的结局已成结局，李丛珂，这都是你逼我的。"

第139回：尾声

适逢半年以后，冬季的来临，让峨眉山披上了银装，碧柔坐在祖师祠堂，望着已故师父月慈的灵位，热泪盈眶。

"师父，我回来了，我见到了大公子、二公子和小姐了，可是我的能力有限，我只带回了寒月小姐。"

寒风吹着那个盲目女孩的秀发。

郭小月就跪在碧柔的身边，她虽然神情冷漠，整个人却也让人感觉到另一种女儿多年以后初见亲娘的悲伤。

碧柔且道："小姐，回屋吧，天冷。"

郭小月站起身来，方走几步，门外走来一个男子，这个男子就是氾水。

碧柔道："氾水亲使？"

氾水一进祠堂就跪在月慈的灵位前，且道："碧柔姑娘，今天当着已故的峨眉先师，也当着寒月小姐的生母，我向天起誓，我永远深爱寒月，一生不离不弃，倘若违背，必遭天雷焚身。"

寒月道："氾水大哥！"

氾水道："寒月！"

寒月道："谢谢！"

忽然祠堂外一阵欢笑声，碧柔等人出去一看，全都怔住了，这人竟然就是天幕。

天幕道："哈哈，氾水兄，我来了！"

氾水大步走上前，一把抱住天幕，且道："天幕兄，太好了，太好了！"

天幕哈哈笑道："不错，不错，我带了好酒，恐怕是不够了。"

氾水道："喜酒不够，我下山再去买就好了，准保把你喝得东南西北都分不清楚了！"

氾水拍着天幕的肩膀，且道："好兄弟！"

两人一阵说笑后，天幕便来到碧柔和寒月的身前，跪在地上，且道："属下参见寒月小姐！"

寒月咯咯笑出声来，且道："天幕使，你怎么来了，快些起来吧！"

天幕调皮道："小姐要新婚了，峨眉山上的酒够吗，不够我再去买！"

碧柔道："峨眉派都是女子，平日里很少喝酒，除了你手里这两坛外，还真没有！"

就在此刻，氾水笑道："我这就和天幕兄下山去买！"

碧柔且道："既然这样，那你们就多买点，我峨眉派为了小姐的大婚，一定会大醉一场，到时候可不要不够喝了！"

氾水道："好！"

曾经多少个岁月，氾水总站在寒月的闺房外，那时候的寒月总是视他如空，即使见到他，也会叫他一句老古董，然而今天，他实在想也不敢想，当寒月同意嫁给他的那一刻，他瞬间成了这世上最幸福的人。

所以。

两匹快马奔走在峨眉山下的大道上，这骑马的人正是天幕和氾水，然而让他们吃惊的却是这大道上忽然蹿出来一个十来岁的小孩。

更让人难解的是同一时候，就在他们的马接近小孩的时候，一阵他们极为熟悉的幽香隐隐约约地随风吹来。

"小心！"

果然，一个穿白色衣服、手提镜雪剑的女子忽然横空出现，这女子双脚齐用，两匹马竟然都被她"蜻蜓点水"般踢翻在地上。

氾水和天幕也翻滚在地上。

氾水更不解，且道："怎么会是她？"

天幕摔倒，脸上覆盖了一层灰，闻听氾水的话语，向那女子看去，而那女子清澈的眼睛再一次映入眼帘。

"幻尘雪瑶！"

不错，这女子就是幻尘雪瑶。

不知道为什么镜雪剑依旧在她手里，紧紧握着，一刻也不曾与她分开？

幻尘雪瑶踢翻马后，身子随即一转，竟然将地上的小男孩抱在怀里，然后以最迅捷的速度双脚落地，稳稳地站在地上，一边为小男孩整理衣衫，一边柔声问道："小朋友，你没事吧？"

小男孩一双圆溜溜黑黑的眼珠一转，嘟着嘴道："姐姐，我没事！"

幻尘雪瑶抚摸着小男孩，且道："你叫什么名字，小小年纪，应该有妈妈在身边才对啊，一个人多危险呀！"

小男孩顿时哭着鼻子，揉着眼睛道："我叫段云，妈妈，妈妈刚才还在，怎么现在找不到了呢？"

幻尘雪瑶微笑道："没事，姐姐帮你找！"

忽然，一阵呼叫救命的声音响了起来，幻尘雪瑶回头一看，竟然有三十多个凶神恶煞的汉子追着一个少妇而来。

"站住，站住，你跑不掉了！"

镜雪剑出，流光一闪，雪白的身影瞬间蹿出，顿时，三十多人全翻到在地上，抱着自己的脚，哇哇痛哭："哎呀，我的脚趾头啊！"

小男孩跑到那妇人的身前道："妈妈！"

那妇人道："云儿！"

小男孩依偎在妇人的怀里，妇人抱着小男孩向幻尘雪瑶看去，然而幻尘雪瑶早已提着镜雪剑向远方走去。

小男孩大声喊道："姐姐！"

幻尘雪瑶闻听小男孩叫姐姐，回头微微一笑。氾水和天幕看着这渐行渐远的女子，心中也是一阵惘然。